Unschuldsblut

Ruf des Blutes Teil 4

Tanya Carpenter

SIEBEN VERLAG

Ruf des Blutes, bisher erschienen:

Tochter der Dunkelheit
Engelstränen
Dämonenring

ISBN: 978-3-941547-00-1
Umschlaggestaltung: Nordstern-Design, Hasloh
Satz: Sieben Verlag
Druck und Bindung: AALEXX Buchproduktion, Großburgwedel
www.sieben-verlag.de

Für Anja und Melanie

Prolog

Shanghai mochte an der Oberfläche eine schillernde Metropole sein, doch unter der Erde, in ihren Abwasserkanälen, unterschied sie sich nicht vom Rest der Welt. Es war düster, kalt, muffig und nass. Warum bedeutete Untergrund eigentlich fast immer, dass man sich tatsächlich unterm Grund, nämlich in der Kanalisation, herumtrieb? Mit meinen Vampirsinnen litt ich noch ein bisschen mehr unter dem Gestank als ein Mensch. Meine Stiefel hatten sich bereits mit schmutzigem Wasser vollgesogen, überall huschten Ratten umher und die diffuse Beleuchtung trug auch nicht dazu bei, das Ganze freundlicher wirken zu lassen. Ich wollte nicht darüber nachdenken, welche Keime und Bakterien sich an jede Faser meines Körpers hefteten. Zum Glück konnte mir so was nicht viel anhaben.

Die unsichtbaren Parasiten waren im Vergleich zu dem Monster, das mir fauchend und zischend gegenüberstand, ohnehin zu vernachlässigen.

Geifer hing in schleimigen Fäden von etwa sechs Zentimeter langen Giftzähnen. Zwei schmale Augen glühten warnend in rot und orange in der Dunkelheit des Kanals. Ich fühlte mich in Gesellschaft der Serpenia nicht sehr wohl, einer knapp zwanzig Meter langen Dämonenschlange mit dem Körperumfang von LKW-Reifen, deren Schuppenkleid ähnlich fluoreszierte wie meine Augen. Allerdings nicht weiß, sondern eher purpur und neongrün. Franklin hatte mir bei meiner Abreise noch erklärt, dass sie umso stärker leuchteten, je wütender sie waren.

Und ich hatte sie verärgert, das war mir klar.

Aber der Orden konnte nicht tatenlos hinnehmen, dass sie urplötzlich jeden Kanalarbeiter, der in den Abwasserschächten von Shanghai seinem Tagwerk nachging, kurzerhand auffraß. Das war sonst gar nicht ihre

Art. Ihre Beute beschränkte sich normalerweise auf Ratten, die es hier zu Genüge gab. Futtermangel konnte also nicht die Ursache für ihren Sinneswandel sein. Eine Krankheit vielleicht? Auch Wesen wie sie und ich waren nicht gegen alles immun.

„Jetzt mach nicht so einen Aufstand", meinte ich furchtlos, obwohl mir das Herz in Wahrheit in die Hose rutschte. Ich hätte lieber nachgeben und Armand mit auf diese Mission nehmen sollen. Warum musste ich immer so stur bleiben, wenn es um meine Arbeit ging? Aber da nur von einem einzigen Exemplar die Rede gewesen war, hatte ich es als albern empfunden, im Doppelpack aufzutreten. Mit einem derart gesteigerten Aggressionspotential konnte ja niemand rechnen.

Wie sollte ich das Reptil beruhigen? Bestechung mit Futter schied aus, denn an den Nagetieren hatte sie kein Interesse und ein Kanalarbeiter war nicht zur Hand. Abgesehen davon, dass ich natürlich nicht beabsichtigte, diesem Biest einen Menschen zum Fraß vorzuwerfen. Es musste eine andere Lösung her, und am besten schnell, denn inzwischen richtete sie sich hoch über mir auf, wobei die Decke des Kanalschachtes eine unerwünschte Barriere bot und aus dem Hoch gerade mal zweieinhalb Meter machte.

Ihr Atem roch faulig, der Kontakt mit ihrem Giftschleim war für einen Menschen lebensbedrohlich, für mich auf alle Fälle schmerzhaft. Ich wollte das erst gar nicht ausprobieren. Im Augenblick blieb mir nichts anderes übrig, als Fersengeld zu geben, bis mir eine Lösung einfiel, wie ich sie aufhalten konnte. Vielleicht ein Seitenschacht, in den sie sich locken und einsperren ließ? Aber dann müsste ich an ihr vorbei, sobald sie mir gefolgt war. Sehr brenzlig angesichts ihrer miesen Laune.

In China hieß es zuweilen „lerne, den Drachen zu reiten", aber ich hoffte, dass dies nicht wörtlich gemeint war, denn ein Ritt auf der Serpenia gehörte nicht zu den

Träumen meiner schlaflosen Nächte. Außerdem hatte ich den Verdacht, bei einem solchen Rodeo den Kürzeren zu ziehen. Jenny hätte vielleicht mit ihren pyrokinetischen Fähigkeiten etwas ausrichten können. Meine Feuerkraft war dagegen eher beschränkt, aber einen Versuch wert.

Als ich mich dazu durchrang, einen Feuerball heraufzubeschwören und die Schlange kurzerhand zu toasten, tauchte ein zweites Problem auf.

Ebenfalls zwanzig Meter lang und fast genauso dick, wie meine grün-violette Freundin. Allerdings gelb-orange schillernd. Zwei Serpenias! Nun hatte ich wirklich ein Problem. Mein Fluchtweg war abgeschnitten, was auch den Feuerball erst mal aus dem Rennen warf, denn ohne die Möglichkeit der Deckung wollte ich das Experiment lieber nicht wagen.

Die übermäßige Aggression der Schlangen ließ sich durch ihre Konkurrenz zueinander erklären. Aber auch das half nicht weiter. Ich schaute mich in dem dämmrigen Kanal um, auf der Suche nach irgendetwas, das ich gegen die Reptilien verwenden konnte, aber außer schmutzigem Wasser und den spärlichen Lampen gab es nichts.

Ich war schon versucht, mich mit meinem Schicksal abzufinden, wenn auch ganz sicher nicht kampflos, da kam mir ein Gedanke. Ich betrachtete die Lampe genauer, und ließ meinen Blick die Wand entlang wandern zur nächsten.

Das war die Lösung! Zwischen den einzelnen Lampen verlief eine Leitung. Sie führte sicher keinen Starkstrom, aber Elektrizität und Wasser ergab eine lähmende Kombination, hoffentlich auch für Serpenias. Doch wie sollte ich an das Kabel kommen?

Von beiden Seiten näherten sich die Schlangen. Zischend, geifernd und immer wieder nach mir schnappend. Ich musste ausweichen, zur Seite springen oder mich durch den widerlichen Unrat im Kanal rollen, um ihnen zu entgehen. Mehr als ein Mal verfehlten mich die Giftzähne nur um Haaresbreite. Die Kreaturen waren jetzt so nah, dass ich zwischen ihnen eingekeilt war. Ein Teil ihrer Angriffe richtete sich zwar gegeneinander, doch zwischen zwei wütenden Riesenschlangen zu stehen, die sich gegenseitig bekriegten, machte die Lage keinen Deut besser. Wenn ich es überhaupt schaffte, zwischen diesen sich windenden Körpern und schnappenden Mäulern das Kabel zu erreichen, musste ich anschließend schnell und geschickt sein, um das Wasser unter den Reptilien zu elektrisieren und dabei selbst nicht damit in Berührung zu kommen. Es würde mich nicht töten, aber zumindest ebenso lähmen wie die Serpenias. Und ganz sicher war ich mir bei denen immer noch nicht, wie es sich auswirkte. Im ungünstigsten Fall machte es ihnen gar nichts aus. Dann war mein Schicksal besiegelt und ich Schlangenfutter.

Eine Ablenkung wäre jetzt nicht schlecht gewesen, damit die Biester kurzzeitig das Interesse an mir verloren. Sonst scheiterte der Plan schon daran, dass ich das Stromkabel gar nicht erst erreichte. Wie auf Kommando materialisierte sich meine Totemwölfin Osira im Kanal.

„Igitt! Wie stinkt das denn hier?“, sagte sie statt einer Begrüßung und blickte angewidert auf ihre Pfoten in der braunen Brühe. „Das ist hoffentlich nicht was ich denke.“

„Osira, das ist ein Abwasserkanal. Da gibt es wenig Spekulationsspielraum.“

Sie machte ein würgendes Geräusch und verzog ihre Schnauze.

„Könnten wir später über deine Empfindsamkeit plaudern, wenn die Gesellschaft etwas weniger lebendbedrohlich ist?“, bat ich.

„Ich erwarte Luxus-Hundeshampoo. Mit Tannenduft.“

Alles was sie wollte, solange sie nur die Schlangen ablenkte. Und das tat sie auch ohne weitere Worte. Osira sprang die grün-violette Schlange an, wich geschickt ihrem schnappenden Maul aus und verschaffte mir so die Möglichkeit, zum Stromkabel zu gelangen. Das gelborangefarbene Exemplar schien jedoch zu ahnen, was ich vorhatte. Es ließ seinen mächtigen Kopf auf mich niedersausen, die rote Zunge schlang sich um meine Taille und schnürte mir die Luft ab. Ich sah mich schon von den Giftzähnen durchbohrt, doch zu meinem Glück rammten sich diese in das hinter mir liegende Mauerwerk. Mir blieben kostbare Sekunden zum reagieren, ehe die Schlange sich mit mir im Maul aufrichten und dann – vom Hindernis befreit – endgültig zuschnappen würde. Einen Herzschlag lang wollte ich Osira rufen, doch die hatte soeben Mühe, sich ihrer Haut zu erwehren. Also griff ich beherzt nach dem Kabel an der Wand, riss energisch daran und hielt gleich darauf die offenen Enden der Leitung in Händen. Ohne über irgendwelche Folgen nachzudenken, steckte ich sie der Serpenia in den Rachen.

Der Stromschlag, der durch mich ebenso hindurchfuhr wie durch das Reptil, zog alle Muskeln in mir derart heftig zusammen, dass ich glaubte, die Sehnen würden reißen. Ich schnappte nach Luft, war aber nicht fähig, welche in meine Lungen zu pumpen, und mich überkam die irrsinnige Angst, ersticken zu müssen, obwohl ich als Vampir gar keinen Sauerstoff benötige. In meiner Brust trommelte das Herz, als wolle es jeden Moment zerspringen. Mir wurde schwarz vor Augen, aber ich kämpfte darum, bei Bewusstsein zu bleiben, denn sonst war jegliche Überlebenschance dahin. Die Zunge der Schlange presste sich unter den Stromstößen immer fester um meinen Brustkorb, ich hörte die ersten Rippen brechen, gleißender Schmerz schoss durch meinen Körper. Ich befand mich in einem lebendigen Schraubstock, nicht mehr lange und meine Organe würden zerplatzen wie überreife Früchte. Allmählich schwanden mir die Sinne.

Das Kabel, ich musste es loslassen!

Aber meine Hand hielt es krampfhaft fest und presste es gegen den Kiefer der Serpenia. Kurz bevor ich das Bewusstsein verlor, hörte ich ein dunkles Grollen, dann ging ein Ruck durch mich, der mir fast die Glieder zerriss. Ich fiel zu Boden. Kaltes, stinkendes Wasser umspülte mich und weckte meine Lebensgeister gerade soweit, dass ich den Kopf der Schlange auf mich zurasen sah, aber eine Flucht war nicht möglich, weil mein Körper vom Strom noch immer gelähmt war. Im letzten Moment, ehe die messerscharfen Giftzähne in mein Fleisch drangen, schaffte ich es, mich zur Seite zu rollen. Die Zähne schlugen links und rechts von meinem Kopf in den Boden ein, dann war alles still.

„Meine Güte, Mel, du machst es aber theatralisch", hörte ich Osira von weit her.

Ich blinzelte, sah alles nur verschwommen. Auch mein Gehör war eingeschränkt. Nach und nach wurde das Bild meiner Wölfin klarer und ihre Stimme klang weniger dumpf.

„Die – Serpenias?", brachte ich mühsam hervor.

„Liegen beide im Abwasser. Du übrigens auch."

Beim Versuch mich aufzurichten knickten mir sofort die Arme weg. Murrend packte mich Osira am Mantelkragen und zog mich zwischen den Giftzähnen hervor, wobei sie mich nicht im Unklaren darüber ließ, wie diese Brühe schmeckte, mit der sich meine Kleidung vollgesogen hatte.

„Du hast die eine mit dem Stromkabel erledigt", meinte sie durchaus anerkennend. „Aber es war dumm, ihr die Ladung zu verpassen, während du Körperkontakt mit ihr hattest."

„Danke", keuchte ich mühsam. „Aber die Alternative war leider inakzeptabel. Was ist mit der zweiten?"

„Sie hat sich wohl mit ihrer Freundin um den Leckerbissen streiten wollen." Ich verzog das Gesicht darüber, als Leckerbissen bezeichnet zu werden, aber Osira fuhr ungerührt fort. „Sie hat dabei aber das Kabel erwischt und sich selbst den Todesstoß versetzt."

Das Aufatmen riss mich fast entzwei, aber erleichtert war ich trotzdem, auch wenn ich mich fühlte, als hätte mich ein LKW-Konvoi überrollt.

„Jedenfalls ist die Gefahr gebannt."

Unangenehm pulsierte das vampirische Blut durch die Quetschungen, um das verletzte Gewebe zu regenerieren. Ich dachte kurz daran, dass eine Mahlzeit den Vorgang beschleunigte, aber ich wollte weiteres Aufsehen vermeiden. Als ich mich wieder halbwegs fit fühlte, holte ich das Handy aus der Manteltasche und rief Franklin an.

„Problem gelöst, Dad, keine Gefahr mehr."

„Das heißt, du hast sie getötet."

Er war offenbar nicht sonderlich erfreut über diese Maßnahme. Aber ihn hatten die beiden Biester ja auch nicht attackiert. „Kannst du jemanden vom Shanghaier Mutterhaus schicken, der hier aufräumt? Ich glaube, es wäre keine gute Idee, das den Behörden zu überlassen."

„Wird erledigt, Mel. Aber sag, konntest du die Ursache für das abnormale Verhalten ermitteln?"

„Leider nicht. Aber ich bringe Proben der beiden Reptilien mit. Vielleicht ist es eine Krankheit."

„Der beiden? Willst du sagen, es waren zwei?"

„Allerdings. Unterschiedlich in der Färbung. Ich …"

„Komm bitte so schnell wie möglich zurück. Das ist sehr merkwürdig. Regelrecht beunruhigend."

Er hatte aufgelegt, ehe ich noch etwas erwidern konnte. Irritiert starrte ich auf das Mobiltelefon. Er hätte ja wenigstens nach meinem Befinden fragen können, wenn ich mich schon mit solchen Biestern herumschlug. Dann machte ich mich daran, die besagten Proben der toten Körper zu nehmen, damit die Aufräumtruppe bei ihrem Eintreffen sofort loslegen konnte.

Geheimnisse tragen zuweilen ein seltsames Gewand

Ein Meer von Sternen ließ den Nachthimmel über der chinesischen Mauer so hell erstrahlen, dass der Sougvenier die Gestalt sofort erkannte, die ihn erwartete. In dem eisblauen Kleid und dem pelzbesetzten Umhang sah sie wahrlich wie eine Königin aus – auch ohne Königreich. Ihr schwarzes Haar wehte im sanften Wind, während sie ihm unerschrocken entgegenblickte. Er grinste und entblößte seine scharfen Zähne, was sie augenscheinlich wenig beeindruckte, denn ihre Miene blieb kühl und gelassen, fast ein bisschen arrogant. Aber natürlich fühlte sie sich ihm und seiner Art weit überlegen. Erst recht, solange Yrioneth in der Darkworld gefangen war. Er würde sie sicher lehren, die Sougven mit dem gebührenden Respekt zu behandeln. Aber das Vorhaben, den mächtigen Dämon aus seinem Gefängnis zu befreien, stand unter keinem guten Stern. All seine Bemühungen liefen bisher ins Leere. Er hatte eine Ahnung, dass auch sie von seinen Aktivitäten wusste. Das beunruhigte ihn, denn womöglich galt dies dann auch für andere. Darum war er ihrer Bitte nachgekommen, sich nach Mitternacht hier zu treffen, an einem neutralen Ort, gefahrlos für sie beide. Er musste herausfinden, wie viel sie wusste und woher.

„Was verschafft mir die zweifelhafte Ehre, deiner Einladung, meine Liebe?“, fragte er daher direkt. Sein weiter Mantel blähte sich wie riesige Schwingen, als er von der Mauer auf sie zusprang, doch sie wich nicht einen Schritt zurück.

„Liegt das nicht auf der Hand?“ Sie lächelte wissend. „Bei all den Gerüchten, du wolltest Darkworld wieder öffnen.“ Er hob an, es abzustreiten, doch sie warnte ihn mit einer Geste. „Leugne nicht. Ich weiß es. Und den ersten Schritt hast du ja bereits getan, wie man hört.“

„Wächter kettet man besser an, sonst vergessen sie zuweilen ihre Pflicht. Dafür kann ich nun wirklich nichts."

Sie lachte ein glockenhelles Lachen, das so gar nicht zu ihrer finsteren Seele passte und er schalt sich einen Narren, dass er so leicht auf diesen Trick hereingefallen war. Wenn sie beide wussten wovon die Rede war, bestätigte es nur ihre Vermutung, dass er dahinter steckte.

„Mir musst du nichts vormachen, mein Bester. Ich habe dich hierher gebeten, weil ich dir eine Allianz vorschlagen will."

„Eine Allianz? Aus welchem Grund?"

Sie trat näher und die Kälte, die sie ausstrahlte, machte selbst ihm Angst, brannte unangenehm auf seiner Haut. Er musste sich zwingen, nicht zurückzuweichen.

„Oh, auch für mich gibt es einen guten Grund, das Tor mit den sieben Schlössern zu bezwingen. Und gemeinsam finden sich einfach mehr Möglichkeiten als allein."

„Gründe? Du? Welche sollten das sein?"

Sie tat geheimnisvoll, wiegte den Kopf von links nach recht, dass sich das Sternenlicht funkelnd in ihren Augen brach. „Sagen wir, es ist jemand dort, der mir noch einen Gefallen schuldet. Mir etwas beschaffen soll."

Ihm war bewusst, dass sie nicht näher darauf eingehen würde. Es war ihre Sache und sollte es auch bleiben. Aber wenn sie ihm wirklich helfen konnte, wäre er ein Narr, sie abzuweisen. Im Augenblick hatte er keine Ahnung, wie er vorgehen sollte, denn die sieben Schlösser ließen sich nur von einem besonderen Wesen öffnen.

„Nur ein Feuerkind der Wende kann das Tor aufschließen."

Sie lachte leise. „Ja, so heißt es wohl."

„Ich weiß von keinem solchem Kind, das während der letzten Sonnenfinsternis das Zeichen empfing."

Ihre Schmeichelei schlug innerhalb von Sekunden ins

Gegenteil um. „Dann finde es oder lass es finden", zischte sie – kalt diesmal und ohne Lächeln. „Schergen gibt es genug, die man kaufen kann, oder die ebenfalls nach der Öffnung von Darkworld streben. Und auch an solchen Kindern wird es nicht mangeln, wenn man die Augen aufhält." Sie machte eine Pause, lächelte süffisant. „Außerdem, es gibt immer einen Plan B oder C, falls sich ein solches Kind wider Erwarten doch nicht finden lässt. Verbünde dich mit mir, dann verschaffe ich dir Alternativen. Mehr als du zu träumen wagst."

Er wurde misstrauisch. „Wenn es deiner Meinung nach so viele Alternativen gibt und so leicht ist, Darkworld zu öffnen, warum brauchst du mich? Wozu die Allianz?"

Tadelnd schüttelte sie ihr Haupt mit den nachtschwarzen Haaren. Das Mondlicht spiegelte sich in ihren schillernden Augen.

„Es gibt immer viele Wege etwas zu tun, aber nur sehr selten kann man diese allein gehen. Ich weiß wie man den Schlüssel drehen kann, auch ohne das besagte Kind, und ich habe bereits den ersten Schritt auf diesem Weg getan. Doch ohne deine Hilfe kann ich nicht beschaffen, was wir dazu brauchen. Wie du siehst, eine Hand wäscht die andere und wir bekommen beide was wir wollen. Ich schätze einen starken Partner, Sylion. Du auch?"

Er zögerte, diese Frau war gefährlich. Ihm war bewusst, welche Schwierigkeiten vor ihm lagen, wenn er weiterhin allein arbeitete. Aber wenn er sie nicht genau im Auge behielt, konnte ihm passieren, dass er am Ende zum Opferlamm wurde. Trotzdem nickte er schließlich, denn sie war zweifellos auch ein starker Partner und um sein Ziel zu erreichen, konnte sie von Nutzen sein. Vor allem, wenn sie hielt, was sie so großzügig versprach.

„Sehr gut", schnurrte sie zufrieden. „Dann lass mich dir erklären und du wirst selbst sehen, dass uns bald nichts mehr im Wege stehen kann, wenn Darkworld erst wieder offen ist."

Franklin schaute nachdenklich auf die Schlangenschuppen, die ich für das Labor mitgebracht hatte. Er rieb sich übers Kinn und seine Hand zitterte.

„Dad?"

Er zuckte zusammen, als habe er vergessen, dass ich da war.

„Was ist mit dir?"

„Nun, es gibt nur noch sehr wenige Serpenias, weißt du?"

Okay, und dank mir waren es jetzt noch zwei weniger. Aber ich konnte nicht sagen, dass mich ein schlechtes Gewissen plagte.

„Vor allem von dieser Art." Er hob die Purpurne kurz an. „Sie haben unterschiedliche Farbgebungen in ihrem Schuppenkleid, je nach Lebensraum."

„Habe ich sie jetzt ausgerottet?"

„Schon möglich", gab er zurück und wirkte zerstreut. „Besorgniserregend. Ich muss ins Labor. Du kommst ja allein zurecht."

Sprachlos blickte ich ihm nach. Klar kam ich allein zurecht, immerhin wohnte ich zeitweise hier. Aber nichtsdestotrotz hätte ich gerne gewusst, was es mit den Schuppen auf sich hatte, und warum sich Franklin so komisch benahm.

Die Reaktion meines Vaters beschäftigte mich den ganzen Heimweg. Ich freute mich darauf, Armand wiederzusehen. Vielleicht hatte er eine Idee, was mit Franklin los war. Doch zu Hause wurde ich jäh enttäuscht, denn mein Liebster war nicht da. Jagte er noch? Oder hatte er kurzfristig zu einer seiner Firmen reisen müssen? Eine Nachricht fand ich nicht, also blieb mir erst mal nichts anderes übrig, als allein schlafen zu gehen. Entweder er kam im Laufe der Nacht zurück, oder ich musste morgen versuchen, ihn zu erreichen. Sein Verwalter

Henry wusste sicher über seinen Aufenthaltsort bescheid. Vielleicht spielte er den Beleidigten, weil ich wieder einmal auf eigene Faust ohne ihn loszog. Ein Grinsen huschte über mein Gesicht. Wenn er erst zurück kam, würde ich schon eine passende Entschuldigung finden, um ihn wieder zu versöhnen. Doch meine Hoffnung wurde enttäuscht. Auch in der nächsten Nacht erwachte ich allein und Henry hatte ebenfalls keine Ahnung, wo sein Arbeitgeber sich aufhielt. Es war ungewöhnlich für Armand, weder mir noch Henry bescheid zu geben, wenn er verreiste. Allmählich wurde ich unruhig. Die Frage nach den Gründen beschäftigte mich noch, als ich die Post hereinholte. Zwischen Rechnungen und Werbemüll fand ich einen Brief von Armand. Eine ungute Ahnung stieg in mir auf, breitete sich kalt und lähmend in mir aus, während ich den Umschlag aufriss. Meine Hände zitterten so stark, dass ich Mühe hatte, die Worte zu lesen, die mir mehr und mehr die Luft abschnürten.

Melissa,

unser Leben war eine einzige Lüge, unsere Liebe nur Illusion. Wir sind nicht geschaffen für menschliche Werte. Darum habe ich entschieden, dass wir einander nicht länger etwas vormachen dürfen. Suche nicht nach mir, denn du weißt, ich bin gut darin, mich zu verbergen. Meine neue Identität ist bereits vorbereitet von langer Hand und ich werde in sie hineingleiten, wie in eine neue Haut. Ein neues Leben erwartet mich und es wird sein, wie es unserer Art gebührt. Wir werden uns nicht wiedersehen, ich hoffe, du verstehst. Dieser Abschied ist für immer.

Armand

Ein roter Tropfen fiel auf das blütenweiße Blatt, nachdem ich geendet hatte und verwischte die Schrift. Meine Gedanken drehten sich im Kreis.

Warum?

Dieses eine Wort hallte wie ein Schrei durch die Leere in mir. Ich konnte nicht glauben, was ich da in Händen hielt. Jedes Wort schnitt wie eine glühende Klinge in mein Fleisch. Es war mir unmöglich zu verstehen, wie er mir das antun konnte. Nur ein paar lieblose Zeilen, nicht Mal genug Mut, es mir von Angesicht zu Angesicht zu sagen. Was war passiert? Wann war es passiert, dass sich unsere Liebe in Nichts aufgelöst hatte?

Ich faltete das Stück Papier wieder zusammen und schob es in den Umschlag. Meine Bewegungen hatten keine Kraft. Zwei Wochen. Ich war nur zwei Wochen fort gewesen. Hatte mich gefreut, wieder nach Hause zu kommen, zu ihm, und nun das.

Meine Sinne tasteten ins Leere, wenn ich versuchte, wenigstens den Hauch seiner Essenz ausfindig zu machen, irgendwo in der Welt. Aber alles blieb still und leer. Er war zu gut darin, sich zu verbergen. Ich schaute auf den Ring an meiner Hand, den leuchtenden Stern im tiefdunklen Grün. Wir waren doch verlobt. Mehr als das.

Hatte er alles vergessen, was uns verband? Was wir gemeinsam durchgestanden hatten? Die Jagd nach Dracon und der Kampf gegen die Ewige Nacht? Der Sapyrion und die Tränen Luzifers? Wir hatten Kalistes Pläne durchkreuzt und sie in den Untergrund getrieben. Hatten die Crawler und Nightflyer miteinander ausgesöhnt. War das alles nichts mehr wert?

Seine Erklärungen waren fadenscheinig, es hatte sich nicht im Mindesten angedeutet, dass er unglücklich war oder sich eingeengt fühlte. Ich musste an unser Gespräch im vorletzten Winter denken, als er noch davon gesprochen hatte, dass er keine anderen mehr liebte, nicht mal rein körperlich. Unsere Freude darüber, dass wir es beide so sahen, obwohl unsere vampirische Natur etwas anderes vorsah. Unsere Liebe war heilig gewesen in all der Verdorbenheit, welche die Unsterblichkeit unseresgleichen brachte.

Egal wie sehr ich mir den Kopf zermarterte, die Tatsache blieb. Armand war gegangen. Er hatte mich verlassen. Und in seinen letzten Zeilen stand *für immer*.

Eine Hand legte sich auf meine Schulter. Ich zuckte zusammen wie unter einem Stromschlag, wirbelte herum.

„Armand!"

Aber ich blickte in sherryfarbene Augen, die ebenso tränenverhangen waren wie die meinen. Franklin war hereingekommen. In der anderen Hand hielt mein Vater einen Brief, ganz ähnlich dem meinen. Ich musste nicht fragen, was darin stand.

„Warum?" Das Wort kam so leise über meine Lippen, dass ich es selbst kaum hörte. Mein Vater schüttelte stumm den Kopf, weil auch er keine Antwort auf diese Frage wusste.

Weder ich noch Franklin wollten uns mit diesen nichtssagenden Briefen zufrieden geben. Es war nicht zu verstehen, warum Armand uns das antat. Ausgerechnet uns, den Menschen, die ihm so nahe standen. Er war doch kein Feigling, der einfach weglief. Wovor überhaupt? Und wohin?

Es gab weitere Briefe an Henry und an die Geschäftsführer seiner diversen Unternehmen. Vollmachten waren vergeben worden und stets war von einem „Urlaub auf unbestimmte Zeit“ die Rede. Die Hälfte des Vermögens gehörte nach wie vor mir, der Rest verblieb in seinen Händen, wurde aber treuhänderisch den jeweiligen Konzernköpfen überschrieben, bis er zurück käme.

Die meisten nahmen es hin, dass er sich eine „Auszeit“ gönnen wollte, fragten nicht weiter und zweifelten nicht, dass er bald wieder die Geschäfte übernahm. Anders Franklin und ich. Und auch Henry kannte seinen Brotgeber einfach zu gut, um sich von dem Brief etwas vormachen zu lassen. Er äußerte sich mir gegenüber besorgt und schließlich entschied ich mich, mit dem Geld, das ich nicht brauchte, nach ihm suchen zu lassen.

„Die besten Detekteien, Henry. Seien Sie wählerisch, wir können es uns leisten.“

„Mademoiselle Melissa, ich muss Sie darauf hinwei…“

„Es ist mir gleich, was es kostet, Henry. Sie wollen ihn doch auch wiederfinden, oder?“

Er widersprach mir nicht. Henry war einer der loyalsten Menschen, die ich kannte. Er wusste, was wir waren. Armand hatte ihn nicht mit dem Blut gebunden, trotzdem kam ein Verrat an uns nicht in Frage. Henry hing sehr an uns, auch wenn er stets höfliche Distanz wahrte. Armands Fortgang hatte auch ihn tief getroffen und natürlich wählte er nur die Besten aus, um sie mit der

Suche zu beauftragen.

Ich harrte wochenlang Nacht für Nacht auf den erlösenden Anruf, doch bei jeder Meldung musste der treue Henry mich wieder enttäuschen. Die Mitarbeiter der Detektei fanden ebenso wenig eine Spur wie ich.

Alle Orte, an denen wir gemeinsam gewesen waren, suchte ich auf. New Orleans, wo ich kaum wusste, was ich Eleonora sagen sollte, die sich so über meinen Besuch freute und tausend Fragen über Armand stellte. Die Lügen kamen mir nur schwer über die Lippen, aber ich konnte ihr nicht die Wahrheit sagen. Auch unsere Stubentiger Pheodora und Scaramouche zeigten sich irritiert, dass ich ohne Herrchen einige Tage in der Wohnung schlief. Des Nachts stellte ich halb New Orleans auf den Kopf, streckte meine Antennen aus und suchte nach einem Lebenszeichen, doch vergeblich.

Ich suchte ihn in der unterirdischen Gruft auf der Friedhofsinsel San Michelle, wo wir während unseres ersten gemeinsamen Karnevals genächtigt hatten, und unter Notre Dame, wo Madeleine begraben lag und er mich in die Nacht geholt hatte. Auch unser Lieblingsplatz in den Highlands blieb einsam und still. Nirgends eine Spur von ihm. Es schien, als habe es ihn nie gegeben.

Nachdem ich mehrere Wochen allein in unserer Londoner Wohnung verbracht hatte und beinah die Wände hochging, entschloss ich mich, neu anzufangen. Ich musste den Tatsachen ins Auge sehen. Armand war gegangen und würde nicht zurückkehren. Ich verstand es noch immer nicht, konnte mich vor der Wahrheit jedoch nicht länger verschließen. Schließlich traf ich Vorkehrungen für meine Abreise und unterrichtete meinen Vater davon, dass ich England verließ. Ich kehrte dem Orden den Rücken. Ohne Armand ertrug ich London nicht länger, unsere Wohnung hatte etwas Erdrückendes, Einsames, das mich in den Wahnsinn trieb. Meine Bindung zur Ashera war bei Weitem nicht mehr so stark wie früher, schon gar nicht stark genug, um mich hier zu halten. Ich wollte nicht wieder ins Mutterhaus ziehen, wo ich zwangsläufig ein permanentes Forschungsobjekt wäre. Ich war keine von ihnen mehr, das wurde mir zusehends bewusster. Die Mitglieder des Ordens waren ausnahmslos Menschen. Ich gehörte einfach nicht dazu und es wurde Zeit, dass ich das einsah.

Natürlich bestanden weiterhin Freundschaften. Zu Warren, Jenny, Andrea, Vicky. Und Franklin war fester Bestandteil meines Lebens. Aber das konnte man auch aus der Ferne pflegen. Die Detektei suchte weiterhin nach Armand, Henry erreichte mich über mein Mobiltelefon. Auch das band mich also nicht an einen bestimmten Ort.

„Wenn ihr einen paranormalen Agenten braucht, melde dich einfach", sagte ich Franklin zum Abschied. Im Stich lassen würde ich die Ashera nie. Aber es war mein ausdrücklicher Wunsch, als aktives Mitglied in den Unterlagen gelöscht zu werden. Vielleicht erhoffte ich mir auch einen Einwand von Dad. Einen Hinweis auf das Magister und dass ich den Orden nicht einfach so verlassen konnte. Doch er schwieg und mir blieb nichts anderes übrig, als dies zu akzeptieren.

Begeistert war mein Vater nicht, als er meinen neuen Wohnsitz erfuhr, doch für mich war nichts naheliegender. Ich zog nach Miami, suchte mir ein hübsches Appartement in der City und stellte mich ein weiteres Mal unter die Obhut des Lords Lucien. Zwar verbrachte ich die meiste Zeit bei ihm auf der Isle of Dark, doch eine eigene Wohnung war mir wichtig. So abhängig wie einst wollte ich von ihm nie wieder sein.

Nach und nach baute ich – mit Luciens Hilfe – ein neues Leben auf. Was blieb, war die Wunde, die Armand mit seinem Verschwinden gerissen hatte. Lucien akzeptierte, dass ich nicht mit ihm schlief, mich nicht mehr so auf ihn einlassen wollte, wie kurz nach meiner Wandlung. Aber nachts machten wir gemeinsam die Clubs unsicher und den Bluttausch vollzogen wir regelmäßig. Mit der Sicht eines Menschen konnte man dies einer sexuellen Handlung gleichsetzen, doch ich war weniger Mensch denn je. Mit Armand schien ich das letzte Bindeglied dazu verloren zu haben, der Vampirdämon war stark wie nie zuvor. Lucien gefiel das, er schürte es auf seine Weise. Manchmal fragte ich mich, ob er log, wenn ich ihn nach Armand fragte, aber andererseits, wenn ich mit meiner starken Bindung an Armand keine Spur von ihm fand, warum sollte es dann unserem Lord gelingen? Seine Macht war größer, das schon, doch das Band zwischen Armand und mir hätte schwerer wiegen müssen.

Das Leben außerhalb der Mauern von Gorlem Manor brachte mir Vorzüge zurück, die ich fast schon vergessen hatte. Freiheit kann ein unglaublicher Rausch werden, wenn man sie eine Weile entbehrt.

Die Viper war mein neuestes Geschenk von Lucien. Ich liebte den silbernen Sportwagen. Genoss es, damit durch die nächtlichen Straßen von Miami zu fahren. Er machte es mir sehr leicht, Opfer zu finden. Junge Männer ließen sich von dem Auto beeindrucken. Langsam fuhr ich an den Clubs vorbei und schaute mir die Leute an, die sich davor tummelten. Wie schön sie alle waren. So lebendig. Rosige Haut, Glitter und Make-up. Sexy gekleidet in schillernde, teure Klamotten. Sie lachten und flirteten. Ich konnte ihren Duft atmen. Süß und schwer, vermischt mit Parfum und leichtem Schweiß, hier und da bereits ein Hauch von Erregung. Die ersten Blicke folgten mir, und ein paar Typen rissen Sprüche und machten anzügliche Bemerkungen. Ein Kubaner mit schwarzem Haar und stechenden grauen Augen gefiel mir auf Anhieb. Er sah Armand ein wenig ähnlich, vielleicht lag es daran. Seine schwarzen Hosen saßen hauteng, um möglichst viel von seinem gut gebauten Körper preiszugeben. Das azurblaue Hemd hatte er bis zum Bauchnabel aufgeknöpft und präsentierte seine muskulöse Brust und seinen Six-Pack. Die Muskeln seiner Arme waren fast schon etwas zu stark trainiert, aber es gefiel mir. Als ich stehen blieb und ihn im Rückspiegel ansah, merkte er es sofort. Er kam zu meinem Auto und beugte sich zu mir herunter.

„Na, Babe. Nimmst du mich ne Runde mit in deinem flotten Flitzer?"

Ich lächelte zurück. Der Jagdinstinkt erwachte. Ich hatte meine Beute für heute Nacht gefunden.

„Sicher! Steig ein. Wie heißt du?"

Er hieß Carlos. Die zotigen Sprüche, die seine Kumpel uns nachriefen, hörten wir beide schon nicht mehr, als ich mit quietschenden Reifen Vollgas gab und die Straße entlang raste, als sei das Leben nichts als ein großes Rennen.

Carlos schnallte sich nicht an. Er setzte sich schräg in seinen Sitz und beobachtete mich. Ich spielte das Spiel mit, fuhr mit der Zungenspitze über meine Lippen. Seine Blicke verschlangen mich bereits und ich konnte riechen, wie seine Erregung wuchs. Der Schweiß roch herber, hatte eine Note von Moschus.

Die Welt flog nur so an uns vorbei. Die Lichter wurden weniger, während ich auf die Randbezirke der Stadt zusteuerte. Mein Ziel kannte ich schon. Die Glades. Lucien hatte mir beigebracht, dass es einfach war, dort seine Opfer zurückzulassen. Alligatoren hinterlassen keine Spuren. Wie praktisch.

Als Carlos die Hand ausstreckte und mein Gesicht streichelte, durchzuckte es mich heiß. Er war so warm, und meine Haut kalt wie Eis. Es schreckte ihn nicht, sondern erregte ihn noch mehr. Ich hörte seine Gedanken, auch ohne dass ich mich sonderlich anstrengen musste. Fremdartig fand er es, wie auch alles andere an mir. Meine bleiche Haut, die bloße Tatsache, dass ich ihn so mir nichts dir nichts in meinen Wagen geholt hatte mit der offenkundigen Absicht, ein paar heiße Stunden mit ihm zu verbringen. Ich hörte, wie sein Herzschlag sich beschleunigte, sah in seinen Gedanken die Bilder, wie er mich lieben würde. Tief und leidenschaftlich – und lange. Die Phantasien waren so stark, dass ich mich darauf einließ, spüren konnte, wie seine Hände über meine Haut strichen, meine Brüste liebkosten und dann über meinen Bauch tiefer wanderten. Es löste auch in mir Begehren aus, ließ Hitze in meinem Schoß zusammenströmen. Ein unwiderstehliches Verlangen nach Nähe.

„Wohin fahren wir?", fragte er und seine Stimme war schon ganz rau.

„Entspann dich, mein Herz. Ich weiß ein schönes Plätzchen, wo uns niemand stört. Die Glades."

Er zog seine Hand zurück. „Du willst in die Sümpfe? Jetzt in der Nacht? Hast du keine Angst vor den Alligatoren?"

Ich lachte leise und unbeschwert. „Keine Angst, mein Süßer. Ich pass schon auf dich auf. Und ins Auto kommen sie nicht rein."

Er schien nicht überzeugt, doch ich schenkte ihm ein bezauberndes Lächeln und er meinte, dass ich wohl das Spiel mit dem Feuer lieben würde. Oh ja, dieses Spiel liebte ich. Und ich spielte es verdammt gut.

Die Lichter der Stadt verblassten hinter uns und ich raste im halsbrecherischen Tempo durch die Nacht, immer weiter auf die Sümpfe zu. Der Hunger pochte in mir. Und sein Fleisch war fest und süß. Ich trat das Gaspedal weiter durch. Die Fahrt dauerte mir zu lange.

Endlich tauchten die Glades vor uns auf. Der Wagen schleuderte, drehte sich einmal um die eigene Achse, als ich ihn abbremste.

„Wow! Du hängst wohl nicht sehr am Leben, wie?",

fragte Carlos hielt sich am Armaturenbrett fest.

„Doch ich hänge sehr am Leben“, flüsterte ich und kroch schon zu ihm hinüber. Vor allem an deinem, fügte ich in Gedanken hinzu, während ich meine Lippen auf seinen Mund presste und mir einen leidenschaftlichen Kuss stahl, ehe ich zu seiner Kehle wanderte. Sein Herzschlag trommelte laut in meinen Ohren und der würzige Duft seines Lebenssaftes raubte mir fast den Atem. Eines der besten Opfer, das ich seit langem hatte. Die Versuchung, mich auf ihn einzulassen und seine Träume Wirklichkeit werden zu lassen, gewann für einen Moment die Oberhand. Doch dann drängten sich die vertrauten Bilder von Armand dazwischen, die Erregung bekam einen bitteren Beigeschmack. Wie jedes Mal, seit er mich verlassen hatte. Das Verlangen nach Lust erlosch und verschaffte dem Hunger mehr Raum.

Der erste Biss war zaghaft. Ich wollte keine Panik, keine Gegenwehr. Es gefiel ihm und er stöhnte lustvoll auf, voller Erwartung. Mein Griff um seinen Nacken wurde fester, ich roch seine Erregung, wusste, dass er mich wollte, doch danach stand mir nicht der Sinn. Diesmal stießen meine Fänge tief in sein Fleisch, er zuckte zusammen, spannte sich an, aber es war zu spät. Den schmerzhaften Griff um meine Arme spürte ich gar nicht, so tief war der Blutrausch und so grell die Erinnerungen seines Lebens, die vor meinem geistigen Auge vorbeizogen. Auf der einen Seite Partys, schöne Frauen, viel Alkohol und Drogen. Auf der anderen eine schmutzige Dreizimmerwohnung, die er sich mit zwei Freunden teilte, wo sie Kokain mit allerhand fragwürdigen Mitteln streckten, ehe sie es unter den Kids der High Society verteilten. Ein Unschuldslamm war er nicht, auch wenn es durchaus verdorbenere Seelen hier gab.

Sein Herz versagte lange bevor ich ihn leergesaugt hatte. Ein leichter Tod. Und überaus befriedigend für mich.

Das Wasser war nicht weit. Ich hatte am Rand des Sumpfes geparkt. Nachdem ich Carlos ausgezogen hatte, zog ich seinen schlaffen Körper aus dem Auto und ließ ihn in die kühlen Fluten rutschen. Er war in der Tat gut gebaut, hätte gehalten, was er versprach, stellte ich fest. Schon hörte ich die platschenden Schläge, als die Alligatoren ins Wasser glitten. Angezogen vom Duft des Blutes, das aus unzähligen Wunden seines Körpers floss. Auch etwas, das ich von Lucien gelernt hatte. Einige Schnitte mit dem Messer waren hilfreich, um die Reptilien schneller anzulocken. Ich blieb noch eine Weile stehen und sah dem Schauspiel zu. Es waren vier große Männchen, die sich um die Beute stritten. Carlos wurde von ihnen zerrissen. Einer schwamm schon nach Sekunden mit einem Bein davon. Die anderen drei zerrten noch eine Weile, bis jeder seinen Happen bekommen hatte. Die Wassertropfen, die bei dem Gerangel aufgeschleudert wurden, waren blutig. Ich wischte mir einige aus dem Gesicht. Auch ich roch nach Blut. Ich konnte sehen, wie sich die Nasenlöcher der großen Echsen blähten, als sie den Geruch auffingen. Doch sie trauten sich nicht an mich heran. Spürten, dass ich kein Opfer für sie war. Dass meine Kraft sie zerstören würde, wenn sie sich auch nur in meine Nähe wagten.

Langsam ging ich zum Wagen zurück. Die schwarze Hose und das Azurhemd würde ich zu Hause verbrennen. Den Alligatoren hätte die Kleidung nur schwer im Magen gelegen.

Plötzlich raschelte es im Sumpfgras. Wagte einer der Echsen doch einen Versuch? Ich erstarrte in der Bewegung und lauschte, ließ meine geistigen Fühler über die Umgebung tasten. Verwundert drehte ich mich um. Keine Echse. In der Dunkelheit lauerte etwas, das eine sehr viel schwärzere Seele hatte, als die schuppigen Tiere. Osira materialisierte sich neben mir, das graue Fell gesträubt, die gelben Augen leuchteten in der Finsternis.

Sie fletschte die Zähne und ließ ein gefährliches Knurren vernehmen.

„Was ist das?", flüsterte ich. Es war kein anderer Vampir. Aber auch kein Mensch oder gewöhnlicher Sumpfbewohner. Unvermittelt stob Osira davon, etwas das völlig ungewöhnlich für sie war.

„Osira, nicht!", rief ich ihr nur hinterher, doch da erklang in einiger Entfernung auch schon ein Winseln, gefolgt von schmerzvollem Heulen. Sekunden später kam meine Wölfin panisch mit eingezogener Rute zurück und sprang mit einem gewaltigen Satz in mich hinein. Ich wurde zurückgeschleudert, hielt mich an der Fahrertür der Viper fest und wurde von einer Flut aus Emotionen und verworrenen Bildern überrollt, die mir den Atem raubte. Angst, Hass, Schmerz, Verzweiflung zerrten an meinen Nerven. Dazu Dunkelheit, schwere Ketten, grelle Blitze und dämonische Augen, die mich aus tiefer Finsternis anstarrten. Keuchend kam ich ins Hier und Jetzt zurück.

Was zur Hölle sollte das?

Die fremde Präsenz war verschwunden und Osira kauerte tief in meinem Inneren und gab nicht Preis, was sie im Sumpfgras gesehen hatte.

Zu Hause warf ich die Kleidungsstücke in den Kamin und sinnierte immer noch über diese unheimliche Begegnung nach. Ich stocherte mit dem Schürhaken in den Flammen, als jemand hinter mir fragte:

„War er gut?"

Ich fuhr herum und sah mich meinem Lord gegenüber. Seine nachtblauen Augen schimmerten im Licht der Flammen, das schwarze Haar glitt wie ein Schleier über seine Schultern. Er trug enge Lederhosen und ein halboffenes weißes Hemd. Einzig der Spazierstock wollte nicht so recht zu seinem Outfit passen, aber ich hatte eine vage Ahnung, wofür er ihn heute Nacht noch brauchen würde. Lucien interessierte sich nie für Namen, oder wie er oder sie ausgesehen hatte.

Er strich sorgsam über den schmalen Bart, der Oberlippe und Kinn zierte, während er geduldig auf eine Antwort wartete.

„Sein Gesicht hat sich im Mondlicht noch einmal zu mir gedreht." Ich erhob mich und griff nach dem Weinglas, das ich auf dem Kaminsims abgestellt hatte. Nachdenklich nahm ich einen Schluck und Lucien verzog angewidert das Gesicht. Traubenblut war eben kein Menschenblut, aber mir machte das nichts aus. Er hätte es ebenso gut gekonnt wie ich, mochte es aber schlichtweg nicht. Und er verstand nicht, warum ich und so viele andere – besonders die Jungen – Wert darauf legten, auch menschliche Nahrung zu uns zu nehmen. Vor allem Alkohol oder Drogen.

„Hat er dir noch einmal zugelächelt?"

Seine Stimme war zynisch. Meine Gefühle waren immer wieder ein Streitpunkt zwischen uns. Ich hatte mich daran gewöhnt und störte mich nicht länger daran, wodurch unsere Streitereien seltener wurden. Vielleicht auch deshalb, weil ich für meine Opfer kein Mitleid verspürte wie einst, sondern inzwischen so gleichgültig geworden war wie alle Vampire, wenn ich ein menschliches Leben nahm.

„Er war sehr bleich. Ein Auge fehlte. Wohl einer der Alligatoren."

Lucien schaute zweifelnd auf ein Sofa unter einem weißen Baumwollüberhang, setzte sich aber dennoch darauf, schlug seine langen Beine übereinander und spielte mit seinem Spazierstock. „Du willst dich wohl immer noch nicht richtig einrichten, wie?"

Er meinte, dass ich nur deshalb zögere, weil ich im Grunde meines Herzens zurück nach London wolle. Wovon er nicht begeistert war. In Wahrheit lag es wohl eher daran, dass es mir egal war, da außer mir für gewöhnlich niemand in die Wohnung kam.

„Da war etwas im Sumpf“, sagte ich.

„Eine Menge hungriger Alligatoren.“

„Die meine ich nicht. Es war etwas Seltsames, Übernatürliches. Aber ich konnte nicht erkennen, was genau es war.“

„Dracon ist es nicht, seine Anwesenheit spüre ich. Und ich habe ein Auge darauf, dass er meinem Zuhause fern bleibt.“ Seine Züge wurden bitter. Er hatte mehr als einen Grund, seinen Dunklen Sohn zu hassen. Nur der Schutz unserer Urmutter und meine Fürsprache garantierten dessen Sicherheit, sonst hätte Lucien ihn vermutlich längst vernichtet.

„Ich glaube nicht, dass es ein Vampir war. Das Ding hat Osira angegriffen und in die Flucht geschlagen.“

Das amüsierte meinen Lord. Er respektierte mein Krafttier zwar, mochte es aber nicht besonders.

Das Klingeln meines Handys beendetet unsere Unterhaltung. Ich sah wie Lucien die Augen verdrehte, er wusste so gut wie ich, dass nur der Orden, Henry und Pettra die Nummer des Mobiltelefons kannten. Es war tatsächlich mein Vater, der als erstes fragte, wie es mir ging.

„Danke gut. Äh, Dad, wenn es nichts Wichtiges ist, würde ich dich gern später zurückrufen. Ich habe Besuch.“

„Es ist wichtig!“

Seine Stimme klang ernst. Also wollte er nicht nur privat plaudern, sondern hatte sich schlicht der Höflichkeit wegen nach meinem Befinden erkundigt. Ich machte Lucien ein Zeichen und er hob beschwichtigend die Hände. Im nächsten Augenblick stand ich allein im Zimmer.

„Okay, jetzt können wir in Ruhe telefonieren. Was ist los? Du hörst dich besorgt an.“

„Nun, das bin ich in der Tat.“

Ich nahm auf dem Sofa Platz, auf dem kurz zuvor noch Lucien gesessen hatte und hörte meinem Vater aufmerksam zu, was er auf dem Herzen hatte. Seit längerem, auch schon als ich noch im Orden in London war, wussten wir von Aktionen im paranormalen Untergrund. Angehörige verschiedenster PSI-Arten wollten nicht länger hinnehmen, dass die Menschen sie entweder ignorierten oder danach trachteten, sie zu vernichten. Es gab Unruhen und Übergriffe auf Menschen, bei denen bislang ein rasches Eingreifen des Ordens für eine Entspannung der Situation gesorgt hatte. Jetzt hatte sich aber speziell hier in Miami eine organisierte Gruppe zusammengefunden, die wesentlich gezielter vorging. Franklin befürchtete größere Probleme und sah nur eine Chance: jemanden bei ihnen einzuschleusen. Ich war die Einzige, die in Betracht kam.

„Ich weiß, es ist viel verlangt. Aber du bist wirklich meine einzige Hoffnung, um zu erfahren, was die planen. Mir schwant Übles, vor allem seit du die Schuppen der purpurnen Serpenia mitgebracht hast. Das hängt vielleicht zusammen und dann stehen wir vor einem großen Problem, Mel. Einem sehr großen. Warren ist schon auf dem Weg zu dir, um dich zu unterstützen. Natürlich verdeckt."

„Das klingt nicht nach einer Bitte, sondern nach einem Befehl."

Ich musste zugeben, dass diese Order in Verbindung mit dem Erlebnis in den Glades mir einen eisigen Schauer über den Rücken jagte und auch Osira winselte. Keine gute Ausgangsposition.

Um ihn herum war alles dunkel und kalt. Letzteres mochte vor allem an dem Steinboden liegen, den er unter sich fühlte. Feuchter, klammer Fels. Es roch muffig und moderig. Armand musste würgen, versuchte sich aufzurichten, um etwas Abstand zwischen sich und dem Boden zu bringen, musste aber feststellen, dass sein Kopf etwas dagegen hatte.

Schlagartig drehte sich die Dunkelheit um ihn, es pochte in seinem Schädel, als würde ihn jemand mit dem Presslufthammer bearbeiten. Vorsichtig betastete er seinen Hinterkopf und fand eine dicke Beule, die für die Schmerzen zuständig war. Außerdem gab es auch eine Erklärung, warum er nichts sehen konnte. Die Augenlider waren zugeschwollen. Jetzt merkte er auch, dass sein Kiefer schmerzte. Alles keine schlimmen Verletzungen, das Vampirblut würde sie in kürzester Zeit heilen, aber dennoch störend.

„Moment mal“, entfuhr es ihm und seine Stimme hallte erschreckend heiser von den Wänden seines unbekannten Gefängnisses wider. „Das Dunkle Blut hätte sie *längst* heilen müssen.“

Wie lange war er schon hier? Was genau war passiert? Er erinnerte sich an einen Brief, an einen lockenden Ruf, dem er sich nicht entziehen konnte. Irgendjemand hatte ihn aus dem Hinterhalt niedergeschlagen. Das war … Er konnte sich nicht erinnern, wann, hatte jegliches Zeitgefühl verloren.

Eine meckernde Stimme erklang. „Na, aufgewacht?“

Etwas Orangefarbenes glitt dicht vor seine Augenschlitze und blendete ihn schmerzhaft. Die Hitze ließ ihn zurückschrecken, er hob abwehrend die Hand. Aber das flackernde Licht entfernte sich schon wieder.

„Hier, dein Abendessen.“

Etwas wurde gegen seinen Körper geworfen, er spürte nasses, raues Fell auf seiner nackten Haut, hörte es quieken und griff reflexartig zu. Eine Ratte. Angewidert warf er sie fort.

„Man spielt nicht mit dem Essen. Dann gibt es heute gar nichts.“

Eine Tür öffnete und schloss sich, dann war alles still

und er wieder allein. Abgesehen von der Ratte, deren trippelnde Schritte zur anderen Seite des Raumes huschten. Ein schwacher Schimmer fiel von der Fackel zu ihm, zumindest hatte er eine Orientierung. Aber es ängstigte Armand, dass sein Vampirblut ihn nicht heilte. Irgendetwas stimmte hier nicht. Zitternd lehnte er sich an die Wand, die er hinter sich ertastete. Es würde schon werden. Er musste nur lange genug warten. Das Blut brauchte einfach länger, warum auch immer. Aber es würde ihn heilen, das hatte es immer getan.

Er zermarterte sich den Kopf, was geschehen war, doch die Gedanken waren wie flüchtige Geister, die er nicht greifen konnte. Immer, wenn er glaubte ein klares Bild zu bekommen, verschwamm es wieder. Es blieben Bruchstücke.

Mel! Ihr Bild stand ihm klar und deutlich vor Augen. Wo war sie? Ging es ihr gut? Plötzlich hatte er schreckliche Angst um sie, die ihm die Kehle zuschnürte. Heiße Tränen stiegen in ihm auf, als er sich ausmalte, dass sie vielleicht in ebenso einem Gefängnis saß, ihr Gesicht genauso zerschunden wie seins. Verzweifelt stürzte er nach vorn, umfasste die eisernen Gitterstäbe und wurde augenblicklich zurückgeworfen. Ein elektrischer Schlag hatte seinen Körper erfasst, der Geruch von verbranntem Fleisch lag in der Luft und seine Handflächen pochten. Er keuchte vor Schmerz, spürte, wie Panik in ihm hoch kroch, ob er je wieder hier rauskam, Mel je wiedersah, um ihr zu sagen, dass es ihm leid tat.

Er rief sich zur Ordnung. Solche Gedanken würden ihn nur wahnsinnig machen, und das war genau das, was seine Häscher wollten. Diesen Gefallen würde er ihnen nicht tun. Er musste ruhig bleiben, weiterhin versuchen, sich zu erinnern und vor allem warten, bis die Schwellungen und Verletzungen abheilten. Dann würde er einen Weg hier raus finden, egal was es ihn kostete.

Armand atmete ein paar Mal tief durch. Dann richtete

er seine Sinne aus und lauschte. Blitzschnell ließ er seine Hand vorschießen und packte das Nagetier, das noch immer nach einem Fluchtweg suchte. Mit Ekel schlug er seine Fänge in den zuckenden Tierkörper und trank das schale, bittere Blut. Er musste bei Kräften bleiben, durfte nicht wählerisch sein. Das Dunkle Blut konnte ihn nur heilen, wenn er es nährte.

„Mel! Wie schön, dich wiederzusehen.“ Warren begrüßte mich mit einer innigen Umarmung. Er hatte mir auch gefehlt. Es tat überraschend gut, wieder jemanden vom Orden an meiner Seite zu haben. Ein Blick über meine Schulter ließ ihn die Augenbrauen heben. „Soll das meine Wohnung werden?“

Ich musste lachen. „Nein. Ignorier es einfach. Ich weiß auch nicht, irgendwie komme ich nicht dazu, hier wirklich einzuziehen. Deine Wohnung liegt gegenüber.“

Wir öffneten die Tür mit der Nummer 43. Hier im voll möblierten Appartement drei im vierten Stock sollte Warren während seines Aufenthaltes in Miami wohnen. Nah genug bei mir, um eine reibungslose Zusammenarbeit zu sichern, aber doch mit eigenem Raum. Wie lange er bleiben würde, stand noch nicht fest, aber wir gingen davon aus, dass es einige Wochen oder Monate dauern konnte. Darum hatte ich entschieden, dass ich ihn und Lucien besser frühzeitig miteinander bekannt machte. Und zwar nicht nur so flüchtig, wie vor zwei Jahren in London, wo Lucien ihm im Vorübergehen Pasta al Arrabiata auf den Schoß gekippt hatte. Der einstige MI5-Agent mit den kurzen schwarzen Haaren und den stahlblauen Augen hatte gemeinsam mit mir an einer Mordserie im House of Lords gearbeitet und dabei lernen müssen, dass nicht alle Mörder menschlich waren. Seine Erfahrungen bei diesem Fall und das Verhalten seiner Vorgesetzten nach dessen Abschluss hatten dazu geführt, dass er das Angebot meines Vaters annahm, dem Orden beizutreten. Jetzt war er seit fast zwei Jahren Mitglied der Ashera und Franklins rechte Hand. Ich wusste, er war für Dad wie ein Sohn – und ersetzte wohl auch ein Stückweit die verlorene Tochter. Ich würde besonders gut auf ihn aufpassen, damit ihm nichts geschah.

Warren sah sich im Apartment um und gab nickend sein Einverständnis zum Ausdruck. Dann holte er Unterlagen aus seiner Aktentasche und reichte sie mir.

„Ich soll dir das hier von Franklin geben.“

Eine Mappe mit allen Hintergrundinformationen, die der Orden bislang zusammengetragen hatte. Schon beim Überfliegen der Aufzeichnungen wurde mir klar, dass es gar nicht so einfach sein würde, da hineinzukommen. Alle waren misstrauisch, was durchaus verständlich erschien. Ein Neuling wurde genauestens gemustert und bei mir stand eine besonders gründliche Überprüfung außer Frage, denn es war allseits bekannt, dass ich einmal für den Orden gearbeitet hatte.

„Und er fragt, ob du irgendeine Nachricht über Armand hast.“

Mir fiel das Unbehagen in seiner Stimme auf. Da er mehr als nur Freundschaft für mich empfand, sah er Armands Verschwinden mit gemischten Gefühlen, aber er wusste, was er mir und Franklin bedeutete.

„Nein, die Detektei sucht weiter, aber selbst Henry verliert langsam die Hoffnung. Sobald ich etwas höre, gebe ich Franklin sofort Bescheid.“

Er nickte, wusste aber nicht so recht, was er dazu sagen sollte, deshalb machte ich es ihm leicht und wechselte das Thema.

„Lass uns noch auf einen Wein zu mir rüber gehen. Ich hab einige Flaschen zur Wahl, die sogar deinen verwöhnten Gaumen erfreuen dürften“, neckte ich ihn.

Er war in vielem wählerisch, weil er sich als Agent des britischen Geheimdienstes immer bemüht hatte, einen Mann von Welt darzustellen. Auch um vor seinen Kollegen zu bestehen. Ich hatte das anfangs als Arroganz abgestempelt, wohingegen Franklin schon viel früher hinter die Fassade geblickt hatte. Aber in der Tat wusste Warren einen guten Wein zu schätzen. Lachend begleitete er mich in meine Wohnung, doch als die Tür offen stand, ahnten wir beide sofort, dass etwas nicht stimmte.

„Erwartest du noch Besuch?"

Warrens hochgezogenen Augenbrauen spiegelten die Frage in meinem Inneren wider. Wer hatte sich unerlaubt Zutritt verschafft und warum? Im Grunde kam nur Lucien in Frage, doch der hätte sich bemerkbar gemacht. Vorsichtig stieß ich die Tür auf und spähte hinein. Die Räume waren leer, niemand mehr da. Doch mein Blick fiel auf etwas beim Kamin, das nicht dorthin gehörte.

Ein Umschlag lag auf dem Sims. Mit einer schwarzen Lilie darauf. Wer schenkte mir eine solche Blume? Meine Kehle war trocken als ich die Blüte anhob, um das Kuvert darunter hervorzuziehen.

„Was ist das?", fragte Warren.

Es stand kein Absender drauf. Noch bevor ich ihn öffnete, hatte ich das Gefühl, dass dieser Brief nichts Gutes in sich barg. Ein paar Bilder blitzten vor meinem inneren Auge auf. Scharfe Zähne, Reptilienaugen, Schlüssellöcher, aus denen Blut rann. Von dem Tor mit den blutenden Schlössern hatte ich oft geträumt, doch in letzter Zeit zum Glück nicht mehr. Was die anderen beiden Dinge anging … ich konnte sie auf die Begegnung mit den Serpenias zurückführen, aber etwas in mir sagte, dass ich damit einer falschen Spur folgte.

„Mach ihn nicht auf", schaltete sich Osira ein. Ihr Fell war gesträubt und auch mir wurde jetzt bewusst, welch eigenartige Ausstrahlung von diesem Stück Papier und der Lilie ausging. Dieselbe wie in den Glades.

„Die Untergrundbewegung hat eine schwarze Lilie als Emblem", meinte Warren. „Soll ich ihn öffnen?"

Wortlos reichte ich ihm das Kuvert.

„*Kommen Sie übermorgen zum Hafen. Man hat Ihnen etwas Wichtiges mitzuteilen. Gezeichnet: M.*"

Überrascht riss ich Warren die Karte aus der Hand. Wer zur Hölle war M? Schon wieder Parallelen zu James Bond?

„Wirst du hingehen?“

Seine Hand auf meiner Schulter hatte etwas Beruhigendes. Ich rang mir ein Lächeln ab, ging zur Anrichte und entkorkte eine Flasche Bordeaux. Erst nachdem ich ihm ein Glas gereicht und an meinem genippt hatte, gab ich ihm eine Antwort.

„Mir bleibt kaum eine Wahl. Wenn wir Glück haben, wird uns der Einstieg leichter gemacht, als wir dachten.“

„Und wenn es eine Falle ist?“

Ich starrte auf die blutrote Flüssigkeit im Glas und die kleinen Wellen, die von meiner zitternden Hand herrührten. „Dann werde ich es übermorgen wissen.“

Müde stieg Jenny die Treppen zu ihrem Zimmer hinauf, eine der vielen Katzen auf dem Arm, die seit dem Vorfall mit der Ammit vor zwei Jahren hier eingezogen waren. Niemand hatte es übers Herz gebracht, sie wieder abzugeben, also waren alle, bis auf Pheodora, die jetzt in New Orleans mit Scaramouche das French Quarter unsicher machte, geblieben.

Es war sehr spät geworden, aber das wurde es in letzter Zeit immer. Sie vermisste Mel und die Gespräche mit ihr, darum vergrub sie sich jetzt in Arbeit und die Studien der Para-Wissenschaften. Ihr Kopf war so voller Informationen, dass sie sich nur noch nach ihrem Bett sehnte, um das Gelesene im Schlaf zu verarbeiten. Sie rieb sich die Schläfen, löste das Haarband aus ihrer blonden Lockenmähne und öffnete schließlich ihre Zimmertür. Alles war dunkel, doch Jenny entzündete keine Kerze und schaltete auch das elektrische Licht nicht ein. Sie liebte die Nacht. Dunkelheit hatte etwas Beruhigendes, wie sie fand.

Über fünf Jahre war sie nun im Orden. Vor ein paar Wochen hatte sie ihren sechzehnten Geburtstag gefeiert. Aber scheinbar fielen die Veränderungen an ihrem Körper nur ihr selbst richtig auf. Ja, sie war immer noch recht knabenhaft für ein Mädchen. Mit schmalen Hüften, flachem Bauch und Po. Aber immerhin hatte sie deutlich mehr Busen bekommen und ihre Züge waren nicht mehr kindlich wie früher. Doch keiner der jungen Männer im Orden sah mehr als die „kleine Schwester" in Jenny und allmählich ging ihr das auf die Nerven. Wenn doch wenigstens einer von ihnen sie mal mit anderen Augen anschauen oder ihr kleine Komplimente machen würde. Es gab etliche hier, die ihr gefielen. Doch jeder sah nur das süße Mädchen, niemand die heranwachsende Frau. Es war frustrierend.

Sie setzte die Katze auf den Boden, zog sich aus und schlüpfte unter die Bettdecke. Wie so oft ließ sie ihre Finger über ihre Haut gleiten, genoss das leichte Erschauern, das diese Berührung in ihr wachrief. Das Sehnen nach mehr und vor allem, dass es ein Mann wäre, der sie so berührte. Dann strichen ihre Finger über das Mal unterhalb ihres linken Busens und sie zuckte zusammen. Sie war nicht damit geboren worden, es war erst vor ein paar Jahren aufgetaucht, als sie schon dem Orden angehörte. Bislang hatte sie mit niemandem darüber gesprochen. Das Mal machte ihr Angst, denn es sah fast aus wie ein Brandzeichen. Darum hatte sie sich auch schon oft gefragt, ob es etwas mit ihrer Gabe zu tun hatte. Jenny verfügte über die Fähigkeit der Pyrokinese und das Mal sah nach einer Flamme aus, über der eine Mondsichel prangte.

Fröstelnd zog sie die Decke bis zum Kinn und drehte sich zur Seite. Vielleicht sollte sie doch mit Franklin über dieses Zeichen sprechen und den Zeitpunkt, an dem sie es erhalten hatte? Tief in ihr fühlte Jenny, dass es nichts Gutes bedeutete.

Zu so später Stunde herrschte immer noch reges Treiben am Hafen. Mich wunderte daher die Wahl des Treffpunktes. Vielleicht zielte M. darauf ab, hier weniger aufzufallen.

Es beruhigte mich, dass Warren in einem Café in der Nähe Posten bezogen hatte. Auch wenn mir klar war, dass er im Fall des Falles nicht eingreifen konnte, so war ich doch zumindest nicht allein. Unsere Verbindung bestand per Telepathie, er hatte seit seinem Beitritt zum Orden sehr viel gelernt.

Die Größe des Hafens machte den Treffpunkt vage. Ich musste abwarten, dass mich der Verfasser der Nachricht fand. Ziellos wanderte ich an den Docks entlang, die Blicke der Arbeiter folgten mir, obwohl ich mich unauffällig gekleidet hatte, in einen cremefarbenen Pullover und schlichte Jeans. Aber gegen meine Aura konnte ich nichts machen. Es blieb jedoch beim Hinterhersehen, darum störte ich mich nicht weiter daran. Ich verließ den Bereich der Frachtschiffe und hielt auf den Nobelbereich des Hafens zu.

Einige elegante Wasserfahrzeuge lagen hier vor Anker, meist Yachten reicher Industrieller. Kleinere Segelboote dazwischen. Noch immer sprach mich niemand an. Wurde ich am Ende sogar versetzt? Oder war es eine Finte? Doch wenn ja, wozu? In meiner Wohnung gab es wahrlich nichts Lohnenswertes zu finden.

Ich schlenderte weiter an den Anlegeplätzen der großen Kreuzfahrtschiffe vorbei, diese Kolosse, die Tausende von Passagieren an den Küsten entlang schippern, damit sie in drei Tagen das sehen und erleben können, wozu andere drei Wochen einplanen.

Noch immer keine Kontaktaufnahme, also machte ich mich schließlich auf den Rückweg. Am Liegeplatz von Luciens Yacht blieb ich kurz stehen. Die *Isle of Dark* war wie immer auf Hochglanz poliert, aber im Gegensatz zu den meisten anderen Yachten auf denen selbst zu dieser späten Stunde noch Partys gefeiert wurden und die daher in hellem Licht erstrahlten, wirkte Luciens schwarzes Luxusgefährt trostlos und verlassen. Dabei genoss auch er zuweilen Empfänge im Hafen, doch sie waren seltener geworden in letzter Zeit.

Eine leichte Brise wehte vom Meer herüber und spielte mit meinen Haaren. Ich gab mich einen Augenblick meiner Sehnsucht hin, dem Schmerz, den ich in den vergangenen Wochen tief in mir vergraben hatte. „Armand“, flüsterte ich dem Wind zu und hoffte, so unvernünftig es auch war, dass er meinen Ruf zu ihm tragen würde, damit er wieder zurück kam.

„Guten Abend, Miss Ravenwood.“

Ich wirbelte herum und sah mich einem jungen Mann in Anzug und Krawatte mit einer großen Sonnenbrille im Gesicht gegenüber. Letztere war gespiegelt, sodass man seine Augen nicht sehen konnte.

„Ich freue mich sehr, dass Sie der Einladung von Sir Maxwell gefolgt sind.“

Sir Maxwell?

„Etwas geheimnisvoll, finden Sie nicht. Warum lud er mich ein und wohin überhaupt?“

Der Mann lachte leise und machte eine entschuldigende Geste. „Sir Maxwell hat so seine Eigenarten, wissen Sie. Und er muss vorsichtig sein, bei der Wahl seiner … Freunde.“

Er betonte das letzte Wort auf merkwürdige Weise, die mir einen kalten Schauer über den Rücken jagte. Ich musste mich beherrschen, um nicht auf der Stelle davonzulaufen. Dieser Kerl machte mir Angst und ich konnte nicht einmal sagen warum. Er sah völlig harmlos aus, unauffällig. Aber Auftrags-Killer sind ja auch immer unauffällig, solange sie nicht ihre Knarre ziehen.

„Leider ist mein Arbeitgeber verhindert, Miss Ravenwood. Er bedauert dies zutiefst. Doch er bat mich, Ihnen das hier zu geben.“

Der Angestellte reichte mir einen weiteren Umschlag, auf dem nun auch ein geschwungenes M prangte.

„Es werden auch noch andere Gäste anwesend sein. Ich empfehle mich.“

Es hätte zu diesem Mann gepasst, wenn er einfach so verschwunden wäre, doch er entfernte sich wie ein Sterblicher. Nur meine feine Nase sagte mir, dass er kein Mensch war. Das Ganze wurde immer dubioser und mir war überhaupt nicht wohl dabei.

„Warren, ich komme zurück zum Café. Ich habe einen weiteren Umschlag“, ließ ich meinen Freund gedanklich wissen und machte mich dann auf den Rückweg.

Immer wieder blickte ich mich um, denn ich wurde das Gefühl nicht los, beobachtet zu werden. Wenn sie mich nun sahen, wie ich mich mit einem Ashera-Mitglied traf? Das konnte Probleme geben und für Warren sogar gefährlich sein. Kurz vor dem Café änderte ich daher meine Pläne, weil dieses Unbehagen nicht weichen wollte, auch wenn ich nichts und niemanden entdeckte. Ich ging am Café vorbei.

„Wir treffen uns bei mir. Ich erklär’s dir später.“

Hinter dem Café tauchte ich in den Schatten unter und nutzte dann meine Vampirfähigkeiten, um geschwind über die Dächer zu enteilen. Aber erst nachdem ich die Tür zu meiner Wohnung hinter mir abgeschlossen hatte, verflüchtigte sich ganz allmählich die Angst, einen Dämon im Nacken zu haben.

Es nieselte. Kühler Regen traf sein Gesicht. Für einen Moment schloss Warren die Augen. Er musste an Mel denken. Ihre Finger fühlten sich ebenso kühl an auf seiner Haut. Er lächelte versonnen. Natürlich hatte er keinen Anspruch auf sie. Auch jetzt nicht, wo Armand fort war. Zwischen ihnen herrschte ein inniges aber freundschaftliches Verhältnis. Keine Liebe. Sein Lächeln erlosch. Die Sehnsucht nach ihr verzehrte ihn. Er schloss seine Hand um die Phiole, die er an einer Silberkette um den Hals trug. Die Phiole mit ihrem Blut. ‚*Du musst sie nur berühren und nach mir rufen. Ich finde dich überall auf der Welt.*' Das hatte sie gesagt, als sie ihm den kleinen Behälter reichte. Und dass es ihn vor anderen ihrer Art schützen würde. Immerhin, der Schutz schien zu funktionieren. Bisher hatte ihn kein anderer Vampir bedroht. Ob der zweite Teil des Versprechens auch stimmte? Er zwang sich, die Phiole loszulassen. Bisher hatte er nicht nach ihr gerufen, obwohl die Versuchung groß gewesen war, nachdem sie London verlassen hatte.

Aber das alles war jetzt nicht wichtig. Die Situation war brenzliger, als sie zunächst angenommen hatten, das bewies die neuerliche Einladung des unbekannten Sir Maxwell. Der Name sagte weder der Ashera, noch Melissas Mentor, diesem Lord Lucien, etwas. Ein völlig unbeschriebenes Blatt, doch seine Pläne waren beunruhigend und bedrohlich. Er hatte sich einige PSI-Wesen ausgesucht, die er mit Aufgaben betrauen wollte, deren gemeinsames Ziel es war, Darkworld wieder zu öffnen. Warren hatte noch nie etwas von dieser Darkworld gehört, aber Mels Reaktion auf diesen Begriff sprach Bände. Und dass auch Lucien gestern am Telefon zu Mel gesagt hatte, sie solle sich vom Untergrund fernhalten, trug nicht dazu bei, Warren zuversichtlich zu stimmen. Sie hatte dem Lord nur wenig erzählt, das wollte sie lieber persönlich tun, wenn das Treffen vorbei war. Irgendwie wurde Warren das Gefühl nicht los, dass auch der Vampirälteste bei Offenlegung aller Informationen vehementer gegen das Treffen argumentiert hätte. Am liebsten wollte er ihr das Ganze ausreden und Franklin bitten, jemand anderen darauf anzusetzen. Doch die Fakten lagen auf der Hand: Mel hatte den leichtesten

Einstieg von allen Ashera-Mitgliedern, weil sie ein PSI-Wesen war. Und man begegnete ihr offenbar ohne Argwohn, öffnete ihr freiwillig die Türen. Eine bessere Ausgangsposition gab es nicht, egal wie viel Vorbehalte jeder von ihnen haben mochte. Auch Mel fühlte sich nicht wohl, das sah er ihr an. Trotzdem konnten sie sich diese Gelegenheit nicht entgehen lassen. Also blieb er auf seinem Posten, von dem aus er den Tisch im Restaurant, wo das Treffen stattfinden sollte, im Auge hatte und sorgte dafür, dass die Verbindung zwischen Mel und dem Mutterhaus stabil blieb, damit kein noch so kleines Detail dieses Treffens verloren ging. Vorsicht war geboten, denn er durfte von den Mitgliedern der paranormalen Untergrundbewegung nicht entdeckt werden, denen Mel sich mit ihrem Erscheinen offenkundig anschloss. Wenigstens war er hier in ihrer Nähe. Auch wenn ihm die Hitze Floridas so gar nicht gefiel. Da tat der Regen schon beinah doppelt gut.

Trotzdem hätte er seine Beobachtungen auch gern nach drinnen verlagert, wo das Treffen stattfand. Da gab es kühles Bier und eine Klimaanlage. Doch es wäre zu auffällig gewesen. Also blieb er auf seinem Posten und verfolgte lieber alles über den kleinen Monitor in seiner Hand, der per Funksignal alles empfing, was Mel durch ihre Spezialbrille sah. Ein kleines Mikro am Bügel zeichnete auch die Gespräche auf. Er war also so gut wie vor Ort, auch wenn das kühle Bier doch eine Entbehrung war.

Eine Gruppe von Menschen. Scheinbar gute Freunde, die sich zu einem gemütlichen Abend zusammengefunden hatten. Die perfekte Tarnung für jeden von uns. Denn menschlich waren wir alle nicht.

Cyron Gowl – der Wandler – hatte die Gestalt des Börsenmaklers angenommen, der ihm auf dem Weg zu diesem Treffen zufällig begegnet war. Wie er wirklich aussah, wusste niemand.

Malaida Sket – die Elfe – verbarg ihre spitzen Ohren unter der langen Haarpracht und trug braune Kontaktlinsen, damit man ihre gold und silbern schimmernden Augen nicht sah.

Gorben Wulver – der Kobin-Zwerg – war vielleicht der Ungewöhnlichste von uns, weil er wie ein Liliputaner aussah.

Goshwa Argres – der Luchsar – hatte die typische Gesichtszeichnung seiner Art unter Camouflage-Make-up versteckt und ebenfalls die Augen sowie seine Raubtierzähne mit entsprechenden Hilfsmitteln getarnt.

Und zuletzt ich selbst – die Vampirin – Melissa Ravenwood.

Wir gehörten alle unterschiedlichen Gattungen der paranormalen Welt an. Und wir waren hierher eingeladen worden von dem einen. Der, dessen Gesicht und wahren Namen niemand von uns kannte. Der dasselbe Ziel verfolgte wie wir alle, nämlich nicht länger von den Menschen verachtet, ignoriert oder gejagt zu werden. Er ging sogar noch einen Schritt weiter, wie wir inzwischen ebenfalls wussten. Mit unserem Erscheinen bestätigten wir, dass wir uns diesem Ziel anschlossen, das Tor zur Darkworld zu öffnen und die Menschen den Dämonen zu unterwerfen.

Vor jedem von uns lag ein Umschlag mit unserem Namen. Darin ein Zettel, der uns eine Aufgabe zuwies. Keiner wusste, was die Umschläge der anderen enthielten. Aber wenn jeder von uns seine Aufgabe erfüllt hatte, konnten wir das Tor öffnen. Behauptete *er* zumindest. Aber warum war er nicht hier? Wer war er? Und woher hatte er von uns gewusst? So viel über jeden einzelnen, dass er uns hier zusammenbrachte?

„Er hat sehr viel Mut, meint ihr nicht auch?“, fragte Goshwa.

„Den hat er wohl. Und er weiß etwas, was wir nicht

wissen. Wie sonst wäre er in der Lage, einen Plan zu schmieden, der erfolgversprechend ist?" Fragend blickte ich von einem zum anderen.

„Ist doch egal", zischte Malaida. „Ich bin es leid, mich ständig vor den Menschen zu verstecken. Immer so zu tun, als sei ich eine von ihnen. Warum können sie uns nicht als real und gleichwertig betrachten? Wenn Darkworld erst wieder offen und Yrioneth befreit ist, werden sie keine Wahl mehr haben. Sonst gibt es Krieg."

„Gehörtest du nicht dem Orden an, der das Tor einst verschloss?" Gorben sah misstrauisch zu mir herüber.

Er fühlte sich nicht wohl in dieser Runde. Das lag vor allem an mir, weil er mir nicht traute, und an Goshwa. Kobin-Zwerge hatten eine Abneigung gegen Tiere, weil sie eine ernstzunehmende Gefahr für ihre Art darstellten. Sie besaßen genetisch bedingt Allergien auf Tierhaare, Federn und Hautschuppen. Eine Verletzung durch einen Vogel oder Vierbeiner konnte schnell tödlich enden. Und der Luchsar war nun mal eng mit den vierbeinigen Raubkatzen verwandt.

In meinen Augen, hinter der leicht getönten Brille, ließ ich es warnend aufblitzen ob Gorbens Anschuldigung. Doch Goshwa legte beruhigend seine Hand auf die meine.

„Yrioneths Gefangennahme dürfte wohl viele Jahrhunderte vor ihrer Zeit gewesen sein."

„Aber Gorben hat recht", bestätigte nun auch Cyron. „Du warst eine Tochter der Ashera vor deiner Wandlung. Und mancher sagt, du bist es immer noch."

„Wenn dem so wäre, denkt ihr dann wirklich, er hätte mich eingeladen?"

Dem hatten sie nichts entgegenzusetzen. Wir mussten einander vertrauen. Sonst war die Mission sowieso zum Scheitern verurteilt.

„Jedenfalls kann nur ein besonderes Kind den Schlüssel drehen, der das Tor wieder öffnet. Wenn er nicht weiß, wo er dieses Kind findet, wird Darkworld ohnehin nicht zu öffnen sein."

„Ich bin sicher, Goshwa, dass er das Kind bereits ausfindig gemacht hat. Vielleicht steht ja einem von uns die Aufgabe bevor, das Kind zu holen." Malaida schien sehr überzeugt davon, dass sie diejenige sein würde, die das Kind zum Tor brachte.

Alle an diesem Tisch gingen davon aus, dass es meine Aufgabe sein würde, den Schlüssel aus den Ashera-Archiven zu holen. Weil der Orden mir immer noch vertraute und ich als Einzige Einlass bekommen würde.

Der Kellner kam an den Tisch, brachte das Essen und jedem ein Glas des teuersten Weins, den das Restaurant auf der Karte hatte.

„Mit den besten Empfehlung von Sir Maxwell. Er lässt sich entschuldigen, aber ihm ist leider etwas dazwischen gekommen."

„Wie immer", rutschte es mir heraus.

Er war zu keinem Treffen erschienen, bei niemandem von uns. Sir Maxwell war ohnehin nur ein Deckname, nichts weiter.

Der Kellner schaute lächelnd in die Runde. Ein hübscher Mann. Mit dunkelblonden kurzen Haaren, stahlblauen Augen und einem unverschämt süßen Grübchen im Kinn. Sein Blick blieb lange an mir haften. Ich seufzte leise, als er unseren Tisch wieder verließ. Sehr verlockend, aber ich blieb bei meinen Prinzipien.

Kurz nach Mitternacht trennten wir uns wieder. Den Umschlag würde jeder erst zu Hause in aller Ruhe und Abgeschiedenheit öffnen. Ich beeilte mich, möglichst schnell zu meinem Wagen zu kommen. Die Spionage-Brille hatte ich schon wieder in meine Manteltasche gesteckt und stattdessen eine Sonnenbrille aufgesetzt, die meine Augen in der Dunkelheit vor den Passanten verbarg. Meine Züge allein waren schon so düster, wie mei-

meine Gedanken. Alle, denen ich begegnete, wichen mit skeptischem Blick auf die andere Seite des Weges, auch ohne das Fluoreszieren in meinem Blick zu sehen.

Osira sprang auf den Beifahrersitz des Cabrios und ich startete den Motor. Meine Wohnung lag nicht weit entfernt, aber ich wollte jetzt nicht dorthin. Gerade nach den Ereignissen der letzten Tage beunruhigte mich die Atmosphäre des Unbewohnten mit den weißen Laken. Dabei hätte ich sie doch nur abziehen brauchen. Doch nachdem ich das seit Monaten nicht tat, warum jetzt?

Es erschien mir dann auch wieder albern, dass ich mich von einer ungeklärten Begegnung im Sumpf und zwei geheimnisvollen Nachrichten derart aus der Bahn werfen ließ. Natürlich konnte ich auch die Zeit bis Sonnenaufgang mit Warren verbringen, die Nachricht gemeinsam öffnen und weitere Überlegungen anstellen. Franklin wartete ebenfalls auf meinen Anruf. Aber ich wollte erst mit Lucien über das Treffen sprechen und den Inhalt meines Umschlags. Er belächelte den paranormalen Untergrund zwar, aber der Teufel sollte mich holen, wenn er angesichts von Darkworld immer noch lachte. Ein eisiger Klumpen lag mir im Magen, der nicht schmelzen wollte. Ich brauchte mehr Hintergrundinfos, darum zog es mich erst mal zur Isle of Dark. Ich holte mein Handy aus der Tasche und rief Warren an. Er hob schon nach dem ersten Klingeln ab.

„Warte bitte in meiner Wohnung auf mich. Fühl dich wie zu Hause." Insgeheim hoffte ich, dass er vielleicht die Laken abzog, und sei es auch nur aus Langeweile.

„In deinem Geisterschloss?", konterte er lachend.

„Wenn du magst, kannst du mit dem Auspacken der Möbel anfangen", gab ich zurück und wir mussten beide lachen, dass er mich so schnell durchschaut hatte.

„Und du?"

„Ich muss noch jemanden treffen. Aber ich bin bald zurück."

Als ich aus der Tiefgarage fuhr, klappte ich das Verdeck des Wagens hoch. Regen war nicht gut für die Ledersitze.

Diese Einladung war doch recht kurzfristig. Bei den anderen sogar teilweise derart, dass sie es gerade so zum Treffen geschafft hatten. Warum hatte Sir Maxwell uns so wenig Zeit gelassen? Zu welcher Gattung er wohl gehören mochte? Und warum wollte er gerade jetzt das Tor zur Darkworld öffnen?

Die Untergrundbewegung aus Angehörigen verschiedener Para-Spezies war seit langem bekannt. Unzufriedene Geister, die nicht länger im Verborgenen oder in Mythen und Legenden leben wollten. Im Grunde verstand ich sie gut. Doch deshalb Darkworld öffnen? Darkworld war längst keine parallele Dimension mehr. Sie war ein Gefängnis. Für den Dämon Yrioneth und eine ganze Menge anderer recht zweifelhafter Wesen, die für die Welt der Menschen eine erheblich größere Gefahr darstellten, als ein paar Werwölfe und Vampire. Yrioneth galt als einer der mächtigsten und zugleich boshaftesten Dämonen der dunklen Seite. Er hatte vor rund 2700 Jahren versucht, die gesamte Menschheit zu Sklaven der PSI-Wesen zu machen. Zu jener Zeit hatten sich Ordensgruppen wie die Ashera von dem Coven der Roten Priesterinnen abgespaltet, der plante, alle übernatürlichen Wesen zu vernichten. Auch ich hatte unschöne Erinnerungen an die heutigen Erben des Covens und seine letzte Hohepriesterin. Ich war bei ihnen aufgewachsen und fast durch sie gestorben. Doch das war lange her. Die neuen Coven waren damals zu der Überzeugung gelangt, dass Krieg keine Lösung sei und es genüge, Yrioneth zu fangen und ihn für immer einzusperren. Die ersten Ashera-Kinder hatten genau das getan, die Welt damit gerettet, sich aber für immer die Feindschaft der Roten Priesterinnen zugezogen. Mit Yrioneth war auch der Rest von Darkworld und alle, die einmal dorthin verbannt worden waren oder seit jeher in diesen Gefilden lebten, eingesperrt worden. Kein allzu großer Verlust für diese Welt. Aber sicher war keine dieser Kreaturen sonderlich gut auf die Menschen zu sprechen. Das Ausmaß, wenn man Darkworld öffnete und einen Kriegsherren wie Yrioneth mit seinem dunklen Gefolge losließ, mochte ich mir nicht ausmalen.

„Willst du eigentlich ewig hier im Auto sitzen bleiben?“, fragte Osira gelangweilt.

Mir war nicht aufgefallen, dass ich bereits am Hafen angekommen war. Die Viper stand mit laufendem Motor vor dem Anliegeplatz der *Isle of Dark*. Ich drehte den Schlüssel um und das gleichmäßige Surren erstarb. Das letzte Stück Weg würde ich im Flug überwinden.

„Melissa, *djamila*“, begrüßte Lucien mich liebevoll, als ich an Gillians Seite sein Atelier betrat. Er wischte den großen Pinsel sauber und kam dann zu mir, um mich in die Arme zu schließen. „Du bist spät heut Abend.“

„Ich war noch verabredet.“

„Mit diesem Warren?“

Er mochte Warren nicht und gab ihm die Schuld, dass ich nicht endgültig mit der Ashera brach, weil durch ihn ein Kontakt blieb. Dass ich schon um meines Vaters Willen nie alle Brücken hinter mir sprengen würde, lag auf der Hand und hatte mit Warren rein gar nichts zu tun. Aber Lucien ignorierte das.

„Nein, heute war doch das Treffen, zu dem dieser Sir Maxwell eingeladen hat. Es waren einige Mitglieder des paranormalen Untergrunds dort.“

Lucien kräuselte amüsiert die Lippen. Der paranormale Untergrund war etwas, das ihn schlicht zum Lachen brachte. Er fand es albern, überflüssig und völlig haltlos. Ein Haufen Möchtegerne, die nichts anderes konnten als lamentieren.

„Und du musstest natürlich wider meinem Rat zu diesem Treffen gehen.“ Er seufzte theatralisch. „Da wäre

Warren das kleiner Übel gewesen."

„Das denke ich nicht, denn was ich erfahren habe, ist alles andere als unwichtig und noch dazu besorgniserregend. Es stand gestern Abend schon angedeutet in der Einladung, aber ich war nicht sicher, deshalb habe ich dir noch nichts gesagt. Offenbar plant Maxwell, Darkworld wieder zu öffnen."

Schlagartig erstarb das Grinsen auf Luciens Gesicht und sein üblicherweise goldfarbener Teint wurde bleich.

„Darkworld öffnen? Mir scheint, du und deine neuen Freunde seid ein bisschen lebensmüde. Und dieser Sir Maxwell nicht mehr ganz bei Trost. Yrioneth wurde vor fast dreitausend Jahren eingesperrt. Man kann wohl davon ausgehen, dass er wütend genug ist, um jeden, der das Tor öffnet, in Stücke zu reißen."

Unsicher blickte ich auf den Umschlag in meiner Hand. Aber dass ich eine Aufgabe in diesem Komplott haben würde, hieß noch lange nicht, dass ich auch das Tor öffnen musste. Das konnte machen, wer wollte, ich ganz sicher nicht.

„Willst du das Ding nicht aufmachen?", fragte Lucien und deutete auf das Kuvert. „Es wird sicher nicht besser, indem du es hinaus zögerst.

Ich verzog das Gesicht, während ich die für mich bestimmte Botschaft öffnete und vorlas:

Hole den Althea-Schlüssel der dem Tempel der Sougven entstammt!

Verwahre ihn sicher und bringe ihn zu mir, wenn ich es dich wissen lasse!

Wie vermutet ging es für mich um den Schlüssel. Das Finden war kein Problem. Ich wusste, wo er war. Im Calais de Saint. Der Tempel der Sougven. War er ein Sougvenier? Wenn ja, dann lag ich mit meiner Überlegung daneben, dass vielleicht sein Äußeres der Grund war, warum er nicht zu dem Treffen erschienen war. Die Sougven sahen recht menschlich aus. Die spitzen Zähne hätte man mit künstlichen abdecken, die Reptilaugen genau wie bei Malaida mit Kontaktlinsen tarnen und die verräterischen Krallen an den Fingern in Handschuhen verbergen können.

Ein Klingeln aus meinem Mantel verhinderte weitere Überlegungen. Ich holte die Brille hervor und setzte sie auf. Lucien zog die Augenbrauen hoch, zeigte sich aber augenblicklich interessiert an meinem Hightech-Equipment. Das Display auf der Innenseite leuchtete auf und Franklins Gesicht erschien.

„Guten Abend, Dad. Hast du alles mitbekommen?“

„Hallo, mein Schatz. Ja, wir haben das gesamte Treffen mitgeschnitten. Das sieht nicht gut aus. Und mir gefällt nicht, dass dieser Sir Maxwell nicht dort war.“

„Ich habe den Umschlag geöffnet. Ich soll den Althea-Schlüssel besorgen.“

„Nun, das hatten wir ja schon erwartet. Denkst du, Sir Maxwell könnte ein Sougvenier sein?“

„Möglich, aber warum war er dann nicht dort?“

„Vielleicht bleibt er lieber unerkannt. In Sicherheit. Bis nichts mehr schiefgehen kann.“

Damit mochte er recht haben. Es würde uns wohl erst mal nichts anderes übrig bleiben, als das Spiel weiter mitzuspielen. Natürlich würde es noch einen anderen Schlüssel geben, den ich erst mal anbot. Aber solange wir nicht wussten, wer dieser Sir Maxwell war, hatten wir keine Möglichkeit, seinen Plan zu durchkreuzen.

„Wo bist du jetzt?“

„Bei Lucien. Aber ich komme morgen erst mal wieder nach London zurück. Zusammen mit Warren.“

„Nun, das ist gut, darum wollte ich dich gerade bitten. Denn diese Neuigkeiten von dir, zusammen mit den Vorfällen in Shanghai … ich mache mir große Sorgen.“

Nachdem die Verbindung beendet war, trat Lucien näher und legte mir die Hand auf die Schulter. Auch sein Gesicht zeigte Sorge.

„Hast du irgendeine Vermutung, welche Aufgaben die anderen erhalten haben? Welche Rolle sie bei diesen Plänen spielen?

„Ich denke, dass Malaida damit beauftragt wurde, das Kind zu suchen. Was die anderen tun müssen … ich weiß es nicht. Darkworld ist ein Rätsel für mich. Ich werde mit Dad reden müssen, er weiß mehr darüber."

„Pass auf dich auf, *thalabi*. Ich sähe dich ungern als Opfer für die sieben Schlösser nach Darkworld."

Unter seinem Blick zog sich alles in mir zusammen. Wenn sogar er Furcht zeigte, war die Lage viel ungünstiger, als ich glaubte.

Noch immer waren die Schwellungen in seinem Gesicht nicht abgeklungen, obwohl Armand sich jedes Mal aufs neue überwand, das Blut der Ratten zu trinken, die das Wesen mit der meckernden Stimme ihm brachte. Wie viele Tage und Nächste vergangen waren, konnte er nicht sagen. Allmählich wuchs die Verzweiflung, dass seine Wunden vielleicht nie mehr heilten und er keinen Fluchtweg fand. Wer hatte ihm diese Verletzungen beigebracht und warum linderte das Dunkle Blut sie nicht zumindest? Seine Erinnerungen waren wie ausgelöscht. Er wusste nur noch, dass er in London auf der Jagd gewesen war und auf Mels Rückkehr gewartet hatte. Irgendetwas hatte ihn in der Stadt erfasst, eine merkwürdige Unruhe, wie ein Ruf. Dem war er gefolgt, was danach geschah lebte nur noch als schwarzes Loch in seinem Kopf. Bis er hier erwachte. Vielleicht sollte er froh sein, dass ihm die Zeit dazwischen fehlte. Angesichts seiner Verletzungen hatte man ihn gefoltert und an die Schmerzen, die damit einhergegangen waren, wollte er sich nicht erinnern. Doch die Sorge blieb, warum sie nicht längst abheilten.

Ein Zauber vielleicht? Oder wirkte das vampirische Erbe in ihm nicht länger? Während er mühsam gegen die eisige Panik ankämpfte, die sich in seinem Inneren auszubreiten drohte, kam ihm mit einem Mal ein Gedanke. Gerade noch hatte er die Einsamkeit seiner Zelle verflucht, als ihm bewusst wurde, dass er gar nicht einsam war. Jemand war bei ihm. Immer.

Welodan.

Es strengte ihn auch jetzt noch, nach so vielen Monaten, an, sein Totemtier zu rufen, aber die Kraft der Verzweiflung half. Er versuchte alles zu beherzigen, was Mel ihm beigebracht hatte. Sich zu entspannen, gleichmäßig zu atmen, tief in sich zu gehen und dort nach dem Totem zu rufen. Verdammt, bei ihr und Osira erschien das immer so leicht. Die Wölfin erschien wie von selbst, wenn Melissa in Gefahr war.

Es kostete Armand Energie, nach Welodan zu rufen, Energie, die er eigentlich nicht mehr hatte. Trotzdem rief er weiter, konzentrierte sich auf den schwarzen Panther, wie sich sein Fell anfühlte, wie er roch, sein leises Schnurren, wenn er erschien.

Gewann seine Vorstellungskraft so viel Intensität oder hörte er die große Katze tatsächlich? Noch während Armand sich diese Frage stellte, spürte er die Wärme eines anderen Wesens und gleich darauf rieb sich ein seidenweicher Katzenkopf an seiner Wange.

Vor Glück zersprang ihm fast das Herz. Tränen der Freude liefen über Armands Gesicht und er tastete hektisch nach dem Freund, um ihn zu spüren, sich zu vergewissern, dass er wirklich und wahrhaftig bei ihm in der Zelle stand.

„Welodan, mein Guter“, keuchte er und barg sein Gesicht in dem dichten Fell des Raubtieres. „Ich bin so froh, dass du da bist.“

Der Panther antwortete schnurrend und rollte sich an Armand Seite zusammen.

„Du musst mir helfen, Welodan. Ich kann nichts sehen, weiß nicht, wo ich bin und was geschehen ist. Und ich habe keine Ahnung, wie es funktioniert, sich mit dir zu verbinden, damit du für mich sehen kannst.“

Welodan leckte Armand tröstend über die Hände und übers Gesicht, begriff genau, was er meinte, doch leider funktionierte die Kommunikation nach wie vor nur einseitig. Er hatte immer noch nicht gelernt, die Sprache des Panthers wie seine eigene zu verstehen. Mel hatte ihn immer wieder zur Geduld gemahnt. Es stelle sich irgendwann von allein ein. Bei ihm dauerte es nur einfach länger, weil er die meiste Zeit seines Lebens keine Verbindung zu seiner magischen Seite und seinem Krafttier gehabt hatte. Doch gerade jetzt wünschte er sich nichts sehnlicher, als diese Fähigkeit zu besitzen.

Er konnte es nicht sehen, aber er spürte, dass Welodan etwas tat. Vorsichtig streckte er die Hand aus. Keine Frage, das Tier saß direkt vor ihm und starrte ihn an. Armand atmete tief durch und bewegte langsam den Kopf nach rechts und links, oben und unten, bis Welodan jeweils einen zustimmenden Laut von sich gab. Als er schließlich seine Pfote auf Armand Knie legte, fühlte er die Kraft, die von der Katze zu ihm übersprang. Er bemühte sich, die zugeschwollenen Augen so weit wie möglich zu öffnen, sah zumindest schemenhaft den schwarzen Körper. Der verschwamm schließlich, veränderte seine Form, wurde zusehends menschlicher und dann plötzlich sah er völlig klar sich selbst.

Im ersten Moment schrak er zurück. So schlimm hatte er es sich wahrlich nicht vorgestellt. Sein Gesicht war kaum noch zu erkennen, eine verquollene Masse von schwarzen und blauen Malen gezeichnet. Das Haar hing ihm in wilden, verklebten Strähnen um den Kopf, seine Kleidung war zerrissen, überall wo sie den Blick auf seine bleiche Haut freigaben konnte man tiefe Schnitte und Kratzer und noch mehr Hämatome erkennen.

„Dass du mich überhaupt erkennst“, entfuhr es ihm bitter. Aber dann seufzte er erleichtert und kraulte Welodan den Kopf. Endlich konnte er wieder sehen, auch wenn der Anblick nicht erfreulich war. Er nickte seinem Totem zu und der Panther begann, die Zelle abzuschreiten. Sein Blick wanderte durch den Raum, begutachtete jeden Gitterstab. Viel gab es in der Zelle nicht. Und der Raum davor beherbergte auch nur einige Käfige mit Ratten und einen Schemel auf dem eine Kerze stand. An der Wand waren Fackeln angebracht und gegenüber der Zelle führte eine schwere Eisentür hinaus. Allerdings nur, wenn man zuvor der Zelle entkam.

„Das sieht nicht gut aus, mein Freund", meinte Armand.

Doch Welodan schien noch längst nicht die Hoffnung aufgeben zu wollen. Er verschwand wieder, materialisierte sich außerhalb der Zelle neu und versteckte sich im Schatten, wo der Gefängniswärter ihn nicht sehen konnte. Dann warteten sie beide ab, bis die nächste Mahlzeit fällig wurde.

Ich fand Warren in meiner Wohnung vor. Er hatte tatsächlich alle Laken entfernt und war dabei, Staub zu wischen. Trotz meiner Sorgen musste ich lachen. Und das, wo ich die Wohnung in der nächsten Zeit doch wieder nicht nutzen konnte.

„Ich stelle dich als Hausdiener an", neckte ich ihn. Er erwiderte mein Lächeln, doch ich merkte, dass es seine Augen nicht erreichte. „Leider sind deine Mühen umsonst. Wir werden umgehend nach London zurückreisen. Franklin wird nachher die Flugdaten übermitteln. Ich reise … unorthodox wie immer."

Er war sichtlich verwirrt. „Warum diese übereilte Aufbruchstimmung? Ist die Nachricht so schrecklich, die du beim Treffen bekommen hast?"

In seinen blauen Augen stand eine Sorge, die mich rührte. Göttin, ein wenig erinnerte er mich an Dracon. Es war ein tiefer Schnitt in mein Herz. Bei unserem letzten Zusammentreffen hatte der mehr als nur zwei Gesichter gezeigt, ich wusste nicht mehr, was ich von ihm halten sollte. Und er hatte Warren bedroht, das machte mir noch immer Sorgen. Dracon war niemand, der aufgab, wonach ihn einmal verlangte. Er war der Einzige, bei dem ich mir fast sicher war, dass mein Blut ihn nicht abhalten würde.

Doch ich sollte mir im Moment eher Gedanken um Darkworld machen. Ich legte Warren meine Hand auf den Arm und gab ihm einen Kuss auf die Wange.

„Komm, lass uns eine Flasche Wein aufmachen, dann erzähle ich dir, was wir wissen."

„Er ist wirklich gut. Und er lernt schnell. Es war richtig, ihn in die Ashera zu holen."

Ich lächelte, als ich den Stolz in Franklins Stimme hörte. „Er hat einen Schnupfen aus Florida mitgebracht", bemerkte mein Vater schmunzelnd. Auch ich musste lachen.

„Ja, es regnet wirklich selten dort. Und ausgerechnet bei seinem Einsatz musste es nieseln."

Dass der Smalltalk über Warren nur dazu gedacht war, die Spannung abzubauen war mir klar. Es funktionierte leider nicht. Selten hatte ich meinen Vater mit solch tiefen Sorgenfalten auf der Stirn gesehen und das, obwohl ich so oft für selbige verantwortlich gewesen war. Diesmal trug ich keine Schuld. Ich berührte ihn behutsam an der Schulter.

„Vom Schweigen wird es nicht besser, Dad. Willst du mir nicht langsam mal erzählen, was dich so sehr beunruhigt hat, dass ich sofort nach London kommen sollte? Trotz der Gefahr, dass wir damit vielleicht auffliegen."

Er wurde bleich, sah mich erschrocken an. „Denkst du, man hat einen Spitzel auf dich angesetzt?"

Ich schüttelte den Kopf. „Das nicht, aber ich halte diese Leute auch nicht für dumm."

Er entspannte sich nur wenig. Seine Hände spielten nervös mit dem Glas in seiner Hand. Mir schwante Übles. Das war nicht seine Art. Meine Haut prickelte im Nacken, ich konnte fühlen, wie sich die sensiblen Nervenzellen unter der Haut zusammenzogen. Wenn er nicht sofort mit der Sprache rausrückte, würde ich ganz sicher zerspringen.

„Dad!"

„Die Schuppen von den Serpenias, die du mitgebracht hast“, begann er zögernd.

„Was ist damit?“

„Nun, du hast sicher gesehen, dass sie unterschiedlich gefärbt waren.“

„Nur einem Blinden wäre das entgangen.“

„In Shanghai kommen eigentlich nur diese gelb-orangefarbenen Zeichnungen vor und sie sind absolute Einzelgänger, die auch nicht in die Reviere anderer Artgenossen eindringen. Diese andere Art …“

„Du meinst dieser Purpur-Ton. Dad, bitte lass dir nicht jedes Wort aus der Nase ziehen.“

„Diese Serpenia-Art ist extrem selten und diente jahrtausendelang als Wächter für Darkworld.“

Ich war wie betäubt, konnte keinen Muskel rühren. Selbst das Atmen vergaß ich, starrte meinen Vater mit offenem Mund an, bis ich endlich die Sprache wiederfand. „Denkst du etwa, dass Sir Maxwell etwas mit der Serpenia zu tun hat?“

Die Vorstellung hatte etwas Beängstigendes. Bisher glaubten wir noch, genügend Puffer zwischen dem Plan und seiner Ausführung zu haben, weil die Leute vom Untergrund oder eben Sir Maxwell es erst mal schaffen mussten, bis zum Tor von Darkworld vorzudringen, was aus unterschiedlichen Gründen nicht so einfach war. Aber jetzt lag auf der Hand, dass es in der Tat nur noch um das Öffnen des Tores ging. Das schränkte auch die Aufgaben ein, die man den anderen vier Verschwörern zugewiesen hatte, denn es konnte nichts mit der Suche eines Zugangsweges oder des Ausschaltens diverser Hindernisse auf selbigem zu tun haben. Dieser Part schien offensichtlich schon gelöst.

„Nun, ich halte es zumindest für möglich“, unterbrach mein Vater meine Überlegungen. „Sir Maxwell gibt offen zu, Darkworld öffnen zu wollen, da wäre der erste logische Schritt, die Wächter zu entfernen. Und ein Auftauchen dieser Serpenia-Art im Abwassersystem von Shanghai, weit weg vom Tor nach Darkworld spricht für sich, meinst du nicht?"

„Aber … aber wie …"

Der Gedanke, wie weit Maxwell vielleicht schon gekommen war, verursachte Übelkeit. Konnte ich es überhaupt noch damit sabotieren, dass ich schlicht den Schlüssel nicht besorgte? Jemand wie er hatte vermutlich Alternativpläne, wenn es nicht so lief, wie er es sich dachte. Aber eines passte dann absolut nicht. Einem Sougvenier traute ich diese komplexe Denkart nicht zu. Sie waren intelligent, ja. Aber nicht gewitzt genug, um solche Pläne zu erstellen, die gleich in mehrere Richtungen liefen. Und sich Handlanger für die gefährlichen Parts des Unternehmens zu besorgen.

„Ich weiß nicht, Dad, aber unter diesen Voraussetzungen tue ich mich schwer, zu glauben, dass sich hinter Sir Maxwell ein Sougvenier verbirgt."

„Unterschätze sie nicht. Auch Yrioneth ist ein Sougvenier und mächtig. Du weißt, was ihm einst beinah gelungen wäre."

Das stimmte zwar, aber ich blieb dennoch skeptisch. Für einen Sougvenier hätte die direkte Methode besser gepasst. Ich konnte mich natürlich irren, aber etwas tief in mir sagte, dass mehr dahinter steckte.

„Hast du einen konkreten Verdacht?", fragte Franklin, der mir meine Gedanken offenbar von der Stirn ablas.

„Eine alte Bekannte vielleicht?"

„Kaliste?"

„Warum nicht? Erst ein Sapyrion, dann die Ammit. Sie ist zu machtbesessen, um aufzugeben. Warum sollte sie nicht versuchen, Yrioneth zu befreien? Sie zweifelt ganz sicher nicht daran, ihn beherrschen zu können."

Mein Vater schluckte. Abwegig war der Gedanke nicht. Auch wenn bislang nichts Konkretes darauf hindeutete. Aber hatte es das denn beim Sapyrion oder der

Ammit? Lucien hatte mich mehrfach vor ihr und ihrem Ränkeschmieden gewarnt. Ich war auf alles gefasst.

„Das wäre nicht gut. Ein Sougvenier stellt eine Bedrohung dar, aber eine, mit der wir umgehen könnten. Kaliste hingegen ... du machst mir Angst, Mel."

Ich machte mir selbst Angst, aber ich wollte nicht noch einmal in eine ihrer Fallen tappen, also war ich lieber auf alles vorbereitet. Wenn ich mich dagegen wappnete, ein weiteres Mal mit ihren Intrigen konfrontiert zu werden, konnte ich dem entgegen wirken.

„Wer auch immer dahintersteckt, Dad, unser nächster Schritt ist so oder so derselbe."

Er schaute mich fragend an.

„Ich gehe ins Calais de Saint und hole den Schlüssel." Ehe er seinen Einwand vorbringen konnte sprach ich weiter und meinem Argument hatte er nichts entgegenzusetzen. „Egal wer dahintersteckt, es ist besser, der Schlüssel ist in unseren Händen, ehe ein anderer Scherge darauf angesetzt wird. Und im Fall des Falles können wir ihn vielleicht sogar als Pfand nutzen."

Ich klang überzeugter, als ich mich fühlte. Auch bei mir war der Schlüssel nicht völlig sicher. Doch in Anbetracht der potentiellen Gegner immerhin sicherer als in menschlicher Obhut.

Enttäuscht hatte sich Jenny auf ihr Zimmer zurückgezogen und weinte dort hemmungslos. Ihre Freude darüber, dass Mel zurückgekommen war, wurde schnell gedämpft, nachdem Mel ihr erklärte, dass es wichtige Angelegenheiten zu besprechen gab und sie daher sofort zu Franklin gehen musste. Nicht mal ihre große Schwester interessierte sich noch für sie. Jenny fühlte sich allein und von allen verlassen.

„Arme Jenny, so wankelmütig ist die Freundschaft."

Sie zuckte zusammen und fuhr vom Bett hoch. Ihr

Blick huschte durchs Zimmer, doch es war niemand da.

„Wer hat das gesagt?“

„Komm her“, kam es lockend vom großen Wandspiegel. „Komm. Hab keine Angst.“

Mit wackligen Beinen trat sie näher, bis sie gerade so in den Spiegel schauen konnte, doch immer noch war nichts zu erkennen.

„Du musst schon ein bisschen näher kommen, Jenny. Oder traust du dich nicht?“

Ärgerlich presste sie die Lippen zusammen. Nein, feige war sie auf keinen Fall. Also schritt sie entschlossen zum Spiegel hinüber und baute sich davor auf, die Hände in die Hüften gestemmt.

Das Lachen, das nun erklang, kam von ihrem Bett. Sie wirbelte herum und erblickte einen jungen Mann, der mit angewinkelten Beinen im Schneidersitz genau dort Platz genommen hatte, wo sie kurz zuvor noch in die Kissen geheult hatte.

„Wer bist du? Und wie kommst du in mein Zimmer?“

Er schüttelte tadelnd den Kopf und zog eine beleidigte Schnute. „Das ist aber kein nettes Willkommen für jemanden, der im Gegensatz zu all deinen sogenannten Freunden Interesse an dir zeigt.“ Vor Verblüffung blieb ihr der Mund offen stehen. „Aber ich will mal nicht so sein. Ich heiße Josh und bin offen gestanden ebenso einsam. Was meinst du? Wollen wir uns zusammentun?“

Er erhob sich und kam näher. Seine Finger fuhren zärtlich durch ihr Haar, doch Jenny wich misstrauisch zurück.

„Bist du ein Geist? Ein Kobold? Such dir jemand anderen, wenn du Schabernack treiben willst, klar?“

Mel hatte ihr beigebracht, dass man solche Plagegeister am schnellsten wieder los wurde, wenn man sich nicht einschüchtern ließ.

„Ich bin weder das eine noch das andere. Aber ich könnte sein, was du dir von Herzen wünschst.“

Sie schnaubte und verschränkte die Arme vor der Brust. „Als ob du wüsstest, was ich mir wünsche."

Er lächelte, griff mit einer flinken Geste hinter ihren Kopf und zauberte eine rote Rose hervor.

„Wie wäre es zu Anfang hiermit, mein Engel?"

Sie schnappte überrascht nach Luft, das Ganze war ihr nicht geheuer. Trotzdem straffte sie sich und tat weiter unbeeindruckt. „Simpler Taschenspielertrick. Das kann jeder auf dem Jahrmarkt."

Diesmal lachte er amüsiert. „Du bist schwer zu überzeugen, liebe Jenny. Sag, womit könnte ich dich dazu bewegen, mir Glauben zu schenken? Soll ich dir von deinen Träumen erzählen?"

Sein Blick hätte sie warnen sollen. Dunkel und glitzernd wie der eines Raubtieres. Aber er hatte eine solch charmante Art, wie er den Kopf zur Seite neigte, sie mit seinen hochgezogenen Brauen neckte. Und davon abgesehen konnte Jenny nicht leugnen, dass er attraktiv aussah. Die grünen Katzenaugen erinnerten fast ein wenig an Mel und hatten etwas Vertrautes. Die schulterlangen blonden Haare umrahmten ein markantes Gesicht mit sinnlich vollen Lippen.

Noch während Jenny dies dachte, pressten sich diese Lippen auf ihren Mund und raubten ihr den Atem. In ihrem Kopf hörte sie seine Stimme – warm und schwer wie wilder Honig.

„Meine süße Jenny. Das ist es, was du willst, nicht wahr? Wonach du dich sehnst. Ich kenne deine Wünsche, deine Sehnsüchte. Lass sie mich alle stillen, meine Liebste."

Sie ließ zu, dass er sie hochhob, zum Bett trug und darauf niederlegte. Wehrte sich nicht, als er die Knöpfe ihrer Bluse öffnete und seinen Atem über ihre sanften Wölbungen blies, bis die Knospen sich hart aufrichteten. Warme Lippen umschlossen erst die linke, dann die rechte Brustwarze und saugten zärtlich daran. Jenny stöhnte leise, zwischen ihren Schenkeln prickelte es angenehm. Irgendwo in ihrem Kopf warnte eine Stimme sie davor, sich auf diesen Fremden einzulassen, von dem sie nichts wusste, doch die Empfindungen, die er in ihr wachrief, waren stärker. Zu lange schwelte ihre Sehnsucht ungestillt tief in ihrem Inneren.

„Ich komme bald zurück“, flüsterte er dicht an ihrem Ohr.

Dann war sie allein. Verwirrt öffnete Jenny die Augen, sah sich im Zimmer um. Doch der Mann war verschwunden, als sei er niemals da gewesen.

Franklin war so freundlich gewesen, mich im Calais de Saint anzumelden. Jean Beaulais erwartete mich spät in der Nacht in seinem Büro. Er war nicht gerade erfreut, mir den Althea-Schlüssel aushändigen zu müssen und das letzte Wort in dieser Angelegenheit war aus seiner Sicht auch noch nicht gesprochen.

„Ich glaube, Franklin ist sich des Risikos nicht bewusst, Miss Ravenwood. Der Schlüssel ist in unseren Archiven sicherer.“

„Monsieur Beaulais, dieser Sir Maxwell hat einen Gestaltwandler unter seinen Leuten. Wenn Sie das Calais de Saint nicht in ein zweites Fort Knox verwandeln wollen, können Sie für die Sicherheit des Schlüssels nicht garantieren.“

Er verzog das Gesicht. Das würde keine leichte Debatte werden, was sein nächster Einwand schon bestätigte.

„Und woher weiß ich dann, dass ich Miss Ravenwood vor mir habe und nicht diesen Gestaltwandler?“

Ich musste diplomatisch bleiben, wenn ich vermeiden wollte, dass Diebstahl meine einzige Chance blieb, um an den Schlüssel zu kommen. Und ihn hierzulassen auf die Gefahr hin, dass Cyron Gowl, in der Haut eines anderen, oder Goshwa Argres, der Meisterdieb unter den PSI-

Wesen, ihn stahlen, kam nicht in Frage. Ich hatte über beide Herren eine Aktenkopie dabei und schob Jean den USB-Stick wortlos über den Tisch. Als er mich skeptisch musterte nickte ich ihm auffordernd zu.

„Bitte, sehen Sie sich die beiden an. Und sagen Sie mir dann immer noch, dass der Schlüssel hier absolut sicher ist, werde ich gehen." Er lächelte zufrieden, bis ich einen letzten gezielten Hieb austeilte. „Aber dann, Monsieur Beaulais, tragen Sie auch die Verantwortung, falls der Schlüssel entwendet und Darkworld geöffnet wird. Sie ganz allein. Ich denke, wir wissen beide, wie gewisse Leute darauf reagieren würden."

Ich hätte das Magister gerne beim Namen genannt, wagte es aber immer noch nicht. Doch Jean verstand auch so, ohne die Möglichkeit mir nachzuweisen, dass ich über die Hintermänner des Ordens bescheid wusste.

„Sie wagen eine Menge, Miss Ravenwood."

„Das tue ich immer, wenn viel auf dem Spiel steht."

Während er die Daten auf dem Stick begutachtete, beobachtete ich ihn. Die Schweißperlen auf seiner Stirn, den beschleunigten Herzschlag, wie sich die Nasenlöcher beim Atmen etwas stärker weiteten. Verständlich, dass er sich keine Blöße geben wollte, doch letztlich siegte hoffentlich die Vernunft. Zu meinem Leidwesen beherrschte er das Spiel mit dem Beobachten und Abschätzen seines Gegenübers fast genauso gut wie ich. Ein letzter Vorschlag kam seinerseits, um das Gesicht zu wahren.

„Ich bin gerne bereit, Ihnen hier ein abgedunkeltes Zimmer richten zu lassen. Dann bleibt der Schlüssel im Calais de Saint, aber Sie können Sorge dafür tragen, dass er nicht in falsche Hände kommt."

Er hielt diesen Einfall für schlau, da er die Verantwortung damit auf mich schob, ohne etwas hergeben zu müssen. Doch da konnte ich nicht mitspielen.

„Tut mir leid, Monsieur Beaulais. Aber da ich weitere Verpflichtungen in Zusammenhang mit diesem Fall habe, und darüber hinaus der Gegenseite nicht bekannt werden darf, dass ich noch freundschaftliche Kontakte zum Orden pflege, kann ich mich darauf nicht einlassen. Im Gegenteil. Sie werden sogar offiziell melden müssen, dass der Schlüssel gestohlen wurde.“

Diese Argumente ließen ihm wenig Spielraum. Er versuchte noch ein paar Mal, mich umzustimmen, gab schließlich aber doch nach. Nicht ohne zu betonen, dass damit auch alle Verantwortlichkeiten des Calais de Saint entfielen, falls mir der Schlüssel abhanden kam.

Eine halbe Stunde später nahm ich erleichtert die Schatulle mit dem Schlüssel in die Hand. Er sah eher unscheinbar aus. Aber das wusste ich ja bereits von den Skizzen.

Ich verließ das Calais so, wie ich es betreten hatte, durch ein Dachfenster. Es sollte immerhin echt aussehen, für den Fall, dass ich beschattet wurde.

Bei meinem Weg über die Dächer von Paris spielte ich mit dem Gedanken, auf Armands Landgut vorbeizuschauen. Vielleicht fand ich ja doch eine Spur von ihm. Es konnte immerhin sein, dass Henry mir nicht die Wahrheit gesagt hatte, falls er von Armand entsprechend instruiert war. Ich hatte keinen direkten Kontakt zu der Detektei, die der Verwalter mit der Suche beauftragt hatte. Alles lief über Henry. Wer konnte mir also garantieren, dass es sie gab und dass sie auch wirklich daran arbeiteten?

„Den Weg kannst du dir sparen“, erklang eine vertraute Stimme ganz in der Nähe.

Am anderen Ende des Dachfirstes eines Nobelrestaurants stand Lemain Vitard, Armands Dunkler Vater und mein einstiger Lebensretter. Wir hatten uns seit einer Ewigkeit nicht mehr gesehen. Er trug einen modernen dunkelgrauen Anzug mit Krawatte und dazu ein cremefarbenes Hemd. Beides betonte sein flammendrotes Haar und die leuchtend-grünen Augen. Wer uns miteinander sah, konnte uns durchaus für Geschwister halten. Dabei lag nichts ferner als diese Vermutung.

„Du siehst erstaunlich … undüster aus“, begrüßte ich ihn.

Er machte eine entschuldigende Geste und lächelte mich an. Dabei blitzten seine Fänge auf. „Man geht mit der Zeit, wie du weißt. Bist du in Eile oder hast du Zeit für einen kleinen Plausch unter Freunden bei einem guten Schluck?“

Ich kämpfte meine alten Ängste nieder, als er galant meine Hand ergriff und einen Kuss darauf hauchte. Seit meiner Wandlung hatte er mich nie wieder bedroht. Und inzwischen empfand ich, was er getan hatte, längst nicht mehr so grausam wie zu meinen sterblichen Zeiten.

„Wenn es Wein aus einer Flasche sein darf, gern. Aber nach einer gemeinsamen Jagd steht mir nicht der Sinn.“

Gönnerhaft deutete er auf das Restaurant unter uns. „Sehr nobel, mein Täubchen. Was denkst du, warum ich dich gerade hier angesprochen habe, obwohl ich dir schon seit dem Calais de Saint folge?“

Seine Worte hinterließen ein ungutes Gefühl, aber dafür konnte er nichts. Nur die Art, wie er das sagte, zeigte mir, ihm war durchaus bewusst, dass mein Besuch dort wissentlich erfolgt und kein Einbruch war. Wenn er es durchschaute, dann vielleicht auch andere.

Lemain konnte ein formvollendeter Gentleman sein. Er hielt mir zuvorkommend die Tür auf, half mir aus meinem Mantel, rückte mir den Stuhl zurecht. Beim Kellner bestellte er eine Flasche des besten Rotweins, den das Haus zu bieten hatte, und zu meiner Verwunderung wusste er den guten Tropfen durchaus zu schätzen.

„Nach dem, was Armand mir erzählt hat, dachte ich nicht, dass du dem Wein zusprichst.“

Er verzog den Mund zu einem schiefen Grinsen und fuhr mit der Fingerkuppe über den Rand seines Glases, bis ein klarer, samtener Ton erklang.

„Nicht oft, mein Täubchen. Aber zuweilen weiß ich eine gute Küche und einen erstklassigen Wein oder Champagner durchaus zu genießen. Vor allem in bezaubernder Gesellschaft."

Sein zweideutiger Blick ließ mich unwillig schnauben. Ein Schäferstündchen war das Letzte, was ich mir mit ihm vorstellen wollte. Eigentlich hatte ich die Einladung zum Wein nur angenommen, weil er etwas über Armands Verschwinden zu wissen schien.

„Wann hast du ihn zuletzt gesehen?", fragte ich geradeheraus.

„Armand?"

Ich nickte und nahm einen Schluck Wein. Er schmeckte angenehm blumig mit einem Hauch von wilder Frucht und milden Tanninen.

„Er ist seit Wochen wie vom Erdboden verschluckt. Und auch sein Verwalter hat nicht die Spur einer Ahnung, wo er steckt. Ich hatte gehofft, dass du mir Näheres darüber sagen kannst."

Ich schüttelte enttäuscht den Kopf. „Als ich von einem Einsatz in Shanghai zurück kam, war er fort. Am nächsten Tag erhielt ich einen Brief, in dem er mir mitteilte, dass er sich für immer von mir trennt. Seitdem fehlt jede Spur. Auch Franklin und Henry haben einen ähnlichen Brief bekommen."

Lemain schmunzelte. „Ach, hat er ihnen auch die ewige Liebe abgesprochen?"

Ich verzog das Gesicht, weil er mich bewusst falsch verstand. Er erkannte seinen Fehler und bat um Verzeihung.

„Mir ist auch aufgefallen, dass seine Präsenz von einem auf den anderen Tag verschwunden war. Zunächst dachte ich, dass er sich nur wieder vor mir verbarg, wie er es schon einmal getan hat. Doch warum sollte er? Und als ich dann auf seinem Anwesen vorbeischaute, wurde mir klar, dass mehr dahinter steckt."

„Hast du eine Ahnung, was?“, fragte ich hoffnungsvoll, doch er schüttelte den Kopf.

„Ich kann es mir auch nicht erklären. Aber es passt so gar nicht zu ihm und dem, was er für dich empfindet, dass er so mir nichts dir nichts das Weite sucht. Ich traue der Sache einfach nicht, auch wenn ich noch nicht weiß, was der wahre Grund ist. Aber ich habe vor, es herauszufinden.“

Er versprach, sich zu melden, sobald er eine Spur von Armand hatte oder etwas über die Hintergründe wusste, warum er uns allen den Rücken kehrte.

Auf dem Weg zurück nach London stellte ich verwundert fest, dass einstige Feinde durchaus zu Freunden werden können.

Den Mutigen gelingt die Flucht

Seit mehreren Tagen hatte Armand nun durch Welodans Augen seinen Gefängniswärter beobachtet. Es war ein hässlicher kleiner Gnom. Ein Zwerg mit krummen Beinen und einem warzenübersäten Gesicht. Welodan hatte ein Gespür für Zeit, das Armand fehlte, und so wusste er inzwischen auch, dass der Zwerg jeden Tag zur gleichen Zeit erschien. Zweimal täglich kam er, holte eine Ratte aus einem der Käfige und warf sie Armand durchs Gitter. Das Interessanteste daran war, dass er es immer an derselben Stelle tat. Die drei Gitterstäbe schienen anders zu sein als der Rest. Ungefährlich.

Nach ein paar Tagen wagte Armand, diese Stäbe anzufassen. Sie waren tatsächlich ohne Strom. Doch zu kräftig, als dass er sie in seinem geschwächten Zustand verbiegen konnte.

Es gab nur einen Weg hinaus. Er musste diesem Zwerg die Schlüssel abnehmen und die Tür aufschließen, in der Hoffnung, dass das Schloss selbst nicht auch unter Strom stand. Aber das war unwahrscheinlich, denn es gab nirgends einen Knopf, um die Gitterstäbe zu elektrisieren. Also schaltete man das Ganze wohl mit dem Schloss scharf. Es würde schwierig werden, den Schlüssel ins Schlüsselloch zu bekommen und dann auch noch herumzudrehen, ohne dabei versehentlich gegen einen der Stäbe zu kommen, aber es war seine einzige Chance. Schon den Schlüsselbund zu ergattern war gefährlich genug, denn für den Plan, den er und Welodan ersonnen hatten, war es nötig, dass sie ihre Verbindung wieder trennten. Das hieß, Armand musste blindlings zugreifen, wenn der Zwerg, von Welodan erschreckt, rückwärts gegen die drei harmlosen Stäbe fiel und durfte dabei auf keinen Fall daneben fassen, sonst würden die stromführenden Stäbe den Plan schnell zunichte machen und eine zweite Chance gab es dann sicher nicht mehr. Das ganze Unterfangen war mehr als gewagt. Armand und Welodan übten den Ablauf mehrmals, bis die Bewegungen fast automatisch erfolgten und Armand sich relativ sicher war, beim ersten Mal alles richtig zu machen. Mut der Verzweiflung nannte man so was wohl. Doch er musste hier raus, so schnell wie möglich.

Ungeduldig wartete er auf die erste Mahlzeit dieses Tages. Er durfte nicht darüber nachdenken, sondern einfach handeln.

Beim Quietschen der Tür zuckte er zusammen. Welodan grummelte leise in seinem Versteck. Zu leise für die Ohren des Zwerges, der bereits wieder seine derben Späße mit Armand trieb.

„Will der edle Herr heute vielleicht eine holde Jungfer? Mit blondem Haar und blauen Augen?“ Er lachte gackernd und zog eine falbfarbene Ratte aus dem Käfig. Langsam schritt er damit zum Gitter, schwenkte das bedauernswerte Geschöpf eine Weile am Schwanz hin und her. „Na, vernehmt Ihr bereits ihren Wohlgeruch? Sie hat sich für Euch aufgespart.“

Schwungvoll warf er die Ratte durch die isolierten Stäbe. Für eine Sekunde war Armand abgelenkt von dem Geräusch des fallenden Rattenkörpers. Genau in diesem Moment stürzte Welodan aus seinem Versteck hervor und sprang fauchend auf den Zwerg zu. Der wusste nicht wie ihm geschah, fuhr erschrocken herum, riss beim Anblick der riesigen schwarzen Katze die Augen auf und taumelte rückwärts gegen das Gitter. Ganz nach Plan. Nun war es an Armand, vorzuschnellen und der mickrigen Kreatur das Genick zu brechen, doch er war wie gelähmt, traute seinen Instinkten nicht mehr. Die Ratte rannte quiekend davon, vor ihm brüllte Welodan, die Gitterstäbe klapperten unter dem Zittern des Gnoms.

Sekunden zogen träge dahin und er war nicht fähig,

sich zu rühren. Wie Blei fühlten sich seine Glieder an. Selbst das Atmen fiel ihm schwer. Sein Verstand sagte ihm, dass er handeln musste, ehe der Zwerg sich von seinem Schreck erholte, sonst musste er für alle Ewigkeit in dieser Zelle bleiben, ohne zu wissen, weshalb er überhaupt hier war. Und Mel? Was dachte sie? Fühlte sie sich verlassen? Verraten? Oder suchte sie nach ihm? War sie gar in einer ähnlichen Situation wie er? Der Schock über diese Möglichkeit riss ihn ins Leben zurück. Mel! Ihr Bild stand klar und deutlich vor seinem geistigen Auge, gab ihm den Antrieb, den er brauchte.

In buchstäblich letzter Sekunde stürzte er vorwärts, griff durch das Gitter, einen Stab zu weit. Er spürte das Prickeln des Stroms auf seinem Unterarm, der sich bereits brennend in sein Fleisch fraß, doch Zurückweichen war undenkbar. Seine Hand tastete, bekam etwas zu fassen, das sich nach Stoff anfühlte, glitt höher und umgriff die warme Haut der Kehle. Währenddessen schob er auch den anderen Arm zwischen die Stäbe, schlang ihn um die Taille des Zwergs und zog ihn so fest gegen das Gitter, dass er die Wirbel knacken hörte.

„Wo bin ich hier?“, herrschte er die winselnde Kreatur an. Sein Wärter strampelte, versuchte sich zu wehren, wodurch Armands Arm mehrmals das kalte Metall berührte. Jedes Mal glaubte er vor Schmerz vergehen zu müssen und der widerliche Gestank, angesengten Fleisches ließ ihm Galle in die Kehle steigen. Doch er gab nicht nach, und da sich die Stromschläge durch den Kontakt auch auf den Zwerg übertrugen, hielt dieser schließlich still.

„Rede, verdammt! Wo bin ich und warum bin ich hier?“

„Du bist hier, weil die Herrin es befohlen hat und wirst hier bleiben, solange sie es will.“

„Wer ist sie?“

Ein hässlich-gackerndes Lachen war die Antwort. Armand packte fester zu, bis der Kerl stöhnte. „Du kannst nicht entkommen, diese Mauern werden nicht umsonst die Festung ohne Wiederkehr genannt. Finde dich damit ab, dass du deine Liebste nie mehr wiedersiehst."

Ohnmächtige Wut ergriff von Armand Besitz. Melissa! „Was habt ihr mit ihr gemacht?" Er verfluchte die Tatsache, dass er nicht sehen konnte, vielleicht hätte eine Regung im Gesicht des Zwerges ihm etwas verraten, doch seine Augen waren ebenso blind wie sein Geist. Er empfing auch keine Gedanken, egal wie sehr er sich bemühte. Es war hoffnungslos, aus dieser Kreatur bekam er nicht mehr raus und das Halbwissen, die böse Ahnung, die sein Herz zu vergiften begann, war schlimmer als das Nichtwissen zuvor. Verzweiflung und Hass kämpften in seiner Brust, bis letzterer schließlich überwog. Ein beherzter Ruck am Kinn und das Genick zerbarst, der kleine Körper erschlaffte in seiner Umklammerung.

Geschafft. Keuchend gestattete sich Armand einen Moment der Erholung, bis Welodan ihn wieder durch seine Augen sehen ließ. Damit war es leichter, die Schlüssel zu greifen. Er musste sich beherrschen, um langsam und mit Bedacht den richtigen Schlüssel zu finden, ins Schloss zu fädeln und umzudrehen, seine Hand zitterte.

Endlich erklang das ersehnte Knacken, die Tür sprang auf und Armand taumelte aus seinem Gefängnis. Er fiel vor Welodan auf die Knie und hielt sich erst einmal an seinem Freund fest, bis das Zittern in seinen Glieder nachließ.

„Danke, Welodan", flüsterte er ins dichte Fell am Hals des Panthers.

Doch die Erleichterung war nicht von langer Dauer, denn gleißend heller Schmerz fuhr ihm in die Glieder, dass er glaubte, sein Fleisch würde ihm von den Knochen gerissen. Er würgte, übergab sich auf den Steinboden. Schüttelfrost beutelte ihn und zog und zerrte in unerträglichem Krampf an seinem Körper. Seine Eingeweide glühten förmlich, es fühlte sich an, als koche er innerlich. Da erst begann er langsam zu begreifen, dass es nichts anderes war, als die abrupt einsetzende Heilung durch das Dunkle Blut, die so viele Tage durch eine Art Bann in der Zelle verhindert worden war, als sei er Superman und die Zelle aus Kryptonit.

Stöhnend streckte er sich auf dem kalten Boden aus, Welodan drückte sich fest an seine Seite, um ihn zu wärmen. So lagen sie eine halbe Ewigkeit, bis die Anfälle schwächer wurden und schließlich ganz verschwanden. Armand blinzelte, das Bild war noch verschwommen, aber es klärte sich schnell. Die Lider waren soweit abgeschwollen, dass er nun seine Umgebung erkennen konnte. Mit Widerwillen öffnete er die Käfige mit den Ratten und labte sich an deren Blut, um weiter zu Kräften zu kommen. Etwas sagte ihm, dass er es sicher brauchen würde, wenn er diesem Gemäuer entkommen wollte, was auch immer es damit auf sich hatte.

Die Begegnung mit dem geheimnisvollen Mann aus dem Spiegel hatte vieles verändert. Die Sehnsucht in Jenny war so stark wie nie zuvor, berührt, geküsst und geliebt zu werden. Darum hoffte sie inständig, dass er bald wiederkam. Er hatte so viele Fragen zurückgelassen.

Sie saß auf der Fensterbank und starrte hinaus in den Garten von Gorlem Manor. Der Nachtwind spielte mit ihren Haaren und strich kühl über ihre Haut. Wenn Jenny die Augen schloss, konnte sie sich vorstellen, dass es seine Hände waren, die so behutsam ihre Schultern, den Ansatz ihrer Brüste und ihre Kehle liebkosten. Sie zitterte, als die Illusion so stark wurde, dass sich der kühle Luftzug sogar in Wärme verwandelte und der Druck der imaginären Finger fester.

„Wunderschönes, süßes, unschuldiges Kind."

Sie zuckte nicht einmal zusammen, als er sprach. Josh war zurückgekommen, so wie sie es erhofft hatte. Er war wirklich da, setzte ihren Körper mit unsäglicher Zärtlichkeit in Flammen und flüsterte ihr Koseworte zu, die eine zarte Hitze in ihre Wangen trieb. Seine Stimme war so tief wie der Ozean. Jenny wurde müde von ihrem Klang. Er fing sie auf, ehe sie von ihrem Platz auf dem Fenstersims zu Boden sank. Seine Lippen streiften die ihren, schmeckten süß wie Kirschen im Sommer. Er war so stark, bot ihr eine Sicherheit, in die sie sich einkuscheln mochte. Sein herbes männliches Aroma benebelte ihre Sinne. Wie von selbst wanderten ihre Hände forschend über seinen Körper, erkundeten die Hügel und Täler. Sie hörte, wie sich sein Atem beschleunigte. Sein linker Arm umfasste ihre Taille fester, während seine rechte Hand zu ihrem Po wanderte und sie näher an seinen Leib zog. Hitze durchflutete sie, konzentrierte sich in ihrem immer schneller schlagenden Herzen und ihrem sehnenden Schoß.

Der zarte Stoff ihres Nachthemdes glitt von ihren Schultern und fiel zu Boden. Für einen Moment stieg Scham in ihr auf, denn sie hatte sich noch nie zuvor einem Mann nackt gezeigt. Doch Josh zerstreute ihre Zweifel schnell, indem er ihre Brustwarzen mit seinen Lippen umschloss und daran saugte, bis Jenny glaubte, den Verstand zu verlieren. Jede Zelle ihres Körpers reagierte auf ihn, prickelte mit einer Intensität, die sie nie für möglich gehalten hätte. Seine Lippen wanderten zu dem seltsamen Mal unter ihrer Brust und als er sanft darüber leckte, durchfuhr es sie wie ein Stromschlag. Die Stelle war unglaublich sensibel, die Berührung beinah unangenehm. Er schien es zu merken, denn er ließ von dem Mal ab und widmete sich wieder ihren Brüsten.

Als seine Hand behutsam ihre Scham liebkoste, keuchte sie auf, wehrte sich jedoch nicht. Feuer durchzuckte

Jennys Schoß, sie fühlte wie ihre Nässe seine Finger benetzte, seine Berührung noch sanfter und gleichzeitig intensiver machte. Ihre Finger krallten sich in seine Schultern, ihre Lippen suchten gierig seinen Mund, ließen sich von ihm mit einem leidenschaftlichen Kuss in Besitz nehmen.

Konnte man wirklich so empfinden? Sie hatte es in Büchern gelesen, aber nie für möglich gehalten, dass es tatsächlich so intensiv und aufregend war. Ihr Körper schien ein Eigenleben zu entwickeln, schien lebendiger als je zuvor. Tausend kleine Elfen waren in ihr zum Leben erwacht, tanzten und kitzelten sie innerlich mit ihren zarten Flügelchen, so dass ein Schauer nach dem anderen sie durchlief. Erst konnte sie kaum sagen, wo in ihr dieser verwirrende Elfentanz stattfand, doch dann konzentrierte er sich mehr und mehr auf die Stelle zwischen ihren Beinen, die Josh rieb und streichelte. Immer wieder tauchte er seine Finger sacht in sie und zog sie wieder zurück. Ihr Innerstes begann sich zusammenzuziehen, viel stärker als wenn sie selbst sich berührte. Die Intensität war überraschend, entlockte ihr ein lüsternes Stöhnen und entlud sich dann in einem heftigen Orgasmus, dessen Wellen ihren jungen Körper erschütterten.

Als sie aus dem Taumel der Gefühle wieder auftauchte, lag sie an Joshs Brust, fühlte wie der Wind vom Fenster den Schweißfilm auf ihrem Körper kühlte und die Glut allmählich erlöschen ließ. Sie atmete immer noch schwer und ein paar Elfen wollten anscheinend gar nicht aufhören, in ihr zu tanzen. Sie hob ihren Kopf, sah in Joshs lächelndes Gesicht.

„Und das, mein Engel, war erst der Anfang. Es wird noch viel besser, das verspreche ich dir.“

Mit dem Schlüssel im Gepäck reiste ich wieder nach Miami, um dort auf weitere Anweisungen von Sir Maxwell zu warten. Franklin war verständlicherweise wenig begeistert, da er sich um den Schlüssel sorgte, aber er sah ein, dass wir keine Wahl hatten, wenn wir vermeiden wollten, aufzufliegen. Und da ich den Schlüssel vorerst in Luciens Burg deponierte, die nahezu uneinnehmbar war, gab er schließlich nach. Nicht ohne ausdrücklich darauf hinzuweisen, dass er Lucien nicht über den Weg traute und ich daher erst recht auf den Althea-Schlüssel achten solle.

Lucien amüsierte sich wie immer köstlich über meinen Vater. Es war ihm ein Rätsel, wie Franklin darauf kam, er könne an der Öffnung von Darkworld interessiert sein. Ein paar Unsterbliche weniger, die für Ärger und unerwünschtes Aufsehen sorgen konnten. Seiner Meinung nach sollten noch sehr viel mehr Dämonen, Engel, Satyre und sonstige Wesen hinter dem Tor eingekerkert werden, um das Leben aller hier draußen angenehmer zu machen. Aber das war nicht seine Angelegenheit. Er stellte mir lediglich ein sicheres Versteck für das Relikt zur Verfügung, mit dem man die Schlösser wieder öffnen konnte, die den Weg nach Darkworld versiegelten. Ansonsten ging er lieber zu angenehmeren Dingen über.

„Ich möchte dir jemanden vorstellen, *djamila*“, sagte er, als ich aus der Geheimkammer wieder nach oben kam. „Einen guten Freund. Er wird uns morgen Nacht besuchen, ich habe ihn zum Essen eingeladen.“

Ich schaute ihn erwartungsvoll an. Jemand, den ich noch nicht kannte und das, obwohl Lucien sichtlich viel an ihm lag. Das war ungewöhnlich, denn nachdem ich nun zum zweiten Mal mehrere Monate in seiner Nähe lebte, hatte ich fast alle seine Freunde und Geschäftspartner kennen gelernt. Bei diesem Mann handelte es sich für ihn geradezu um eine Kostbarkeit. Ich musste schmunzeln, denn es geschah selten, dass Lucien derart viel für jemanden übrig hatte.

„Sein Name ist Steven Blenders. Er ist Unfallchirurg in der Notaufnahme des Miami Medical."

Jetzt wurde aus meinem Schmunzeln ein ausgemachtes Grinsen.

„Du unterhältst eine Freundschaft zu einem Unfallchirurgen? Ist das deine Notversorgung, wenn dir die ‚Blutspender' ausgehen?"

Lucien erwiderte mein Grinsen mit einem nachsichtigen Lächeln und wandte sich zum Gehen. Die Sonne würde bald aufgehen. An der Tür blieb er noch einmal stehen.

„Übrigens, Steven ist ein Vampir."

Dann war er verschwunden. Das Grinsen gefror mir auf den Lippen. Ein Vampir? Als Chirurg in der Notaufnahme? Ich wusste nicht, was ich davon halten sollte. Welche Wirkung frisches Blut auf alle Angehörigen meiner Spezies ausübte, war mir mehr als bewusst. Das war unmöglich, oder etwa doch nicht? Mir blieb nichts übrig, als meine Neugier bis zum nächsten Abend zu zügeln und mich überraschen zu lassen.

Als ich den Thronsaal betrat, fand ich diesen leer vor. Der Tisch war nicht gedeckt, es stand kein Blutwein bereit und von Lucien war weit und breit keine Spur. Doch Gillian, Luciens blondes Hausmädchen, kam gleich nach mir herein und bat mich in seinen privaten Trakt.

Die Burg auf der Isle of Dark hat zwei Gesichter: Das mittelalterliche Gemäuer, in dem er den großen Lord spielt, und einen modernen Wohnbereich mit allen Annehmlichkeiten, in dem er sterbliche Gäste zu empfangen pflegt. Beides ist mit einem Geheimgang verbunden, dessen Zugänge so perfekt ins jeweilige Wohnambiente eingepasst sind, dass sie einem unwissenden Betrachter nicht ins Auge fallen. Luciens Gemälde zieren den Gang, allesamt so unheimlich lebendig, obwohl sie doch nur aus Leinwand und Ölfarben bestehen. Doch mit seiner dämonischen Gabe haucht er ihnen etwas ein, für das ich weder Worte noch Erklärungen finde.

Lucien hatte im Speisesaal eindecken lassen. Bordeauxfarbene Tischdecke und Servietten, weißes Porzellan, Kristallgläser und silbernes Besteck. Appetitliche Düfte zogen aus der Küche herüber und ließen mich verwirrt innehalten, auch wenn sie mir das Wasser im Mund zusammenlaufen ließen.

„Du sagtest doch, Steven ist ein Vampir."

Lucien drehte sich lächelnd zu mir um.

„Steven teilt deine Neigungen, *thalabi*. Ich kann zwar nicht begreifen, warum man an menschlichen Speisen festhält, aber der Gast ist bei mir König."

Ich ersparte mir den Kommentar, dass er für mich nie kochen ließ. Aber ich war ja auch kein Gast im herkömmlichen Sinne.

„Ist Dr. Blenders noch nicht angekommen?"

„Andy holt ihn gerade vom Hafen ab."

Warum um alles in der Welt flog er nicht einfach zur Insel? Als Vampir war das doch ein Leichtes für ihn. Dieser Vampir erschien mir seltsam, wenn er seine Fähigkeiten nicht nutzte, sondern lieber wie ein Mensch lebte. Aber vielleicht war das die Erklärung, warum er in der Chirurgie arbeiten konnte. Weil er den Vampir in sich unterdrückte und ignorierte, wo immer es ihm möglich war. Dazu bedurfte es viel Selbstdisziplin, das wusste ich aus eigener Erfahrung. Ich hatte nicht lange durchgehalten mit meinen menschlich-ethischen Moralvorstellungen, die ich über meine vampirische Natur stellen wollte. Heute konnte ich sehr gut mit einem Kompromiss leben, aber das Töten fiel mir nicht mehr schwer. Ich wählte nur die Art meiner Opfer gezielt aus.

„Er ist wirklich brillant. Seine übernatürlichen Fähigkeiten verleihen ihm einen Perfektionismus, der fast schon unheimlich ist“, plauderte Lucien drauflos und versuchte offenbar, mir Mr. Blenders schmackhaft zu machen. Wie ein Vater, der seiner Tochter eine gute Partie verkaufen will. Die Parallelen waren durchaus da, denn Lucien war mein Mentor, das Oberhaupt unseres Vampirzweiges und ich gerade solo, was in seinen Augen die reinste Verschwendung darstellte. Er spielte doch nicht wirklich mit dem Gedanken, mich zu verkuppeln?

„Aber ein Vampir in der Chirurgie? Ich finde das immer noch so … so …“

„Es ist ungewöhnlich, durchaus“, bemerkte Lucien und lachte dann über meinen unentschlossenen Gesichtsausdruck. „Mel, die Zeiten, wo wir uns auf einsamen Burgen versteckten sind vorbei.“

„Du versteckst dich noch immer auf einer einsamen Burg“, korrigierte ich.

„Das tue ich nicht, und das weißt du auch. Ich habe mich nie versteckt. Ich genieße den Ruf eines exzentrischen Millionärs. Aber ich ziehe mich nicht vom Leben zurück, ich stürze mich mitten hinein.“

Er nahm mich in die Arme und ich ließ es geschehen.

„Heutzutage kenne ich kaum einen der unseren, der sich noch versteckt. Wir agieren nicht mehr als Phantome, aus dem Verborgenen heraus. Wir leben nicht mehr in Gräbern oder Grüften. Wir sind Teil der lebendigen Welt, mit allem, was dazugehört.“

Irgendetwas stimmte nicht. Solche Ansprachen hatten Seltenheitswert. Die Tatsache, dass er in seinen vier Wänden für andere Vampire kochte gehörte schon ins Museum der Kuriositäten. Angriff ist die beste Verteidigung, dachte ich mir.

„Du suchst aber nicht gerade einen neuen Lover für mich, oder?“

Für den Bruchteil einer Sekunde wurde sein Blick so

dunkel und unergründlich, dass er mir Angst machte, doch dann traf mich seine Aussage wie ein Schlag und zerstreute gleichzeitig alle Zweifel ob seiner Absichten.

„Steven entstammt Tizians Blutlinie."

Er entkorkte gelassen eine Flasche Merlot und beobachtete interessiert, wie sich diese Information bei mir auswirkte. Von meiner Sprachlosigkeit abgesehen musste ich mich erst mal setzen, denn diese Tatsache irritierte mich derart, dass mir für einen Moment schwindelig wurde. Lucien unterhielt eine Freundschaft zu einem Vampir der Bruderlinie? Wir stammten alle von den Urgeschwistern Kaliste und Tizian ab. Beide hatten je dreizehn Dunkle Nachkommen in die Nacht geholt. Aus diesen Lords und Ladys, zu denen auch Lucien gehörte, waren alle Nightflyer der Welt entstanden. Aber eine Legende besagte, dass das Blut der Geschwister mit einem Fluch belegt sei, damit sie einander nie wieder nahe kommen konnten. Sie waren dazu verdammt, die Ewigkeit getrennt voneinander zu verbringen. Die beiden Linien durften sich niemals mischen, sonst drohte uns allen der Tod. Ich hatte keine Ahnung, wie genau das geschehen sollte, doch da ich einen Tropfen von Tizians Blut noch aus sterblicher Zeit in mir trug, hatte ich das Aufeinandertreffen der beiden Dämonen bereits einmal am eigenen Leib erfahren und verspürte keine große Lust, das zu wiederholen. Es gab ein Gesetz, dass die Familien rein bleiben sollten, um jede Gefahr auszuschließen. Selbst die dreizehn unterschiedlichen Blutlinien eines Geschwisterteils durften sich nicht vermischen. Meine Dunkle Tochter Ivanka hatte sterben müssen, weil sie diese Regeln brach, das war mir eine Lehre gewesen.

„Ist das nicht gefährlich?", fragte ich in Anbetracht all dieser Umstände.

„Oh", Lucien winkte ab, „denke nicht immer gleich an so was, *thalabi*. Unsere Beziehung ist rein platonisch. Wir wissen beide ein gutes Buch und einen guten Tropfen zu schätzen." Er ließ offen, ob er damit Traubenblut oder Menschenblut meinte. „Steven ist gebildet, du wirst seine Gesellschaft sicher ebenso angenehm empfinden wie ich. Aber ich glaube, dir ist klar, dass jede intime Annäherung natürlich undenkbar ist."

Ich nickte mechanisch und umso gespannter auf den Mann, der heute Abend unser Gast war. Meine Neugier wurde schon bald gestillt, denn eine Viertelstunde später kam Gillian, um uns zu sagen, dass der Helikopter soeben zur Landung ansetzte.

Ich begleitete Lucien auf den Balkon, von wo aus man den Landeplatz einsehen konnte. Geschickt manövrierte Andy den Heli zwischen den Mauern und engstehenden Bäumen des angrenzenden Waldes auf die kleine Lichtung hinunter. Während die Rotorblätter langsam zum Stillstand kamen, entstieg der schwarzen Maschine ein Mann Ende dreißig mit kurzen, hellblonden Haaren und einem markanten schmalen Gesicht. Die Konturen seines Körpers zeichneten sich unter seiner Kleidung ab, für einen Moment stockte mir der Atem bei diesem Anblick von Kraft und Geschmeidigkeit. Die extrem hohen Wangenknochen und der leicht spöttische Zug um seine Lippen, verliehen im eine aristokratisch-erhabene Note. Er winkte uns zu und lief den Weg zum rückwärtigen Eingang allein. Offenbar kannte er sich bestens aus.

Als er gleich darauf im Speisesaal zu uns stieß und Lucien uns miteinander bekannt machte, war ich vom ersten Moment an fasziniert von der Mischung aus allerbesten Manieren und Rebell. Er war ausgesprochen höflich, rückte mir bei Tisch den Stuhl zurecht und reichte mir die einzelnen Tabletts mit den Speisen, als ob er in meinen Gedanken las, wonach ich gerade greifen wollte. Wir betrieben höfliche Konversation, aber seine Haltung und die ein oder andere Bemerkung verrieten auch, dass es eine andere Seite in ihm gab, die mich außerordentlich interessierte. Er strahlte ein starkes Selbstbewusstsein aus, lässige Arroganz und sah in den engen Jeans und dem weißen, kurzärmeligen Baumwollhemd einfach verboten gut aus. Der blaue Stahl seiner Augen schien mich zu durchbohren, während er meinen Worten lauschte. Steven war sich seines guten Aussehens wohl bewusst, sicher flogen ihm die Herzen sämtlicher Schwestern im Hospital zu und auch der ein oder andere Kollege fand seinen durchtrainierten, schlanken Körper und diesen Hauch von Verruchtheit bestimmt sehr anziehend. Ob so mancher seinem Charme zuweilen erlag? Ich konnte mir vorstellen, dass er seine Macht skrupellos genug einsetzte, um sie nach einer leidenschaftlichen Nacht in den Nebelschlaf zu schicken, Männlein wie Weiblein. Während ich darüber nachdachte, grinste er mich spitzbübisch an, was ein Grübchen in seine linke Wange zauberte. Ich errötete, fühlte mich ertappt, doch er ging nicht weiter darauf ein.

Leider bestand in Luciens Beisein wenig Chance, diese dunklere Seite an Steven genauer kennen zu lernen, so blieb sie nur eine Ahnung. Mir entgingen nicht die Blicke, die er mir während des Essens zuwarf. Und auch später, als wir gemütlich in der Bibliothek beisammen saßen und plauderten.

Seit Armands Verschwinden war er der erste Mann, der ein sinnliches Interesse bei mir wachrief. Und dann musste er ausgerechnet Tizians Linie entstammen. Verstohlen blickte ich immer wieder zu Lucien, der sich offenbar einen Spaß daraus machte, dass es zwischen Steven und mir knisterte. Er hatte eben eine Schwäche für das Spiel mit dem Feuer, aber natürlich wusste er, dass wir das Risiko nicht vergessen würden, wenn wir uns zu nahe kamen. Das Blut unserer eigenen Art war einfach zu verlockend, also waren wir füreinander praktisch tabu. Dumm nur, dass Verbotenes meist den größten Reiz ausübt, dachte ich bei mir.

Ich mochte Steven. Er besaß einen wundervollen Charakter, wie mir sehr schnell klar wurde, als er von seinem Job in der Klinik erzählte. Arzt mit Leib und Seele. Außerdem ein sehr starker Vampir, denn sonst hätte er diese Belastung nicht verkraftet.

Als es Zeit wurde, zu gehen, brachte ich Steven zum Heli zurück, was Lucien schmunzelnd unkommentiert ließ. Aber sein Blick sprach Bände.

„Chirurgie ist nicht gerade das, was ich mir unter einer sinnvollen Tätigkeit für einen Vampir vorstelle“, sagte ich zu Steven, während wir den von blühenden Sträuchern gesäumten Weg zur Lichtung gingen. „Ständig Blut vor Augen, das muss doch auf Dauer wahnsinnig machen.“

Steven lachte. „Gerade deshalb habe ich es gut im Griff. Ich setze mich dem ganz bewusst aus. Und bei der Arbeit bin ich so konzentriert, dass der Blutdurst völlig in den Hintergrund tritt. Arzt ist meine Berufung. Das Leben meiner Patienten steht über allem, besonders über meinem Hunger. So halte ich den Vampir in mir unter Kontrolle. Aber ich liebe es, ihm freie Hand zu lassen, wenn mein Dienst zuende ist“, bemerkte er mit einem diabolischen Lächeln. Ich hätte mich in ihn verlieben können, wenn er nicht aus Tizians Linie gewesen wäre.

Andy startete den Motor, als er uns kommen sah. Ich wollte mich gar nicht verabschieden, aber da wir beide in Kürze besser die sichere Zuflucht unserer Schlafstätten aufsuchten, blieb mir nichts anderes übrig. Steven nahm meine Hand und sah mich mit einem spitzbübischen Lächeln an, das ihn viel jünger erscheinen ließ. Der Gedanke brachte mich auf die Frage, wie alt er wohl wirklich sein mochte.

„Ich würde dich gern wiedersehen, Melissa“, sagte er. „Vielleicht mal auf einen Drink an meinem nächsten freien Abend?“

„Gern.“

Er küsste mich zum Abschied auf die Wange und mein Herz machte einen Sprung, doch dann drängte sich Armands Bild vor mein inneres Auge und ich spürte einen tiefen Stich im Herz. Ich konnte noch immer nicht verstehen, warum er gegangen war und vermisste ihn schmerzlich. Schweren Herzens kämpfte ich die fruchtlose Sehnsucht nieder und wandte mich ab.

„Der Abend hat dir gut getan", bemerkte Lucien vom Balkon herab und hob wissend eine seiner fein geschwungenen Brauen. „Denke daran, Tizians Blut."

Ich nickte wortlos und begab mich in meinen Schlafraum, ohne noch einmal bei ihm im Speisezimmer vorbeizuschauen.

Steven und Lucien waren so unterschiedlich, wie man es sich nur vorstellen konnte. Lucien, der exzentrische Millionär mit seinen edlen Gewändern und Designerklamotten, seinen Besitztümern, der Dienerschaft, dem Helikopter und der Limousine mit den abgedunkelten Fenstern, die es ihm erlaubten, sogar bei hellem Tageslicht durch Miamis Straßen zu fahren.

Steven dagegen hatte von einem Appartement erzählt und von seiner Kawasaki Ninja, mit der er bei Nacht gern durch die Straßen der City heizte. Er hatte ein Faible für Jeans und Leder. Ein lässig moderner Mann, der ganz in seiner Arbeit aufging und im Miami Medical bei Patienten und Kollegen gleichermaßen geschätzt war. Immerhin hatte er in nur fünf Jahren die Stelle des leitenden Chirurgen in der Notaufnahme erlangt. Er arbeitete hart, sah den Job als Berufung und das Retten von Menschenleben als Ausgleich zu seinem Vampirdasein. Er bemühte sich, so sterblich wie möglich zu leben, nicht aufzufallen, begnügte sich neben dem Motorrad mit einem gebrauchten Ford Maverick als fahrbaren Untersatz und ging nach Dienstschluss gerne mit den Kollegen noch mal in eine Bar.

Während Lucien für gewöhnlich keine normale Nahrung, Alkohol oder Zigaretten angerührt hätte, pflegte Steven oft mit Kollegen essen zu gehen. Er trank gern, vor allem Whisky, und rauchte mehrere Schachteln Zigaretten pro Nacht. Steven wirkte ganz normal. Lucien umgab beständig die Aura des Überirdischen. Die beiden waren wirklich so gegensätzlich wie Feuer und Wasser.

Ich dachte noch lange über Dr. Steven Blenders nach und ob es klug war, ihn bald wiederzusehen. Ohne Luciens wachsames Auge auf uns.

Über die Dächer schleicht der Dieb

Goshwa Argres knüllte den Zettel in seiner Hand zusammen und warf ihn in den Rinnstein. Er kannte sein Ziel, es lag genau vor ihm. Das Papyrusmuseum in Wien beherbergte eine Schriftrolle, die bisher nicht entziffert werden konnte. Goshwa grinste zynisch. Dass selbst dieser dämliche Orden noch nicht dahintergestiegen war. Auf der Schriftrolle war ein verborgener Weg zum Tor von Darkworld beschrieben, bei dem man nicht an den gefährlichen sieben Wächtern, purpurne Serpenia-Schlangen, vorbei musste. Außerdem enthielt sie Instruktionen, wie das Tor zu öffnen war und wie mit dem Bannkristall von Rugrewon die Kreaturen, die hinter dem Tor lauerten, in Schach gehalten werden konnten. Ohne dieses Wissen konnte die Öffnung von Darkworld ein gefährliches Unterfangen werden, denn dort residierten einige unangenehme Zeitgenossen. Außerdem war zu bedenken: Wer hat schon gute Laune, wenn er seit Hunderten von Jahren eingesperrt ist?

Das Papyrusmuseum war ein Teil der Österreichischen Nationalbibliothek, hatte aber einen separaten Eingang. In der Abteilung für Magie wurde das Exponat wegen seines Alters und der Empfindlichkeit in einer Glasvitrine ausgestellt. Goshwa hatte eine Vakuumröhre mitgebracht, in der es sich gefahrlos transportieren ließ. Aber erst einmal galt es, in den Komplex hineinzukommen, ohne einen der diversen Alarme auszulösen, die außerhalb der Öffnungszeiten aktiviert wurden. Auch die Glasvitrine stand unter elektronischer Sicherung. Lichtschranken und Sensoren für Staub und Feuchtigkeit überwachten den Papyrus durchgehen.

Vor drei Tagen hatte er sich unbemerkt in die Datenbank der Bibliothek gehackt und die Namen der Angestellten sowie Dienstpläne und Autorisierungen studiert.

Er hatte sich für Fritz Bergholm entschieden. Ein dreiundfünfzigjähriger Professor für alte Sprachen und Kulturen mit Zugriff auf das zentrale Sicherheitssystem. Wenn alles glatt lief, war allein die Vitrine sein wirkliches Problem. Er hatte den guten Professor heute Abend abgepasst. Eine leckere Mahlzeit, wenngleich etwas zäh, aber so was kam im Alter nun mal vor. Ob Goshwa die Reste seinen vierbeinigen Verwandten in den Zoo bringen oder sie sich als Vorrat mit nach Hause nehmen sollte, hatte er noch nicht entschieden. Fürs Erste war ein Versteck unter der Hecke ausreichend. Den Sicherheitsausweis brauchte Professor Bergholm jedenfalls nicht mehr, also hatte er bestimmt nichts dagegen, wenn Goshwa ihn sich lieh.

Er wartete, bis alle Lichter im Gebäude erloschen, dann schlich er zum Mitarbeiter-Eingang, zog den Ausweis durch den Scanner und die Tür wurde freigegeben.

Den Weg ohne Licht zu finden, fiel ebenfalls leicht, nachdem er die Nachtsicht seiner Luchsar-Augen aktivierte. Binnen kürzester Zeit fand er den Trakt mit den Schriftrollen über Magie und Geheimwissenschaften. Das gesuchte Exponat lag in der zweiten Sektion am Ende im Glaskasten.

„Irgendwie hängt mir wohl eine Sehne zwischen den Zähnen“, sinnierte Goshwa und holte ein Päckchen Kaugummi hervor. Mundhygiene nach dem Essen war wichtig. Außerdem hatte das Silberpapier eine hervorragende Eigenschaft, die für einen Dieb von großem Nutzen sein konnte. Sie reflektierte Lichtschranken. Der älteste Trick der Welt, aber immer noch effektiv. Mit geübten Fingern schob Goshwa sich erst den Kaugummi zwischen die Zähne und dann das gefaltete Silberpapier in den schmalen Schlitz des Glaskastens.

Blieben noch die Sensoren für Staub und Feuchtigkeit. Wenn er den Deckel öffnete, hatte er schätzungsweise ein oder zwei Minuten Zeit, ehe eine Warnmeldung in der Museumszentrale einging. Dann noch mal maximal fünf weitere, bis jemand hier auftauchte, um das zu prüfen. In dieser Zeit musste er den Papyrus vorsichtig herausnehmen, zusammenrollen, in der Vakuumröhre verstauen und das Gebäude wieder verlassen.

Konnte verdammt eng werden. Sein Blick glitt zu den Fenstern. Eine Möglichkeit, auch wenn es hoch war. Doch Katzen fielen ja bekanntlich immer auf die Füße. Er grinste und klappte rasch den Deckel der Vitrine hoch.

„Ach, mein Schätzchen. Du bist nicht mit Gold zu bezahlen." Ehrfürchtig strichen seine Finger über den Papyrus. Er konnte die Worte mühelos lesen, denn sein Volk hatte sie einst verfasst. Darum war ihm auch die Aufgabe zugefallen, die Schriftrolle zu stehlen. Er würde sich so bald wie möglich an die Übersetzung machen, doch nun musste er schleunigst von hier verschwinden. Das zusammengerollte Papier steckte er in die Röhre, legte sich diese um die Schulter und öffnete ein Fenster. Zwei Stockwerke sollten eigentlich kein Problem sein. Der Boden unter ihm bestand aus Gras, das den Aufprall abfederte. Kaum berührten seine Füße wieder Erde, vernahm sein feines Gehör auch schon das helle Sirren eines Alarms in der Zentrale. Gleich war die Magie-Sektion voller Menschen, also nichts wie weg. Doch er hatte nicht damit gerechnet, dass ein Nachtwächter in den Gängen unterwegs war.

„Halt!", erklang es von dem Fenster, aus dem er gerade gesprungen war.

Fauchend bleckte er die Zähne, da knallte der erste Schuss, schlug Millimeter neben ihm ein. Er zuckte überrascht zusammen, setzte zum Sprung an, als ein zweiter Schuss die Stille der Nacht zerriss, gefolgt von einem brennenden Schmerz in seinem Bein. Er spürte in der Kontraktion des Muskels wo die Kugel stecken blieb, aber darauf durfte er jetzt keine Rücksicht nehmen. Weitere Schüsse peitschen hinter ihm her, Adrenalin jagte durch seine Adern und trieb ihn vorwärts, obwohl sein Bein ihm höllische Qualen bereitete. Die Reste seiner Mahlzeit musste er wohl oder übel dort lassen wo sie waren. Es würde unangenehme Fragen aufwerfen, wenn man den halb gefressenen Kadaver des Professors fand, mit dessen Ausweis sich der Dieb Zugang zur Schriftrolle verschafft hatte. Verflucht sei sein Leichtsinn. Polizeisirenen schrieen durch die Nacht, ein Scheinwerfer blendete ihn.

Alles oder nichts! Halb Mensch, halb Raubkatze sprang er über die Hauptstraße, ein Wagen bremste mit quietschenden Reifen, verfehlte ihn nur um Haaresbreite, aber Goshwa verschwand in einem Kanaldeckel und raste durch die Abwasserkanäle fort vom Tatort.

Dracon hockte in den Ästen einer Eiche von Gorlem Manor und blickte zum Mutterhaus hinüber. Er hatte sich eine Weile rar gemacht, um Mel aus dem Weg zu gehen. Die Attacke mit dieser säureartigen Flüssigkeit nahm er ihr noch immer übel. Es war ihm nicht gelungen, herauszufinden, woher sie diese so plötzlich hatte oder was das überhaupt war. Die Verätzungen hatten fast eine Woche angehalten, ehe das Dunkle Blut sie heilen konnte. Und alles nur wegen diesem wunderschönen Sterblichen da drin. Dabei bestand doch von Mels Seite überhaupt kein Interesse an ihm. Wieso mischte sie sich ein?

Der Mann – Warren – war in sie verliebt. Das sah ein Blinder. Aber auch wenn er jetzt durch das Amulett mit ihrem Blut unter Mels persönlichem Schutz stand, lieben würde sie ihn niemals. Nicht mal, nachdem Armand verschwunden war. Dracon war nicht böse darum. Armand war und blieb ein Dorn in seinem Auge. Wenn er nie wieder zurück kam, sollte es ihm recht sein. Aber auch Mel hatte London inzwischen verlassen. Ihr Besuch im Mutterhaus war nur von kurzer Dauer gewesen. Jetzt weilte sie sicher schon wieder auf der Isle of Dark, oder zumindest ganz in deren Nähe. Ob sie sich Lucien wirklich wieder anschloss, wusste er nicht, hielt es aber zumindest für möglich. Damit war sie dann sicher noch schlechter auf ihn zu sprechen, denn dass sein Dunkler Vater ihn lieber tot als lebendig sehen wollte, war ihm bewusst. Okay, er hatte sicher ein wenig über die Stränge geschlagen, aber musste man aus einer Mücke gleich einen Elefanten machen? Es war doch nichts Schlimmes passiert, er hatte nur gespielt und nie beabsichtigt, den letzten Engel zu verwandeln. Aber der Wettlauf mit Mel bei dem er ihr eigenes Mittel gegen sie einsetzte, war ein unwiderstehlicher Reiz gewesen. Er hätte viel darum gegeben, dass sie nicht nur den bösen Buben in ihm sah. Natürlich war er auch selbst daran Schuld, nachdem er sie als Sterbliche vergewaltigt hatte, aber inzwischen waren die Karten neu gemischt und er verehrte sie regelrecht. Und wie hatte sie es ihm gedankt? Mit Säure!

Dracon verzog verächtlich den Mund und konzentrierte sich dann wieder auf angenehmere Dinge. Wie zum Beispiel einen durchtrainierten Männerkörper, der nur mit einem weißen Handtuch um die Hüften aus dem Badezimmer kam. Die leicht gebräunte Haut schimmerte noch feucht, das nasse Haar hing Warren wild um den Kopf. Dracons Atem ging schneller. Seine feine Nase nahm den würzigen Duft bis nach draußen wahr. Sein Blick fixierte den pochenden Puls an der Kehle, ehe er über die muskulöse Brust und den Sixpack tiefer wanderte. Was sich wohl unter dem weißen Tuch verbarg? Er malte es sich in Gedanken aus, sein Herzschlag beschleunigte sich augenblicklich und Lust erwachte in seinen Lenden.

Wie konnte man so ein Prachtexemplar nur ablehnen? Das musste er Mel bei nächster Gelegenheit unbedingt fragen, wenn sie wieder aus Florida zurück war. Doch wie er über einige Umwege erfahren hatte, konnte das durchaus noch ein Weilchen dauern, denn ein gewisser Dr. Steven Blenders, der bei Lucien seit Jahren ein und aus ging, hatte offensichtlich das Interesse der kleinen Hexe erweckt. Und das, wo er aus der Blutslinie des Bruders stammte. Dracon lachte in sich hinein. Er kannte den Reiz, den Melissa ausstrahlte und er wusste auch von ihrem Feuer. Eine sehr interessante Entwicklung, die sich da abzeichnete. Er glaubte nicht, dass die beiden auf Dauer die Finger voneinander lassen konnten. Darum verstand er auch noch nicht ganz, warum Lucien sie einander vorgestellt hatte und damit bewusst ein großes Risiko einging. Das war sonst nicht seine Art. Wenn der Lord mal nur nichts im Schilde führte.

Aber was ging es ihn an. Außer, dass es ein netter zusätzlicher Dorn war, mit dem er Warren Forthys stechen konnte.

Welodan an seiner Seite gab ihm Sicherheit. Nachdem er den Raum mit dieser fürchterlichen Zelle, die ihn seiner Kraft beraubt hatte, hinter sich ließ, führte ihn der Weg durch ein wahres Labyrinth von Gängen.

„*Mon ami noir*, wie sollen wir hier nur herausfinden?“

Anfangs folgten sie den Fackeln, die in Halterungen an den Wänden hingen, bis Armand schließlich feststellte, dass sie im Kreis liefen. Offenbar hatte sich auch der Zwerg nur in diesem Lichtradius bewegt, denn es gab zwei weitere Räume, die bewohnt aussahen.

Es blieb ihnen nichts anderes übrig, als sich in die Dunkelheit vorzuwagen, auch wenn dort alle möglichen Gefahren lauern mochten. Die Finsternis war an einigen Stellen so dicht, dass Armand sie selbst mit seinen Vampiraugen nicht durchdringen konnte, sondern sich mit den Händen vorwärts tastete. Immer darauf bedacht, nicht unachtsam in ein Loch zu treten oder an losen Steinen womöglich Fallen auszulösen wie bei Indiana Jones und Co.

Das Gefühl, beobachtet zu werden, verfolgte ihn auf Schritt und Tritt. Mehrmals glaubte er, den kalten Atem eines Wesens im Nacken zu spüren. Dann fuhr er jedes Mal mit klopfendem Herzen herum, drehte sich im Kreis und versuchte zu ergründen, woher es kam. Doch alles blieb still und ohne ein Zeichen von Leben. Nach und nach wurde Armand ruhiger und schob das Gefühl auf seine angespannten Nerven. Es war ein altes Gemäuer und somit sicher zugig.

Überall zweigten Wege ab, von denen wiederum neue abgingen. Mehrmals schon hatte er sich in Sackgassen wiedergefunden und sich beim Rückweg in weiteren Quergängen verirrt. In seinem ganzen Leben war ihm ein solches Labyrinth noch nicht untergekommen.

Je länger er die Gänge durchwanderte, desto bewusster wurde ihm die Tatsache, dass ihnen nichts und niemand begegnete. Jedenfalls nichts Lebendiges. Allenfalls Geister dieser Festung, die ihren Ursprung in den Panikattacken und Vorstellungen derer fanden, die versuchten, dem bedrückenden Gefängnis zu entkommen. Denn das war es ganz sicher: Ein Gefängnis. Für Hoffnungen und Träume und solche, die man vergessen wollte. Doch außer ihm gab es derzeit wohl niemanden sonst, den der Eigentümer dieses Baus aus seinen Gedanken streichen wollte. Es waren keine Geräusche zu hören, die auf weitere Bewohner hindeuteten. Alles roch kalt, feucht und muffig, gänzlich leblos und verlassen. Armand kroch eine Gänsehaut über den Rücken. Dass er fror, lag nicht an seinen zerfetzten Kleidern, sondern einzig an dieser unheimlichen Stimmung in diesen Mauern. Er musste hier raus, aber wie? Wohin? Die Gänge sahen alle gleich aus, verwinkelten sich weiter und weiter. Immer wieder glaubte er, an Stellen vorbeizukommen, die er schon einmal passiert hatte, doch sicher war er nie.

Welodan schritt mit stoischer Ruhe neben ihm her und schien sich weit weniger Sorgen zu machen ob sie hier jemals wieder rauskamen oder nicht. Empfand ein Totem-Tier überhaupt Angst? Er hatte Mel nie danach gefragt. Das musste er dringend nachholen … falls er sie noch mal wiedersah.

Schmerz schnürte ihm die Kehle zu und sein Herz krampfte sich zusammen beim Gedanken an seine Liebste. Wenn sie nun ein ähnliches Schicksal erlitten hatte? Wenn man sie auch gefangen, gefoltert und irgendwo eingesperrt hatte? Er keuchte, schlug in seiner Verzweiflung gegen die kalten Steinwände und schrie Mels Namen so laut er konnte. Dann lauschte er angestrengt. Nur sein eigenes Echo, das in den leeren Gängen verhallte. Er schrie noch einmal, drehte sich im Kreis und spitzte die Ohren. Aber alles blieb still. Nein, sie war nicht hier. Das erleichterte und sorgte ihn in gleichem Maße. Denn der Gedanke, dass ihr dasselbe widerfahren war, bereitete Armand eine unerträgliche Pein. Vor allem, wenn sie vielleicht genauso alleine war. In einem anderen Gemäuer als diesem, noch im bannenden Käfig gefangen. Nein, er durfte nicht weiter daran denken, sonst überrollte ihn der Wahnsinn und er entkam niemals. Er zwang sich, tief durchzuatmen, sagte sich, dass Mel von ihrem Einsatz zurückgekehrt war und nun ganz bestimmt mit Franklin gemütlich im Kaminzimmer saß.

Aber dieser Gedanke war ebenso abwegig. Nach seinem Verschwinden sorgte sie sich bestimmt, suchte nach ihm, irrte durch die Welt und rief, ohne eine Antwort zu erhalten. Fühlte sich verlassen, verraten. Hasste ihn inzwischen sogar, weil er wortlos gegangen war. Und ahnte nicht, welches Schicksal ihn in Wirklichkeit ereilt hatte.

Irgendwann würde sie aufhören nach ihm zu suchen. Würde einen anderen finden und ihn vergessen. Und er wäre bis dahin längst verrottet. Nur noch blanke Knochen von ihm übrig, abgenagt von der Zeit.

Etwas Warmes in seinem Gesicht holte ihn zurück. Er saß auf dem steinigen Boden, den Rücken ans kalte Mauerwerk gelehnt und Welodan stand bei ihm, leckte tröstend die Tränen von seinen Wangen und schnurrte leise.

„Du hast ja recht, *mon ami.* Alles Hadern mit dem Schicksal bringt nichts. Ich weiß nicht, was mit mir passiert ist. Und was Mel betrifft, sind es nur vage Vermutungen, eine entmutigender als die andere. Aber entmutigen lassen darf ich mich nicht. Ich muss hoffen und glauben, nur dann kann ich es schaffen. Also los, lass uns nach dem Ausgang suchen."

Welodan fauchte zustimmend und rannte in die Dunkelheit. Armand folgte ihm entschlossen, auch wenn er längst nicht mehr sah, wohin der Panther gelaufen war.

Die Grabsteinplatte in ihrem Rücken war kalt. So kalt, dass sie ihre Haut zu verbrennen schien. Aber sie blieb liegen und kämpfte den Anflug von Panik nieder. Es war in Ordnung. Es musste so sein, hatte er gesagt. Diese Nacht sollte etwas ganz besonderes sein. Das hatte Josh versprochen. Sie würden etwas miteinander teilen, was ihnen niemand mehr nehmen konnte. Es ging um Vertrauen und Hingabe. Darum hatte Jenny sich aus dem Mutterhaus geschlichen, war in ein Taxi gestiegen und zum Zentralfriedhof gefahren. Er hatte ihr den Weg beschrieben und das Tor zum Mausoleum hatte offen gestanden. Es war so aufregend, dass ihre Nerven bloßlagen. Eine Mischung aus Angst und Erwartung. Gehorsam trug sie die Augenbinde und lag nackt auf dem Marmor. Tief unter ihr der Sarg mit dem Leichnam einer hohen Persönlichkeit, sie hatte nicht mal auf den Namen geachtet.

Allmählich wurde ihr aber mulmig zumute. Wo blieb Josh nur? Vielleicht war es doch keine so gute Idee gewesen, sich darauf einzulassen. Sie war ja schon ziemlich verrückt, auch ein wenig abartig. Der Reiz des Verbotenen begann umzuschlagen. Wenn ihr Verschwinden in Gorlem Manor bemerkt wurde, erhielt sie bestimmt eine Standpauke. Und wenn Josh sie nur deshalb hierher gelockt hatte, damit er sie …

„Ah, mein Engel, weißt du überhaupt, wie bezaubernd du aussiehst? So schön, zerbrechlich und weiblich."

Jenny zuckte zusammen und gleich darauf noch einmal, als seine Hand erschreckend warm ihren ausgekühlten Körper berührte. Sie legte sich sanft auf ihre Kehle, drückte dann fester zu, gerade so, dass ihr das Atmen schwerer fiel. Langsam ließ er seine Finger tiefer gleiten, über die Hügel ihrer Brüste, in die kleine Senke ihres Magens, kreiste um ihren Bauchnabel, wanderte zwischen ihre Schenkel und verrieb den Nektar, der bereits wieder zu fließen begann.

Es kostete Jenny all ihre Selbstbeherrschung, seine Zärtlichkeiten über sich ergehen zu lassen, ohne sie zu erwidern. Aber das hatte sie Josh versprechen müssen. Sie musste ihm die Kontrolle überlassen, sich führen – verführen – lassen.

Seine Lippen hauchten Küsse auf die Spitzen ihrer Brüste, die sich sehnend aufstellten. Er ließ seine Zunge mit der harten Knospe spielen, saugte sie in seinen Mund, gab sie wieder frei und blies sacht darüber, bis sie noch härter wurde. Dasselbe tat er auch mit der anderen Perle, ehe er seine Lippen tiefer wandern ließ, mit seiner Zunge die Konturen ihrer Rippenbögen nachzeichnete, die sich unter ihrer schnellen Atmung hoben und senkten. Als er in die Vertiefung ihres Nabels stieß, schrie Jenny leise auf. Sie krallte sich am kühlen Stein fest, fühlte, wie ihre Nägel darüber schabten und ein Geräusch verursachten, das ihr durch und durch ging. Jetzt tupfte er Küsse auf ihren Venushügel, nahm ihre Schamlippen in den Mund und saugte daran. Jenny spreizte ihre Beine, sie hatte keinen eigenen Willen mehr. Alles in ihr war nur noch auf das unerträgliche Begehren konzentriert, das in ihren Brüsten und zwischen ihren Schenkeln pochte. Sie hatte Angst vor dem ersten Mal, wusste, es konnte schmerzhaft sein, doch sie wollte es unbedingt. Josh hatte ihr versprochen, dass es heute Nacht geschehen sollte, und sie war mehr als bereit dazu.

Als seine Zunge ihre empfindlichen Schamlippen teilte, spürte sie das vertraute Ziehen, das sich immer mehr verdichtete, bis …

Er lachte leise, streichelte über ihre erhitzten Wangen und befreite sie von der Augenbinde. „Nicht so schnell, meine Süße. Wir haben doch Zeit."

Josh entkleidete sich langsam, ließ sie dabei zusehen, sich an seinem Anblick laben. Da Jenny nie vorher einen

Mann in Natura nackt gesehen hatte, machte es sie verlegen. Trotzdem konnte sie den Blick nicht von ihm wenden und als er wieder zu ihr trat, ließ sie neugierig ihre Hand an seinem glatten Schaft auf und ab gleiten. Vergessen war seine Anweisung ihm die Führung zu lassen, doch er ließ sie gewähren. Schüchtern kostete sie von seiner Spitze, es schmeckte seltsam. Süß und salzig zugleich. Jenny wurde kühner, umschloss seine Eichel mit ihren Lippen und saugte daran. So in etwa wurde es in den Büchern beschrieben, die sie heimlich gelesen hatte.

Seine Bauchmuskeln spannten sich an, also schien sie sich nicht ganz so dumm anzustellen, wie sie befürchtete. Warum ließ dann dieses Zittern nicht nach? War es Angst? Ihr Herz zersprang fast in der Brust. Wenn sie etwas falsch machte? Ihm nicht gefiel? Der Gedanke quälte sie, dass er sich wieder von ihr abwenden und sie allein zurückbleiben könnte. Sein herber Duft berauschte sie, weckte die Sehnsucht, jeden Zentimeter seiner Haut mit ihren Lippen und ihrer Zunge zu erkunden.

Er musste ihre Gedanken gelesen haben, denn bevor sie ihre zaghaften Versuche ausweiten konnte, drückte er sie auf den kalten Stein zurück.

„Spreiz deine Beine ganz weit, mein kleines Mädchen. Vertrau mir und es soll dein Schaden nicht sein."

Sie zögerte, beobachtete sein Gesicht, dessen Züge vor Lust härter geworden waren. Die Augen glühten in dem dämmrigen Mausoleum, das nur von wenigen Kerzen erhellt wurde. Grüne Edelsteine mit einer hypnotisierenden Wirkung. Er nickte ihr zu, wie um seine Forderung noch einmal zu unterstreichen. Jenny stand unter einem Zauberbann aus Sehnsucht und Verlangen. Mit ergebenem Seufzer schloss sie die Augen und gab sich ihm preis.

Sein Gewicht auf ihrem Körper war ungewohnt, aber nicht unangenehm. Einlullende Wärme und ein verheißungsvoller Duft. Die Haut, die sich gegen ihre empfindsame Scham presste, war weich. Ihre Angst schwand, dass es wehtun könnte. Sie kam ihm entgegen, als er den Eingang zu ihrer jungfräulichen Pforte suchte, erst nur ein kleines Stück, dann ging es ganz schnell. Ein tiefer, fester Stoß, sie keuchte, bäumte sich auf und krallte ihre Finger in seine Schultern. Sein Daumen bohrte sich in das Mal unter ihrer Brust. Jenny sog scharf die Luft ein, aber der Schmerz dauerte nur Sekunden, hier wie dort. Was blieb, war das einzigartige Gefühl des Genusses, ihn in sich zu spüren, von ihm ausgefüllt zu werden und mit ihm gemeinsam dem Gipfel entgegenzutreiben, den er sie so oft allein hatte erreichen lassen.

„Geht es dir gut?", fragte er später, als sie sich wieder anzogen hatte und die Kerzen ausblies.

„Ja, warum fragst du?" Sie lächelte. Es war nicht gelogen. Sie fühlte sich einfach himmlisch.

Josh erwiderte ihr Lächeln. „Ich wollte nur sicher sein. Das erste Mal ist immer etwas besonderes. Es hätte mir leid getan, wenn ich es für dich nicht zu einem unvergesslichen Erlebnis gemacht hätte."

Sie stellte sich auf die Zehenspitzen und drückte ihm einen Kuss auf die Nasenspitze.

„Das hast du, Josh. Wann sehe ich dich wieder?"

„Bald, süße Jenny. Sehr bald. Und dann habe ich noch eine Überraschung für dich. Damit du dich auch dann nicht einsam fühlen musst, wenn ich nicht bei dir sein kann."

Er zwinkerte ihr verschwörerisch zu. Es wurde Zeit, ins Mutterhaus zurückzukehren, ehe die ersten dort aufwachten und am Ende doch noch jemand ihren kleinen Ausflug bemerkte und Franklin meldete.

Er musste hier raus. Dringend. Der Geruch des Blutes von dem Unfallopfer, dem er gerade das Leben gerettet hatte, stieg ihm zu Kopf. Er spürte seine Fänge hervortreten, hörte sein Herz rasen. Hunger, Hunger, Gier, Gier. Das war ihm seit Jahrzehnten nicht passiert!

„Machen Sie dann zu", sagte er zu seinem Kollegen und war selbst erstaunt, wie ruhig seine Stimme klang.

Gemäßigten Schrittes verließ Steven den OP, aber im Waschraum riss er sich Handschuhe, Kittel und Mundschutz vom Körper. Er stürzte an verdutzten Schwestern und erschrockenen Patienten vorbei zum Hinterausgang und stieß die Tür mit so viel Kraft auf, dass sie hart an die Wand schlug. Im schwach beleuchteten Hinterhof lehnte er sich schwer atmend an die kühle Steinwand und wartete darauf, wieder Herr seiner Sinne zu werden. Er hatte sich immer gut unter Kontrolle gehabt, aber jetzt war alles anders. Seit Lucien ihm Melissa Ravenwood vorgestellt hatte, musste er ständig an sie denken. Ihre katzenhaften Augen, ihr dunkelrotes, seidiges Haar, die samtene Stimme. Ihren Busen, der sich deutlich unter der engen Kleidung abzeichnete, ebenso wie die schmale Taille und die weibliche Rundung ihrer Hüften.

Sie brachte sein Blut zum Kochen, weckte seine Leidenschaft. Stevens Fäuste ballten sich zusammen, seine Kieferknochen knackten bedenklich, so fest presste er sie aufeinander. Langsam spürte er, wie wieder Ruhe in ihm einkehrte und der Blutdurst nachließ.

„Ich bewundere immer wieder, wie du damit zurechtkommst", erklang eine dunkle Stimme dicht neben ihm.

Steven fuhr herum. Lucien trat ins trübe Licht der Hoflampe.

„Ich hatte mich schon besser unter Kontrolle", gab Steven gereizt zurück.

Der Lord lächelte und wich wieder in die Schatten zurück, als ein Rettungswagen an dem Eingang zum Hof vorbeifuhr. „Ein neuer Fall für dich."

„Es sind genug andere da. Ich kann jetzt nicht da rein."

Es war gespenstisch, wie Lucien in seinem dunklen Umhang beinah unsichtbar wurde, als er sich nun ganz aus dem Lichtkegel entfernte. Nur die Augen leuchtete unheimlich und verrieten seinen Standort.

„Das ist deine Schuld!"

„Meine Schuld?", fragte Lucien, verblüfft über diesen Gefühlsausbruch.

„Seit ich deiner kleinen Hexe begegnet bin, geht etwas mit mir vor."

Allmählich beruhigte er sich wieder. Das Blut wurde kühler und auch die Fangzähne hatten sich zurückgezogen.

„Sie ist nicht meine Hexe. Du wirst dich doch nicht in sie verliebt haben? Auf jeden Fall erweckt sie den Vampir in dir zu neuem Leben."

Steven lachte bitter ob des leisen Triumphes in Luciens Stimme. „Toll! Genau das, was ich brauche, nicht wahr? Ich hatte mein Leben wunderbar im Griff, bis sie kam. Warum musstest du uns unbedingt miteinander bekannt machen?"

„Ihr bedeutet mir beide sehr viel. Ich mag eure Gesellschaft und ihr seid euch ähnlich. Ich konnte nicht ahnen, welch fatale Wirkung sie auf dich hat."

„Das hat sie." Er machte eine kurze Pause, bevor er mit rauchiger Stimme fortfuhr. „Bei Gott, ich begehre sie. Ich würde sonst was darum geben, ihr so nahe zu sein und sie …"

Lucien schoss aus der Dunkelheit auf ihn zu wie eine Furie. „Vergiss das ganz schnell wieder."

Steven packte ihn seinerseits hart an den Schultern. „Verdammt Lucien, denkst du, ich finde es gut, mich nicht mehr unter Kontrolle zu haben? An kaum etwas anderes denken zu können als an sie? Und nach Blut zu dürsten, mehr als in den letzten hundert Jahren?“ Sein Verlangen nach dieser Rothaarigen war wie ein Feuersturm. Es verbrannte ihn so stark, dass er den Schmerz fühlen konnte und stachelte den Vampir in ihm auf eine Weise an, die ihm seine Arbeit unerträglich machte.

„Steven“, zischte Lucien leise. „Es geht nicht. Ihr habt nicht dasselbe Blut. Denk an den Fluch. Du musst dich wieder in den Griff kriegen.“

„In den Griff kriegen“, wiederholte Steven spöttisch. „Du hast ja keine Ahnung.“

Lucien legte nun beschwichtigend eine Hand auf seine Schulter und fixierte ihn eindringlich. „Du musst, Steven. Hörst du? Du musst. Das Risiko ist zu groß, egal was deine Forschung auch sagen mag.“

Er schlug Luciens Arm weg und ging wieder zur Tür. „Du entschuldigst mich? Ich habe zu arbeiten“, sagte er und ließ den Lord einfach stehen.

Dieser Arzt ging mir nicht mehr aus dem Kopf. Ich verfluchte Lucien, dass er uns einander vorgestellt hatte. Dennoch fieberte ich dem kommenden Montag entgegen, weil ich eine Nachricht von Steven erhalten hatte, dass er mich auf den Drink einladen wollte.

War es richtig? Ich musste an Armand denken. Aber er hatte mich verlassen. Ich war nicht länger an ihn gebunden. Nachdenklich betrachtete ich den Smaragdring, den er mir zur Verlobung geschenkt hatte. Einen der drei Ringe der Nacht. Ich hatte ihn noch immer nicht abgelegt, würde das auch nicht tun. Außer unserem Schwur hing noch mehr an diesem Ring. Die Gefahr war zu groß, dass er in falsche Hände geriet, wenn ich ihn nicht mehr ständig bei mir trug. Das Risiko wollte ich nicht eingehen. Aber er erinnerte mich unentwegt an meinen Dunklen Vater und an unsere Liebe. War es wirklich

Liebe, wenn es sich von einem Tag auf den anderen beiseite wischen ließ?

„Woher die Schuldgefühle?", wollte Osira wissen und sprang auf das Sofa.

„Osira, deine Krallen sind nicht gut für die Ledersitze."

Mir gefiel ihr Tonfall nicht, darum wollte ich nicht darauf antworten. Prüfend beäugte sie ihre Pfoten.

„Wenn du willst, darfst du gern eine Maniküre vornehmen. Aber ich glaube nicht, dass du dich dadurch besser fühlst."

Sie sprang herunter und lief mir in die Küche nach. So schnell entkam ich ihr nicht – meinem vierbeinigen Gewissen. Ich warf ihr einen missmutigen Blick zu und goss Milch in eine Schale, die ich vor ihr auf den Boden stellte.

„Bin ich eine Katze? Oder willst du mich bestechen?"

„Ich dachte, wenn du Milch schlabberst, hältst du den Mund."

Gierig machte sich mein Totem über die Köstlichkeit her und ich konnte nur den Kopf schütteln. So was glaubte mir kein Mensch, nicht mal die vom Orden. Ein Krafttier mit Leidenschaft für Sahne. Ich war hier in Miami zufällig hinter ihre kleine Schwäche gekommen, nachdem sich Mrs. Fenton aus der Wohnung unter uns wunderte, dass die Schale ihrer Katzen immer so schnell leer wurde. Nun wusste ich auch, wer in Gorlem Manor so gierig die Sahnetöpfe ausgeschleckt hatte, dass es unsere Köchin Vicky fast wahnsinnig machte.

Genüsslich leckte sich Osira die Schnauze sauber und grinste mich wölfisch an. Ihre Frage hatte sie dennoch nicht vergessen.

„Ich weiß es nicht, Osira", gestand ich. „Einerseits sage ich mir, dass ich frei bin und tun und lassen kann, was ich will. Das tun Vampire ja sowieso. Armand und meine Monogamie war an sich schon eher ungewöhnlich. Aber ich werde das Gefühl nicht los, dass es falsch ist, so zu denken."

„Frag dich doch mal, warum du so denkst", warf meine Wölfin ein und schleckte weiter ihre Leckerei.

„Ich krieg das einfach nicht in meinen Kopf, dass er mich so mir nichts dir nichts verlässt. Das sieht ihm nicht ähnlich, selbst wenn etwas vorgefallen wäre, was ja nicht so ist. Der Armand, mit dem ich mich verlobt habe, würde es mir wenigstens ins Gesicht sagen, wenn er mich verlassen will. Dieser Brief ist feige, das passt nicht zu ihm. Und auch, dass er spurlos verschwindet, so was geht doch nicht. Henry hat alle Hebel in Bewegung gesetzt, sogar eine Detektei angeheuert, nichts. Wie kann ein Mensch oder Vampir einfach vom Erdboden verschluckt werden?"

Ich hatte mich in meine Verzweiflung hineingesteigert, war dabei in der Küche hin und her gewandert und blickte erst jetzt wieder zu Osira, die sehr konzentriert in ihre leere Milchschüssel starrte, als hätte sie mir gar nicht zugehört. „Möchtest du einen Nachschlag?", fragte ich etwas ungehalten.

„Was?" Ruckartig hob sie ihren Kopf und starrte mich an. „Nein." Sie schüttelte sich ausgiebig. „Ich muss auf meine Linie achten. Ich habe nur ebenfalls überlegt, warum du dich nicht so frei fühlst, wie du bist."

Ich prustete los und mein Ärger auf sie verflog augenblicklich. Ihre Linie! Aber die Sache mit Armand blieb rätselhaft, nur fanden wir leider beide keine Erklärung, wie auch immer wir das Ding drehten.

„Hoffst du immer noch, dass er wiederkommt?"

Ich stützte mich mit den Ellbogen auf dem Küchentresen ab und legte das Kinn auf meine Handflächen. „Er wird nicht wiederkommen. Das hat er ja geschrieben."

Seinen Brief trug ich ständig bei mir. Und ich ertappte mich dabei, meine Antennen nach ihm auszustrecken.

Doch eine Antwort blieb aus. Auch Lemain hatte noch keinen Erfolg gehabt.

„Das habe ich nicht gefragt", sagte Osira geduldig und leckte sich einen Milchtropfen von der Pfote.

„Natürlich hoffe ich, aber ich verliere allmählich einfach den Glauben."

Das Telefon klingelte und ich fuhr zusammen.

„Nervöse Zuckungen", stichelte Osira.

Mein erster Gedanke war Armand, doch natürlich gab es unzählige andere Möglichkeiten, die wesentlich wahrscheinlicher waren. Franklin, Lucien, Steven …

„Guten Abend, Miss Ravenwood. Maxwell mein Name. Wie schön, dass Sie sich in Bereitschaft halten."

Der geheimnisvolle Sir Maxwell. Noch kein Gesicht, aber schon mal eine Stimme. „Guten Abend, Sir Maxwell. Ich freue mich, Sie persönlich zu sprechen."

Ein leises Lachen war die Antwort. „Tun Sie das? In der Tat?"

Verunsichert umklammerte ich den Telefonhörer. Etwas in seinem Tonfall machte mir Angst und ich spürte, wie der Dämon in mir erwachte, knurrte und die Zähne fletschte. Er hatte seine ganz eigene Meinung von Sir Maxwell. Ich räusperte mich.

„Sie rufen wegen des Schlüssels an."

„Sie haben ihn bereits. Das weiß ich. Ich weiß eine Menge, Miss Ravenwood. Verwahren Sie unser Juwel gut. Ich melde mich bei Ihnen, sobald ich es brauche. Also erwarten Sie meinen Anruf, Teuerste."

Es klackte in der Leitung. Meine Göttin, der Typ war unheimlich. Wie mochte er erst sein, wenn man ihm gegenüberstand? Aber war es nicht albern, sich als Vampir vor einem Dämon zu fürchten?

„Denk an die Serpenias", meinte Osira trocken, schnupperte am Hörer in meiner Hand und rümpfte die Nase. „Schlangenpack stinkt überall gleich."

Das Erlebnis im Mausoleum hatte einen bleibenden Eindruck bei Jenny hinterlassen. Sie sehnte sich nach Josh mehr denn je, aber er machte sich einige Tage rar. Ein Glück, dass niemand ihre unerlaubte Abwesenheit bemerkt hatte. Josh war ihr Geheimnis, er gehörte ihr ganz allein. Ein bisschen sorgte sich Jenny schon, ob er jetzt, wo er einmal mit ihr geschlafen hatte, gar nicht mehr auftauchen würde. Umso erleichterter war sie, als sie seine Stimme hörte.

„Hallo Jenny. Komm doch zu uns herüber, ja? Ich habe dir etwas mitgebracht, wie versprochen."

„Josh!" Sie lief sofort zum Spiegel und diesmal stand er tatsächlich auf der glatten Silberfläche hinter ihr und legte die Hände auf ihre Schultern. Ihr Spiegelbild lächelte sie an, weil sie über das ganze Gesicht strahlte. Aber Moment mal, sie selbst lächelte anders. Das Lächeln im Spiegel war nicht freundlich oder gar glücklich, sondern eher überheblich. Sie wich einen Schritt zurück. Dieses Mädchen im Spiegel sah aus wie sie. Es hatte ihre blauen Augen, ihre knabenhafte Figur, ihre langen blonden Locken. Aber trotzdem war da etwas an dieser anderen Jenny, das einen Schauer eiskalt über ihren Rücken laufen ließ. Herzlos, falsch, boshaft.

Jenny blickte starr in den Spiegel. In ihr Gesicht. Doch es war das Gesicht einer Fremden, das sie höhnisch anlächelte. Die Augen dunkel und verschlagen.

„Jenny, sag Hallo zu deiner Schwester", raunte Josh diesem anderen Mädchen ins Ohr.

„Hallo, Jenny", sagte es artig und neigte seinen Kopf vertrauensvoll gegen seinen Brustkorb.

„Ich lasse euch beiden Hübschen jetzt allein, damit ihr euch besser miteinander bekannt machen könnt. Aber ich komme bald wieder."

Als Josh aus dem Spiegel verschwand, wollte Jenny am

liebsten aufschreien. Sie hatte Angst, allein mit dieser anderen im Spiegel. Wer oder was war sie? Doch ganz bestimmt nicht ihr Ebenbild.

„Du hast dich verändert, liebstes Schwesterlein. Ist dir das nicht aufgefallen? Das liebe, folgsame Kind hat etwas Böses getan." Ihr Spiegelbild setzte sich auf der anderen Seite aufs Bett und streckte sich darauf aus. „Du hast die Büchse der Pandora geöffnet. Und jetzt kannst du sie nicht mehr schließen." Grinsend richtete sie sich wieder auf und beugte sich soweit vor, als wolle sie sich aus dem Spiegel herauslehnen. „Weißt du, wenn die anderen davon erfahren, was du Schlimmes gemacht hast, werden sie dich nicht mehr lieb haben. Sie werden dich sogar hassen und sich alle von dir abwenden."

Jenny wich zitternd zurück, bis sie gegen ihr Bett stieß und darauf niedersank. Für einen Moment waren sie und der Spiegel wieder identisch, abgesehen von dem boshaften Glitzern in den Augen der anderen. „Nein", hauchte sie, das Entsetzen lähmte ihre Glieder, raubte ihrer Stimme jede Kraft.

„Aber Jenny, natürlich werden sie das. Was glaubst du denn? Doch kümmere dich nicht darum. Du brauchst sie ja gar nicht mehr. Du hast doch jetzt ihn. Und mich."

Die Spiegel-Jenny legte ihre Hand auf die glatte Scheibe und Jenny hatte das Gefühl, die eisigen Finger berührten ihr Herz. Es tat weh und panisch griff sie sich vor die Brust.

Als es an ihrer Zimmertür klopfte, fuhr sie wie von der Tarantel gestochen hoch und konnte gerade noch den Schrei verschlucken, der ihr in die Kehle stieg.

„Jenny, ist alles okay?"

„Ja, Franklin, alles bestens", log sie, während sie zum Spiegel hinüberschielte. Aber diesmal war das Bild wieder nur eine Kopie ihrer selbst. Erleichtert atmete sie auf, da flüsterte jemand tief in ihr:

„Ich bin immer bei dir, Schwesterlein."

Ihr stockte der Atem, aufsteigende Tränen schnürten ihr die Kehle zu und in ihrem Inneren war etwas mit einem Mal sehr, sehr kalt.

Trotz aller Bedenken hatte ich Stevens Einladung zum Drink angenommen. Wir düsten mit seinem Motorrad eine Weile durch die City, tranken dann einen Cocktail in seiner Lieblingsbar und fuhren schließlich hinaus in die Glades. Er hatte ein ebensolches Faible für die Sümpfe wie ich.

Ich wanderte ein Stück von ihm und seiner Maschine weg, beobachtete ihn vom Rand eines Wasserlochs, in dem sich mehrere Schatten erhoben. Die Tiere wurden unruhig in unserer Nähe, griffen aber nicht an. Ein leichter Wind wehte, trieb kleine Wellen über das Wasser. Um uns hörte man die nächtlichen Geräusche der Glades, ein einlullender Chor. Dass ich unweit von hier vor einigen Wochen diese rätselhafte Begegnung mit der dunklen Präsenz gehabt hatte, die sogar Osira in die Flucht schlug, konnte ich mir in Stevens Nähe kaum noch vorstellen. Ich fühlte mich wohl bei ihm.

Er zündete sich eine Zigarette an. Ein kurzer Schauer durchlief mich, als das Streichholz aufflammte. Er sah es und lächelte mich an.

„Das vergeht noch", meinte er.

„Was vergeht noch?"

„Dieses Zusammenzucken bei Feuer. Wenn ein Vampir noch recht jung ist, so wie du, ist diese Reaktion normal. Ein Instinkt. Es verliert sich mit den Jahren. Weil auch Feuer uns so leicht nicht zu töten vermag."

„Aber es tut weh", gab ich zurück und verzichtete darauf, zu erklären, dass ich weniger Angst vor dem Feuer hatte, als vielmehr den Anblick der kleinen Flamme in seiner Hand anregend fand.

„Ja, das ist richtig", gab er zu. „Aber was bedeutet uns

schon Schmerz? Außer Impulse in den Nervenbahnen, über die wir schließlich erhaben sind."

Sein Lächeln wurde breiter und er nahm noch einen Zug von der Zigarette. Ich mochte die Art, wie er sie hielt. Nicht zwischen Zeige- und Mittelfinger, wie man das normal macht. Sondern zwischen Daumen und den Fingerkuppen von Zeige- und Mittelfinger. Dabei drehte er sie nach innen, wenn er die Hand senkte, sodass die Glut gefährlich nah an seine Handfläche kam. Es sah irgendwie cool aus. Und es passte zu Steven. Er grinste mich immer noch an und ich musste schließlich lachen.

„Ich mag dich, Melissa Ravenwood", sagte er leise und neigte den Kopf zur Seite.

Es knisterte zwischen uns. Wir dachten beide dasselbe, obwohl es natürlich unmöglich war. Wir hatten nicht dasselbe Blut.

„Ich mag dich auch, Steven Blenders", sagte ich trotzdem und diesmal wurde sein Grinsen verschlagen, ganz so, als habe sich soeben eine Entscheidung ergeben.

Er machte einen Schritt auf mich zu, ich wich nicht zurück. In meinem Bauch tanzten Schmetterlinge, als er die Hand auf meine Wange legte und sich zu mir hinunter beugte. Seine Lippen waren leicht geöffnet. Mein Herz schlug schneller, und meine Brust hob und senkte sich heftig. Sein Blick glitt über meinen Busen, so intensiv, dass ich es wie eine Berührung empfand. Er war so verdammt attraktiv. Ein Kuss. Was war schon dabei? Ich hatte so viele geküsst. Aber Armands Bild wollte mir nicht aus dem Kopf. Nein, ich war noch lange nicht so weit. Beschämt senkte ich den Blick und wich ihm aus.

„Tut mir leid. Ich kann nicht."

Er runzelte die Stirn. „Was hast du? Ist es wegen dieser blöden Regeln, die irgendwelche Kalkleichen vor fünftausend Jahren beschlossen haben, ohne uns zu fragen?"

Ich musste unweigerlich lachen. „Vorsicht, Lucien ist auch eine von diesen Kalkleichen."

Er grinste. „Sollen die sich also den Kopf drüber zerbrechen. Solange wir nicht voneinander trinken, ist doch nichts dabei."

Ich musste an Ivanka denken. Da war sehr wohl etwas dabei gewesen. Und das, obwohl es beides Mal das Blut der Schwester war. Doch ich ahnte inzwischen die wahren Gründe. Das Exempel, das Kaliste nur statuiert hatte, um ihre Position zu stärken, die nun eh nichts mehr wert war. Nein, darum machte ich mit keine Sorgen. Auch wenn es natürlich ein Risiko war, sich auf jemanden aus Tizians Linie einzulassen, falls das mit dem Fluch tatsächlich stimmen sollte. Ich haderte mit mir, was das anging. Einerseits glaubte ich nichts mehr von dem, was aus Kalistes Mund stammte. Andererseits hatte ich die Attacke der beiden Dämonen selbst schon erlebt. Aber ich trug beider Blut in mir und lebte. Verwirrt über diese Gedanken schüttelte ich den Kopf.

„Hey, was ist? Wenn ich dich zu sehr bedränge, dann sag es. Ich mag dich wirklich."

Die Sorge in seinem Blick schmeichelte mir. „Ist schon gut. Es ist nur … ich glaube, ich bin noch nicht bereit dazu. Noch nicht frei genug."

„Nicht frei genug? Ich dachte, du bist Single."

„Ja und nein …" Ich wusste nicht recht, wie ich es erklären sollte. „Vielleicht noch nicht so ganz."

Er streichelte mir über die Wange und zog sich dann ein Stück zurück. „Magst du es mir erzählen?"

Ich rieb mir über die Arme, mich fröstelte. „Krieg ich auch eine?", fragte ich. Ich hatte nie in meinem Leben geraucht, aber Lungenkrebs konnte ich nicht mehr bekommen. Vielleicht würde es meine Nerven beruhigen. Meine Hand zitterte, als ich die Zigarette entgegen nahm. Er gab mir Feuer, ich nahm einen tiefen Zug, fühlte, wie der Rauch meine Lungen ausfüllte. Nach zwei weiteren Zügen wurde ich ruhiger, das Zittern ließ nach.

„Er ist mein Dunkler Vater. Wir sind seit meiner

Wandlung immer zusammen gewesen."

„Und jetzt?"

„Vor drei Monaten kam ich nach Hause und er war weg. Er hat mir nur einen Brief hinterlassen. Ich weiß nicht wo er ist. Niemand weiß das, nicht mal sein Schöpfer. Nicht mal Lucien."

Steven nickte nachdenklich. „Liebst du ihn noch?"

„Ich weiß es nicht", rutschte es mir heraus, was mich selbst erschreckte. So schnell vergaß man doch nicht. Wir waren uns nah gewesen, viel näher, als Menschen ermessen können. Was sagte ich denn da? Verlegen räusperte ich mich. „Doch, ja. Ich denke, ich sollte ehrlich mit dir sein. Ich liebe ihn noch. Sein Verschwinden hat so viele Fragen zurückgelassen, ich kann damit einfach nicht abschließen, solange ich nicht sicher bin, dass er es wirklich so meint und unsere Liebe ihm nichts mehr bedeutet. Ich glaubte, dass wir für immer zusammengehören. So was steckt man nicht einfach weg."

Ich konnte von Steven kein Verständnis erwarten. Zu denken, dass er auf mich wartete, bis ich mir sicher war. Und wann würde das sein? Wenn ich mit Armand gesprochen und es aus seinem eigenen Mund gehört hatte? Und wenn er für immer verschwunden blieb, was dann?

Es wäre so leicht, sich auf Steven einzulassen. Mit ihm zu gehen. Wenigstens für heute. Eine Nacht lang zu lieben und geliebt zu werden. Aber was war mit dem danach? Oder noch schlimmer: Was, wenn wir die Kontrolle verloren? Ein Tropfen Blut würde genügen. Ich erinnerte mich an das Erwachen des einen Tropfens, den Tizian mir gab, als ich noch sterblich war. Kalistes mächtiges Blut hatte sich auf ihn gestürzt und der Schmerz hätte mich beinah in Stücke gerissen, wenn Lucien nicht beide Dämonen beruhigt hätte.

„Ich muss nach Hause, Steven. Ich habe mein Handy vergessen und wenn Sir Maxwell anruft …"

Er schmunzelte. „Dann muss ich eifersüchtig sein."

„Das bist du?“

Er schnippte die Zigarette in den Sumpf und packte mich so fest, dass ich nicht zurückweichen konnte.

„Ja, Melissa. Das bin ich.“

Seine Lippen streiften die meinen, er wartete ob ich zurückwich. Ich tat nichts dergleichen. Seine Zunge schmeckte süß, koste weich und zärtlich die meine. Er gönnte uns nur einen kurzen Moment, dann löste er sich wieder von mir.

„Es liegt bei dir. Nimm dir die Zeit, die du brauchst. Ich kann warten, aber ich mag dich wirklich sehr.“

Endlich hatte er einen Weg aus diesem Labyrinth gefunden, doch Armand war nicht sicher, ob er sich darüber freuen sollte. Was vor ihm lag, sah nicht freundlicher aus. Ein modriges, dunkles Gewässer, das hier und da seltsame Erhebungen aufwies, von denen er lieber nicht wissen wollte, aus was sie bestanden. In der Brühe herrschte ein ständiges Blubbern und Brodeln, auf eine unheimliche Art lebendig. Er konnte zurückgehen und sich weiter durch das Labyrinth quälen, in der Hoffnung, einen anderen Ausgang zu finden. Aber so lange, wie er bisher durch die Gänge geirrt war, konnte das wieder Tage dauern. Zeit, die er nicht hatte. Sein Körper war geschwächt, weil er auf seiner Wanderung kaum Ratten oder anderes Getier gefunden hatte. Die Wunden verheilten noch immer nicht ganz. Außerdem quälte ihn die Ungewissheit um Mel zu sehr.

„*Alors*, dann wollen wir mal ein Bad nehmen."

Vorsichtig setzte er einen Fuß in das schwarze, morastartige Zeug. Es gab ein schmatzendes Geräusch von sich, Nässe durchtränkte seine Hosenbeine und nach nur wenigen Schritten hatte er seine Schuhe an den Sumpf verloren. Er war schon froh, jedes Mal seine Beine wieder freizubekommen, um den nächsten Schritt zu gehen. Mehrmals kämpfte er die Panik nieder, vielleicht ganz stecken zu bleiben und als Moorleiche zu enden. Wenn er nur seine Kräfte wieder voll einsetzen könnte, aber die Regeneration stagnierte inzwischen und bis er wieder ganz und gar zu alter Stärke zurückgefunden hatte, dauerte es sicher noch eine Weile.

Je weiter er sich vorarbeitete, desto tiefer sank er ein. Der Geruch verursachte Übelkeit. Über allem lag eine dunkle Süße, durchsetzt von Moder und beißenden Gasen. An einigen Stellen hatte er das Gefühl, die Dämpfe verätzten seine Atemwege, aber nicht zu atmen erforderte im Augenblick eine Konzentration, die er nicht aufzubringen vermochte.

Schließlich stand er bis zur Hüfte im Morast, das Vorwärtskommen war so mühsam, dass er keuchte und ihm der Schweiß in Strömen über Gesicht und Nacken floss. Die Substanz, durch die er sich kämpfte, war teerartig, klebte an ihm, zog und zerrte an seinen Gliedern. Sie fraß sich regelrecht in seiner Haut fest, wodurch er jedes Mal, wenn er einen Arm oder Bein aus der Masse zog und weiterbewegte, das Gefühl hatte, dass ein Teil seiner Epidermis im Moor zurückblieb. Es war wie ein gefräßiges Monstrum, das ihn Stück für Stück verzehrte, ihn verschlang. Es würde nicht aufgeben, entweder er versank zur Gänze in seinem hungrigen Leib, oder wurde Stück für Stück von ihm aufgefressen.

Doch genau wie das Labyrinth musste auch dieser Sumpf ein Ende haben. Die Frage war nur, in welcher Richtung und Entfernung. Er musste aufpassen, falls er sich verirrte, hatte er keine Anhaltspunkte je wieder herauszufinden. Keine Mauern und Gänge diesmal. Hier könnte er Ewigkeiten im Kreis laufen ohne es zu merken. Oder wieder an der Stelle ankommen, von der er gestartet war. Er bezweifelte, ob er dann noch einmal den Mut und die Kraft aufbrachte, in diese stinkende Moorlandschaft zu treten.

Plötzlich spürte Armand, dass er nicht mehr allein war. Jemand, oder etwas, war bei ihm. Erst vernahm er nur ein Zittern im lehmigen Boden. Dann Wellen in den wässrigeren Regionen. Etwas bewegte sich in dem dunklen Moder-See. Schleichend und schlängelnd. Er fühlte, wie es näher kam, an seinen Beinen entlang strich. Kalt und glitschig.

Wieder diese Berührung, diesmal an seiner Hüfte, und als er sich umdrehte, sah er einen schwarzen, länglichen Körper, der von ihm wegschwamm. Ein Stück weiter hinten pflügte ein anderer durchs Wasser, kam direkt auf ihn zu. Panik überrollte ihn, jagte Adrenalin in seine erschöpften Glieder. Nicht länger auf das Ziehen und Zerren des Moores achtend, kämpfte er sich umso schneller voran. Immer wieder wechselte er die Richtung, wenn er irgendwo vor oder neben sich eine Bewegung zu sehen glaubte. Sein Vorsatz, nicht vom einmal eingeschlagenen Weg abzuweichen, weil man sich so schnell verirrte in diesem schwarzen Nichts, war mit einem Schlag unwichtig. Er rannte um sein Leben, das war ihm klar, denn was immer sich da durch Matsch und Schlamm wühlte und bohrte, war auf der Jagd nach ihm.

„Hast du nichts zu tun, oder was?", neckte mich Steven, als er auf mein Klopfen hin die Tür öffnete.

Ich spielte mit dem Feuer, das wusste ich. Aber gleichzeitig war ich auch machtlos gegen die Faszination, die er auf mich ausübte.

Ich zuckte unschuldig die Achseln. „Ich muss eh auf die nächsten Anweisungen von dem geheimnisvollen Sir Maxwell warten. Da kann ich auch Freunde besuchen. Mein Handy habe ich diesmal dabei."

Er grinste, bat mich herein, schenkte uns einen Whiskey ein und räumte mir einen Stuhl frei.

„Und da kommst du in die Höhle des Löwen?"

Ich verdrehte die Augen. „Wirst du mich fressen?"

„Zum Anbeißen finde ich dich jedenfalls."

Sprüche klopfen konnte er. Ich genoss die entspannte Stimmung zwischen uns, bei der es trotzdem beständig knisterte. Steven war so ganz anders, als alle anderen Vampire, die ich kannte. Er lebte ein sterbliches Leben, spielte nicht ständig mit seinen Fähigkeiten. Ob er wohl auch bei der Jagd Prinzipien hatte?

„Als Arzt hast du doch einen hippokratischen Eid geleistet."

„Das habe ich.“

„Wie vereinbart sich das mit der Jagd nach Menschenblut?“

Er lächelte und trank einen Schluck. „Es geht.“

„Tötest du?“

„Wenn es sich nicht vermeiden lässt.“ Die Aussage war vage, aber er wurde deutlicher, ohne dass ich weiter fragen brauchte. „Ich kann hier und da mal eine Blutkonserve aus dem Krankenhaus abzweigen. Aber wenn ich das zu oft mache, fällt es auf. Also bleibt mir nichts anderes übrig, als zu jagen. Ich wähle sehr sorgfältig aus.“

Es gefiel mir, dass wir uns darin ähnelten. Bedächtig stellte er sein Glas beiseite, kam zu mir herüber und stützte sich links und rechts von mir auf den Stuhl auf.

„Was willst du sonst noch von mir wissen, Melissa Ravenwood?“

Ich leckte mir nervös über die Lippen, seine Nähe machte mich kribbelig. Die Schmetterlinge tanzten wild unter meiner Haut, waren einfach nicht unter Kontrolle zu bekommen. Sanft fasste er meine Handgelenke, zog mich hoch, einen Arm schlang er um meine Taille, mit der anderen Hand fasste er in meinen Nacken und zog meinen Kopf nach hinten. Ich las in seinen Augen was er wollte, empfand ebenso und hatte doch auch Angst davor.

„Steven, nicht. Bitte.“

Ich fühlte seine Erregung, das Vibrieren, das von seinem Körper ausging und sich in meinem fortpflanzte. „Du willst es doch auch. Und du bist frei. Vergiss ihn. Er hat dich verlassen, nicht du ihn.“

Er hatte recht, aber Armand vergessen? Ich war hin und her gerissen zwischen dem Schmerz, den er in mir hinterlassen hatte und dieser Sehnsucht, die Steven in mir auslöste. Mein Zögern war mein Verderben. Er gab diesmal nicht nach, seine Lippen pressten sich auf meine, heiß und verlangend. Mit seiner Zunge erforschte er meinen Mund während seine Hand über meinen Rücken streichelte, meinen Po umfasste und mich fester an ihn zog. Als er merkte, dass ich keinen Widerstand mehr leistete, hob er mich auf seine Arme und trug mich ins Schlafzimmer, wo er mich auf dem Bett niederlegte. Neugierig erkundete er meinen Körper, erst über der Kleidung, dann auch auf der nackten Haut. Noch einmal versuchte ich, es aufzuhalten.

„Steven, nicht. Wir dürfen das nicht tun. Wenn sich unser Blut …"

Er legte einen Finger auf meine Lippen und schüttelte den Kopf. In meinem drehte sich alles. Konnten wir uns beherrschen, wenn die Lust die Kontrolle über unseren Willen übernahm? Sein Atem ging keuchend, er konnte sich kaum noch zurückhalten.

„Ich will mit dir schlafen, Melissa. Jetzt."

Einerseits war ich schockiert über sein Ansinnen, andererseits konnte auch ich an nichts anderes denken als daran, wie schön es wäre, in seinen Armen dem Gipfel entgegenzutreiben. Seit Armand fort war, hatte ich mich niemandem hingegeben. Ich hielt unsere stille Vereinbarung aufrecht. Und er? Kein Wort hatte ich mehr von ihm gehört. Vielleicht gab es längst eine andere an seiner Seite. Ich spürte, wie mir Tränen in die Augen stiegen. Steven bemerkte es und küsste sie fort.

„Vertrau mir. Es wird dir gefallen."

Er hatte ja keine Ahnung. Steven löste ein verzehrendes Feuer in mir aus, das sich tiefer und tiefer in die noch vorhandenen Überreste meiner Loyalität und Liebe zu Armand hineinfraß. War ich naiv? Nostalgisch? Dass ich immer noch an etwas festhielt, was seit Monaten nicht mehr existierte?

Sein Körper war eine Augenweide. Glatte, weiche Haut über festen Muskeln. Die Brustwarzen waren dunkel wie reife Kirschen und als ich meine Zunge darüber gleiten ließ, sog er scharf die Luft ein.

Steven hatte wenig von Armands Zärtlichkeit an sich, doch seine fordernde Art stachelte mich an. Er hielt sich nicht lange mit Vorgeplänkel auf. Ich hatte die Wahl, mich seiner Dominanz zu unterwerfen, oder zur Gegenwehr anzusetzen, wobei ich nicht sagen konnte, was ihn mehr reizte. Sein Gewicht auf mir fühlte sich gut an, löste eine lang vermisste Wärme aus. Seine Küsse waren gierig und als er tief in mich stieß, fühlte ich mich zum ersten Mal seit Wochen wieder lebendig. Er umspielte meine Knospen mit seiner Zunge, trieb seinen Speer mit jedem Stoß tiefer in mich. Ich umschlang seine Hüften mit meinen Beinen und hieb ihm meine Nägel ins Fleisch. Ein blutiger Kratzer auf seiner Schulter war das Ergebnis.

„Wildkatze", lachte er. „Nur nicht auflecken."

Sein Blick brannte sich in meinem fest, schimmerte so geheimnisvoll wie seine weiße Haut in dem diffusen Licht der Straßenlaterne, das zum Fenster hereinfiel. Ich ließ meine Hand über die Hügel und Täler seines Körpers gleiten, spürte mit einer Mischung aus Glück und Schmerz, wie sehr ich all das vermisst hatte, wie sehr ich es brauchte. Mich auf den Wogen der Lust hinfort tragen zu lassen und mich in einer starken Umarmung, die Sicherheit und Geborgenheit versprach, zu verlieren.

Er verstand es, meine Lust immer wieder anzustacheln, sie dann abklingen zu lassen und das Spiel von neuem zu beginnen. Je weiter er es trieb, desto stärker wurde auch der Hunger in mir. Ein gefährlicher Zustand, denn mein Dämon witterte das Blut seines Gegenstückes. Es trieb die rote Bestie in mir zur Raserei, ganz anders als bei menschlichem Blut oder dem aus der Schwesterlinie. Stevens Bruderblut machte sie verrückt, entfachte eine Gier, die mich voll und ganz zu kontrollieren drohte. Ich fühlte, dass meine Augen im Rot des Vampirs glühten, sah durch seine Augen ein verzerrtes Bild meiner Umgebung und des Mannes, der mich in immer wilderem Rhythmus liebte. Ein Knurren kam tief aus meiner Kehle, meine Zähne schoben sich heraus, der Geruch seines Blutes, das heiß durch seine Adern strömte, betäubte mich fast.

Ich näherte mich seinem Hals, öffnete die Lippen … erst im letzten Moment wurde mir bewusst, was ich tat und dass Steven so von seiner eigenen Leidenschaft gefangen war, dass er mich nicht aufhielt. Aber der Dämon wollte Blut, er gab nicht nach. Ich tat das Erstbeste, was mir einfiel und schlug die Fänge in mein eigenes Handgelenk. Zwar reagierte mein Blutdämon mit einem enttäuschten Aufheulen, nahm dann jedoch den schalen Ersatz an und ich gab mich erleichtert den letzten Stößen hin, die mich zum Höhepunkt trieben.

„Siehst du, Wildcat", sagte Steven, als wir später beieinander lagen. „Keine Verdammnis. Es hieß nur, dass sich das Blut nicht mischen darf. Von Sperma und anderen Flüssigkeiten war nicht die Rede."

„Du kannst ja so romantisch sein."

Er grinste.

Es war gut. So gut. Ich bereute es nicht. Verstohlen blickte ich auf die zwei winzigen Einstichwunden an meinem Handgelenk. Sie schlossen sich bereits wieder. Göttin, beinahe wäre es sein Hals gewesen. Und er hatte nicht den geringsten Versuch unternommen, mich davon abzuhalten. Hatte er nicht gespürt, dass ich danach hungerte, sein Blut zu trinken? Oder war er wirklich leichtsinnig genug, es darauf ankommen zu lassen?

„Ich wusste, du würdest dich beherrschen können", sagte er.

„Ich hasse es, wenn du meine Gedanken liest." Ich schloss die Knöpfe meiner Bluse energischer als nötig.

Er schmunzelte. „Bist du noch eine Weile in der Stadt?"

„Auf jeden Fall so lange, bis Sir Maxwell sich wieder meldet."

„Gut. Dann haben wir ja vielleicht noch ein paar Nächte."

Seine Worte brachten ihm ein Kissen an den Kopf ein, mit dem ich nach ihm schlug. Er wehrte es lachend ab und küsste mich stürmisch.

„Hey, wir haben doch bewiesen, dass wir uns im Griff haben. Und ich sehe keinen Grund, warum wir uns das Vergnügen versagen sollten."

In Ermangelung irgendwelcher Gegenargumente, die er hätte zählen lassen, schwieg ich, aber innerlich machte ich mir immer noch Sorgen, ob wir tatsächlich auch zukünftig nicht die Kontrolle verloren, oder ob das Spiel mit dem Feuer zum tödlichen Inferno wurde.

Mein Handy klingelte und das Geräusch ließ mir fast das Herz stehen bleiben.

„Du bist zu schreckhaft", meinte Steven und ließ mich los.

Ich krabbelte zum Fuß des Bettes, angelte nach meiner Hose und holte das Mobiltelefon heraus. Franklins Nummer leuchtete im Display.

„Ja, Dad?"

„Mel, wir haben ein großes Problem. Sagtest du nicht, dass einer von Sir Maxwells Leuten ein Luchsar gewesen ist?"

„Ja, Goshwa Argres. Ich kenne ihn sogar aus unserer Datenbank."

„In Wien wurde eine unentzifferte Schriftrolle entwendet. Den Professor hat man in der Nähe in einem Gebüsch gefunden. Halb aufgefressen. Und einem Autofahrer ist kurz nach dem Einbruch eine riesige Katze vor den Wagen gelaufen. Was sagt dir das?"

„Shit!"

„Allerdings."

Keiner wusste, was es mit der Schriftrolle auf sich hatte, aber dass sie für die Öffnung von Darkworld eine Rolle spielte, lag auf der Hand. Einen Zufall konnten wir wohl ausschließen.

„Ich muss sofort einige unserer Leute in der Nähe von Darkworld postieren. Wie müssen auf alles gefasst sein und rechtzeitig reagieren können."

„Okay, Dad, wo genau muss ich hin?"

„Nein, nicht du! Wir können nicht ausschließen, dass dieser Maxwell dich beschatten lässt, also verhältst du dich am besten unauffällig. Ich habe schon ein paar Mitarbeiter im Sinn, die ich mit dieser Aufgabe betrauen werde. Er darf das Tor auf keinen Fall öffnen, aber wir können es uns auch nicht leisten, zu früh einzugreifen. Wir müssen abwarten, bis wir wissen, mit wem wir es wirklich zu tun haben und wo er sich aufhält, damit wir ihn dingfest machen können."

Damit hatte Franklin zweifellos recht. Ihn jetzt nur zu sabotieren aber weiter frei herumlaufen zu lassen, brachte nichts. Doch er war noch immer der große Unbekannte. Oder die große Unbekannte, dachte ich und mir wurde unbehaglich zumute.

Die Sougven waren einst ein mächtiges Dämonenvolk, mit vielen Relikten und einer großen Magie. Das war Ewigkeiten her, mit Yrioneths Gefangennahme starb auch die Magie der Sougven mehr und mehr aus. Gorben Wulver fragte sich, ob auch Yrioneth selbst von seiner Macht eingebüßt hatte in den vielen Jahrhunderten Gefangenschaft in Darkworld. Andererseits war dies einstmals eine Dimension der Unterwelt gewesen, von vielen Wesen bevölkert oder als Anlaufstelle gewählt, die den dunklen Künsten frönten und über diverse Fähigkeiten und Kräfte verfügten. Sougven verstanden sich unter anderem darauf, solche Fähigkeiten aus anderen herauszusaugen, bis diese als leere, faltige Hülle zurückblieben.

Er hatte so was einmal gesehen und legte keinen Wert darauf, diese Erfahrung zu wiederholen. Schon gar nicht am eigenen Leib.

Sir Maxwell musste sich wohl Ähnliches denken, wenn er auf Nummer sicher ging und den Bannkristall von Rugrewon haben wollte, ehe er das große Tor nach Darkworld wieder öffnete. Nur dieser Kristall vermochte es, alles, was herausströmte, vor allem aber auch Yrioneth, zu lähmen und unter Kontrolle zu bringen.

Man konnte Gutes wie Böses damit bannen, mächtige Kreise ziehen für Rituale über die man besser kein Wort verlor. Durch einen glücklichen Zufall war der Großmagier Bartholomäus Blogward in Besitz des Kristalls gekommen. Er hatte ihn in den letzten fünfzig Jahren ausschließlich zum Guten verwendet, doch damit würde bald Schluss sein, denn Gorben hatte die Aufgabe, den Kristall zu stehlen und an Sir Maxwell auszuhändigen, sobald dieser ihn bei ihm anforderte. Seine Vorstellungen von der Anwendung des Bannkristalls gingen ganz sicher in eine andere Richtung als die von Magier Bartholomäus.

Gorben kicherte böse. Eine Verschwendung von Macht, ein solch mächtiges Relikt nur für Heilzauber und Schutzkreise zu verwenden. Oder gar zur Austreibung eines bösen Geistes. Dabei war der Kristall in den tiefsten Höllen der Unterwelt gewachsen und von Wesen voller Niedertracht geschliffen worden. Eine Waffe für einen großen Krieg, es war immer eine Frage der Hand, die ihn führte. In Yrioneths Hand …

„Pah! Dieses Menschenpack wird bald schon sehen, was es von seiner Überheblichkeit hat.“ Er spuckte angewidert auf den Boden.

Dank seiner geringen Körpergröße war das Eindringen ins Haus des Magiers für Gorben kein Problem. Das kleine Kellerfenster stand offen und er passte perfekt hindurch.

Einen Kristall von der Größe einer Ananas in dem Berg von magischen Utensilien, Büchern, Zutaten, Kräutern, Schalen und Amuletten zu finden, gestaltete sich schon schwieriger. Aber dann stieß er auf ein Hindernis, das nicht nur ärgerlich, sondern vor allem bedrohlich für einen Kobin-Zwerg war: Bartholomäus' schwarze Katze.

Isis stand auf dem Halsband und das elegante Tier baute sich mit gekrümmtem Buckel und gesträubtem Fell fauchend vor ihm auf. Sie signalisierte Gorben eindeutig, dass er hier nichts zu suchen hatte, fixierte ihn mit ihren grünen Augen, verfolgte seine Bewegungen. An die schmerzhaften Hiebe, die sie ihm mit ihren Krallen beibringen konnte, wollte Gorben gar nicht erst denken. Katzen trugen etwas in sich, das bei Kobin-Zwergen hässliche Infektionen auslöste, wo auch immer diese Biester einen Zwerg verletzten. Dabei spielte es keine Rolle, ob dies mit Krallen oder Zähnen geschah.

„Haariges, schlitzäugiges Biest!", fluchte er und schlüpfte durch die nächste Tür. Kaum, dass er zwei Schritte in den Raum hineintrat, machte ihm ein Geräusch über ihm klar, dass es eine blöde Idee war. Gorben drehte sich langsam um und blickte dem zweiten Wesen entgegen, das für Kobin-Zwerge nichts taugte. Ein großer Uhu starrte ihm von einer Sitzstange entgegen.

„Verdammt!", entfuhr es ihm. Er konnte es sich nicht leisten, Lärm zu machen. Und eine kopflose Flucht hätte auf jeden Fall so viel Krach verursacht, dass Bartholomäus aufwachen musste. Die Tiere waren klar im Vorteil, sie kannten das Haus, die Zimmer, die Möbel und Gerätschaften, die herumstanden. Er sah alles nur schemenhaft und musste sich vorwärts tasten, um nirgendwo drüber zu fallen. Gab es keinen Weg, sich dieser beiden Viecher zu entledigen? Der Uhu flog so dicht über Gorbens Kopf hinweg, dass er ein paar Haare mitnahm. Sein Körper begann augenblicklich zu jucken, aber noch hatte ihn keines der beiden Tiere verletzt. Isis hielt sich ohnehin zurück, bewachte hauptsächlich die Tür, durch die er gekommen war. Auf dem gleichen Weg wieder abzuhauen stand vorerst nicht zur Debatte.

Gorben hatte gedacht, dass es wirklich nicht mehr schlimmer kommen könnte, aber in diesem Moment hörte er hinter sich einen Ton, der ihm das Blut zu Eis gefrieren ließ. Er schielte über seine linke Schulter und blickte einem schwarzweiß-gefleckten Border Collie mit gebleckten Zähnen in die Augen, der nicht den Eindruck erweckte, als könne man mit ihm verhandeln. Jeder, der in sein Revier eindrang, war ein ausgemachter Feind. Zu allem Überfluss schien er entgegen jeder Logik eine innige Freundschaft mit Isis und dem Uhu zu pflegen und diesem Trio stellte sich auch ein Kobin-Zwerg nicht sonderlich gerne entgegen.

„Bei allen Dämonen der Unterwelt, hätte mir nicht jemand sagen können, dass dieser verdammte Mensch sich die Besatzung der Arche Noah im Haus hält?"

Sein Blick wanderte von dem gereizten Hund zurück zur Katze an der Tür und streifte dabei über etwas, das ihn augenblicklich ein Stück zurückschwenken ließ. Da lag er. Der Bannkristall von Rugrewon. Ein schwacher Lichtkranz ging von ihm aus und jetzt, wo Gorben ihn sah, konnte er die Energie des Steins auch fühlen.

Aber wie rankommen? Aus der Luft überwachte noch immer der Uhu seine Bewegungen, vor ihm stand der Collie, hinter ihm Isis. Ohne den Kristall würde er das Haus jedenfalls nicht verlassen, das stand fest. Wenn es tatsächlich in einen lärmenden Tumult ausartete, dann musste er eben die Beine in die Hand nehmen und flüchten. Mutig und entschlossen machte er einen Schritt nach vorne. Der Collie verfolgte gespannt seine Bewegung, kam ihm aber nicht nach. Stattdessen nahm er eine geduckte Haltung ein und fixierte Gorben wie ein Stück Vieh. Die Katze hingegen setzte sich und begann in aller

Seelenruhe, ihr Fell zu putzen. Offenbar vertraute sie voll und ganz darauf, dass der Hund die Sache im Griff hatte und schon Bescheid geben würde, wenn er Hilfe brauchte.

Sein Herz klopfte ihm bis zum Hals, trotzdem ging er weiter. Der Collie folgte jetzt, schob sich flach an ihn heran, immer nur so viele Schritte, wie Gorben tat. Als er vor dem Tisch stand und die Hand nach dem Kristall ausstreckte, knurrte der Köter.

„Verdammtes Vieh. Ich werde meinen Auftrag ausführen und wenn es das Letzte ist, was ich tue."

Offenbar war der Hund mit dieser Vereinbarung einverstanden. Gorbens Hand schwebte über dem Stein, der Collie verharrte knurrend, der Uhu drehte nervös seinen Kopf von links nach rechts und auch Isis beendete ihre Abendtoilette und zuckte mit dem Schwanz. Jetzt oder nie, dachte Gorben, packte den Stein, drehte sich auf der Stelle um und rannte los, seine Verfolger auf den Fersen.

Inzwischen bestand kein Zweifel mehr über das, was sich da im Sumpf tummelte. Schlangen! Solche hatte Armand noch nie gesehen. Ihre glatten schwarzen Körper waren mit Stacheln besetzt, die er nun schon mehrfach schmerzhaft zu spüren bekommen hatte. Die Kratzer brannten höllisch. Ganz sicher irgendein Gift. Seine Zunge fühlte sich allmählich taub an und er merkte, wie er zu halluzinieren begann. Äste ragten ihm aus dem trügerischen Wasser entgegen, doch er zwang sich, mehrmals hinzusehen und jedes Mal entpuppten sich die trockenen Stöcke als äußerst beweglich, weshalb er vorzog, doch keinen von ihnen zu greifen.

Ein besonders mächtiges Exemplar begann, ihn zu umarmen wie einen Geliebten. Doch ihre Zärtlichkeit wurde schnell unangenehm, presste immer fester seinen

Brustkorb zusammen, wand sich auch um seine Taille und seine Kehle. Armand kämpfte kostbare Minuten darum, wieder Kraft in seine zusehends lebloseren Arme zu befehlen, um das Ungetüm loszuwerden. Ihre Schlingen von seinem Körper zu lösen, erforderte unsägliche Anstrengung, er spürte seine Handflächen nicht mehr, die in die giftigen Stacheln greifen mussten, um den Würgegriff zu lockern. Schließlich konnte er zumindest die Schlinge um seinen Hals lösen, auch wenn er dabei glaubte, sich die Haut gleich mit abzuziehen. Mit dem Mut der Verzweiflung schlug er seine Fänge in den Leib der Schlange und riss ihn entzwei. Übelkeit ließ ihn Würgen, er erbrach Blut, der zappelnde Körper der sterbenden Kreatur wühlte das Wasser auf und spülte ihm die eklige Brühe in den Mund, die ihm mittlerweile bis zur Brust reichte. Angewidert warf er die beiden Teile von sich, was augenblicklich Leben ins Wasser brachte, als sich kleinere Exemplare um die besten Brocken stritten. Umso entschlossener kämpfte er sich vorwärts, schlug mit gekrümmten Fingern nach weiteren Schlangen, erwischte einige mit seinen scharfen Nägeln. Die blutenden Reptilien wurden sogleich von ihren Artgenossen aufgefressen. Die Laute, die sie dabei von sich gaben, schmerzten in Armands Ohren. Der Gedanke, wie sie sich in dieser Weise über ihn hermachen würden, ließ ihn diese Qualen schon jetzt spüren. Das trieb ihn an. Er hörte nicht länger auf das Getöse hinter sich, auf die gierigen Laute der Jäger und die qualvollen der Gejagten.

Immer noch waren einzelne Tiere hinter ihm her, mehrfach schnappten sie nach seinen Beinen, glitten nah an ihm vorbei, aber keines schaffte es mehr, ihn zu umschlingen. Nie zuvor in seinem Leben hatte er solche Todespanik empfunden. Sein ganzer Körper pulste im Rhythmus seines rasenden Herzens, die Betäubung des Schlangengiftes reichte nicht mehr aus, um die Schmerzen zu dämpfen, die von den unzähligen Wunden und den überanstrengten Muskeln gleichermaßen herrührten. Auf diese Weise hielt er nicht mehr lange durch, die kopflose Flucht kostete zu viel Kraft. Auch wenn er sich dazu zwingen musste, blieb er darum schließlich stehen. Überraschenderweise beruhigten sich auch die Schlangen augenblicklich. Nur dort, wo verletzte Artgenossen im Wasser schwammen, herrschte noch Bewegung, die jedoch ebenfalls abebbte, nachdem die Mahlzeit verspeist war.

Einige Tiere glitten zwar dicht an ihm vorbei, weil sie wohl das Blut witterten, doch als Armand reglos verharrte, entfernten sie sich wieder. Das war es also. Sie reagierten auf Bewegung.

Er beobachtete, wo sich in der dunklen Brühe etwas tat und schätzte anhand der Wellen ein, wie groß die Tiere waren. Als in seinem direkten Umfeld Ruhe herrschte, bewegte er sich ein paar Schritte weiter. Sofort erhielt er Aufmerksamkeit, stoppte erneut. Glatte, glänzende Leiber tauchten vor ihm auf, glitten vorbei, entfernten sich. Noch einmal wagte er es und blieb stehen, sobald die Schlangen eine Reaktion zeigten. Dabei fiel ihm außerdem auf, dass die Kleinen schnell heranschwammen, die Großen jedoch warteten. Worauf? Er wollte es herausfinden, blieb beim nächsten Versuch nicht stehen und erntete dafür einen Biss und zwei lebende Armreifen, sowie weitere Gesellschaft von deutlich größerem Ausmaß. Statt mit heftiger Gegenwehr, konterte er diesmal mit langsamen Handstreichen, um die kleinen Tiere zu lösen, ohne die größeren zu reizen. Es funktionierte. Allmählich begriff er, die Schlangen jagten mit System. Es war falsch, dagegen anzukämpfen, man musste das Ganze betrachten, sie lesen, ihr Verhalten studieren, dann ließ sich alles weitestgehend voraussagen und er konnte ihren Attacken vorbeugen. So dauerte der Weg zwar länger, wurde aber sicherer.

Galt das nicht für alles im Leben? Dass man besser das große Ganze betrachten sollte, statt sich mit den selbstgewählten Scheuklappen zufrieden zu geben? Wie viel einfacher wäre sein Leben zuweilen gewesen, wenn er sich nicht von der Engstirnigkeit und seinen impulsiven Gefühlen hätte leiten lassen? Zu oft hatte er damit sich und andere in schmerzhafte Situationen gebracht. Vor allem Mel. Er musste unbedingt mehr Ruhe lernen, nicht mehr so aufbrausend sein. Diese glitschigen Biester waren hervorragende Lehrmeister.

Das schwarze Meer wollte kein Ende nehmen, mit dem reduzierten Tempo erst recht nicht. Er kämpfte mehrmals mit sich, ob er nicht doch noch einmal die Richtung wechseln sollte, wagte es aber nicht, aus Angst, sich noch mehr zu verirren. Dabei wusste er sowieso weder woher er kam noch wohin er ging.

Da endlich sah er etwas, das wie Gestein aussah. Es ragte ein Stück aus dem Morast und im Näherkommen erkannte Armand, dass es tatsächlich das Ende dieses Sumpfes war. Ein Laut zwischen Verzweiflung und Erleichterung entrang sich seiner Kehle, klang so erschreckend rau, dass es ihn selbst ängstigte. Tränen liefen ihm übers Gesicht, vermischten sich mit Schweiß, Blut und dem stinkenden Wasser des Moores.

Im Angesicht des nahen Ufers vergaß er alle Vorsicht und beschleunigte sein Vorankommen. Er erreichte das rettende Land, griff mit beiden Händen nach der Kante und ignorierte den Schmerz, als der schroffe Fels ihm die Handflächen aufriss. Mit letzter Kraft zog er sich hoch.

Als er mit seinem Oberkörper wieder auf festem Boden lag, schnappte eine der größeren Schlangen zu, die ihm, angelockt von dem heftig aufgewühlten Morast, gefolgt waren. Er schrie auf, rollte herum, sah in die glühenden Augen des Reptils und wie tief sich die Giftzähne in seiner Wade verbissen hatten. Armand konnte spüren, wie sein rasender Puls das Gift von der Wunde

Richtung Herz pumpte, die Schlange brauchte nur festzuhalten und zu warten, dann würde sie gleich seinen gelähmten Körper in die Tiefe ziehen können.

Doch er war noch nicht bereit, aufzugeben. Mit einem Brüllen, das dem seines Panthers in Nichts nachstand, packte er den Kopf der Moor-Schlange und schleuderte sie weit in den Sumpf hinaus. Dann riss er sich mit seinen scharfen Nägeln selbst das Bein um die Bisswunden bis fast auf den Knochen auf. Das Gift musste heraus. Sein Blick verschwamm, er sah den dunklen Lebenssaft über den schwarzen Felsen fließen, doch das Bild bewegte sich unaufhörlich. Sein Kopf wurde schwer, die Lider flatterten, nur die lauten Trommelschläge seines Herzens blieben, aber sie zogen ihn tiefer und tiefer in die Dunkelheit hinab.

Auf Goshwas Schreibtisch stand neben dem Papyrus und etlichen fertigen Seiten der Übersetzung ein Glas Wasser und eine fast leere Packung Schmerztabletten. Die Kugel steckte immer noch in seinem Bein, aber er hatte jetzt keine Zeit, sie zu entfernen. Das musste warten. Die Schriftrolle förderte sogar für ihn Überraschendes zutage, denn es gab offenbar mehr als nur eine Möglichkeit, Darkworld zu öffnen.

Sein Blick huschte über die Zeichen, erfasste blitzschnell ihren Sinn und übertrug diesen in die Sprache der Menschen. Er musste die Übersetzung vollenden, ehe sein Auftraggeber sich wieder meldete. Vielleicht konnte er ihn damit milde stimmen. Dieser Raub hatte sich zur reinsten Katastrophe entwickelt, so etwas war ihm noch nie im Leben passiert. Alle Zeitungen waren voller Bilder des angefressenen Leichnams, retouchiert natürlich, um die Leute nicht mit allzu deutlichen Details zu schocken. Und sowohl der Museumswächter als auch dieser blöde Autofahrer beschrieben einen großen, katzenartigen

Mann, der vom Tatort geflüchtet war.

Er schrieb den letzten Satz aufs Papier und legte mit einem erleichterten Seufzer den Stift beiseite. Plötzlich wurde es eiskalt im Raum und das Licht flackerte ein paar Mal ehe es erlosch. Goshwa fuhr erschrocken von seinem Stuhl hoch.

„Bist du wahnsinnig geworden?“, fauchte eine Stimme aus der Dunkelheit.

Ihn erfasste nackte Panik. Er konnte niemanden ausmachen, aber dass er nicht mehr allein war, spürte er deutlich.

„Es … war nicht meine Schuld.“

„Wessen dann? Hat der Professor sich etwa selbst angeknabbert?“

Aus dem Schatten schoss eine Klaue auf ihn zu und packte Goshwa an der Kehle. Er fauchte, zappelte, schlug kraftlos mit den Händen nach dem Angreifer, aber der Griff war zu fest. Als schon gleißende Punkte vor seinen Augen tanzten, schleuderte der Fremde ihn von sich. Goshwa prallte hart gegen seinen Schreibtisch, ein sengender Schmerz schoss durch sein verletztes Bein und die Wunde fing augenblicklich wieder an zu bluten.

Sein Besucher trat in den Lichtkegel, der von der Straßenlaterne in die Wohnung geworfen wurde und Goshwa erstarrte. Ein Sougvenier. Die roten, reptiliengleichen Augen schienen jeden Augenblick Feuer auf ihn werfen zu wollen und die zwei Reihen spitzer Zähne waren gefährlicher als sein eigenes Raubtiergebiss. Drohend kam der Dämon näher.

„Ich … ich habe die Schriftrolle übersetzt“, beeilte er sich zu sagen, um damit hoffentlich seinen Hals zu retten. Sein ungebetener Gast blieb stehen und das Rot in den Augen schwächte sich ab.

„Zeig es mir!“

Goshwa rappelte sich hoch, ignorierte das Pochen in seinem Schenkel, das ihm den Schweiß in Strömen über den Rücken laufen ließ. Schnell schaltete er die Schreibtischlampe an und hielt dem Sougvenier die Blätter mit der Übersetzung hin. Der überflog die Zeilen, grinste dann boshaft und nickte schließlich.

„Sehr gut, Goshwa. Und du bist sicher, dass alles richtig ist? Kein Fehler?"

„Nein, absolut keiner. Die Schriftrolle war leicht zu übersetzen, ein Dialekt unserer Art, der noch nicht allzu lange ausgestorben ist."

„Schön."

Ehe Goshwa noch dazu kam, aufzuatmen, schmeckte er Blut und ein komisches Gefühl machte sich in seiner Brust breit. Er schaute an sich herab, sah wie die scharfen Krallen des Dämons sich wieder aus seinem Brustkorb zurückzogen, ein pochendes, rotes Gebilde umschlossen. Dann erlosch das Licht.

Es war schon spät, fast konnte man schon wieder sagen früh, und Warren saß immer noch über den Unterlagen, die Franklin ihm gegeben hatte. Erst hatte es ihn enttäuscht, nicht mit zum Tor von Darkworld reisen zu dürfen, aber je mehr er über diese Dimension und was sich darin verbarg erfuhr, desto erleichterter war er, noch in seinem gemütlichen Zimmer in London sitzen zu dürfen. Das war definitiv noch eine Nummer zu groß für ihn.

Franklin hatte ihn mit allem versorgt, was sie bisher wussten. Über Darkworld, die Sougven und Sir Maxwell. Auch das Wenige, was es über Kaliste in den Ashera-Archiven gab, hatte er dazugepackt. Von dieser Person sollte Mels Dunkles Blut abstammen? Ihn schauderte. Aber Mel war nicht so, wie diese Teufelin. An seiner Liebe zu ihr konnte auch das Wissen um ihre vampirische Herkunft nichts ändern. Seufzend rieb er sich über die Augen. Seine unerwiderte Liebe. Egal was er tat und egal was geschah, für Mel war er nur ein guter Freund. Er hatte inzwischen verstanden, dass sie damit ihren Respekt und ihre Zuneigung äußerte, denn eine Beziehung zu ihr konnte sehr schnell zur ernsten Gefahr für sein Leben und seinen Seelenfrieden werden. Aber die Sehnsucht blieb und schmerzte weiterhin.

Draußen vor dem Fenster knackte es, Warren fuhr herum. Seit Tagen hatte er immer wieder das Gefühl, beobachtet zu werden. Manchmal glaubte er, das Leben im Orden sei vielleicht doch nicht für ihn geeignet, weil das Wissen um all die finsteren Gesellen, die unbemerkt da draußen frei herumliefen und sich nicht mit einer simplen Kugel ausschalten ließen, an seinen Nerven zerrte. Er war sensibler geworden, litt zuweilen auch unter Angstzuständen. Doch Franklin hatte ihm in einem Gespräch versichert, dass so etwas normal war, wenn man in seinem Alter zum ersten Mal mit diesen Wesen in Kontakt kam. Mit der Zeit gewöhne er sich daran. Warren hatte keinen Grund, an Franklins Versicherung zu zweifeln.

So schalt er sich auch jetzt wieder einen Narren und konzentrierte sich lieber weiter auf die vor ihm liegenden Dokumente. Je genauer sie die potentiellen Pläne ihres Gegners kannten, umso besser konnten sie dagegen vorgehen. Einstweilen blieb ihnen nur, Darkworld zu schützen … wenn sie das überhaupt vermochten. Falls Maxwell mit einer ganzen Armee von Dämonen anrückte, konnten sie wenig tun, doch Franklin schien nicht davon auszugehen.

Es gab mehrere Wege, die Maxwell einschlagen konnte. Sogar einen geheimen Weg an den sieben Wächtern vorbei, Dämonenschlangen wie die, mit denen Mel in Shanghai gekämpft hatte. Dort hatte Franklin den Großteil ihrer Leute postiert. Der andere Weg wurde noch immer von Schlangen bewacht, wenn auch vermutlich nicht mehr von sieben. Auch Serpenias starben irgendwann an Alterschwäche. Oder unternahmen eine Auslandsreise. Warren lachte bitter. Er hatte inzwischen einige Möglichkeiten herausgearbeitet, die Maxwell vielleicht anstrebte, und es gefiel ihm keine davon. Doch noch war er nicht fertig. Es gab immer noch Variationen und er hätte es sich nicht verziehen, auch nur eine zu übersehen. Da kam ihm seine Ausbildung beim MI5 wieder zugute. Ein klein wenig Profiling beherrschte er, und Einsätze planen hatte zu seinen Aufgaben gehört. Dabei spielte es keine Rolle, ob man die aus Sicht des Täters oder der Justiz vornahm.

Wieder erklang das Geräusch vor seinem Fenster. War da jemand? Für einen Moment glaubte er, ein Gesicht zu erkennen, aber es war so schnell verschwunden, dass ihm sein Verstand auch einen Streich gespielt haben konnte. Trotzdem ging er hinüber, um nachzusehen. Wenn Gorlem Manor nun beobachtet wurde und der Feind ihnen einen Schritt voraus war, indem er sich darüber informierte, was sie wussten oder zu wissen glaubten?

Draußen war alles still und leer. Nur ein paar Fledermäuse und Käuzchen flogen durch den Garten.

„Ich leide unter Paranoia", sagte Warren zu sich selbst. Warum ausgerechnet Gorlem Manor? Und um alle Ashera-Mutterhäuser zu überwachen, dafür hatte er bestimmt nicht genug Leute. Mit diesen Gedanken wollte er sich beruhigen, leider gelang es nicht so recht.

Ein Klopfen an der Zimmertür lenkte ihn vom Garten ab. Es war Franklin.

„Weitere Hiobsbotschaften?", fragte Warren, als er den besorgen Gesichtsausdruck des Ashera-Vaters sah.

„Nun, ich fürchte ja, Warren. Bartholomäus Blogward, ein befreundeter Magier, hat mich gerade angerufen. Er besitzt, oder besser besaß, den Bannkristall von Rugrewon, ein Relikt, das auch Yrioneth in Schach halten kann."

Warren keuchte und setzte sich auf den Stuhl an seinem Schreibtisch. „Das heißt ..."

„Dass sie einen weiteren Schritt getan haben und wir auch die Bedeutung des Kristalls in unsere Überlegungen einbeziehen müssen."

„Was ist das für ein Kristall? Und warum liegt er nicht sicher bei uns verwahrt, wenn er so wichtig ist?"

„Nun, der Kristall hat die Fähigkeit zum Bannen. Man kann mit ihm starke Schutzkreise ziehen oder negative Energien bannen und vertreiben. Bartholomäus ist ein guter Freund des Ordens. Er gab uns die Möglichkeit, den Kristall zu untersuchen und alles darüber zu dokumentieren, bat jedoch darum, ihn weiter für seine Arbeit verwenden zu dürfen. Da er sehr viel Positives damit bewirkte, stimmte der Orden seinem Anliegen zu."

Wer auch immer ihn jetzt besaß, wollte ihn ganz sicher nicht zum Guten verwenden.

„Den Spuren nach zu urteilen hat ein Kobin-Zwerg sich Zugang verschafft. Unsere Leute suchen gerade nach seiner Leiche."

„Leiche?"

„Nun, Bartholomäus hat Haustiere und Kobin-Zwerge sind allergisch gegen Tiere. Da Bartholomäus Blut gefunden hat, wurde der Zwerg – ich nehme an Gorben Wulver, denn der war beim Treffen in Miami dabei – schwer verletzt. Er wird vermutlich daran sterben, wenn er nicht schon tot ist."

„Dann gibt es aber immerhin Hoffnung, dass er den Kristall noch bei sich trägt."

„Ja, die gibt es. Und wir können den Göttern danken, wenn es so ist."

„Seid ihr beide wahnsinnig geworden?"

Einen Moment glaubte ich, Lucien würde mich auf der Stelle umbringen. Stattdessen schritt er mit energischen Schritten zur anderen Seite des Zimmers. Wohl, um der Verlockung zu entgehen, mir tatsächlich die Hände um den Hals zu legen und zuzudrücken.

„Es ist doch nichts passiert", versuchte ich ihn zu besänftigen, obwohl ich zugeben musste, dass mir merkwürdig schlecht war, nachdem ich mit Steven geschlafen hatte, aber das konnte wohl kaum miteinander zusammen hängen. Ich hatte nicht von ihm getrunken. Trotzdem lag eine bleierne Schwere in meinen Gliedern, die ich mir nicht erklären konnte. Sie bescherte mir mehrere Schweißausbrüche, die meine Tagesruhe empfindlich beeinträchtigt hatten. Inzwischen ließ es wieder nach und ich wischte den Gedanken beiseite.

„Nichts passiert? Dass du mit einem aus Tizians Blutlinie im Bett warst, nennst du nichts passiert? War dir die

Sache mit Ivanka etwa keine Lehre? Glaubst du, du hast Narrenfreiheit? Oder dass sich nun niemand mehr um die Regeln schert, da Kaliste an Ansehen eingebüßt hat?“

Ich nahm ihm übel, dass er mich ausgerechnet jetzt an Ivanka erinnern musste.

„Es gibt immer noch genügend Vampire, die zu ihr halten, sei da bloß nicht so naiv. Viele hätten es sogar begrüßt, wenn ihr Plan mit dem Dämonenring gelungen wäre.“

Ich schaute einen Augenblick überrascht auf. Lucien und ich hatten nicht mehr weiter über die Vermutungen gesprochen, die nach der Sache mit den Ringen der Nacht in uns allen aufgekommen waren. Und ich hatte in der Tat nicht damit gerechnet, dass es Befürworter ihrer Pläne gab. Warum sonst hatte sie sich zurückgezogen? Doch im Moment ging es nicht um Kaliste. Auf sie konzentrierte ich mich hauptsächlich in Zusammenhang mit Darkworld. Aber davon wollte ich Lucien noch nichts gerzählen. Mit dem, was zwischen mir und Steven geschehen war, hatte unsere Königin nichts zu schaffen. Ihre Regeln kümmerten mich inzwischen einen Dreck. Was mich vom Bluttausch mit Steven abhielt, war mein Wissen, wie schmerzhaft und zerstörerisch eine Begegnung der beiden Blutdämonen in einem menschlichen Körper sein konnte. Ob dadurch allerdings tatsächlich auch andere Vampire, außer den beiden direkt Beteiligten, betroffen wären, wagte ich inzwischen anzuzweifeln. Ich wusste schließlich, wie Kaliste mit angeblichen Legenden und Flüchen spielte.

„Himmel, wir hatten nur Sex. Und wir hatten uns völlig unter Kontrolle.“

„Ja, diesmal. Und beim nächsten Mal?“, fragte er herausfordernd und funkelte mich drohend an.

„Vielleicht wird es ja überhaupt kein nächstes Mal geben.“

„Woher willst du das wissen? Jetzt, nachdem ihr es

einmal getan habt, ohne dass es Konsequenzen hatte. Oder war er so schlecht? Das kann ich mir kaum vorstellen."

Ich sagte nichts mehr. Er hatte recht. Es war zu gut gewesen, als dass es nicht noch mal passieren könnte. Und ich konnte mir nicht sicher sein, mich beim nächsten Mal immer noch unter Kontrolle zu haben.

„Ein schönes Andenken, dass du an Armand bewahrst."

Ich zuckte zusammen. Das war nicht fair. „Er hat mich verlassen."

Lucien schnaubte. „Ich habe dich und Steven nicht zusammengebracht, damit ihr unsere ganze Art vernichtet. Und ich glaube ihm mit keinem Wort, dass ein Vermischen beider Blutlinien aus medizinischer Sicht ungefährlich wäre."

„Was?" Diese Aussage traf mich wie ein Schlag.

„Hat er dir etwa noch nicht davon erzählt? Von seinen Forschungen? Pass auf, Mel. Du kennst Steven nicht. Lass dich nicht von ihm zum Versuchskaninchen machen."

Ich schluckte. Das würde er doch nicht tun, oder etwa doch? „Was für Forschungen sind das?"

Lucien grinste mich höhnisch an, denn es war ihm ganz offensichtlich eine Genugtuung, mich verunsichert zu haben.

„Frag deinen heißen Lover doch am besten selbst. Dann habt ihr auch eine Alternative der Abendgestaltung bei eurem nächsten Treffen, die uns nicht alle in Todesgefahr bringt."

Während ich mich noch mit der Frage beschäftigte, was Steven da wohl untersuchte, ging Lucien bereits zum nächsten Thema über, vermutlich, um sich nicht noch mehr in Rage zu steigern.

„Was ist eigentlich mit dem Untergrund und diesem Sir Maxwell. Seid ihr weitergekommen?"

Wie viel sollte ich ihm erzählen? Wenn es nach Franklin ging, sicher gar nichts. Aber ich wusste Luciens Erfahrungen und sein Jahrtausende altes Wissen zu schätzen. Wir konnten jede Hilfe brauchen.

„Es wurde eine Schriftrolle aus der österreichischen Staatsbibliothek entwendet. Von einem Luchsar. Ich glaube, das war Goshwa und das Papyrus war seine Aufgabe."

„Mhm", machte Lucien nachdenklich. Seine Wut schien verflogen. „War es die vermeintlich noch nicht entschlüsselte?"

„Ja, woher …?"

Er winkte ab. „Ihr seid eben doch nicht so allwissend, wie ihr immer gerne glaubt. Es gibt etliche, die diese Schriftrolle längst übersetzt haben, nur arbeiten sie nicht mit Menschen zusammen. Schon gar nicht mit der Ashera."

Grinsend goss er sich ein Glas Blutwein ein und fühlte sich wieder ganz in seinem Element. Ich hasste es, wenn er sich bewusst jedes Stückchen Wissen aus der Nase ziehen, mich darum betteln ließ. Vor allem, wo er doch wusste, was auf dem Spiel stand.

„Lucien, was weißt du über die Schriftrolle?"

Er nippte an seinem Wein, beobachtete mich aus schmalen Augen über den Rand des Kristallkelches hinweg.

„Was habe ich davon, es dir zu sagen, *thalabi*?"

Ich stöhnte. „Bitte, lass deine Spielchen. Oder ist es dir auch lieber, Darkworld zu öffnen?"

Beleidigt verzog er den Mund. „Ich denke, dazu habe ich meine Meinung bereits kundgetan. Es sind noch nicht genug Dämonen darin eingeschlossen. Also gut, aber ich hoffe, du übermittelst deinem hochgeschätzten Vater, von wem du die Informationen hast. Er schuldet mir dann nämlich was."

Eine leise Stimme warnte mich, dass Franklin bestimmt nicht wollte, mit irgendetwas in Luciens Schuld zu stehen. Aber wir brauchten die Informationen dringend. Da musste man Opfer bringen.

„Ich werde es ihm sagen."

Sein Grinsen gefiel mir nicht. Es war so berechnend, dass mir ein kalter Schauer über den Rücken lief. Lucien forderte eine Schuld stets ein und er passte immer den richtigen Zeitpunkt ab, um den Preis möglichst hoch zu machen.

„Die Schriftrolle enthält alle Informationen, die man über Darkworld und die vielen Möglichkeiten das Tor zu öffnen haben muss."

Sein Gesichtsausdruck sagte mir, dass er noch mehr besaß, was er in die Waagschale werfen konnte. Die Übersetzung vielleicht?

„Frag deinen Vater, was ihm eine Kopie und der Anfang der Übersetzung wert sind, *thalabi*. Vielleicht bin ich geneigt, die Ashera zu unterstützen."

Mir blieb der Mund offen stehen. Ob seiner Dreistigkeit, um eine derart wichtige Information zu feilschen und auch, weil er eine Kopie und eine Übersetzung besaß.

„Vergiss nie, dass ich Kaufmann bin, Mel. Ich handele mit Waren. Und auch das hier ist eine Ware. Ihr könnt von Glück reden, dass ich mein Angebot nicht an jemand anderen gemacht habe, dann hättet ihr den Diebstahl nicht einmal bemerkt und wüsstet nicht, was es mit dem Papyrus auf sich hat." Nach einem weiteren Schluck Blutwein ergänzte er noch mit süffisantem Lächeln: „Und was es damit auf sich hat, wisst ihr nur deswegen, weil ich dir freiwillig diese Information gegeben habe."

Freiwillig! Ich schnaubte. Verschenkt hatte er sie nicht gerade. Ich klappte mein Handy wieder auf und rief meinen Vater an.

„Dad, Lucien möchte dich gerne sprechen."

Mit finsterem Blick reichte ich meinem verdutzten

Lord das Mobiltelefon. „Diesen Deal kannst du mit ihm selbst aushandeln. Kaltschnäuzig genug bist du ja."

Ich verließ den Thronsaal, denn ich wollte lieber nicht wissen, was die beiden aushandelten. Mir war jedoch klar, dass mein Vater den schlechteren Part dabei erwischte, weil Luciens Angebot für uns zu wichtig war, um es auszuschlagen. Gerade deshalb hatte ich nicht den Mittler spielen wollen. Ich konnte nicht mit Franklin als Preis verhandeln, was dachte Lucien sich eigentlich? Ob das Ergebnis sich durch ein direktes Gespräch für Dad verbesserte, war schwer zu sagen, aber zumindest trug ich keine Schuld daran. Ein bitterer Nachgeschmack blieb dennoch.

Während mein Vater und Lucien über das Relikt verhandelten, beschloss ich, Steven zur Rede zu stellen, was seine Forschungen und diese verrückte Theorie betraf, eine Verbindung beider Blutlinien sei ungefährlich.

Schon der Ausdruck in meinem Gesicht verriet Steven, dass ich nicht die allerbeste Laune hatte. Trotzdem ließ er mich ein, beäugte mich aber mit einer Mischung aus Unsicherheit und Verwunderung. Ich redete nicht lange um den heißen Brei.

„Was sind das für Untersuchungen, die du mit dem Blut der beiden Geschwisterlinien treibst?"

Überraschung zeigte sich in seinen Augen, vielleicht auch so was wie Erschrecken.

„Woher weißt du davon?"

„Von Lucien. Er hat mich davor gewarnt, mich als Versuchskaninchen missbrauchen zu lassen. Ist es das? Geht es darum?"

„Blödsinn!" Ärgerlich zog Steven die Stirn kraus und schüttelte den Kopf. „Ich habe Blut- und Gewebeproben unter dem Mikroskop untersucht, zu Forschungszwecken, sonst nichts."

Er nahm mir damit den Wind aus den Segeln, denn dagegen konnte ich schlecht etwas vorbringen, hatte ich es doch einmal genauso gemacht. Mit Pettras Blut, meinem und dem von Armand.

„Und ja, die Zellstruktur ist sich viel zu ähnlich, als dass ich mit logischem Verstand daran glauben könnte, mich in eine lebende Fackel zu verwandeln, wenn ich Schwesternblut in die Adern bekäme."

Damit ging er nun wieder einen Schritt zu weit. „Du hast ja keine Ahnung. Ich weiß, wie es sich anfühlt. Ich trage einen Tropfen von Tizians Blut in mir und habe am eigenen Leib gespürt, was passiert, wenn Kalistes Dämon seiner habhaft werden kann. Wenn Lucien nicht …"

„Mel, du kannst dir deine Erklärungen sparen, ich weiß sehr wohl, wovon du redest."

Es verschlug mir die Sprache. Was sollte das heißen, er wusste wovon ich sprach? Behutsam nahm er mich in die Arme, wohl weil er fürchtete, dass ich ihn abwehren würde. Aber im Augenblick war ich viel zu beschäftigt mit den vielen Fragen, die sich hinter meiner Stirn jagten.

„Ich habe es selbst ausprobiert, als ich mir sicher genug war. Ein Tropfen Blut aus Kalistes Linie. Ich kenne die beiden Dämonen, die aufeinander losgehen, weiß, wie es dem menschlichen Körper zusetzt. Und ich hatte niemanden, der mir geholfen hat. Aber es war ja auch mein eigener Leichtsinn. Wie du siehst, ich habe es überlebt. Die Qualen werde ich nicht vergessen, doch es ist kein Fluch, der uns alle vernichtet, daran kann ich einfach nicht glauben. Dafür bin ich zu sehr Mediziner. Dennoch dürfte es für jeden der es ausprobiert schwer sein, es zu überstehen. Vor allem, wenn die Blutmenge größer ist."

„Und wenn du dich irrst? Wenn es in größerem Maße doch uns alle betrifft?"

Er seufzte und küsste mich auf die Stirn, gab mir aber

keine Antwort auf meine Frage. „Können wir nicht von was Angenehmerem sprechen? Oder es tun?“ Sein Grinsen war zwar noch immer unsicher, aber ich sah bereits wieder das Feuer in seinen Augen. „Es sei denn, du lässt dich jetzt von einer irrationalen Angst beherrschen und dir den Spaß verderben.“

Ich boxte ihm in die Seite, aber meine von Lucien angestachelten Bedenken waren dahin. Es war beim letzten Mal auch nichts passiert und er hatte es nicht darauf angelegt, obwohl er da ein leichteres Spiel gehabt hätte als jetzt. Und wenn er die Folgen aus eigener Erfahrung kannte, war das ein Grund mehr, dieses Risiko zu vermeiden und sich auf die rein körperliche Befriedigung zu beschränken.

„Ich sehe, du bist kein Angsthase, Wildcat“, neckte er mich schmunzelnd.

Seine Augen sprachen Bände, meine allerdings ebenfalls.

In den kommenden Tagen wurde ich das Gefühl nicht los, dass Lucien verstimmt darüber war, wie viel Zeit ich mit Steven verbrachte und dass wir es keineswegs bei einem Drink oder Kinobesuch beließen. Doch Steven tat mir gut, er brachte mich sozusagen ins wahre Leben zurück, schien die Wunde langsam zu schließen, die Armands Fortgang gerissen hatte, auch wenn ich längst noch nicht soweit war, zu vergessen oder aufzugeben. Ich telefonierte regelmäßig mit Lemain und Henry, doch weder der Vampir noch Armands Verwalter und die von ihm beauftragte Detektei konnten eine Spur finden. Allmählich dachte ich darüber nach, neu anzufangen, wenn Armand nicht zurückkam. Nur eine kleine flüsternde Stimme in meinem Inneren blieb und warnte mich beständig, ihn nicht aus meinem Herzen zu verbannen. Unsere Liebe noch nicht abzuschreiben.

Der Kampf mit den Schlangen und dem Sumpf war kräftezehrend gewesen und hatte ihn völlig erschöpft. Armand zog eine blutige Spur hinter sich her, denn die Kratzer der Schlangenstacheln heilten ebenso wenig wie die tiefe Wunde am Bein. Er wusste nicht, wie lange er bewusstlos am Rand des Sumpfes gelegen hatte. Aber zumindest ließ das Taubheitsgefühl im Mund nach. Sein Körper hatte den Tiefschlaf so gut es ging genutzt, doch noch immer wirkte das Dunkle Blut nicht so, wie es das für gewöhnlich tat. Ihn schmerzten sämtliche Knochen, als habe er auf einer Streckbank gelegen. Und was er nun vor sich sah, war nicht vertrauenerweckender als das dunkle Moor.

Der Gang zog sich endlos dahin, am Ende nur undurchdringliche Schwärze. Hitze schlug ihm entgegen, schien von überall her zu kommen. Rechts befand sich eine glatte Steinwand, doch auf der linken Seite ragten vierzig Zentimeter lange Eisenstacheln aus dem Mauerwerk. Armand schluckte und ignorierte das Frösteln, das ihm trotz der steigenden Temperaturen über den Rücken lief. Er musste hier durch, wenn er diesem Gefängnis entkommen wollte. Entschlossen betrat er den Gang, achtete darauf, wohin er seine Füße setzte und lauschte angestrengt auf irgendwelche Anzeichen eines Verfolgers oder einer Falle, wobei letzteres in Anbetracht der Stacheln ja fast schon offensichtlich war. Doch hatte er eine Wahl? Aus dem Fußboden stieg ihm Wärme in die nackten Sohlen, kroch an seinen Beinen empor. Nicht unangenehm nach dem kalten, feuchten Sumpf, doch wenn sie weiter zunahm, konnte es schmerzhaft werden. Seine Schuhe steckten irgendwo im Morast, sollten sich die Schlangen seinetwegen ein Nest darin bauen.

Nach etwa zwanzig Schritten gab es einen ohrenbetäubenden Knall hinter ihm. Er fuhr herum, eine schwere

Gittertür befand sich nun dort, wo er eben noch den fragwürdigen Fluchtweg betreten hatte. Ihm wurde heiß und kalt, ein Adrenalinstoß vertrieb auch den letzten Rest von Erschöpfung. Er drehte sich wieder um und ging weiter. Das leise Knarren neben ihm versetzte sein Herz in einen rasanten Rhythmus und zog ihm schier die Eingeweide zusammen. Es blieb nicht bei dem unheilvollen Geräusch, Sekunden später geschah genau das, was Armand befürchtet hatte. Die glatte Steinwand bewegte sich langsam und stetig auf ihn zu. Panisch warf er sich dagegen, wohl wissend, dass diese Bemühung aussichtslos war. Der massive Stein schob ihn unaufhaltsam weiter in Richtung der todbringenden Spitzen, egal wie heftig er sich auch dagegen stemmte, und gleichzeitig nahm seine zweite Befürchtung Gestalt an. Die Mauer erwärmte sich. Nicht lange und auf seinen Handflächen bildeten sich Blasen, zischte seine schweißüberströmte Haut, sobald er mit dem heißen Felsen in Berührung kam. Bei der Wahl zwischen verbrennen und aufgespießt werden, hoffte er inständig, dass ihm noch eine dritte Variante geboten wurde, denn beides war nicht erstrebenswert.

Den Kristall fest an sich gepresst, taumelte Gorben vorwärts. Er bekam kaum noch Luft, seine Haut glühte, war an mehreren Stellen bereits aufgeplatzt und sonderte ein eitriges Sekret ab. Ihm war bewusst, dass er ohne Hilfe nicht mehr lange überlebte, nur woher sollte diese Hilfe kommen?

Den Auftrag hatte er erfüllt, vielleicht, wenn er so lange durchhielt, bis der Anruf von Sir Maxwell kam, dann konnte er ihm sagen, wo er lag. Er wollte doch den Kristall und würde Hilfe schicken, damit Gorben ihm den Stein bringen konnte. Er klammerte sich an diese Hoffnung, lauschte zitternd vor Kältekrämpfen auf das Klingeln des Mobiltelefons und hielt seine Beute fest umschlossen, damit sie seinen schweißnassen Fingern nicht entglitt. Dabei torkelte er wie ein Betrunkener weiter, ohne klares Ziel.

Er musste das Bewusstsein kurz verloren haben, denn der Schatten, der sich über ihn beugte, war so plötzlich da, dass Gorben erschrak. An ein Zurückweichen war nicht zu denken. Sein Körper war inzwischen so taub und verkrampft, dass er keinen Muskel mehr rühren konnte. Der Schatten bog Gorbens Finger auseinander, um ihm den Kristall abzunehmen, was er trotz seines Zustandes nicht einfach hinnehmen wollte. Seine Gegenwehr fiel schwach aus, unverständliche Worte, kraftlose Versuche, die starren Finger wieder zu schließen, doch vergebens.

„Du hast deine Sache gut gemacht, Gorben", erklang eine beruhigende, einschläfernde Stimme. „Alles ist in Ordnung."

Sir Maxwell hatte er sich irgendwie anders vorgestellt. Er sah nur leuchtend blaue Augen über sich und etwas, das wie schwarzer Nebel wirkte und einen schlanken Körper umschmeichelte. Oder war dies gar ein Todesengel, der gekommen war, ihn zu holen?

Die fremde Gestalt hob ihn auf ihre Arme und trug ihn fort. Man ließ ihn nicht einfach zum Sterben liegen, vor Erleichterung darüber flossen Tränen aus seinen Augen. Wohin der Weg führte, wusste er nicht, bekam auch schon sehr bald nichts mehr von ihrer Umgebung mit. Der Schlaf griff nach ihm und schließlich gab sein Körper jeden Widerstand auf.

Eine durchtanzte Nacht und einige köstliche Drinks in Stevens Lieblingsbar hatten uns beide mächtig aufgeputscht. Ich fuhr mit zu Stevens Wohnung, wollte mich nicht jetzt schon von ihm trennen. Bis Sonnenaufgang blieben noch ein paar Stunden und ich konnte mir kaum etwas Schöneres vorstellen, als sie mit ihm in seinem großen französischen Bett zu verbringen. Das Aroma, das unseren erhitzten Körpern entstieg, war für Menschen nicht wahrnehmbar, uns jedoch stachelte es an, weckte Gier, Lust und Leidenschaft. Sein Kuss war stürmisch, er fauchte mühsam unterdrückt, bleckte die Fänge. So gerne hätte er sie in die weiche Haut an meiner Kehle geschlagen, aber das durften wir nicht. Dennoch ließ allein die Vorstellung davon mein Blut noch heißer kochen, verursachte eine wohlige Gänsehaut und ein Prickeln zwischen meinen Schenkeln.

Statt ihm das Hemd aufzuknöpfen, riss ich es einfach auf, so dass die Knöpfe in alle Richtungen davonflogen, und kratzte über die blanke, glatte Haut seiner Brust. Die Striemen hoben sich dunkel von seinem blassen Leib ab, doch es trat kein Blut aus, darum wagte ich es, sie mit der Zunge nachzufahren, ihn zu schmecken und mich an seinem heiseren Keuchen zu ergötzen.

Steven hob mich auf seine Arme und legte sich mit mir auf dem Bett nieder. Seine Hände glitten fiebrig suchend über meinen Körper, lösten den Gürtel, der das Kleid zusammenhielt und streiften es mir von den Schultern. Sein Mund, der meine Knospen umschloss, war köstlich warm, ich bog mich ihm entgegen, während meine Finger seine Hose öffneten und von seinen Hüften schoben. Dann legte ich meine Hände auf seinen Rücken und zog ihn näher zu mir.

„Mel", stöhnte Steven und drang mit einem harten Stoß tief in mich ein, füllte mich aus. Seine Nägel gruben sich in meinen Nacken und ich roch schwach das Blut, das aus den Kratzern trat. Er küsste mich auf den Mund, schob seine Zunge zwischen meine Lippen. So süß, so heiß. Ich musste aufpassen, ihn nicht versehentlich mit meinen scharfen Fangzähnen zu verletzen. Der nächste Stoß war so hart, dass ich leise aufschrie, während ich meinen Körper fest gegen seinen presste. Sein Atem streifte heiß meine Wange, meine Kehle. Zärtlich saugten seine Lippen an meinem Puls. Göttin im Himmel, wenn er nicht sofort aufhörte, würde ich für nichts mehr garantieren.

Und dann kam der Schock.

Seine Zähne stachen durch meine Haut, ich hörte, wie die Ader aufbrach, spürte das erste Hervorpulsen des Blutes. Er packte mich fester, noch ehe ich auch nur den Versuch hätte unternehmen können, mich zu wehren.

„Ruhig, Wildcat. Bleib ruhig", hörte ich seine Stimme in meinem Kopf. Ich wollte nicht ruhig bleiben. Ich hatte höllische Angst, erwartete, in den nächsten Sekunden in Flammen aufzugehen, zu zerfallen, zu ersticken, irgend etwas.

Lucien hatte recht gehabt. Wir hätten das niemals tun dürfen.

Der Blutverlust zeigte erste Wirkung. Es flimmerte vor meinen Augen und meine Gedanken wurden unscharf. Die unvermeidliche Lust, die das Trinken in mir auslöste, begann, alles andere zu überlagern.

„Ja, gut! Sehr gut. Du schmeckst so süß."

Sein Griff wurde so fest, dass er mir fast die Knochen brach, ich spürte, wie der Schmerz ihn in Wellen durchrollte und er nur mühsam dagegen ankämpfte. Er küsste mich wieder auf den Mund. Ich schmeckte mein Blut. Und dann noch etwas anderes, herberes. Seines. Zäh und träge floss es von seiner Zunge in meine Kehle und mein Körper reagierte selbständig, schluckte die begehrte Flut, bis sie mich ausfüllte und berauschte.

Das Unvermeidliche war nicht mehr aufzuhalten. Meine Gedanken überschlugen sich mit dem ersten Brüllen des roten Dämons in mir, der seinen blauen Bruder witterte. Wenn ich jetzt starb, was wurde dann aus dem Schlüssel? Meinem Vater? Warren? Darkworld? Armand?

Der Schmerz schnürte meine Kehle zu, statt weiter Stevens Blut zu schlucken, würgte ich es krampfhaft wieder hervor. Meine Nägel krallten sich tief in sein Fleisch, jetzt kämpfte auch er nicht länger gegen die Qual, die inzwischen wohl auch zu stark geworden war. Aber er ließ mich immer noch nicht los. Die Bilder in uns glichen den äußeren. So wie wir uns aneinander klammerten, so hielten sich auch die beiden Dämonen umschlungen. Allerdings mit weit weniger Zärtlichkeit und sehr viel schlechteren Absichten. Ihre Krallen aus Rauch zerfetzten die wabernden Leiber, der Schmerz nahm uns beiden fast den Verstand. Ich hörte Steven keuchen, es klang endlos weit weg. Meine rote Kreatur riss ihr Maul auf und schnappte nach dem Kopf ihres blauen Gegenübers, das sich jedoch seinerseits in den roten Brustkorb verbiss. Die Pein wurde so stark, dass ich bald kein klares Bild von diesem Kampf mehr vor Augen hatte. Es war ein einziges Durcheinander von Gliedern, die grotesk zuckten, sich von Körpern lösten und neu zusammenfügten. Meine Haut glühte unter dem Fieber dieses Kampfes und Stevens Körper war nicht minder heiß. Ich zweifelte nicht daran, dass wir in wenigen Augenblicken in Flammen aufgehen würden und eigentlich war ich sogar froh darüber, denn damit würde das Martyrium, das meinen Körper schier zerriss, ein Ende finden.

Doch dann geschah etwas Unvorstellbares. Der Kampf in unserem Inneren sprang nach außen über. Ich wusste kaum, wie mir geschah, doch mit einem Mal ging ich mit meinen Krallen und Zähnen auf Steven los, schleuderte ihn von mir und statt verblüfft zu sein, konterte er augenblicklich mit einem Gegenangriff. Seine gefletschten Zähne wirkten größer und bedrohlicher, seine Augen glühten in intensivem Blau, blendeten mich.

Wir brüllten beide so laut, dass ich dachte, mein Trommelfell müsse reißen. Wie in Zeitlupe sah ich vor meinem inneren Auge die beiden Blutdämonen aufeinander zuspringen, mit aufgerissenen Mäulern, aus denen der Geifer in langen Fäden von den Fängen tropfte. Sie verbissen sich ineinander, schienen sich gegenseitig verschlingen zu wollen und aus dem Blau und Rot wurde ein düsteres Purpur.

Armands Muskeln schmerzten und der Geruch verbrannten Fleisches, der die Luft schwängerte, raubte ihm den Atem, auch wenn er beharrlich ignorierte, dass er selbst Ursache desselben war. Er keuchte vor Anstrengung, obwohl die Hitze unerträglich in seinen Lungen brannte. Auf seinem nackten Oberkörper hatte sich ein feiner Schweißfilm gebildet, der seine Haut fast ebenso glänzen ließ, wie die des Schattenjägers, der ihnen vor zwei Jahren bei ihrem Kampf gegen die Ammit geholfen hatte. So wenig wie er dem Metallkrieger auch abgewinnen konnte, gerade jetzt wäre er über sein Auftauchen mehr als nur erfreut gewesen, denn mit seiner Hilfe hätte er zumindest eine kleine Chance gehabt, diese Mauer aufzuhalten. Nur noch ein paar Zentimeter, und die Eisendornen würden sich in seinen Rücken bohren, sich tief in sein Fleisch graben, bis er schließlich zwischen ihnen und der Steinwand zerquetscht und gleichzeitig gegrillt wurde.

Es musste einen Ausweg geben.

Hektisch schaute er sich um, überall nur Schwärze, am einen Ende begrenzt von dem Gittertor, das andere lag außerhalb seiner Reichweite in der Finsternis. Er hob den Kopf, versuchte angestrengt über sich etwas zu erkennen. Die Steinwand konnte sich schlecht ohne Antrieb bewegen und der musste irgendwo versteckt sein. Vielleicht bot sich dort ein Fluchtraum für ihn. Er konnte nicht sagen, ob es eine optische Täuschung oder verzweifelte Hoffnung war, aber er glaubte, am oberen Ende der Wand einen schmalen Spalt zu erkennen. War der groß genug, um sich hineinzuzwängen? Es sah von unten nicht so aus, doch ihm blieben nur noch Sekunden, ehe er aufgespießt wurde.

Unter Mobilisierung seiner letzten Kraftreserven stieß er sich vom Boden ab und schoss in die Höhe. Er bekam gerade so die obere Kante der Wand mit einer Hand zu fassen, rutschte mit der zweiten ab, weil seine Hände schweißnass waren und außerdem eine Welle unbeschreiblichen Schmerzes durch seinen Körper zuckte, als verbrenne ihm ein Feuer die Eingeweide. Er fragte sich, ob die Hitze in dem Gang ihn nun tatsächlich gar kochte, realisierte dann aber, dass es hier oben kühler war und die Ursache woanders liegen musste. Er hatte keine Zeit, sich weiter Gedanken darum zu machen, nur noch einige Zentimeter und die beiden Wände trafen aufeinander. Armand keuchte, kämpfte um Halt und wäre beinah wieder heruntergefallen. Doch er schaffte es, sich zu halten und weiter nach oben zu ziehen, auch wenn es seinen Körper fast in Stücke riss. Dennoch, vor Erleichterung wurde ihm schwindelig, als er erkannte, dass hier oben tatsächlich ein Spalt war, in dem er vor den Stacheln sicher war. Nicht sehr breit, er schürfte sich Brust und Rücken auf, als er sich hineinzwängte, doch es genügte. Hier konnte er liegen bleiben, seine Muskeln entspannen und darauf warten, dass dieses Martyrium, für das er keinen Grund erkennen konnte, wieder abebbte.

Still verharrte er dort oben mit keuchendem Atem und zitternden Gliedern, bis das beängstigende Knarren und Schaben erstarb und die Wand stehen blieb. Es dauerte einen Moment, dann hörte er, wie vor ihm eine zweite Gittertür quietschend aufschwang und gleich darauf glitt das Mauerwerk mit deutlich weniger Lärm in seine ursprüngliche Position zurück. Noch während es sich bewegte, sprang er aus seinem Versteck. Er wollte keine Zeit verlieren und riskieren, dass das Schauspiel erneut losging. Ein zweites Mal hätte er nicht die Kraft gehabt. Seine Muskeln krampften und zitterten, es zog ihm die Eingeweide zusammen, doch er blieb nicht stehen, schleppte sich mehr als dass er rannte, aber er erreichte das andere Ende und lehnte sich dort hinter dem Gitter gegen das nun wieder angenehm kühle Gestein, gönnte sich eine Verschnaufpause in vager Sicherheit.

Was war geschehen? Woher kam nur dieser innere Schmerz? Er fand keine Erklärung, konnte auch keine Verbindung zu seinem Blutdämon aufnehmen, der noch immer geschwächt und gebannt tief in ihm schlummerte. Gerade wach genug, die ärgsten Wunden langsam zu heilen. Doch er glaubte, ein Aufheulen der Kreatur gespürt zu haben. Oder war es nur Welodan gewesen? Der Panther erschien Sekunden später, als habe er seinen Namen gehört, leckte Armand übers Gesicht und blieb dann dicht bei ihm liegen, bis er langsam wieder Kraft genug gesammelt hatte, um aufzustehen und seinen Weg fortzusetzen.

Der Vorteil einer Elfe war zweifellos, dass es viele von ihnen gab und sie über den ganzen Globus verstreut waren. Beinahe ein Kinderspiel, dieses Mädchen mit dem Engelsmal ausfindig zu machen. Zwei Flügel von einem Heiligenschein gekrönt. Es sah aus wie ein Muttermal und prangte unter ihrem Herzen. Bei einem kleinen Wanderzirkus hatte ihre Cousine fünfzehnten Grades die Kleine vor ein paar Tagen entdeckt und es ihr sofort gemeldet. Nun war sie hier, um sich selbst ein Bild davon zu machen. Aber was sie bisher gesehen hatte, stimmte Malaida zufrieden.

Die Kleine mochte vier oder fünf sein, trat bei den Akrobaten auf, weil sie ihren Körper verbiegen konnte, als sei er aus Gummi. Wie oft man ihr wohl die Gliedmaßen fast aus den Gelenken gerissen hatte oder die Muskeln bis kurz vor dem Zerreißen gedehnt, damit sie jetzt diese Höchstleistungen bringen konnte?

Es war gut, dass das Kind noch so jung war. Je jünger, desto leichter ließen sich Kinder fangen, weil sie in diesem Alter noch an Elfen und Feen glaubten, die Wünsche erfüllen. Mit dem Trick waren schon eine Menge Kinder von ihrem Volk gelockt worden und dann verschwunden. An Teenagern oder Erwachsenen waren Elfen nicht interessiert. Deren Wünsche und Hoffnungen waren zu verdorben, immer materialistisch. Kinder hingegen hatten Wünsche, die nach Honig und Zuckerwatte schmeckten, nach Milch und Walderdbeeren. Ihre Hoffnungen waren bunt und vielfältig und voller Phantasie. Solche Dinge schmeckten Elfen. Nicht die bitteren Gedanken an Reichtum, Macht und Karriere. Malaida schüttelte sich. Auch das süße Mädchen hier hatte noch Zuckerwattenträume. Aber es war nicht für sie bestimmt. Wenn sie es bei Sir Maxwell abgab, musste es unversehrt sein. Unschuldig und rein, damit es das Tor öffnen konnte und Yrioneth sie dann von der Herrschaft durch die Menschen befreite.

Wie schön wäre es, sich endlich nicht mehr verstecken zu müssen. Sich wieder frei bewegen zu können und ohne unzählige Vorsichtsmaßnahmen seiner Natur nachzugehen. Die alten Zeiten würden wiederkommen.

Aber was stand sie hier herum und träumte? Dafür war später noch Zeit. Malaida konzentrierte sich und nahm ihre magische Form an, kolibri-groß, ähnlich einem Schmetterling, silberfarben und mit Elfenstaub umhüllt. Jedes Kind machte große Augen und staunte, wenn es ein solches Wesen erblickte. Man wirkte so unschuldig und zerbrechlich, völlig harmlos. In dieser Form folgten einem die Kleinen vertrauensvoll überall hin, und von den Großen wurde man erst gar nicht wahrgenommen.

Malaida versteckte sich hinter einem Wassertrog in der Nähe der Ponys und beobachtete das Mädchen mit ihrer Zirkusfamilie bei den morgendlichen Übungen im Freien. Trotz schönen Wetters machte das Mädchen kein fröhliches Gesicht. Es absolvierte seine Übungen lustlos und mechanisch, zum Missfallen seiner Eltern bei weitem nicht gut genug, wofür es sich nach mehrfachen Ermahnungen sogar eine Ohrfeige einfing. Malaida zuckte beim klatschenden Geräusch zusammen, sah Tränen in die Augen der Kleinen treten und sie tat ihr leid. Samara hatten die anderen sie genannt. Das war schon mal wichtig. Als das Mädchen jetzt weinend weglief, worum sich niemand scherte, folgte Malaida ihr in den Wald hinein. Trost war nun angebracht. Eine weitere Sache, die ihr in die Hände spielte.

Malaida wartete, bis Samara sich auf einen umgestürzten Baumstamm setzte, dann flatterte sie herbei, umschwirrte das Mädchen wie eine aufgeregte Libelle, damit es sie beachtete und verharrte schließlich direkt vor seiner Nase in der Luft.

„Hallo, Samara“, grüßte sie freundlich und lächelte.

„Bist du … bist du etwa eine Fee?“

Malaidas Lachen klang wie kleine Glöckchen. „Aber nein. Ich bin eine Elfe. Sieht man das denn nicht?“

Sie flatterte ein paar Mal mit ihren silbernen Flügelchen und drehte sich vor Samara im Kreis, was diese lachen ließ.

„So gefällt mir das. Lachen ist viel besser als weinen.“

Samara schniefte und wischte sich mit dem Ärmel ihres Akrobatentrikots übers Gesicht.

„Erzählst du mir, warum du weinst, Samara?“

Sie kam noch ein Stückchen näher und setzte sich auf die schmale Schulter des Mädchens. Das hatte immer was von diesem Engelchen und Teufelchen an sich, fand sie. Wobei fraglich war, welche Rolle ihr näher kam.

„Ich bin einfach nicht gut genug, sagt Papa. Ich tauge nichts für den Zirkus.“

„Mhm“, machte Malaida, schlug ihre kleinen Elfenbeine übereinander und stützte den Ellbogen auf dem Knie und das Kinn auf der Handfläche ab. Sie schaute nachdenklich drein, dann fragte sie: „Und warum machst du dann nicht etwas anderes? Es gibt doch nicht nur Zirkus im Leben.“

„Für mich schon“, seufzte Samara. Doch dann leuchteten ihre Augen auf und ihre Wangen wurden von einer aufgeregten Röte überzogen. „Aber bist du wirklich eine richtige Elfe? Aus dem Elfenreich? Wie im Märchen?“

Immerhin keine Zweiflerin. „Natürlich. Eine richtige Elfe, wie im Märchen. Nur eben in echt.“

„Wo ist denn dein Elfenstab?“

Mist, dachte Malaida, doch die Frage hörte sie nicht zum ersten Mal und wusste auch sie zu nutzen. Ihr Gesicht wurde ganz traurig und sie drückte sich eine Krokodilsträne aus den Augen.

„Ich hab ihn verloren. Jetzt wird mein Papa sicher sehr böse mit mir werden.“

„Verhaut dich dein Papa dann? Meiner macht das immer, wenn er böse auf mich ist. Er ist sehr oft böse auf mich."

Es war schön, dass Samara so redselig war, aber die Wendung durfte ihr jetzt nicht wieder entgleiten. Besser, sie blieben bei dem Elfenstab und nicht beim Thema Vater-Tochter-Beziehung.

„Vielleicht finden wir den Stab ja zusammen wieder. Ich hab ihn hier im Wald verloren. Hilfst du mir suchen?" Sie strahlte Samara hoffnungsvoll an.

„Klar. Wo genau hast du ihn denn verloren?"

„Noch ein ganzes Stück tiefer im Wald. Komm mit, ich zeige dir wo."

Ohne Zögern lief Samara hinter Malaida her, tiefer in den Wald hinein, weit weg von den Zirkuswagen und den vielen erwachsenen Menschen.

Erschöpft lagen wir mit ineinander verknoteten Gliedern auf dem Bett. Ich hatte mein Gesicht in Stevens Halsbeuge gepresst, der ganze Raum roch nach Blut, Schweiß und dem herben Aroma von Lust.

„Puls, Atmung. Es riecht auch nicht verkohlt. Hey, sieht so aus, als wären wir noch am Leben", meinte Steven schließlich nach einer Weile mit rauer Stimme.

„Mhm", machte ich träge. Ich hatte noch nicht die Kraft zu reden. Mein Blut rauschte durch die Adern, ich hörte meinen Herzschlag in den Ohren trommeln.

Er fand als erstes wieder genug Kraft, um sich von mir zu lösen. Seine Lippen streiften meinen Mund, seine Finger ruhten warm auf meiner Wange. Ich öffnete die Augen und blickte in das dunkle Blau seiner Iris.

„Du bist wunderschön", raunte er.

„Danke, du auch." Selbst lächeln strengte mich an.

„Würdest du es bereuen, wenn es deine letzte Nacht gewesen wäre?"

Ich runzelte die Stirn, weil mein Verstand noch zu träge arbeitete. Aber dann wurde mir klar, was er damit meinte und ein Schauer durchlief meinen Körper. „Göttin, was haben wir getan?"

„Zumindest nichts, was uns ins Nirwana befördert hätte und ich gehe fest davon aus, dass auch alle anderen Vampire auf diesem Planeten noch leben."

„Aber es heißt …"

„Ich sagte doch, aus medizinischer Sicht habe ich nie daran geglaubt." Er kämpfte sich stöhnend vom Bett hoch und streckte seine steifen Glieder. „Okay, angenehm war es nicht, aber vermutlich ist es damit jetzt ausgestanden."

Ich schaute ihm zu, wie er sich die Jeans anzog und dachte wieder, wie verdammt gut er doch aussah. „Was meinst du mit ausgestanden?" Auch ich streckte mich, stellte fest, dass es mehr schmerzhaft als wohltuend war und ließ es dann lieber bleiben.

„Wenn ich mit meiner Vermutung recht habe, ist das Blut jetzt eins. Ob von dem einen oder dem anderen. Die Dämonen kämpfen nicht mehr miteinander. Du hattest doch sicher die gleiche Vision wie ich? Sie haben sich vereint."

„Na ja, ich würde das anders nennen." Eine Vereinigung erfolgt in meinen Augen selten durch den Schlund.

Er lächelte mich an und beugte sich herunter, um mich zu küssen. „Bist du mir böse?"

Ich wusste nicht, was diese Frage sollte. Abgesehen davon natürlich, dass er uns beide in Lebensgefahr gebracht hatte. Aber ich war nicht ganz unbeteiligt daran. Doch nachdem wir immer noch am Leben waren, sich eine weitere Lüge unserer Königin in Rauch aufgelöst hatte und tatsächlich die Möglichkeit bestand, dass der Kampf der beiden Blutdämonen in uns generell ausgefochten war, sah ich wenig Grund, ihm böse zu sein.

„Ich wollte es einfach wissen, weil ich mir nicht vorstellen konnte, dass mehr dran ist als eine gewisse Unverträglichkeit."

„Und was hättest du getan, wenn diese Unverträglichkeit tödlich geworden wäre?"

„Hey, gegen allergische Schocks hab ich immer genug Cortison im Haus."

Ich konnte über den Witz nicht lachen. „Wie weit waren deine Forschungen, dass du es immerhin gewagt hast, mich als Versuchskaninchen zu nehmen?"

Zumindest darüber konnte ich schmollen. Laborratte sein war deprimierend.

Steven setzte sich auf den Rand des Bettes und nahm meine Hand, während er weitersprach. So langsam wurde es wieder klar in meinem Kopf.

„Ich habe mein Blut untersucht. Und ich habe Luciens Blut untersucht. Er weiß nichts davon. Es ist auch nicht wichtig, wie ich da rangekommen bin. Frag mich nicht."

Ich musste nicht fragen. Ich wusste von Luciens besonderen Wein-Flaschen mit seinem Blut, das dazu diente, sich menschliche Gäste gefügig zu machen. Aber zu glauben, dass Lucien nichts von dem Diebstahl mitbekommen hatte, fand ich lächerlich.

„Hast du je selbst davon getrunken?", fragte ich.

„Nur ein paar Tropfen. Davon habe ich dir erzählt. Keine angenehme Erfahrung, obwohl sie verglichen mit dem Horror eben geradezu entspannend war."

Ich musste ihm beipflichten, dass das Erwachen von Tizians einem Tropfen Blut damals auf Luciens Insel ein Klacks gegen diesen Kampf hier gewesen war.

Aber das beschäftigte mich gar nicht so sehr. Vielmehr dachte ich darüber nach, dass Lucien Steven mit den gestohlenen Weinflaschen hatte gewähren lassen. Warum?

Steven fuhr mit seinen Erklärungen fort. „Jedenfalls konnte ich in keiner der Blutproben irgendetwas finden, das zu einer tödlichen Reaktion führen würde, wenn man es miteinander mischt. Etwas wie Rhesusfaktor, aggressive Zellen oder Abwehrkörper. Ich bin Arzt. Ich sehe das alles aus einem medizinischen Blickwinkel. Anatomie und Körperreaktion lassen sich immer medizinisch erklären. Ich konnte nicht glauben, dass ohne biologischen Grund die beiden Blutlinien sich gegenseitig zerstören können."

Und da war der Selbstversuch die Krönung seiner Forschungsreihe. Ich wusste nicht ob ich lachen oder weinen sollte, dass mir die Ehre zuteil geworden war, bei diesem wichtigen Experiment eine Rolle zu spielen.

„Es war nicht nur ein Experiment, Mel", sagte er eindringlich. „Ich liebe dich. Vielleicht habe ich auch deshalb mit dem Gedanken gespielt, ja, aber geplant war es nicht. Doch als ich dein Blut gerochen habe, da hat es irgendwie klick gemacht und ich war bereit, es zu riskieren."

Auch wenn dem Ganzen ein gewisser Wahnsinn innewohnte, konnte ich Steven verstehen. Ich musste an Ivanka und Demion denken. Da war es nicht mal unterschiedliches Blut gewesen. Und trotzdem mussten sie sterben, weil sie aus zwei Familienzweigen stammten und ein Haufen alter Vampirgreise sich in den Kopf gesetzt hatte, dass die Familien reinblütig bleiben sollten. Wie würde man wohl auf unseren Affront gegen diese Regel reagieren? Reagierte überhaupt noch jemand, nachdem Kaliste die Zügel nicht mehr in der Hand hielt? Lucien hielt es für möglich, ich war anderer Meinung.

Lucien! Ich stöhnte gequält. Seine Standpauke konnte ich mir gut vorstellen. Aber hatte er Grund dazu, jetzt wo klar war, welchem Blödsinn wir aufgesessen waren?

„Ich hätte nicht anders gehandelt", sagte ich schließlich zu Steven.

Im ersten Moment trat Ungläubigkeit auf seine Züge, dann Erleichterung. Er zog mich in seine Arme und so hielten wir uns umschlungen, saßen unbeweglich beieinander und lauschten unserem Herzschlag, bis eine Turmglocke die fünfte Stunde schlug. Bald würde die Sonne aufgehen.

„Ich muss gehen", sagte ich. „Und mach dir keine Sorgen wegen Lucien. Er wird es verstehen."

„Du wirst es ihm erzählen?"

Ich schüttelte den Kopf. Er würde es auch so wissen. Wenn es jemanden gab, der mich nie aus den Augen ließ, dann Lucien. Seltsam, dass er trotzdem so gut wie nie eingriff, wenn ich wieder im Begriff war, irgendeine Dummheit zu begehen. Auch eine Sache, die zusammen mit der Tatsache, dass er Steven die Blutflaschen überlassen hatte, eine dumpfe Ahnung wachrief.

„Ich glaube, es gibt keinen Vampir auf diesem Planeten, der nicht irgendwas mitbekommen hat. Kaliste und Tizian inbegriffen."

Seltsamerweise rechnete ich dennoch mit keinerlei Konsequenzen. Ich erhob mich und suchte meine Kleider zusammen. Als ich die Jeans hochhob, fiel ein weißer, schon reichlich mitgenommener Zettel aus der Tasche. Armands Brief, den ich immer noch bei mir trug. Nichts in dieser Nacht wirkte so ernüchternd auf mich, wie dieses Blatt Papier. Meine Finger zitterten, als ich die Hand danach ausstreckte. Steven kam mir zuvor und hob ihn auf. Er warf nur einen flüchtigen Blick darauf, doch der Schatten, der auf seine Züge fiel, sprach Bände.

„Es ist nicht so wie du denkst."

Er lachte freudlos. „Sagt man das nicht immer?"

Ich senkte den Blick. „Er ist mein Dunkler Vater. Wir waren unzertrennlich."

„Es ist vorbei Mel", sagte er eindringlich. „Wirf ihn weg. Lass es endlich hinter dir. Wir gehören jetzt zusammen. Oder siehst du das anders, nach dem, was wir gerade getan haben?"

„So einfach wie du denkst, ist das aber nicht."

„Doch, wenn du es nur willst."

Inzwischen beschränkte sich ihre unheimliche Zwillingsschwester nicht mehr auf den Spiegel in ihrem Schlafzimmer. Von jeder spiegelnden Fläche blickte sie ihr entgegen, selbst ein Trinkglas löste bei Jenny mittlerweile Panikattacken aus, der morgendliche Besuch im Bad war die reinste Qual. Sie hatte Angst vor dem Alleinsein, weil ihr Spiegelbild dann unaufhörlich mit ihr sprach. Es half nichts, sich die Ohren zuzuhalten, die Stimme war überall.

„Jetzt sind wir nie mehr allein. Wir haben uns und brauchen all die anderen nicht." Tatsächlich isolierte es Jenny von den restlichen Ordensmitgliedern. Denn sie sprach mit niemandem darüber, verkroch sich von früh bis spät in der Bibliothek hinter Büchern. Ruhe fand sie nur noch, wenn Josh bei ihr war. Umso mehr ersehnte sie seine Besuche, die leider viel zu selten waren.

„Kannst du sie nicht einfach wieder fortnehmen?", fragte sie verzweifelt.

„Aber, Jenny. Du sollst doch nicht mehr einsam sein, wenn ich nicht bei dir bin. Natürlich wird es eine Weile dauern, bis ihr euch aneinander gewöhnt habt. Du musst ihr eine Chance geben."

Er schaffte es ihre Zweifel zu zerstreuen, indem er dieses süße Feuer in ihrem Körper entzündete, es nährte mit seinen Küssen und in ein Inferno verwandelte, sobald sie ganz und gar eins wurden.

Aber auch ihre Zweisamkeit veränderte sich. Die andere Jenny drängte mehr und mehr hinein, beobachtete sie vom Spiegel aus, streichelte sich selbst dabei und stöhnte wollüstig. So bekamen auch die zärtlichen Stunden mit Josh einen bitteren Geschmack, bis sie diese Augenblicke ebenso fürchtete, wie ersehnte.

Aber Josh fand es nur allzu natürlich, dass auch ihre Schwester einen Anteil haben wollte. Und wer wusste besser als Jenny, wie quälend eine solche Sehnsucht werden konnte, wenn sie unerfüllt blieb?

Manchmal fragte sich Jenny sogar, wer von ihnen mit Josh wirklich im Bett lag und wer vom Spiegel aus zusah. Ihre Wahrnehmung verschob sich immer mehr. Doch er fing sie immer wieder ein mit seiner Zärtlichkeit und dem berauschenden Gefühl der Lust, das er ihr bescherte. Auch die andere Jenny konnte zuweilen nett sein und unterhaltsam. Sie kannte alle von Jennys Geheimnissen, teilte im Gegenzug ihre eigenen mit ihr.

„Wir sind Schwestern. Wir dürfen uns doch nicht im Stich lassen, nicht wahr?"

Fröstelnd rieb sich Jenny über die Arme und schielte mit einem dicken Knoten im Magen zum Spiegel hinüber, vom dem ein leiser Singsang zu ihr drang. Sie nahm ein Scheit Holz und legte ihn aufs Feuer. Sofort leckten die Flammen mit gierigen Zungen daran und fraßen sich hinein. Jenny blieb daneben hocken und beobachtete das Schauspiel. Feuer – ihr Gefährte – ihre Gabe. Die Hitze so nah an der Feuerstelle war fast unerträglich, doch die unbarmherzige Kälte kroch tiefer und tiefer in ihre Glieder, als wolle sie vor der Hitze fliehen und in ihr Zuflucht suchen. Schützend legte sie die Arme um ihren Bauch. Sie musste mit Mel reden. Und zwar bald. Wer, wenn nicht sie, konnte ihr jetzt noch helfen? Hoffentlich kam sie bald wieder zurück. Sie hatte doch solche Angst, und niemandem hier vertraute sie so sehr wie Mel. Die Überlegung, es Franklin zu erzählen, schob sie beiseite, weil sie sich schämte und auch Angst hatte, wie er reagierte, wenn sie sich mit einem Wesen aus der Schattenwelt eingelassen hatte. Mel würde eine Lösung wissen. Ihr fiel immer etwas ein.

Kaliste war außer sich vor Wut. Was dachte dieses verdammte Gör sich eigentlich? Undankbares Biest. Sie hätte alles haben können. Schicksalskriegerin. Eine tote Schicksalskriegerin sollte sie bald sein. Dann hatte sich diese dämliche Legende endlich erledigt, die Mel zu einer ständigen Bedrohung für sie machte. Sie war jetzt schon viel zu weit gegangen. Das Blut war nicht mehr rein, Luciens Zögling schreckte einfach vor nichts zurück. Dass sie sogar ein tödliches Risiko einging, sich von den schlimmsten Folgen nicht abhalten ließ. Jahrtausendelang hatte der Fluch gewirkt. Jeder hatte daran geglaubt und Kalistes Machtanspruch war nie in Gefahr gewesen. Und jetzt, in einer einzigen Nacht, war all das dahin, wofür sie so lange gearbeitet und gekämpft hatte.

Eigentlich sollte Melissa nur den Schlüssel drehen und dann wieder ihrer Wege ziehen. Kaliste war wirklich geneigt gewesen, sie am Leben zu lassen, doch jetzt nicht mehr. Sobald das Tor nach Darkworld geöffnet war, würde sie sich selbst um diese rothaarige Hexe kümmern und sich ein persönliches Vergnügen daraus machen, sie langsam zu Tode zu quälen.

Daran war ihr Bruder schuld. Mit diesem einen Tropfen Blut. Und Lucien, dieser durchtriebene Bastard. Er ließ ihr die Zügel zu lang, spann seine eigenen Intrigen im Hintergrund. Das ahnte Kaliste schon lange.

Jetzt war das Unglück fast nicht mehr aufzuhalten, außer wenn sie die Wurzel allen Übels beseitigte. Melissa hätte niemals verwandelt werden dürfen. Alles Blut, das sie ihr gegeben hatte, reichte nicht aus, um sie zu binden und sich gefügig zu machen. Diese Frau war einfach zu menschlich und dennoch zu stark.

Wer mochte es gespürt haben? Armand ganz sicher, aber das kümmerte sie nicht. Lucien auch, weil er schon darauf vorbereitet gewesen war. Und ihr verhasster Bruder, denn den Tropfen Blut hatte er ihr damals nicht ohne Absicht gegeben. Der Rest mochte eine Veränderung wahrnehmen, doch die wenigsten konnten diese einordnen. Kaum einer dachte daran, dass sich die beiden Blutsdämonen vereint hatten. Der wirkliche Kampf hatte nur zwischen Melissa und diesem Vampir aus Tizians Linie stattgefunden, auf dessen Gedanken Kaliste keinen Zugriff hatte. Es war ihr eine Genugtuung, dass es zumindest für die beiden eine sehr schmerzhafte Erfahrung gewesen war. Doch sie lebten. Mit der Zeit sprach sich bestimmt herum, was sie getan hatten und dass kein Fluch über die Vampire gekommen war. Sie spürte, wie ihr alle Fäden der Macht entglitten und das war kein angenehmes Gefühl für jemanden, der so nach alleiniger Herrschaft gierte wie sie.

Mit einem Schrei riss sie eine der Säulen um, die das Dach des Tempels stützten. Ihre Ghanagouls eilten sofort herbei, doch sie scheuchte sie augenblicklich wieder hinfort. Ein Lebenswerk zerstört. Wie viele Jahre und Jahrhunderte hatte sie daran gearbeitet, und jetzt, so kurz vor dem Sieg über ihren Bruder, zerstörte ausgerechnet die Vampirin ihre Hoffnungen, die sie auch hätte erfüllen können. Kaliste war so überzeugt davon gewesen, Melissa eng genug an sich gebunden, sie eingewickelt zu haben. Doch sie war viel klüger und stärker als angenommen. Jetzt musste sie dafür bezahlen. Wenn sie sich nicht verführen ließ, käuflich war sie ganz bestimmt noch weniger. Also blieb nur der Tod. Und wenigstens den wollte Kaliste zu einem Fest machen. Dabei sollte Melissa nicht die Einzige bleiben, die sterben musste. Ein wenig Zeit. Sie brauchte nur noch ein wenig Zeit, bis sie den zweiten Schüssel in Händen hielt, der ihr den Verbündeten bescheren sollte, den sie im Kampf gegen ihren Bruder brauchte und der genau wie Sylions Vater in Darkworld eingeschlossen war.

Müde zog sich Warren auf sein Zimmer zurück. Er hatte lange mit Franklin zusammengesessen und über die Schriftrolle und den Kristall gesprochen. Inzwischen hatten ihre Leute die Leiche des Zwerges gefunden, von dem Kristall keine Spur. Zwar versuchte Franklin immer noch, Optimismus zu verbreiten, doch Warren kannte ihn besser. Die tiefen Sorgenfalten auf der Stirn und die Häufigkeit mit der er seine Brille richtete, sprachen Bände. Heute hatte er sogar nach John gerufen, obwohl der seit Monaten auf dem Friedhof lag, nachdem er sich beim Angriff der Ammit für Franklin geopfert hatte. Das Ganze zerrte wirklich sehr an den Nerven des Ashera-Vaters. Und auch an seinen eigenen.

Mel wusste noch nichts davon. Franklin wollte sie nicht mehr als unbedingt nötig beunruhigen. Er rechnete damit, dass sie sonst gegen jede Vernunft doch nach London zurückkehren würde, statt weiter in Miami Zeit zu vergeuden, indem sie auf Sir Maxwells nächste Anweisung wartete. Warren gab ihr darin sogar recht. Mit dem Handy war sie überall erreichbar. Welche Rolle spielte es, wo sie war? Und er sehnte sich nach ihr. Es wäre schön, sie wieder in seiner Nähe zu wissen und häufiger mit ihr reden zu können.

„Oh, du tust mir ja so leid, Warren“, erklang eine heuchlerische Stimme aus dem Schatten.

Warren fuhr erschrocken herum und blickte in Dracons vertrautes, jedoch nicht gerade geschätztes Antlitz.

„Sehnst dich so sehr nach Mel, warst so voller Hoffnung, nachdem dein Nebenbuhler nun endlich das Weite gesucht hat und was tut deine Angebetete? Springt mit dem nächstbesten Bluttrinker in Miami in die Kiste. Wie unsensibel von ihr.“

„Wovon redest du? Was willst du überhaupt hier?“

Der schwarzhaarige Vampir mit dem trügerischen Engelsgesicht erhob sich betont langsam vom Bett und lächelte Warren mitleidig an.

„Hast du es nicht gespürt? Nein?“ Er tat enttäuscht. „Wenn du einer von uns wärst, hättest du es ganz sicher gespürt. Jeder hat das. Und die meisten werden auch wissen, was es bedeutet.“

„Spar dir deine undurchsichtigen Reden und sag was du willst. Und dann verschwinde von hier, und zwar schleunigst.“

Dracon schüttelte entrüstet den Kopf. Warren war unbehaglich zumute in der Nähe dieses Vampirs. Zu gut erinnerte er sich an ihre letzte Begegnung.

„Das ist nicht gerade höflich von dir, Warren. Wo ich es nur gut meine. Ich hätte es dir ja gerne schonend beigebracht, aber gut. Wenn du es auf die harte Tour willst: Melissa hat sich einen neuen Liebhaber zugelegt. Und zwar aus der Blutlinie Tizians. Ein schweres Vergehen. Wenn Kaliste noch an der Macht wäre, würde man Mel dafür vermutlich hinrichten. Aber …“, er machte eine vage Geste, „zum Glück hat unsere Königin ja nichts mehr zu melden.“

Was erzählte dieser Kerl da nur? Mel und ein anderer Vampir? Und was für ein Vergehen sollte das sein? Soweit er wusste, waren Vampire nicht zimperlich, was die Wahl ihrer Bettgespielen anging. Das war kein Verbrechen, sondern völlig normal für ihre Art. Mel war eine Ausnahme, sie und Armand hatten lange Zeit eher monogam gelebt. Jetzt war Armand fort, sehr viel hatte Melissa ihm nicht dazu gesagt. Natürlich kam wieder Hoffnung in ihm auf, aber spätestens seit ihrem gemeinsamen Einsatz in Miami war ihm klar, dass es ein Wunschtraum blieb.

„Vielleicht kann ich dich ein wenig trösten“, wisperte Dracon dicht an seinem Ohr.

Warren sprang vor Schreck einen Satz zurück. Er hatte

nicht bemerkt, wie sich der Vampir näherte. Dieser lachte über seine Reaktion.

„Du hast doch nicht etwa Angst vor mir, Warren? So viel sollte Mel dir doch über uns beigebracht haben. Dass man keine Angst zeigen darf. Ist wie mit Hunden. Die beißen auch, wenn du dich fürchtest."

Zum Beweis bleckte er seine Fänge und Warren brach der Schweiß aus.

Dracon näherte sich mit lüsternem Grinsen. „Du schwitzt ja, Warren."

Die Tür hinderte ihn daran, noch weiter zurückzuweichen, aber an den Griff kam er nicht heran. Der bohrte sich schmerzhaft in seinen Rücken. Dracon stellte sich breitbeinig vor ihn, ließ seinen Blick bedächtig über Warrens Gesicht wandern und streichelte mit dem Daumen über seine Wangenknochen.

„Zieh dich aus, mein Schöner."

Warren dachte nicht im Traum daran, doch als er sich mit wütendem Schnauben zur Seite abwenden wollte, packte der Vampir plötzlich seinen Arm, verdrehte ihn so heftig, dass Warren überrascht aufschrie.

„Tu, was ich dir sage", zischte Dracon.

„Ich denke überhaupt nicht dran, du Teufel. Lass mich sofort los."

Der Vampir schüttelte mit einem Ausdruck des Bedauerns den Kopf. In der nächsten Sekunde fand sich Warren am Boden wieder, die Arme auf den Rücken gedreht und in einem schraubstockartigen Griff fixiert. Stoff zerriss, als ihm die Kleider regelrecht vom Körper gerissen wurden. Doch damit nicht genug, zwang Dracon, kaum, dass er ihn wieder auf die Füße gezerrt hatte, seine Arme über seinen Kopf und bog das rechte Handgelenk weit nach hinten. Warren brüllte vor Schmerz, hörte es knacken und ihm wurde heiß und kalt.

„Nicht so laut!", ermahnte Dracon. „Sonst stört uns noch jemand." Er grinste sardonisch und verdrehte das

Gelenk ein bisschen mehr. „Schmerz ist etwas Wundervolles, nicht wahr, Warren?“ Ihm wurde schwarz vor Augen, als die Pein in einer Welle über ihn hinwegspülte. „Schmerz ist göttlich.“

Er ließ seine Hand wieder los, doch beim Versuch, sie herunterzunehmen musste Warren feststellen, dass mit der Durchblutung ein heftiges Pochen einherging. Also hielt er sie vor sich und versuchte, in den Schmerz hinein zu atmen, wie man es ihnen beim MI5 beigebracht hatte, für den Fall, dass sie im Einsatz verletzt wurden und nicht sofort medizinisch versorgt werden konnten. Die Qual ließ nach, was auch daran lag, dass Dracon seine Aufmerksamkeit wieder in Anspruch nahm, indem er anfing, Warrens Hals und seine Brust zu streicheln. Seine Lippen streiften seinen Mund und er ließ seine Zunge neckend hineingleiten, was in Warren eine Mischung aus Übelkeit und Erwartung auslöste, die ihn erschreckte. Er spürte Dracons Atem an seinem Ohr.

„Hast du es jemals mit einem Mann getrieben, Warren?“

Die Übelkeit überwog und er musste würgen.

„Weißt du, wie es sich anfühlt?“

Seine Hände glitten tiefer, über Warrens Bauch, fassten ihm zwischen die Beine. Warren war wie gelähmt vor Schock und wagte nicht, sich zu bewegen. Aber trotz seiner Ablehnung und ungeachtet der pochenden Schmerzen in seinem Handgelenk, erregte ihn, was der Vampir tat.

„Ja, gut so“, schnurrte Dracon und seine Stimme hatte etwas Einlullendes. „Du magst das, ja? Gib zu, dass du es magst. Schmerz und Lust liegen so nah beieinander, Warren. Ich kann dir zeigen, wie nah.“

Seine weichen Lippen tupften kühle Küsse auf Warrens Haut. Die Wangen, die Kehle, die Schultern. Er umschloss eine Brustwarze und saugte daran. Das Ziehen, das sich bis in seine Lenden fortpflanzte, war Warren peinlich, aber er kam nicht dagegen an.

„Ich kann dich dazu bringen, dass du dich vor Lust windest und mich um mehr von diesen süßen Schmerzen bittest. Sag mir, Warren, soll ich das tun?"

Mel hatte ihn gewarnt. Vor ihresgleichen. Vor allem aber vor Dracon. Doch all ihre Ratschläge und Ermahnungen nutzten ihm jetzt nichts. Mit jedem Kuss, mit jedem Fingerstreich über seine Haut begehrte er diesen schwarzen Teufel mehr und sehnte sich tatsächlich nach dem, was er ihm bot, auch wenn er sich gleichzeitig selbst dafür in die Hölle wünschte.

Der Vampir drückte ihn gegen die Wand. Sein Körper schmiegte sich an ihn, ließ ihn deutlich die Erregung spüren. Das Pochen in seinem Handgelenk machte ihn wahnsinnig vor Schmerz, aber gleichzeitig richtete sich seine Männlichkeit auf, reckte sich Dracon entgegen.

„Bitte nicht", versuchte er es noch einmal. „Lass mich gehen, ich …"

„Spreiz deine Beine", drängte Dracon und seine Stimme klang sanft.

Zögern kam er der Aufforderung nach. Dracon berührte ihn zärtlich, massierte seinen Schwanz und seine Hoden, wusste genau, wie er ihm Lust bereiten konnte. Dieser Teufel, egal wie sehr Warren um Beherrschung kämpfte, er erlag den Gefühlen, die dieses sinnliche Spiel in ihm wach rief. Er spürte, wie er härter wurde, je länger Dracon ihn berührte. Langsam streichelte er die Spalte seiner Pobacken und als er einen Finger in ihn schob, erstarrte Warren vor Schreck.

„Ah, entspann dich. Wenn du dich entspannst, wird es gar nicht mal so übel sein."

Federleicht strich er seine andere Hand über das verletzte Handgelenk. Warren wurde schwarz vor Augen.

„Es ist viel einfacher, wenn du dich nicht wehrst", lockte Dracon.

Sein Körper reagierte inzwischen unabhängig von seinem Willen und öffnete sich den behutsamen Fingern, die seinen Anus massierten, bis er schließlich leise stöhnte vor Lust.

„Ja, das gefällt dir, nicht wahr? Gut so. Und glaub mir, es wird noch viel besser."

Er ließ sich willenlos mit dem Gesicht zur Wand drehen, hoffte, wenn er sich gefügig zeigte, würde Dracon es dabei belassen, ihn nur zu berühren. Doch seine Hoffnung wurde jäh zerstört, als er hörte, wie der Vampir seine Hose öffnete und gleich darauf mit einem harten Stoß tief in ihn drang. Das Gefühl zerriss ihn fast, doch sein Aufschreien amüsierte Dracon. Wieder nutzte er den Schmerz in Warrens Handgelenk, um ihn sich gefügig zu halten, jeden Widerstand, den er vielleicht leisten mochte, im Keim zu ersticken. Warren hätte alles getan, wenn Dracon nur nicht wieder an sein Handgelenk fasste.

Als habe er seine Gedanken gelesen, glitt seine Hand schon im nächsten Moment wieder zu der pochenden Stelle und drückte fest zu. Warren stöhnte laut, doch schon rollte die nächste Welle der Lust über ihn hinweg, als Dracon wieder in ihn drang, nur sehr viel sanfter diesmal. Ein Schauer überlief ihn und aller Schmerz war vergessen.

Dracon rieb seine Nase an Warrens Hals, küsste die empfindliche Haut, zog eine heiße Spur mit seiner Zunge bis hinab zu seiner Schulter. Warren keuchte, als der Vampir seine Zähne tief in sein Fleisch grub, aber das Saugen löste einen lustvollen Schauer bei ihm aus und er lehnte sich fester an die Brust seines dämonischen Liebhabers. Wie von selbst begann er, sein Becken im gleichen Rhythmus zu bewegen, sein Geschlecht in die zärtliche, kosende Hand zu schmiegen. Dracons andere Hand gab sein verletztes Gelenk frei, wanderte stattdessen über seinen Brustkorb, spielte mit den harten Warzen, kniff sanft hinein und glitt schließlich zu Warrens

Bauch, legte sich fest auf die glatten Muskeln und zog seinen Körper näher an sich heran. Seine Stöße wurden schneller, härter. Warren biss die Zähne zusammen, wusste kaum mehr, wo die Grenze war zwischen Lust und Schmerz, aber er wollte auf keinen Fall, dass Dracon aufhörte, ihn zu vögeln. Sein Unterleib pulsierte, zog sich zusammen, er fühlte den Moment der Erlösung nahen und ergab sich schließlich mit einem lauten Stöhnen seinem Höhepunkt.

„Siehst du", flüsterte Dracon heiser, „ich halte meine Versprechen, mein Schöner. Ich kann dir sehr viel mehr geben, als du ahnst."

Als ich in der nächsten Nacht aufwachte, erwartete Lucien mich trotz letztem Abendrot am Himmel schon, und sein düsterer Gesichtsausdruck verhieß nichts Gutes. Natürlich hatte er es gespürt. Ihm etwas vorzumachen wäre sinnlos gewesen, trotzdem ärgerte es mich, dass er sich vor mir aufbaute wie der oberste Scharfrichter höchstpersönlich. Zumal ich auch diesmal nicht gut geschlafen hatte, nachdem ich von Steven zurück kam. Doch das war kein Wunder.

„Du bist ziemlich früh. Ist das nicht auch für dich noch reichlich gefährlich?", bemerkte ich spitz.

„Wie schön, dass du dir solche Sorgen um mein Wohlergehen machst", antwortete er mit blitzenden Augen. „Letzte Nacht hast du das im Taumel deiner Gefühle etwas aus den Augen verloren, nicht wahr?"

Ich antwortete nicht, hielt seinem giftigen Blick stand und schluckte mein schlechtes Gewissen hinunter.

„Ich dachte meine letzte Stunde habe geschlagen. Und nicht nur meine." Er zischte wie eine gereizte Schlange, was ich angesichts der Tatsache, dass offenbar niemand ernstlich Schaden genommen hatte, übertrieben fand.

„Darf ich dich darauf aufmerksam machen, dass wir

alle noch leben und vermutlich auch jeder andere, der es gespürt hat?", unterbrach ich ihn. Ich hatte nicht die Absicht, mich einschüchtern zu lassen, nachdem sich auch die Sache mit dem Fluch als Farce herausgestellt hatte. Und Steven und mich hatte es wohl am heftigsten von allen erwischt, aber wir waren unbeschadet geblieben. Darum ging ich davon aus, dass auch sonst niemand ernsthafte Probleme deswegen hatte. Lucien merkte augenblicklich, dass er mich mit diesen Vorwürfen auf dem falschen Fuß erwischte und nicht die gewünschte Reaktion erzielte, darum änderte er seine Taktik augenblicklich.

„Wie kannst du nur? Heuchlerin, die du bist. Denkst du nicht einmal an Armand?"

Autsch! Warum musste er ausgerechnet auf diese Wunde zielen? Das wirkte bedeutend besser als seine Moralpredigt.

„Armand hat mich verlassen", schnappte ich. „Ich schulde ihm nichts. Wer sagt mir denn, dass er nicht auch längst Ersatz gefunden hat?"

„Du suchst nicht einmal nach ihm. Vielleicht bist du sogar froh, ihn los zu sein. Ihn und die Leine, die er dir angelegt hat. Soviel also zu deiner besonderen Charakterstärke, *djamila*."

„Hör endlich auf", fuhr ich ihn an. „Denkst du, du könntest über mich bestimmen? Verdammt, Lucien, auch du hast kein Recht dazu. Ja, Steven und ich haben viel riskiert …"

„Das Leben anderer."

„Aber rein gar nichts passiert, was irgendwelche Folgen hätte. Und ja, ich halte Armands Andenken in Ehren. Ich liebe ihn! Aber ich lebe auch. Und ich *will* leben! Ist es nicht das, was du immer wolltest? Was du mir monatelang gepredigt hast, um meine Menschlichkeit zu töten? Jetzt bin ich skrupellos und nicht mehr monogam. Also, was passt dir jetzt wieder nicht?"

Er öffnete ein paar Mal den Mund und schloss ihn wieder. Unglaublich, aber ich hatte es tatsächlich geschafft, ihm den Wind aus den Segeln zu nehmen. Damit hatte ich nicht wirklich gerechnet.

„Machst du dir gar keine Sorgen, was die Ältesten jetzt tun? Du hast gegen unser Gesetz verstoßen. Schlimmer noch als deine Dunkle Tochter damals."

„Niemand schert sich noch einen Dreck darum und das weißt du. Sonst wären längst Kalistes Ghanagoul-Wächter hier, anstatt dir. Oder einer der anderen Ältesten, um mich mit einem Feuerstreich niederzustrecken, statt mit mir sinnlos zu diskutieren."

„Sinnlos?" Er schnappte nach Luft.

„Ja, sinnlos. Denn es ist geschehen. Müßig, über gut oder böse zu richten. Das Einzige, was Steven und ich bewiesen haben, ist, dass dieses Gesetz so sinnlos, veraltet und falsch war wie jedes andere, das Kaliste ins Leben gerufen hat. Sie ist eine intrigenspinnende, machthungrige Hexe. Übrigens stammen diese Worte von dir, wenn ich dich daran erinnern darf."

Zu meiner Überraschung schmunzelte mein Lord plötzlich.

„Du bist gerissen, *thalabi*. Gerissen wie eine Füchsin eben ist."

Er kam zu mir, strich mir durch die Flammenmähne und küsste mich dann innig auf den Mund. Ich wehrte mich nicht, erwiderte seinen Kuss aber auch nicht, sondern stand stocksteif da, weil ich weder verstand, warum er das tat, noch Lust verspürte, ihm irgendwie entgegenzukommen, was er vielleicht falsch verstand.

„Nachdem du dieses heilige Band mit Armand zerschnitten hast, könntest du wieder zugänglicher werden, *djamila*", tadelte er sanft, strich mit dem Daumen über meine Lippen, ließ dann aber von mir ab. „Doch wie es aussieht, hast du dir bereits wieder ein neues angelegt. Auch wenn Steven ganz sicher keinen Wert darauf legt."

Nachdem er fort war, dachte ich einen Moment darüber nach, ob er wohl auch Steven einen Moralbesuch abstatten würde, konnte es mir aber schwer vorstellen. Das Klingeln meines Handys riss mich aus den Überlegungen. Die Nummer war mir unbekannt, doch als ich abnahm, erklang Lemains vertraute Stimme.

„Bonsoir, Melissa."

„Hallo, Lemain" Mein Herz schlug schneller, weil ich augenblicklich Hoffnung spürte, dass er etwas über Armand herausgefunden hatte. „Hast du Neuigkeiten von Armand?"

„Leider nein. Aber ich mache mir Sorgen, dass ihm etwas passiert ist. Letzte Nacht ist etwas ganz merkwürdiges geschehen, Melissa. Ich …"

Ich kämpfte die Enttäuschung nieder und erklärte Lemain, woher die Schmerzen und die Vision der kämpfenden Bestien stammten. Hatten Steven und ich tatsächlich dafür gesorgt, dass alle Vampire dieser Welt für einige Augenblicke unter Schmerzen und rot-blauen Visionen gelitten hatten? Dann hatte der Rest der großen Vampirfamilie im Moment sicherlich ziemlich schlechte Laune und eine Riesenwut auf uns. Zu Recht. Doch Lemain überraschte mich, indem er mir erklärte, dass da nur ein Gefühl von Gefahr, Wut und Gier in ihm gewesen sei. Etwas, das ihn bis ins Mark erschüttert hatte, aber weder zu Schmerzen, noch sonstigen Beeinträchtigungen führte. Verdammt, was bedeutete das? Waren Luciens Worte übertrieben gewesen? Oder schlicht erlogen?

„Das war mutig von euch", sagte Lemain.

„Was?" Ich glaubte, mich verhört zu haben, doch Lemain sprach noch weiter.

„Ich denke, dass schon längst jemand diesen Mut hätte haben sollen, nachdem sich uns die letzten Jahre so viele … Unzulänglichkeiten unserer Urmutter gezeigt haben."

Auf mich stürmten immer noch tausend Fragen ein,

weil die Aussagen von Lucien und Lemain so unterschiedlich ausfielen, und da Lemain keinen Grund hatte, mich zu belügen, erfasste mich Wut auf Lucien und seine Übertreibungen. Jeder wusste es, okay, das mochte sein. Obwohl außer den Alten nicht zwangsläufig jeder kapieren würde, was geschehen war. Aber die Auswirkungen an sich waren noch viel geringer, als wir angenommen hatten. Ich verstand Luciens Beweggründe nicht, ein Drama daraus zu machen. Oder war es doch nur Show? Das Gefühl, dass er ein Treffen zwischen mir und Steven ganz bewusst eingefädelt hatte, kehrte zurück und hinterließ einen bitteren Beigeschmack.

„Du suchst doch weiter nach ihm, Lemain, oder?"

Er seufzte, sah nicht viel Sinn darin, weiter nach jemandem zu suchen, der offenbar nicht gefunden werden wollte. Aber noch gab er nicht auf. Auch an ihm nagte ein sonderbares Gefühl, dass hier nicht alles so war wie es schien.

Als sie tief genug in den Wald hineingegangen waren, hatte Malaida sich wieder in menschliche Gestalt zurückverwandelt, die kleine Samara gepackt und in einen Sack gesteckt. Mit dem zappelnden Bündel war sie zu ihrem Wagen zurückgekehrt, hatte das Kind in den Kofferraum verfrachtet und sich dann auf den Weg zu der gemieteten Blockhütte gemacht. Dort stand bereits ein kleiner Käfig, in dem Samara für die nächsten Tage sicher untergebracht war, bis Sir Maxwell kam, um sie zu holen.

Niemand verfolgte sie, vermutlich dachten die Zirkusleute, dass Samara weggelaufen war. Man suchte sicher nicht lange nach ihr. Ein hungriges Maul weniger, das gefüttert werden musste.

Malaida leckte sich über die Lippen. Samara hatte zuckersüße Wünsche zu bieten. Wenn sie vielleicht einen nur … aber nein, sie kannte den Hunger, der eine Elfe überkommt, wenn sie erst von dem Naschwerk kostet. Es war wie bei den Menschen mit Schokolade oder Bonbons. Einmal angefangen kann man kaum noch damit aufhören, bis die Schachtel leer ist. Aber Kinder starben, wenn man ihnen all ihre Wünsche und Hoffnungen aussaugte, und Sir Maxwell brauchte das Kind lebend. Mit jemandem wie ihm legte man sich besser nicht an. Er musste sehr viel Einfluss haben, wenn er solche Pläne verfolgte und so viele Kontakte besaß. Nein, da ging sie lieber kein Risiko ein. Wenn das erledigt war und sie ihre Bezahlung in Händen hielt, konnte sie sich nach einem anderen Kind umschauen und ihren Hunger stillen, der in Samaras Nähe von Minute zu Minute wuchs. Von ihr ging ein Duft nach Sahne und Vanille aus, obwohl sie solche Angst hatte. Selbst die Verzweiflung in ihrem Herzen reichte nicht, die verlockende Süße zu überdecken. Ironischerweise waren es die Kinder, die im Leben am meisten zu entbehren hatten, die über die süßesten Sehnsüchte verfügten. Sie malten sich so viel Schönes in ihren Träumen aus, weil sie wussten, dass sie es nie erleben konnten.

Hastig wendete Malaida sich ab, die feinen Nasenflügel blähten sich für einen letzten Atemzug des Wohlgeruchs, dann ging sie zum Tisch hinüber und goss etwas Wasser in ein Glas. Sie brachte es dem Mädchen zusammen mit einem Sandwich. Samara nahm das Essen hungrig entgegen, beobachtete Malaida aber misstrauisch, während sie aß.

„Wirst du mich zum Elfenkönig bringen?", fragte sie.

Malaida war so verdutzt, dass sie im ersten Moment gar nicht wusste, was sie sagen sollte. Dann lachte sie erheitert. „Na ja, weißt du, ich denke, das kann man schon in etwa so nennen."

Ein Elfenkönig, der Höllenscharen befehligte. Ein lustiger Gedanke. Doch warum das Kind unnötig weiter ängstigen. Sollte sie ruhig an den Elfenkönig glauben, wenn ihr das Trost spendete.

„Aber dann brauchst du mich nicht einzusperren. Ich komme freiwillig mit."

Sie beugte sich über den Käfig und blickte auf Samara herab. Der Duft wurde übermächtig, sie musste einen Atemzug lang die Augen schließen. Ihre Stimme klang seltsam schwach, als sie sagte: „Es ist zu deinem eigenen Besten. Glaub mir."

Das Kind konnte nicht ahnen, wie Recht Malaida damit hatte. Draußen erklangen Schritte, die ihre Aufmerksamkeit auf sich zogen. „Ich glaube, da kommt der Elfenkönig", flüsterte sie und schaute durchs Fenster. Der Anblick überraschte sie, denn mit diesem Gast hatte sie am allerwenigsten gerechnet. Doch selbst für Begrüßungsfloskeln blieb keine Zeit, geschweige denn für die Fragen, die ihr auf der Zunge brannten.

„Schnell. Die Leute vom Zirkus haben die Polizei verständigt. Man sucht bereits nach dir und dem Mädchen. Wir müssen sofort von hier verschwinden."

Der Mann, der gekommen war, um Samara abzuholen, wirkte angespannt und hektisch. Draußen erklangen Polizeisirenen. Samara wich ängstlich in die hinterste Ecke des Käfigs.

„Hilf mir, den Käfig zu meinem Wagen zu bringen", befahl er und hob bereits eine Ecke desselben an.

Malaida brauchte einen Moment, um aus ihrer Starre zu erwachen, doch dann kam sie seiner Aufforderung nach. Durch die Bäume hindurch sah man hin und wieder Blaulicht aufblitzen. Sie waren verflucht nahe.

Der Mann schloss den Kofferraum. „Sie dürfen dich auf keinen Fall sehen. Das wirft zu viele Fragen auf. Komm hier hinein", verlangte er und hielt ihr eine geöffnete Schatulle hin.

„Was?" Sie wich instinktiv zurück. „Ich lasse mich doch nicht wie ein Tier in eine Kiste sperren. Kommt gar nicht in Frage."

„Willst du dich lieber von denen schnappen lassen? Tolle Schlagzeile, Elfenmädchen. Nun zier dich nicht, schließlich haben wir es dir zu verdanken, dass die Cops uns auf den Fersen sind. Rein hier. Sobald wir sie abgehängt haben, kannst du gehen, wohin du willst.“

Hin und her gerissen gab sie schließlich nach, nahm ihre Elfenform an und schlüpfte in die Truhe, deren Deckel sich sofort über ihr schloss. Er warf sie unsanft auf den Beifahrersitz.

„Haltet euch fest, ihr beiden, die Fahrt wird rasant“, meinte er lachend und trat das Gaspedal des Geländewagens bis zum Anschlag durch.

Ein verlockend süßer Duft und wohltuende Kühle wehten Armand entgegen, während er den Gang mit den Dornen weiter hinter sich ließ. Wenig später erwartete ihn nach einer Biegung der hoffnungserweckende Anblick eines Sees – ein unterirdisches Gewässer, das seinen Leib kühlen und seine Wunden heilen würde. Vielleicht sogar ein Weg nach draußen, denn fanden nicht alle Wasser irgendwie einen Weg hinaus in die Welt? Am liebsten hätte er sich sofort kopfüber in die Fluten gestürzt, er taumelte so sehr, dass er beinah sowieso hineingefallen wäre. Doch dann stockte er. Alles, was ihn bisher hier erwartet hatte, brachte Leid und Schmerz, fügte ihm immer neue Verletzungen zu. Dieses Wasser war zu schön, um wahr zu sein. Eine Falle vielleicht, in die er nach den Qualen des Hitzeschachtes in seiner Gier hineintappen sollte. Und was dann? Misstrauisch blickte er in das trübe Becken. Säure oder eine andere beißende Substanz konnte es nicht sein, denn er sah jede Menge Pflanzen, wenn das Wasser sich bewegte. Trotzdem streckte er zunächst vorsichtig seine Finger hinein, die Wohltat, die ihm allein dies bereitete, ließ ihm einen Schauer über den Rücken laufen. Nichts geschah. Nur die Linderung, wo das Wasser seine kühlende Wirkung entfaltete. Er schnüffelte, Süßwasser.

Ihm war egal, ob Gefahren in diesem Wasser lauerten, die Verheißung war zu groß. Armand erlag dem Flehen seines Körpers nach Kühle und Wohltat und ließ sich in die Fluten gleiten. Das Wasser war kalt, herrlich erfrischend. Er tauchte unter, ließ sich treiben, fühlte, wie seine Glieder das begehrte Nass aufsogen und sich von den Strapazen regenerierten. Ein angenehmes Prickeln, das ihn neu belebte. Was ihm jetzt noch fehlte, war Blut. Genügend Blut, um den Dämon in sich zu nähren, damit der ihn wenigstens annähernd wiederherstellte. Aber egal wohin er seine Blicke schweifen ließ, es gab nichts, das als Opfer getaugt hätte. Resigniert nahm er das Schicksal an. Dann musste die Mahlzeit eben warten. Wenigstens ließen die Schmerzen nach und es war noch genug Kraft in ihm, dass sich die Wunden an seinem Körper schlossen, auch wenn deutlich sichtbare Spuren zurückblieben.

Aber er wollte nicht undankbar sein. Dies war eine Ebene, die er leicht durchqueren konnte. Wasser war ungefährlich für ihn, egal wie groß dieser See sein mochte. Er brauchte keinen Sauerstoff, selbst wenn er hier und da in den Schlingpflanzen hängen blieb, musste er sich keine Sorgen machen.

Probeweise bewegte er seine Arme und Beine, die Haut spannte nur noch ganz leicht, das Schwimmen sollte kein Problem mehr sein. Also machte er sich auf den Weg, auch dieses Hindernis zu durchqueren.

Die sanften Bewegungen des Wassers taten gut und in dem dichten Dschungel aus Wasserpflanzen fühlte er sich einigermaßen sicher. Sie schienen ungiftig, denn wo sie seinen Körper streiften glich es mehr einer Liebkosung, als dass es ihm unangenehm war.

Er trank auch einige Schlucke während dem Schwimmen, was sein Inneres ebenfalls kühlte. Für wen auch immer dieses Hindernis als Foltermethode gedacht war, für ihn war es die reinste Erholung.

Der See war viel größer, als er von außen wirkte. Vermutlich würde er ähnlich lange für das Durchschwimmen brauchen, wie für die Überwindung des Moores.

Er war von jeher ein geübter Schwimmer, die gleichmäßigen Züge brachten ihn auch innerlich wieder ins Gleichgewicht. Es brachte ihm die Bilder des Morgens nach seiner ersten Nacht mit Lemain zurück, als er sich an kaum mehr erinnert hatte als den schäbigen Gasthof und zu viel Branntwein. Nur eine Ahnung von Nähe und weichen Lippen hatte tief in ihm geschlummert, ihn gleichermaßen fasziniert wie erschreckt. Er hatte damals ein Bad in einem kühlen Waldsee genommen, um seinen Verstand zu klären. Die Situation wies erschreckend viele Ähnlichkeiten mit damals auf, nur dass Lemain ihn nicht gequält und verletzt hatte. Ganz im Gegenteil. Aber so wie damals brachte auch diesmal das kalte Nass keine Erinnerungen zurück. Es erfrischte nur und schaffte neuen Mut und Zuversicht.

Er mochte etwa die Hälfte des Beckens durchquert haben, als er eine Bewegung zwischen den Pflanzen wahrnahm. Und während er versuchte, etwas in dem dichten Wald aus Pflanzenfächern zu erkennen, spürte er auch fremde Augen auf sich ruhen. Sein Puls beschleunigte sich augenblicklich. Wenn das wieder irgendwelche Wasserschlangen mit giftigen Stacheln waren, wollte er lieber nicht warten, bis sie näher kamen. Vielleicht konnte er ihnen entkommen, wenn er schnell genug davon schwamm. Er war sehr schnell, doch es warteten keine Schlangen in dem Dickicht. Stattdessen glitten nach und nach träge mehrere große Raubfische in Armands Sichtfeld, die Ähnlichkeit mit Haien hatten. Nur größer und tiefschwarz. Ihre offensichtliche Ruhe und Geduld beunruhigten ihn mehr, als wenn sie direkt auf ihn losgeschwommen wären. Doch die Tiere bildeten eine Art Schwarm, das sich zusehends formierte mit einem klaren

Ziel: Beutejagd. Die Fische hatten einen deutlichen Vorteil Armand gegenüber. Es war ihr Revier, sie kannten jeden Felsen, jede Alge, jedes Seegras. Und ihr Zusammenspiel arbeitete gegen ihn. Sie kreisten ihn ein, zogen die Schlinge immer enger. Eile war nicht nötig, ihre Überzahl und ihr Jagdsystem war viel wirkungsvoller. Eine Beute, die sie einmal in die Enge getrieben hatten, entkam ihnen nicht mehr.

Franklins Anruf war überraschend gekommen. Er hatte mir eigentlich nicht sagen wollen, dass man Gorben Wulver tot aufgefunden hatte und der Bannkristall von Rugrewon verschwunden war, weil er meine Reaktion ahnte, doch inzwischen war auch er der Meinung, dass es besser war, wenn ich nach London zurückkam. Wir mussten nur Vorsichtsmaßnahmen treffen, damit man meine Spur nicht zum Orden verfolgen konnte. um mein Leben, denn alle anderen waren bislang nach Erfüllung ihres Auftrages gestorben. Dies war zwar nicht der Grund meiner Rückkehr, aber ich wollte mir alle bisherigen Informationen selbst anschauen und sehen, ob mir etwas einfiel, wie wir Maxwell rechtzeitig aufhalten konnten. Der verdammte Kerl war uns immer einen Schritt voraus. Wusste er, was in unseren Reihen vor sich ging? Wie nah wir ihm auf den Fersen waren und welches Wissen wir inzwischen zusammengetragen hatten? Es schien fast so. Gab es einen Spitzel in unseren eigenen Reihen?

Die Schriftrolle hätte uns sicher weitergeholfen. Falls sie tatsächlich beinhaltete, was Lucien angedeutet hatte. Doch mein Vater hatte das Angebot abgelehnt. Ich konnte es ihm nicht verdenken, denn Luciens Preis war äußerst vage. Ich war froh, diese Verhandlung nicht im Namen meines Vaters geführt, sondern ihm das lieber selbst überlassen zu haben. Auch wenn die Frage blieb, ob wir damit nicht eine Chance verschenkten, Sir Maxwell zuvor zu kommen.

Franklin war nicht sicher, ob Lucien tatsächlich über eine Kopie der besagten Schrift verfügte oder uns nur eine ähnliche anbot. Außerdem war die Übersetzung fraglich und zeitaufwendig. Und woher wusste unser Lord überhaupt über diese Details Bescheid? Zumindest die letzte Frage musste ich gelten lassen. Bei den beiden anderen Punkten hatte ich weniger Bedenken. Lucien wusste viel, manchmal zu viel, gab aber nur selten seine Quellen preis. Ein wenig beunruhigte mich sein Interesse an Darkworld, wenn auch auf halbherzig heruntergespielt. Auch bei meinem Lord hatte ich inzwischen gelernt, nicht jedes Wort für bare Münze zu nehmen und mir darüber im Klaren zu sein, dass er nichts ohne Grund und noch weniger ohne Berechnung tat.

Bei meiner Rückkehr wurde ich gleich von drei Ashera-Mitgliedern regelrecht überfallen, musste Warren und Jenny jedoch vertrösten, weil ich zuerst mit Franklin unter vier Augen sprechen wollte.

Warren druckste daraufhin ein wenig herum, als er mich für später um ein ebensolches Gespräch bat, doch schon am Klang seiner Stimme erkannte ich, dass etwas nicht stimmte. Eine ungute Ahnung machte sich in mir breit. Jenny hingegen reagierte überraschend heftig und verschwand mit wütenden Schritten wieder in ihrem Zimmer. Franklins Erklärung, dass sie in letzter Zeit häufig zu solchen Ausbrüchen neigte, beunruhigte mich noch mehr. Immerhin war sie ein Feuerkind. Ich hätte wirklich keinen Tag später kommen dürfen, wenn hier so viele Probleme warteten und alle spontan mich als Anlaufpunkt wählten.

„Was ist denn nur los hier?“, fragte ich Franklin und schloss die Tür zu seinem Arbeitszimmer hinter uns.

Mein Vater fuhr sich mit einem tiefen Seufzer durch die Haare. Sie waren grauer geworden, als ich sie in Erinnerung hatte. Ich hatte es bisher ignoriert, aber mein Vater alterte zusehends, seit er den kleinen Trunk von Armand nicht mehr empfing. Auch die Falten um seine Augen und seinen Mund hatten an Tiefe gewonnen, das rührte sicher nicht allein von den derzeitigen Sorgen. Fiel ihm das ebenso auf? Und wie kam er damit klar? Eine Sekunde fragte ich mich, ob ich besser hier geblieben wäre, um ihn mit dem Dunklen Nektar zu versorgen. Doch mir war klar, dass er es nicht annahm. Nicht jetzt und nicht in Zukunft. Armand hatte sich vor seinem Verschwinden von Franklin getrennt. Es gab keine sinnliche Liaison mehr zwischen ihnen. Umso seltener war der kleine Trunk geworden. Die vergangenen Monate aber hatten an ihm mehr denn je gezehrt, nachdem auch diese seltene Gabe ausblieb.

Mein Vater legte seine Brille auf den Schreibtisch und rieb sich müde die Nasenwurzel.

„Nun, irgendwie scheinen hier mehrere kleine Buschfeuer zu brennen, aber ich habe einfach keine Zeit, mich darum zu kümmern. Sag es nur, ich bin gerade ein schlechter Ashera-Vater."

Ich schmunzelte über seinen Selbsttadel. „Du bist weder unfehlbar noch unbesiegbar. Ich habe das Gefühl, die Situation fordert ihren Tribut. Du siehst erschöpft aus, Dad. Der Fall wiegt doch schlimmer, als du mir ursprünglich gesagt hast. Also dann, schenk mir reinen Wein ein, dann sehen wir gemeinsam weiter."

Er blickte mich an, ein stummes Flehen in den Augen, über das er sich vielleicht selbst nicht ganz im Klaren war. Doch dann erhob er sich und holte zwei Gläser sowie die Flasche Brandy vom Sideboard. Nachdem er uns beiden eingeschenkt hatte, ließ er sich in seinen Stuhl fallen und fing an, mich über alle Einzelheiten aufzuklären.

Darkworld war lange Zeit eine Paralleldimension gewesen, wie viele andere auch. Mit einem sehr irdischen Tor allerdings. Beides stammte aus einer Epoche, in der zwischen den Menschen und PSI-Wesen eine gewisse Ausgeglichenheit bestand. Das Gleichgewicht war im Laufe der Jahre immer weiter Richtung Menschen verschoben worden, Wesen wie wir ins Reich der Legenden oder schlicht der Verdammnis verbannt. Yrioneth war ein Sougvenier. Kaum einer kennt heute noch diese Dämonenart, die eine Vielzahl von Fähigkeiten besitzt. Feuer, Gift, sequentielle Gestaltwandlung. Außerdem kannten sie sich gut mit Magie und Zauberei aus, fertigten viele mächtige Relikte und entwickelten sich immer mehr zu einer Bedrohung. Andere Dämonen und Schattenwesen schlossen sich den dominanten und intelligenten Sougven an. Als Yrioneth das Zepter in die Hand nahm, drohte die Situation zu eskalieren, weil er nicht nur danach trachtete, wieder ein Gleichgewicht herzustellen, sondern die Menschen zu vernichten oder zu unterwerfen. Die Ashera, damals noch sehr jung, hatte mit Hilfe einiger neutralen PSI-Wesen und Magiern einen Weg gefunden, Darkworld zu versiegeln. Dabei wurde die Magie der Sougven gegen sie eingesetzt. Darum konnte man nur mit bestimmten Artefakten, die ihre Magie in sich trugen, das Tor wieder öffnen. Oder mit einer Magie, die noch stärker war, aber auf jeden Fall genauso dämonisch. Das war bisher niemandem gelungen, auch wenn es einmal versucht worden war. Doch die Ashera hatte schnell genug eingegriffen. Mehr wollte mein Vater nicht darüber erzählen.

„Was ist mit den Sougven, die auf dieser Seite des Tores geblieben sind. Ist ihre Macht nicht stark genug?“

„Nun, als der Orden Yrioneth einsperrte, trug dieser das Zepter seiner Macht bei sich. Von diesem Kristall ziehen auch alle anderen Sougven ihre Kraft. Der Zugang zu ihrer Quelle ist also versperrt, darum treiben sie sich seitdem eher im Untergrund herum, richten nur noch wenig Schaden an.“

Und waren darüber mit Sicherheit sauer. Genauso wie ihr Big Boss.

„Wie kann man das Tor öffnen?“ Ich hielt es für das Sinnvollste bei der Grundsatzfrage anzufangen.

„Wie du dir sicher denken kannst, mit dem passenden Schlüssel.“

„Aber wenn es der Schlüssel allein ist, hätte er ihn

stehlen lassen oder längst eingefordert, um zum Tor zu marschieren und es aufzuschließen. Was er ja nicht tut. Es braucht also mehr als nur den Schlüssel."

„Nun, das Kind, wie du weißt. Das, worauf Malaida angesetzt wurde."

Ich atmete tief durch. „Hat man Malaidas Leichnam schon irgendwo gefunden?" Erleichtert sah ich meinen Vater den Kopf schütteln. „Gut, dann haben wir ja noch Hoffnung."

„Mel, das sind alles Dinge, die wir wissen und auch bedacht haben. Warren sitzt seit Tagen daran, die verschiedenen Möglichkeiten zu erörtern. Er ist klug und mit Pläneschmieden kennt er sich aus. Aber auch er ist noch nicht weitergekommen."

Nachdenklich sah ich zur Tür. Das Gefühl bereitete mir Bauchschmerzen, dass Warren nicht so ganz Herr seiner selbst war im Moment, wenn ich auch noch nicht wusste, weshalb. Aber was es auch war, es warf ihn aus der Bahn und konnte vielleicht dazu führen, dass er etwas übersah. Und das konnten wir uns nicht leisten.

„Gibt es auch einen Weg, das Tor ohne das Kind zu öffnen?" Franklin verstand meine Frage nicht recht. Selbst wenn es einen solchen Weg gab, verfolgte Sir Maxwell offensichtlich doch das Ziel, dieses Kind einzusetzen. Warum also nach anderen Wegen suchen? „Weil Sir Maxwell, oder – wenn unsere Befürchtung stimmt und er sich mit jemandem wie Kaliste zusammengetan hat – auch sein Partner, vielleicht einen Plan B in der Hinterhand haben will, wenn das mit dem Kind schief läuft."

„Mir ist keiner bekannt. Woran denkst du?"

„An einen Ring zum Beispiel."

Immerhin hatte ich vor etlichen Monaten einen solchen Traum gehabt. Von blutenden Schlössern an einem Tor und meinem Ring im Schlüssel, der ein Schloss nach dem anderen öffnete. An Zufälle glaubte ich in diesem

Zusammenhang schon lange nicht mehr. Franklin offenbar auch nicht, denn sein Adamsapfel hüpfte, als er hart schluckte.

„Zeigst du mir bitte den Schlüssel, Melissa?“

Ich holte ihn hervor und zog auch gleich den Ring von meinem Finger. Er legte beides nebeneinander. Auf den ersten Blick undenkbar, dass sie ineinander passen sollten. Wir wollten sicher sein, also versuchte Franklin beides miteinander zu kombinieren. Doch egal wie er es probierte, sie passten nicht zusammen.

„Vielleicht betrifft es einen anderen Ring“, meinte Franklin und seine Erleichterung war so deutlich, dass eine leise Stimme des Misstrauens in mir wach wurde. Hatte er etwas anderes erwartet? Wusste er mehr über den Schlüssel und die Möglichkeiten ihn einzusetzen? Wenn ja, warum sagte er es mir nicht?

„Vielleicht irre ich mich auch“, versuchte ich ihn zu testen. „Wenn du sagst, dass es keine Anhaltspunkte dafür gibt, außer meinem Traum. Zumindest wissen wir, dass dieser Ring nicht zum Schlüssel passt und können diese Möglichkeit schon mal abhaken.“

Enttäuscht war ich trotzdem und noch mehr, als mein Vater auf den Brocken nicht reagierte, den ich ihm hinwarf. Ich hatte wohl schon Paranoia, ihm etwas zu unterstellen. Immerhin, es war ein Hoffnungsschimmer gewesen, unserem Gegner mal einen Schritt voraus zu sein, oder wenigstens gleichzuziehen mit dem, was wir wussten.

„Willst du nicht doch noch mal mit Lucien wegen der Schrift reden?“

Franklin schüttelte entschieden den Kopf. „Darüber haben wir schon gesprochen, Mel.“

Ich hob beschwichtigend die Hände. „Ist schon gut, Dad. Kein Grund sich aufzuregen. Ich schätze, für den Moment können wir weiter nichts tun. Also werde ich jetzt Warren aufsuchen. Der hat auch etwas auf dem

Herzen, wie mir scheint. Und vielleicht kann er mich gleich auf den Stand seiner Überlegungen bringen. Dann reden wir morgen Abend weiter."

Wo Armand auch hinsah, überall blickten ihm kalte weiße Augen entgegen, unter denen halbgeöffnete und mit Reißzähnen bewehrte Mäuler lauerten. Er fragte sich, ob sie auf Bewegungen fixiert waren wie die Schlangen und von ihm abließen, wenn er sich ganz still verhielt. Doch sie rochen sicher auch das Blut, das nach und nach von seinem Körper abgewaschen wurde und eine leicht zu verfolgende Spur ins Wasser zeichnete. Ihm wurde klar, wenn sie den Kreis noch enger zogen, gab es keine Möglichkeit mehr für ihn, die Reihen zu durchbrechen. Genau darauf legten diese Raubfische es offensichtlich an. Seine einzige Chance bestand darin, in Bewegung zu bleiben und so auch die Jäger dazu zu zwingen, ihren Kreis größer zu halten, sich immer wieder neu um ihn zu formieren. Wie lange musste er dieses Spiel spielen, bis er das andere Ende des Sees erreichte? Attackierten sie ihn, sobald sie den Verlust der Beute fürchteten? Er schwamm langsamer, wollte sie nicht mit hektischen Bewegungen reizen, doch dass sie früher oder später angriffen, stand außer Frage.

Meter für Meter schob er sich weiter durchs Becken, versuchte dabei ständig, möglichst viele der Tiere im Auge zu behalten. Er zuckte zusammen, als etwas sein Bein berührte, drehte sich schnell im Wasser um, es war nur eine Pflanze gewesen. Doch in die Rotte von Tieren kam jetzt Bewegung. Sie umkreisten ihn nicht länger gemächlich, sondern kreuzten nun vor und hinter ihm, starteten einige Scheinangriffe. Sein Herz hämmerte in der Brust, er glaubte fast, die Schläge pflanzten sich im Wasser fort, sodass sie kleine Wellen erzeugten. Hatten Fische Ohren? Diese offenbar schon, denn sie wurden immer unruhiger, schnappten nacheinander und kamen ihm bedrohlich nahe. Sein Kopf sagte ihm, dass er die Panik niederringen musste, doch sein Instinkt konnte nur an Flucht denken. Schließlich siegte letztere und er schoss wie ein Pfeil durchs Wasser, hoffte, mit seiner vampirischen Schnelligkeit zu entkommen. Doch diese sonderbaren Raubfische waren wendig und flink, kommunizierten miteinander und brachten sich jedes Mal, wenn er glaubte, eine Lücke entdeckt zu haben, in neue Formation und machten die Mauer aus Fischleibern dicht. Aus unzähligen Verstecken kamen immer mehr von ihnen und auch der verzweifelte Versuch, zwischen den Felsformationen am Grund zu entwischen schlug fehl. In seiner Panik setzte sogar der Atemreflex wieder ein und spülte eisiges Wasser in seine Lungen. In seinem ganzen Leben hatte Armand sich nicht so gefürchtet, wie in dieser surrealen Welt voller Gefahren. Nicht einmal in seiner Sterblichkeit, wo er von einem illegalen Duell zum nächsten geschlittert war, bis sein Vater mit Enterbung drohte. Aber damals hatte er das Risiko gekannt, und eine Kugel oder ein Degenstich ins Herz waren etwas anderes als bei Bewusstsein von einem ganzen Schwarm hungriger Raubfische zerfleischt zu werden. Übelkeit stieg in ihm auf, hinterließ einen dumpfen Knoten in seinem Magen. Wie lange hungerten diese Tiere schon nach Beute? Jedenfalls lange genug, um sich den begehrten Happen nicht entgehen zu lassen.

Ein großes Exemplar schwamm mit aufgerissenem Rachen auf ihn zu. Er schaffte es, in letzter Sekunde auszuweichen und den Angreifer mit einem harten Schlag auf die Kiemen zum Rückzug zu bringen. Bei einer Einzelattacke konnte er sich wehren, doch wenn sie anfingen, ihn mit mehreren gleichzeitig anzugreifen, würde er Mühe haben, sich die Biester vom Leib zu halten. Er musste hier raus, dieser Gedanke nahm sein ganzes Bewusstsein ein. Je länger er im Wasser blieb, desto brenzliger wurde die Situation. Der Vorstoß des einen rührte die anderen auf. Es kam immer mehr Bewegung ins Wasser. Er kannte es so gut, konnte nachempfinden, was in diesen breiten, grauen Köpfen vor sich ging. Das Fieber, der Hunger, die Lust am Töten und auf Blut. Dasselbe Gefühl, das ihn ebenfalls durchströmte, wenn er ein Opfer auswählte, sich ihm näherte, es umgarnte und dann schließlich zum Todesbiss ansetzte. Sie waren sich so ähnlich, diese Fische und er. Tödliche Feinde im Moment und doch auch wie Brüder.

Von Bruderliebe waren sie allerdings weit entfernt. Außer es gehörte in deren Familie zum guten Ton, Verwandte zu verspeisen. Sie gaben ihre Kreisformation auf, gingen nun zum Angriff über. Mit gezielten Hieben hielt Armand sich einige vom Leib, doch die Übermacht war zu groß. Einer bekam sein Bein zu fassen, die scharfen Zähne rissen ihm das Fleisch bis auf die Knochen auf. Der Blutgeruch im Wasser heizte die anderen weiter an, egal wie sehr er um sich schlug, sie ließen sich nicht mehr verjagen. Seine Kräfte schwanden mit dem Blut, das aus seiner Wade strömte und die Kämpfe gegen immer neue Angreifer raubten ihm zusätzlich Energie und hinderten sein Vorankommen. Er fand sich beinah schon damit ab, hier sein Ende zu finden, weil es einfach zu viele Gegner gab, die von allen Seiten auf ihn losgingen, da brach Licht durch die Oberfläche des Wassers.

Die Unterwasserhöhle war zuende und über ihm erwartete Armand das ersehnte Ufer. Hoffnung durchströmte seinen Leib, seine ganze Konzentration richtete sich nur auf den Lichtkegel, der Rettung in letzter Minute bedeutete. Ein Fehler, denn er sah den Angriff von der Seite nicht kommen. Ein dumpfer Schlag, ein Reißen, es fühlte sich an, als schnitte man ihn in zwei Hälften. Das Wasser färbte sich tief rot, jegliche Kraft wich aus seinen Gliedern. Der beginnende Schock lähmte ihn. Wie in Zeitlupe glitt sein Blick zu seiner Seite, er sah die

Wunde, wusste, dass sie schmerzhaft sein musste, doch seine Nervenbahnen leiteten die Impulse nicht weiter. Er zögerte, ob er darüber nachdenken oder es besser ignorieren sollte, entschied sich für Letzteres und riss sich noch einmal zusammen, um die letzten Meter bis zur Wasseroberfläche möglichst schnell zu durchschwimmen. Denn eines war ihm vollkommen bewusst: Wenn er jetzt nicht augenblicklich das Becken verließ, gab es keine Chance mehr auf ein Entkommen vor den gierigen Mäulern seiner Jäger. Keuchend durchbrach er die Wellen, packte den Rand, zog sich hoch und rollte sich über den Boden außer Reichweite der Raubfische. Jetzt setzte der Schmerz ein, Armand biss die Zähne so fest zusammen, dass seine Kiefer knirschten. In zischenden, kurzen Atemstößen, stieß er zunächst Wasser aus, entließ dann Luft aus seinen Lungen, sog neue hinein, weniger um des Sauerstoffs willen als vielmehr um über die Qual hinwegzuatmen. Ihm fehlte ein etwa zwanzig auf zwanzig Zentimeter großes Stück der linken Seite. Von der Taille bis über den Hüftknochen waren Haut und Fleisch weggerissen. Er hatte schon viele Verletzungen, Verstümmelungen und andere unappetitliche Zustände menschlicher Körper in seinem Leben gesehen, aber dieser Anblick stülpte ihm den Magen um. Schmerz war Teil seines Lebens, dieser hier überstieg jedoch das Maß des Erträglichen. Seine Glieder zitterten unkontrolliert, heiße Bluttränen quollen aus seinen Augen und er flehte stumm, dass egal wo Melissa jetzt auch immer war, sie nicht annähernd so litt wie er.

Welodan erschien wieder, schnupperte an der Wunde und leckte sanft darüber, doch Armand zuckte heftig zusammen und drückte den Kopf des Panthers weg.

„Nicht … *mon ami*“, presste er mühsam hervor. „Es hat … ohnehin … keinen Sinn mehr.“

Der Blutverlust war diesmal einfach zu groß. Es war ihm eine Genugtuung, dass er nicht als Fischfutter enden musste, doch weitergehen konnte er auch nicht mehr. Dazu fehlte ihm die Kraft. Er schaffte es nicht einmal, Welodan erneut wegzuschieben, als dieser abermals die Wunde inspizierte. Schlafen, er war so müde, die Lider so schwer. Er wollte einfach nur hier liegen bleiben, einschlafen, den Qualen entkommen und seinen Frieden mit dem Schöpfer machen.

Durch halb geschlossene Lider beobachtete er den Panther, der vor ihm auf und ab schritt, dabei einen Gesichtsausdruck zeigte, als denke er nach. Zum ersten Mal erinnerte er Armand an Melissas Schilderungen ihrer Wölfin Osira. Wenn er sprechen könnte. Es wäre tröstlich gewesen, zumindest das Gefühl zu haben, nicht allein zu sein, wenn der Tod kam. Worte, eine Stimme, hätten ihm vorgegaukelt, dass wirklich jemand bei ihm war. Nicht nur ein Krafttier, das im Grunde lediglich einem Teil seiner selbst entsprach.

„Was soll ich nur mit dir tun, Armand?"

War es Einbildung, ausgelöst durch sein Wunschdenken? Das Totem hatte nie mit ihm gesprochen. Unmöglich, dass es ausgerechnet jetzt damit anfing. Unwahrscheinlich zumindest.

„Erst in deiner tiefsten Not vermagst du mich zu hören. Und ich fürchte, es wird nicht von langer Dauer sein."

Tatsächlich, die Lippen der großen Katze bewegten sich. Es war keine optische Täuschung. Welodan sprach zu ihm. Ein Funken Hoffnung und Lebenswille kehrte zurück, schaffte es aber kaum, das Feuer in ihm wieder zu entzünden. Sein Herzschlag verlangsamte sich weiter, das Dunkel in seinem Kopf wurde dichter.

„Nicht einschlafen! Diese Flucht gönne ich dir nicht, denn sie wäre dein Verderben. Du bist zu oft geflohen, seit du in die Nacht geboren wurdest."

Armands Herz krampfte sich zusammen, als Welodan mit seinen Worten Bilder heraufbeschwor, die ihn ebenso quälten, wie der Wundschmerz, ihn aber gleichsam am Leben hielten. Ja, er war zu oft geflohen, sein ganzes unsterbliches Leben davongelaufen. Vor seiner sterblichen Familie, der Verantwortung für seinen Sohn, er flüchtete sich vor Madeleines Tod in Lemains dunkle Umarmung, nur um auch ihn und die Gefühle, die sie verbanden, irgendwann zu verlassen. Auch bei Lucien hatte es ihn nicht gehalten und im Grunde war er sogar immer wieder vor seiner wahren Natur davon gerannt. „Hör mir zu, hör genau zu", forderte Welodan. „Du wirst nie wieder davonlaufen. Und wir fangen genau jetzt bei mir an. Da du es immer noch nicht verstanden hast, erkläre ich es dir. Ich bin deine Kraft, Armand. Deine Reserve, wenn du selbst nicht mehr kannst. Greife auf mich zurück und verschließe dich nicht."

„W… wie?" Seine Stimme klang so schwach, dass es ihn selbst schauderte.

„Öffne dich für mich, sei eins mit mir. Betrachte mich nicht länger als ein eigenständiges Wesen, sondern als Teil deiner selbst."

Er wollte es ja, wusste aber nicht wie. Eine letzte Hoffnung und doch unerreichbar. Verzweiflung drohte ihn zu ersticken, wurde zum Kloß in seiner Brust.

„Hab keine Angst."

Welodans Flüstern war nun mehr in seinem Kopf, statt vor ihm und er konnte den Panther auch kaum noch erkennen. Schemenhaft sah er einen Mann vor sich, erkannte aber weder Konturen noch Gesichtszüge. Eine Hand streckte sich nach ihm aus, Freund oder Feind? Es spielte keine Rolle mehr. Der kalte Hauch des Todes streifte sein Gesicht, er schluckte.

„Vor…bei", formten seine Lippen. Doch warum stach die Kälte selbst im Tode noch so schmerzhaft in seine Sohlen? Zuckten seine Glieder wie in Bewegung? Und fühlte er Schneeflocken auf seinem Gesicht?

„Darf ich reinkommen?"

Warren hatte auf mein Klopfen nicht reagiert, darum öffnete ich die Tür einen Spalt und streckte zögernd den Kopf hinein. Er zuckte zusammen, als er meine Stimme hörte, wirkte fahrig, nickte dann aber und bot mir einen Platz auf dem Bett an, setzte sich jedoch nicht zu mir, sondern blieb an seinem Platz am Fenster. Der starre Blick nach draußen wirkte, als habe er Angst vor etwas im Garten.

„Ist alles in Ordnung mit dir?"

Sein Gesicht war wächsern und verhärmt, die Lippen so fest aufeinandergepresst, dass sie kaum Farbe aufwiesen. Doch offenbar wusste er nicht so recht, wie er anfangen sollte.

„Warren, du musst schon mit mir reden. Eben unten in der Halle konntest du kaum erwarten …"

„Verdammt, ich habe mit einem Mann geschlafen, Melissa", unterbrach er mich schroff. Seine Hände ballten sich zu Fäusten. „Und ich habe es genossen."

Im ersten Moment verstand ich die Problematik nicht ganz, da ich durch Franklin, Armand, Lucien und unzählige andere inzwischen keine mehr darin sah. Doch dann rief ich mir in Erinnerung, dass Warren nicht homosexuell veranlagt war. Weshalb hatte er mit einem Mann geschlafen? Da erst fiel mir der Schmerz in seinen Augen auf und meine vampirischen Sinne vernahmen die allzu vertraute Essenz in seinem Blut.

Ich schloss seufzend die Augen. Dracon. Wer sonst? Ich hätte wissen müssen, dass mein Blut Warren nicht für immer schützen würde. Nicht vor Dracon. Musste das jetzt auch noch dazu kommen? Hatte ich nicht wahrlich Sorgen genug?

„Ich fühle mich so … so … schmutzig. Verdorben. Einfach widerlich."

„Dich trifft keine Schuld", sagte ich leise, ohne ihn anzusehen und überlegte fieberhaft, welche Möglichkeit der Schadensbegrenzung ich noch hatte. War es eine einmalige Sache gewesen, oder plante der Drache eine Wiederholung?

„Ich hätte mich wehren müssen. Du hattest mich gewarnt. Ich hätte es nicht zulassen dürfen."

„Hat er dich … vergewaltigt?"

Es tat mir weh, ihm diese Frage stellen zu müssen, aber ich war mir bei Dracon nicht sicher. Ich kannte inzwischen eine Seite an ihm, die Warren auf sanftere Art überzeugt hätte.

Mein Blick fiel auf das bandagierte Handgelenk. War er das gewesen? Doch warum dann nur so eine geringe Verletzung? Die Erinnerung an mein eigenes Erlebnis mit ihm kam wieder hoch. In meinem Körper war kaum mehr ein Knochen heil gewesen. Mehr tot als lebendig hatte Lemain mich gerettet, nachdem mir die Flucht gelungen war, doch der hohe Blutverlust hatte mich damals schon in einen Halbvampir verwandelt. Nein, das passte alles nicht zusammen.

„Warren?"

Er seufzte, ein gequälter Laut. Seine Lippen bebten und ich sah eine Träne aus seinem Augenwinkel fließen.

„Ich weiß es nicht", stieß er mit heiserer Stimme hervor.

Ich ging zu ihm hinüber und nahm ihn in die Arme. Schluchzend barg er sein Gesicht in meinem Haar, weinte sich an meiner Schulter aus. Sein Körper bebte und ich konnte die Anspannung fühlen, die ihn innerlich fast zerreißen musste.

„War er das?", fragte ich und hob behutsam seine bandagierte Hand an.

Warren nickte. „Es ist nur angebrochen. Halb so wild."

„Was hast du dem Doc gesagt?"

„Sturz im Bad, weil ich auf den nassen Fliesen ausgerutscht bin. Die Wahrheit kam wohl kaum in Frage."

Nein, wohl nicht.

„Hat er dich sonst noch irgendwo verletzt?"

Er senkte beschämt den Blick. Ich verstand. Beim erstenmal und da Dracon auch nicht gerade zu den zärtlichsten Liebhabern gehörte, kam so was vor. Es war vermutlich nicht drastisch aber ihm einfach zu peinlich, mit mir darüber zu reden. Ich begriff, dass es ihn eine enorme Überwindung kostete, mir das alles zu erzählen, doch es gab niemanden, dem er sich sonst hätte anvertrauen können.

„Er hat mich auch gebissen. In die Schulter. Das … das war so ganz anders als bei dir."

Ich nickte und erklärte ihm, dass der Unterschied im Akt lag. „Während des Sex empfindest du anders. Dann wird Schmerz auch zu Lust, wenn dein Partner geübt darin ist. Dracon spielt das Spiel verdammt gut."

Lucien noch viel besser, aber das musste ich Warren nicht sagen.

„Ich wünschte, ich hätte es wenigstens nicht so genossen. Wäre dabei nicht zum Höhepunkt gekommen. Dann könnte ich es anders sehen, die Schuld bei ihm suchen, mir einreden, dass …"

„Quäl dich bitte nicht mit solchen Überlegungen. Du hattest wirklich keine Chance. Schon gar nicht, wenn ihm wirklich was an deinen Empfindungen lag. Und so scheint es zumindest."

Er schnaubte missmutig. „Toll. Soll ich mich darüber auch noch freuen?"

„Dracon hätte dich auch töten können. Oder wesentlich schlimmer zurichten."

Warren wusste zu wenig über meinesgleichen. Schuldgefühle stiegen in mir auf. Aber ich hatte in Absprache mit Franklin und auch aus eigener Überzeugung, dass es besser für ihn war, nur das wirklich Notwendige gesagt.

Mein Blut sollte ihn schützen, Details spielten keine Rolle. Doch nun war der Schutz meines Blutes dahin, denn Dracon kümmerte sich nicht um solche Dinge.

„Du hast keine wirklich realistische Chance, wenn einer von unserer Art dich verführt. Und Dracon ist skrupellos. Du hättest nichts tun können."

„Ich hätte es versuchen müssen."

„Wozu? Um zu sterben?" Ich blickte auf sein bandagiertes Handgelenk. „Glaubst du wirklich, es hätte etwas geändert, wenn du dich gewehrt hättest?"

Er antwortete nicht, aber ich wusste, es quälte ihn, dass er sich wie das Kaninchen vor der Schlange benommen hatte. Er konnte nicht begreifen, dass es das Beste war, was er hatte tun können, um zu überleben. Vermutlich lag es an seiner Ausbildung. Man hatte ihm beigebracht immer zu kämpfen, nicht nachzugeben, sich nicht vom Feind einschüchtern zu lassen. Das alles funktioniert wunderbar bei Menschen, aber bei Vampiren gelten andere Regeln. Die mentale Kontrolle, die wir über unsere Opfer ausüben, stellt etwas dar, das man ihnen beim MI5 nicht hatte beibringen können.

„Sei froh, dass er dich verführt hat. Hätte er dich vergewaltigt, wäre es mit dieser lächerlichen kleinen Bandage um dein Handgelenk nicht getan. Dann wärst du vielleicht tot oder auf der Intensivstation. Du hättest ihn niemals aufhalten können. Und wenn du es versucht hättest, hättest du ihm allen Grund gegeben, dir Gewalt anzutun. Dracon liebt es nämlich, zu quälen. Er liebt es, Schmerz zuzufügen, die Angst in den Augen seiner Opfer zu sehen. Er liebt es, sie schreien zu hören, betteln zu lassen um ihr erbärmliches Menschenleben."

„Vielleicht wäre das besser gewesen, als dieses ekelerregende Gefühl, das mich jetzt verfolgt."

„Das wird vergehen", versuchte ich, ihm Mut zu machen. „Der Himmel weiß, warum Dracon sich damit zufrieden gegeben hat."

„Er hat es wegen dir getan. Ganz sicher. Weil du ihm etwas bedeutest."

Wieder seufzte ich leise. Ich kannte Dracon und ich wusste, was er für mich fühlte. Die Leidenschaft, den Wunsch zu besitzen. Macht übereinander auszuüben. Zu unterwerfen und sich unterwerfen zu lassen. Er begehrte mich, weil ich stark genug gewesen war, ihm als Mensch zu entkommen. Und kalt und furchtlos genug, ihm als Vampir die Stirn zu bieten, obwohl ich wusste, was zwischen ihm und Armand vorgefallen war und was er allen Kindern meines Liebsten seither geschworen hatte. Nur mir nicht. Ich war eine Ausnahme. Wegen mir selbst und ganz sicher auch wegen Lucien. Doch das tat hier nichts zur Sache. Hier zählte etwas ganz anderes. Und im Gegensatz zu Warren glaubte ich nicht, dass ich der Grund für das Verhalten des Drachen war. Der lag in Warren selbst. Dracon schien ein tieferes Interesse an ihm zu haben. Was ich vor Warren nicht aussprechen wollte, obwohl ich damit rechnen musste, dass es sich in Kürze bewahrheitete, war, dass Dracon es nicht bei diesem einen Mal belassen würde. Und hinter dem Schmerz in Warrens Augen sah ich auch bei ihm Begehren, wenn er an den Vampir dachte und daran, was er in seinen Armen empfunden hatte. Da war eine Sehnsucht. Möglich, dass auch die unerfüllte Liebe zu mir mit hineinspielte. Oder aber sehr viel mehr, über das sich Warren selbst noch nicht im Klaren war. Ich hasste das, was ich jetzt tat, doch ich musste mir Gewissheit verschaffen. Ganz behutsam drang ich in seinen Geist, erforschte ihn, ließ meinen Dämon Witterung aufnehmen. Die Antwort war niederschmetternd. Er war zu schwach, nicht für das Dunkle Blut geschaffen. Hoffentlich konnte ich Dracon davon überzeugen, sich auf einen sterblichen Liebhaber zu beschränken. Eine Wandlung … Warren würde entweder dem Wahnsinn verfallen und sterben, oder aber zu einem ebensolchen Teufel werden wie Dracon. Das

Einzige, was ich tun konnte, war mit Dracon zu reden und zu hoffen, dass er noch nicht zu viel für Warren empfand.

Malaida fühlte sich von Minute zu Minute unwohler. Sie war praktisch blind, solange sie in dieser Schatulle saß. Die Fahrt war unruhig, sie wurde ständig hin und her geworfen. Von den Sirenen war schon kurz nach Beginn ihrer Flucht nichts mehr zu hören. Warum hielt er also nicht einfach an und ließ sie aussteigen? Wenn sie getrennt flüchteten, stiegen doch auch die Chancen, ihre Spuren zu verwischen.

Sie hörte Samara im hinteren Teil des Wagens leise weinen. Inzwischen war ihre Angst so groß, dass sie sogar von ihrer Süße verlor. Malaida konnte sie verstehen. Eine Elfe erweckte nicht die Art von Panik in einem Kind, wie ein fremder Mann. Samara war noch sehr klein, aber heutzutage wussten die Kinder bereits in diesem Alter von den Gefahren, die auf sie lauerten, wenn sie mit fremden Männern mitgingen. Und Zirkuskinder kannten den Ernst des Lebens und all seine Tücken noch viel früher.

Was sollte mit dem Kind geschehen, wenn es das Tor geöffnet hatte? Ließ man es zum Zirkus zurück? Oder erwartete es dann Gevatter Tod? Auch Elfen töteten, wenn sie die Wünsche und Hoffnungen stahlen, das war richtig. Doch die Sougven gehörten zu den wenigen Dämonenarten, die auch heutzutage noch eine große Vorliebe für zartes Menschenfleisch hatten, und irgendwie behagte Malaida der Gedanke nun doch nicht, dass das hübsche blonde Mädchen mit den babyblauen Augen mit aufgerissenem, ausgeweidetem Leib irgendwo zurückgelassen wurde, bis die Würmer das Werk vollendeten, was ein oder mehrere Sougven begonnen hatten.

Sinnlos, nun darüber nachzudenken. Sie hatte den Auftrag angenommen und ausgeführt und dabei auch keinen Gedanken an das Schicksal des Mädchens mit dem Engelsmal verschwendet. Jetzt war es zu spät, damit anzufangen. Und tot war tot, egal in welchem Zustand sich die Überreste befanden. Sie tat gut daran, sich eher um sich selbst Sorgen zu machen, denn die Luft in der kleinen Schatulle wurde stickiger. Ihr standen Schweißperlen auf der Stirn, weil auch die Temperatur stetig zunahm.

„Kannst du mich nicht hier raus lassen? Ich höre gar keine Sirenen mehr. Hier drin wird es allmählich ziemlich unbequem", rief sie nach draußen.

„Halte noch ein bisschen durch. Wir sind bald da", kam die Antwort.

Da? Wo, da? Sie hatte nicht die Absicht gehabt, mit ihm irgendwohin zu fahren. Sie sollte nur das Kind übergeben und das hatte sie getan. Ein ungutes Gefühl machte sich in ihrer Magengegend breit, nagte an ihren angespannten Nerven. Das lief alles überhaupt nicht so wie es sollte und gefiel ihr immer weniger. Es war ein Fehler gewesen, in die Schatulle zu springen, statt allein durch den Wald zu flüchten und ihn mit dem Mädchen wegfahren zu lassen.

Der Wagen kam abrupt zum Stehen und das Motorengeräusch erstarb. Ein erster Hauch von Erleichterung machte sich in Malaida breit. Jetzt konnte sie diesem muffigen Gefängnis gleich entkommen und so schnell wie möglich den Mann und das Kind hinter sich lassen. Doch statt einfach den Deckel zu öffnen, nahm er die Schatulle hoch und trug sie irgendwo hin. Bei dem Schaukeln konnte man seekrank werden und als der Kasten unsanft abgestellt wurde, stieß sich die Elfe schmerzhaft den Kopf.

„Hey, was soll denn das? Geht das nicht auch ein bisschen behutsamer?"

Keine Antwort. Vermutlich holte er auch das Kind noch aus dem Wagen, was wenig später durch schabende

Geräusche bestätigt wurde, die davon kündeten, dass er den Käfig über den Boden zog.

„Ich hätte dir ja beim Tragen geholfen, wenn du mich rausgelassen hättest", bemerkte sie spitz, lauschte dann wieder angestrengt, was außerhalb ihrer Behausung, in der sie sich immer ungemütlicher fühlte, vor sich ging.

„Die Schatulle ist offen, du kannst den Deckel selbst hochdrücken", antwortete der Mann ihr emotionslos.

Vorsichtig drückte sie gegen das Dach und tatsächlich ließ es sich ganz leicht anheben. Geschwind huschte sie hinaus, kam aber keinen Meter weit, denn rund um sie herum befand sich Glas. Links, rechts, vor, hinter, unter und sogar über ihr. Was war das denn nun wieder für ein übles Spiel? Wütend stemmte sie ihre Hände in die Hüften, flatterte so weit nach oben, wie es ihre neue Behausung zuließ und funkelte ihn giftig an.

„Lass mich sofort hier raus!"

„Nein."

Verdutzt hielt sie inne. Hatte er nein gesagt? Warum das denn? „Ich habe meinen Auftrag doch erfüllt. Nun möchte ich wieder zurück nach Hause, also öffne bitte dieses Glasding, damit ich mich wieder zurückverwandeln kann."

„Nein", wiederholte er ungerührt.

Er hatte Samara gerade etwas zu essen gebracht, das nach einem Teller Suppe aussah, doch Malaida konnte hier drinnen nichts riechen. Sie reckte ihren Kopf, um mehr zu erkennen, gab dann aber schließlich resigniert auf.

„Wozu sperrst du mich denn ein? Wann lässt du mich gehen?"

Die Verzweiflung in ihr nahm zu, kein schönes Gefühl. Sie fröstelte und rieb sich über die grazilen Elfenärmchen. Allmählich wurde die dunkle Ahnung zur Angst und schnürte ihr die Kehle zu. Nervös flatterte sie mit den hauchzarten Flügeln, maß die Größe des Glaskastens aus, fand aber keinen Fluchtweg.

Schließlich kam er zu ihr und beugte sich über das durchsichtige Gebilde. Sein Grinsen behagte ihr überhaupt nicht, denn es hatte etwas Verschlagenes an sich. Wortlos machte er sich an einem kleinen Schlauch zu schaffen, den er in eine offenbar dafür vorgesehene winzig kleine Öffnung des Quaders steckte. Malaida schluckte, denn mit einem Mal war ihre Kehle ganz trocken. Sie wagte kaum zu fragen, was er da tat und nachdem er an einem kleinen Rädchen drehte, verriet das leise zischende Geräusch ihr mehr, als sie in Wahrheit wissen wollte. Die Luft veränderte sich, brannte in ihrer Kehle, in ihren Augen, gelblicher Nebel füllte zusehends das Innenleben ihres Gefängnisses.

„Gegen lästige Insekten gibt es wirkungsvolle Mittel", erklärte er, doch Malaida hörte ihn kaum noch.

Sie lag am Boden, rang mühsam um letzte Atemzüge, dann blieb ihr kleiner Elfenkörper still und das Schillern ihrer Flügel verblich.

Es hatte eine ganze Weile gedauert, bis Armand begriff, dass er nicht tot war, sondern immer noch aufrecht ging und in die nächste Ebene eingetreten war, die durch und durch aus Eis, Frost und Schnee bestand. Welodan war es gelungen, sich mit ihm zu verbinden und nun stellte er ihm seine Kraft zur Verfügung. Er wollte sich darüber freuen, doch es gelang ihm nicht. Diese Festung mit ihren Schrecken hatte ihm schon zu viel genommen. Seinen Kampfgeist, seine Hoffnungen. Wie viele Ebenen mochten noch auf ihn warten und welches Grauen hielten sie bereit?

Die Blutung hatte zumindest aufgehört, doch für Armand fühlte es sich an, als ob das Blut von der Wunde aus in seinem ganzen Körper langsam zu Eis gefror. Es breitete sich in seinen Venen aus, streckte seine Fühler Richtung Herz. Seine Beine zitterten ebenso sehr vor Schwäche wie vor Kälte. Nur den Schmerz der Wunde spürte er längst nicht mehr, dafür umso mehr andere. Bei jedem Atemzug krampfte sich seine Lunge mehr zusammen, revoltierte gegen die eisigen Stacheln, die sich tief ins Gewebe gruben. Darum versuchte er, so wenig wie möglich zu atmen, aber es gelang ihm nur mäßig, denn auch die Kontrolle der Reflexe erforderte Kraft, die er nicht länger besaß. Seine nassen Kleider waren inzwischen steif und erstarrt, erschwerten jede Bewegung und die nackten Füße waren bereits blau verfärbt und ohne jedes Gefühl.

Recht und links von ihm erkannte er Schemen im Blizzard, der irgendwann eingesetzt hatte und sich von Minute zu Minute verdichtete. Groteske Zerrbilder von Wesen, die wohl ähnlich wie er eine Flucht aus dieser Festung versucht hatten und hier gescheitert waren. Für immer eingefroren, eine Warnung an jeden, der es ebenfalls wagte. Ob er wohl bald einer von ihnen sein würde? Er zweifelte nicht daran, fühlte sich jetzt beinah schon so. Wenn er stehen blieb, brauchte der Blizzard sicher nur wenige Minuten und er stand als ebensolche Eisfigur auf dieser Ebene, wie alle anderen auch. Also musste er in Bewegung bleiben, doch wie lange konnte er das noch? Immer häufiger geriet er ins Straucheln, weil seine tauben Beine unter ihm nachgaben. Einige Male fiel er in den weichen Schnee und es erschien ihm so verlockend, einfach nachzugeben. Sich von dem Schnee zudecken lassen, dem schmeichelnden Vergessen erliegen, den Qualen entkommen. Sein Herz schlug langsam, ein einschläfernder Rhythmus. Vor seinem inneren Auge sah er Mel, seine Mel. Wie eine Eisprinzessin in blauem Kleid tanzte sie vor ihm im Schnee, streckte ihre Hände aus. Er wollte sie ergreifen, mit ihr forttanzen aus der Wirklichkeit, doch ein Wirbel aus Schneeflocken hüllte sie ein und nahm sie mit sich fort.

„Nein!", rief er und kämpfte sich wieder auf die Beine. Sein Herz fühlte sich entzweigerissen an. Wenn Blutstropfen aus seiner Brust den Schnee vor ihm rot gefärbt hätten, wäre er darüber nicht verwundert gewesen. Alles war so unvollständig und kalt, kälter noch als das Eis dieser Antihölle, ohne sie. Panisch sah er sich um, versuchte im Sturm etwas zu erkennen, drehte sich um seine eigene Achse, bis er kaum mehr wusste, woher er gekommen war und wohin er wollte. Wo war sie nur, seine Schneekönigin?

„Weiter!", drängte Welodans Stimme. „Es ist nur eine Illusion. Wie eine Fata Morgana. Du darfst nicht stehen bleiben."

Er stolperte einige Schritte voran, wischte sich fahrig über die Augen. Seine Hände bekamen etwas Weiches zu fassen. So seidig wie ihr Haar und fast ebenso rot, doch es war nur der Umhang eines erstarrten Kriegers, dem sein Schwert nicht geholfen hatte. Ganz in der Nähe kauerte eine Frau mit dunklen Haaren und hielt ein kleines Kind unter sich verborgen, ihrer beider Haut kristallblau und mit Eisblumen überzogen. Sie wirkten so lebendig, doch als er über die kalten Wangen strich, fühlten sich diese an wie Fels.

Warum waren diese Geschöpfe hier? Menschen, Feen, Kobolde, Weren. Wer war der Herr dieser Festung und zu welchem Zweck holte er so unterschiedliche Arten in sein Heim, um sie auf erbärmliche Weise in einer der vielen Ebenen sterben zu lassen? Die Unmenschlichkeit löste in Armand eine unbändige Wut aus. Hitze durchflutete ihn, taute das Eis, das sich bereits um seine Seele legen wollte und trieb ihn mit energischen Schritten vorwärts. Es gab einen Weg hier heraus. Und er würde ihn finden, solange sein Herz noch schlug und auch nur eine einzige Faser von ihm weiterkämpfen konnte.

Ich sandte Dracon in der kommenden Nacht eine stumme Botschaft, dass ich ihn sehen wolle. Alles was ich tun konnte, war mit ihm reden und hoffentlich eine Schadensbegrenzung erreichen. Da mein Blut ihn nicht abhielt, gab es sonst keine Möglichkeit mehr für mich, ihn von Warren fernzuhalten, es sei denn ich zog in Erwägung, ihn zu töten. Doch da hatte es in der Vergangenheit weitaus schwerwiegendere Dinge gegeben, die seinen Tod gerechtfertigt hätten und er lebte immer noch. So sehr ich Warren auch mochte und so wichtig mir sein Seelenheil war, ich musste mich daran erinnern, dass er nur ein Mensch war. Einer von vielen. Dass ich ihn kannte, durfte dabei keine Rolle spielen, wenngleich mein menschliches Herz immer noch damit haderte.

Irgendwie setzten die Geschehnisse mir mehr zu, als ich mir eingestehen wollte. In den letzten Wochen hatte ich mehrere Anfälle von Schwäche und Übelkeit erlebt für die ich keine Erklärung fand und im Augenblick fror ich entsetzlich, obwohl mir Kälte normalerweise nichts ausmachte und die Temperaturen angenehm waren. Davon wollte ich mir natürlich nichts anmerken lassen, da Dracon jegliche Schwäche sicherlich nutzen würde.

Er erschien pünktlich am Treffpunkt, beäugte mich misstrauisch, fürchtete eine erneute Attacke, denn bei unserer letzten Begegnung war er nicht unbeschadet davon gekommen. Seitdem hatten wir uns weder gesehen, noch ein Wort miteinander gewechselt. Und es ging um denselben Mann wie damals, daher konnte er mich schwer einschätzen.

„Lass uns ein wenig spazieren gehen", bat ich sanft. Ich wollte unsere Begegnung nicht mit einem Streit beginnen, schon gar nicht in Anbetracht meines Anliegens. Er stimmte zu und so schlugen wir den Weg Richtung Regents Park ein, spazierten im fahlen Licht des Vollmondes durch die Alleen aus kunstvoll geschnittenen Sträuchern, vorbei an uralten Eichen und Trauerweiden. Der Duft der Frühlingsblumen umgab uns und die Luft war durchtränkt von den Geräuschen der Nacht.

Dracon fühlte sich sichtlich unwohl, weil er sich denken konnte, warum ich das Gespräch mit ihm suchte. Es war ein trügerischer Frieden, der zwischen uns herrschte. Er konnte jederzeit wieder gegen mich handeln und auch ich würde jeden Fehler von ihm erbarmungslos gegen ihn einsetzen. Dafür kannte ich ihn und seine Spielchen zu gut. Ich hatte den Vorteil, dass er noch immer nicht dahintergekommen war, was es mit der Flüssigkeit auf sich hatte, die ihm ins Gesicht gespritzt war, als er Warren damals bedrohte. Und vermutlich fürchtete er, dass ich es jetzt noch mal tat, nachdem er mit Warren geschlafen hatte. Nicht ganz unfreiwillig, aber auch nicht ganz freiwillig. Da war ich aus Warrens Bericht nicht recht schlau geworden. Dracon würde mir kaum genaueres liefern, aber darum ging es auch nicht. Dracon hatte sich in Warren verliebt. Er musste das nicht erst sagen, ich wusste es auch so. Sah es an seinem sehnsüchtigen Blick, als der Name fiel. Diese leise Verzweiflung in seinen Augen sagte mir alles. Hier ging es mit einem Mal nicht mehr nur um Macht und Unterwerfung.

„Du liebst ihn", stellte ich schließlich fest und beobachtete ihn genau, um mich nicht von Worten täuschen zu lassen. Denn dass er es nicht sofort zugab, war mir klar. Das hätte nicht zu seinem Image des Bad Boy gepasst, und auf das war er stolz.

„Pah! Liebe!" Er machte eine wegwerfende Geste. „Was bedeutet so etwas schon für mich?"

„Und doch ist es so." Ich blieb beharrlich.

„Warum denkst du, dass ich ausgerechnet ihn liebe?"

Er war stehen geblieben, blickte mich herausfordernd an und lehnte sich betont lässig gegen den dicken Stamm einer Eiche. Ich lächelte ein wenig ironisch und lehnte mich mit dem Rücken an den Stamm ihm gegenüber.

„Weil du ihm nichts getan hast."

„Nichts getan?" Er zog die Augenbrauen hoch. „Ich habe ihm das Handgelenk gebrochen."

„Komm schon! Du hast es angebrochen, mehr nicht. Und ansonsten hast du ihm nichts getan. Du wärest nie so zartfühlend mit ihm umgegangen, wenn du nichts für ihn empfinden würdest. Wer wüsste das besser als ich?"

Er besaß den Anstand, beschämt zur Seite zu blicken, als ich auf unsere erste Begegnung anspielte, bei der ich bei weitem nicht nur mit einem angeknacksten Knochen davongekommen war.

„Und das angebrochene Handgelenk war meiner Meinung nach auch nur ein Versehen."

„Ich mache so etwas aber nicht aus Versehen", gab er zurück und betonte das Wort Versehen übermäßig. „Du solltest mich besser kennen."

„Vielleicht kenne ich dich besser, als dir lieb ist. Du wolltest ihm Schmerzen zufügen, aber du wolltest ihn nicht verletzen. Hättest du das gewollt, hätte er schlimmer ausgesehen, nachdem du mit ihm fertig warst. Wenn er überhaupt noch gelebt hätte. Und außerdem hast du dir alle Mühe gegeben, damit ihm gefällt, was du mit ihm tust. So was machst du nicht ohne Grund."

Er funkelte mich mit glitzernden Augen an. Eine seltsame Mischung aus Wut und tiefer Zuneigung, die mich zum Schmunzeln brachte.

„Du hast Warren verführt, nicht vergewaltigt", ließ ich ihn wissen.

Nachdenklich sah er mich an. „Denkt er das auch?", fragte er kühl und fast gleichmütig, hob seine Augenbraue, um die Arroganz zu unterstreichen, die nur gespielt war.

„Ich glaube, er weiß nicht, was er denken soll. Aber das ändert nichts an der Tatsache."

„Er muss noch begreifen, dass er es selbst wollte. Dass er es genossen hat."

„Falls er das je tun sollte."

„Das wird er."

Mich erschreckte, wie sicher er sich seiner Sache war. Dann breitete sich ganz langsam ein Lächeln auf seinem Gesicht aus. Er gab nach, ließ seine eiskalte Fassade endlich fallen. Verträumt seufzend schloss er die Augen und lehnte den Kopf nach hinten gegen die Rinde des Baumes. Er öffnete die Arme, drehte die Handflächen nach oben, so als böte er den Göttern eine Umarmung an. Die dunkle Leidenschaft in seiner Stimme klang warm in meinem Herzen nach.

„Gott, Melissa, er ist so wunderschön. Ist dir das jemals aufgefallen?"

„Mein Blut fließt durch seine Adern. Ich bin mir also durchaus bewusst, wie attraktiv Warren ist. Ich habe Ansprüche auf ihn geltend gemacht. Ansprüche, die du mit deiner Tat wissentlich übergangen hast. Dafür könnte ich Vergeltung üben, das weißt du."

„Aber das wirst du nicht tun."

Verschlagen lächelte er mich an. Unwiderstehlich mit seinem jungenhaften Charme. Ich konnte gut verstehen, warum Lucien sich damals hatte überreden lassen, ihn zu verwandeln, obwohl er geahnt hatte, was der Vampir aus ihm machen würde. Doch diesem Lächeln, dieser aufrichtigen Zuneigung in seinen Augen, konnte man einfach nicht widerstehen.

„Darauf hast du gebaut, nicht wahr?"

Er senkte den Blick wie ein Kind, das man bei etwas Verbotenem erwischt hat und schaute mich dann bittend an.

„Gönn ihn mir, Mel. Bitte. Ich begehre ihn. Lass ihn mir."

„Das zu entscheiden liegt nicht bei mir. Es ist sein Leben."

„Er wird keine Einwände haben."

„Er ekelt sich vor sich selbst, wenn er daran denkt, was geschehen ist."

„Noch tut er das. Aber das wird vergehen. Du weißt, dass es so sein wird. Er ist der Erste, den ich wieder liebe. Der Erste, der mich den Schmerz, den Hass und die Wut von damals vergessen lässt. Ich fühle mich wie neu geboren."

Er überraschte mich. Ich hätte nie gedacht, dass es einmal jemanden geben würde, der ihn so verändern könnte. Vielleicht war es eine Chance für sie beide. Darum gab ich schließlich nach.

„Sei rücksichtsvoll. Mehr verlange ich nicht. Und verwandele ihn nicht gegen seinen Willen. Versprich mir das."

Er schaute mich aus schmalen Augen an und ich fürchtete schon, dass er die Bitte rigoros ablehnte, dann musste ich mir überlegen, wie ich Warren vor ihm schützen konnte. Doch schließlich lächelte er und nickte.

„Einverstanden. Ich werde ihn nicht verwandeln, Babe."

Damit gab ich mich zufrieden. Auch wenn es Franklin nicht gefallen würde, dass ich nicht energischer dagegen vorging, ich wusste, ich konnte ihn nicht dazu bringen, Warren aufzugeben. Das war eine Sache, die die beiden unter sich regeln mussten.

Franklin erzählte ich nichts von meinem Gespräch mit Dracon. Natürlich konnten wir es nicht ewig vor ihm verbergen, aber ich fand, dass Warren das Recht hatte, selbst den Zeitpunkt zu bestimmen, es meinem Vater zu sagen.

Derweil hatten wir ganz andere Sorgen. Malaida Sket war spurlos verschwunden, zusammen mit dem Zirkuskind. Und neben der allgemeinen Problematik, die der Fall allmählich annahm, litt mein Vater auch unter einem ganz natürlichen Gefühl: Der Angst um seine Tochter. Warum sollte man mich verschonen, sobald die Übergabe stattgefunden hatte? Alle anderen waren tot oder nicht auffindbar. Offenbar wollte Sir Maxwell keine Zeugen. Für wen arbeitete er? Oder tat er das Ganze aus eigenem Antrieb? Ich dachte wieder an Kaliste. Es war das Naheliegendste. Sie hatte schon so oft versucht, eine Katastrophe heraufzubeschwören, um die Macht an sich zu reißen und war dabei stets geschickt gewesen. Die Drecksarbeit hatte sie immer anderen überlassen und war im Hintergrund geblieben.

Mein Vater schenkte sich Brandy nach, seine Hand zitterte. Ich machte mir Sorgen um ihn. Von dem starken Ashera-Vater, der mich einst mühelos in meine Schranken gewiesen hatte, war nur noch ein Schatten geblieben. Das hatte mehrere Gründe. Er war einsam, seit Johns Tod. Einen Teil seines Platzes hatte Warren nicht ausfüllen können, denn die beiden waren jahrzehntelang Freunde und Vertraute gewesen, hatten Höhen und Tiefen miteinander erlebt, Krisen im Londoner Mutterhaus gemeistert und alles durchgestanden. Er fehlte meinem Vater, wie einem der Zwilling fehlen mochte. Mir wurde die Stärke ihrer Bindung erst jetzt richtig bewusst.

Außerdem machte ihm das Alter zu schaffen, das nun unaufhaltsam voranschritt. Wieder überlegte ich, ihm mein Blut anzubieten, doch ich kannte seine Antwort.

Und zu guter Letzt vermisste auch er Armand. Ihre platonische Liebe hatte ihm viel Kraft gegeben und nachdem sie ihre Affäre wieder aufgefrischt hatten, war das Band noch viel enger geworden. Doch dann hatte Armand ihn verlassen, um eine für Vampire untypische, monogame Beziehung mit mir zu führen. Sogar Heiratspläne hatten wir geschmiedet. Dad's Freude mit uns war echt gewesen, doch wie es in seinem Inneren sonst aussah, konnte niemand sagen, brachte es ihm doch Entbehrungen. In Leidenschaft und vor allem im Blut.

Und jetzt zehrte die Sorge wegen Darkworld und der Gefahr für mein Leben ihn aus. Erneut wurde mir klar, dass Unsterblichkeit leicht dahingesagt war, aber wie unsterblich waren wir wirklich? Es gab auch für uns tausend Wege zu sterben und dieser Sir Maxwell kannte mindestens einen davon.

Mit einem Mal änderte sich die Atmosphäre im Raum und Franklin verharrte mitten in der Bewegung. Er lauschte ebenso wie ich. Was hier gerade geschah, kam häufiger vor, doch so bewusst wie diesmal war es uns selten. Für einen Moment stand die Zeit still. Schwieg selbst das Ticken der antiken Standuhr, erstarrten die tanzenden Flammen im Kamin. Unser Atem und unser Herzschlag setzten aus. Ich spürte die Kälte, die solch ein toter Augenblick immer mit sich führt. Die Kälte der anderen Seite, wenn sich das Tor kurz öffnet und der eisige Hauch die lebende Welt erstarren lässt. Einen Wimpernschlag lang. Wie oft hat ein jeder Mensch dies schon gespürt und doch nicht wahrgenommen. Weil sie die Sinne dafür verloren haben, und weil sie es nicht wahrhaben wollen. Den Tod lieber verdrängen. Doch mit welchem Sinn? Irgendwann holt er uns alle ein.

Der Augenblick ging vorüber. Ich hörte wieder das Ticken der Uhr und spürte die Hitze des Feuers. Mein Vater seufzte leise. Auch er wusste, dass der Tod an uns vorbeigestrichen war. Uns hatte er nicht holen wollen. Und welche arme Seele auch immer heute Nacht in seine Umarmung sinken und sich verlieren würde, wir würden es nicht erfahren – auch nicht danach fragen.

„Ich habe so einen Moment schon sehr lange nicht mehr so intensiv gespürt“, flüsterte Franklin.

„Ich auch nicht. Es sind die Umstände.“

Er nickte und starrte in die tanzenden Flammen. „Es macht mir Angst, Mel.“

Ich legte behutsam meine Hände auf seine Schultern, atmete tief durch und stellte die Frage, die ich nicht stellen durfte.

„Möchtest du es von mir empfangen? Das Dunkle Blut? Nur ein wenig. Es würde deine Seelenqualen lindern.“

Er lachte bitter auf. „Oder sie verschlimmern.“ Er bereute die Härte seiner Stimme sofort, denn er ergriff meine Hand und drückte sie zärtlich. „Verzeih, du hast es gut gemeint. Ich danke dir, doch damit würde nur alles wieder von neuem beginnen. Und wofür? Willst du regelmäßig kommen und mich trinken lassen? Wohin soll das führen? Dass wir doch irgendwann die Beherrschung verlieren und eine Sünde begehen, mit der wir beide nicht leben wollen?“

Nun war ich es, die schluckte. Sinnlos, das Begehren zu leugnen, gleich wie gut wir es unter Kontrolle hatten. Aber der Dämon war eben immer wach und scherte sich nicht um Blutsbande.

Gemeinsam schlenderten wir durch die dunkle Parkanlage. Jenny war jetzt sechzehn und zu einer wunderschönen Frau herangewachsen. Sie war stark. Unglaublich stark. Ich konnte ihre Kraft fühlen, während ich neben ihr herschritt. Sie brannte in ihr, verzehrend und mächtig, doch Jenny hatte sie bemerkenswert gut unter Kontrolle. Ihre Fähigkeiten waren schon seit längerem voll ausgereift und sie beherrschte sie mit einer Leichtigkeit, die einen nur in Erstaunen versetzen konnte. Nicht mehr lange, und Franklin würde sie auf ihre erste Außenmission mitschicken. Er hatte gar keine andere Wahl, trotz ihrer Jugend. Sie war einfach zu qualifiziert, um sie noch länger in Gorlem Manor einzusperren.

Nach meiner Wandlung war sie eine der Ersten gewesen, die es erfahren hatten. Und sie war mir nicht einen einzigen Tag mit Angst begegnet. Sie fürchtete mich nicht, sie vertraute mir. So, wie sie auch schon Armand vertraut hatte. Wir waren keine Bedrohung für sie. Und wären wir es gewesen, hätte sie sich uns nicht kampflos ergeben müssen. Damals nicht und heute noch viel weniger. Aber so sicher sie vor meinem Durst war, so sicher war ich vor ihren Kräften.

Dennoch spürte ich auch die Sorge, die sie heute in ihrem Herzen trug. Der Grund, weshalb sie auf das Gespräch unter vier Augen gedrängt hatte. In Gorlem Manor gingen derzeit viel zu viele unheimliche Dinge vor, die niemand brauchen konnte. Leider bestand nicht immer die Möglichkeit, Einfluss auf den Zeitpunkt zu nehmen, an dem solche Dinge auftraten. Doch wovor mochte sie sich fürchten? Sie hatte mich beim Abendessen erneut eindringlich darum gebeten, allein mit mir reden zu können. Nun wanderten wir unter dem strahlenden Sternenhimmel und einem silbrigen Halbmond durch den Garten von Gorlem Manor. Was immer sie auf dem Herzen hatte, kam ihr nur schwer über die Lippen.

„Du wolltest doch sicher nicht das wunderschöne Mondlicht mit mir bewundern“, drängte ich sie sanft.

„Nein“, gestand sie und lächelte schüchtern wie eh und je. „Mir ist etwas passiert und ich weiß nicht, was ich jetzt tun soll. Ich weiß, ich kann dir vertrauen.“

„Natürlich kannst du das. Aber ich kann dir nicht mein Schweigen versprechen, wenn es etwas sein sollte, das Franklin wissen muss, das ist dir klar, oder?“

Sie nickte hektisch, presste die Lippen so fest aufeinander dass ich schon glaubte, sie wolle gar nicht mehr reden.

„Ich hatte eine Begegnung.“

Ich wusste, was sie meinte. Einen Kontakt zu etwas nicht Menschlichem.

„Es ist ein besonderer Kontakt“, erzählte sie weiter. „Es scheint … ein Geist zu sein.“

„Ein Geist?“

„Na ja, er kommt nur nachts zu mir. Und er benutzt Spiegel.“

Etwas im Klang ihrer Stimme beunruhigte mich und so blieb ich stehen. Ich fasste sie sanft bei den Schultern und drehte sie zu mir um.

„Erzähl mir alles.“

„Es war vor ein paar Monaten. Ich hab mich so einsam und überhaupt nicht ernst genommen gefühlt. Alle sehen nur das kleine Mädchen in mir, niemand nimmt mich als Frau war.“

Sie schob schmollend die Unterlippe vor, worüber ich lächeln musste. Haben wir das nicht alle durchgemacht?

„Da kam er dann eines nachts zu mir. Er ist durch den Spiegel gekommen und hat mich verstanden. Er hat leise zu mir gesprochen, mit einer wunderschönen Stimme. Er wusste genau, was in mir vorging und wonach ich mich gesehnt habe.“

Röte überzog ihre Wangen und ich sog zischend die Luft ein. Ein Inkubus?

„Jenny, wer ist er?"

Ich klang härter als beabsichtigt, doch da war eine böse kleine Schlange tief in mir, die mir zuflüsterte, dass es nicht beim Reden geblieben war und ich musste verdammt noch mal sofort wissen, was für ein Dämon sich ihr Vertrauen erschlichen hatte.

„Bitte sei nicht böse", bat sie mit Tränen in der Stimme.

„Ich bin nicht böse auf dich, Jenny, aber ich will wissen, wer er ist und was er mit dir gemacht hat."

„Warum? Wieso ist das so wichtig?"

„Liebes, vielleicht bist du dir nicht darüber im klaren, aber was du da erzählst, klingt sehr nach einem Inkubus. Nach einem Dämon, der mit deinen Sehnsüchten spielt. So ist es doch, oder?"

Sie hielt meinem eindringlichen Blick nicht stand, was Antwort genug war. „Er kann gar nicht böse sein, Mel. Er ist wunderschön. Und er hat so sanfte dunkle Augen. Fast so grün wie deine."

„Jenny, hör auf mir auszuweichen, das ist kein Spaß. Wie ist sein Name und hat er mit dir geschlafen?"

Sie nickte zögernd. „Er heißt Josh."

Josh war garantiert nicht sein richtiger Name. Aber das ließ sich bestimmt irgendwie rausfinden. Die Ashera war immerhin nicht ganz unbewandert auf diesem Gebiet. Göttin, musste eigentlich immer alles zusammen kommen? Ich hätte in Miami bleiben und Franklins Bitte wegen des paranormalen Untergrundes von vornherein ablehnen sollen. Doch tief in mir wusste ich, dass auch das nichts geändert hätte.

„Du musst es Franklin sagen."

Sie zögerte und ich spürte, da war noch mehr. Mühsam widerstand ich dem Impuls, in ihre Gedanken zu dringen, um zu lesen, was es war. Schließlich seufzte Jenny tief und schaute mich mit einem so verzweifelt unschuldigen Blick an, dass es mir das Herz zerriss.

„Mel, da ist noch was. Ich bin … schwanger."

Ich fragte nicht, ob es von einem anderen sein könnte. Schwanger! Von einem Inkubus!

Wie mächtig mochte dieser Dämon sein, wenn er sich in die Mauern des Ordens wagte und ihm gelang, jemanden mit Jennys Fähigkeiten so zu beeinflussen, dass sie sich nicht gegen ihn wehrte und sich auch noch in ihn verliebte? Denn das war sie, es stand ihr deutlich ins Gesicht geschrieben.

Wer mochte der Vater des Kindes sein? Wessen Samen hatte dieses Wesen geraubt, um Jenny zu schwängern und aus welchem Grund? Jemand aus dem Orden? Mir fiel niemand ein, der dafür in Frage gekommen wäre. Doch dass es nicht einfach nur irgendein Sterblicher war, lag auf der Hand, denn wozu sich die Mühe mit einem Feuerkind machen? Und wenn es dem Inkubus um die Lust allein gegangen wäre, hätte er sie nicht zu schwängern brauchen.

Es ging in erster Linie um ein Kind. Dass die Wahl auf Jenny gefallen war, deutete auf die Notwendigkeit einer besonders ausgeprägten und äußerst zerstörerischen Fähigkeit hin. Den Vater hatte er ganz sicher nach ähnlichen Kriterien ausgesucht. Dieses Kind durfte unter gar keinen Umständen geboren werden, denn wer oder was auch immer es gezeugt haben mochte, es würde das Kind nicht zum Guten nutzen wollen. Noch dazu durften wir bei dieser Konstellation nicht außer acht lassen, dass es womöglich auch hier eine Verbindung zu den Aktivitäten des paranormalen Untergrundes oder gar Sir Maxwell gab. Das Ergebnis blieb immer das gleiche.

Ich drehte Jenny den Rücken zu, unfähig sie anzusehen, während ich innerlich das Todesurteil über ihr Ungeborenes fällte.

„Jenny, du musst mit Franklin reden. Er wird wissen,

was zu tun ist. Und er muss etwas tun, denn das hier ist ganz sicher kein zufällig gezeugtes Kind."

„Aber verstehst du denn nicht, Mel?", fragte sie flehentlich. „Ich weiß, dass Franklin es töten wird. Deshalb habe ich mich an dich gewandt und nicht an ihn. Ich liebe dieses Kind. Und ich liebe seinen Vater."

Wütend fuhr ich wieder zu ihr herum und hätte ihr beinah instinktiv ins Gesicht geschlagen. Im letzten Moment beherrschte ich mich, nicht weniger erschrocken über diese Reaktion wie sie. Ängstlich wich sie zurück und ich verfluchte mich für diesen Ausrutscher.

„Verdammt, Jenny, du weißt nicht mal wer der Vater wirklich ist", fauchte ich. „Josh ist ein Dämon. Er kann keine Kinder zeugen. Der Samen ist nicht seiner. Und wer immer der Vater sein mag, er wird ähnliche Fähigkeiten haben wie du. Ebenso zerstörerische, wenn man sie nicht mit Bedacht kontrolliert. Dieses Kind wurde gezeugt, um zu vernichten. Du kannst nicht von mir erwarten, dass ich tatenlos zusehe."

Schluchzend glitt Jenny am Stamm herunter und kauerte sich zwischen die mächtigen Wurzeln des Baumes.

„Mel, bitte. Es ist mein Kind. Ich liebe es doch."

„Meine Göttin, Jenny, der Teufel allein weiß, was das für ein Kind sein wird. Vielleicht sogar das Seine höchstpersönlich. Du kannst es unmöglich zur Welt bringen."

Ihr Schluchzen wurde lauter. Die Tränen rannen über ihr schönes Gesicht und ihre großen blauen Augen blickten mich hilfesuchend an. Es zerriss mich, doch ich blieb unnachgiebig. Dankte in diesem Moment dem Dämon, der in mir lebte, dass er mein Herz zu Eis werden ließ, wenn ich es so wollte. Und doch hätte ich Jenny am liebsten schützend in die Arme genommen. Sie und das Kind. Dieses unschuldige, ungeborene Wesen. So es hoffentlich noch unschuldig war. Denn falls nicht, würde Jenny möglicherweise sterben, wenn wir versuchten, es zu töten.

„Komm jetzt", sagte ich sanfter und fasste sie bei den Schultern, um sie hochzuziehen. „Lass uns zu Franklin gehen und mit ihm reden. Dann sehen wir weiter."

Seit dem Vorfall mit Dracon duschte Warren mehrmals täglich, doch das Gefühl beschmutzt zu sein, wollte nicht weichen. Auch nicht mit literweise heißem Wasser, das ihm die Haut verbrühte, und Tonnen von Duschgel, das inzwischen ebenfalls mehr Schaden als Nutzen brachte.

Heiß wie das Wasser waren auch seine Tränen. Der Schmerz war dabei noch sein geringstes Problem, denn damit umzugehen, hatte man ihm beim MI5 beigebracht. Was ihn quälte war die Scham darüber, es genossen zu haben, in den Armen dieses Vampirs zum Höhepunkt gekommen zu sein, sich dieser Macht völlig ergeben zu haben. Da konnte Mel ihm noch so oft erzählen, wie wehrlos ein Mensch dagegen war, und dass er von Glück reden konnte, noch am Leben zu sein. Es gab Momente, da dachte er darüber nach, ob Sterben nicht die bessere Wahl gewesen wäre.

Warren lehnte sich an die Kacheln der Duschkabine, deren Kühle wie Balsam auf seiner malträtierten Haut wirkte. Wenn er die Augen schloss, stiegen unausweichlich die Bilder jener Nacht empor, spürte er wieder die starken Hände auf seinem Körper, fühlte wie Dracon … Ein Schwall von Übelkeit übermannte ihn. Mit einem kehligen Laut verlieh er seiner Qual Ausdruck. Wie konnte er sich so sehr nach etwas sehnen, das gleichzeitig einen derartigen Ekel auslöste?

„Quäl dich doch nicht so, mein Schöner."

Allein die Stimme jagte ihm einen Schauer durch den Leib. Warren riss entsetzt die Augen auf und sah Dracon in der offenen Tür der Dusche stehen. Jagdfieber glitzerte in seinen Augen und Warren wusste, die Beute war er.

Dracon war nackt, und sein Anblick raubte Warren

den Atem. Er trat zu ihm in die enge Kabine, schloss die Tür und hielt sich erst gar nicht mit Worten auf, sondern küsste Warren voller Leidenschaft, nahm seinen Mund in Besitz und presste den kühlen Leib gegen Warrens erhitzte Haut. Diesmal war das Stöhnen ein Laut des Wohlbehagens. Warren drängte sich näher an diese lindernde Kälte, diesen Körper, den er gleichermaßen begehrte und verfluchte.

Dracons leises Lachen ließ ihn zittern, er wagte kaum, die Augen wieder zu öffnen, tat es aber dennoch und versank in der dunklen, samtigen Tiefe der braunen Iris. Seine Hände glitten über die schwarzen Schlangen auf den muskulösen Armen bis zu ihren aufgesperrten Mäulern mit den langen Zähnen und der roten Zunge, die an den gepiercten Brustwarzen leckte. Wie von selbst beugte er sich vor und nahm behutsam einen der Ringe zwischen seine Lippen, saugte daran, was Dracon leise stöhnen ließ.

„So leicht vom Gegenteil zu überzeugen, ja?“, neckte der Vampir ihn mit leisem Spott.

Warren senkte beschämt den Blick, wollte ein Stück zurückweichen, doch die schmale Kabine ließ es nicht zu.

„Nein, nicht weglaufen“, tadelte Dracon und schürzte die Lippen. „Du hast ja keine Ahnung, was dir entgehen würde.“

Hilflos ballte Warren die Hände zu Fäusten, aber natürlich dachte er nicht daran, auf den Vampir loszugehen. Es wäre sinnlos gewesen, hätte ihn womöglich sogar aufgestachelt. Fügte er sich, war es vielleicht einfach schnell vorbei.

Mit dieser Erkenntnis wollte er sich bereits umdrehen, damit Dracon sich einfach nahm, was er wollte und dann wieder verschwand, doch der hielt ihn fest, tadelte mit dem Finger und schüttelte den Kopf.

„Wofür hältst du mich Warren? Und warum willst du

dich zur Hure erniedrigen für einen wie mich?"

Seine Lippen streiften zärtlich Warrens Wangen und Lider. Langsam und genüsslich arbeitete sich Dracon an seinem Körper entlang, saugte hier und da an der erhitzten Haut, erkundete mit seinen Händen die Muskelstränge. Er widmete sich ausgiebig den Brustwarzen und der Vertiefung des Nabels, umspielte das dunkle Nest zwischen Warrens Beinen, wo sich sein Glied bereits prall aufgerichtet hatte und einen eigenen Willen besaß.

Dracon ließ seine Finger an den Schenkeln hinuntergleiten, strich an deren Rückseite wieder empor und knetete Warrens Pobacken, fuhr schmeichelnd in den Spalt, bis er sich allmählich entspannte und die Begierde stärker wurde als seine Angst.

„So ist es gut", raunte Dracon, konzentrierte seine Aufmerksamkeit endlich auf den pulsierenden Schaft und Warren schrie leise auf, als er ihn in seinen Mund nahm, seine Lippen auf und ab gleiten ließ und erst zart, dann immer fester zu saugen begann.

Warren warf den Kopf in den Nacken, krallte seine Finger in die schwarzen Haare seines Liebhabers, die in feuchten Strähnen das wunderschöne Antlitz umschmeichelten. Getrieben von einer Lust, wie er sie nie zuvor empfunden hatte, ließ er sein Becken kreisen, penetrierte den gierigen Mund mit harten Stößen.

Dracon schien diese Rücksichtslosigkeit zu gefallen, denn er saugte immer heftiger, hieb Warren seine langen Nägel tief ins Fleisch und zog den begehrten Körper fest zu sich heran. Mit einem kehligen Laut ergab sich Warren der Sturmflut seiner Empfindungen und erreichte seinen Höhepunkt. Als er das nächste mal die Lippen des Vampirs auf den seinen spürte, schmeckte er eine Mischung aus Blut und Samen, die er willig schluckte. Kraftlos hing er in Dracons Armen, erschöpft von tiefer Befriedigung.

„Du wirst es sehr schnell lernen, Agent. Du bist für

diese Art von Lust geboren."

Er lächelte und in seinen braunen Augen schimmerte es sanft. Da war für einen kurzen Augenblick nichts Böses mehr an ihm und Warren erlaubte sich das Geständnis, dass er sich vorstellen konnte, diesen Mann zu lieben, wenn die Grausamkeit von ihm wich.

„Zeig mir, was du gelernt hast", bat Dracon ihn leise und zerzauste ihm liebevoll das kurze Haar.

Er übte keinen Druck aus, es war mehr eine Bitte, kein Befehl. Zögernd kam Warren der Aufforderung nach, kniete vor dem Vampir nieder, beinah wie vor einem Gott. Zaghaft hauchte er einige Küsse auf dessen aufgerichtetes Geschlecht, überwand sich schließlich, die rosige Eichel zum ersten Mal in den Mund zu nehmen. Etwas, was vor ein paar Wochen noch völlig undenkbar gewesen wäre. Er schmeckte Salz, fühlte die Haut weich wie Samt und glatt wie Marmor zwischen seinen Lippen. Es war ein seltsames Gefühl, doch gleichwohl unbeschreiblich schön. Er vertraut mir, redete er sich ein, obwohl ihm klar war, dass Dracon seine Gedanken schneller erfassen konnte als er selbst, und gewiss nicht hinnahm, falls er darüber nachdenken sollte, ihn zu verletzen. Aber daran verschwendete er keinen Gedanken. Seine Hände glitten über den festen Po, zogen Dracons Leib näher an sein Gesicht. Ein kaum hörbares Stöhnen entrang sich dessen Kehle und Warren durchrann ein Schauer unbeschreiblichen Glücks, dass seinem dämonischen Lover gefiel, was er tat.

„Mach weiter", bat Dracon mit rauer Stimme. „Mehr!"

Warren ließ seine Lippen am Schaft auf und ab gleiten, wie der Vampir es zuvor bei ihm getan hatte und saugte fest an der zarten Haut. Dracon hielt sich zurück, ließ sein Becken nur langsam kreisen, obwohl der Druck seiner Finger auf Warrens Schultern deutlich machte, wie viel Beherrschung es ihn kostete, nicht in die feuchte, warme Höhle hineinzustoßen. Es dauerte nicht lange, bis auch er seinen Höhepunkt erreichte und er ließ Warren keine Chance, den Kopf rechtzeitig wegzudrehen, sondern krallte seine Finger fest in den kurzen Schopf und stieß so tief zu, dass Warren würgen musste.

Der Samen schmeckte süß und aromatisch, wie ein erlesenes orientalisches Gewürz. Als er sich von ihm löste, sah er noch einige Tropfen an der Spitze schimmern und leckte sie gierig auf. Dracons zärtliches Lachen klang warm in seinem Herzen wider.

Schlagartig wurde Warren klar, welche Gedanken ihm da gerade durch den Kopf gingen. Wie sehr er die Leidenschaft zu diesem Geschöpf genoss. Ekel überkam ihn – mehr vor sich selbst als davor, was er gerade getan hatte. Dracon las es offenbar in seinen Gedanken, denn die Strafe folgte auf dem Fuße. Grob zog er Warren auf die Füße, riss ihn an sich und küsste ihn hart und verlangend auf den Mund. Die Zunge des Vampirs zwang seine Lippen auseinander und er würgte, als ein Schwall Blut seine Kehle hinunterlief. Nachdem Dracon ihn wieder freigab, hingen noch immer einige Tropfen der rubinroten Flüssigkeit auf seinen Lippen.

„Sei dankbar, dass du fähig bist, es zu genießen. Das mindert deine Pein“, zischte Dracon gefährlich leise. „Und es mindert meine Lust, dich zu quälen.“

Keuchend vor Schreck sog Warren Luft ein, doch Dracon war fort, verschwunden wie ein Geist. Durch die offene Tür der Duschkabine drang kühle Luft herein und ließ ihn frösteln.

Widerstandslos folgte Jenny mir, um Franklin, der sehr überrascht war, als ich ohne anzuklopfen zu so später Stunde mit ihr im Schlepptau sein Büro betrat, über die Geschehnisse mit dem geheimnisvollen Liebhaber und das Kind zu informieren. Er stellte keine Fragen – auch nicht, als er ihr tränennasses Gesicht sah. Er nahm mit uns in den Sesseln vor dem Kamin Platz und wartete, bis wir ihm die ganze Geschichte erzählt hatten, wobei mehr ich redete und Jenny eigentlich nur dann und wann nickte, während die Tränen ohne Unterlass über ihre Wangen strömten. Aufmerksam hörte Franklin zu, brummte von Zeit zu Zeit, sagte aber nichts. Erst als ich geendet hatte, ergriff er das Wort.

„Wie lange schon?"

„Mein Mondblut ist das vierte Mal ausgeblieben."

Es klang beinah ein bisschen trotzig. Dann war alles zu spät? Ich warf Franklin einen besorgten Blick zu, doch er blieb ungerührt.

„Du musst mir alles erzählen, was du über ihn weißt. Jede Einzelheit. Alles, woran du dich erinnern kannst. Wie er aussah, wie er sich benahm, was er sagte."

Sie gab ihm nicht viel mehr als mir und wir hatten beide das Gefühl, dass sie uns etwas verschwieg. Doch weiter in sie zu dringen brachte nichts, denn Jenny verschloss sich immer mehr, je weiter wir sie mit Fragen bedrängten. Also schickte Franklin sie schließlich auf ihr Zimmer zurück. Nachdem sie den Raum verlassen hatte, glitt mein Blick sorgenvoll zu ihm.

„Nun, was denkst du?", fragte er.

„Vermutlich dasselbe wie du. Jenny ist womöglich ebenfalls ein Teil von Sir Maxwells Plänen, wenn ich auch noch nicht weiß, welchen Part sie darin übernehmen soll. Doch es hat mit dem Kind zu tun. Und ist nicht ein Feuerkind prädestiniert dafür, das Tor zur Darkworld zu öffnen? Es lief doch schon einmal darauf hinaus, oder?"

„Ah, ich sehe, du hast ein wenig Hausaufgaben gemacht."

„Die offizielle Version, ja. Aber ich kenne die Bedeutung mancher Symbole in den Akten, Dad. Es gibt auch noch eine inoffizielle und da mir Jenny sehr am Herzen liegt, wüsste ich die gern."

Mein Vater rieb sich bedächtig das Kinn. „Ganz so wie

beim letzten Mal scheint es nicht zu sein, Mel."

„Sondern?"

„Nun, er muss eigentlich kein Kind zeugen. Wie du schon sagtest, haben manche Feuerkinder die Gabe, das Tor öffnen zu können. Feuerkinder der Wende. Mir war nur nicht klar, dass es diesmal welche gibt und ich verstehe immer noch nicht, warum er sie schwängerte. Es sei denn, Yrioneth braucht einen neuen Körper, um Darkworld zu verlassen."

Erschrocken keuchte ich auf. Jennys Kind war das Gefäß für einen Dämon? Diesen Dämon?

„Ich fürchte genau das. Dieser Sir Maxwell muss für Yrioneths verschwundenen Sohn Sylion arbeiten. Und der scheint sich in welcher Form auch immer unserer Jenny genähert zu haben, um seinem Vater einen Körper zu bereiten, in den er einkehren kann, wenn er Darkworld verlässt. Sylions Same, verbunden mit dem Feuerkind der zweiten Wende, ist Yrioneths Weg zurück in die Welt. Aber dass Jenny ein Feuerkind der Wende ist ..."

Verwirrt schüttelte ich den Kopf, weil ich nicht alles verstand, was mein Vater da von sich gab. Was um alles in der Welt war die zweite Wende?

„Oh, entschuldige. Das wirst du vermutlich noch nicht wissen. Es muss während der drohenden Ewigen Nacht vor drei Jahren passiert sein. Das zweite Mal, dass ein übersinnliches Wesen versuchte, die Ewige Nacht herbeizuführen. Und wenn so etwas geschieht, fällt der Todesschatten des Mondes – so nennt man seinen Schatten dann nämlich, weil er die Sonne töten wird – für einen Augenblick auf ein Feuerkind. Dieses Kind ist dann das Feuerkind der Wende. Vor neunhundert Jahren ist das schon einmal passiert. Diese Akte kennst du. Sylion hat damals versucht, das Mädchen zu finden, damit es das Tor öffnete. Aber es starb, ehe er sich ihm nähern konnte."

„Was ist passiert?"

„Nun, was mit vielen in dieser Zeit geschehen ist, die solch eine Begabung hatten. Es wurde als Hexe verbrannt."

„Oh!" Was hätte ich dazu sagen können? Meine Mutter war so gestorben. Und ich beinahe auch. Das war noch gar nicht so lange her.

„Wir sind nicht stolz darauf", betonte Franklin. Entsetzt und ungläubig blickte ich ihn an. „Aber der Orden wusste damals keinen anderen Weg."

„Ihr habt das Kind verbrannt?" Andere Zeiten, andere Sitten. Auch in den Reihen des Ordens. Ich schluckte hart. Die Vorstellung war zu grauenhaft. „Warum haben wir dann nicht direkt nach einem Feuerkind der Wende gesucht? Schon damals, meine ich. Dann hätten wir das hier vielleicht von Grund auf verhindern können oder wären zumindest vorbereitet gewesen?"

Franklin griff den Faden dankbar auf. „Wir wussten zunächst nicht, dass es wieder geschehen ist. Es gab keine Anzeichen dafür. Erst als er Malaida auf die Suche nach einem Kind mit dem Engelsmal schickte, wurde klar, dass es wieder eines gab. Und so wie es aussieht, hat Malaida ein solches Kind auch gefunden. Was noch verwirrender ist. Denn zwei Feuerkinder sind ungewöhnlich."

„Es ist ja auch die zweite Wende. Vielleicht hat es damit zu tun."

Aber mein Vater schüttelte den Kopf. „Darauf verlasse ich mich lieber nicht. Ich fürchte viel eher, dass es damals wie heute mehr als ein Kind gab. Es war vor neunhundert Jahren vielleicht nur Glück, eine Fügung des Schicksals, dass er kein weiteres fand."

Franklin musste das nicht genauer erklären. In früheren Zeiten waren sehr viele Menschen wegen solcher Fähigkeiten oder auch wegen eines sonderbaren Males getötet worden. Glückliche Fügung wollte ich dazu nicht sagen, auch wenn es die Welt vielleicht gerettet hatte.

„Ich werde umgehend Warren in den Aufzeichnungen aus dieser Epoche nachsehen lassen, ob es Hinweise auf Prozesse oder Morde an Frauen mit einem solchen Mal gab. Viel Hoffnung habe ich nicht, denn so was wurde eher selten aufgezeichnet. Das war zur Inquisition anders. Aber die erste Wende liegt weiter zurück."

Ich hatte meine Zweifel, ob Warren sich derzeit darauf konzentrieren konnte, schwieg aber.

Der Gesichtsausdruck meines Vaters sprach deutlich, dass dies noch nicht alles war, was ihm auf der Seele lastete.

„Sag mir nicht, dass es noch schlimmer kommen kann, Dad. Ich überlege gerade, wie wir Jenny retten können. Mein Bedarf an weiteren Hiobsbotschaften ist gedeckt."

Er rieb sich nachdenklich das Kinn. „Nun, ich überlege nur gerade, dass du ja Kaliste in Verdacht hast. Und ob Jennys Schwangerschaft damit irgendwie begründet werden kann."

Ein eisiger Knoten bildete sich in meinem Magen. „Wie meinst du das?"

„Wenn sie tatsächlich mit Sylion unter einer Decke steckt und ein eigenes Interesse an Darkworld hat, das nichts mit Yrioneth zu tun hat, dann braucht vielleicht sie das Kind. Als Opfer oder als Gefäß. Und gar nicht Sylion für seinen Vater."

„Ich kann mich geirrt haben, Dad. Immerhin spricht derzeit alles für Sylion und noch nichts für Kaliste." Es war eher eine Hoffnung mit der ich mich selbst beruhigen wollte.

„Oder eine Allianz zwischen beiden, bei der das Kind Sylions Lohn für ihre Hilfe ist. Wir dürfen nichts außer acht lassen. Yrioneth lebt, wozu sollte er einen neuen Körper brauchen? Da liegt die andere Variante näher."

Mein Herz zog sich zusammen aus Sorge um Jenny und die Rolle, die sie womöglich spielen sollte. Kalistes berechnende Handlungen waren mir bekannt, es sah für

Jenny nicht gut aus, wenn sie ihren Zweck erfüllt hatte.

„Das meinst du nicht wirklich."

„Kaliste hat uns schon mehrfach hinters Licht geführt. Vermutlich öfter, als wir wissen. Und wenn sie ebenfalls ein Interesse an Darkworld hat aber mit Sylion zusammenarbeitet, wird sie entweder auch ihn reinlegen, oder aber sie ist gar nicht an Yrioneths Wiedergeburt interessiert, sondern will aus einem anderen Grund nach Darkworld. Und dann könnte Jenny ihr Schlüssel sein, nicht Sylions. Überleg doch mal. Sylion hat viele Aufträge erteilt, die miteinander zusammengefügt werden können. Aber ein Baby passt da nicht rein. Und dieser Josh sieht auch keinem ähnlich, der bei eurem Treffen war. Wovon zwei übrigens inzwischen tot sind und eine verschwunden, wie ich dich erinnern darf."

„Außer Cyron Gowl. Dem Gestaltwandler."

Er stieß mit einem klagenden Laut die Luft aus. Das hatte er übersehen. Mir wurde übel. Es passte tatsächlich ins Bild. Dann war es zwar kein Inkubus und die Sache mit dem Spiegel eher merkwürdig, aber immerhin gingen wir auch davon aus, dass Jenny etwas verschwieg oder anders schilderte.

„Gehen wir von beidem aus und überlegen, was wir tun können."

Die Resignation in seiner Stimme traf mich tief. Die Furchen in seinem Gesicht wurden noch tiefer und seine Haut hatte eine aschfahle Färbung angenommen. Ich presste die Lippen zusammen, weil mir die Tränen kamen. So vielen meiner Lieben ging es schlecht und ich fühlte mich hilflos – machtlos, weil ich nicht wusste, wie ich ihnen helfen konnte. Ich atmete tief durch und schloss für einen Moment die Augen. Dann sah ich meinen Vater mit festem Blick an.

„Okay, konzentrieren wir uns auf das zentrale Problem. Wie können wir Jenny retten und das Kind …" Töten klang so schrecklich bei einem Ungeborenen.

„Ich weiß, was du meinst. Und grundsätzlich stimme ich dir zu. Aber parallel sollten wir auch herausfinden, was sie eventuell sonst noch planen. Wir können es uns in diesem Fall nicht erlauben, ihnen auch nur einen einzigen Schritt Vorsprung zu lassen."

„Dann solltest du über Luciens Angebot mit der Schriftrolle noch einmal ernsthaft nachdenken, Dad."

Er hörte das nicht gern, aber er wusste, ich hatte recht. Und aus eigenem Stolz vielleicht für unser Scheitern verantwortlich zu sein, lag nicht in seiner Natur. Also nickte er schließlich. Er würde Lucien heute noch anrufen und mit ihm verhandeln.

„Vielleicht …", begann ich, brach dann aber wieder ab. Hielt ich es wirklich für eine hilfreiche Unterstützung oder hatte ich einfach nur Sehnsucht nach ihm?

„Ja?"

Ich räusperte mich und entschied, meinem Vater die Entscheidung zu überlassen. „Lucien hat mir in Miami einen Neurochirurgen vorgestellt. Einen mit besonderen Fähigkeiten."

Franklin zog die Augenbrauen zusammen, weil er nicht verstand, worauf ich hinaus wollte und was ein Neurochirurg für uns tun könnte.

„Steven kann weit mehr als Neurologie, Dad. Er ist ein Vampir."

Ihr Leib schlotterte wie Espenlaub, sie bot ihre ganze Kraft auf, doch es reichte einfach nicht. Wie eine kleine böse Ratte nagte die einschmeichelnde dunkle Stimme an ihrer Selbstkontrolle. Fraß ein immer größeres Loch hinein.

Sie wollte nicht in den Spiegel schauen. Die andere lauerte dort. Sie wartete auf sie. Saugte sie aus. Ihre Lebenskraft. Jedes Mal ein bisschen mehr. Das wurde ihr in den letzten Tagen immer bewusster. Ihre dunkle Schwester gierte nach Josh, wollte ihm nahe sein, dabei war Jenny im Weg. Erst recht nach dem Gespräch im Garten und im Kaminzimmer, weil sie auf Franklin und Mel hören wollte. Sie hatten recht, das war ihr klar. Es war ein Dämon in ihr, sein Dämon. Und sie musste ihn loswerden. Aber es war auch ihr Kind, das sie bereits liebte, zu spüren glaubte. Und ihr zweites Ich sah das sowieso ganz anders. Diese andere Jenny hatte kaum noch etwas mit ihr gemein. Die zarte Blüte der Sehnsucht, die in Jenny unter Joshs Zärtlichkeiten erwacht war, verwandelte sich in Sünde, wand sich in Sehnsucht auf dem Bett, nackt, mit gespreizten Beinen, um auf ihn zu warten. Die Empfindungen, wenn er da war, in sie eindrang und sie ausfüllte, machten ihr inzwischen Angst. Sie wusste nicht mehr, wie viel noch sie selbst war und was in Wahrheit die Gefühle der anderen. Aber sie war nicht stark genug, sich zu wehren, ihn zurückzuweisen oder wenigstens für sich allein zu fordern. Auch er redete immer wieder auf sie ein, dass ihr Spiegelbild doch zu ihnen gehörte, ein Teil von ihr sei. Und die andere wollte immer mehr. Von seinem starken Körper, seinem herben Duft, seiner samtigen Stimme, der Lust, die er ihnen bereitete und auch mehr von Jennys Leib und Seele.

Ein Schüttelkrampf ließ sie erbeben. Sie wollte so gerne tun, was Franklin und Mel ihr rieten. Wollte ihnen alles erzählen, auch von der anderen Jenny, doch jedes Mal, wenn sich die Worte in ihrem Mund formten war es, als schnüre ihr jemand die Kehle zu und drohe sie zu ersticken, wenn sie etwas verriet. Sie hatte schon viel zuviel verraten, warnte sie eine innere Stimme. Salzige Tränen liefen über ihr Gesicht, brannten in ihren Augen. Es gab kein Entkommen mehr, dafür war sie viel zu weit gegangen. Hatte das Spiel der beiden zu lange mitgespielt, weil sie Josh nicht verlieren wollte. Er hatte sie verhext mit alledem, bis sie ihm hörig war. Jetzt kannte sie die Wahrheit, wollte alles versuchen, um ihn und seine Brut in ihr wieder loszuwerden, doch sie war abermals zu schwach. Seine böse Kraft längst zu stark in ihr, genährt von jedem Liebesakt und davon hatte es so viele gegeben in den letzten Wochen.

„Jenny! Jennifer! Komm her zu mir. Sei ein liebes Schwesterlein", lockte die Stimme vom Spiegel.

Wie von selbst bewegten sich Jennys Füße, ganz gleich wie sehr sie sich innerlich wehrte. Schritt für Schritt näherte sie sich dem Spiegel.

„Braves Kind."

Wenn ich die Augen nicht öffne, hat sie keine Macht über mich, dachte Jenny und kniff die Lider zusammen.

„Tsetsetse! Böses Schwesterherz. Gönnst mir keinen Blick. Sei nicht so. Komm, sieh doch mal, was ich dir mitgebracht hab."

Verführerische Süße schwamm in dieser Stimme mit, die mit jedem Wort dunkler wurde, bis sie klang wie die von Josh. Widerstrebend öffnete Jenny ihre Augen. Im Spiegel stand er, groß und breitschultrig, die grünen Augen sprühten Funken, und lächelte sie mit seinen weichen Lippen an. Diese Lippen, die jeden Zentimeter ihres Körper kannten und ihr ein Seufzen entlockten.

Die glatte Haut, die sich über die festen Muskeln seines Torsos spannte, schimmerte matt in unirdischem Licht. Er streckte eine Hand aus, sofort trat Jennys Ebenbild an seine Seite. Mit einem Laut des Erschreckens wich sie zurück, aber es gab kein Entkommen.

„Schau, mein süßes Kind. Deine Schwester ist ganz zauberhaft in ihrem neuen Kleid. Möchtest du es nicht auch gern tragen?"

Ein dunkelblaues Kleid aus tausend Lagen von Tüll. Mit glitzernden Steinen. Es sah aus wie der Nachthimmel. Eine Falle. Wie Süßigkeiten für ein Kind. Damit lockten böse Männer kleine Mädchen. Sie wusste es, wusste, dass sie nicht einmal daran denken durfte, es anzunehmen. Trotzdem streckte sie sehnsüchtig ihre

Hand nach diesem wunderschönen Märchenkleid aus.

„Ja, komm nur näher. Siehst du, wir sind dir nicht böse, dass du ein Geheimnis ausgeplaudert hast. Obwohl du da ein ganz unartiges Mädchen warst."

Er beobachtete, wie sie langsam näher kam, lächelte wissend und nickte. Da schnellte plötzlich der Arm ihres dunklen Zwillings aus dem Spiegel hervor und packte sie grob am Handgelenk. Jenny schrie auf vor Schmerz. Hitze zuckte durch sie hindurch wie ein Stromschlag. Ihr wurde schwindelig, ihr Blick verschwamm. Energisch schüttelte sie den Kopf, riss an der Hand, die sie festhielt, bis diese endlich los ließ. Als sie wieder klar sehen konnte, war rund um sie nur noch Kristall. Draußen vor dem Spiegel standen er und ihre dunkle Seelenschwester, doch sie war darin gefangen.

Seine Wut und Entschlossenheit hatten ihm wieder neuen Antrieb gegeben und so war es Armand gelungen, die Eisebene mit ihren erstarrten Grotesken hinter sich zu lassen. Eine Weile musste er sich durch ein neues Labyrinth kämpfen, bei dem er das Gefühl hatte, es ginge stetig bergab, bis seine Muskeln vor Überanstrengung zitterten. Ihm fehlte Nahrung, doch dieses neuerliche Labyrinth hatte einen Vorteil mitgebracht: Ratten! Unter Mobilisierung seiner verbliebenen Kräfte hatte er einige der Tiere gefangen und ihr bitteres, fahles Blut in seiner Kehle, das ihn wieder mit neuem Leben füllte, ihm ein erleichtertes Stöhnen entlockt. Eine karge Mahlzeit, die jedoch ihren Zweck erfüllte und ein Wonnegefühl in ihm auslöste, wie es nur lange Entbehrungen mit sich bringen. Die frische Energie berauschte ihn und die Wunde in seiner Seite begann sich endlich zu schließen. Vermutlich waren im ganzen gottverdammten Labyrinth nicht genug Ratten, um ihn wieder völlig herzustellen, doch sein neu gefasster Enthusiasmus und die kleinen Happen zeigten Wirkung. Ersteres verdankte er sicher auch Welodan. Mit der so gewonnenen Überzeugung, diese verdammte Folterkammer zu überstehen und Mel wiederzusehen, koste es was es wolle, schritt er um die nächste Ecke der verzweigten Gänge – und erstarrte.

Vor ihm lag eine riesige Halle, die sich über mindestens fünf Stockwerte ausbreitete, geteilt durch einzelne Böden, alles aus Glas. Ein Blick nach unten verhieß nichts Gutes. Es ging etliche Meter tief hinab. Davon abgesehen war es fraglich, wie stabil die Böden sein mochten, und was unter dem tiefstgelegenen auf ihn wartete, konnte er von hier nicht erkennen. Im schlimmsten Fall ein Sturz ins Bodenlose, bei dem er sich alle Knochen brach.

Misstrauisch setzte er einen Fuß auf den wenig vertrauenerweckenden Boden, doch der schien zu halten. Die Dunkelheit gewährte ihm nur wenige Meter Sicht in alle Richtungen und da alles durchsichtig war, fiel auch jede Schätzung schwer. Er machte schnell die Erfahrung, dass das Labyrinth sich vor ihm fortsetzte, wenn auch mit anderen Bedingungen.

Anfangs war es noch leicht. Er tastete sich Stück für Stück an den Glaswänden voran. An einigen Stellen wurde es heller und er sah in Nebengängen weitere Ratten umherhuschen, machte sich aber keine Gedanken, wie er wohl zu ihnen gelangen konnte. Zeit- und Kraftverschwendung. Es knirschte unter seinen Füßen. Hier und da bekam der Glasboden Risse, doch noch hielt das Gebilde. Er musste sich sehr vorsichtig bewegen. Aber der anfangs breite Gang wurde zusehends schmaler. Bizarre Glasfiguren wucherten in den Weg wie Rosenranken, scharfkantig und garstig. Sie schnitten ihm in die Arme, ins Gesicht, in die Schenkel. Blut tropfte bald schon zu Boden, machte die Glasfläche rutschig und es schwerer, voranzukommen und das Gewicht so auf dem Boden zu verteilen, dass er nicht brach. Armand beschlich das Gefühl, der zerbrechliche Grund wurde immer dünner.

Ein Zittern lief durch die Konstruktion, wuchs zu einem Beben an, bei dem Armand sich instinktiv an den Wänden abstützen wollte und sich die scharfen Kanten tief in die Handflächen trieb. Er keuchte, fluchte, und versuchte, sich auszubalancieren, doch die Erschütterungen hatten unangenehme Auswirkungen auf die fragile Beschaffenheit des Untergrundes. Quiekend suchten die Ratten das Weite, kannten sich wohl in den Gängen aus. Ihm fehlte diese Möglichkeit, er konnte nur hoffen und beten, dass diese gläserne Welt hielt.

Mit Erleichterung stellte er fest, wie die Erschütterungen nachließen. Bloß schnell hier raus, ehe es zu einem neuerlichen Vorfall dieser Art kam. Er arbeitete sich nun schneller voran, wagte aber nicht, die Füße allzu stark anzuheben, weil er jedes Mal, wenn er sie wieder absetzte, um die Stabilität des Bodens fürchtete. Doch auch dort ragten immer höhere Grate hervor und bald glitt er auf seinen blutverschmierten Sohlen aus, wurde gegen die engen Wände gedrückt, die schon fast einem Schacht glichen und ein Gefühl von Klaustrophobie auslösten, das er nicht gewohnt war. Die Luft war geschwängert vom Geruch seines Blutes, das auch wieder die Ratten anlockte. Warm floss es über seine Arme, seinen Brustkorb, bildete kleine Pfützen unter seinen Füßen. Trotzdem dachte er nicht daran aufzugeben. Er wollte sich kein weiteres Mal entmutigen lassen. Wütend trat er nach einem der pelzigen Geschöpfe, die um ihn herum wuselten und versuchten, ihm in die Zehen und Knöchel zu beißen, angestachelt vom Blutrausch, der sich ihrer bemächtigte. Der kleine Tierkörper flog nicht sehr weit, prallte gegen eine gläserne Wand, brachte sie zum Bersten und Armand warf sich gerade noch rechtzeitig auf die Knie, hob schützend die Arme über den Kopf, ehe ein Meer von rasiermesserscharfen Splittern auf ihn herab regnete. Wie Nadeln stachen und ritzten sie seine Haut, drangen unter die Überreste seiner Kleider und scheuerten immer neue Stellen seines Körpers auf. Er hielt den Atem an, um nicht hauchfeine Partikel zu inhalieren, die ihm die Lungenflügel zerfetzten. Erneut begann die Erde unter ihm zu beben, ausgelöst durch die Wucht des einstürzenden Glases. Von seiner Position dehnten sich breite Risse aus. Sekundenbruchteile überlegte er, ob er den Versuch wagen sollte, seine Flugfähigkeit wieder zu testen, doch da war es zu spät. Das Gebilde gab nach und Armand stürzte durch zwei Ebenen auf die unterste Fläche.

Er schlug hart auf, spürte feuchte Wärme, die unter ihm hervor sickerte und realisierte, dass dieser Boden aus unterschiedlich langen, spitz zulaufenden Scherben bestand, die ihm tief ins Fleisch schnitten, ihn regelrecht aufspießten. Er stöhnte vor Schmerz, wollte sich erheben, den gläsernen Dolchen und Nadeln entkommen, aber sein Blut machte den Boden so glitschig, dass er immer wieder wegrutschte und sich die tödlichen Kanten jedes Mal tiefer in ihn gruben.

Dieses Glas glich der Eifersucht, die in ihm gärte, seit er Melissa zu sich in die Nacht geholt hatte. Genauso beißend scharf, genauso durchschaubar. Es schnitt tief in sein Fleisch wie das Gefühl des Besitzenwollens in seine Seele, und mit einem Mal wurde ihm klar, wie kalt und schneidend es sich für Mel angefühlt haben musste. Seine Raserei, seine unkontrollierte Wut, die haltlosen Anschuldigungen. Bei Dracon, Lucien, Warren. Wie sehr musste er sie damit verletzt haben. Zweimal hatte er aus reiner Selbstsucht von ihr verlangt, ihre ureigenste Natur zu verleugnen. Als sie noch sterblich war, hatte er erwartet, dass sie seine Lust und Triebhaftigkeit bei der Jagd tolerierte, sogar die Leidenschaft, die er mit ihrem Vater teilte. Jetzt konnte er ihren Schmerz nachfühlen, den die harten Splitter symbolisierten, als wollten sie ihn läutern. Und dann, als sie endlich sein Wesen und seinen Hunger verstehen konnte, weil er ein Teil von ihr geworden war, verlangte er von ihr, dass sie dem entsagte und sich nur ihm allein hingab, weil er nicht willens war, sie mit irgendwem zu teilen. Wie sehr musste sie ihn lieben, dass sie ihre Gefühle unterdrückte und sich nach seinen Wünschen richtete? War sie wirklich glücklich damit? War er es? Sollte es nicht ihr Bestreben sein, den anderen glücklich zu machen, statt nur an sich selbst zu denken? Melissa hatte diese Bedingung voll und ganz erfüllt, mehr noch als das. Doch er hatte dies nicht wertgeschätzt, sondern vorausgesetzt. Wie schäbig, das konnte man kaum Liebe nennen. Aber er liebte sie.

Falls er hier jemals wieder rauskam und ihr gegenüberstand, wollte er ihr das mit aller Deutlichkeit sagen und zeigen. Ihr die Freiheit geben, die ihresgleichen brauchte, die freie Wahl, ob sie ihrer Natur entsagte oder ihr nachging. Das war er ihr schuldig. Mon Dieu, wie blind war er gewesen, dass er so wenig über ihre Gefühle nachdachte? Weder vor noch nach ihrer Wandlung.

Er fühlte seine Kräfte schwinden. Wenn er noch lange wartete, konnte er nicht einmal mehr aufstehen und dann gab es ohnehin keine Möglichkeit, seinen Fehler wieder gut zu machen. Er musste kämpfen! All seine Konzentration richtete sich auf das eine Ziel, seinen Körper in den Schwebezustand zu bringen, der einem Vampir für gewöhnlich eigen war, den er innerhalb dieser Mauern jedoch völlig verloren zu haben schien. Seine Muskeln spannten sich an, Schweiß mischte sich mit dem Blut, rann über seinen Körper, brannte in den Wunden. Armand rechnete jeden Moment damit, dass seine Sehnen reißen würden, so heftig zerrten die vampirischen Kräfte an ihm, die einfach nicht gehorchen wollten. Doch dann fühlte er endlich, wie sich sein geschundener Leib von den Folterinstrumenten löste, er ignorierte das hässliche Geräusch, mit dem die Spitzen aus ihm heraus glitten. Blendete aus, wie einige brachen und stecken blieben, auch wenn die Muskelfasern an den Rändern der Wunden heftig zuckten, die Scherben noch tiefer in seinen Leib zogen und ihm einen erneuten Schüttelkrampf bescherten. Ihm war klar, wenn er nur eine Sekunde seine Gedanken schweifen ließ, konnte er sich nicht halten. Es war so schon kaum möglich. Die Atmung setzte automatisch wieder ein, weil die Anstrengung ihren Tribut forderte. Der gläserne Staub brannte sich heiß in seine Lungenflügel, schnitt sie innerlich entzwei, ließ einzelne Bläschen und Alveolen zerplatzten wie Ballons. Es zog an ihm wie ein zusätzliches Gewicht, das ihn wieder zu Boden reißen wollte.

Mel, dachte er und stöhnte gequält. Ich werde es schaffen. Für dich. Sein Knurren ließ die gesamte Ebene erzittern, ließ das Glas gleich einem geisterhaften Chor klingeln, der sein Trommelfell zerteilen wollte.

Und dann sah er den Ausgang. Gut fünf Meter über ihm fiel durch einen Torbogen diffuses Licht auf ihn herab. Mit einer letzten Anstrengung und dem Brüllen eines Löwen stieß er seinen zerschundenen Körper in die Höhe, entkam der Folterkammer aus Glas.

Das Erlebnis mit Mels sadistischem Vampirfreund unter der Dusche hatte bleibende Spuren an Warren hinterlassen. Er konnte sich kaum noch auf seine Arbeit konzentrieren, wo es doch so wichtig war, alle Möglichkeiten in Betracht zu ziehen und mit Jennys Schwangerschaft hatten sich diese vervielfältigt. Eine Sisyphusarbeit, die seinen Verstand forderte, aber er musste immerzu an den Geschmack des Blutes denken und daran, was es ausgelöst hatte. In der Nacht hatten ihn wilde Träume heimgesucht, voll verbotener Leidenschaft. Er hungerte wie ein Süchtiger danach, den kostbaren Nektar noch einmal zu trinken, sich an den Rausch zu verlieren, den er auslöste. Diesmal sogar ein bisschen mehr. Wenn er Dracon darum bat, gab er ihm vielleicht mehr davon.

Mit einem Mal konnte er Franklin viel besser verstehen, wenn er davon sprach, was ihn mit Armand verbunden und wie fest ihn dieses teuflische Elixier im Griff hatte. Auch, dass immer eine gewisse Anziehungskraft zwischen ihm und Mel bestand, obwohl sie Vater und Tochter waren. Das Blut machte alles anders. Er hätte sich nie vorstellen können, einen Mann zu begehren, aber jetzt wollte er nichts sehnlicher, als wieder in Dracons Armen zu liegen und sich ihm zu unterwerfen.

„Ach, die übertreiben alle maßlos mit ihren schöngeistigen Ausreden. Im Grunde wollen wir alle nur einen guten Fick.“

Er wirbelte herum, Dracon saß ausgestreckt auf seinem Bett, die langen Beine in den dunklen Velourslederhosen elegant übereinandergeschlagen und die Hände auf dem Bauch gefaltet. Er grinste Warren an und zwinkerte ihm zu. Im Halbdunkel des Raumes wirkte sein dunklerer Teint fast menschlich.

„Ich sehe schon Dampfwolken über deinem hübschen Kopf aufsteigen. Lass uns ein bisschen Entspannung suchen." Sein Blick versprach viel, die Art wie er seinen Kopf zur Seite neigte und sich mit der Zunge über die Lippen strich noch mehr. „Zieh dich aus", verlangte er, ähnlich wie beim ersten Mal, und diesmal gehorchte Warren sofort. Er hatte Angst, wollte nicht noch ein gebrochenes Handgelenk. Aber er war auch begehrlich auf die Leidenschaft mit diesem Mann. Die Ekstase in seinen Armen.

Mit zitternden Fingern knöpfte er sein Hemd auf. Dracon beobachtete ihn dabei, lächelte und ein beunruhigender Schimmer trat in seine dunklen Augen. Als Warren Hemd und Hose abgelegt hatte und nackt vor ihm stand, bat er ihn leise und höflich, sich zu ihm aufs Bett zulegen, mit dem Gesicht nach unten. Gequält schloss Warren die Augen, denn was das bedeutete, war klar und versprach bei weitem nicht die Wonnen, die er gestern hatte erleben dürfen.

Trotzdem gehorchte er auch diesem Wunsch, glitt neben seinen dämonischen Geliebten und legte sich auf den Bauch. Er drehte den Kopf in die andere Richtung, um ihn nicht ansehen zu müssen. Erwartete, dass Dracon ihn sofort vergewaltigen und seine Lust an ihm stillen würde. Sein ganzer Körper spannte sich an in Erwartung des Schmerzes, der unweigerlich kommen musste. Das Bett bewegte sich, als Dracon aufstand und Warren hörte, wie er seine Kleider abstreifte, ehe er wieder neben ihn glitt. Seine Hände strichen federleicht über Warrens Rückgrat, massierten seinen Nacken, schoben sich in den Haaransatz und wanderten dann wieder zurück bis hinunter zu seinem Gesäß.

„Du bist wunderschön“, raunte er, während er zärtliche Küsse entlang der Wirbelsäule hauchte, die Spur mit seiner Zungenspitze nachfuhr und schließlich zart an der Haut saugte. Sie mit kleinen Bissen reizte, die Warren stöhnen und erschauern ließen.

Die Liebkosungen weckten widersprüchliche Gefühle in ihm, weil er nicht verstand, was Dracon vorhatte. Doch er war machtlos gegen die Lust, die sie in ihm auslösten. Wehrloser gegen diese sinnliche Zärtlichkeit als gegen Dracons körperliche Kraft.

Irgendwann drehte Dracon ihn auf den Rücken, küsste und streichelte seine Brust, seinen Bauch, leckte über die empfindliche Haut an der Innenseite seiner Schenkel. Warren schmolz dahin und ließ ihn stöhnend gewähren.

„Sag, dass du es willst“, bat er schließlich.

„Ich will es“, antwortete Warren ohne Zögern. Ein warmes Lachen war die Antwort.

„Ich auch, mein Schöner. Ich auch. Ich will dich in mir spüren.“

Warren versteifte sich, diese Vorstellung überstieg seine Bereitschaft. Es war eine Sache, sich hinzugeben und geschehen zu lassen, was er nicht ändern konnte, doch seinerseits einen Mann zu vögeln?

Dracon ging nicht weiter darauf ein. Seine Lippen glitten zu Warrens Hals, saugten an der Stelle, wo der Puls kräftig und schnell schlug, doch ohne ihn zu verletzen. Ein Zittern durchlief seinen Körper und er drängte seine Kehle fester an die kühlen Lippen.

Dracon zögerte es hinaus, saugte heftiger, presste seine Zunge gegen die empfindliche Haut und dann endlich gab er Warrens Drängen nach, senkte die Fangzähne in das feste Fleisch. Heißer, brennender Schmerz durchfuhr ihn wie ein Stromschlag.

Viel zu schnell gab der Vampir ihn wieder frei, ließ ihn

als Trost aber zumindest einige Tropfen seines kostbaren Blutes von seinen Lippen lecken.

„Und jetzt tu es“, raunte er wieder, als der Rausch Warren bereits erfasst hatte und ihn wehrlos machte. Ungestüm kam er der Aufforderung nach, drang tief in Dracon ein, zitternd und schweißüberströmt wie im Fieberwahn.

„Härter!“, forderte dieser und Warren stieß mit aller Kraft zu.

Seine Wut brach durch, auf den Vampir und sich selbst. Er wollte ihm wehtun, vergaß dabei, dass es genau das war, was Dracon wollte und liebte. Geschöpfe wie er lebten für Lust und Schmerz gleichermaßen. Je rücksichtsloser er ihn nahm, desto ekstatischer wand er sich in seiner Umarmung.

„Ja, gib mir deinen Hass. So ist gut“, feuerte er ihn an.

Es machte Warren rasend, dass es Dracon gefiel und er ihn nicht ebenso quälen konnte, wie er es mit ihm tat. Er packte ihn grob an den Schultern und trieb seinen Schaft noch tiefer hinein, bis er in einem alles versengenden Orgasmus kam und schließlich erschöpft über ihm zusammensackte.

Dracon hatte fast zeitgleich den Höhepunkt erreicht. Träge befreite er sich von Warren, drehte sich zu ihm um und übersäte ihn mit zärtlichen, sinnlichen Küssen. „Das hast du sehr gut gemacht, Warren. Du lernst noch schneller als ich dachte. Egal, was Mel sagt, du bist wie geschaffen für die Dunkelheit.“

Er wollte widersprechen, brachte jedoch kein Wort über die Lippen, weil Dracon sie mit einem leidenschaftlichen Kuss versiegelte.

Ich hatte Franklin nach einigen Tagen, in denen wir der Lösung von Jennys Problem keinen Schritt näher gekommen waren, überreden können, Stevens Meinung hinzuzuziehen und inzwischen gestand ich mir ein, dass ich mich vor allem auch danach sehnte, ihn wiederzusehen. Wir hatten nach dem Bluttausch kaum noch miteinander reden können, weil ich so schnell abgereist war.

Lucien war ebenfalls bereit zu kommen, denn er wollte die Schriftrolle lieber selbst vorbeibringen, statt dem menschlichen Postwesen zu vertrauen. Er und Steven würden gemeinsam anreisen, was mich zumindest dahingehend beruhigte, dass das Thema Fluch und Gesetzesbruch nicht mehr zur Debatte stand. Es hatte von nirgendwo Konsequenzen oder auch nur Fragen gegeben. Geradezu lächerlich, dass es über Jahrtausende die Vampire der Welt in Schach gehalten und die Geschwisterlinien rein gehalten hatte.

An Jenny war kein Herankommen mehr seit dem Gespräch im Garten. Sie schottete sich völlig ab, redete nicht mehr mit uns, verhielt sich sogar ausgesprochen störrisch und giftig. Franklin machte sich große Sorgen darüber, wenn er es mir gegenüber auch herunterspielte. Rührte es vom Kind her, oder war noch etwas anderes geschehen, nachdem wir sie in ihr Zimmer geschickt hatten? Wir wussten es nicht. Müde rieb ich mir die Augen.

„Vielleicht können wir mehr Klarheit finden, wenn die anderen da sind."

Ein Zittern durchlief meinen Vater, als er an Lucien und den ihm unbekannten Vampir-Chirurgen dachte. Mit meinem Lord hatte er schon einige unheimliche und nicht ganz erfreuliche Begegnungen. Steven kannte er nicht einmal, wusste nicht, ob er ihn fürchten musste, welcher Charakter sich in ihm verbarg. Ich hatte ihm erzählt, was zwischen uns geschehen war, um allen Peinlichkeiten und Missverständnissen vorzubeugen. Seine Meinung darüber war nicht gerade die Beste, versetzte sie ihn doch selbst im Nachhinein noch in eine unmenschliche Angst mein Leben betreffend. Die beiden wollten nach London kommen, sobald Steven den Urlaub genehmigt bekam. Da sah man wieder, was es hieß, ein normales Leben zu führen als Bluttrinker. Lucien hätte noch in derselben Nacht kommen können, so aber mussten wir ein paar Tage warten.

„Hoffentlich täuschst du dich nicht in diesem Dr. Blenders. Wenn er Jenny …"

Ich seufzte resigniert und versicherte ihm zum hundertsten Mal, dass Steven ihr kein Haar krümmen würde.

„Er hat den hippokratischen Eid geleistet und hält ihn in der Klinik sehr gut ein, wie sein Ruf beweist. Außerdem ist er der Einzige, der vielleicht noch Rat weiß. Wir haben zu dritt alle Schriften durchgesehen, die uns weiterhelfen könnten, ohne Erfolg. Wir tappen zu sehr im Dunkeln. Er ist womöglich Jennys letzte Hoffnung." Nach einer Pause fügte ich noch hinzu: „Und dir wird er auch nichts tun."

„Ja, ich weiß", sagte er.

Sein Lächeln war nicht echt. Der Schmerz, der mit einherging, nicht zu übersehen. Er tätschelte mir die Hand, sagte aber kein Wort mehr. Ich hörte, wie er leise die Tür hinter sich schloss. Dann war ich allein, das Feuer im Kamin nur noch ein Glühen. Ich saß in der Finsternis und rührte mich nicht, bis der Horizont sich grau färbte. Allein in meine Gedanken versunken und voller Angst vor morgen Nacht. Vor dem, was Steven als Diagnose stellen würde.

Der Wind bauschte die Vorhänge am Fenster zu gespenstischen Gebilden, strich tiefer ins Zimmer hinein und kühlte seine erhitzte Haut. Warren lag auf seinem Bett, bekleidet mit einer Boxershorts und einem T-Shirt. Ein Fieber wütete in ihm, er brauchte nicht zu fragen, woher es rührte. Das Blut. Dracon hatte ihn letzte Nacht viel trinken lassen. Es brannte in ihm und aller Ekel, den er empfunden haben mochte, ebenso wie der Schmerz in seinem Handgelenk, wurde bedeutungslos gegen dieses Fieber, diese Sehnsucht Dracons Hände wieder auf seinem Körper zu spüren, von seinen Lippen geküsst zu werden, seine Fänge tief in seiner Haut zu fühlen. Es war surreal. Er war nicht schwul, hatte noch nie erotisch an Männer gedacht und sich gehasst dafür, dass seine Gegenwehr nicht stärker ausgefallen war. Aber unter all das mischte sich ein anderes, stärkeres Gefühl.

Unruhig warf Warren den Kopf hin und her, Schweißperlen rannen über seinen Körper. Er fühlte die Blicke des Vampirs auf sich, für einen Moment noch Traum, im nächsten jedoch das Bewusstein von echter Nähe, bestätigt durch Dracons leises Lachen.

„Ah, mein Schöner, du erwartest mich bereits, nicht wahr?“

Das Bett gab ein wenig nach, als er sich neben Warren setzte, der kaum wagte, seine Augen zu öffnen. Als er es schließlich tat, war das sanfte Braun von Dracons Iris ganz nah, erschien im Dunkeln samtig-schwarz. Er lächelte, zeigte seine Fänge, küsste ihn dann sanft, saugte sich an seinen Lippen fest. Warren streckte stöhnend seine Hände nach ihm aus, ließ sie über den kühlen, festen Körper gleiten, bis sein Gegenüber sie grob fasste und festhielt. Er hielt den Atem an, erwartete neuerlichen Schmerz, vor allem in dem noch immer nicht ganz verheilten Bruch.

„Ich kann ihn in Sekunden heilen, wenn du willst“, lockte Dracon.

Dazu war mehr nötig, als die wenigen Schlucke Blut, die er ihm bisher gewährt hatte. Warren leckte sich in Erwartung dessen über die Lippen, obwohl es ihn gleichzeitig schauderte, dass er so sehr danach gierte. Langsam streckte Dracon sich neben ihm aus und er war wie gelähmt, konnte nicht zurückweichen, wollte auch nicht. Das brennende Verlangen, das er in Dracons Augen las, fand sein Gegenstück tief in ihm.

Dracon ließ seine Hände wieder los, was ihn erleichtert aufstöhnen ließ. Sanft umfasste der Drache sein Gesicht mit seinen Händen, rieb mit den Daumen über die leicht geöffneten Lippen. Dann beugte er sich vor und berührte Warrens Mund leicht mit dem seinen. Nur der Hauch eines Kusses, mehr nicht. Seine Zunge glitt vor, neckte den geschwungenen Amorbogen und Warren stöhnte leise auf. Dracons Lippen waren weich, wie sie sich auf seine pressten, er schmeckte süß und verlockend. Wohlige Schauer rannen durch ihn, als sich die kühlen Finger unter sein Shirt stahlen und die Konturen seiner Muskeln nachzeichneten, sich langsam zu den Brustwarzen hinauf arbeiteten, sie umspielten und umkreisten. Dracon nahm eine der Knospen durch den Stoff in den Mund, saugte daran und rieb seine Zunge darüber, bis sie sich unter seinen Liebkosungen erhärtete. Warren krallte sich in der schwarzen Mähne des anderen fest, bog ihm seinen Körper entgegen. Er bestand nur noch aus Lust und Verlangen, sein Schwanz zeichnete sich bereits deutlich unter dem Stoff der Shorts ab und Dracon zögerte nicht, ihm die gleiche Aufmerksamkeit zu widmen, wie zuvor der Brustwarze. Es war teils Alptraum, teils unbeschreibliche Wonne, die ihn sich winden ließ unter den immer fordernder werdenden Liebkosungen. Er keuchte, als Dracon den Bund der Hose ein Stück hinunterschob und seine Zungespitze über die nackte Eichel gleiten ließ. Seine Lippen umschlossen die Spitze erstaunlich warm diesmal, glitten ein Stück am Schaft hinab. Warren glaubte, vor Lust vergehen zu müssen. Der sündige Hauch den dieses Liebesspiel in seinen Augen hatte, machte es umso reizvoller. Er hob seinen Kopf und sah Dracon dabei zu, wie er sein Geschlecht neckte und reizte, ihm dabei ohne jede Scheu in die Augen sah.

Doch ehe Warren Erlösung fand, zog sich der Vampir zurück. Einige Schritte vom Bett entfernt blieb er stehen und betrachtete ihn abwartend. Zögernd stand er ebenfalls auf, ließ sich dann in die ausgebreiteten Arme seines dämonischen Geliebten sinken und atmete seine Aura tief in sich ein.

Dracon barg Warrens Gesicht an seinem Hals und strich ihm beruhigend über den Rücken, was ihn abermals erschauern ließ.

„Schließ deine Augen, mein Schöner. Ich will mit dir allein sein. Vertrau mir, denn wir reisen jetzt durch die Nacht. Es wird dein Schaden nicht sein."

Eine leise Stimme wisperte ihm zu, dass er sich auf keinen Fall darauf einlassen durfte, das Engelchen auf seiner Schulter. Doch der Teufel der Lust war stärker. Wortlos umarmte er Dracon und schmiegte sich an seinen sehnigen Leib. Er wollte ihn spüren, wollte ganz und gar ihm gehören. Mehr noch als beim letzten Mal. Wie weit hatte er ihn gebracht? Er begriff sie nicht, die Magie, die dem innewohnte, auch wenn Mel versucht hatte, sie ihm zu erklären. Das hier überstieg seinen Verstand. Wenn der Teufel nur annähernd so war wie Dracon, war ihm klar, warum die Menschen so leicht seiner Verführung erlagen, wider besseren Wissens. Es glich einem Rausch, stärker als jede irdische Droge. Sein Verstand gehorchte ihm nicht mehr, erlag diesem Sehnen, das sein Herz anschwellen und schneller schlagen ließ. Zugleich aber wie ein Schwert durch seine Eingeweide schnitt, wenn es keine Erfüllung erfuhr.

„Ich will dich. Du weißt, dass es so ist. Und du empfindest dasselbe", raunte Dracon ihm zu. „Du kannst es kaum erwarten in meinen Armen zu liegen, mich zu spüren, dich mir zu ergeben."

Er wollte es abstreiten und doch wieder nicht. Sein Körper hätte seine Worte ohnehin Lügen gestraft. Er stand in Flammen, zitterte vor Verlangen und reagierte auf jede noch so leichte Berührung, jeden Kuss, jedes Wort. Dracon berauschte ihn, nährte all seine Sinne gleichzeitig, gab ihm mehr, als er jemals in den Armen einer sterblichen Partnerin gefunden hatte. Er fragte nicht einmal, wohin Dracon ihn entführt hatte, war sich kaum sicher, dass sie Gorlem Manor verlassen hatten. Sein ganzen Denken und Fühlen war auf diesen überirdischen Mann fixiert, der jetzt seine Kleider abstreifte, bis er nackt in seiner ganzen Pracht vor ihm stand. Er liebte diesen sehnigen, schlanken Leib, die samtenen Augen, die in seine Seele blickten, das rauchige Timbre der einlullenden Stimme. Er war ihm verfallen, diesem dunklen Engel, der ihn mit glühender Pein wie mit süßen Qualen gleichermaßen zu foltern verstand.

„Du willst diesen Schmerz, nicht wahr? Du sehnst dich danach."

„Ja."

Seine Stimme war nur ein Keuchen, klang fremd in seinen Ohren. Er ließ den Blick über die schwarzen tätowierten Schlangen gleiten, die ihm so lebendig erschienen wie echte. Zaghaft berührten seine Finger die glatte Haut, fuhren die schuppigen Leiber nach, zogen sacht an den Ringen in den Brustwarzen, bis der Vampir leise und wohlig stöhnte. Warrens Körper war über die Maßen empfänglich für Dracons Reize, doch der spielte mit ihm, hielt ihn immer weiter hin. Er drängte seinen Hintern gegen die Lenden seines unsterblichen Gespielen, spürte, wie der sich an ihm rieb, ihn aber doch nicht nahm. Aus vielen kleinen Bissen trank er nur wenig Blut, gab Warren jedoch wie versprochen genug vom verbotenen Nektar, um den angebrochenen Knochen binnen Sekunden völlig auszuheilen. Ein merkwürdiges Gefühl, das unter seiner Haut prickelte und pulsierte.

Er war bereit, sich sogar so weit zu erniedrigen, dass er darum bettelte, ihn endlich in sich zu spüren. Seine gierigen Hände hinterließen Spuren auf der bronzenen Haut, die so ungewöhnlich für einen Unsterblichen war. Seine Lippen lechzten danach, in Besitz genommen zu werden.

Er bog den Kopf weit zurück, präsentierte seine verletzliche Kehle und endlich gab Dracon nach. Der Schmerz erschreckte ihn, so tief stießen die Fänge diesmal zu, gleichzeitig mit dem samtenen Speer, der ihn teilte und ausfüllte. Es flimmerte vor seinen Augen, je größer der Blutverlust wurde, doch das Gefühl des Saugens an seiner Kehle war zu schön, um sich davon lösen zu wollen. Die bunten Lichter wurden dichter, verschwammen ineinander und verwandelten sich schließlich zu schwarzem Nebel, der seinen Verstand einhüllte und in den Wonnen eines Höhepunktes sein Bewusstsein völlig auslöschte.

Ich hasste dieses Gefühl, das wie eine Ratte in meinem Inneren nagte, sich durch meinen Körper schlängelte und mich vergiftete. Warum sandte Dracon mir eine Nachricht? Noch dazu über einen Eilboten mitten in der Nacht. Ich war froh, dass Franklin längst schlief und Maurice bei weitem nicht so gründlich vorging, wie John es immer getan hatte. So erreichte mich der Zettel ungelesen von fremden Augen.

„Komm in meine Wohnung. Du weißt ja noch, wo das ist. Ich habe ein Geschenk für dich."

Dieser falsche Hund. Angst saß mir im Nacken und schloss ihre kalte Faust um mein Herz. Warrens Zimmer hatte ich leer vorgefunden, die Laken zerwühlt. Falls er sein Wort gebrochen und ihn verwandelt hatte, pfiff ich auf das Amulett mit seinem Haar und seinem Blut, das an meinem Hals baumelte. Wie eine Furie schoss ich durch den nächtlichen Himmel über London, ohne darauf zu achten, was manche Passanten sahen oder wofür sie es hielten. Selbst Schuld, wenn man zu so später Stunde noch unterwegs war. Meine Gedanken kreisten einzig um Warren.

Als ich in Dracons Wohnung ankam, fand ich meine

schlimmsten Befürchtungen bestätigt. Es glich einem Schlag in die Magengrube, der mich beinah in die Knie zwang. Schon die selbstgefällige Art mit der er mich hereinbat, ließ nichts Gutes ahnen. Er stellte seinen nackten Oberkörper mit den durchstochenen Brustwarzen und den beiden schwarzen tätowierten Schlangen bewusst zur Schau, wartete, wie ich auf ihn reagierte. Offenbar enttäuschte ihn, als ich seine Aufmachung schlicht übersah, doch meine Sinne waren mit anderem beschäftigt. Ich roch den herben Moschus erlebter Lust und hörte den vertrauten Klang von Warrens Herzen.

Ich stürzte ins Schlafzimmer, verharrte in der Tür, unterdrückte mühsam ein Keuchen. Was hatte dieser verdammte Mistkerl getan? Das Laken war mit Blut getränkt, Warrens Körper ruhte kraft- und leblos darauf. Für einen Moment glaubte ich, er sei tot, aber sein Herzschlag erinnerte mich daran, dass er noch lebte. Nein, er schwebte an der Grenze zwischen Leben und Tod. Die Erkenntnis traf mich eiskalt, dass hier nur noch eine Frage im Raum schwebte: sterben oder verwandeln.

„Was hast du getan?", fragte ich und erst die Tränen in meiner Stimme machten mir bewusst, dass ich weinte.

Dracon ging nicht auf meine Frage ein. Er war so gefangen in seinen eigenen Plänen und seinem Stolz sie in die Tat umgesetzt zu haben, dass er alles andere ausblendete.

„Er ist perfekt. Schön und sinnlich mit dem Instinkt eines Killers. Findest du nicht, es war naheliegend?"

Seine rauchige Stimme umgarnte meinen ohnehin benommenen Verstand, der sich beharrlich weigerte, zu glauben, was hier geschehen war.

„Du hast mir versprochen, ihn nicht zu verwandeln. Es geschworen!"

Er grinste breit. „Und ich halte immer mein Wort, Süße. Ich werde ihn nicht verwandeln, das machst du."

Der nächste Hieb, nicht weniger schmerzhaft als die

vorangegangenen. Was sollte ich tun?

„Dracon, ich kann ihn doch nicht verwandeln! Ihn zur Hölle verdammen. Er ist nicht geschaffen dafür und das muss doch auch dir klar sein!“

Aber er schüttelte beharrlich den Kopf. „Er war ein Agent. Warum sollte er mit dem Töten Probleme haben? Und er war doch eh immer geil auf dich. Sieh es als angemessene Entschädigung dafür, dass du diesen Vamp aus Miami ihm vorgezogen hast. Du hast ihm das Herz gebrochen, Babe, also spiel nicht den Unschuldsengel.“

Wütend fuhr ich zu ihm herum und zog ihm meine Krallen durchs Gesicht. Er schrie auf, wischte sich mit dem Handrücken das Blut von der Wange und warf mir dabei einen Blick zu, als habe ich den Verstand verloren.

„Bist du verrückt geworden?“

„Nicht verrückter als du. Ich sollte dich in Stücke reißen. Am besten hätte ich dich damals gleich Lucien überlassen, dann wäre das hier nicht passiert.“

Beleidigt rieb er sich die schmerzenden Schnitte, die bereits verheilten. „Ich dachte, du würdest dich freuen. Etwas, das uns verbindet, ohne dass ich weiter versuche, dich in die Kiste zu kriegen. Aber mit deiner Treue ist es eh nicht mehr weit her, denn Händchen gehalten hast du mit dem Kerl nicht.“

Ich warf ihm einen bösen Blick zu, beugte mich dann über Warren und schaute, ob vielleicht noch eine winzige Chance bestand, dass er sterblich blieb. Eine Bluttransfusion vielleicht, aber wie erklärte ich diesen massiven Blutverlust ohne größere äußere Verletzungen in einer Klinik? Abgesehen von den zwei Einstichwunden an seiner Kehle. Aber wenn ich das Wort Vampir in den Mund nahm, wiesen sie mich bestimmt gleich in eine Anstalt ein. Im Ordenshaus waren wir nicht für so etwas ausgerüstet, ich überlegte fieberhaft, was sonst noch blieb und machte mir einen gedanklichen Vermerk, dass eine ordenseigene Blutbank in Anbetracht der wachsenden Vampirdichte innerhalb der Ashera keine schlechte Idee wäre.

„Wenn du ihm dein Blut gibst, wird er stark genug. Du hast uraltes Blut in dir, mächtiger noch als meins. Sogar aus beiden Linien." Dracon klang jetzt wieder einschmeichelnd, streichelte meinen Arm und spielte mit einer Strähne meines Haares. „Überleg nur, er wäre dann unser Sohn. Wir werden eine richtige kleine Familie."

Meine Kiefer knackten in dem vergeblichen Versuch, meine Wut zu zügeln, doch was nutzte es schon, ihn zu töten, nachdem das Unheil bereits vor mir lag?

Warren war zu schwach, das wusste ich. Aber sterben lassen konnte ich ihn nicht, das hätte ich mir nie verziehen. Dieser verdammte Mistkerl hatte mich in eine Lage gebracht, aus der es für mich mit meinem verfluchten menschlichen Gewissen keinen Ausweg gab.

Im Stillen hoffte ich, dass ich mich irrte, noch zu unerfahren war und von der schlechten Erfahrung mit Ivanka verunsichert. Dass Warren es doch schaffen konnte und Dracon dieses eine Mal nicht leichtfertig nur seinen Kopf hatte durchsetzen wollen, wie es üblicherweise seine Art war. Entschlossen biss ich in mein Handgelenk und presste es auf Warrens Mund, hob seinen Kopf an, damit ihm das Schlucken leichter fiel. Mit jedem Schlag wurde sein Herz kräftiger und schließlich saugte er fest an meinem Puls, kämpfte sich Stück für Stück ins Leben zurück.

Doch was für ein Leben? Er hätte das nie gewollt.

Und was Franklin dazu sagen mochte, daran dachte ich besser nicht.

Der Wandlungsschmerz riss ihn von mir fort. Mit Genugtuung sagte ich mir, dass Dracon hinterher den Dreck wegräumen konnte, der von Warrens Sterblichkeit noch blieb. Er hatte auch nichts anderes verdient. Ich hielt meinen Freund im Arm, bis die Wellen der Qual flacher wurden, sein Atem ruhiger und er in einen erschöpften Schlummer fiel. Anders als ich oder Ivanka kostete ihn die Wandlung zu viel Kraft und raubte ihm das Bewusstsein. Das allein zeigte sein Defizit. Er war nicht wie wir, nicht stark genug, doch ich kämpfte die Zweifel nieder, die niemandem halfen. Dracon hatte auch überlebt, wenn ich der Welt auch alles wünschte, aber keinen zweiten Vampir wie ihn.

„Er kann bei mir bleiben", schaltete er sich in diesem Moment wie aufs Stichwort ein.

„Wozu?", schnappte ich. „Wir können ohnehin nicht verbergen, dass es geschehen ist. Je eher Franklin es erfährt, desto besser. Warren ist und bleibt ein Kind der Ashera. Er wird weiterhin in Gorlem Manor leben, das ist sein Zuhause." Ich machte eine kurze Pause, seufzte tief und fuhr dann fort. „Ich werde Franklin sagen, dass ich es allein war. Das macht es einfacher für ihn."

Dracon verzog spöttisch die Lippen, widersprach aber nicht. Seine Selbstzufriedenheit ekelte mich an. Ein wirklich stolzer Vater, der mir Galle in die Kehle trieb.

„Verschwinde", sagte ich betont ruhig, obwohl es in mir brodelte wie in einem Hexenkessel.

„Was?" Verdutzt schaute er mich an. Zumindest war das Grinsen von seinen Lippen verschwunden.

„Hau ab, Dracon, oder ich vergesse mich. Hiermit bist du einen Schritt zu weit gegangen. Das verzeihe ich dir nie."

Er schnaubte ungehalten. „Du hast ihn verwandelt, nicht ich."

„Du hast mir keine Wahl gelassen! Tod oder Verdammnis. Ich weiß nicht, welche Wahl die bessere gewesen wäre, nun ist es geschehen. Aber komm mir nie wieder unter die Augen, hörst du? Du bringst nur Leid. Lucien hast du verlassen, obwohl er dich wahrhaft liebte und dir alles gab, was du wolltest. Deine Gefährten hast du getötet, sobald du ihrer überdrüssig wurdest, nur damit sie sich keinem anderen zuwenden. Leonardo hast du ermordet aus Sorge, dass er den Platz bei Lucien einnehmen könnte, den du nicht haben wolltest. Und jetzt hast du Warren zu einem Schicksal verdammt, das er vermutlich nicht ertragen kann. Du taugst zu gar nichts. Denkst nur an dich. Du bist einfach nicht fähig, etwas für andere zu tun. Auf etwas zu verzichten, damit es anderen gut geht. Du bist und bleibst ein egoistischer Bastard."

Nur seine bebenden Lippen und die zuckenden Wangenknochen verrieten, was in ihm vorging. Doch es war mir gleich. Ich nahm Warren in den Arm, der noch immer tief und fest schlief, und verließ Dracon in der Hoffnung, dass er tatsächlich nie wieder meinen Weg kreuzte. Die Enttäuschung über seine List und Berechnung ließ eine Leere in mir zurück, von der ich nicht wusste, wie ich sie wieder füllen sollte. Mir wurde klar, wie viel mir der Drache trotz all seiner Taten bedeutet hatte, wie nahe wir uns standen. Nicht nur wegen dem Blut, mit dem Kaliste uns aneinander band. Doch das war jetzt vorbei. Diesmal gab es keine Rechtfertigung mehr für sein Handeln. Ich hatte den Glauben, den ich an ihn gewonnen hatte, durch Warrens Wandlung verloren.

Franklin war schockiert, als ich ihn mit knappen Worten davon in Kenntnis setzte, dass auch Warren nun zu den Unsterblichen gehörte. Wenigstens bestand er nicht darauf, ihn sofort zu sehen, weil die Dämmerung schon nahte und er noch immer schlief. Ich versprach meinem Vater, ihn zu ihm zu bringen, sobald wir in der folgenden Nacht von der Jagd zurückkamen. Es tat mir leid, ihn mit diesem Wissen ohne nähere Erklärungen allein lassen zu müssen, aber Warren war jetzt wichtiger. Ich wollte ihn nicht lange allein lassen, hatte noch keine genaue Vorstellung wie er sich verhielt, sobald er erwachte. Mein Quartier im Keller genügte für uns beide, morgen sahen wir dann weiter. Ich nahm ihn fest in die

Arme, bettete sein Haupt auf meiner Brust und streichelte durch sein Haar, bis auch mich die Starre des Tages überfiel. Hoffentlich hatte Dracon London bereits verlassen, wenn wir uns wieder erhoben. Mir war lieber, er zog sich kampflos zurück. Eine Konfrontation zwischen ihm und mir hätte Warren nicht gut getan.

Bei meinem Erwachen zeigte mein Dunkler Sohn noch immer kein Zeichen, dass er wieder zu sich kam. Ich begann, mir Sorgen zu machen, war hin und her gerissen, ob ich bei ihm warten oder nach oben zu Franklin gehen sollte. Da ich seine Unruhe bis hier unten in den Keller spürte, entschied ich, wenigstens einem von beiden etwas Erleichterung zu verschaffen.

Mein Vater wirkte nachdenklich in seinem Sessel vor dem Kamin. Die Ellbogen auf die Knie gestützt, das Kinn auf die gefalteten Hände starrte er in die Flammen. Ich nahm ihm gegenüber Platz, sprach ihn jedoch nicht an. Was hätte ich auch sagen sollen.

„Dann ist es jetzt also geschehen“, sagte Franklin schließlich leise.

„Ja.“

„Ich hatte es fast schon erwartet. Er liebte dich. Aber ich hatte gehofft, du …“ Als ich hörbar die Luft einsog, blickte er mich sorgenvoll an. „Du bist doch sein Schöpfer, oder?“

Ich seufzte innerlich und rang um Worte, vor allem aber um Selbstbeherrschung. Wie sollte ich das erklären? Den ganzen Tag über hatte es mich gequält, dass ich Franklin einerseits nicht belügen, andererseits aber auch nicht mit einem Wissen quälen wollte, das ihm womöglich wie ein glühender Dolch das Herz zerschnitt. Warren bedeutete ihm viel, kaum weniger als ein leiblicher Sohn. Meine Loyalität ihm gegenüber war größer als zu Dracon. Und wenn Warren erst erwachte und ihm selbst die Wahrheit sagte, würde meine Lüge nur umso schwerer wiegen.

„Ja, ich gab ihm mein Blut", sagte ich und hoffte, Franklin würde nicht weiter fragen. Mit Worten tat er es auch nicht, doch seinem bohrenden Blick hielt ich aufgrund meines schlechten Gewissens nicht stand.

„Ich hatte keine Wahl, außer ihn sterben zu lassen. Dracon hatte schon zu viel von ihm getrunken."

Zuerst schluckte Franklin mühsam, dann wich die Farbe aus seinem Gesicht. Seine Hände fingen an zu zittern und er sackte förmlich in sich zusammen. Mit weit aufgerissenen Augen starrte er mich an.

„O meine Göttin! Du warst dabei? Und du hast das zugelassen?"

Ich schüttelte den Kopf. „Als Dracon mir letzte Nacht eine Nachricht zukommen ließ, dass er mich in seiner Wohnung sehen will, ahnte ich es, darum beeilte ich mich, zu ihm zu kommen. Doch es war bereits zu spät."

„Woher kam deine Ahnung?", fragte er stockend.

Meine Schuldgefühle fraßen mich auf, ich konnte fast fühlen, wie sie mit scharfen Zähnen an meinem Gewissen nagten.

„Warren hat mir gesagt, woher der Bruch des Handgelenkes wirklich stammte. Aber da er es dir nicht sagen wollte, hielt ich es nicht für mein Recht, es an seiner Statt zu tun."

„Und wegen deinem Schweigen ist er jetzt …"

Wie schon bei mir zu Anfang, kam das Wort Vampir auch jetzt nicht über seine Lippen. Ich widersprach ihm nicht, erhob mich nur zum Gehen. Neben ihm blieb ich noch einmal stehen.

„Es wäre nicht zu verhindern gewesen. Ich kenne Dracon zu gut. So war es die beste Lösung. Wenigstens ist er nicht sein Dunkler Sohn. Ich werde auf ihn acht geben, so gut ich kann."

Franklin lächelte bitter, und die gleiche Bitterkeit, die ich in seinem Lächeln sah, spürte ich auch in meiner Seele.

Ich traf in dieser Nacht die Entscheidung, Dracon auf keinen Fall mehr in Warrens Nähe zu lassen, was auch immer ich dafür tun musste. Vielleicht war das ein Fehler. Möglicherweise wäre Warren in Dracons Obhut besser aufgehoben gewesen. Er hätte ihn anders geformt, skrupelloser gemacht. Doch ich brachte es einfach nicht über mich und hoffte, dass mit Liebe und Zuneigung seine Seele weniger Schaden nahm als die des Drachens.

Warren war gerade erwacht, als ich den Kellerraum betrat. Ich begrüßte das, denn Lucien und Steven kamen sicherlich bald. Vorher musste er unbedingt noch auf die Jagd und ich wollte ihn auf keinen Fall allein gehen lassen beim ersten Mal.

„Wie fühlst du dich?"

Er zögerte, suchte nach Worten. „Fremd", sagte er dann vorsichtig. Er schauderte bei dem Gedanken an das, was letzte Nacht geschehen war. Weil es nicht freiwillig geschehen war, tat er sich schwer. Doch ich wusste, das würde bald vergehen.

„Ich bin hungrig", fügte er dann hinzu und ich nickte.

„Ja, das kann ich verstehen."

Wir brachen auf und was er bei seiner ersten Jagd erlebte, brachte ihn schon fast um den Verstand und zeigte mir einmal mehr, dass er vermutlich nicht stark genug war. Es zerriss mir das Herz. Er war mein Freund, er war so was wie Franklins Sohn. Und nun schwebte er permanent in der Gefahr zu sterben. Daran war ich schuld, das konnte ich drehen und wenden wie ich wollte.

Seine Sinne waren scharf, der erste Versuch, sie einzusetzen, überrollte ihn mit Eindrücken. Eine Katze sprang drei Blocks von uns auf eine Mülltonne, ein alter Mann hustete im siebten Stockwerk des gegenüberliegenden Hauses, ihm China-Restaurant vier Straßen weiter wurde gebratenes Huhn serviert, sechshundert Meter vor uns stopfte ein Mann gerade Tabak in seine Pfeife. Und über allem lag der wabernde, warme Duft von menschlichem

Blut, der wie ein Aphrodisiakum auf ihn wirkte und seinen Hunger zur Qual machte. All das wusste ich, weil ich die Eindrücke mit ihm teilte, sie aber im Gegensatz zu ihm kontrollieren konnte. Er hingegen wich ängstlich und fauchend in die Schatten zurück. Wie sollte er sich ein Opfer suchen, einen Menschen töten, wenn ihm das hier schon so viel Furcht einflößte?

„Du musst es ausblenden, Warren", sagte ich und legte beruhigend meine Hand auf seinen Arm. „Konzentriere dich nur auf das, was dich auf deiner Jagd leitet. Blut und Herzschläge. Mehr braucht es nicht. Vertrau deinem Instinkt bei der Wahl und wenn du eine Entscheidung getroffen hast, sieh in die Gedanken deines Opfers. Ist die Seele rein, such weiter. Ist sie verdorben, lab dich am Blut."

Damit konnte er es sich für den Anfang einfach machen. Die Feinheiten kamen später, falls er überleben sollte.

„Was hörst du?"

Er schloss die Augen, atmete tief durch und lauschte. Dankbar für meine Hilfe und weil er mich nicht enttäuschen wollte.

„Ich höre Herzen. Viele Herzen. Sie schlagen alle unterschiedlich." Er lächelte. Die Trommelschläge menschlicher Herzen hatten immer eine ausgleichende Wirkung auf unseresgleichen. „Ein ganzes Orchester aus Herzen, Mel. Wunderschön."

„In Ordnung. Und was riechst du?"

Er hob die Nase in den Wind, beruhigt durch den gleichmäßigen Klang der Herzen.

„Das Blut der Lebenden um mich herum. Würzig und süß. Heiß und verlockend."

Der Hunger übernahm die Kontrolle und ich folgte ihm still, ließ ihn machen. Im Notfall konnte ich immer noch eingreifen, hoffte aber, dass es nicht nötig war.

Ich hatte geglaubt, gehofft, er würde größere Schwierigkeiten haben, seinen ersten Menschen zu töten. Aber ich hatte Dracons Einfluss wohl unterschätzt. Sein Blut. Mir wurde bewusst, dass ich keine Ahnung hatte, wie viel von dessen dunklem Nektar er gekostet hatte. Warren ging, nachdem er erst einmal Fährte aufgenommen hatte, so selbstsicher und geübt vor, als hätte er nie etwas anderes getan. Und er war deutlich gewissenloser, als ich. Oh ja, er war Dracons Sohn. Und er würde für den Anfang wohl keine Probleme mit seiner neuen Natur haben, nachdem der Schock der Wandlung innerhalb des ersten Ruhezyklus bei Tag vorüber war und er nun den Overload an Eindrücken kontrollieren konnte. Falls seine Seele stark genug war, wäre er geschaffen für die ewige Jagd. Falls! Ich hatte noch immer leise Zweifel, auch wenn ich Franklin gegenüber etwas anderes sagte. Doch welche Wahl blieb mir, nachdem Steven und Lucien ankamen und wir unser Augenmerk voll und ganz auf Jenny und Darkworld richten mussten? Ich bemerkte Luciens Blick, als er Warrens blasses Gesicht betrachtete. Sicher spürte er auch Dracons Essenz in ihm, denn er hatte ihn genug trinken lassen, um ihn am Leben zu halten, bis ich kam. Das Grinsen meines Lords gefiel mir nicht, aber seine Anwesenheit hier in London sicherte zumindest, dass Dracon die Stadt erst mal nicht wieder betrat. Dafür fürchtete er Lucien zu sehr.

Ich konnte Franklin nur bewundern, wie souverän er mit Warrens neuer Natur umging in Anwesenheit unserer Gäste. Leider hatte die Jagd zu lange gedauert, um vor Lucien und Steven wieder im Mutterhaus zu sein. Eine Begegnung zwischen Warren und meinem Vater ohne andere Leute wäre sicher für den Anfang besser gewesen, doch die Prioritäten hatten es anders gewollt.

Steven registrierte die Spannung in der Luft, fragte aber nicht, betrachtete Warren nur immer wieder verstohlen, was dieser oftmals erwiderte, wie mir auffiel.

Franklin begutachtete die Schriftrolle, die Lucien gönnerhaft vor ihm ausbreitete, während wir anderen uns zunächst im Hintergrund hielten. Einer unserer Übersetzer sah sich den Papyrus ebenfalls an und war guter Dinge, dass man mit der bereits begonnenen Übersetzung problemlos weiterarbeiten konnte.

Nachdem er fort war, kamen wir zum Hauptgrund des Besuches.

„Ich denke, das Beste ist, wenn ich sie zuerst untersuchen kann“, meinte Steven und blickte meinen Vater fragend an.

Er ging sehr offen und spannungslos vor, weil er Franklins Unsicherheit bemerkte. Das rechnete ich ihm hoch an. Lucien hingegen wollte ich fast genauso gern in Grund und Boden stoßen wie seinen Dunklen Sprössling. Sein Blick, seine Haltung und die gelegentlichen Bemerkungen, die er mit einer Honigstimme äußerte, trieben Franklin Schweißperlen auf die Stirn. Mehrmals richtete er seine Brille oder lockerte seinen Kragen. Er tat mir leid, trotzdem musste ich ihn mit drei Vampiren allein lassen, um Jenny zu holen.

Mit verschränkten Armen saß sie auf ihrem Bett, hatte die Beine angezogen und blickte mir finster entgegen.

„Ich gehe nicht mit dir da runter“, erklärte sie.

Ihre Bockigkeit hatte sich ja in den letzten Tagen langsam und stetig aufgebaut, von daher traf es mich nicht ganz unvorbereitet, doch die Vehemenz mit der sie das sagte und vor allem das Gift in ihren Augen waren neu.

„Steven will weder dir noch deinem Baby was tun. Er soll dich nur untersuchen.“

„Er soll einen Weg finden, es zu töten. Sei nicht so scheinheilig, Mel.“

„Nicht, wenn wir eine andere Lösung finden“, versuchte ich es weiter versöhnlich, blieb aber erfolglos.

Wenn ich sie nicht mit Gewalt nach unten zerren wollte, musste ich wohl oder übel ohne sie wieder hinuntergehen.

Vier überraschte Augenpaare empfingen mich als ich allein zurückkam.

„Sie weigert sich, herunter zu kommen."

„Was denkt sie sich?", brauste Franklin überraschend heftig auf. „Dr. Blenders ist von Miami hergekommen, nur um ihr zu helfen und sie kommt nicht einmal aus ihrem Zimmer?"

Beschwichtigend legte ich ihm die Hand auf den Arm. Seine Nerven waren zum Zerreißen gespannt, was seinen Ausbruch verständlich machte, nur half uns das wenig.

„Ich kann sie auch in ihrem Zimmer untersuchen", bot Steven an, aber ich schüttelte den Kopf

„Sie wird sich nicht von dir anfassen lassen."

Er und Lucien tauschten einen vielsagenden Blick. „Das wollen wir doch mal sehen", sagte mein Lord und erhob sich.

Ich führte die beiden zu Jennys Zimmer. Sogar Franklin war bereit, sie mit Gewalt zu zwingen, wenn sie uneinsichtig blieb, da konnte ich nicht dagegen halten, auch wenn es mir dabei so schlecht ging wie selten in meinem Leben. Ich kam mir wie eine Verräterin vor. Sie hatte sich mir im Vertrauen offenbart und nun würden zwei Vampire sie zwingen, eine Untersuchung und vielleicht sogar eine Abtreibung über sich ergehen zu lassen.

Mein schlechtes Gewissen erhielt einen gehörigen Dämpfer, als Lucien die Tür öffnete und wir von einem Feuerball begrüßt wurden.

Zwar traf er niemanden, das lag aber nur daran, dass wir rechtzeitig zurücksprangen. Steven zog geistesgegenwärtig seine Lederjacke aus und schlug damit die Flammen auf dem Boden aus. Was blieb, war ein schwarzes Loch im Teppich.

„Und dieser kleine Feuerteufel ist also dein vielgerühmtes Engelskind, ja?", fragt Lucien mit beißendem Sarkasmus in der Stimme.

Röte stieg mir in die Wangen. So etwas hätte ich nie

von Jenny erwartet. Was zur Hölle war nur mit ihr los? Ich schluckte, denn eine Stimme in meinem Geist erinnerte mich daran, dass Hölle in diesem Fall unangenehm nahe lag, wobei ich Osira da nicht widersprechen konnte.

Lucien ließ sich von dieser Showeinlage nicht beeindrucken. Er hatte keinerlei Respekt vor Jennys Fähigkeit, was mich angesichts der Gefahr, die Feuer für uns bedeutete, ebenso wunderte wie erschreckte. Stevens Blick genügte, um mir vor Augen zu führen, dass man nach fünftausend Jahren wohl nichts mehr zu fürchten hatte. Selbst Sonnenlicht machte ihm nur noch wenig aus, wie sonst konnte er sich – geschützt von den getönten Scheiben seiner Limousine – am helllichten Tage durch Miami fahren lassen? Ich machte mir viel zu selten bewusst, wie mächtig Lucien wirklich war.

Er riss ein zweites Mal die Tür auf, die nach dem Feuerball wieder zugeflogen war. Diesmal war er schneller als Jenny und der Windstoß, der die brennende Kugel auf eine erschrocken aufschreiende Jenny zurückkatapultierte, genügte, um sämtliche losen Gegenstände innerhalb des Raumes durch die Luft wirbeln zu lassen. In Sekunden war er bei Jenny, packte ihre Arme und verdrehte sie auf den Rücken, bis sie schmerzhaft stöhnte. Ich verzog das Gesicht, glaubte fast, ihre Pein in meinen Armen zu spüren. Die beiden Vampire verständigten sich wortlos und auch Steven verfügte über Kräfte, die mir noch nicht aufgefallen waren. Sein Blick bannte Jenny so stark, dass sie schließlich reglos in Luciens Armen verharrte. Nur ihre Augen sprühten noch Gift und Galle, was aber zu unser aller Erleichterung effektlos blieb.

„Hier oder auf eurer Krankenstation?“, wollte Steven wissen.

„Besser wir bringen sie nach unten“, schaltete sich Franklin ein, obwohl die Frage an mich gerichtet war.

Ich war noch so fassungslos über Jennys Attacke und die Machtdemonstration von Lucien und Steven, dass ich kein Wort über die Lippen brachte.

„Wir sollten sie fixieren", fügte Lucien hinzu, woraufhin mein Vater nickte und vorausging.

Wie in Trance nahm ich wahr, dass Jenny auf einem Krankenbett fixiert wurde, das speziell für die Untersuchung und Behandlung von Besessenen entwickelt worden war. Ein Folterinstrument, wenn man mich fragte, doch letztlich lag seine Wirkung auch nur in der Hand des Anwenders und im Orden gingen wir behutsam damit um. Selbst ich, egal wie sehr ich Jenny liebte, sah ein, dass es zu ihrem eigenen Besten war, wenn wir sie fixierten und knebelten, doch der Schmerz in ihren Augen ließ mich stöhnen. Ich war schon versucht, zu ihr zu gehen, um die Lederriemen wieder zu lösen, da hielt Lucien mich zurück.

„Lass dich nicht von ihr täuschen, *thalabi*. Sie weiß nur, dass dieser leidende Blick bei dir zieht, aber sie empfindet nicht wirklich so."

Er starrte sie warnend an und im gleichen Moment veränderte sich der Ausdruck in ihrem Gesicht, die Wut kehrte zurück.

Steven bemühte sich derweil, die Untersuchung schnell durchzuführen und Jenny dabei so wenig wie möglich wehzutun. Eine Rücksichtnahme, die man von Lucien sicher nicht hätte erwarten können.

„Das Kind ist schon weit entwickelt", meinte er schließlich. „Und es wird seine Mutter zu nutzen wissen. Noch ein paar Tage und Jenny ist nichts anderes mehr als ein Zombie. Eine Hülle, die das Kind schützen soll, bis es geboren werden kann. Schon jetzt ist sie kaum mehr als das. Deshalb auch der Angriff. Das kann man ihr nicht vorwerfen, denn sie ist nicht mehr Herr ihrer selbst. Wenn ich sie in einem früheren Stadium hätte untersuchen können …"

„Dann kannst du es also nicht gefahrlos entfernen?", unterbrach ich ihn, obwohl die Frage überflüssig war.

Er schüttelte bedauernd den Kopf. Unsere letzte Hoffnung löste sich in Nichts auf.

Lucien räusperte sich, wieder tauschten er und Steven Blicke aus. Während der Arzt kaum merklich den Kopf schüttelte, zeugte der eisige Ausdruck des Lords von Entschiedenheit. Ich hatte keine Ahnung, was diese stumme Kommunikation bedeutete, war aber sicher, es umgehend zu erfahren. Schließlich seufzte Steven, schloss die Augen und nickte nachgebend.

Er sammelte sich, brauchte erschreckend lange dafür, oder vielleicht kam es mir auch nur so vor. Die Anspannung in meinem Inneren zerriss mich fast, womit ich nicht allein war. Auch Franklin umklammerte das untere Ende von Jennys Bett so fest, dass seine Knöchel weiß hervortraten. Steven blickte erst ihn, dann mich lange an.

„Macht euch bitte keine allzu großen Hoffnungen. Ich bin nicht sicher, dass wirklich eine Chance besteht, aber es gibt vielleicht eine Sache, die ihr noch helfen kann."

Noch einmal schaute er zu Lucien, der wieder entschlossen nickte, also sprach Steven es aus: „Das Blut eines unschuldigen Vampirs."

Ich lachte nahezu hysterisch auf. Kein Wunder, dass Steven kaum glaubte, dass es so etwas gab. Ganz zu schweigen davon, es zu finden. Ob es half oder nicht, darüber dachte ich noch gar nicht nach. Das war schon von Grund auf völlig absurd. Ein unschuldiger Vampir. Welcher Vampir konnte unschuldig sein?

Doch als ich zu Lucien sah, dessen Gesicht ernst und ungerührt blieb, sickerte die Erkenntnis allmählich in meinen Verstand. Es war ihr voller Ernst.

„Soll das ein Witz sein? Lucien? Steven? Verdammt, es gibt keinen unschuldigen Vampir. Wie soll das gehen? Wir töten, wir trinken Blut, wir sind hemmungslos in unserer Lust. Selbst Athaír ist nicht unschuldig, dabei lebt er fast wie ein Eremit."

Steven hörte mir zu, doch ich fragte mich, ob er wirklich verstand, was ich sagte, denn er schaute durch mich durch. Nein, erkannte ich schließlich, er schaute an mir vorbei. Ich folgte seinem Blick und mir zog es den Boden unter den Füßen fort.

Franklin hatte sich bis an die Wand zurückgezogen bei dem, was Steven gesagt hatte, saß nun zusammengesunken wie ein Häufchen Elend auf dem Boden, den Kopf auf seine Arme gestützt, die auf seinen angezogenen Knien ruhten, und weinte hemmungslos. Lucien trat zu ihm, legte tröstend eine Hand auf seine Schulter. Er zuckte nicht einmal zusammen. Das machte mir klar, wie verzweifelt Franklin war, wenn er reaktionslos duldete, dass der Lord ihn so vertraut berührte.

„Es gibt eine alte Legende. Ich kenne sie und Steven auch. Davon sprechen wir“, sagte er leise.

Steven antwortete zwar nicht, doch er nickte kaum merklich. Große Göttin, bitte nicht schon wieder eine Legende. Mir drehte sich alles. Legenden waren das Letzte, was ich wollte. Die Erfahrung hatte gelehrt, dass sie nichts als Unheil bedeuteten und selbiges drohte uns von anderer Seite schon zu Genüge. Ich hatte die Nase voll davon. Außerdem ging es hier um einen Menschen, der mir wie eine leibliche Schwester am Herzen lag.

„Es wird einen unter uns geben, der ohne Arg ist. Dessen Herz so rein, dass er keine Hölle kennt. Und es heißt, er wird sterben für ein Menschenkind.“

„Ist das auch so eine Legende aus Atlantis? Wie dieser blöde Fluch, den es gar nicht gibt?“, fragte ich. Wenn es so war, dann brauchte ich mich erst gar nicht auf die Suche zu machen, denn dann gab es diesen Vampir nirgends auf der Welt. Ich glaubte sowieso schon jetzt nicht daran.

„Es ist keine Legende, die Kaliste erzählt, wenn es das ist, was du meinst.“

Lucien hatte mich sehr wohl verstanden. Er überließ Franklin seinem Kummer und kam wieder zu uns herüber. Seine schwarzen Haare umschmeichelten sein goldfarbenes Antlitz und es versetzte mir einen kleinen Stich. Er sah so zart, fast zerbrechlich aus, in dem sterilen Licht das hier herrschte. Und mit diesem ruhigen, melancholischen Ausdruck in den Augen. Dabei wusste ich ganz genau, wie kalt sein Herz in Wirklichkeit war. Er legte die langen Finger aneinander, sodass sie ein kleines Dach vor seiner Brust bildeten und blickte mit geneigtem Kopf ins Leere.

„Er ist in Liebe gezeugt", fuhr er fort. „Und wird in Liebe sterben. Was immer das bedeutet."

„Und weiter?" Franklin hatte offenbar seine Selbstbeherrschung wiedergefunden und stand mit wackligen Beinen im Raum. Seine Augen glänzten fiebrig, seine Haut war noch eine Spur grauer als gewöhnlich und die Falten tiefschwarze Furchen in seinem Gesicht. Es war ihm zuwider, seine Emotionen vor Wesen wie Lucien und Steven gezeigt zu haben, doch manchmal konnte man eben nicht aus seiner Haut. Ich wusste, was Jenny ihm bedeutete.

„Franklin, Sie sollten jetzt schlafen gehen", bemerkte Steven fürsorglich.

Und bevor Franklin erbost widersprechen konnte, hob er beschwichtigend die Hand.

„Ich gebe Ihnen diesen Rat als Arzt. Melissa kann Ihnen morgen Nacht alles berichten. Aber Sie sind jetzt zu erschöpft. Und Sie werden ohnehin nicht helfen können."

Ein teuflisches Lächeln lag auf ihrem Gesicht, das sogar ihm einen kalten Schauer über den Rücken jagte. Kaliste war überaus zufrieden mit dem bisherigen Verlauf und teilte offensichtlich keine seiner Sorgen. Die Schergen, die sie ausgesucht hatte, um ihnen Aufgaben zuzuweisen, die Sir Maxwell dann als Mittelsmann weitergab, konnten überwiegend nicht mehr reden. Der vollständige Plan blieb somit ein sicheres Geheimnis zwischen ihnen beiden.

„Wie geht es der Kleinen?", fragte Kaliste und warf einen neugierigen Blick in den Käfig, wo Samara friedlich schlief.

„Nach einer Dosis Schlafpulver wird sie sich bis zum Morgen nicht rühren. Ich werde mich um sie kümmern, bis sie ihren Zweck erfüllen kann."

Sie fragte nicht weiter nach, was ihm recht war. Einfach nur ein Teil des Plans, danach konnte er mit dem Kind tun was er wollte und Menschenfleisch schmeckte besser, je jünger es war.

„Es läuft alles bestens", fuhr Kaliste ungerührt fort, beugte sich über die tote Elfe, zuckte kurz mit den Schultern und drehte sich wieder zu ihm um. „Wir haben das Kind, das den Schlüssel dreht, es gibt bald ein Kind, dass zu einem Schlüssel wird, der Bannkristall wird uns vor deinem Vater schützen, alle Wege Darkworld zu öffnen und sicher zu durchschreiten liegen uns schwarz auf weiß vor. Und das Allerbeste, niemand kann irgendwelche Zeugen befragen."

Er schnaubte ungehalten. „Das spielt keine Rolle. Dieser Orden ist nicht dumm. Sie werden längst wissen, dass ich dahinter stecke. Auch wenn Melissa Ravenwood noch nicht weiß, wer genau ich bin."

Sie machte einen Schmollmund. „Was die wissen, kümmert mich nicht, solange sie uns nicht in die Quere kommen."

„Und falls doch? Ich habe gehört, Lucien von Memphis ist mit diesem befreundeten Neurochirurgen auf dem Weg nach London. Das gefällt mir nicht. Und gerade dir sollte das auch Sorgen machen."

Sie winkte nur ab, schien sich tatsächlich völlig in Sicherheit zu wiegen. „Melissa liebt die Kleine. Und da jeder Versuch, das Kind zu entfernen, ihren sicheren

Tod bedeutet, werden sie nichts tun können."

Blieb dennoch der letzte Punkt auf ihrem Plan. Wie kamen sie an den Ring, den Melissa Ravenwood trug und über den sie mit Argusaugen wachte, weil seine Bedeutung ihr allzu bewusst war?

„Sie wird ihn nicht so einfach rausrücken", murmelte er verstimmt.

„Nein, das sicher nicht. Darum ist es wohl am sinnvollsten, wenn wir diese Aufgabe demjenigen übertragen, dem sie den Ring ohne weitere Fragen geben wird."

Sylion schaute sie misstrauisch an. „Wer soll das sein?"

„Ihr Geliebter. Armand."

Seine Lippen verzogen sich zu einem zynischen Lächeln.

„Er ist doch von deinem Blut. Da solltest du doch gespürt haben, was die Spatzen schon von den Dächern pfeifen. Der Kerl ist verschwunden, wie vom Erdboden verschluckt. Vielleicht tot, wer weiß das schon. Jedenfalls steht er nicht gerade kurzfristig zur Verfügung und selbst wenn, können wir ihn wohl kaum davon überzeugen, ausgerechnet mit uns zusammenzuarbeiten. Der kuscht doch auch vor diesem Orden."

Sie schüttelte nur tadelnd den Kopf, lächelte geheimnisvoll und sagte: „Aber Sylion, du hast einfach zu wenig Fantasie. Und viel zu wenig Vertrauen."

Leise betrat Steven Franklins Büro. Er wusste, dass es dem Mann unangenehm war, ihn in seiner Nähe zu haben. Das hatte er schon bei Jennys Untersuchung gemerkt. Dennoch hatte er um diese Unterredung gebeten. Dabei wäre es wirklich besser gewesen, er hätte sich eine Nacht Ruhe gegönnt.

Schweigend bot Franklin ihm einen Stuhl an. Steven nahm mit einem freundlichen Lächeln Platz, bemüht, Mels Vater seine Befangenheit zu nehmen. Seine Angst war unbegründet, er würde ihm nichts tun. Als Mels sterblicher Vater hatte Franklin seinen vollen Respekt und selbst, wenn er das nicht wäre, zollte Steven ihm Achtung für die Position die er innehatte und die Verantwortung, die er trug. Solche Menschen waren für ihn tabu.

„Dr. Blenders", begann Franklin und das leichte Zittern in seiner Stimme jagte trotz allem einen kurzen Schauer durch Stevens Rückgrat.

Aus einem Impuls heraus legte er seine Finger auf Franklins gefaltete Hände auf dem Schreibtisch. Franklin zuckte zusammen, widerstand dann aber dem Verlangen, sie zurückzuziehen und bemühte sich stattdessen, weiterhin ruhig und souverän zu wirken. Steven spürte seinen inneren Kampf, konnte ihn von seinem Gesicht ablesen und bedauerte die Geste, mit der er eigentlich nur Vertrauen hatte erreichen wollen. Das war nach hinten los gegangen. Mit gesenktem Blick zog er langsam seine Hand zurück.

„Verzeihen Sie, Mr. Smithers. Es sollte nur eine beruhigende Geste sein. Ich spüre Ihre Angst, doch dazu besteht kein Anlass. Sie und Ihre Arbeit haben meine Bewunderung. Ich würde Sie daher nie bedrohen oder bedrängen."

Er lächelte zaghaft und hoffte, die menschlichen Züge, die sein Gesicht auch nach über dreihundert Jahren noch zeichneten, mit feinen Fältchen um Mund und Augen, die ihm so oft das Leben unter Sterblichen erleichterten, weil er weniger auffiel als viele seiner Artgenossen, würden auch bei Melissas Vater helfen, ihm seine Befangenheit zu nehmen. Dessen Aufatmen bestätigte Stevens Vermutung und auch er lehnte sich entspannter zurück und nickte dem Ashera-Vater zu.

„Sie müssen mir verzeihen, Dr. Blenders. Ich habe keinen Grund, Ihnen zu misstrauen, aber …"

Wieder legte Steven seine Hand auf Franklins Finger, um ihm die Erklärung zu ersparen, die nur zu neuerlichem Unbehagen geführt hätte. Diesmal löste es keine Abwehr bei Franklin aus.

„Ich weiß, Mr. Smithers. Sie brauchen nicht darüber zu sprechen. Und ich versichere Ihnen, dass Sie nichts in dieser Richtung von mir zu befürchten haben." Er machte eine kurze Pause, bis er sicher war, dass Franklin ihm glaubte. „Also, warum wollten Sie mich sprechen?"

Franklin räusperte sich. „Ich bin froh, dass Sie eine hohe Meinung von unserer Arbeit haben, Dr. Blenders."

„Bitte", unterbrach Steven, „nennen Sie mich Steven. Dr. Blenders klingt so schrecklich steif und förmlich."

Franklin erwiderte das Lächeln freundlich. „Also gut. Steven. Jedenfalls geht es bei der Angelegenheit in der ich Sie sprechen wollte um Ihre Arbeit. Und um unsere."

Steven hörte aufmerksam zu, äußerte sich aber zunächst noch nicht.

„Ihre Arbeit über die Anatomie des Vampirs. Die Untersuchung des Blutes. Melissa hat mir davon erzählt. Ich würde sie gerne lesen, wenn Sie damit einverstanden wären. Und eventuell würde ich sie dann zu unseren Unterlagen und Akten über Vampire nehmen wollen."

„Das wäre mir eine große Ehre, Franklin. Ich stelle sie Ihnen gerne zur Verfügung. Sobald ich wieder in Miami bin, werde ich ihnen die Datei mit den Forschungs- und Laborunterlagen per E-Mail zusenden. Wenn Sie dann noch Fragen haben, können Sie mich anrufen."

Er stand auf und wollte schon gehen, drehte sich aber noch einmal um. „Franklin, ich möchte, dass Sie eines wissen. Ich werde nie eine Bedrohung für Sie sein. Im Gegensatz zu Lucien habe ich Respekt vor den familiären Banden zwischen Ihnen und Melissa."

„Im Gegensatz zu Lucien?", fragte Franklin zögernd und wurde schon wieder unruhig.

Steven lächelte entschuldigend. „Ich habe gesehen, wie er Sie anschaut. Ich schätze ihn sehr, doch ich kenne ihn auch. Nehmen Sie sich vor ihm in acht, Franklin. Gute Nacht."

Damit ließ er ihn allein. Er wusste, Franklin würde sich ganz sicher vor Lucien in acht nehmen. Das hätte er ihm nicht einmal sagen müssen.

Mir fiel die unangenehme Aufgabe zu, Franklin zu erklären, wie das Blut des unschuldigen Vampirs, so ich ihn denn überhaupt fand, Jenny helfen konnte. Ich wusste, er würde davon alles andere als begeistert sein.

„Sie soll von einem Vampir trinken? Sie wird …"

„Nie wieder dieselbe sein", beendete ich geduldig seinen Satz, um seinen aufbrausenden Zorn sofort auszubremsen. „Ganz gleich, was wir tun. So oder so, wird sie nicht mehr die Jenny sein, die wir kannten. Aber sie wird sterben, Franklin, wenn wir es nicht tun. Ein Monster wird ihrem Schoß entspringen und nur die Götter wissen, wozu es fähig sein wird."

Ich legte ihm besänftigend die Hand auf die Schulter. „Franklin, ich weiß, dass dir die Vorstellung nicht behagt, aber wenn wir es nicht tun, und diese Legende zur Abwechslung mal wahr ist, tragen wir vielleicht die Verantwortung für das Ende der Welt. Denn nichts anderes wird es sein, wenn das Urböse durch Jennys Kind den Weg zurück in die sterbliche Welt findet. Egal in welcher Form das auch immer angedacht sein mag."

Er wusste, ich hatte recht. Und es war Aufgabe des Ordens, sich um solche Dinge zu kümmern. Dafür hatten wir unseren Eid geschworen. Dass wir uns bemühten, die Kräfte im Gleichgewicht zu halten. Jeder von uns konnte dafür geopfert werden. Auch ich, auch Franklin und auch Jenny. Ich verstand seine Zerrissenheit. Vampire hatten ihn schon zu viel gekostet. Mich, Warren, seinen eigenen Seelenfrieden. Und nun vielleicht auch noch Jenny. Doch uns blieb keine andere Wahl, ihm am allerwenigsten. Er war der Vater des Mutterhauses. Er trug die Verantwortung, durfte somit gar nicht anders entscheiden. Letztendlich ging es dabei auch um Jennys Leben.

„Wie soll es funktionieren?"

Er gab bereits nach, wollte aber dennoch die Details, um die Entscheidung nicht leichtfertig zu treffen.

„Das Blut eines unschuldigen Vampirs ist laut dieser Legende das Gift, mit dem man das Dämonenkind töten kann. Dann wird es vom Körper der verwandelten Mutter resorbiert. Vampirinnen sind ja genau deshalb steril, weil sie die Frucht resorbieren, statt sie in sich zu nähren."

„Dann könnte das doch jeder andere Vampir genauso tun."

Franklin wollte mir damit vor Augen führen, wie unlogisch das Ganze war und dass wir es vielleicht besser nicht riskierten, wenn wir nicht sicher waren. Doch Steven hatte mir auch dazu die Hintergründe erklärt.

„Das Kind wächst schneller als ein normales. Die Geburt ist schon recht nah. Es kann nur resorbiert werden, wenn es vorher stirbt. Sonst würde die Vampirkraft es womöglich noch weiter nähren, noch stärker machen. Es ist immerhin kein normales Kind, sondern ein Dämon."

Ich sah ihm an, dass er noch immer nicht ganz überzeugt war, doch wenn ich mich nicht auf die Suche machte, würde Jenny bald sterben, während ich tatenlos geblieben war. Das hätte ich mir nie verziehen, darum wollte ich noch in dieser Nacht aufbrechen, mit oder ohne Franklins Einverständnis. Ich hoffte, wenn ich zurückkam und tatsächlich diesen unschuldigen Vampir gefunden hatte, war auch mein Vater soweit, dem Versuch zuzustimmen. Viel Zeit hatten wir laut Steven ohnehin nicht mehr. Eine weitere Untersuchung zeigte, wie schnell sich das Ungeborene entwickelte.

„Es ist erst mal die Frage, ob es diesen Vampir wirklich gibt. Wenn ja, muss ich ihn finden und herbringen. Danach sehen wir weiter, ja?"

Ich schaute Franklin flehend an und schließlich nickte er, was mich unsagbar erleichterte. Zum Abschied küsste ich ihn auf die Stirn, dann suchte ich noch einmal nach Steven, ehe ich meine Reise begann.

Steven erwartete mich bereits im Garten, weil er gespürt hatte, dass ich zu ihm kommen würde. Die Glut der Zigarette leuchtet in der Dunkelheit und der Rauch stieg bläulich in den Nachthimmel. Er lehnte an der alten Trauerweide vor Franklins Arbeitszimmer und starrte auf den weitläufigen Park hinaus.

„Dann jage ich also auf dein Geheiß mal wieder einer Legende nach", stellte ich nüchtern fest. „Und ich dachte nach der Sache mit dem Fluch, du glaubst nicht an so was."

Er zuckte die Schultern, drehte sich aber nicht um. „Ich bin hier mit meiner medizinischen Weisheit am Ende. Wenn wir nichts tun, stirbt sie. Das ist das Einzige, was ich mit Sicherheit sagen kann. Da ist es immer noch besser, man jagt Legenden nach, als gar nichts zu tun und ihr nur beim Sterben zuzusehen. Es kann immerhin nicht schaden."

Ich nickte müde und rieb mir die Schläfen, als hätte ich Kopfweh, was natürlich nicht der Fall war. „Aber du glaubst nicht daran, nicht wahr?“

Steven lächelte traurig. „Liebes, ich glaube nur an belegbare Tatsachen. Und Legenden gehören nicht dazu.“ Nach einer Pause fuhr er fort: „Aber wer weiß. Ich wünsche dir auf jeden Fall viel Glück. Denn sie ist ein liebes Mädchen. Es wäre schade um sie.“

„Ja, das wäre es.“

Ich seufzte tief und rang mit mir, ob wir nicht leichtfertig handelten. „Denkst du, wir tun das Richtige? Ich meine, es gibt doch so oft Vorfälle mit einem Inkubus. Da muss ja auch nicht immer gleich das Blut eines unschuldigen Vampirs her.“

Er lachte. „Was willst du tun, Wildcat? Einen Exorzisten holen?“ Dann wurde er wieder ernst. „Mel, das hier ist kein gewöhnlicher Inkubus. Da steckt mehr dahinter. Das Kind in ihr ist viel zu stark, es strahlt jetzt schon eine Macht aus, mit der es uns alle vernichten könnte. Und Jenny ist nun mal ein Feuerkind der Wende und kein gewöhnliches Mädchen, das den Samen eines Dämons empfangen hat.“

Er hatte recht. Suchte ich vielleicht nach Ausflüchten, weil ich mich davor fürchtete, wie es für Jenny endete? Doch lieber ein Bluttrinker als tot, oder nicht? Eigentlich hatte ich Steven noch fragen wollen, ob er mich begleitete, aber die Worte kamen mir nicht über die Lippen. So drehte ich mich schließlich schweigend um und ging. Mit Lucien sprach ich nicht mehr, obwohl er es vermutlich erwartete. Ohne sein Drängen hätte Steven die Legende wohl nicht mal erwähnt, was mich beunruhigte, weil es verdeutlichte, wie unwahrscheinlich das war, wonach ich jagte. Und ich glaubte nicht, dass Lucien diese Zweifel zerstreuen konnte. Dass Jenny ihm im Grunde egal war, wusste ich. Also, worüber sollte man dann noch reden?

Armand hatte jegliches Zeitgefühl verloren. Möglich, dass er seit Stunden bewegungslos hier lag, oder auch erst wenige Minuten. Sein rasender Herzschlag pumpte das Blut schmerzhaft durch die vielen verletzten Stellen an seinem Körper. Es raubte ihm den Willen, sich jemals wieder zu bewegen, denn Bewegung bedeutete Schmerz. Er wollte das Atmen gern wieder einstellen, aber seine Lungen protestierten energisch, wollten den brennenden Glasstaub loswerden und so hustete er immer wieder Blut. Die Scherben hatte er unter Höllenqualen und Ekel aus sich herausgeholt, in seinem eigenen Körper herumbohren müssen, um die glitschigen Scheiben zu greifen und zu entfernen. Ob er alle erwischt hatte, konnte er nicht sagen.

Der Blick in das, was vor ihm lag, hatte auch keinen neuen Mut in ihm entfacht. Immer noch kein Ende, kein Ausgang, sondern eine weitere Höhle, deren Gefahren noch nicht zu erkennen waren. Nur der penetrante Gestank von Schwefel, vermischt mit Verwesung und Fäulnis, waberte zu ihm herüber und malträtierte seine Geruchsrezeptoren. Bizarre Gebilde ragten dunkel aus dem Nebel, wirkten alles andere als einladend, bedrohliche Schatten die auf ihn lauerten. Er glaubte, einen Luftzug zu spüren und das Schlagen von Flügeln zu hören, war aber nicht sicher, ob seine gequälten Nerven ihm nicht einen Streich spielten.

Es erschien so einfach. Aufgeben! Liegenbleiben! Irgendwann kam sicher der Schlaf und mit etwas Glück musste er nie wieder aufwachen. Das Ende aller Schmerzen und dieser schrecklichen Angst. Krämpfe schüttelten seinen Körper. Der Rhythmus seines Herzens wurde langsamer ohne ihn wirklich zur Ruhe kommen zu lassen. Sein Leben hatte viele Höhen und Tiefen gekannt, doch noch nie war solche Hoffnungslosigkeit über ihn hereingebrochen, Verzweiflung, die an seinem Verstand nagte, ihn Stück für Stück zerfraß. Der vielbesagte Wahnsinn, der einen Vampir ereilte, wenn er nicht stark genug war. Für gewöhnlich meinte man damit nicht stark genug für die Unsterblichkeit, die Ewigkeit. In seinem Fall gestand er sich ein, dass er einfach zu schwach war, um weiter durch diese Folterkammern zu irren, sich immer neuen, schrecklicheren Gefahren und Gegnern entgegenzustellen und die Hoffnung aufrecht zu erhalten, hier jemals wieder raus zu kommen. Wenn er noch einen einzigen Moment länger auf dem Boden liegen bliebe, würde er nie wieder aufstehen. Dann war der Kampf, den er bis hierher geführt hatte, vergeblich gewesen. Vielleicht war es nur noch diese eine Höhle, die er überwinden musste und dann war er endlich frei. Diese Festung konnte nicht unendlich sein.

Er kämpfte sich mit der Entschlossenheit eines Verzweifelten auf die Beine, blieb einen Moment wackelig stehen, stolperte einige Schritte, wurde von der Wand aus Rauch und Schwefel fast zurückgeworfen, stemmte sich aber dagegen und betrat die schattenvolle Welt einer Vorhölle.

Er war Katholik, in der Klosterschule und später bei den Messen hatte man ein sehr deutliches Bild von Luzifers Reich gemalt. Dieser Ort kam dem verdammt nahe. Wenn es eine Hölle gab, dann brauchte er sie jetzt nicht mehr zu fürchten, er kannte sie bereits.

Trostlosigkeit zerrte an seinem Bewusstsein ebenso wie an seinem Durchhaltewillen. Er fühlte sich, als drücke eine zentnerschwere Last ihn nieder, dazu kam erneut das Schlagen von Flügeln hoch über ihm. Waren es deren Schläge, die einen Sturm erzeugten, der ihn zu Boden presste? Doch warum wich der Dunst dem nicht? Es wurde immer stickiger, die Luft so dick, dass man sie kaum mehr atmen konnte. Hitze stieg aus der trockenen Erde unter seinen Füßen auf, kroch durch seine nackten

Sohlen an seinen Beinen empor, machte sie schwer wie Blei.

Plötzlich riss ihn eine heftige Böe herum, er wirbelte im Kreis, die Welt drehte sich und schließlich schlug er wie ein gefällter Baum hin, den Blick nach oben gerichtete, wo sich die Schwaden lichteten und einen klaren Himmel freigaben.

Er war der Festung also tatsächlich endlich entkommen.

Doch seine aufkeimende Freude darüber erhielt sogleich einen Dämpfer, denn neben dem Himmel sah er noch etwas anderes, das seine schlimmsten Vorstellungen übertraf.

Mit einem Schwarm von Vögeln hatte er nach den Flattergeräuschen und dem Windhauch gerechnet. Sicherlich keine netten Spatzen oder Nachtigallen, sondern welche mit großen Schnäbeln und scharfen Krallen, doch was dort am Himmel kreiste, hatte mit dem Federvieh nur die Flügel gemein. Mächtige Schwingen aus schwarzglänzenden Klingen durchschnitten die Luft und sicherlich auch jeden, der mit ihnen in Berührung kam. Gedrehte Hörner mit blutroten Spitzen thronten auf einem kahlen Knochenhaupt mit glühenden Augen und scharfen Zähnen. Das Wesen besaß lange, muskulöse Arme und Beine, die von einem hageren Torso abgingen, und war mindestens doppelt so groß wie Armand selbst. Seine Haut glich gegerbtem mit Pech übergossenem Leder. Schwarz und faltig und unablässig in Bewegung.

Das geflügelte Geschöpf fixierte ihn, folgte jeder Bewegung, stieß hin und wieder merkwürdige hohe Laute aus, als riefe es nach jemandem. Armand beschlich das ungute Gefühl, dass der da oben kein Einzelgänger war.

Er durfte nicht liegen bleiben, sonst war er leichte Beute. Vorsichtig kroch er auf allen vieren rückwärts, ließ den Dämon nicht aus den Augen. Als er eine der Felsformationen in seinem Rücken spürte, zog er sich daran hoch. Sollte er wegrennen? Aus der Luft war der andere klar im Vorteil und sicher schnell. Bei wilden Tieren hieß es immer, man solle keine hastigen Bewegungen machen.

Die Entscheidung wurde ihm abgenommen, als die metallenen Flügel zu singen begannen, ein Zeichen, dass sich ihr Träger in höchste Anspannung versetzte, was nur bedeuten konnte, dass er gleich zum Angriff überging.

Sein Jagdschrei ließ den Stein in Armands Rücken erzittern, brachte jede Zelle in ihm zum vibrieren, bis er glaubte, in tausend Teile zu zerplatzen. Gelähmt wie ein Kaninchen vor der Schlange sah er der Attacke entgegen, erst in letzter Sekunde gewann er wieder die Kontrolle über seinen Körper und rettete sich mit einem gewagten Sprung. Die Flügelspitzen erwischten lediglich seine Waden und trennten das Fleisch bis zum Knochen durch. Die Sehnen schnellten auseinander, rissen Armand von den Füßen, sein eigener Schwung schleuderte ihn gegen den nächsten Felsblock, doch immerhin bildete der mit zwei weiteren eine Art Höhle, in der er Sicherheit suchen konnte, bis seine Beine wieder funktionsfähig waren.

Draußen sah er nun, wie sich noch vier weitere dieser geflügelten Dämonen einfanden, die gemeinsam mit ihrem Bruder vor dem Eingang seines kleinen Schutzbunkers schwebend verharrten. Sie wussten, dass er früher oder später wieder herauskommen musste, also brauchten sie nur zu warten. Eine Alternative war, hier zu bleiben, bis die Sonne aufging und sich von ihr zu Asche verbrennen zu lassen.

Vielleicht die angenehmere Alternative zu diesen Kreaturen. Falls hier jemals eine Sonne aufging. Er wusste nicht, ob er das fürchten oder hoffen sollte. Die Ausweglosigkeit seiner Situation wurde ihm vollends bewusst, schlug gleich einer unheilvollen Woge über ihm zusammen und raubte ihm noch den letzten Rest an Hoffnung.

Er war verloren, diesmal konnte er den Feind unmöglich besiegen. Seine Kehle war heiser vor Tränen, die unaufhörlich aufstiegen und sich ihren Weg bahnten. Sein Schluchzen hallte von überall her wider, trieb ihn in den Wahnsinn, wandelte sich mehr und mehr in ein Lachen, bis er erkannte, dass er tatsächlich lachte. Er lachte aus vollem Halse und konnte nicht das Geringste dagegen tun, von einem Lachkrampf nach dem anderen geschüttelt zu werden.

Endorphine jagten durch sein Blut und versetzten ihn in einen Wahnzustand, in dem nichts mehr eine Rolle spielte. Nicht die lauernden Jäger dort draußen, nicht der Schmerz in seinen Beinen und auch nicht mehr das Ziel, das er bislang so vehement und allen Widrigkeiten zum Trotz verfolgt hatte. Dieses Ziel … was war es noch?

Er hatte es vergessen. Sein Kopf glich einem Vakuum, undurchdringlichem Chaos, das weder Worte noch Bilder kannte, nur dieses hysterische Lachen, das von innen und außen und überall erklang, worin er sich verlor.

Ein unschuldiger Vampir! Ich kannte nur einen Ort, wo ich diesen finden könnte und der erschien mir zu einfach. Saphyro, der dunkle Prinz der Vampire, der androgyne Lord, der selbst noch nicht ganz Mann gewesen war, als Kaliste ihm den Blutkuss gab. Seine Kinder waren jung, ohne Arg. Er holte sie von den Straßen, aus der Hoffnungslosigkeit, gab ihnen ein Heim, eine Familie. Wenn sie alt genug waren, lehrte er sie die körperlichen Freuden und machte sie zu seinesgleichen. Jeder einzelne von ihnen, ob Knabe oder Mädchen, war ihm treu ergeben. Doch waren sie unschuldig? Wurden sie mit reinem Herzen verwandelt oder vorher an die Finsternis ihres künftigen Lebens herangeführt?

Saphyro und ich standen einander alles andere als nah. Ich hatte Vorurteile gegen ihn, weil mich sein Harem aus

Kindvampiren ekelte. Da half auch nicht das Wissen um ein viel schlimmeres Schicksal, das sie ohne ihn erwartet hätte.

Ich wusste, wo ich ihn finden konnte. Tief in noch unbekannten Regionen des Regenwaldes hatte er einen Palast sein eigen gemacht, wie er einem wahren Herrscher gebührte. Wie viel von ihm und den seinen daran gefertigt war und was bereits seit Jahrhunderten dort stand, wenn nicht gar seit Jahrtausenden, konnte man schwerlich sagen. Auf jeden Fall beeindruckte mich die Pracht schon bei meiner Ankunft. Hoffentlich fanden Menschen diesen Ort nie, denn mit all dem Reichtum aus Gold und Edelsteinen glich er einer wahren Fundgrube für gierige Schatzjäger.

Bislang lebte Saphyro hier unbescholten mit seiner Schar. Nur gelegentlich reiste er mit einigen Schützlingen durch die Welt, besuchte Freunde, manche sterblich, die meisten unsterblich. So wie Lucien.

Er musste mich bereits erwartet haben, was mich wieder einmal in Erstaunen versetzte, doch die Lords waren anders als der Rest von uns. Wussten viel mehr als wir alle. Manchmal fand ich das äußerst beängstigend.

Doch Saphyro war mir wohlgesonnen und empfing mich mit offenen Armen. Ich musste zugeben, dass unsere Antipathie einseitig war, was mich beschämte. Weil er mir nachsah, dass ich nicht aus meiner Haut konnte.

Der Raum, in den er mich führte, war durchzogen von Schwaden wohlriechender Öle und Räucherware. Der Boden mit Fellen und edlen Tüchern bedeckt, an mehreren Ecken stapelten sich Kissen, die zum Verweilen einluden. Malereien zierten die Wände, auf den Tischen standen Speise und Getränke und überall saßen Kinder und Halbwüchsige, in kostbare Gewänder gekleidet und herausgeputzt wie Prinzen und Prinzessinnen. Ich sog ihren Duft auf, alle noch sterblich. Darum auch das reichhaltige Essen, sie litten keine Not.

Auf ein Klatschen ihres Gönners erhoben sich alle eilig und verließen den Raum. Dafür trat Ramael herein, Saphyros Favorit.

Die beiden wirkten wie Brüder mit ihrer glatten Broncehaut, seidigschwarzen Haaren, die über ihre Schultern fielen und dunklen Onyxaugen. Feingliedrig die Körper und androgyn die Gesichter.

Ramael strich im Vorbeigehen wie zufällig über Saphyros Hüften und ich sah das Lächeln auf dem Gesicht des Älteren. Dann nahm sein Gefährte auf einem der Kissen Platz und betrachtete mich aufmerksam.

Schon bei unserer ersten Begegnung waren mir seine Blicke aufgefallen, die ich bei jedem anderen als anzüglich empfunden hätte. Doch bei Ramael lag noch etwas anderes in der Art, mit der er mich erforschte. Der Name „Schicksalskriegerin" lag wie ein Omen schwer in der Luft, auch wenn ihn niemand aussprach.

„Eine weite Reise hast du auf dich genommen, Melissa. Und es ist wohl kein schlichter Freundschaftsbesuch wie ich denke", brach Saphyro das Schweigen.

Bis zu diesem Zeitpunkt hatten wir noch kein Wort gesprochen, das fiel mir erst jetzt auf.

„Nein." Ich schüttelte den Kopf. „Es gibt einen wichtigen Grund."

Er nickte und deutete auf die Kissen links und rechts von Ramael. Es bedurfte keiner Worte, dass der Junge die Wasserpfeife zubereitete und gleich darauf stieg der betäubende Duft von Opium und Moschus auf.

Ich hatte in meinem ganzen Leben noch keine Shisha geraucht, doch nachdem ich mir keine Sorgen um den Rauschzustand machen musste, fand ich es unnötig und unhöflich, das Angebot abzulehnen.

„Dann erzähle uns, warum du hier bist, Melissa. Wie kann ich dir helfen?"

Ich nahm einen tiefen Zug aus der Pfeife und fühlte eine merkwürdige Leichtigkeit im Kopf. Was hatte Ramael noch hineingetan, das es auch bei einem Vampir Wirkung zeigte?

„Jenny, ein Mitglied unseres Mutterhauses, wurde von einem Inkubus verführt."

„Ich erinnere mich an das Mädchen. Ein blonder Engel mit der Kraft des Feuers. Ein Inkubus? Dann ist sie schwanger?"

Ich bejahte und erzählte Saphyro alles, was wir darüber wussten und schließlich, wie Steven und Lucien von dem unschuldigen Vampir sprachen. „Ich habe geglaubt … gehofft … dieser Vampir ist hier."

Er lachte leise. „Ein unschuldiger Vampir in meiner Obhut?" Sein wunderschönes Gesicht blieb sanft und zeigte keinerlei Spott, dennoch lag ein gewisser Tadel auf seinen Zügen. „Du verachtest mich für das, was ich tue. Und nun klammerst du dich an die Hoffnung, dass ich es doch nicht tue?" Sein Ausdruck nahm eine Mischung aus Unglaube und Belustigung an. „Wer von mir verwandelt wird, kennt die Lust. Sonst verwandle ich nicht. Kein Vampirkind unter meinem Schutz ist unschuldig. Ich fürchte, du hast diese lange Reise vergeblich auf dich genommen."

Wie einen Hund hatte sie ihn davon gejagt, wollte ihn nie wieder sehen. Dracon wünschte, wütend auf Mel sein zu können, doch es gelang ihm nicht. Sie hatte recht. Wie immer war sein Handeln selbstsüchtig gewesen, von Gier geprägt. An Warren hatte er genauso wenig gedacht wie an die Folgen.

Es zerriss ihn fast, Melissa schon wieder enttäuscht zu haben. Dabei war es die Sehnsucht nach Nähe zu ihr, die ihn dazu getrieben hatte. Mit Warren ein Bindeglied zu haben. Die Parallele zu einer kleinen Familie war nicht nur dahingesagt gewesen.

War er dazu verdammt, immer alles falsch zu machen

und sich weiter ins Abseits zu drängen, obwohl er sich doch längst danach sehnte, wieder zu jemandem zu gehören?

Sein Herz zog sich zusammen, wenn er an Lucien – seinen Dunklen Vater – dachte, der ihn hasste und am liebsten tot sehen wollte.

Oder an Melissa, für die er so gern ein Geliebter wäre oder wenigstens eine Art Dunkler Bruder.

Es bedurfte nicht erst dem Bindeglied mit den Ketten, das Kaliste erschaffen hatte. Den Grund dafür verstand Dracon bis heute nicht, doch die Ränkespiele der alten Krähe interessierten ihn wenig.

Melissas Misstrauen und Ablehnung waren zu einer nie heilenden Wunde geworden, die er selbst immer wieder aufriss, indem er handelte, ohne nachzudenken.

Ruhelos durchstreifte er die Wälder, wollte England nicht verlassen, doch wagte er ebenso wenig, in London zu bleiben. Irgendwo hier gab es sicher eine kleine Jagdhütte, in der er für eine Weile Unterschlupf fand, bis der Rauch sich verzogen hatte. Dann wollte er noch einmal mit Mel reden, sich ihr erklären, und vielleicht würde sie ihn verstehen. Sie besaß ein großes Herz und ein ganz klein wenig war auch Platz für ihn, das spürte er jedes Mal, wenn sie ihn ansah. Umso mehr quälte ihn die Enttäuschung, die er ihr zum wiederholten Mal bereitete.

Endlich wurde er fündig. Verborgen in einem Tannendickicht lag ein Häuschen. Er zögerte, denn die Autospuren vor der Tür waren frisch. Seine Nase trug ihm den Geruch von menschlichem Blut zu, jemand befand sich im Inneren. Beinahe wollte er schon wieder gehen und weitersuchen, da hörte er leises Schluchzen. Eine unglückliche Seele?

Der Dämon in ihm kehrte zurück, betäubte sein Gewissen. Vielleicht brachte er Erlösung von großem Kummer, dann wäre es gar keine schlechte Tat.

Aus den Fenstern dran kein Licht. Das Wimmern

klang sehr hoch, vielleicht ein junges Mädchen mit Liebeskummer. Er fand die Tür unverschlossen und trat ein, in diesem Augenblick erstarb das Geräusch und Totenstille lag im Raum. Seine Blicke durchmaßen die Dunkelheit, blieben an einem merkwürdigen Kasten auf einem Beistelltisch hängen, in dem etwas auf dem Boden lag. Misstrauisch näherte er sich, hielt dann verblüfft inne.

Eine Elfe! Der Glanz ihrer Flügel war erloschen, sie musste schon eine Weile tot sein. Mit Insektizid getötet, wie die Aufschrift des Kanisters daneben verriet. Verächtlich verzog er den Mund. Warum tötete jemand eine Elfe? Er mochte diese Wesen, vor allem in ihrer magischen Form. Im Alltag unterschieden sie sich kaum von Menschen, sobald sie ihre Augen mit farbigen Kontaktlinsen tarnten. Doch sie rochen anders als Sterbliche, süß und unschuldig. Ihm gefiel dieser Duft, weil er so viel unverdorbener war als bei den Menschen.

Aber diese Elfe konnte kaum geweint haben, also musste noch jemand hier sein. Jemand, der ganz ähnlich roch wie sie.

Er ging in den hinteren Bereich der Hütte, wo er schließlich einen Käfig mit einem kleinen Mädchen fand, das zusammengekauert in einer Ecke saß, die Wangen tränennass.

„Hallo, Kleine. Sagst du mir, wie du heißt?"

Ihre großen blauen Augen blickten voller Furcht und Misstrauen. Er legte den Kopf schief und lächelte sie aufmunternd an.

„Sa…samara", antwortete sie mit dünner Stimme.

„Samara. Ein wunderschöner Name."

„Ist die Elfe tot?"

Er schaute zum Glaskasten hinüber. „Ich fürchte ja."

Lächelnd blickte er wieder zu der Kleinen. „Deine Augen leuchten", stellte sie fest und zog sich noch ein Stück weiter zurück.

Er schürzte die Lippen. „Das ist ein Trick, weißt du? Damit kann ich nämlich auch im Dunkeln sehen.“

„Du meinst, deine Augen machen dir Licht im Dunkeln?“

Ihre Naivität war hinreißend. Er wollte sie fragen, wer sie in diesen Käfig gesperrt hat, da hörte er draußen den Motor eines Geländewagens. Das stellte nicht zwingend ein Problem dar, denn dem Mörder einer Elfe und Entführer eines kleinen Mädchens eine kleine Lektion zu erteilen, war durchaus verlockend. Doch zu dem Geräusch gesellte sich noch etwas anderes, das ihm die Nackenhaare zu Berge stehen ließ. Die Präsenz erkannte er unter Tausenden und wusste um die Gefahr, die sie mit sich brachte.

Kaliste!

Hektisch glitt sein Blick durch den Raum, blieb schließlich am Kamin hängen. Er legte einen Finger auf seine Lippen und sah Samara beschwörend an. Die Kleine nickte. Dann duckte er sich in die schmale Feuerstelle und schoss einer Spinne gleich an den Wänden des Schornsteins nach oben, gerade rechtzeitig bevor die Tür zur Hütte aufging und Kaliste sowie ein Fremder eintraten.

Dracon wagte nicht einmal zu atmen. Reichte seine Kraft aus, um seine Gegenwart vor der Königin zu verbergen? Schweiß brach ihm aus, tränkte seine Kleidung. Das Herz wummerte so laut in seiner Brust, dass er kaum Zweifel hatte, jeden Moment Kalistes Gesicht zu erblicken, wie sie in den dunklen Schacht hinaufstarrte, um ihm dann augenblicklich die Quittung für seine Neugier zu verpassen. Doch vorerst war sie zu sehr mit ihrem Partner beschäftigt, der sich besorgt über den Lord Lucien äußerte.

„Er könnte unsere Pläne durchkreuzen. Er hat eine Kopie der Schriftrolle, der Teufel weiß woher, und jetzt ist er hier in England, im Mutterhaus dieses Ordens.“

„Lucien hat tausend Schriften", antwortete Kaliste ungerührt. „Er giert nach Wissen. Das hat er schon immer. Aber auch er kann sie nicht übersetzen und die Menschen wohl erst recht nicht, sonst wäre das mit dem Original längst geschehen."

Der Mann gab sich damit nicht zufrieden.

„Es heißt aber, dass ein Teil bereits übersetzt ist. Er hat viele Kontakte und weiß sie zu nutzen. Mit einer solchen Anleitung könnte der Orden leicht den Rest entschlüsseln. Dann ist unser Vorteil dahin."

„Das können wir jetzt auch nicht mehr ändern, Sylion."

Sylion! Yrioneths Sohn, aus dem ältesten Geschlecht der Sougven. Darum ging es also, deshalb sollte Darkworld wieder geöffnet werden. Aber was hatte Kaliste damit zu tun? Er spitzte die Ohren, damit ihm kein Wort entging.

„Mir macht viel mehr Sorgen, was dein Dunkler Sohn noch so alles weiß und dem Orden mitteilt. Sagtest du nicht, dass es unter euch eine Verbindung gibt und du immer weißt, was die deinen tun? Wenn er nun auch ein Gespür dafür hat, was du tust?"

Er hörte seine Königin fauchen und konnte sich lebhaft vorstellen, wie sie auf den Sougvenier losging, denn Kaliste fürchtete niemanden. Auch nicht einen Dämonenprinzen wie Sylion. „Das hat er aber nicht. Die Verbindung funktioniert nur in eine Richtung. Ich weiß alles, doch sie wissen nichts von mir."

„So wie die rothaarige Hexe? Die scheint mehr über dich zu wissen, als dir lieb ist."

Melissa! Hätte er nicht ohnehin schon den Atem angehalten, spätestens jetzt wäre er ihm gestockt. Sein Herz raste noch schneller, überschlug sich fast. Sie planten doch hoffentlich nicht, Mel etwas anzutun, weil sie ihnen zu nahe kam? Dann musste er sie warnen, so schnell wie möglich.

„Für alles gibt es Ausnahmen, Kaliste. Das Risiko ist mir zu groß, du musst ihn aus dem Weg schaffen. Wenigstens so lange, bis Darkworld offen ist. Ich traue ihm nicht und weiß, dass er gegen eine Öffnung ist. Auch die Rothaarige steht zu sehr unter seinem Einfluss. Den Ärger kann ich schon riechen und wir brauchen sie für das Tor."

Es setzte eine Stille ein, in der man eine Nadel hätte fallen hören können, bis Samara wieder zu Schluchzen anfing.

„Sei still!", herrschte Kaliste, dann nahm ihr Ton einen eher misstrauischen Ton an. „Was starrst du ständig zum Kamin? Ist dir kalt?"

Ohne Vorwarnung schossen unter ihm plötzlich Flammen empor, fraßen sich durch seine Jeans, bissen in sein Fleisch, dass er beinahe aufgeschrieen hätte. Verdammt, sie hatte ihn entdeckt und wollte ihn bei lebendigem Leib rösten. Ihr Lachen bestätigte diese Vermutung, doch dann sprach sie weiter zu Samara.

„Wenn du nicht augenblicklich still bist, werfe ich dich in die Flammen und röste dich gar. Deinen Zweck kann auch ein anderes Gör erfüllen."

Ihr Schluchzen verstummte, dafür konnte Dracon ihre Angst riechen und dass sie sich einnässte. Sekundenbruchteile später erlosch das Feuer unter ihm und er konnte ein erleichtertes Aufatmen kaum unterdrücken. Sein Fleisch heilte schnell und der Holzrauch überdeckte den Geruch seiner verbrannten Haut.

„Lass Lucien meine Sorge sein, Sylion. Aber wenn du solche Angst davor hast, was er tun könnte, werde ich ihn für eine Weile aus dem Verkehr ziehen. Nur zu deiner Beruhigung, mein Guter. Meine Ghanagouls sollen ihn schnappen und zu meinem Tempel bringen. Dort bereite ich ihm ein hübsches Plätzchen, aus dem er nicht entkommen kann, bis wir unser Ziel erreicht haben und Melissa Ravenwood ihren Zweck erfüllt hat. Ich freue mich schon darauf, ihr anschließend den verdienten Lohn zu zahlen."

Die Niedertracht in ihrer Stimme verursachte ihm Übelkeit, schnürte ihm die Kehle zu. Mel durfte nichts geschehen. Das würde er nicht zulassen. Aber gegen die Königin und den Sougvenier-Prinzen konnte er allein wenig ausrichten. Lucien würde eher mit ihnen fertig werden, aber den wollten sie jetzt einsperren. Er musste ihn warnen. Doch kam er überhaupt nah genug an ihn heran, ohne dass er ihn gleich in seine Atome zerlegte? Sein Verstand arbeitete auf Hochtouren. Wenn er abwartete, Kalistes Wächtern folgte und Lucien aus seinem Gefängnis befreite, standen seine Chancen besser, am Leben zu bleiben. Und der Lord konnte Melissa vor den beiden Verschwörern retten.

Er wartete bis Kaliste und Sylion ihren geheimen Treffpunkt wieder verließen, dann rutschte er aus seinem Versteck, untersuchte die verbrannten Stellen an seiner Jeans, die jetzt einen Teil seiner Beine und seines nackten Hintern preisgaben.

„Wir müssen dich jetzt schleunigst hier wegschaffen, Samara. Ich habe nämlich was Wichtiges zu erledigen, aber hier lassen können wir dich ja auf keinen Fall."

Das Mädchen schüttelte heftig den Kopf. Er sah noch immer Angst in ihren Augen, weil ihr Unterbewusstsein ihr sicher sagte, dass er auch nicht gerade zu den Guten gehörte. Doch im Vergleich zu ihren Entführern war er das kleiner Übel und vor allem wollte sie hier raus. Den Gefallen konnte er ihr tun.

Die Gitterstäbe auseinander zu drücken war ein Leichtes. Samara kletterte heraus und klammerte sich sofort an ihn, weil sie offenbar befürchtete, er könne sie sich selbst überlassen. Unwillig musste er zugeben, dass ihn ihre Anhänglichkeit rührte, was nicht zu seinem Image passte, aber es war ja niemand da, der Zeuge wurde, also gab er seinen Gefühlen nach und streichelte ihr zärtlich über den Kopf. Ihr Haar fühlte sich seidig unter seinen Fingern an, obwohl es zerzaust war.

„Soll ich dich zu deinen Eltern zurückbringen?", fragte er.

Sie blickte zu ihm hoch, Tränen ließen ihre Kulleraugen schimmern. Entschlossen schüttelte sie den Kopf. Das fing ja toll an, sie hatte doch hoffentlich nicht die Absicht, bei ihm zu bleiben, so mildtätig wollte er nun auch wieder nicht werden, sonst war sein schlechter Ruf bald gänzlich versaut.

Um Geduld bemüht, hockte er sich vor sie hin und stupste ihr auf die Nase. „Also, kleine Lady, um eins klarzustellen: Bei mir kannst du nicht bleiben. Ich bin ein ziemlich übler Bursche, klar?" Sie schaute zwar zweifelnd, nickte aber schließlich. „Gut! Wo soll ich dich hinbringen?"

Sie lockte ihn mit dem Zeigefinger näher und er war ganz Ohr. Als wolle sie ihm ein großes Geheimnis mitteilen, beugte Samara sich vor und flüsterte etwas.

Er grinste. „Na das ist ja mal überhaupt kein Problem."

Sein Kopf wog zentnerschwer auf seinen Schultern. Er verlor Jenny, das war Franklin klar. Entweder sie starb, oder sie wurde zum Vampir. Er wusste nicht, welches Schicksal er schlimmer finden sollte. Das Ergebnis blieb – sie war verloren. Wie sollte sie als Bluttrinkerin im Mutterhaus weiterleben? Jenny war so jung. Zu jung um zu sterben, aber ebenso zu jung für das Dunkle Blut. Wie hatte das nur geschehen können? Und warum hatte er sich auf diese vage Chance eingelassen, die Steven und Lucien anführten? Es konnte genauso gut vergebens sein.

Sechzehn Jahre – sie verdiente dieses Schicksal nicht. Ihre zarte, jugendliche Seele konnte so etwas nicht ertragen, unmöglich. Und doch, er hatte ähnlich junge Vampire gesehen an der Seite des Vampirlords Saphyro. Auch er konnte kaum mehr als zwanzig ägyptische Sommer erlebt haben, ehe Kaliste ihm den Blutkuss gab und heute führte er seit über fünftausend Jahren ein Leben der Finsternis. Aber hatte nicht gerade er über seine Schützlinge gesagt, dass sie nicht für die Ewigkeit geschaffen waren? Andererseits war da Ramael. Wie alt mochte der Junge in sterblichen Jahren gezählt haben, als er verwandelt wurde? Franklin schätzte gemessen an der Zeit aus der er stammte und den damaligen Verhältnissen, dass er vielleicht fünfzehn oder sechszehn war, als er seinen Körper verkaufte, um die Familie zu ernähren. Und auch er lebte immer noch. Gab es also auch für Jenny die Chance? Er konnte sie in Saphyros Obhut geben, doch würde sie das wollen? Er konnte nicht einfach über ihren Kopf hinweg entscheiden. Verflucht, aber genau das taten sie momentan. Unter dem Deckmantel ihrer Rettung bestimmten sie über sie und verdammten sie zu einem Leben als Bluttrinkerin.

„Aber es wird ihr Leben retten“, erklang eine ungerührte Stimme vom Kamin.

Franklin fuhr wie von der Tarantel gestochen hoch und blickte in Luciens unergründliche Augen. Dass ihn Jennys Schicksal nicht weiter belastet, war ihm klar, das hatte er auch nicht erwartet.

„Ich sehe, du brütest über der Kopie, die ich dir mitgebracht habe“, gab sich der Lord interessiert.

„Für die du immer noch keinen Preis genannt hast“, schnappte Franklin.

„Aber das habe ich. Eine Schuld. Sie wird sich irgendwann finden, mein lieber Franklin. Eine Hand wäschst die andere.“

Übelkeit stieg in ihm auf, wenn er sich ausmalte, welche Art von Bezahlung es womöglich sein würde. Doch er hatte keine Wahl gehabt. Sie mussten alles über Darkworld und die Öffnung des Tores wissen. Den Feinden einen Vorteil überlassen, kam nicht in Frage. Mit der angefangenen Übersetzung war es nicht mal so schwer, auch den Rest zu entziffern. Sie arbeiteten parallel mit mehreren daran. Jeder an einem anderen Abschnitt. Auch Franklin hatte keine Ruhe, solange sie nicht fertig waren und zumindest Anhaltspunkte für die Pläne von Sir Maxwell sahen. Um Ruhe bemüht, setzte er sich wieder, schob seine Brille zurecht und konzentrierte sich demonstrativ auf das Papier vor sich.

„Wenn du nichts dagegen hast, würde ich gerne weiterarbeiten.“ Seine Stimme klang viel zu unsicher, doch er kam gegen die Furcht, die ihn in Gegenwart des mächtigen Vampirs überkam, nicht an. Sicher bemerkte er es, an seinem Blick, seinem Geruch, seiner Haltung. Lucien war gut darin, Menschen zu lesen. Er machte keinerlei Anstalten, Franklins Bitte nachzukommen. Stattdessen erhob er sich und kam herüber, stellte sich ganz dich neben ihn, sodass seine Aura Franklin wie eine unheilvolle Wolke einhüllte, ihm die Kehle zuschnürte.

Sein schwarzes Haar, streifte Franklins Wange, als er sich vorbeugte und einen Blick auf die Schriften warf.

„Ich kann dir helfen. Die Zeit rennt euch davon, nicht wahr?"

Das dunkle Timbre seiner Stimme hatte etwas Einlullendes. Franklin zuckte zusammen, als eine Hand zärtlich über seinen Rücken strich. Jeder Muskel seines Körpers spannte sich in Ablehnung, konnte er sich doch allzu gut an Luciens Besuch in dem Hotel in Miami erinnern und wie leicht er ihn dort eingewickelt hatte. Heute war er empfänglicher denn je, weil er das Blut so lange schon entbehrte. Lucien zögerte sicher nicht, sich diesen Umstand zunutze zu machen, was seine nächsten Worte bestätigten.

„Sie ist nicht hier, deine Tochter. Kann dich nicht schützen vor mir. Und sie wird nie erfahren, was sie nicht erfahren darf."

Weiche Lippen streiften Franklins Stirn. Wenn er glauben könnte, dass dies der Preis für den Papyrus war, hätte er sich vielleicht überwinden können, den Vampir gewähren zu lassen. Es wäre eine glaubwürdige Ausrede vor sich selbst gewesen, dass er sich aus gutem Grund zur Hure machte, auch wenn die Wahrheit woanders lag. Gier pochte schmerzhaft in ihm und der verbotene Nektar war so nah. Doch sein Stolz ließ nicht zu, dass er nur der eigenen Bedürfnisse wegen solch einen Schritt tat und Lucien damit eine Macht über sich zuspielte, die er nie wieder zurücknehmen konnte.

Er war zu schwach, viel zu schwach, um sich des Zaubers zu erwehren, den Lucien spann. Allein kam er nicht dagegen an, doch er war nicht ganz allein.

Unvermittelt füllte ein tiefes Dröhnen den Raum, Hitze breitete sich aus und bauschte gespenstisch die Vorhänge am Fenster.

Etwas packte Lucien und schleuderte ihn an die hintere Wand des Zimmers.

Franklin war selbst überrascht von der freigesetzten Kraft, sein Herz pulsierte, weil er nicht wusste, wie Lucien darauf reagierte, der mit aufgerissenen Augen auf den Schemen des Drachen blickte, der sich hinter Franklin im Raum manifestiert hatte und bedrohlich sein großes Maul aufriss. Im Gegensatz zu Franklin selbst hatte sein Krafttier Cornach keine Angst vor Lucien und dessen Macht. Tausende von Jahren, Tausende von Blutlinien hatte er begleitet, trug die Weisheit des Universums in sich und gab seinem Menschen nun ein Stück dieser Zuversicht, damit er dem Vampirlord die Stirn bieten konnte, was auch zu gelingen schien.

Jedoch nur für wenige Sekunden, dann brach Lucien in schallendes Gelächter aus.

„Der große Franklin Smithers wagt es nicht, mir allein die Stirn zu bieten, nein, er muss sein Haustier zu Hilfe holen.“

Wut flammte in Franklin auf, dass er es wagte, so über ein Wesen wie Cornach zu sprechen. Sein Zorn übertrug sich auf den Drachen, der Lucien seinen glühenden Atem entgegenhauchte und ein warnendes Grollen erklingen ließ.

Da war es mit dem Humor des Lords vorbei. Das Lachen erstarb und mit grimmigem Ausdruck trat er Cornach entgegen, zeigte keinen Respekt, ließ stattdessen seine Arme vorschnellen und blies nun seinerseits einen Eissturm auf das Totem, der die Hitze brach und die gläsernen Flügeltüren zum Garten hinaus auffliegen ließ. Sekunden später wurde der Drachenschemen von einem Wirbel erfasst und nach draußen befördert, wo er in den Nachthimmel schleuderte und mit einem herzzerreißenden Klagelaut verschwand. Franklin fühlte die Pein seines Krafttiers körperlich und krümmte sich zusammen, doch von Lucien hatte er kein Mitleid zu erwarten. Der Lord baute sich drohend über ihm auf, seine Augen schossen Blitze.

„Wage so etwas nicht noch einmal. Diese Spielchen kannst du dir für drittklassige Poltergeister aufsparen, mich beeindruckt dergleichen nicht. Ich habe Dinge und Wesen gesehen, die du dir nicht einmal vorstellen kannst und habe sie alle besiegt. Da hält mich dein lächerlicher Drache nicht auf."

Franklins Lippen bebten, Demut besänftigte Luciens Zorn womöglich, doch er weigerte sich, so schnell nachzugeben, auch wenn die Angst ihn fast gefror. Erst recht, als Lucien seine Kehle packte und ihn so hoch hob, dass seine Füße in der Luft baumelten. Dessen Augen waren nur noch schmale Schlitze und der Zug um seine Lippen ließ nichts Gutes vermuten.

„Es ist nicht meine Absicht, dir Schaden zuzufügen, doch einen Angriff lasse ich nicht ungestraft."

Das Herz drohte in seiner Brust zu zerspringen, so heftig schlug es gegen die Rippen. Der Klang musste Musik in Luciens Ohren sein und eine Verlockung für ihn darstellen.

„Du tust gut daran, mich zu fürchten, *sadeki*", sagte er. „Du solltest es nur nicht so deutlich zeigen, wenn du mit heiler Haut davonkommen willst. Und beim nächsten Mal werde ich deiner kleinen Echse mehr als nur eine Lektion erteilen."

Franklin fiel zu Boden und fand sich allein im Zimmer wieder. Mit zitternden Fingern rieb er seinen schmerzenden Hals, suchte dabei jeden Winkel des Raumes ab aus Furcht, Lucien könne noch immer irgendwo lauern und ihn beobachten. Doch für heute hatte der Lord sich zurückgezogen, was aber nicht bedeutete, dass er Franklin künftig in Ruhe ließ.

Der Rauch der Wasserpfeife hatte mich benommen gemacht. Meine Füße fühlten sich an, als berührten sie nicht mehr den Boden, die Welt war bunter geworden, schillernder. Beschämt gestand ich mir ein, dass ich in einem Rauschzustand war, doch Saphyro ließ sich nicht anmerken, ob es ihn amüsierte. Er war weit weniger beeinträchtigt von dem Genuss der Shisha, aber vermutlich gewöhnte man sich mit der Zeit daran.

Wir wanderten in der Palastanlage umher, denn auch wenn ich unter seinen Kindern keinen unschuldigen Vampir finden konnte, sah er doch noch Hoffnung. Es gab ein Kloster in der Abgeschiedenheit der schottischen Highlands, überraschend nah meiner Heimat. Warum der Orden davon keine Ahnung hatte, konnte auch Saphyro mir nicht erklären, vermutete jedoch, dass Darius – der Abt – heute so geschickt wie in früheren Zeiten war und sein Kloster deshalb noch immer unauffällig existierte. In einem Kloster war der Aufenthalt eines unschuldigen Vampirs in der Tat naheliegend.

„Als er es sich zu eigen machte und fast alle Mönche tötete, inklusive dem damaligen Abt, war Darius noch nicht der Mann, der er heute ist."

„Wie meinst du das?"

„Ich bin nicht sicher, wie es zu erklären ist. Vielleicht hat ihn die Gegenwart des christlichen Gottes geläutert. Er führt dort mit den seinen ein asketisches Leben voller Entbehrungen. Sie haben einen strengen Kodex, der dem Zölibat ähnlich ist."

Seine Worte stärkten meine Hoffnung, dass wir dort den Vampir fanden, nach dem wir suchten. Ich konnte es kaum erwarten aufzubrechen, doch ein paar Stunden musste ich mich gedulden, denn ich brauchte Ruhe. Besonders nach dem Genuss der Wasserpfeife, wie mir der androgyne Lord erklärte.

„Du bist es nicht gewohnt, es verändert deine Sinne. Die Gefahr, in diesem Zustand zu reisen, ist zu groß. Bleib einen Tag bei mir. Morgen werde ich dich begleiten."

Es wurde die schlimmste Tagesruhe meines Lebens,

mit schrecklichen Visionen einer schreienden Jenny, blutender Schlüssellöcher, einem Neugeborenen, das in den Schlund einer grässlichen Kreatur geworfen wurde und Armand, der mit zerschmettertem Leib in einer Grube lag. Wenn man diesen Trip mit einem gewöhnlichen Drogenrausch vergleichen konnte, verstand ich umso weniger, wie Menschen sich das freiwillig immer wieder antaten. Da blieb ich doch lieber im Vollbesitz meiner geistigen und körperlichen Kräfte.

Ich hätte gern Franklin informiert, doch Saphyro lehnte dies ab, was ich verstand. Egal, was passierte, ich durfte das Geheimnis des Klosters nicht verraten. Auch oder gerade dem Orden nicht. Eine Frage der Loyalität und zum ersten Mal wurde mir bewusst, dass ich mich stärker den Vampiren als den Menschen verpflichtet fühlte.

Von außen sah das Kloster so unauffällig aus, wie jedes andere. Ein Koloss aus dicken, grauen Steinen, der sich an den Fuß eines Hügels schmiegte, geschützt durch eine hohe Mauer. Das Motiv für eine Highland-Postkarte.

Die Zurückgezogenheit dieser Gemeinschaft wurde allgemein anerkannt, nur selten durfte ein Außenstehender den inneren Kreis betreten. Seit Jahrzehnten hatte man keine Mitglieder mehr aufgenommen. Doch die Abgaben an die Kirchenzentrale erfolgten pünktlich, ebenso die Berichte, und es herrschte ein reger E-Mail-Kontakt zwischen dem Abt und seinen Brüdern in anderen Klöstern.

Wir wurden sofort eingelassen, was ganz sicher an Saphyros Status lag. Der Abt hieß uns in seinen Privaträumen willkommen. Darius Medessa. Er war groß. Mit dunkelblonden, kurz geschorenen Haaren und einem sehnigen Körper. Das Bemerkenswerteste aber waren seine Augen. Zweifarbig, eines blau und eines grün. Er betrachtete mich mit einem abschätzigen Lächeln, während er sich von Saphyro den Grund unseres Kommens erklären ließ. Aufgrund seiner Stellung innerhalb der

Vampirfamilie hatten wir uns darauf geeinigt, dass es erfolgversprechender war, wenn er das Gespräch mit Darius führte. Dennoch wandte sich der Abt an mich.

„Hier wirst du nicht finden, was du suchst", stellte er fest und kehrte uns den Rücken zu, als wolle er uns entlassen.

„Wir brauchen den unschuldigen Vampir', sagte ich mit leiser Stimme, weil ich dies in einem Kloster für angemessen hielt und auch Saphyro eher flüsternd gesprochen hatte. „Wo, wenn nicht hier, könnten wir ihn finden? Es geht um die Rettung der ganzen Welt."

Er blieb stehen, blickte über die Schulter zurück, mit hochgezogener Augenbraue. Sein Profil war markant. Die Nase leicht gekrümmt, die Lippen schmal. Er wirkte aristokratisch. Ob er es im sterblichen Leben gewesen war, vermochte ich nicht zu sagen.

„Geht es das nicht immer?" Seine Stimme troff vor Sarkasmus, doch zumindest drehte er sich wieder zu uns um. „Was bekomme ich dafür, wenn ich weiß, wo ihr diesen einen findet und es dir sage?"

Er lauerte. Ich blickte unsicher zu Saphyro, doch der zuckte nur kaum merklich mit den Schultern. Schließlich straffte ich mich und hielt ihm mein Handgelenk hin. Ich trug das Blut Kalistes in mir und einiger anderer sehr alter Vampire. Und vielleicht war mein Ruf als Schicksalskriegerin mir ja auch bis hierher vorausgeeilt, wenngleich ich noch immer selbst nicht wusste, was damit überhaupt gemeint war und weshalb gerade ich eine solche Kriegerin sein sollte.

Er warf nun einen kurzen Blick auf meinen Arm, den pochenden Puls, der sehr schnell unter der dünnen Haut schlug, dann schüttelte er den Kopf.

„Ich begehre das Blut der Urmutter nicht", sagte er kühl. „Oder irgendeins von den anderen, die durch deine Adern fließen. Du hast von vielen getrunken. Auch von den Alten. Aber damit kannst du mich nicht ködern."

„Was ist es dann, was du willst?"

Er lachte leise, lachte mich aus, weil ich bereit war, jeden Preis zu zahlen. Für eine Information, die mir im schlimmsten Fall nicht einmal etwas nützen würde, falls auch er sich irrte, oder falls dieser Vampir nicht willens war, mit mir zu kommen und Jenny zu retten.

„Ich will gar nichts von dir, meine junge Freundin. Denn das Wissen bringt dir nichts. Er wird dir den Jungen niemals geben."

Alle Hoffnungen brachen im selben Augenblick zusammen, in dem sie erstmals Nahrung erhielten.

„Ich muss es dennoch versuchen. Bitte."

Wir standen eine Weile schweigend beieinander und noch einmal bot ich ihm mein Handgelenk als Gegenleistung für seine Information. Aber wieder lehnte er mit einem zynischen Grinsen ab.

„Es ist gut zu wissen, dass ein Mitglied der Ashera, und noch dazu der Zögling Luciens, in meiner Schuld steht. Vielleicht wird sich das irgendwann als nützlich erweisen."

Es war mir unangenehm, in seiner Schuld zu stehen und ich verstand meinen Vater besser denn je, dass er so lange gezögert hatte, Luciens Angebot mit der Schriftrolle anzunehmen. Die Göttin allein wusste, wie er die Schuld eines Tages einzutreiben gedachte. Doch darüber konnte und durfte ich im Moment nicht nachdenken. Also war der Handel besiegelt.

Darius nickte und griff in die Schublade seines Sekretärs. Er reichte mir ein kleines Buch und ermutigte mich, es zu öffnen. Darin fand sich eine Karte und eine Geschichte über einen Jungen, der sich opferte und zum Diener der Nacht wurde für einen mächtigen Blutgott, dem er seither treu ergeben war.

„Anakahn und sein Sohn Arante. Letzterer ist der, den du suchst, denn sein Herz ist ohne Arg. Er kennt weder Lust noch Tod, trinkt nur von seinem Vater, nicht wissend, woher die Quelle stammt, aus der er ihn nährt. Unschuldiger wird keiner der unseren je sein."

Damit drehte er uns wieder den Rücken zu. Als wir den Raum verlassen wollten, rief er mir noch nach.

„Sag ihm, dass ich es dir verraten habe."

Ich zögerte kurz. „Warum?"

Er lachte. Ein raues, boshaftes, aber deutlich amüsiertes Lachen. „Weil er dann noch einen Grund mehr hat, mich zu hassen."

„In den Tiefen der Sahara, verborgen vor der Menschen Augen, liegt des Blutgottes Tempel", las ich die ersten Zeilen der Geschichte, während wir nach draußen gingen.

Die vielen Kreuze und Engelsstatuen verunsicherten mich, wusste ich doch, dass die Bewohner des Klosters alles andere als heilige Wesen waren. Doch der Glaube schien echt. Bei unserem Eintreffen hatte man uns an den Türen zum Altarraum vorbeigeführt, wo über dreißig Mönche in der Andacht versunken waren und den Worten eines schwarzgewandeten Priesters lauschten, der von Verdammnis und Erlösung sprach. Aber auch von ihrer Aufgabe in diesem göttlichen Plan. Mich schauderte noch immer und ich fühlte mich von unzähligen Augen beobachtet.

„Sie sind anders. Doch das sind meine Kinder und ich auch. Jeder sucht sich das Leben mit dem er am leichtesten zurecht kommt. Und fügt sich so stark oder so wenig in die Welt der Menschen ein, wie er es vertreten kann."

Ich fragte nicht weiter, war jedoch froh, als wir das Kloster hinter uns ließen und zu dem Tempel in der Wüste reisten. Am Einstieg hatten die Menschen vor Jahrhunderten Opfer gebracht, um den Gott gnädig zu stimmen. Verbrecher, aber auch Kinder und jungfräuliche Mädchen. Irgendwann war der Kult gestorben, wie so viele andere ähnliche auch. Der Blutgott musste wieder selbst auf die Jagd gehen. Eines Tages war ein Knabe zu ihm gekommen, der sich selbst zum Opfer bot für das Wohl seiner Familie. Denn ein ehrenvoll gegebenes Opfer, das hatte der uralte Kult einst gelehrt, sicherte der Familie desjenigen, der sich selbst gab, Rettung aus der Not. Der Junge hatte von einem alten Bettler die Geschichte des Blutgottes gehört und es war seine letzte Hoffnung gewesen, seine Mutter und Schwestern zu retten, denen der Hungertod drohte.

„Seine Seele war weiß wie Schnee. Unschuldig wie die eines Neugeborenen. Die reinste, die ein Vampir wohl je geschmeckt hat. Er hatte noch bei keinem Mann und keiner Frau gelegen. Hatte weder Knabe noch Mädchen begehrt und nie etwas Verwerfliches getan. Kein Raub, kein Mord, nicht einmal Betrug", erklärte ich Saphyro, während ich in dem Buch las.

„Der Blutgott hat das Opfer angenommen und den Jungen verwandelt. In unschuldiger, verehrender Liebe für solch ein reines Herz. Wenn die Legende stimmt, dann hat er bis heute keine Sünde begangen. Und das alles ist schon Jahrhunderte her."

Ich machte eine Pause, suchte die Stelle und las laut vor. „Er kennt die Sünde nicht. Hat weder Weib noch Mann begehrt noch je getötet. Niemals von einem Sterblichen getrunken, nur von seinem dunklen Vater. Sein Herz ist rein. Er liest, schreibt, malt und fertigt Skulpturen aus allem erdenklichen Material. Er arbeitet mit Geist und Händen von Sonnenuntergang bis Sonnenaufgang. Seine Seele kennt die Finsternis nicht. Weiß nicht um die Abgründe in den Herzen der Menschen und Dämonen."

Der Junge musste wirklich ein Genie sein und die Unschuld in Person. Ich konnte kaum glauben, dass das wirklich stimmte. Doch falls ja, dann war er auf jeden Fall der Gesuchte.

„Und ich hab immer gedacht, das mit dem schlechten Wetter in London sei nur ein blöder Spruch.“

Warren fuhr erschrocken herum, er hatte Steven nicht kommen hören. Ungewöhnlich für einen Vampir. Gerade wenn sie neu in die Nacht geboren waren, reagierten ihre Sinne überempfindlich auf alle Reize. Das wurde oft zum Problem, der häufigste Grund für den Wahnsinn, der meist im Freitod endete.

Melissa hatte nur wenig über die Umstände von Warrens Wandlung erzählt, aber das war auch nicht nötig. Ihr Dunkles Blut floss in seinen Adern und von Dracon hatte er genug gehört, um sich die Details selbst zusammenzureimen. Der Drache schien ja wie besessen von Mel zu sein, dass er unbedingt ein gemeinsames Dunkles Kind mit ihr haben wollte. Aber leider musste Steven Melissas Befürchtungen zustimmen, Warren war bei weitem nicht stark genug, um als Vampir erwählt zu werden. Andererseits, wer erwählte heutzutage schon noch? Die Jungen machten sich keine Gedanken, wenn sie jemanden in die Nacht holten, bloß weil er ihnen gefiel. Sie vergaßen allzu leicht, dass man diese Beziehungen nicht mit einer simplen SMS oder einem neuen Flirt beendete. Das war das wirklich Fatale daran. Die Moral und die Oberflächlichkeit der heutigen Zeit spiegelte sich auch in denen wider, die verwandelt wurden, weil sie es nicht anders gelernt hatten. So verkam die Vampirgesellschaft inzwischen ebenso sehr wie die der Menschen. Aber das war eine andere Geschichte. Im Augenblick ging es um den jungen Mann vor ihm. Er war hübsch, dunkelhaarig, mit sanften Augen. Der MI5-Agent stand ihm noch deutlich im Gesicht, so was verlor sich nicht von heute auf morgen.

Warren bedeutete Mel sehr viel, sie machte sich große Sorgen um ihn. Doch ihr war keine Wahl geblieben. Sie konnte nicht hier bleiben und sich um ihren Dunklen Sohn kümmern, die drohende Gefahr beiseite schieben und ignorieren. Jennys Leben stand auf dem Spiel und vermutlich noch viel mehr. Sie musste handeln, da konnte sie auf ihren Neugeborenen keine Rücksicht nehmen. Darum hatte er sich entschlossen, Warren ein wenig Gesellschaft zu leisten, sich mit ihm anzufreunden und ihm das ein oder andere im Leben eines Vampirs zu zeigen. Er hatte hier sowieso nichts besseres zu tun und Untätigkeit war etwas, das er nicht mochte. Schon komisch irgendwie, er war noch keine Woche im Urlaub und schon sehnte er sich in seinen OP-Saal zurück, wollte das Leben seiner Patienten spüren und das Glücksgefühl, wenn es ihm wieder gelang, eins zu retten. Dabei entsprach seine Natur eigentlich dem Gegenteil.

Er seufzte lautlos, als er versuchte, sich diese dunkle Natur bei Warren vorzustellen. Es gelang nicht. Immer wieder fühlte er die Seele des jungen Mannes brechen, und er hatte in den vielen Jahren der Unsterblichkeit und seiner Tätigkeit als Arzt ein gutes Gespür entwickelt, ob jemand überlebte oder nicht. Trotzdem wollte er es versuchen, denn ein letztes Stück Hoffnung blieb immer und er wünschte es sowohl Warren als auch Mel, dass diese hier nicht vergebens war. Aber erst mal galt es, das Hindernis der Abneigung zu überwinden, das Warren ihm gegenüber aufbaute. Er hatte Mel geliebt und tat es noch. Durchaus verständlich, dass er nicht allzu viel von der Gesellschaft ihres neuen Lovers hielt, doch so schnell ließ Steven sich nicht abschrecken.

„Zigarette?“ Sein Lächeln war aufrichtig und kam bei Warren auch so an, denn er zögerte nur eine Sekunde, ehe er nickte und sich einen Glimmstängel aus der Packung zog. Steven gab ihm Feuer und schlenderte dann wie selbstverständlich los. Tatsächlich folgte Warren ihm, ohne dass er ihn dazu auffordern musste.

„Wie kommst du klar?“

Warren musterte ihn skeptisch von der Seite bei dieser Frage, zuckte die Achseln. „Ganz gut. Denke ich."

Er schürzte die Lippen und nickte. Verunsichern durfte er ihn auf keinen Fall, dann machte er ganz sicher sofort dicht.

„Ist bestimmt nicht leicht, so ganz auf sich gestellt."

„Ich schaff das schon", gab Warren deutlich schärfer zurück.

Steven grinste und hob beschwichtigend die Hände. „Ganz cool, Mann. Sollte keine Kritik sein. Ich weiß nur, wie es mir nach meiner Wandlung ging. Mein Dunkler Vater hatte auch kein Interesse daran, mich in die Lehre zu nehmen."

Er bemerkte seinen Fauxpas und hoffte, Warren würde ihn übergehen, was er natürlich nicht tat.

„Mel hat mich nicht im Stich gelassen, ihre Aufgabe ist verdammt wichtig. Und wenn sie zurückkommt, ist sie auch wieder für mich da."

Es sprach die pure Eifersucht. Das gestaltete sich schwieriger als erwartet. Er musste sich die nächsten Worte gut überlegen, sonst lief er Gefahr, dass Warren ihn einfach stehen ließ.

„Da hast du recht. Sie ist eine tolle Frau. Und kümmert sich um die, die ihr am Herzen liegen. Aber manchmal kann man eben nicht so, wie man gerne will. Ich glaube, sie hat dich nicht gern gerade jetzt allein gelassen."

Er wartete ab, ob er damit an ihn ran kam und atmete erleichtert auf, als Warren resigniert den Kopf hängen ließ und einen tiefen Seufzer ausstieß. Zögernd hob er die Hand und legte sie dem jungen Vampir auf die Schulter.

„Ich bin nicht dein Feind, okay? Ich verstehe wie schwierig die Anfangszeit für dich ist. Wenn du magst, können wir zusammen auf die Jagd gehen."

Das Misstrauen verschwand noch nicht ganz, aber

Warren litt unter dem brennenden Blutdurst. Schweiß schimmerte auf seiner blassen Haut und seine Hände zitterten, sein Blick glitt unstet umher. Er fürchtete sich davor, aufzubrechen und ein Opfer zu suchen, weil es zu viel gab, was man falsch machen konnte. Die Angst, erwischt zu werden und was dann folgen würde – für ihn und auch den Orden – stand in seinen Augen.

„Du brauchst Blut", sagte Steven eindringlich. „Und das nicht erst, wenn Mel zurück ist. Das wird zu lange dauern. Gerade jetzt am Anfang musst du oft genug trinken, weil deine Körperzellen das Lebenselixier brauchen. Sie speichern es nach und nach, wie kleine Depots. Darum musst du irgendwann auch weniger trinken. Aber das dauert seine Zeit." Er überlegte kurz. Natürlich konnte er ihn auch von sich trinken lassen, doch ob Warren das annahm?

„Nein!", kam die entschiedene Antwort.

Steven war verblüfft, hatte nicht damit gerechnet, dass Warren seine Gedanken las. Der sah beschämt zur Seite.

„Tut mir leid. Mel hat es mir beigebracht. Das war schon vor der Wandlung."

„Schon okay." Steven winkte ab. „Es war nur eine I-dee. Also, wollen wir jetzt zusammen jagen?"

Warrens Schüchternheit rührte ihn, wie er hin und her gerissen mit sich rang, aber schließlich nachgab und nickte.

„Gut. Dann musst du mir nur noch sagen, ob du schon getötet hast, oder ob du den kleinen Trunk vorziehst. Ich richte mich ganz nach dir."

„Mir wäre es lieber, wenn ich keinen dabei killen muss."

Steven lächelte beruhigend. „Das musst du nicht, keine Sorge."

Er hatte Warren in sein Herz geschlossen und würde alles tun, was in seiner Macht stand, damit er am Leben blieb.

Die Wüste bei Nacht ist zuweilen unheimlich. Hier herrscht eine fremdartige Stille, die man nirgends sonst findet. In der Nähe menschlicher Siedlungen gibt es immer unterschwellige Geräusche, wir nehmen sie kaum wahr, doch sie sind uns vertraut, gehören dazu. Die Wüste ist anders, auch nicht lautlos, doch die Geräusche sind anderer Natur. Der Nachtwind, der über die Sanddünen gleitet, kleine Tiere, die sich dem kargen Leben angepasst haben, die Glut des Tages meiden – ähnlich wie meinesgleichen – und in der Nacht auf Beutejagd gehen. Unwirklich und ein bisschen auch beängstigend. Ich kannte diese Art von Stille nur aus Ägypten, als wir Athaír in seiner Höhle aufgesucht hatten, doch selbst dort war sie mir nicht so drückend erschienen wie die Sahara in dieser Nacht, während wir unserem Ziel stetig näher kamen.

Ich war dankbar, Saphyro an meiner Seite zu haben und auch wenn es mir noch immer schwer fiel, daran zu denken, wie jung seine Schar von Vampiren war, musste ich zugeben, dass ich ihn inzwischen mochte und wir uns näher kamen. Dass er mich wie selbstverständlich begleitete, mir seinen Schutz gab, ohne nach einer Gegenleistung zu fragen, ehrte ihn. Ich musste meine schlechte Meinung über ihn revidieren und fing sogar an, ihn mit anderen Augen zu sehen. Ob er sich dessen bewusst war? Ich weiß es nicht.

Seine Hand legte sich mutmachend auf meinen Rücken, als wir uns dem Eingang der einstigen Kultstätte näherten, dabei strahlte sein Gesicht eine solche Ruhe aus, dass sie sich auf mich übertrug. Ich spürte, wie sich selbst Osira in meinem Inneren vertrauensvoll in seine Berührung schmiegte. Wenn sie das tat, konnte ich es guten Gewissens auch.

„Er wird sein Heim sehr tief unter der Erde haben,

wohin ein Mensch nicht vorzudringen vermag. Oder er hat den Zugang gesichert."

Ich dachte an schwer zu bewegende Steinplatten oder Felsen, wie man es in Büchern liest oder in Filmen sieht, aber dann musste ich über diese Naivität lachen. In Zeiten ohne Sprengstoff war das sicher hilfreich gewesen. Heutzutage …

Anakahns Schutz bestand aus einer großen und trostlos leeren Höhle, die dem Besucher jedes Interesse nahm, weiter vorzudringen. Dahinter befand sich ein labyrinthähnliches Gangsystem, das vor einer glatten Sandsteinwand endete. Eine Sackgasse? Aber Saphyro fuhr mit der Hand über die ebene Fläche und plötzlich gab diese nach. Wir betraten eine deutlich interessantere Höhle. Fackeln an den Wänden, Felle auf dem Boden, leise Musik schwebte durch die Gänge. Wir folgten ihr und je näher wir ihrem Ursprung kamen, desto stärker nahm sie mich gefangen. Sie vibrierte in jeder Zelle meines Körpers, bestimmte den Schlag meines Herzens, löste ein Sehnen in mir aus, das fast schon Schmerz war. Ich fühlte, wie eine Träne über meine Wange rann, wischte sie hastig fort, damit Saphyro sie nicht sah.

Der Raum, den wir betraten, sah nicht nach einer Höhle aus, eher wie das Innere eines Tempels. Schlicht und doch erhaben wirkte er mehr durch die Aura, die ihn erfüllte, als durch optische Schnörkel und Ausstattung. Noch immer stand ich unter dem Bann der Musik, der von den mentalen Schwingungen hier im Raum verstärkt wurde. Daher blickte ich Saphyro verwirrt an, als er mich an den Schultern fasste und lächelnd zu einer Seite des Zimmers wies. Ich sah und erkannte ihn im selben Augenblick.

Anakahn. Der mächtige Lord mit dem langen aschblonden Haar und den kalten grauen Augen, dessen schlichtes Mönchsgewand nicht über seine Erhabenheit hinwegtäuschen konnte. Einer derer, die für Ivankas Tod durch den Sonnenkuss gestimmt hatten. Die Bitterkeit der Erkenntnis versetzte mir einen Stich und ließ meine Beine zittern. Meine Kehle war wie zugeschnürt, ließ nicht einmal ein Wort des Grußes über meine Lippen kommen. Saphyro sprach stattdessen.

„Wir grüßen dich, Anakahn, Sohn der Kaliste."

„Und ich grüße dich Saphyro, Sohn der Kaliste. Und deine Begleiterin, einen Zögling Luciens, wenn ich mich recht entsinne. Mit einem Hang zu leichtfertiger Wandlung und Schlimmerem."

Er wusste es! Er wusste, was Steven und ich getan hatten, dass nun beider Blut in meinen Adern floss. Erst jetzt kam in mir die Frage auf, ob auch Saphyro diese Tatsache gespürt hatte. Sein Blick bestätigte es, sagte aber gleichzeitig, dass es in seinen Augen keine Rolle spielte.

„Wir stehen hier nicht vor Gericht, Anakahn. Und es ist längst keine Ehre mehr, Sohn der Kaliste zu sein."

Seine Stimme klang traurig. Der blonde Lord nickte bedächtig.

„Nein, das ist es wohl nicht mehr. So viele Lügen. Doch zu welchem Zweck?"

„Braucht eine Königin eine andere Rechtfertigung als ihre Herrschaft?"

Anakahn lachte, was seinem Gesicht eine Sanftmut verlieh, die ich nicht erwartet hatte. Er neigte höflich den Kopf, wies auf ein Tablett mit einem Krug und einem Becher.

„Bescheidenes Tierblut, doch ich kann hier draußen nicht wählerisch sein. Die Jagd in der Stadt ist nicht ganz ungefährlich und ein Mensch verirrt sich kaum hierher."

Die Stadt gefährlich? Für einen wie ihn? Kaum einer konnte leichter Menschen täuschen und töten als ein Lord.

„Nicht um meinetwillen ist es gefährlich, Melissa Ravenwood. Doch das sei für dich ohne Belang."

Er wiederholte sein Angebot mit dem Krug, doch für Höflichkeitsfloskeln hatten wir keine Zeit. Ich musste mein Anliegen vorbringen, aber ich konnte kaum einen klaren Gedanken fassen. Diese Musik – sie gab meinen Geist nicht frei, spülte in Wellen über meine Seele, streichelte sie zärtlich wie die Hand eines Geliebten, brachte mich gleichzeitig zur Verzweiflung, weil ich kaum mehr Herr meiner selbst war. Und dann plötzlich verstummte sie abrupt.

„Besser jetzt?“, fragte Anakahn und sein Gesicht zeigte Sorge.

„Ja, danke.“

„Ich muss um Vergebung bitten, denn ich habe mich so an das Spiel gewöhnt, dass ich seine Wirkung zuweilen vergesse.“

Ich schaute mich im Raum um, fand aber weder ein Instrument noch irgend ein anderes Gerät, das diese Klänge erzeugt haben konnte.

„Bitte, sagt weshalb ihr gekommen seid, und lasst mich dann wieder in meiner Einsamkeit zurück. Ich ertrage die Nähe von anderen nicht.“

Die Jagd gestaltete sich für Warren schwieriger als Steven erwartet hatte, was ihn zu der Frage brachte, ob Mel ihn überwiegend von sich hatte trinken lassen. Sehr oft hatte er noch nicht getötet, das stand fest. Er ging sehr zaghaft vor, entweder wurde er kaum von der Gier des Dämons gelenkt, oder aber er fürchtete so sehr, die Kontrolle zu verlieren, dass er ihn bewusst unterdrückte. Steven konnte ihm nicht helfen, solange er das nicht wusste, also blieb ihm nichts anderes übrig, als ihn danach zu fragen. Warren wich seinem Blick aus und gestand, dass seine erste Jagd an Mels Seite der pure Horror gewesen war.

„Es war nicht ihre Schuld. Sie hat mir geholfen, die

Eindrücke zu filtern und meinem Dämon die Führung zu überlassen, aber … ich weiß nicht, wie ich es beschreiben soll. Das … Ding, das auf einmal losstürmte, war nicht mehr ich. Es hat sich angefühlt, als sei ich im eigenen Körper gefangen und beobachte, wie ein fremder Wille meine Glieder und mein Handeln lenkt. Ich werde den entsetzten Ausdruck in den Augen des Stadtstreichers nie vergessen, als ich über ihn herfiel und seine Halsschlagader zerfetzte. Der Geruch und die Wärme des Blutes machten es noch viel schlimmer, ich hatte keine Kontrolle mehr."

Steven verstand. „Du hast Angst, dass es beim nächsten Mal noch schlimmer wird. Dass du keine Wahl hast, ob du tötest oder nur den kleinen Trunk nimmst."

Warren nickte. Er blickte die nächtliche Straße entlang, beobachtete die Passanten, die im Licht der Straßenlaternen unterwegs waren. Allein oder in Grüppchen, schweigend oder lachend. Hunger und Verzweiflung lagen in seinen Augen, aber er rührte sich nicht.

„Es ist wie ein Spiel, Warren. Nur wenn du lernst, es zu spielen, kannst du es auch gewinnen. Dann besiegst du dein Opfer, aber auch den Dämon in dir. Die Kontrolle liegt immer in deiner Hand, er ist ein Teil von dir, also fürchte ihn nicht. Mach ihn zu deinem Verbündeten und spiele mit ihm zusammen."

Der zweifelnde Blick verriet, dass Warren sich nicht vorstellen konnte, wie das vonstatten gehen sollte. Steven lächelte ihm ermutigend zu.

„Der Dämon ist biologisch gesehen nur eine Anomalie deiner Blutzellen. Denke daran bei der Jagd und nicht an den Hunger. Wenn du ihn nicht als ein eigenständiges Wesen siehst, wird es einfacher. Genieße dein Opfer mit allen Sinnen, denn sie haben so viel mehr zu bieten, als das Blut." Er deutete auf zwei junge Frauen, die für einen Abend in den Clubs gestylt waren. „Lass uns schauen, ob die beiden Interesse an einer Begleitung haben."

Warren folgte zögernd, überließ ihm das Reden und musterte verstohlen die Dunkelhaarige, während Steven mit ihrer blonden Begleiterin flirtete. Sie waren allein unterwegs und hatten nichts dagegen, einen netten Abend in gutaussehender Gesellschaft zu verbringen. Steven zwinkerte Warren zu und führte ihn telepatisch.

„Atme ihren Duft, lass dich davon berauschen und blende das Blut erst mal aus. Sieh sie dir genau an, denn mit den Augen eines Vampirs siehst du viel mehr, ist ihre Schönheit eine ganz andere. Gib dich den Küssen hin, sie werden sich ganz sicher küssen lassen, und genieße ihren Geschmack. Dein Dämon hat mehr Gelüste als nur den Hunger. Stille sie alle, dann behältst du die Zügel in der Hand."

Er wusste, es klang für Warren erst mal furchtbar kompliziert. Darum beobachtete er ihn genau, um eingreifen zu können, falls der Blutdämon doch zu schnell vorpreschte. Mel hätte das bei der ersten Jagd schon tun sollen, doch sie war auch noch ein recht junger Vampir, zu ungeübt, um einen Neugeborenen zu lehren.

Warren beherzigte die Ratschläge, lernte schnell und gewann an Sicherheit. Er genoss es, die Dame an seiner Seite mit allen Sinnen zu erleben, seine Anspannung fiel ab. Als sie die Mädchen in den frühen Morgenstunden wieder nach Hause brachten und jeder mit seiner Auserwählten noch eine Weile in den Schatten eines Hauseingangs verschwand, wusste Steven, dass Warren keine Probleme haben würde, sich nach dem kleinen Trunk zurückzuziehen und den Nebel des Vergessens um die Erinnerung der Dunkelhaarigen zu weben.

Unbeschadet verabschiedeten sich die Frauen schließlich und betraten ihre gemeinsame Wohnung, während Steven sich mit Warren wieder auf den Heimweg nach Gorlem Manor machte.

„Danke", sagte Warren.

„Wofür? Es jagt sich netter in Gesellschaft." Er knuffte ihn in die Seite, was Warren mit einem Lachen und einer halbherzigen Abwehr quittierte. „Jetzt sag schon, ich bin doch gar kein so übler Typ“, stichelte Steven.

„Schon gut. Nein, bist du nicht. Tut mir leid.“

„Ach, ich glaube, ich wäre auch ziemlich angepisst, wenn sich ausgerechnet der Lover meiner Angebeteten bei mir einschleimen wollte.“

Verlegene Röte überzog Warrens Gesicht. „Mel hat nie diese Art von Interesse an mir gehabt. Das hat mit dir nichts zu tun.“

„Schon klar, aber weh tut's trotzdem.“

Warren antwortete nicht, was er auch nicht musste. Wichtig war, dass er bis Mel zurück kam weiter an Sicherheit gewann, dann hatte er eine Chance, die Ewigkeit zu überstehen.

„Darius“, sagte Anakahn und dem Klang seiner Stimme war nicht zu entnehmen, ob er wütend, belustigt oder enttäuscht war, oder ob er nur registrierte, wer ihn letztlich verraten hatte.

Saphyro hatte ihm erzählt, dass die Legende des unschuldigen Vampirs mich erst zu ihm und dann zu Darius geführt hatte und dass dieser uns schließlich zu ihm schickte.

„Ja, Darius“, bestätigte ich noch einmal.

„Wer sonst? Er ist der Einzige unserer Art, der weiß, wo ich lebe. Aber ich hätte nie gedacht, dass er mich verraten würde. Mein alter Freund.“

Die Bezeichnung Freund irritierte mich. Darius hatte von Hass gesprochen. Doch im Augenblick interessierte mich wenig, wie die beiden zueinander standen. Ich brauchte den Jungen – Arante. Bisher deutete nichts darauf hin, dass er noch bei Anakahn lebte, nur ein Stuhl am Tisch, nur ein Krug mit Blut, ein Becher. Aber ich war sicher, dass er wusste, wo ich ihn fand, ich musste ihn nur dazu bringen, es mir zu sagen.

„Es geht um zu viel, als dass er hätte schweigen können, Anakahn. Die Bedrohung lässt keinen Platz für Loyalität, das mag ihn entschuldigen."

„Loyalität? Ich glaube nicht, dass es etwas damit zu tun hat. Ebenso wenig wie es an der Bedrohung liegt, dass er nicht geschwiegen hat. Doch das führt zu weit, du würdest es in deiner Jugend und mit deinem menschlichen Herzen nicht verstehen."

„Warum versuchst du es nicht einfach?"

Er lachte, warf Saphyro einen Blick zu. Die beiden kommunizierten stumm – über mich. Der Kopf des androgynen Lords senkte sich kaum merklich, woraufhin Anakahn leise seufzte.

„Nun gut, es spielt ohnehin keine Rolle, ob du es weißt oder nicht. Aber vielleicht hilft es dir, meine Entscheidung besser zu verstehen. Darius und ich waren Jagdgefährten. Viele Jahrhunderte lang. Wer wen verließ, spielt keine Rolle mehr. Ein dummer Streit, er führte zu Hass. Darius konnte noch nie vergeben. Ich zog mich in die Wüste zurück, erschuf den Kult eines Blutgottes. Darius zog lange Zeit ruhelos umher.

Irgendwann gründete er ein Kloster mit den sterblichen Mönchen, die dort bereits lebten. Er machte sie zu seinen Sklaven mit seinem mächtigen Blut. Vielleicht verwandelte er auch einige von ihnen oder tötete sie. Ich weiß es nicht. Wenn du sie gesehen hast, wirst du dir ein Bild davon machen können. Er ließ sich die Kinder von vermögenden Familien bringen. Jungen und Mädchen. Um sie in zwei getrennten Trakten des Klosters zu unterrichten. Eine Klosterschule der besonderen Art. Wie er es geschafft hat, in der damaligen Zeit beide Geschlechter in einem Kloster unterrichten zu dürfen, ist mir schleierhaft. Die „Nonnen" machte er zu seinen Geliebten. Zweifellos Geschöpfe, die selbst als Sterbliche nicht zu Gott beteten. Aber das spielt keine Rolle. Die

Kinder, die man ihm brachte, blieben. Keines kehrte zu seiner Familie zurück. Ob sterbliche Sklaven des Blutes oder Vampire, wer weiß das schon. Sie blieben aus freien Stücken. Mönche und Nonnen des Klosters. Doch irgendwann geschah etwas, ich weiß nicht, was es war. Das Kloster nahm niemanden mehr auf und die Vampire innerhalb der Mauern verschrieben sich der Enthaltsamkeit. Sie wollten rein werden, so hieß es, und es ist ihnen wohl auch gelungen."

Ich hatte keine Frauen im Kloster gesehen, was aber nicht hieß, dass keine dort waren. Doch nach seinem heutigen Ruf lebten sie dort ohne dass es bekannt war, sonst hätte die Kirche es nicht geduldet.

Anakahn machte eine kurze Pause, als müsse er nach weiteren Erinnerungen erst suchen.

„Du weißt von dem Jungen, denn wegen ihm bist du hier. Darum werde ich nicht so tun, als gäbe es ihn nicht. Er ist anders. Er gehört nicht in die Nacht. Darum brachte ich ihn zu Darius, weil ich glaubte, dass er dort glücklich werden könnte. Ich baute darauf, dass seine neue Weltsicht auch den Hass in Darius beendet hatte. Arantes Seele, so glaubte ich, konnte innerhalb der Klostermauern Frieden finden. Wo es doch wahrhaftig die eines Heiligen ist."

„Das war riskant, nicht wahr? Darius hätte den Jungen töten können."

„Darius mag böse sein, wie jeder Dämon. Und sein Hass auf mich brennt heiß. Doch er hat Ehrgefühl, wie jeder von uns. Er hätte dem Jungen niemals ein Haar gekrümmt. Wenn ich mir über nichts anderes sicher war, darüber schon."

„Und was passierte?"

„Er hat sich geweigert. Hat den Jungen abgewiesen und uns beide fortgejagt. All die frommen Reden, aber er vergab mir nie."

Seine Worte stimmten nachdenklich. Machten mir bewusst, wie wenig ich über meine eigene Art wusste, über die unterschiedlichen Lebensarten. „War es nicht schwierig für ihn, Jahrhunderte lang ein Kloster zu führen und sterbliche Heranwachsende aufzunehmen? Es muss doch irgendjemandem aufgefallen sein, dass er nicht altert."

Anakahn lachte leise. „Darius hat viele Gesichter. Du hast nur eines gesehen. Und davon abgesehen, wer vermutet schon einen Teufel innerhalb der Mauern eines Gotteshauses?"

Damit hatte er recht.

„Ich bitte dich nun zu gehen, Melissa. Akzeptiere, dass auch ich euch nicht helfen und du den Jungen nicht mit dir nehmen kannst."

Ich fixierte ihn, versuchte, in seinen Gedanken zu lesen, aber er verschloss sie vor mir. „Tu das nicht, Anakahn. Verschleiere nicht deine Gedanken, dazu hast du kein Recht. Hier geht es um mehr, als den Wunsch eines Einzelnen."

„Ich habe jedes Recht, denn du befindest dich in meinem Revier. Drohe mir nicht, Melissa. Ich warne dich. Was bist du schon? Noch ein Neugeborenes in der Nacht. Ich bin heute schon mächtiger, als du es je sein wirst. Nur meine Güte hält mich davon ab, dich zu vernichten."

„Es liegt ganz sicher nicht in meiner Absicht zu drohen", erwiderte ich ruhig. „Doch ich bitte dich inständig, deine Entscheidung gut zu durchdenken, ehe du sie fällst. Wenn wir Jenny nicht retten, indem wir ihr ungeborenes, von einem Inkubus gezeugtes Kind töten, wird es womöglich dazu benutzt, Darkworld zu öffnen. Ich denke nicht, dass das deinem Wunsch entspricht."

Ich hielt seinem Blick weiter stand. Vielleicht war es das, was mir schließlich seinen Respekt brachte, vielleicht war es auch die Erwähnung von Darkworld, denn bisher hatten wir nur gesagt, dass wir das Blut des unschuldigen

Vampirs brauchten, um ein Menschenkind zu retten. Seine Augen weiteten sich bei der Erwähnung der einstigen Parallelebene, die nun als Gefängnis diente. Mit einem Mal wirkte er müde und schließlich hielt er die Barriere nicht länger aufrecht, ließ die Schultern hängen und machte eine vage Geste. Gleich darauf betrat ein junger Mann den Raum, es war fast, als gehe er direkt durch die Wand, doch wenn man genau hinsah, erkannte man einen Durchlass. Er stellte sich neben Anakahn und musterte Saphyro und mich mit unverhohlener Neugier.

„Arante. Er ist mein einziger Sohn. Der einzige, den ich je erschuf, doch nicht gemacht für unsere Art zu leben. Blut zu trinken oder es zu geben. Ihr verlangt Unmögliches."

Der Jüngling verlor das Interesse an uns, denn er wandte sich wortlos ab, ging zum Tisch, wo er Papier und Feder heranzog und anfing zu schreiben. Er war hager von Gestalt, zerbrechlich fast. Weißblondes Haar umschmeichelte in weichen Wellen sein Gesicht, das knabenhaft wirkte. Seine blauen Augen blickten wach und verträumt zugleich, während er konzentriert über einem Bogen Papyrus saß und den Federkiel unablässig darüber führte.

„Was tut er da?"

„Er schreibt Gedichte. Wunderschöne Gedichte über das Paradies und seine Götter. Aber auch über die Schönheit der Hölle, in der wir leben." Anakahn klang verbittert und traurig. „Die Musik, die dich so gefangen hat, floss aus seinen Fingern. Im Nebenraum steht eine Harfe, der er Töne entlockt, wie es kein Mensch je vermag."

„Dein Herz trauert um ihn, habe ich recht? Ich sehe es dir an, höre es in deiner Stimme. Ein Herz, das doch sonst kein Erbarmen kennt." Ich musste an Ivanka denken und seine harten Worte vor Gericht.

„Auch mein Herz kennt Erbarmen, Melissa. Doch dies

zu zeigen würde nichts ändern. Meine Anhänger wollten ihren blutigen Gott, also war ich, was sie in mir sehen wollten und blieb es, auch wenn der Kult längst vergangen ist. Arante ist anders, als jene die kamen, um mir ihre Verbrecher zu opfern und manchmal ihre Kinder. Er kam, vor vielen hundert Jahren. Nicht zu den Festen und Ritualen, sondern allein in die Höhle des Löwen. Ohne Schutz und ohne Furcht. Er wollte sich mir opfern, selbstlos, nur um seiner Familie das Glück zurückzubringen. Er glaubte daran, dass ich dies vermochte und flehte, ich möge sein bescheidenes Opfer als würdig erachten. So rein – ich liebte ihn vom ersten Augenblick an."

Das konnte ich verstehen. Der Mann dort drüben war überirdisch schön, und er musste es bereits vor seiner Wandlung gewesen sein. Das helle Haar fiel schmeichelnd über seinen Rücken und im Kerzenlicht wirkten seine Augen wie dunkelblaue Opale. Makellose Haut, feine Züge, geschmeidige Glieder. Und in seinem Blick lag eine Sehnsucht, die einem das Herz zerriss.

„Arante bot mir sein Leben, doch zum ersten Mal brachte ich es nicht über mich, mein Opfer zu töten. Also verwandelte ich ihn, seither ist er mein Augapfel."

Der Vampir in ihm war nicht zu übersehen, doch es war etwas an ihm, das ich nicht in Worte fassen konnte. Er war tatsächlich anders. Aber wie? Ich blickte Anakahn fragend an.

„Er hat in seinem ganzen unsterblichen Leben noch nie ein Wesen getötet, Melissa. Das Töten ist unsere Natur, doch Arante ist nicht dazu fähig."

„Wie überlebt er?"

„Ich trinke für uns beide. Und er trinkt von mir seit seiner Geburt in die ewige Nacht. Über sein Herz hat sich nicht der schwarze Schleier gesenkt. Es ist rein wie das eines Neugeborenen. Reiner noch, als es vor seiner Wandlung war."

„Wie kann das sein? Der Vampir macht sich die Seele des Menschen zu eigen, geht stets seinen dunklen Weg."

„Ich weiß es nicht. Ich weiß nur, als ich ihn schuf, war ich voller Liebe. Ich brachte es nicht über mich, ihn zu nehmen. Er schien mir zu zart. Er war mein Kind und wird es immer sein. Ich hielt ihn in den Armen wie ein Vater, hätschelte und koste ihn. Und dann holte ich ihn zu mir. Mehr tat ich nicht. Niemals."

„Und er?"

„Liegt in meinen Armen. Ist immer da. Nimmt, was ich ihm gebe, ohne je zu fordern. Es ist, als habe der Vampir seine Seele nicht zerstört, sondern geläutert. Sein ganzes Sehnen gilt den Künsten, seine Liebe mir allein."

Ich sah Tränen in Anakahns Augen schimmern. „Wenn er die Legende erfüllt, wird sein Wesen dahin sein. Nichts kann dann mehr sein, wie es war. Bist du dir darüber im Klaren, was du mir – ihm – damit antust?"

Das war ich, doch mir blieb keine Wahl.

Es zerriss Armand, doch er konnte nicht aufhören zu lachen.

Sein Körper krampfte sich zusammen. Die Versuchung wurde immer größer, nach draußen zu gehen, sich den geflügelten Dämonen zu stellen und sich von ihnen in Stücke reißen zu lassen, damit es endlich ein Ende fand.

War es Autosuggestion? Beherrschten diese Wesen seine Gedanken? Alles schien möglich in dieser Horrorwelt.

Plötzlich schoss ein Schatten an seinem Versteck vorbei. Erst dachte er, einer der Dämonen sei des Wartens überdrüssig geworden und habe sich entschlossen, ihn zu holen, doch das Grollen war viel tiefer als die seltsamen Laute, die der eine von sich gegeben hatte. Wieder bewegte sich der Schatten, Armand hörte ein Fauchen, ein Geräusch als ob Leder zerrissen wird und dann schrie jemand schrill auf. Hektisches Flügelschlagen erklang, aufgewirbelter Staub stieg ihm in die Augen. Stille setzte ein, er lauschte, kroch an den Ausgang seiner Zuflucht, um hinauszuspähen, und sprang dann jäh zurück, als etwas Großes auf ihn zu kam, das wie ein geflügelter schwarzer Panther aussah. Es kannte kein Zögern, sondern folgte ihm, baute sich vor ihm auf, die Augen leuchtende Smaragde in der Dunkelheit.

Da begriff Armand, dass es Welodan war, der einen der Dämonen als Beute geschlagen hatte und hinter sich her zog. In seinem Wahn hatte er sie wie ein Wesen wahrgenommen.

Blutgeruch stieg von dem frischen Leichnam auf, wehte ihm lockend um die Nase, weckte seinen Hunger. Armand zögerte nicht eine Sekunde, stürzte sich auf den Körper, achtete nicht darauf, dass die Klingen der Flügel ihm tiefe Schnitte beibrachten. Gierig schlürfte er das Blut aus der aufgerissenen Kehle, während Welodan sich neben ihm ausstreckte und schnurrte.

Das Dämonenblut schmeckte bitter, war viel kälter als das eines Menschen oder einer Ratte. Aber es nährte ihn, gab ihm Kraft. Er fühlte, wie es seinen Körper durchdrang, heilsamer als das der vielen grauen Nager. Es war dem seinen ähnlich, würdige Kost für seinen Blutdämon.

Schließlich sank er keuchend aber gesättigt auf den Boden zurück, von seinem Widersacher war nur eine trockene Hülle zurückgeblieben und die gefährlichen Flügelklingen.

Welodans wacher Blick ruhte auf ihm.

Er sah seinen Panther aus halbgeschlossenen Lidern an, versuchte zu ergründen, was das Tier ihm sagen wollte und bedauerte, dass ihre Fähigkeit, mit Worten zu kommunizieren, offenbar nicht von langer Dauer gewesen war. Doch auch so verstand er schnell, was die Katze meinte. Diese Flügel waren nicht ganz unnütz. Eine wirksame Waffe gegen die anderen vier dort draußen, die nun sicher noch wütender waren und begierig darauf, Armand zu töten.

Eine schmerzhafte Aufgabe, einzelne Klingen aus den Flügeln zu reißen, doch als er es geschafft hatte, stellte er fest, dass sie gut in der Hand lagen und durch das getrunkene Blut heilten die Wunden deutlich schneller. Mit einem letzten Blick zu Welodan, der zustimmend nickte und dann verschwand, trat Armand wieder ins Freie.

Von den seltsamen Vögeln war nichts zu sehen, doch weit konnten sie nicht sein. Er lauschte auf jedes noch so leise Geräusch und arbeitete sich Meter für Meter weiter.

Es dauerte nicht lange, bis seine neuen Freunde wieder auftauchten.

Zwei von ihnen saßen auf einem kleinen Felsplateau und stürzten sich sofort kreischend auf ihn, als sie ihn erblickten. Armand hatte durch das Blut ihres Gefährten wieder Kampfgeist in sich. Welodans Gegenwart hatte ihm seinen Verstand zurück gebracht und dessen Liebe zu Melissas Wölfin Osira hatte diese auch in seinem Herzen wiedererweckt. Es schlug stärker als je zuvor für Mel, was ihn umso entschlossener machte. Er stemmte die Beine in den Boden, hielt die tödlichen Waffen gespreizt nach unten und wartete, bis seine Gegner nahe genug herangekommen waren. Dann rannte er los. Seine Hände umklammerten die Federkiele wie einst den Griff der Säbel und Degen, mit denen er seine Duelle gefochten hatte. Es war nichts anderes, nur dass hier Hunderte von Waffen gegen ihn schlugen, aber auch die konnte er parieren, wenn er geschickt und schnell genug war. Im Sprung hieb er nach dem Dämon, der ihm am nächsten war; der Streich trennte ihm einen Flügel von der Seite, er schlingerte, konnte sich nicht halten und schlug so hart auf, dass der Boden erbebte.

Er ignorierte den zweiten Angreifer, stürzte sich erneut auf den ersten, ehe der wieder auf die Beine kam. Die Spitze der Klinge drang tief ins Fleisch, durchstach das Herz, und die Augen des Wesens brachen augenblicklich.

Zeit zum Verschnaufen blieb Armand nicht, denn der andere griff bereits wieder an. Geifer troff von seinen Zähnen wie bei einem tollwütigen Hund. Armand fühlte sich benommen vom Adrenalin, das durch seinen Körper jagte, ein vertrautes Gefühl, das er lange nicht mehr empfunden hatte. Jetzt erlebte er wieder den Rausch, den er als Sterblicher gekannt und geliebt hatte. Den Reiz der Gefahr, den Atem des Todes, der ihn streifte, noch nicht wissend, ob er ihn einfing und in seine unbekannten Gefilde holte, oder lediglich sein Gefährte in der Schlacht wurde, der ihm letztlich den Sieg bescherte.

Einmal vom Fieber erfasst, liefen seine Bewegungen automatisch ab, leiteten seine Instinkte ihn sicher wie ein Wegweiser, registrierten seine Sinne selbst die kleinsten Regungen des Kontrahenten.

Dieser war nach dem Schicksal seines Freundes vorgewarnt und vorsichtiger, doch seine Größe und das Gewicht der Messerklingen machten ihn schwerfällig. Armand wusste diesen Vorteil zu nutzen. Wenn nicht mit Kraft, dann mit Geschick, konnte er den Sieg erringen.

Er wich einem Hieb der Flügel aus und duckte sich unter den Händen hinweg, die ihn greifen wollten, rollte über den Boden, kam hinter dem Dämon wieder auf die Beine und schlug ihm die Klinge quer über den Rücken. Schwarzes Blut tropfte zu Boden, Armand wurde übel bei dem Gedanken, dass er dieses Gebräu getrunken hatte, doch in der Not durfte man nicht wählerisch sein.

Blanker Hass schlug ihm entgegen, die gefletschten Zähne wirkten abstoßend. Er zweifelte nicht, dass dieses Gebiss einen Knochen mühelos zermalmen konnte, was ihm einen Schauer über den Rücken jagte.

Er bleckte seinerseits die Fänge, sein Körper war gespannt wie die Sehne eines Bogens, während er darauf wartete, dass sein Gegenüber wieder angriff. Seine wachsamen Augen registrierten die schwere Atmung, das Zittern der Muskeln. Der andere hatte Schmerzen, unablässig floss Blut aus dem tiefen Schnitt, den er ihm beigebracht hatte. Falls er sich wieder in die Lüfte erhob, wäre er im Vorteil, doch das tat er nicht. Armand konnte nur vermuten, dass er mit seinem Schnitt vielleicht einen Nerv durchtrennt hatte, oder dass die Pein, die eine Bewegung der Flügel auslöste, zu groß war.

Sie umkreisten sich, lauerten darauf, dass der andere einen Fehler machte. Armand behielt auch die Umgebung im Auge, denn die anderen beiden konnten jederzeit zurückkehren. Er konnte darauf verzichten, gegen drei von diesen Biestern gleichzeitig kämpfen zu müssen.

Plötzlich drehte der Geflügelte sich mit unerwarteter Geschwindigkeit, stellte die Flügel wie Speere auf. Armand wurde derart überrascht, dass er sich nicht schnell genug in Sicherheit bringen konnte und unzählige Schnitte an seiner rechten Seite davontrug, ehe er dem tödlichen Kreisel auswich. Ein kehliges Lachen begleitete den Triumph der Kreatur.

Armand ignorierte den Schmerz, der ihm tief ins Mark schnitt. Ebenso die klebrig-feuchte Wärme, die an ihm hinab rann und den Boden tränkte. Seine Wehrhaftigkeit war erst mal halbiert. Er fühlte zwar, wie das Blut prickelnd zu den Wunden strömte, um sie zu heilen, doch noch brauchte das Zeit. Er warf einen sehnsüchtigen Blick auf den toten Dämon am Boden, sein Blut stellte das Heilmittel dar, nur leider kam er nicht dran, solange der andere noch lebte.

Mut der Verzweiflung trieb ihn voran, er erinnerte sich der Finten und Hiebe, die er in seiner Jugend gelernt hatte. Ganz sicher beherrschte dieses einfältige Wesen keine Duellregeln, dies konnte ebenso Vorteil wie Nachteil sein. Mit ein paar gezielten Schlägen gelang es ihm, seinen Gegner zurückzudrängen, bis dieser mit dem Rücken an einem Felsen stand. Hier war ihm zumindest keine erneute Todespirouette mehr möglich, an Aufgeben dachte er deswegen noch längst nicht. Brüllend reckte er den Kopf vor, drohte Armand mit seinem weit aufgerissenen Maul. Er durfte sich auf keinen Fall beeindrucken lassen.

„Du kannst diesen Mauern niemals lebend entkommen“, sprach ihn der Dämon mit heiserer Stimme an.

Armand stockte der Atem, sie beherrschten die menschliche Sprache? Dann musste er seine Meinung revidieren, denn dazu gehörte eine gewisse Intelligenz. Sie waren also nicht nur von ihren Instinkten gesteuert. Ihm persönlich gefiel der Gedanken eines animalischen Verstandes nicht, denn jetzt musste er umso mehr auf der Hut sein. Er beschloss, alles auf eine Karte zu setzen und ging zum Frontalangriff über.

Der Dämon wehrte sich mit aller Kraft, doch Armands

Hiebe gingen gnadenlos auf ihn nieder, geführt mit Erfahrung und Wut. Er traf beinah jedes Mal, steckte zwar auch etliche Schrammen ein, doch am Ende hatte er den Dämon so sehr in die Enge getrieben, dass er mit einem schnellen Stoß dessen Kehle durchbohrte. Ein unappetitliches, gurgelndes Geräusch erklang, als die Luft aus den Lungen wich. Armand wartete, bis die Flügel erschlafften, dann packte er die Kreatur und schlug seine Fänge tief in das zähe Fleisch der Kehle. Er saugte schnell und fest, raubte pulsierendes Leben, warf den Kadaver beiseite, sobald er leergetrunken war und widmete sich sofort dem bereits erkalteten Torso am Boden. Die Totenstarre hatte schon eingesetzt, der Körper war ausgekühlt, machte den zähen Saft noch ungenießbarer. Er kämpfte den Ekel nieder, der ihn immer wieder würgen ließ. Nein, er würde keinen Tropfen dieses Blutes wieder aus sich herauslassen, denn er brauchte es dringender als je zuvor in seinem Leben.

Anakahn bat darum, allein mit Arante reden zu dürfen, um ihm alles zu erklären und ihm die Entscheidung zu überlassen. Da es um Jennys Leben ging und ich Anakahn nicht traute, fiel es mir schwer, dem zuzustimmen, doch Saphyro beruhigte mich damit, dass er ein Mann von Ehre sei und man seinem Wort trauen konnte. Eine Stunde später kam er zu uns zurück und teilte mir mit, dass Arante mit mir sprechen wolle. Unter vier Augen. Sein Gesicht zeigte, dass er mit dieser Entscheidung seines Zöglings alles andere als glücklich war, trotzdem fügte er sich dessen Wünschen und blieb bei Saphyro.

„Mein Vater hat mir gesagt, dass es eine Frage von Leben und Tod ist“, begann er mit sanfter Stimme. „Ist das wahr?“ Ich nickte. „Was genau bedeutet das?“

„Es bedeutet, dass eine gute Freundin von mir sterben muss, wenn du sie nicht verwandelst.“

„Verwandeln? Du meinst, so wie Anakahn mir den Blutkuss gab?“

Auch das bestätigte ich.

„So was habe ich noch nie getan. Besteht die Möglichkeit, dass ich deine Freundin dabei töte?“

„Ja, dieses Risiko müssen wir eingehen, sonst hat sie keine Chance.“

Er schien verwundert.

„Es geht noch um mehr“, erklärte ich und erzählte ihm auch von Darkworld und dass man Jenny und ihr Kind vielleicht dazu benutzen wollte, dieses Dämonengefängnis zu öffnen und eine zweite Hölle auf Erden einzuläuten.

„Ich kenne die Welt dort draußen nicht, von der du sprichst“, sagte er. „Nur aus den Bildern, die ich von meinem Vater empfange, wenn er mich nährt. Sie macht mir Angst – eure Welt. So verändert und fremdartig gegenüber der, die ich einst für Anakahn verließ. Grell und laut ist sie geworden. Ich glaube, ich mag das nicht.“

Ich schluckte. Seine Worte klangen nicht so, als würde er uns nach London begleiten. Was konnte ich noch sagen, um ihn zu überzeugen? Hatte ich überhaupt das Recht, von ihm zu verlangen, dieses Opfer zu bringen?

Er musterte mich aufmerksam und mir fiel die Weisheit in seinen Augen auf. Tief in dieser blauen Iris lag eine Reife, ein Alter, das in starkem Kontrast zu der Jugend seines Körpers stand. Arante machte mir klar, dass auch Unsterbliche altern, auch wenn sich äußerlich nichts verändert. Doch unsere Seele kann sich nicht vor der Zeit schützen. Je jünger ein Mensch verwandelt wird, desto qualvoller muss es ihm erscheinen. Arante war sehr jung, Jenny noch jünger. Traf ich wirklich die richtige Entscheidung, auch für sie? Oder war der Tod nicht gnädiger, als ewig in einem Körper eingesperrt zu sein, der nicht erwachsen wurde, obwohl der Geist ein Stadium der Reife erlangte, das über alles erhaben war.

Arante lächelte, als wisse er von all den Fragen, die sich hinter meiner Stirn jagten.

„Du bist die Schicksalskriegerin, sagt mein Vater.“

Ich schluckte, weil mich schon wieder jemand so nannte und ich immer noch nicht wusste, was das eigentlich bedeutete.

„Vielleicht bin ich das. Ich weiß es nicht. Ich weiß nicht mal, was genau ich dann bin.“

„Dann haben wir etwas gemeinsam“, stellte er fest. „Denn ich weiß auch nicht, ob ich der bin, für den du mich hältst. Aber ich glaube, wir müssen beide den Weg gehen, der uns bestimmt ist und dabei herausfinden, ob wir sind, wofür uns andere halten.“

Es dauerte eine Weile, bis ich begriff. Er kam mit nach London. Ich musste ihn nicht überzeugen, ihm nichts erklären, seine Entscheidung stand bereits fest.

Auf dem Weg nach Hause zitterte ich und wurde von Krämpfen geschüttelt. Sogar Saphyro zeigte Besorgnis darüber. Ich schob es auf die Anspannung und meine Sorge, ob unser Plan aufging und Arante Jenny helfen konnte.

Man hielt Jenny immer noch auf der Krankenstation fest, im wahrsten Sinne des Wortes. Ihr Zustand war schlimmer geworden, der Dämon nahm sie immer stärker in Besitz, darum hatte Franklin schweren Herzens zu drastischen Mitteln greifen müssen.

Es tat weh, sie so zu sehen. Mit Lederriemen an die Bahre gefesselt, damit sie sich selbst und anderen nichts antun konnte. Geknebelt, weil sie ununterbrochen geschrieen und Flüche ausgesprochen hatte, seit sie hier lag. Aus ihren Augen sprach der Wahnsinn und der abgrundtiefe Hass auf alles Lebende. Die feinen Äderchen in ihren Augäpfeln traten hervor, und so wirkte das Weiß beinah rot. Sie riss an ihren Fesseln, aber ihr fehlte inzwischen die Kraft. Nur die tiefroten Striemen zeugten davon, wie hart sie einige Tage gekämpft hatte. Steven verabreichte ihr eine starke Droge, um den Dämon in ihrem Leib zu lähmen. Sonst wäre sie mit ihren telekinetischen Fähigkeiten zu einer tödlichen Bedrohung für jeden geworden, der in ihre Nähe kam.

Arante näherte sich ihr ohne Angst. Er betrachtete sie aufmerksam. Als er die Hand ausstreckte, um ihr über die Stirn zu streicheln, bäumte sie sich abwehrend auf. Das nahm er zwar zur Kenntnis, legte seine Finger aber dennoch auf ihre erhitzte Haut.

Anakahn trat hinter seinen Sohn. Allein ihre Anwesenheit hier war ihm zuwider. Noch mehr, dass Arante die Unschuld seiner Seele für solch ein Geschöpf opfern sollte. Ich konnte ihm ansehen, dass er sie am liebsten getötet hätte, um dem ganzen Spuk ein Ende zu machen. Auch dann starb das Kind und die Pläne derer, die Darkworld öffnen wollten war durchkreuzt. Also, warum so viel Aufwand? Warum etwas opfern, wenn es nicht unbedingt nötig war? Ihm bedeutete Jenny nichts. Auch Arante hätte sie nichts zu bedeuten brauchen, aber so war es nicht. Ich sah Tränen in seinen Augen schimmern, er fühlte eine starke Verbindung zu Jenny, die allen anderen im Raum ebenfalls bewusst wurde. Auch seinem dunklen Vater, was ihn nur noch mehr den Mund verziehen ließ. Trotz oder gerade wegen dieser Verbindung unternahm Anakahn einen letzten Versuch, seinen Dunklen Sohn davon abzuhalten, dieses Opfer zu bringen.

„Du musst das nicht tun, mein Liebling. Wir können sofort wieder aufbrechen und heimkehren. Wir schulden denen hier nichts."

Arante bedeutete mit einem Nicken, dass er seinen Vater gehört hatte und ich glaubte für einen Augenblick, dass er gehen und Jenny ihrem Schicksal überlassen würde.

„Ihr werdet ihr den Knebel aus dem Mund nehmen

müssen", sagte er leise. „Sonst kann sie nicht trinken."

Als sich keiner von uns rührte, schaute er erstaunt in die Runde. Es war so still, dass man eine Stecknadel hätte fallen hören können. Alles hielt den Atem an.

Sollten wir es wirklich tun?

Sollten wir es wirklich riskieren?

Keiner wusste, ob die Legende stimmte.

Und noch weniger wussten wir, ob sie sich auf Arante und Jenny bezog.

Wir riskierten viel.

Vielleicht für nichts. Und vielleicht würden wir alles sogar noch viel schlimmer machen. Dem Dämon noch mehr Macht verleihen, wenn wir ihm die Magie des Vampirs gaben.

Steven löste sich als Erster aus seiner Starre. Entschlossen trat er vor und löste den Knebel. Er und Arante sahen sich an und beide nickten.

„Melissa", sprach mich Steven an, und auch ich fand meine Beherrschung wieder. „Ihr Arm."

Natürlich. Arante musste zuerst von ihr trinken. Jemand musste ihren Arm von dem Riemen befreien, ihn aber auch festhalten, damit sie sich nicht zur Wehr setzte. Franklin kam dafür nicht in Frage. Anakahn wendete sich ab. Lucien beobachtete alles nur interessiert und Saphyro hielt sich vornehm zurück. Arante würde ihr keine Gewalt zufügen. So weit würde er nicht gehen. Also lag es an Steven und mir. Ich trat heran.

„Wagt es nicht", fauchte Jenny, doch zu mehr fehlte ihr dank der Droge die Kraft.

Ich betete darum, dass sie keine Auswirkung auf Arante hatte, sonst gnade uns allen die Göttin vor Anakahns Zorn.

„Vergib mir, mein Liebes", hauchte ich, löste schnell die Fessel und packte ihren Arm dann so fest, dass sie ihn nicht mehr bewegen konnte.

Arante kniete nieder und senkte ohne Zögern seine

Zähne in den Puls an ihrem Handgelenk. Er trank zögerlich. Weil es das erste Mal war, dass er nicht von Anakahn trank, sondern von einem Menschen. Doch als die rote Flut warm und süß durch seine Kehle rann, verlor er die Zurückhaltung. Ein verbotenes Vergnügen, dem er sich verzückt hingab.

Angeekelt verließ Anakahn den Raum. Es würde nie wieder so sein, wie zuvor. Falls er Arante überhaupt noch in seiner Nähe haben wollte. Es tat mir leid, aber Jenny stand mir näher, war mir wichtiger. Von dem Rest ganz zu schweigen. Das Kind in ihr durfte nicht überleben und wenn wir es so verhindern und damit Schaden in unabschätzbarem Ausmaß abwenden konnten – ohne Jenny zu töten – war es mir dieses Opfer wert.

Ich beobachtete mit leichtem Erschauern, wie Arante von ihr trank und wie der Ausdruck von Leidenschaft und Verlangen in sein Gesicht trat, die Zeitlosigkeit und Jugend verdrängte, bis in seinen Augen dasselbe schimmerte, wie in unser aller Augen. Er musste sich zwingen, sie wieder freizugeben. Aber er besaß die Selbstbeherrschung. Das Blut hatte sein Gesicht erhitzt und hing leuchtend rot an seinen Lippen. Die Wunden in Jennys Handgelenk schlossen sich wieder, als er einen Kuss darauf hauchte, vermischt mit seinem Blut.

Ich schnallte den Arm wieder fest, obwohl das kaum noch nötig war. Sie befand sich jetzt irgendwo zwischen Leben und Tod. Schweißperlen standen auf ihrer Stirn, ihr Körper zitterte. Der Atem ging flach und langsam, auch der Puls an ihrem Hals schlug nur noch gelegentlich.

Uns blieb nicht viel Zeit.

Steven zwang ihren Mund auf und Arante schnitt sich mit dem Daumennagel in die Pulsadern. Das Blut rann schnell. Ich sah jedem Tropfen zu, wie er auf ihre Lippen fiel, in ihren Mund. Erst reagierte sie nicht, doch dann zuckten ihre Gesichtsmuskeln und ihre Zunge leckte die

Flüssigkeit auf. Arante drückte ihr die Wunde gegen den Mund und ließ sie trinken. Es bereitete ihm Schmerzen, womit er nicht gerechnet hatte. Dennoch ertrug er es und zog seinen Arm nicht eher zurück, als bis ihr Saugen schließlich nachließ und sie in tiefen Schlaf versank.

„Ich habe getan, was laut euren Worten nötig war. Jetzt liegt es nicht länger in meiner Macht, nicht wahr?", fragte er und als Steven es bejahte, verließ er wortlos den Raum, folgte Anakahn ohne einen weiteren Blick zurück zu werfen.

Jenny lag jetzt wie schlafend da. Ich begann, die Lederriemen zu lösen. Niemand hielt mich auf, obwohl wir noch nicht wissen konnten, wie sie sich verhielt, sobald sie erwachte. Ich nahm sie auf die Arme und trug sie hinunter in die Kellergewölbe, legte sie dort auf das Bett in meiner Schlafkammer und deckte sie behutsam zu. Steven war mir gefolgt. Ich spürte seine Anwesenheit, drehte mich aber nicht zu ihm um. Stattdessen streichelte ich Jenny zärtlich das Gesicht und glättete ihr weiches, blondes Haar.

„Wie lange wird sie so schlafen?", flüsterte ich, als wolle ich sie nicht wecken. Doch eigentlich hatte das Flüstern seinen Grund mehr in meiner ängstlichen Anspannung.

„Ich weiß es nicht", antwortete er nah bei mir und im nächsten Moment legte er mir seine Hände auf die Schultern.

Eine Geste der Wärme in dieser kalten, dunklen Kammer aus grauem Stein, im Licht der vier brennenden Fackeln in ihren Halterungen an der Wand. In jeder Ecke eine. Trotzdem fror ich unter dieser Berührung, weil sie mir falsch vorkam.

Er fühlte Liebe, doch ich?

Ich dachte an Armand und wie sehr ich ihn jetzt an meiner Seite wünschte. Er war dort draußen irgendwo. Und warum auch immer, ich glaubte in diesem Moment ganz fest daran, dass er an mich dachte.

Steven unterbrach meine Gedanken, weil ich ihm keine Antwort gab, und versuchte mich zu beruhigen.

„Stunden, Tage, vielleicht auch Wochen. Wir müssen abwarten. Aber erwachen wird sie ganz sicher. Ein Dämon bekämpft nun den anderen. Es wird sich zeigen, wer gewinnt. Wichtig ist, dass jetzt immer jemand bei ihr ist. Und dass sie keinem Sonnenlicht ausgesetzt ist. Sonst hat der Vampir keine Chance, den anderen Dämon zu bezwingen.

Kaum zu glauben, dass in ihr ein solcher Kampf toben sollte. Vermutlich ganz ähnlich dem, den Steven und ich gefochten hatten, als wir unsere Blutdämonen vereinten.

Jennys Gesicht war so entspannt, wie seit dem Tag nicht mehr, an dem wir sie auf die Krankenstation gebracht hatten. Fast schon erschreckend ausdruckslos, wächsern wie das einer Toten. Nur der Glanz des dünnen Schweißfilms auf ihrer Stirn zeugte davon, dass sie noch lebte – auf irgendeine Art. Ich wusste selbst nicht, welche.

Ob sie Fieberträume hatte? Ihr Atem war ruhig. Ihre Augen hinter den geschlossenen Lidern bewegten sich nicht. Die Lippen, eben noch rot wie reife Kirschen von Arantes Blut, verblassten jetzt langsam. Ich streichelte ihr übers Haar, breitete es um ihren Kopf wie einen Heiligenschein. Die Haut, die ich berührte, wurde schon kalt. Im Moment deutete alles auf einen Sieg das Vampirs hin. Doch Steven war noch immer nicht sicher.

„Was passiert mit dem Baby?", fragte ich schwach.

„In ihm ist die Wurzel des Dämons. Es wird sterben. Wenn der Vampir gewinnt, wird ihr Körper es resorbieren oder abstoßen. Je nachdem."

Ich erschauerte und meine Augen schwammen rot in Tränen.

„Melissa, es war von Anfang an klar, dass es um sie *oder* das Kind ging. Hätte sie es zur Welt gebracht, wäre sie nutzlos für den Dämon geworden und sowieso gestorben. Wenn sie leben soll, muss das Kind sterben."

Ein ohrenbetäubender Lärm aus dem oberen Stockwerk riss mich aus meinem Mitgefühl für das Ungeborene.

„Was war das?"

Steven und ich rannten die Treppe hoch, Franklin kam uns vor Jennys Zimmer entgegen, deren Schrei von unten zu uns heraufschallte und uns das Blut in den Adern gefrieren ließ.

Ehe ich wieder zu ihr zurückeilen konnte, hielt Steven mich auf. „Ich sehe nach dem Mädchen. Schaut ihr nach, was hier oben los ist."

Mein Vater und ich blickten uns unsicher an, dann öffnete er die Tür.

Der Boden in Jennys Zimmer war von Scherben übersät. Der große Spiegel in der Ecke war in tausend Stücke zerborsten.

Brachten zersplitterte Spiegel nicht Unglück? Meine Hand zitterte, in meinem Mund hatte ich einen bitteren Geschmack, als ich die erste Scherbe vorsichtig umdrehte, als lauere ein tödlicher Skorpion darunter. Ich warf einen Blick auf das Fragment und ließ es mit einem Aufschrei wieder fallen. Beinah rannte ich Franklin um, als ich rückwärts wich. Seine Hände auf meinen Armen, beruhigten mich wieder, doch noch immer waren meine Augen schreckgeweitet auf das gerichtet, was der Spiegel zeigte.

„Ein Zwillingsgnom", sagte mein Vater und ging jetzt in die Knie, um weitere Scherben aufzudecken.

Teile eines Gesichtes, doch dort wo Mund, Augen oder Nase sein sollten, war es nur mit einer fast durchsichtigen Membran überzogen. Auch auf den anderen Splittern zeigten sich nur angedeutete Gliedmaßen, alle umspannt mit dieser dünnen Haut.

„Er hat unsere Jenny in den Spiegel gelockt und sie gegen diesen Gnom ausgetauscht. Darum war sie zuletzt auch so verändert."

„Und … und jetzt?"

„Nun, ich denke, da der Spiegel zerbrochen ist und uns den Gnom zeigt, wird mit dem Tod des Ungeborenen auch Jenny wieder in ihren Körper zurückgekehrt sein." Er fasste mich sanft am Ellenbogen, weil ich immer noch unter Schock stand. „Lass uns nachsehen."

Doch das war nicht nötig. Als wir uns umdrehten, stand Steven im Türrahmen, Jenny auf seinen Armen, die sich an ihm festhielt und den Kopf an seine Schulter gelegt hatte. Sie schaute zu mir, wirkte schwach und erschöpft, doch in ihren fluoreszierenden Augen sah ich das Glitzern des Blutdämons.

Sie lauschte dem Regen mit geschlossenen Augen, hörte wie die Tropfen auf das Schieferdach plätscherten und gegen die Scheiben klopften. Der Himmel weinte um sie, um ihre verlorene Seele, ihr totes Kind.

Jenny schlang die Arme um ihren Leib und zitterte. Wie oft hatte sie Mels überirdische Schönheit bewundert, sich danach gesehnt, etwas davon zu besitzen, das ihre große Seelenschwester so edel, anmutig und zeitlos erscheinen ließ. Nun besaß sie alles davon und konnte nichts Gutes daran finden.

Ihr Verstand wusste, dass ihr Baby ein Halbdämon gewesen war und sie ohne Skrupel bei der Geburt getötet hätte, indem es sich seinen Weg ins Leben bahnte, und doch trauerte sie dem Verlust nach. Wenn sie es nur ein Mal in den Armen hätte halten können, es an ihre sehnende Brust legen und nähren.

Nähren! Der Gedanke hinterließ einen bitteren Nachgeschmack. Sie würde sich ernähren von einer ganz besonderen Milch und vielleicht sogar andere damit nähren, zu einem niederen Zweck. Wie ertrug Mel das nur?

Jenny fühlte sich innerlich tot, sie fror entsetzlich, empfand unsäglichen Verlust. Was war noch lebendig an ihr? Sie hatte einen zu hohen Preis zahlen müssen, auch wenn sie ganz allein die Schuld daran trug.

Ihre Tränen fielen ins Konzert des Regens mit ein, selbst wenn sie nur ganz leise auf den Boden trafen. Sie erschauerte bei dem Geräusch. Es gab jetzt nichts mehr in ihrem Leben, das ohne Klang, ohne Duft war. Alles trug eine fremdartige Schönheit in sich, fühlte sich vertraut und neu zugleich an. Ihr Geist war noch zu verwirrt, um alles zu begreifen. Der einzige Halt, ihr Trost in diesem Chaos, das nun ihr Denken, Fühlen, ja ihre ganze Existenz erfüllte, war dieser sonderbare Junge mit dem weißblonden Haar, der ihr sein Blut gegeben hatte.

Sie wusste, dass er unten bei Mel im Kaminzimmer saß, zusammen mit seinem Dunklen Vater und Franklin. Und doch glaubte sie, in diesem Augenblick seine Blicke zu spüren. Sanfte Blicke, die sie streichelten, die nicht forderten wie bei Josh. Sie hatte das gleiche Erstaunen bei ihm gesehen, das auch sie empfand, als sie sich gestern nach ihrer Wandlung noch einmal begegnet waren. Von dem anderen – Anakahn – schlug ihr nur Ablehnung entgegen. Doch Arante und sie verband etwas. Hatte er sie deshalb gerettet?

Ob Franklin sie mit diesem Jungen gehen ließ, wenn sie darum bat? Sie wünschte es sich. Hier konnte sie unmöglich bleiben. Gorlem Manor war ein Alptraum für sie mit all den Eindrücken, die hier auf sie einstürmten. Außerdem fühlte sie, dass sie nicht mehr zu diesen Leuten gehörte. Mit einem Mal verstand sie Mel sehr gut. Warum sie nicht im Mutterhaus wohnte, warum sie sogar London verlassen hatte, nachdem Armand fort war. Wieso sie nichts hier hielt, außer den Seelenbanden zu denen, die ihr nahe standen.

Die Ashera war kein Ort für einen Bluttrinker. Zu offensichtlich, wie anders sie jetzt war.

Ich kämpfte mit den Tränen, als ich Jenny so verloren am Fenster ihres einstigen Zimmers sitzen sah, wie sie in den Londoner Regen starrte und mit sich und ihrer neuen Natur kämpfte. Der Engel in ihr war gestorben, doch ich hatte das Gefühl, dass dies lange vor der Wandlung geschehen war und nicht durch Arante.

„Darf ich dir ein wenig Gesellschaft leisten?", bat ich.

Sie warf mir einen zögernden Blick zu, nickte aber.

„Du siehst traurig aus, Jenny. Es tut mir sehr leid wegen deinem Baby. Und wegen …" Ich biss mir auf die Lippen, weil mir die Worte fehlten, es auszudrücken.

„Die Alternative war wohl nicht viel besser", gab sie gleichmütig zurück und starrte wieder hinaus.

Ich setzte mich zu ihr, streichelte zögernd über ihr Haar und sie wehrte mich nicht ab, sondern lehnte sich an mich. Ihr Kummer war körperlich fühlbar und schnitt mir tief ins Herz, während ich die Arme um sie legte.

„Was vermisst du am meisten?", wollte Jenny wissen.

Ich blickte auf sie herab, sie hatte ihre Augen geschlossen und lauschte den Regentropfen. Meine Augen schwammen in blutigen Tränen.

„Ich vermisse es, die Sonne aufgehen zu sehen. Ihre Wärme auf meiner Haut zu spüren. Und die vielen goldenen Lichter zu beobachten, mit denen sie die Welt jeden Morgen aufs neue küsst. Das fehlt mir. So sehr."

Sie nickte nachdenklich. „Ja", sagte sie dann. „Ich denke, das wird mir auch am meisten fehlen."

Sie löste sich von mir, stand auf und ging nach unten in den Keller, wo neben meinem Bett nun auch jeweils eines für Warren und für sie stand.

„Und es werden immer mehr", sagte ich leise zu mir selbst und spürte, wie Tränen heiß über meine Wangen liefen. Es war nicht gerecht. Weder Jenny noch Warren hatten eine Wahl gehabt. Beide haderten sie mit ihrer neuen Natur und das zu Recht. Vor allem Jenny war zu jung, um dazu verdammt zu werden, niemals zu reifen. Konnte sie das ertragen?

Warren litt insbesondere darunter, dass Dracon nicht mehr da war. Er hatte ihn an sich gebunden, was mich inzwischen zweifeln ließ, ob es die richtige Idee gewesen war, ihn fortzuschicken.

Ich seufzte tief. Zu guter letzt quälte es auch Franklin, dass ein Ashera-Mitglied nach dem anderen zu einem Bluttrinker wurde. Hoffentlich folgten nicht noch weitere.

Franklin rieb sich müde über die Augen und warf seine Brille auf den Schreibtisch. Es war einfach zu viel gewesen in den letzten Wochen.

Große Göttin, innerhalb kürzester Zeit hatte er zwei Ashera-Kinder an die Nacht verloren. Wo sollte das noch hinführen?

Die Nähe des Vampirlords trug auch nicht gerade dazu bei, dass er sich wohler fühlte. Armands Verschwinden zerrte sowieso an seinen Nerven. Er hatte eine Detektei mit der Suche beauftragt und außerdem Nachforschungen über sämtliche Mutterhäuser laufen, denen er vertrauen konnte, ohne dass das Magister etwas davon mitbekam. Alles ohne Erfolg.

Natürlich hoffte er nicht, dass Armand zu *ihm* zurückkam, aber die Sorge, wo er sich befand, was ihm vielleicht widerfuhr, ließ sich nicht abstellen. Er glaubte nicht daran, dass er freiwillig gegangen war, Melissa verlassen hatte ohne ein Wort, nur mit einem nichtssagenden Brief, wie jenem, den er selbst erhalten hatte. Bei sich konnte er es sogar noch verstehen. Ihre Beziehung war nun schon seit weit über einem Jahr nur noch freundschaftlich. Er litt sehr unter dem Entzug des Blutes, das wurde ihm Tag für Tag bewusster, wenn er in den Spiegel sah, doch Melissas Angebot annehmen, kam nicht in Frage. Wenn einer von ihnen die Kontrolle verlöre, würden sie sich das nie verzeihen. Dieses Risiko war zu groß.

„Wie viel Stolz kann ein Mensch ertragen, ohne daran zu zerbrechen, Franklin?", fragte Lucien leise.

Diesmal zuckte Franklin nicht einmal zusammen. Er rechnete inzwischen ständig damit, dass Lucien zu ihm kam, sehnte es sogar mit einem Teil seiner Seele herbei, würde sich aber lieber die Zunge abbeißen, als es zuzugeben. Obwohl ihm die Unsinnigkeit dessen bewusst war, denn dass Lucien seine Gedanken wie in einem offenen Buch las, daran gab es keinen Zweifel.

„Willst du mir nicht antworten, *jamal*?"

Seine Stimme war nur ein Hauch, ein dunkles Vibrieren in der Stille, besonders das Kosewort, mit dem er einen unsichtbaren Zauber um Franklin zu weben schien. Als er die Augen öffnete und ihn ansah, wurde sein Profil vom Kaminfeuer auf so unbeschreibliche Weise angestrahlt, dass er wie ein gefallener Engel wirkte. Mit langen Wimpern, die zärtlich seine Augen umrahmten. Weichen Lippen, die sich sinnlich bewegten, wenn er sprach. Franklin verstand mit einem Mal sehr gut, warum seine Tochter diesen Vampir so sehr liebte, dass sie sich erneut freiwillig in dessen Obhut begeben hatte. Und er spürte selbst die Faszination, die dieser Mann auslöste, die erste zarte Regung von Verlangen. Schnell senkte er den Blick.

„Ich weiß nicht, Lucien", antwortete er, um Gleichmut in seiner Stimme ebenso bemüht wie um innere Ruhe. Der Vampir seufzte resigniert.

„Nicht viel, Franklin", erklärte er. „Wirklich nicht viel. Die meisten zerbrechen so schnell an ihrem Stolz, dass sie es gar nicht bemerken. Weiterleben in einer Qual, aus der es kein Entrinnen gibt, weil sie nicht erkennen, worin diese ihre Ursache hat. Und alles aus Stolz."

Lucien hatte während dieser kleinen Ansprache seinen Platz am Kamin verlassen und war jetzt ganz nah an den Schreibtisch herangetreten. Er beugte sich zu Franklin herüber. Sein geruchloser Atem streifte seine Wange und die Ausstrahlung von Stärke und Macht beunruhigte ihn bis ins Mark.

„Diese Menschen wissen nicht, was ihnen durch diesen Stolz versagt bleibt. Und dabei brauchen sie es so sehr. Die Erfüllung ihrer geheimsten Sehnsüchte."

Zu deutlich verstand Franklin, was Lucien damit meinte. Er sprang vom Stuhl auf, wollte erklären, dass er sich irre, dass das alles gar nicht wahr sei, er nichts verstünde, nichts über ihn wisse. Aber da war Lucien schon bei ihm, zu schnell, als dass seine Augen es hätten verfolgen können. Er spürte die weichen Lippen auf seinem Mund. Die Zunge, die seine Lippen teilte, raubte ihm schier den Verstand, löste das Sehnen aus, das er so sehr fürchtete. Die Aura des Lords wurde übermächtig, stachelte seinen Hunger nach dem kostbaren Nektar an, den er ihm verhieß.

„Bitte mich darum, und ich werde es dir gewähren, *elby*", hauchte dieser. „Der Preis ist nicht so hoch, wie du denkst und ich kann dir Wonnen schenken, von denen du nicht einmal zu träumen wagst. Vor allem aber das Blut, das du so sehr begehrst."

Er leckte über Franklins Lippen, hinterließ einen kostbaren Tropfen, der ihn erzittern ließ.

„Du bist uns zu nah", flüsterte Lucien dicht an seiner Wange und streichelte sanft Franklins angespannten Bauch. Er hatte Angst. Das konnte der Lord sicher wittern und es erregte ihn, wie Franklin unangenehm bewusst wurde.

„Du bist uns beständig zu nah, weil du deine Tochter nicht aufgeben willst, weil du Armand nicht vergessen kannst. Und es zieht dich immer tiefer in unseren Bann. Ist es das wirklich wert? Uns so nahe zu sein?"

Er hauchte zarte Küsse auf Franklins Wangen, rieb seine Nase an Franklins Schläfe, biss verspielt in sein Ohrläppchen und trieb sein sinnliches Spiel mit ihm.

Franklin antwortete nicht. Er atmete angestrengt, hatte das Gefühl, sein Brustkorb zog sich zusammen. Er presste sich gegen die kühle Wand in seinem Rücken, aber ein Entkommen von Lucien war undenkbar.

„Du kannst Melissa sowieso nicht mehr retten. Die Wandlung ist nicht umkehrbar. Und bald gibt es vielleicht auch für dich keine Rettung mehr", fuhr Lucien mit dieser einschmeichelnden Stimme fort.

Seine Hand glitt nach oben über Franklins Brust, seine Kehle und wieder zurück.

„Du bist uns bereits verfallen. Unsere dunkle Saat hat angefangen, in dir zu keimen und wird schon sehr bald Früchte tragen. Es gibt kein Zurück mehr für dich. Tief in deinem Inneren bist du schon einer von uns."

„Niemals", keuchte Franklin, was Lucien leise lachen ließ.

„Sicher? Nachdem du so oft den kleinen Trunk hattest. In unseren Armen diese selige Erfüllung gefunden hast, die dir niemand sonst geben kann. Jetzt leidest du, weil du sie dir aus Stolz selbst versagst? Du bist schön, Franklin. Wunderschön und betörend in unseren Augen. Und das Blut, das in dir fließt, das Wissen, dass du dich unseresgleichen hingegeben hast. Weißt du, wie sehr ich mit mir ringe, dich nicht zu nehmen?"

Er küsste seine Stirn, seine Wangen, seine weichen Lider. „Aber wenn du mich nun bitten würdest, Franklin. Wenn du mir sagen würdest, dass du mich begehrst. Ich würde es dir gern schenken, das Dunkle Blut. Um dein Leiden zu lindern, dem Altern Einhalt zu gebieten. Du quälst dich, doch wofür?"

Er konnte es kaum noch ertragen. Womit hatte er diese Hölle verdient? Er sehnte sich nach Lucien, danach in seinen Armen zu liegen. Schon einmal hatte er das Blut des Lords gekostet, wusste um den Rausch. Und was er mit seinen Zärtlichkeiten versprach, würde er halten. Mehr noch als das. Es war so einfach, er brauchte nur ja zu sagen. Eine wundervolle Nacht in seinen Armen und genug von dem verbotenen Nektar, um ihm ein Stück Jugend wiederzugeben. Wenn nur die Angst nicht wäre, ihm gänzlich zu verfallen, nie mehr von ihm los zu kommen. Er wusste, er hatte nicht die Kraft, sich Lucien wieder zu entziehen, wenn er ihm einmal gehörte. Besaß sie selbst jetzt kaum noch.

„Bitte … nicht …“, presste er mühsam hervor.

Mehr Widerstand brachte er nicht auf. Falls Lucien sich davon nicht abhalten ließ, würde er ihm gehören und jede Sekunde genießen, kein Zweifel. Später, wenn er wieder allein war, würde er sich dafür hassen, sich verfluchen, aber in diesen Armen würde er brennen und sich verlieren.

Lucien gab ihn abrupt frei.

Franklin hätte weinen mögen. Vor Erleichterung gleichermaßen wie vor Sehnsucht.

„So zerrissen“, sagte Lucien mit einem bitteren Lächeln. „Es ist deine Wahl, wird es immer sein. Ich kann warten.“

Franklin streckte seine Hände aus, um Lucien zu berühren, sich an ihm festzuhalten, weil er nicht wollte, dass er ging, auch wenn er sich davor fürchtete, dass er blieb. Doch da stand er auch schon wieder allein im Zimmer und die Vorhänge bauschten sich gespenstisch vor dem Fenster, durch das Lucien entschwunden war. Mit zittrigen Fingern berührte Franklin seine Lippen.

„Bei der Göttin, wird dieser Alptraum denn nie ein Ende nehmen?“

„Du hast es geschafft, Liebes“, kam Stevens Stimme leise aus der Dunkelheit.

Ich drehte den Kopf zu ihm, verharrte aber weiter in der kauernden Haltung, ähnlich der, die Jenny am Abend zuvor eingenommen hatte, als ich sie fand.

„Er hat es geschafft. Ich habe ihn nur gefunden. Aber Arante hat es geschafft. Er hat sie gerettet. Oder ihr zumindest wieder so etwas wie ein Leben geschenkt, obwohl ich gerade nicht weiß, ob der Tod nicht die bessere Wahl gewesen wäre. Sie ist so unglücklich.“

„Aber sie lebt und wenn mich nicht alles täuscht, dann fühlt sie sich ihm nahe. Möglich, dass es gar nicht so schlimm für sie ist, wie du gerade denkst. Sie muss sich erst an den neuen Zustand gewöhnen. Ging das nicht uns allen so?“

Ich seufzte. „Und er? Was ist mit ihm?“

„Verloren, wie wir alle. Jetzt ist er nicht mehr anders, als jeder von uns. Er hat die Reinheit seiner Seele für sie geopfert. Für ein Mädchen, das er nicht einmal kennt. Irgendwie auch nicht ganz gerecht, aber es war seine Entscheidung und er bedauert es nicht.“

„Arante ist für Anakahn verloren. Ich habe Anakahn das Einzige genommen, was er je geliebt hat. Den einzigen Sohn, den er je erschaffen hat. Das ist in der Tat nicht gerecht.“

Steven holte Atem, als wolle er etwas erwidern, doch dann schwieg er. Ich hatte die Wahl gehabt. Und ich hatte mich entschieden, zwei Leben zu zerstören, um eines zu retten. Und dieses war vielleicht nicht einmal mehr lebenswert.

Im Moment schien es für Jenny noch eine Hoffnung zu geben. Arante vergötterte sie. Mit etwas Glück hatten die beiden eine gemeinsame Zukunft. Ob es daran lag, dass sie die Erste war, von der er getrunken hatte, oder ob diese tiefe Verbundenheit zwischen den beiden so was wie Vorbestimmung war, wer konnte das schon sagen? Doch es sah aus, als gehörten sie zusammen. Vielleicht brachte er ihr die Freude am Leben wieder zurück.

Jenny war Ivanka jetzt so ähnlich. Und wieder kam der Schmerz hoch und verbrannte mich. Meine Ivanka. Bei ihr hatte ich versagt. Ich hätte auch sie retten können. Wenn ich nur früher … wenn ich nicht zugelassen hätte … wenn Steven damals schon …

„Scht!“, machte Steven. „Du konntest nichts tun. Niemand hätte das damals. Und vielleicht hast du es jetzt wieder gut gemacht. An Jenny.“

Ich fuhr herum und funkelte ihn an. Doch sein Blick war unendlich sanft. Er fühlte meinen Schmerz. Teilte ihn. Und so war er mit einem Mal leichter zu ertragen.

„Weißt du, Steven, ich muss ständig daran denken, dass Jenny vielleicht gar nicht gemeint war. Dass es vielleicht irgendwann ein Menschenkind gibt, bei dem Arantes Opfer viel wichtiger ist. Und dann habe ich einen großen Fehler begangen.“

Er drückte mich liebevoll. „Es war Schicksal! Es sollte so sein! Du hast nichts falsch gemacht.“

Ich genoss die Wärme seiner Umarmung, seine Fürsorge, die mir allein galt. Er stand zu mir, wie schon lange niemand mehr zu mir gestanden hatte, außer Armand und der war nicht hier.

Der Schmerz schwoll an, bei dem Gedanken, dass er mich verlassen hatte. Steven spürte es, hielt mich noch fester und war einfach da, weil ich ihn brauchte. Vielleicht hatte es etwas mit der selbstverständlichen Aufopferung zu tun, die Steven als Arzt erfüllte. Sich für andere hinzugeben, an seine Grenzen zu gehen, damit es denen gut ging, die Hilfe brauchten. Der Gedanke hatte etwas Tröstliches.

„Hast du je in Versuchung gestanden, einen sterbenden Patienten mit deinem Blut zu retten? Darüber nachgedacht, dein Blut zu nutzen, um hoffnungslose Fälle vor dem Tod zu bewahren, wenn sie dir unter den Händen wegzusterben drohen?“

Er lächelte mich seltsam an und strich mir mein Haar zurück. „Manchmal ist die Versuchung groß. Aber glaubst du, einer von ihnen wäre dankbar, wenn ich ihm das Leben rette? Zu dem Preis, den wir alle jede Nacht zahlen? Ich denke nicht.“

Die Ebene vor ihm sah nicht ganz so unfreundlich aus, was vielleicht daran lag, dass er sich nicht länger kraftlos fühlte. Doch noch immer blieb Armand auf der Hut, denn zwei der Flügelwesen trieben sich noch irgendwo herum.

Ein Flügelschlagen in seinem Rücken warnte ihn vor. Scheinbar ruhig und besonnen drehte er sich um und stellte sich dem Feind entgegen. Die Klingenfedern hatte er fest umfasst, hielt sie aber an der Innenseite seiner Arme nach oben gerichtet und so vor den Blicken des Dämons verborgen. Ein Überraschungsmoment, das über Sieg oder Niederlage entscheiden mochte. Er wartete den richtigen Moment ab, fixierte, versuchte eine Schwachstelle auszumachen und dann sprang er mit einem mächtigen Satz empor.

Welodan und er waren eins, sein Brüllen stand dem eines Raubtieres nicht nach, als er noch im Flug die Klingen hervorschnellen ließ, sie tief in den Leib der Kreatur trieb, die von der Wucht des Aufpralls gestoppt und nach hinten gepresst wurde. Ihre Flügel umschlangen sie beide wie in einer zärtlich schützenden Geste. Armand stemmte seine Beine gegen den Torso, drückte ihn von sich, drehte sich in der Luft und zog die Schneiden in einer fließenden Bewegung wieder heraus, während er dem Boden zustrebte, wo er federnd auf seinen Beinen landete. Der blutende Kadaver hingegen prallte an einen Felsen und sank zerschmettert nieder. Armand zögerte keine Sekunde, wartete nicht, ob Nummer fünf irgendwo auftauchte, sondern stürzte sich auf seine Beute und saugte das Blut aus jeder Faser des Körpers.

Noch während er von dem toten Dämon trank, hörte er hinter sich ein bedrohliches Knurren.

Langsam drehte er den Kopf und sah dem fünften im Bunde entgegen. Der Dämon, der ihm als erster begegnet war und ihm die tiefen Schnittwunden beigebracht hatte. Er war deutlich größer als die anderen vier, das fiel Armand jetzt auf. Auch in seinen schwarzen Augen sah Armand tödliche Gier. Es stand außer Frage, dass sie kämpfen würden, auf Leben und Tod. Ganz langsam erhob er sich auf die Beine, behielt den Blick fest auf das geflügelte Wesen gerichtet, das mit mäßigen Schlägen seiner Schwingen Position hielt. Jedes Mal, wenn die Klingen die Luft durchschnitten, erzeugten sie einen hohen, sirrenden Ton, so dass sich die feinen Härchen in Armands Nacken aufstellten. Fast schmerzhaft, wie der Klang durch seinen Körper fuhr und eine Vibration auslöste, die immer unangenehmer wurde. Die Waffen in seinen Händen zitterten, gaben offenbar Antwort, darum packte er sie fester, bis sie wieder ruhig in der Hand lagen.

Der Dämon registrierte dies mit schräg geneigtem Kopf und stellte die Bewegungen seiner Federschneiden wieder ein. Am liebsten hätte Armand dankbar aufgeatmet, dass dieses grässliche Geräusch aufhörte, doch er durfte sich ein Zeichen von Schwäche nicht leisten. Wenn der Kerl das sah, begann er sicher sofort wieder, dieses Geräusch zu erzeugen.

Mit steifen Schritten ging Armand auf ihn zu. Er setzte alles auf eine Karte, unterdrückte jede Angst. Sein Herz schlug so laut, dass er glaubte, es müsse von den einzelnen Felsen widerhallen, doch nach außen gab er sich ruhig und entschlossen. Der andere wusste damit augenscheinlich nichts anzufangen, wurde unruhig, zögerte. Armand schöpfte Hoffnung, doch zu früh. Der Dämon schoss auf ihn zu, presste ihn an den Felsen, an dem kurz zuvor sein Bruder zerschmettert war. Mit einem Keuchen stieß Armand den Atem aus. Er hatte das Gefühl, die Wucht habe seine Schultern ausgekugelt. Die Klauen pressten sich tief in sein Fleisch, drückten seine Oberarme so derb nach hinten, dass die Blutzirkulation unterbrochen wurde und sich langsam Kälte und Kraftlosigkeit in den Gliedmaßen breit machten. Wenn er die Waffen nicht mehr halten konnte, war er schutzlos, darum krampfte er seine Finger so heftig um den Griff, dass ihm der Stahl ins Fleisch schnitt und ein dünnes Rinnsal Blut hervortrat. Er hoffte nur, dass das Heft dadurch nicht zu glitschig wurde und ihm entglitt.

Fauliger Atem wehte ihm aus dem aufgerissenen Schlund entgegen, betäubte ihm zusätzlich die Sinne. Seine Schläge waren kraftlos und hatten nicht genug Radius, um den Dämon zu treffen, geschweige denn zu verletzen.

Ihm musste schnell etwas einfallen. Er zog die Beine an, doch sein Gegner war nicht dumm, stieß einen spitzen Schrei aus, der ihm fast das Trommelfell zerriss und zielte mit seinen scharfen Krallen an den Füßen auf Armands Schenkel. Er hatte Mühe, auszuweichen, schaffte es dann doch und trat mit aller Kraft in den Unterleib der Kreatur. Irgendwas würde hoffentlich auch bei ihm dort sitzen, das empfindlich war.

Sekunden später stürzte er zu Boden, war nicht in der Lage, sich mit den tauben Armen abzufangen und schlug mit dem Gesicht hart in den Staub. Aber auch dieses Biest war für einige Atemzüge außer Gefecht gesetzt.

Das Blut kehrte in seine Arme zurück, verursachte ein Gefühl wie von tausend Nadeln. Bloß nicht die Klingen loslassen, egal was passierte! Vor seinen Augen tanzten schwarze Punkte, während er sich mühsam wieder aufrichtete, doch da kam auch schon der nächste Angriff, traf ihn im Rücken – vermutlich ein Tritt – und schleuderte ihn meterweit nach vorne. Es knackte widerlich in seinem Brustkorb und glühender Schmerz schoss durch seinen Leib. Das feuchte Gefühl an seiner Seite ignorierte er und würdigte seinen Rippen, die sich durch die Haut schoben, keines Blickes.

Stattdessen biss er die Zähne zusammen und schleuderte eine der Klingen seinem Gegner entgegen, der bereits wieder im Sturzflug auf ihn niedersauste. Zu schnell, um dem Geschoss auszuweichen.

Es durchbohrte den Torso, warf ihn aus der Bahn und streckte ihn nieder. Der Versuch, ihm den Gnadenstoß zu versetzen, endete für Armand mit freiem Fall, als ihm die Füße weggerissen wurden und er kopfüber hinter den Flügeln landete, gefährlich nahe an den Klingenspitzen. Dennoch schaffte er es, erneut über den noch immer am Boden liegenden Dämon hinwegzuspringen und das Schwert aus dessen Körper zu ziehen, was einen gurgelnden Laut nach sich zog. Er drehte sich um, fand den Schwingenmann wieder auf den Beinen, aber deutlich geschwächt.

Auch ihm schwanden allmählich die Kräfte, nur seine Entschlossenheit und Verzweiflung hielten ihn aufrecht. Es wurde Zeit, ein Ende zu machen, für Mitleid war hier kein Platz. Das hatte der Erbauer dieser Festung nicht vorgesehen.

Er erinnerte sich an die Spirale, mit der einer auf ihn zugewirbelt war, kreuzte die Arme vor der Brust, dass die Klingen seitlich abstanden und wirbelte in einer schwindelerregenden Drehung auf sein Gegenüber zu, der wie gelähmt der Attacke entgegensah. Wenige Meter entfernt, sah Armand das Begreifen und die Kapitulation in dessen Augen.

Es war vorbei und der geflügelte Krieger wusste das. Das Blut auf seinem Torso wies Blasen auf, weil seine Lunge durchstochen war. Er schien keinen Sinn darin zu sehen, Armand mit in den Tod zu nehmen. Die Klingen sirrten durch die Luft, drangen in das feste Fleisch und zwangen den Dämon in die Knie, als sie tiefe Wunden in seinen Körper rissen.

Armand verharrte augenblicklich, keuchend, nass vor Schweiß und Blut, lauschte, wie der andere in den Staub sank. Langsam drehte er sich um, schritt auf den Sterbenden zu. Mitleid empfand er nicht, aber auch keinen Hass, nur Erleichterung. Er beugte sich hinunter.

„Willst du, dass ich dir den Gnadenstoß gebe, damit du nicht qualvoll verendest?“, wollte er wissen.

Ein raues Lachen stieg dem Dämon aus der Kehle. „Du kannst nicht entkommen“, spie er ihm ins Gesicht. „Dein Tod fließt längst durch deine Adern.“

Für Sekunden lähmten diese Worte seinen Verstand, dann brach Armand mit einem wütenden Brüllen dem Feind das Genick.

Er hatte die Nase voll.

Er würde überleben, egal was dieser Bastard sagte. Taumelnd trat er einige Schritte von dem Leichnam zurück. Fünf waren es, nun hatte er sie alle besiegt. Ein Gefühl der Befreiung breitete sich in ihm aus, wurde zu einem Druck, dem er unbedingt ein Ventil schaffen musste. So reckte er die scharfen Waffen gen Himmel und stieß einen markerschütternden Siegesschrei aus. Blutüberströmt und mit etlichen Hieben und Schrammen versehen, aber am Leben und entschlossener denn je.

Sein Blick fiel angewidert auf den toten Körper, ein Knochen der Wirbelsäule hatte die Haut durchbrochen und Blut sickerte aus der Wunde. Der Geruch weckte augenblicklich Armands Dämon. Bitteres, schales Verdammtenblut, doch immer noch besser als gar nichts und allmählich gewöhnte er sich daran. Ohne weiter darüber nachzudenken, trank er auch diesen Feind in tiefen Zügen leer.

Fürs erste hatten wir getan, was wir konnten. Eine bedrückende Ruhe lag auf Gorlem Manor, während wir warteten, was als nächstes geschah. Es gab kein Kind mehr, das Sylion oder Kaliste oder Sir Maxwell einsetzen konnten. Sicher hatten sie längst bemerkt, dass der Zwillingsgnom tot war.

Jenny und Arante verbrachten viel Zeit miteinander und brachen zu Streifzügen außerhalb von Gorlem Manor auf, wo sie ihm diese neue Welt zeigte, die ihm vor Kurzem noch so viel Angst gemacht hatte. An ihrer Seite gewann er an Sicherheit, war fasziniert davon und bewegte sich immer selbstverständlicher zwischen modernen Menschen in einer pulsierenden Metropole. Saphyro hatte sie einige Male begleitet und ihnen vor seiner Abreise angeboten, sich ihm anzuschließen. Ich hatte das Gefühl, dass sie dort gut aufgehoben wären und hoffte daher, sie nahmen die Einladung an. Anakahn hatte London verlassen, ob Arante ihm wieder folgen würde, stand nicht fest. Ich hatte so eine Ahnung, dass er und Jenny irgendwo neu anfangen wollten, ob bei Saphyro oder auf eigenen Füßen. Aber bislang hielten sie sich mit ihren Plänen noch bedeckt.

Steven hatte sich Warren angenommen, um mir ein wenig Last von den Schultern zu nehmen, wofür ich ihm von Herzen dankbar war. Wie es schien, fühlte sich Warren in seiner Gesellschaft wohl und gewann allmählich Sicherheit in seiner neuen Natur. Ich wertete das als gutes Zeichen.

All diese Dinge konnte ich getrost ihren Gang nehmen lassen. Mir fehlte die Kraft, mich näher damit zu beschäftigen, auch wenn das ein oder andere in meinen

Aufgabenbereich fiel. Aber ich war müde, mir fehlte Armand mehr als je zuvor, und meine Anrufe bei Henry und Lemain brachten keine Ergebnisse. Ich fühlte mich niedergeschlagen, wie durch den Wolf gedreht und eine unterschwellige Übelkeit wollte seit dem Erwachen nicht weichen. Sterblich hätte ich geschworen, schwanger zu sein.

Ich wollte einen letzten Versuch wagen und ging zu meinem Vater. Dass er selbst Nachforschungen wegen Armand in die Wege geleitet hatte, wusste ich längst, doch er ahnte nichts davon. Auf dem Weg zu seinen Privaträumen kam mir Lucien entgegen, sein Lächeln gefiel mir nicht, misstrauisch blickte ich ihm nach.

Franklin hatte bei meinem Eintreten den Kopf auf die Arme gestützt. Für einen Moment glaubte ich, er weine, doch als er den Kopf hob und mich ansah, wirkte er lediglich müde und mich erschreckte ein weiteres Mal, wie deutlich er inzwischen alterte.

„War Lucien bei dir?"

Er nickte wortlos, doch ich sah wie sich seine Nasenflügel blähten. Kein gutes Zeichen.

„Aber er hat dir nichts getan, oder?" Ich setzte mich zu ihm und ergriff seine Hand, sie war eiskalt. Eine ungute Ahnung machte sich in mir breit, die mich unauffällig nach frisch verheilten Bisswunden suchen ließ.

„Nein", er lachte freudlos. „Er hat mir nur ein Angebot gemacht, von dem ich nicht weiß, wie lange ich es noch ablehnen kann."

Ich erschrak, sodass mein Vater mir beruhigend die Hand tätschelte.

„Mach dir keine Sorgen, mein Kind. Es gibt keinen Grund, mich zu bedauern, denn ich bin selbst schuld daran. Ich habe mir viel zu lange etwas vorgemacht. Von dem Moment an, als ich mich in Armand verliebte, war mein Schicksal besiegelt."

Es war das erste Mal, dass er offen davon sprach, Armand zu lieben. Ich wusste es, auch deshalb war mir klar gewesen, dass er nach ihm suchte.

„Er ist ein ewiger Dorn in meinem Fleisch, weil er ist, was er ist, doch ihn zu verlieren, ist schier unerträglich. Aber auch seine Nähe ist zur Qual geworden, seit er …" Er räusperte sich und es war nicht nötig, weiterzusprechen. Schließlich war ich der Grund dafür, dass Armand ihre Liaison beendet hatte. „Ich altere, Mel. Und wenn ich seine Jugend sehe, kommt es mir so vor, als würde ich umso schneller altern. Vermutlich stimmt das inzwischen auch. Ich war jung, als wir uns zum erstem Mal trafen. Jung und schön und stark wie er. Er ist es immer noch. Und ich bin inzwischen ein alter Mann. In ein paar Jahren werde ich ein tattriger Greis sein, der mit seiner Suppe kleckert und sich beim Laufen auf einen Stock stützen muss." Er seufzte. „Lucien weiß das alles. Er weiß, was ich denke und fühle. Wie ich darunter leide, dass Armand sich von mir getrennt hat oder dass ich dich begehre und es mir entsage. Und er weiß dieses Wissen um meine Schwächen zu nutzen. Er hofft und wartet geduldig, macht mir immer wieder dieses Angebot, das mit jedem Mal verlockender wird. Allmählich frage ich mich, wann ich ihm wohl erliegen werde. Manchmal frage ich mich sogar, warum ich ihm nicht einfach nachgebe."

Ich senkte schuldbewusst den Blick. Mich traf eine Mitschuld, denn erst durch mich hatten Franklin und Lucien überhaupt Kontakt zueinander bekommen. Und ich verstand allzu gut, wovon mein Vater sprach. Armand und ich waren durch unser Wort gebunden, ihn nie zu verwandeln. Ja, es ihm noch nicht einmal anzubieten.

Aber Lucien band nichts. Er hätte auch nie einem Sterblichen sein Wort gegeben, wofür auch immer. Dafür spielte er viel zu gerne mit den Menschen und kostete seine Macht über sie aus. Ich hätte Franklin verstanden, wenn er ihm nachgab, doch wenn man mich nach meiner ehrlichen Meinung fragte, hätte ich alles getan, um das zu verhindern. Nur besaß ich dazu kein Recht mehr. Es lag an Franklin, was er tat. Aber ihn in Luciens Bann zu wissen, war keine schöne Vorstellung.

Erneut rang ich mit mir, ihn einfach trinken zu lassen. Vielleicht aus einem Kelch, dann wäre das Risiko umgangen, dass wir übereinander herfielen und die Schuld eines Inzests auf uns luden. Stumm lag die Frage in meinem Blick und Franklin verstand sie durchaus, schüttelte aber den Kopf.

„Es wird Zeit, dass ich für meine Taten büße. Ich bin zu lange davongelaufen. Nun bekomme ich die Quittung."

Mein Handy klingelte und unterbrach unsere Unterhaltung. Ich schaute auf das Display und wunderte mich über die unbekannte Nummer. Niemand außerhalb des Ordens, außer ein paar Vampiren, hatte meine Telefonnummer.

„Melissa Ravenwood?", meldete ich mich.

„Mel! Ich brauche deine Hilfe. Bitte komm so schnell du kannst nach San Francisco."

Der Schock lähmte mich, raubte mir fast das Bewusstsein. Meine Kehle war so zugeschnürt, dass ich kaum eine Antwort hervorpressen konnte.

„Wo?", krächzte ich und ignorierte Franklins alarmierten Blick.

„Komm einfach, ich finde dich dann dort."

„Ich breche sofort auf, mein Liebster!"

Ein paar Tage hatte sich Samara gedulden müssen, denn Dracon wollte auf keinen Fall Melissa noch mal unter die Augen treten, solange er ihr nicht bewiesen hatte, dass sie sich in ihm täuschte. Doch er war immer in der Nähe von Gorlem Manor geblieben und wusste daher, dass sie das Mutterhaus verlassen hatte. Wohin konnte er zwar nicht sagen, doch sie war sehr aufgebracht gewesen. Entweder der Plan von Kaliste und Sylion ging in die nächste Runde, oder Armand war irgendwo aufgetaucht. Letzteres hoffte er nicht, denn das würde ihm sehr ungelegen kommen.

„Wohnt hier der Elfenkönig?“, fragte Samara mit großen Augen.

„So ungefähr.“ Er beobachtete das Fenster zu Franklins Arbeitszimmer. Lucien war bei ihm, das spürte er. Sehr amüsant, er konnte sich denken, was sein Dunkler Vater im Schilde führte. Doch im Augenblick wäre ihm lieber gewesen, er hätte London längst wieder verlassen. Musste er gerade jetzt den Big Daddy für Mel spielen?

„Ich will zum Elfenkönig“, meldete sich Samara noch mal.

„Ja, Süße, gleich. Wir müssen erst auf die Audienz warten. Da ist noch jemand vor uns dran.“

Die Kleine war wieder still und schaute ebenfalls zum Fenster. Er seufzte, konzentrierte sich darauf, seine Anwesenheit vor dem Lord zu verschleiern, darin hatte er inzwischen Übung.

Endlich verließ der den Vater des Ashera-Mutterhauses und Gorlem Manor gleich mit. Jagdzeit! Doch weit kam Lucien nicht. Verblüfft sah Dracon zu, wie vier Ghanagoul-Wächter aus den Schatten hervortraten und ihre Lanzen auf Lucien richteten. Das hatte ja nicht lange gedauert, bis Kaliste ihren Worten Taten folgen ließ. Aber dass sie sich hierher trauten, ins Lager des Feindes? Andererseits, wenn Kaliste das befahl, gehorchten sie einfach. Scheiß auf das Risiko, gefasst zu werden, so viel Verstand hatten diese Biester nicht.

Es ging alles sehr schnell. Luciens überheblicher Blick beim Erscheinen der Wächter, weil er als direkter Nachkomme Kalistes keinerlei Respekt vor ihnen hatte, erstarb in dem Moment, als aus den Lanzen ein heller Blitz hervortrat und ihn lähmte. Zwei der Ghanagouls packten ihn unter den Armen und zerrten ihn fort.

Dracon schluckte. Er hatte seinen Plan, Lucien zu retten, wenn Kalistes Wächter ihn holten, zwar im Groben gefasst, doch jetzt fragte er sich doch, ob es nicht besser gewesen wäre, ihn zu warnen. Er musste zugeben, dass er Angst hatte, ihn zu befreien. Weniger aufgrund der Wächter, die ihn kannten und mit denen er schon klar kam, als vielmehr, weil Lucien vielleicht auf ihn losging, wenn sich die Wut über das Eingesperrtwerden erst richtig aufstaute.

Doch keine gute Idee, den Helden spielen zu wollen? Jetzt war es zu spät, ihm blieb keine andere Wahl, denn Lucien wurde gebraucht, sobald Melissa zum Tor von Darkworld aufbrach. Er selbst hatte nicht genug Macht, gegen Sylion oder gar Kaliste vorzugehen. Lucien, wenn er vorbereitet war, durchaus. Eine Sackgasse, in die er sich selbst gebracht hatte. Er seufzte, zuckte die Schultern und fand sich damit ab, dass es für Überlegungen jetzt zu spät war. Aber ein wenig schmoren lassen wollte er Lucien. Dann war er sicher dankbarer für seine Rettung und nicht ganz so lebensgefährlich.

„Bringen die jetzt den Elfenkönig weg?“, erklang Samaras erschrockene Stimme und riss Dracon aus seinen Gedanken.

Verflucht, er hätte ihr die Augen zuhalten sollen. Na ja, nicht zu ändern. „Das war nicht der Elfenkönig. Der Mann da hatte nur eine Audienz bei ihm. Und jetzt sind wir an der Reihe.“

Vertrauensvoll fasste sie seine kalte Hand und schritt mit ihm zu dem Becken mit den beiden Engelsstatuen hinüber, das vor den Flügeltüren zu Franklins Arbeitszimmer stand. Mel liebte diese Statuen, das wusste er.

Es war nicht grade der höflichste Weg, sich Zugang zu verschaffen, aber an unzähligen neugierigen Ashera-Augen wollte er nicht vorbei. Also öffnete er die Türen mit einem Wink und drückte sie dann langsam auf. Ein effektvoller Auftritt, der Franklin erschreckte, war in diesem Fall kontraproduktiv, auch wenn er ungern darauf verzichtete.

Schon die Tatsache, dass ein Vampir sein Zimmer betrat, wofür er Minuten nach Luciens Abgang noch immer sensibel war, und dann auch noch das Erkennen, dass es sich dabei um Dracon handelte, reichte, um den Ashera-Vater in die hinterste Ecke seines Zimmers flüchten zu lassen. Dracon hob irritiert die Augenbrauen. Da wollte er mal kein Aufsehen erregen und ausgerechnet dann gelang es ihm umso besser. Falsche Strategie. Wo Worte wohl schwierig waren, um einen passenden Einstieg zu finden, erklärte das Mädchen hoffentlich besser seinen Besuchsgrund, darum schob er Samara sanft vor und sagte deutlich, damit auch Franklin ihn hören konnte: „Das, Samara, ist der Elfenkönig."

In Franklins Gesicht zeigte sich eine Mischung aus Frage und Fassungslosigkeit. Dracon machte eine beschwichtigende Geste mit der Hand. Er wollte ihm gern alles erklären, aber nicht im Beisein des Kindes.

Samara nahm Franklin augenblicklich für sich ein. Mit strahlenden Augen eilte sie auf ihn zu, blickte zu ihm auf und plapperte begeistert drauflos, dass sie schon immer davon geträumt habe, dem Elfenkönig zu begegnen, auch wenn sie sich den ganz anders vorgestellt hatte. Dann erzählte sie von Malaida, die sie zu ihm hatte bringen wollen, aber von einem bösen Mann getötet wurde, der mit einer noch böseren Frau zusammenlebte.

Dracon beobachtete amüsiert den Farbwechsel in Franklins Gesicht und wie sich sämtliche Gefühlsregungen nacheinander zeigten. Die Fragen hinter seiner Stirn bildeten ein so wildes Durcheinander, dass Dracon nicht einmal Interesse daran hatte, sie zu lesen, auch wenn er sonst wenig Rücksicht auf die Privatsphäre im Kopf eines Menschen nahm. Als Franklins Hilflosigkeit gegenüber dem Kind allmählich einen kritischen Punkt erreichte und es ihn sichtbar drängte, mehr über die Elfe und ihre beiden Mörder zu erfahren, schritt Dracon schließlich ein.

„Samara, ich glaube, du überforderst den Elfenkönig ein wenig. Er ist ein sehr zurückhaltender Me… äh, Mann. Vielleicht vertagt ihr eure Unterhaltung auf morgen, wenn er über deine kleine Geschichte nachgedacht hat, okay?"

Die Kleine überlegte kurz, legte ihren Finger an die Lippe und Dracon konnte ein leises Seufzen nicht unterdrücken. Sein Herz für Kinder würde ihn noch ins Grab bringen.

„Vielleicht rufen Sie jemanden vom Orden, der das Mädchen zu Bett bringt. Sie ist zwar aufgedreht, aber auch hundemüde. Wenn sie unter eine kuschelige Decke schlüpft, schläft sie sicher sofort ein. Ich erkläre dann das Ganze noch mal der Reihe nach."

Zumindest schien Franklin ihn nicht in Verdacht zu haben, etwas Schlimmes mit dem Kind angestellt zu haben oder an seiner Entführung beteiligt gewesen zu sein.

Er hielt sich im Schatten verborgen, als Franklin Samara an Vicky übergab, damit sie ihr etwas zu essen machte und sie dann ins Bett brachte. Vicky stellte auch keine Fragen, sondern entwickelte sofort Muttergefühle. Die dralle Frau mit dem irischen Akzent entsprach voll und ganz ihrem ersten Eindruck, stellte Dracon lächelnd fest.

„Nun, dann …", Franklin räusperte sich, nachdem sie wieder allein waren und traute sich an seinen Schreibtisch zurück, wobei er Dracon den Stuhl davor anbot.

„Keine Entschuldigungen, Franklin. Ich habe Lucien rausgehen sehen und ich kenne meinen Vater."

Der Adamsapfel des Ordensleiters hüpfte, als er hart schluckte, doch Dracon hatte nicht die Absicht, diesen Faden weiterzuverfolgen und schloss das Thema mit den

Worten ab, dass man nach einem Gespräch unter vier Augen mit dem Lord schon mal unter sensiblen Nerven leiden konnte.

„Aber kommen wir zu Samara. Ich denke, Sie wissen, woher ich sie habe, oder?“

„Malaida Sket, ihre Leiche haben wir noch nicht gefunden.“

„Wollen Sie sie beerdigen oder nur wissen, ob sie wirklich tot ist? Ich kann Ihnen versichern, toter geht nicht. Mit Insektenmittel. Wie grausam.“

Franklin nickte mechanisch. „Nun, das ist es in der Tat. Aber Samara sprach von einem Mann und einer Frau.“

Dracon grinste. „Ja, ich hab die beiden auch live erlebt, während ich mich im Kamin versteckt habe. Keine sonderlich nette Erfahrung, aber damit will ich Sie nicht langweilen. Ich denke, Sie haben bereits einige Vermutungen, da es um Darkworld geht.“ Er wartete nur so lange, bis Franklin wieder bestätigte. „Sylion, Yrioneths Sohn, steckt dahinter. Und auch wenn man seine eigene Familie eigentlich nicht verraten soll, möchte ich doch die Gelegenheit nutzen, Ihrer Tochter zu zeigen, dass ich nicht den schwärzesten Pelz dabei habe und nicht ganz der Taugenichts bin, für den sie mich hält. Sylion hat tatsächlich einen Pakt mit Kaliste geschlossen und die verfolgt ihre eigenen Ziele. Der geht es um mehr als das Öffnen des Tores. Genau weiß ich es leider nicht, aber um unsere Urmutter sollten Sie sich größere Sorgen machen, als um den Sougvenier. Auch wenn man an den bestimmt leichter rankommt. Samara kann ihnen genau sagen wo sie den Kerl finden, sie hat immerhin ein paar Wochen dort verbracht und Zirkuskinder haben einen erstaunlich guten Orientierungssinn.“

Mit einem zufriedenen Lächeln lehnte sich Dracon im Stuhl zurück. Die ungeteilte Aufmerksamkeit von Melissas Vater, ein kleines Mädchen gerettet und seinen Beitrag dazu geleistet, einen weiteren Weltuntergangsversuch abzuwenden. Er konnte stolz auf sich sein. Die Sache mit Lucien behielt er für sich. Das sollte sein Sahnehäubchen werden. Franklin dürfte froh sein, wenn der Lord ihn erst mal nicht mehr besuchte und über seinen Verbleib machte sich so schnell keiner Sorgen, dafür war er einfach zu mächtig und unabhängig.

„Ich hätte da noch eine Bitte, Franklin."

Panik flammte wieder in den Augen seines Gegenübers auf.

„Nicht doch, nicht doch", sagte er beschwichtigend und lächelte erneut. „Richten Sie Mel von mir aus, dass auch sie sich zuweilen irrt und mich nicht gut genug kennt, um ein Urteil zu fällen, wie sie es getan hat. Sagen Sie ihr, dass ich in der Nähe bleibe, weil auch ich weiß, was uns verbindet."

Falls Mel ihrem Vater davon erzählt hatte, dachte Franklin jetzt sicher an die blutgetränkten Haarsträhnen, die Kaliste ihnen vom jeweils anderen gegeben hatte. Doch da gab es ein sehr viel wirkungsvolleres Band, diese Amulette brauchte niemand, auch wenn er seines niemals ablegen würde, war es doch ein Teil von ihr.

„Ich möchte ihre Zeit und ihre Nerven nicht länger strapazieren, Franklin. Ich hab noch ein bisschen was zu erledigen. Und die Sache mit dem Elfenkönig müssen Sie entschuldigen. Die Kleine wollte unbedingt zu ihm, aber woher soll ich denn wissen, wo der lebt? Und ich dachte mir, hier im Orden ist sie besser aufgehoben, als im Zirkus. Passen sie gut auf sie auf, denn …"

Es war ein verbotenes Vergnügen, diesen letzten Stich zu machen und noch einmal Franklins Gesichtszüge entgleisen zu sehen.

„Denn Samara ist in der Tat ebenfalls ein Feuerkind der Wende."

In meinem ganzen Leben hatte ich die Darkzone noch nie so verflucht wie diesmal. Ich wollte zu Armand, unbedingt, so schnell wie möglich. Aber ich musste mich auch ein wenig am Tempo der Nacht orientieren. Von wo hatte er mich angerufen? In San Francisco war es noch nicht dunkel gewesen, aber er war auf dem Weg dorthin. Vielleicht, um Zeit zu sparen. Und welcher Art war die Hilfe, die er brauchte? Mein Herz jagte ebenso schnell wie meine Gedanken und die vielen Fragen in meinem Kopf. Jetzt würde ich endlich erfahren, warum er gegangen war und sich vor allen, denen er etwas bedeutete, im Verborgenen gehalten hatte. Ich zitterte beim bloßen Gedanken an unser Wiedersehen und hatte weiche Knie. Ganz leise meldeten sich auch Schuldgefühle, sowohl ihm, als auch Steven gegenüber, den ich ohne ein Wort auf Gorlem Manor zurückließ und das, wo er sich so rührend um Warren kümmerte, für den ich ebenso eine Verpflichtung hatte, die ich nicht einhalten konnte.

Die Golden Gate lag unter mir und ich suchte nach einem Platz, wo ich wieder zur Erde sinken und mich unter die Leute mischen wollte. Meine geistigen Antennen waren ausgefahren, um jedes noch so kleine Zeichen von Armand aufzufangen.

Lange musste ich nicht warten, da fühlte ich einen inneren Ruf und folgte ihm blind. Er klang nicht so vertraut wie sonst, die lange Trennung musste ihre Spuren hinterlassen haben.

Sie lockte mich zu einem verlassenen Schrottplatz, was mich misstrauisch machte. Warum traf er sich an einem abgelegenen Ort mit mir und nicht in einem Restaurant, Hotel, einer Bar oder einfach irgendwo in den Straßen?

„Melissa?“ Ich wirbelte herum und fand augenblicklich die Antwort auf diese Frage.

„O mein Gott! Armand!“

Er sah fürchterlich aus. Über und über von Schrammen und Blutergüssen bedeckt.

„Mel!"

Die Erleichterung in seiner Stimme, zerriss mir das Herz. Wie hatte ich nur glauben können, dass er mich verlassen würde? Was war mit ihm geschehen? Wo war er die letzten Monate gewesen und wer hatte ihm das angetan? Tausend Fragen jagten sich hinter meiner Stirn.

„Ich habe nicht viel Zeit, *ma chére*", flüsterte er und die Heiserkeit seiner Stimme erschreckte mich.

„Was … was meinst du damit?"

„Die Verletzungen heilen nicht. Die haben mir so ein Zeug gegeben. Ich weiß nicht was, aber es setzt meine Selbstheilung außer Kraft."

„Wer? Kaliste? Sylion?"

Er schüttelte den Kopf. „Nein." Dann zögerte er, blickte sich gehetzt um. „Vielleicht. Ich weiß es nicht."

Er klang so verzweifelt, dass es mir durch Mark und Bein ging. Ich schlug eine Hand vor den Mund, konnte das Schluchzen nicht unterdrücken, streckte die andere nach ihm aus, wagte kaum, ihn zu berühren, aus Angst, ihm wehzutun.

„Da war dieses Gemäuer und so viele Ebenen mit schrecklichen Geschöpfen." Ihn schauderte bei der Erinnerung und er schloss für einen Moment die Augen. Ich fühlte mich hin und her gerissen, hatte nur einen Gedanken: Wie konnte ich ihm helfen?

„Dann ist mir die Flucht gelungen, dachte ich zumindest. Aber sie sagten was von einem Gift und dass ich das Gegenmittel nur bekomme, wenn ich ihnen den Ring bringe." Er deutete auf den Smaragd.

„Armand, was haben sie damit vor? Weißt du das?"

„Nein, sie haben mir nichts weiter gesagt. Nur, dass ich den Ring besorgen soll, sonst sterbe ich. Ich habe nur noch wenig Zeit. Bitte Mel, wenn du mich wirklich liebst, dann gib ihn mir."

Schuldgefühle, dass ich an ihm gezweifelt hatte, während er die Hölle durchmachte, nagten an mir. Der Ring war sein Geschenk an mich, und wenn er ihn jetzt wiederhaben wollte, noch dazu um sein Leben zu retten, dann war das nur recht. Ich hatte immer noch den Schlüssel und dass der Ring für das Tor eine Rolle spielte, stammte sowieso nur aus meinem Traum, dafür gab es keine Bestätigung. Vielleicht hatte das eine mit dem anderen gar nichts zu tun, doch selbst wenn, war Armand nicht wichtiger als alles andere auf der Welt? Tief im Inneren wusste ich, dass ich es nicht tun sollte, dass ich nicht das Recht hatte, sein Leben über das Schicksal der Welt zu stellen, doch ich brachte es nicht über mich, ihn sterben zu lassen. Wenn er nur erst das Gegenmittel hatte, dann fiel mir sicher etwas ein, wie wir den Ring zurückbekamen. Ohne weiter zu zögern, zog ich den Smaragd vom Finger und gab ihn ihm.

Er umarmte mich dankbar, küsste meine Stirn, doch irgendwie fehlte der Geste die Wärme, die ich sonst empfand, wenn wir uns nahe waren. „Du rettest mir das Leben, Mel."

Mein Handy klingelte und ich bat ihn einen Moment zu warten. Es war Franklin.

„Mel, wir haben jetzt auch die letzten Zeilen der Schriftrolle entziffert, die Lucien uns gegeben hat. Du darfst Armand auf keinen Fall den Ring oder den Schlüssel geben, denn du hattest recht mit deinem Traum. Es gibt einen Weg beides zu verbinden und das Tor nach Darkworld damit zu öffnen."

„Was?"

Ich hoffte, mich verhört zu haben, aber mein Vater wiederholte noch einmal dasselbe und erzählte außerdem, dass Dracon ein Feuerkind der Wende ins Mutterhaus gebracht hatte. Verwirrt legte ich auf und wandte mich wieder an Armand.

„Armand, wir müssen uns schleunigst etwas überlegen.

Du kannst denen den Ring nicht geben, egal wer es ist. Sie arbeiten vielleicht mit einem gewissen Sir Maxwell zusammen. Das ist eine lange Geschichte, ich erzähle sie dir ein andermal, jetzt …“

Doch ich kam nicht weiter, denn Armand fing plötzlich schallend an zu lachen. Ich verstand gar nichts mehr.

„Richtig, Melissa. Sir Maxwell will den Ring und den wird er auch bekommen, du kleine Verräterin.“

Der Schock ließ mich zurücktaumeln. „Was … was redest du da?“

Das war nicht der Armand, den ich kannte. Und überhaupt, was war mit einem Mal mit seinen Verletzungen? Und seinem Gesicht? Es verzerrte sich seltsam, sein Körper zerfloss plötzlich wie warmes Wachs. Quälend langsam sickerte die Erkenntnis in meinen Verstand, was hier vorging und so richtig begriff ich es erst, als Cyron Gowl vor mir stand mit einem boshaften Grinsen auf den Lippen.

„Sir Maxwell wird dir ewig dankbar sein. Und einen schönen Gruß an deine Ashera-Freunde. Bald wird ihr Leben nicht mehr so angenehm sein wie bisher.“

Er verschwand in der Dunkelheit und ich war für einige Sekunden zu gelähmt vor Entsetzen, um ihm zu folgen.

Dann wurde mir klar, was ich getan hatte, was er mit dem Ring tun würde, oder Sir Maxwell. Noch schlimmer, wenn der Ring auf diesem Weg jetzt Kaliste in die Hände fiel. Sie hatte schon einmal alles daran gesetzt, um die anderen Ringe der Nacht zu bekommen, von denen sie den Saphir, der Crawler-Fürst Rafael al Akaban den Rubin und ich den Smaragd besaß. Die drei vereint wurden zum Dämonenring und schenkten ihr eine unvorstellbare Macht. War das ihr Ziel und der Grund für ihr Bündnis mit Sylion? Mir wurde schlecht, aber ich konnte darauf keine Rücksicht nehmen, sondern musste Cyron hinterher. Schon nach wenigen Metern musste ich jedoch einsehen, dass er längst über alle Berge war und ich seine Spur nicht verfolgen konnte. Gequält schloss ich die Augen. Was hatte ich da nun wieder angestellt? Göttin, konnte ich denn gar nichts richtig machen?

„Fällst du immer noch auf falsche Freunde rein?", fragte jemand hinter mir.

Ich drehte mich um, es war niemand zu sehen. Aber zwischen einigen Autowracks flackerte ein Feuer. Ich ging darauf zu. Flammen loderten aus einer Metalltonne. Ich erkannte die Frau, die dort saß, sofort. Sie war mir sogar erschreckend vertraut, auch wenn sie nichts mehr von der einstigen Würde und Macht zur Schau trug. In Lumpen gehüllt kauerte sie vor der Wärmequelle, hielt ihre Hände dem Feuer entgegen, der Blick leer und verloren. Eine ausgemergelte Gestalt, krank an Körper und Seele. Nein, von ihr drohte keine Gefahr. Nicht einmal dann, wenn ich kein Kind der Finsternis wäre. Ich trat näher und da hob sie endlich den Kopf in meine Richtung.

Margret. Sie hatte meine Kindheit begleitet, mich aufgezogen wie eine Mutter. Viele Jahre hatte sie die Großmutter für mich gespielt, die mich nach dem Tod meiner Eltern aufzog, mich in den Künsten der Hexerei unterrichtet und mir den Weg geebnet. Bis ich hinter die schreckliche Wahrheit gekommen war, dass sie meine Mutter Joanna bei lebendigem Leib verbrannt hatte und mir das gleiche Schicksal drohte, wenn ich mich nicht fügte. Sie hatte den Orden der Roten Priesterinnen angeführt.

Armand hatte mich damals gerettet und zur Ashera gebracht, zu der meine Mutter ebenso gehörte wie Franklin. Erst im Orden hatte ich die ganze Wahrheit über mich und meine Familie erfahren. Margret und mich verband kein Blut, was ich inzwischen als Segen empfand. Aber die Jahre die wir miteinander gelebt hatten, ließen sich nicht fortwischen. Der Hass war erloschen, wie es schien nicht nur in mir. Und was jetzt noch blieb …

Schweigend gesellte ich mich zu ihr, streckte meine Hände ebenfalls dem Feuer entgegen. Die Zeit stand still, raste dann zurück zu dem Tag an dem ich ihren letzten Angriff gespürt hatte und sprang augenblicklich wieder ins Hier und Jetzt. Natürlich musste ich Franklin umgehend informieren, dass Cyron Gowl mit meinem Ring auf und davon war, aber Margret jetzt zu ignorieren, brachte ich nicht über mich. Nie hätte ich gedacht, ihr noch einmal zu begegnen, mit ihr zu reden, sie nach Gründen zu fragen oder zumindest danach, was wirklich mit meiner Mutter geschehen und nicht mehr in meinen Gedanken verwurzelt war.

„Guten Abend, Margret", sagte ich leise.

Sie lachte. „Es gibt keine guten Abende mehr für mich." Ihre Stimme war ein Krächzen – gebrochen, wie sie selbst. „Ich sehe, ich habe recht behalten. Franklin hat dich verloren. Der Todesengel hat dich zu sich geholt."

Ich lächelte sanft, schwieg aber. Die letzten Worte, die sie damals gesprochen hatte, als ich noch einmal bei ihr war. Sterblich und ihr unterlegen durch die Verletzlichkeit tief in mir. Sie hatte es mir, Franklin und Jenny damals hinterher geschrieen. Dass Franklin mich umsonst mitnahm. Dass der Todesengel, der mich zu ihm gebracht hatte, mich auch wieder mit sich fortnehmen würde. Mich zu einer Bluttrinkerin, einem Vampir, machen würde. Armand hatte mich geholt, ja, aber Franklin hatte mich dennoch nicht verloren. So war ihre Prophezeiung letztendlich doch nicht ganz wahr geworden. Und der Teil, der eingetroffen war, in meinen Augen nichts als Zufall. Oder damals schon vorhersehbar. Nicht nur für sie. Es hatte nichts mit ihrer Macht zu tun, dass ihr dieser Teil meiner Zukunft klar vor Augen gestanden hatte. Doch ich verspürte nicht das Bedürfnis, mit ihr darüber zu plaudern. Ihr zu sagen, dass ich noch immer – Vampir hin oder her – bei der Ashera war. Und damit vielleicht erklären zu müssen, was mich noch mit dem Mutterhaus und besonders mit meinem Vater verband.

„Deine Mutter war schon dafür bestimmt", sagte Margret nun leise. „Die Vampirin hätte es sicher bald getan."

„Aber du hast beide vorher getötet", sagte ich ohne jeden Groll. Mein Hass war lange vergangen.

„Ja", gestand sie. „Das ist wahr. Musste ich es denn nicht tun, um ihre Seele zu retten?"

Ein Stück Wahnsinn blitzte in ihren Augen, die noch immer aufs Feuer gerichtet waren. Ich unterdrückte den Stich in meinem Herzen, es brachte nichts, darüber zu reden, welche Beweggründe sie für den Mord gehabt hatte.

„Hast du meine Mutter begraben, oder ihre Asche verstreut?" Etwas, was mich all die Jahre quälte.

Erstaunlicherweise war die Ruhe echt, mit der ich diese Frage stellte. Und auch Margret wirkte gefasst, obwohl in uns beiden bereits die Ahnung keimte, wie diese sonderbare, vom Schicksal eingefädelte Begegnung ausgehen sollte.

„Ich habe die Überreste von beiden in einen Tonkrug gegeben und ihn versiegelt in Bylden Wood vergraben."

Sie sagte *ver*graben statt *be*graben. Dieser kleine, scheinbar unbedeutende Unterschied entlockte mir ein leises, doch bedrohliches Knurren.

„Wo genau?"

„In der Hütte, wo du auf deinen Tod gewartet hast", erklärte sie ohne Umschweife, lachte dann wieder. Ein hässliches Lachen, das ihre Bosheit noch einmal verdeutlichte. „Du warst ihr so nah im Angesicht des Todes und hast es nicht mal gemerkt."

Sie beschrieb mir die Stelle, wo der Krug verborgen lag. Ich beobachtete sie dabei, ihr Mienenspiel, jede Bewegung ihrer Augen. Doch ich konnte keine Lüge entdecken. Es gab auch keinen Grund mehr zu lügen. Sie wusste, sie würde in wenigen Minuten sterben und ich wusste es auch. Wir hatten beide gar keine andere Wahl. Dieses eine Mal in meinem Leben war ich sicher, dass es vom Schicksal so gewollt und bestimmt war und keiner von uns das Recht hatte, dem aus dem Weg zu gehen, aus welchem Grund auch immer. Diese Begegnung hatte niemand eingefädelt. Auch nicht Sylion, Kaliste oder Cyron. Sie wussten nichts von meiner Vergangenheit, von Margret und von der Verbindung zwischen uns. Das gehörte einem längst vergangenen Leben an und passte auch nicht in ihre Ränkeschmiede. Zufall nur, dass Cyrons Treffpunkt hier lag, wo Margret sich einen Schlafplatz für die Nacht gesucht hatte. Doch dieser Zufall brachte nun eine endgültige Entscheidung zwischen der einstigen Hohepriesterin und mir. Brachte einen Abschluss für uns beide.

Sie würde heute Nacht den Tod in meinen Armen finden. Ausgerechnet durch mich, die sie so oft zu töten versucht und dabei jedes Mal versagt hatte. Sie wusste, ich würde in ihrem Geist alles lesen, was sie je vor mir zu verbergen versucht hatte. Mir wurde klar, dass Fragen überflüssig waren. Bald wusste ich alles, was ich wissen wollte und noch viel mehr. Es barg auch ein Risiko, denn ich würde Dinge sehen, die mir das Herz zerreißen konnten. Oder war ich schon so kalt, dass es mich nicht mehr berührte? Ich hatte mich verändert seit meiner Wandlung. Mehr und mehr. Und doch war ein Teil noch immer menschlich und diesem Teil tat Margret unendlich leid, weil sie alles verloren hatte und ihre Niederlage so absolut war.

„Spar dir dein Mitleid, Melissa. Ich verdiene es nicht."

Unsicher blickte ich sie an. Wie sollte sie mir nicht leid tun? Sie lebte auf einem verlassenen Schrottplatz, war eine Obdachlose in einem fremden Land. Und was auch immer zwischen uns geschehen war, wie viele Gründe ich auch hatte, sie zu hassen, sie hatte mich großgezogen.

„Ich bereue nichts, würde es wieder genauso machen."

Ihre Worte schockierten mich, schließlich hatte sie meine Mutter und Tante Lilly getötet, das Haus ihrer eigenen Tochter angezündet und auch mich beinah auf dem Scheiterhaufen verbrannt. Die Göttin allein wusste, was sie sonst noch an Leid und Unglück in die Welt gebracht hatte.

Sie starrte in die Flammen und schien in Gedanken weit fort. „Es ist nicht so, dass ich nicht wüsste, wer Schuld an all dem ist." Mit einer vagen Geste umschrieb sie ihr kleines armseliges Reich, in dem sie nun lebte. „Ich weiß durchaus, dass ich mich selbst in diese Lage gebracht habe, sogar dass mein Handeln falsch war, und dennoch kann ich nicht anders. Ich würde alles wieder tun, wenn du mich noch mal vor die Wahl stellst. Denkst du nicht auch, dass ich es damit mehr als verdiene?"

Ich setzte schon zu einer Erwiderung an, als mir plötzlich klar wurde, warum sie so sprach. Sie wollte den Tod, und sie wollte ihn schnell. Margret war alt geworden, schwach und krank. Sie hatte nichts mehr zu erwarten und ihre dunklen Kräfte gab es nicht mehr. Sie war ebenso hilflos wie hoffnungslos. Es wäre eine Gnade, dachte ich, und im nächsten Moment hielt ich sie auch schon in meinen Armen. Sie übte keine Gegenwehr, hatte sich schon vor langer Zeit aufgegeben. Und irgendwie empfand sie es wohl als eine Art von Gerechtigkeit. Sie hatte das Leben eines Vampirs und das meiner Mutter genommen. Nun kam ich – in Gestalt eines Bluttrinkers – und nahm das ihrige.

Ihr Blut schmeckte schal und verbraucht. Es wärmte mich nicht. Der Tod kam schnell, was von ihr übrig blieb, überließ ich dem Feuer, an dem wir gemeinsam gesessen hatten. Ein letztes Mal und vielleicht zum ersten Mal in beidseitiger Einigkeit. Ohne Erwartung, ohne

Groll, ohne Hass, ohne Misstrauen. Einfach nur zwei Seelen, die sich kannten. Und die insgeheim wussten, dass sie Abschied nahmen. Sie hatte mir nicht mehr nach dem Leben getrachtet. Und ich hatte auch nie die Absicht gehabt, das ihre zu nehmen. Es war geschehen, weil es so sein sollte. Da war nichts Böses mehr in ihr, als ich ihre Seele nahm. Oder vielleicht, kam mir in den Sinn, hatte ich es auch einfach nicht länger gespürt, weil das Dunkel in mir selbst längst schon viel tiefer und mächtiger war, als je in ihr.

Bewegungslos hing er in den Armen der beiden Ghanagouls, die ihn fortschleiften. Es war demütigend, bei vollem Bewusstsein zu sein und doch unfähig, sich gegen diese einfältigen Bastarde zu wehren. Wie hatte er nur so leichtsinnig sein können? Allein ihr Auftauchen im Garten des Ashera-Mutterhauses hätte seine Alarmglocken läuten lassen müssen.

Er hatte keine Ahnung, wohin sie ihn brachten. Die Eishöhle am Pol war es nicht. Mel erwähnte einen Tempel im Dschungel, dem kam es schon näher, jedenfalls soweit seine Sinne ihm zutrugen, was um ihn herum geschah. Er hörte fremdartige Tierlaute und roch das saftige Grün üppiger Vegetation. Außerdem war es hier warm und feucht.

Sie erreichten ein steinernes Heim. Säulen glitten links und rechts an ihm vorbei und der Boden unter ihm glitzerte wie mit Goldstaub bedeckt. Irgendwo plätscherte Wasser in ein Becken und der ölige Geruch von Fackeln hing in der Luft.

Die Wärter stießen ihn grob in eine kleine Kammer, kümmerten sich nicht darum, dass er mit seinen gelähmten Gliedern hart aufschlug. Er biss die Zähne zusammen, wollte ihnen nicht die Genugtuung eines Schmerzlautes gönnen. Die Ghanagouls redeten leise in ihrer eigenartigen Sprache miteinander, die aus tiefen glucksenden Lauten bestand. Sie verstanden alle Sprachen dieser Welt, hieß es. Vor allem die der Königin. Doch selbst sprachen sie nie. Ihnen genügten diese Töne, um miteinander zu kommunizieren.

Lucien hätte zu gern gewusst, worüber sich die beiden unterhielten, doch gleich darauf verwünschte er sich für seine Neugier, als einer der beiden seinen Speer auf ihn richtete und ihn ein glühendheißer Stromschlag durchfuhr, der ihm sämtliche Organe zusammenzuschmelzen schien. Er krümmte sich, seine Muskeln fielen in eine Krampfstarre, doch dann spürte er, wie sich die Zellen wieder lockerten, wie Leben in seine Glieder zurück kehrte und die Nerven mehr als nur Schmerzimpulse leiteten. Mit diesem neuerlichen Blitz aus der Waffe, hatte der Ghanagoul die lähmende Wirkung aufgehoben. Nicht angenehmen, aber wenigstens wirkungsvoll.

Wenn man mehrere Stunden zur völligen Bewegungslosigkeit verdammt war, wusste man es ungemein zu schätzen, die Kontrolle über seinen Körper zurückzuerlangen.

Noch etwas steif kam er zumindest wieder auf alle viere. Erniedrigend. Er spürte die Blicke der Wächter in seinem Rücken, war sicher, dass sie hämisch grinsten, soweit das mit ihren Krokodilsmäulern möglich war. Wenn er erst wieder hier raus käme, würde er ihnen schon zeigen, wie man einen Lord zu behandeln hatte. Er schnaubte. Falls er wieder hier raus kam. Er hatte keine Ahnung, warum man ihn gefangen genommen hatte. Nur tausend Vermutungen, die alle nicht sonderlich erfreulich waren.

Um nicht länger als nötig in dieser entwürdigenden Haltung verweilen zu müssen, biss er schließlich die Zähne zusammen und kämpfte sich auf die Beine, taumelte, musste sich an der schmalen Pritsche abstützen, die man ihm hingestellt hatte, schaffte es dann aber, sich gänzlich aufzurichten und das Gleichgewicht zu halten.

Vorsichtig, um dem Schwindel in seinem Kopf keine neue Nahrung zu geben, sah er sich in seiner kargen Unterkunft um. Zumindest sicher. Durch diesen Steinkoloss drang kein Sonnenstrahl. Fenster gab es nicht und die Gittertür führte auf einen finsteren Gang, in dem die Wächter nun Posten bezogen.

In einer Ecke stand ein kleiner Käfig. Nachdem er relativ fest auf seinen Beinen stand, schritt er hinüber und lugte kurz hinein, verzog dann das Gesicht. Dieses Dinner war geschmacklos. Es mochte nett gemeint sein, obwohl eine delikatere Auswahl angemessener gewesen wäre, aber bevor er das Blut dieses widerlichen Gewürms trank, hielt er lieber eine Weile Diät.

Mit seinen Sinnen tastete er den Bau ab, kam jedoch nirgends weit. Überall stoppte ihn eine undurchdringliche Wand, die Kalistes kühlen Charme versprühte. Die Königin hatte sorgsam darauf geachtet, dass kein Durchkommen zu irgendwem war, der ihrem abtrünnigen Sohn vielleicht zu Hilfe eilen konnte. Entweder sie war aus einem bestimmten Grund böse auf ihn, oder sie hatte seine Machenschaften durchschaut.

Mit ihrem Zorn konnte er leben, den hatte er sich schon häufiger eingehandelt. Doch wenn so kurz vor dem Ziel sein schöner Plan aufgeflogen war, stellte ihn das vor ein großes Problem. Ein tödliches womöglich.

Die Vorstellung behagte ihm nicht, denn er kannte Kalistes Foltermethoden. Sie verstand es, ihresgleichen unsagbare Qualen zuzufügen und einen noch am Leben zu halten, wenn man sich schon längst tot wünschte und die Flammen der Unterwelt einer weiteren Stunde ihrer Behandlungen vorzog.

Im Geist ging er durch, welchen Fehler er gemacht haben könnte, doch er fand keine Schwachstelle in dem Netz, das er gesponnen hatte.

Wann kam die Königin, um sich seiner anzunehmen?

Und auf welche Art? Die Ungewissheit und Warterei waren zermürbend. Er zermarterte sich den Kopf, wie er ihr gegenübertreten sollte, mit welchen schönen Worten sich ihr Zorn wohl besänftigen ließe, doch diese Überlegungen waren müßig, wenn man nicht einmal wusste, wie die Anklage lautete.

Ein paar Mal glitt sein Blick zum Käfig hinüber, denn diese Tiere sonderten ein Sekret ab, das nach frischem Blut duftete und seinen Hunger anstachelte.

Ihm war bewusst, dass die Gier mit jeder Stunde des Wartens qualvoller wurde und hatte eine dunkle Ahnung, dass diese Kreaturen noch um einiges widerwärtiger schmeckten, als sie aussahen. Wie lange konnte er dem Lockstoff widerstehen? Und welche Pein war größer? Der Hunger oder das, was vom Blut der wurmartigen Tiere ausgelöst wurde? Er gedachte nicht, es herauszufinden, nur sein Blutdämon lechzte schon jetzt nach Nahrung.

Franklin hielt sich mit den Schuldzuweisungen erstaunlicherweise zurück. Mein Handeln sei nur zu menschlich gewesen, immerhin ging es um den Mann, den ich liebte. Ich verzichtete auf den Hinweis, dass ich kein Mensch mehr war.

Mein Vater machte sich nun ebenfalls große Sorgen. Jetzt, wo wir wussten, dass Armand uns nicht aus freien Stücken verlassen hatte, sondern gefangen gehalten wurde. Er war bemüht, es sich nicht anmerken zu lassen, konnte mich jedoch nicht täuschen. Auch er fürchtete um das Leben meines Geliebten und malte sich das Schlimmste aus, was vielleicht mit ihm geschehen sein könnte.

Zu seinem Glück gab es eine Ablenkung, die ihn stark beanspruchte. Die kleine Samara hatte nach anfänglicher Enttäuschung darüber, dass mein Vater nicht der Elfenkönig war – als er mir die Story erzählte, musste ich lachen – inzwischen Vertrauen zu ihm gefasst. Sie sollte im Orden bleiben, denn ihre pyrokinetische Gabe war hier besser aufgehoben. Die Zirkusleute hatten keine Suche nach ihr eingeleitet, also brauchten wir diesmal auch keine Schwierigkeiten seitens der Behörden zu fürchten. Ihr Mal glich eher Engelsflügeln denn Flammen, doch Franklin wies darauf hin, dass die Färbung des Males viel ausmachte. Jenny war älter, hatte die geschlechtliche Reife erlangt und außerdem waren ihre Fähigkeiten bereits abrufbar. In Samara schlummerte all dies noch, sie war noch zu jung. Dennoch hätte sie den Schlüssel drehen können.

Der Schlüssel, den besaßen wir zum Glück noch. Eine Gewähr, dass Sir Maxwell mich kontaktieren würde und inzwischen bestand kein Zweifel mehr, dass er und Sylion ein und dieselbe Person waren. Wir überlegten, ob ich direkt zu der Hütte fahren und dort auf ihn warten sollte, entschieden uns aber dagegen. Besser, sie ahnten nicht, dass sich Samara bei uns befand. Früher oder später würde Sylion sich melden, das war früh genug.

Lucien war ohne Erklärung abgereist, was mich wunderte. Doch vielleicht tat er sich einfach schwer damit, dass mein Vater so viel Widerstandskraft zeigte. Einen triftigen Grund zu bleiben gab es nicht für ihn. Aber Steven kümmerte sich weiterhin um Warren, zumindest solange sein Urlaub noch andauerte. Dann musste auch er in die Staaten zurück. Mit keinem Wort fragte er mich nach meinem plötzlichen Aufbruch aufgrund des vermeintlichen Anrufs von Armand. Trotzdem konnte er die Enttäuschung nicht ganz verbergen. Verdammt, er liebte mich, obwohl ich nicht fähig war, dies zu erwidern. Gerade jetzt nicht, wo ich wieder hoffte. Wenn ich Cyron Gowls Worte richtig deutete, hatte man Armand entführt, was zeigte, dass der Plan, mir den Ring abzuluchsen keine Spontanentscheidung gewesen war. Dann konnten die Briefe Fälschungen sein. Wenn das stimmte, liebte er mich immer noch, da konnte ich ihm unmöglich den Rücken kehren.

Das schien auch Steven klar zu sein, vielleicht mied er deshalb das Thema. Ein anderes schnitt er jedoch kurz nach meiner Rückkehr an, denn es lag ihm auf dem Herzen.

„Mel, du solltest mit Warren reden."

Ich erschrak, ahnte nichts Gutes. Zu lange hatte ich mich nicht um ihn gekümmert. Doch es sah so aus, als sei er bei Steven in guten Händen und ich hatte momentan andere Probleme. Doch was Steven mir jetzt sagte, versetzte mir einen gehörigen Schrecken.

„Ich denke, er ist nicht stark genug, auch wenn es anfangs eine Weile so aussah, als finge er sich. Was aber viel wichtiger ist, er selbst denkt das ebenfalls. Er beginnt sich aufzugeben, Mel."

Mir wurde eiskalt. Das durfte einfach nicht wahr sein. Nicht auch noch Warren.

Ich eilte sofort zu ihm in die kleine Bibliothek, wohin er sich seit ein paar Tagen nach der Jagd mit Steven stets zurückzog und musste feststellen, dass die Wahrheit Stevens Worte noch übertraf. Warren hatte sich sehr verändert. Er litt sichtlich unter dem, was er war, schwankte zwischen Verzweiflung und Euphorie. Ein gefährlicher Zustand. Dem Wahnsinn zu nah.

In der ersten Nacht an meiner Seite zeigte sich Dracons dunkles Erbe und machte ihm das Töten leicht. Steven erlebte ihn dann zurückhaltender und unsicher. Mit seiner Hilfe besserte sich das eine Weile, aber jetzt hatte er ein Stadium erreicht, in dem er Höllenqualen litt. Aber was um alles in der Welt sollte ich sagen oder tun? Ich konnte nicht mehr ungeschehen machen, was passiert war. Und ich konnte nicht ändern, dass Dracon so skrupellos war. Dass ich vielleicht die falsche Entscheidung getroffen hatte und sein Sterben damit nur hinausgezögert und qualvoller als nötig gemacht hatte. Eine kalte Angst beschlich mich. Die Angst einer Mutter um ihren Sohn. Doch ich rief mich zur Ruhe, wischte alle Bedenken beiseite. Er war mein und Dracons Sohn. Das Blut, das er empfangen hatte, war stark und immerhin blieb auch der erste Anfall von Schwäche nicht lange. Er konnte es wieder überwinden, solange noch mehr Verstand als Instinkt seinen Geist beherrschte.

Trotzdem nahm ich mir vor, jetzt für ihn da zu sein. Wenigstens bis Sir Maxwell mich kontaktierte. Ich ging mit ihm auf die Jagd, führte Gespräche darüber, wie er sich fühlte, auch wenn seine Antworten immer häufiger in eine beängstigende Richtung deuteten. Die Melancholie und die Sehnsucht nach Flucht nahmen überhand. Wenn er ihnen erlag, konnte ihn niemand mehr retten. Der Gedanke an die Schuld, mit der ich dann leben musste, zerfraß mich innerlich.

Ein paar Tage später saßen wir abends zusammen im Wintergarten von Gorlem Manor und unterhielten uns. Warren wirkte gefasster denn je, aber auch endgültig. Ich spürte, dass er mir entglitt und rang mit den Tränen, weil ich es nicht aufhalten konnte.

„Ich weiß, dass ich nicht stark genug bin“, sagte er. „Es hätte nicht passieren dürfen.“

„Gibst du mir die Schuld?“, fragte ich und lächelte schwach.

Noch immer redete ich mir ein, dass er sich wieder fing, auch wenn mein Glaube daran allmählich schwand. Er erwiderte mein Lächeln und wirkte so schön und so dunkel, dass es mir im Herzen wehtat.

„Nein, ich gebe niemandem die Schuld. Ich hätte es vielleicht sogar selbst gewollt, wenn Dracon mich gefragt hätte. Schließlich hat er ja darauf hingearbeitet.“

Der letzte Satz klang zynisch und zeigte, dass er Dracon nicht so einfach verziehen hatte wie mir.

„Aber ich sehe den Tatsachen ins Auge“, fuhr er fort. „Ich werde sterben. Und das ist nicht zu ändern.“

„Du wirst nicht sterben“, widersprach ich sanft. „ Es war auch für mich nicht leicht am Anfang. Auch ich habe Monate gebraucht, um mich zurecht zu finden. Doch daran stirbt man nicht.“

Er hörte nicht auf zu lächeln, weil er sich schon damit abgefunden hatte und der Tod ihn nicht mehr schreckte. Aber er war fest davon überzeugt, dass sein Ende nahe war. Er spürte, was ich weit von mir schob, obwohl doch gerade ich es hätte spüren müssen. Wie selbstverständlich er damit umging. Wie sehr er bereits mit allem abschloss. Aber ich wollte es nicht wahrhaben.

„Der Tod gehört zum Leben. Mehr als je zuvor. Er ist mein Bruder. Mein Gefährte. Mein Geliebter. Und ich umarme ihn, wenn er kommt. Es macht mir nichts mehr aus.“

Er meinte seinen eigenen Tod, doch ich deutete es

bewusst anders und tat so, als spreche er vom Tod seiner Opfer. Er ließ mich in dem Irrglauben, weil er merkte, dass es keinen Sinn machte, es mir näher zu erläutern.

„So wie du redest, kommst du besser damit zurecht, als ich. Und das heißt, dass du es geschafft hast, mit deiner Natur zu leben. Also mach dir keine Sorgen. Du weißt was du bist und du kannst damit leben. Liebst es sogar. Mehr kann unseresgleichen kaum erwarten."

Ich wollte damit die Ängste zerstreuen. Allerdings mehr meine als seine. Vielleicht auch deshalb, weil ich sonst nicht in der Lage sein würde zu gehen, wenn der Anruf von Sir Maxwell kam. Mit dem Wissen, dass ich Warren vielleicht im Tode allein ließ, wäre ich nicht gegangen, doch ich durfte darauf keine Rücksicht nehmen, auch wenn es mir das Herz brach.

„Ich mache mir keine Sorgen, Mel", sagte er geduldig. „Doch ich mache mir auch nichts mehr vor. Und ich möchte dich um etwas bitten."

Ich schaute ihn abwartend an. Es schien ihm sehr ernst zu sein und ein wenig beunruhigte es mich nun doch.

„Der Tod macht mir nichts aus. Aber ich habe gehört wie das ist, wenn der Wahnsinn kommt. In der letzten Zeit habe ich es am eigenen Leib gespürt."

Ich wollte widersprechen, doch er gebot mir mit einer Geste zu schweigen.

„Du brauchst es nicht schönzureden, ich weiß, dass es der Anfang vom Ende ist. Niemand kann es leugnen. Ich bin nicht mehr Herr meiner Sinne, und in den Momenten, wenn es mich überkommt, habe ich Angst vor mir selbst."

Er zögerte. Mir wurde klar, dass Dinge geschehen sein mochten, von denen ich nicht das Geringste wusste, die ihm zu schaffen machten. Nur Steven war für ihn da gewesen, aber das war nicht dasselbe. Plötzlich war der Wahnsinn nicht mehr so unwirklich.

„Ich töte auf so grausame Weise und mit einer solchen

Lust an der Qual meiner Opfer, dass ich mich hinterher vor mir selbst ekele", gestand er.

„Das ist Dracons Blut." Ich versuchte es zu zerreden und wusste doch längst, dass ich gegen Windmühlen kämpfte.

„Nein", sagte Warren bedächtig und schaute mich mit diesem tiefen Blick an, der von der Weisheit des jahrhundertealten Blutes in seinem jungen Körper kund tat. „Es ist die Unfähigkeit meiner Seele den Dämon im Zaum zu halten. Und daran werde ich sterben. Früher oder später."

Noch einmal beteuerte er, dass der Tod an sich ihn nicht schreckte. Es war etwas anderes, vor dem er sich fürchtete.

„Mel, ich habe Angst, so zu sterben. Mich am Boden zu krümmen. Zu schreien, zu zetern, zu hadern. Ich will mit Würde sterben. Fähig, mich dem zu stellen, was mich erwartet."

„Was glaubst du, das dich erwartet?"

„Ich weiß es nicht. Aber ich will ihm mit Stolz in den Augen entgegen sehn."

„Und was erwartest du von mir?"

„Ich erwarte wenig von dir, weil ich nicht einmal sicher sein kann, dass du da bist, wenn es soweit ist. Ich sage es dir nur, weil ich denke, dass du es wissen solltest. Damit du darauf vorbereitet bist. Wenn du in meiner Nähe bist, dann bitte ich darum, mich zu töten. Diese Gnade bist du mir schuldig … Mutter."

Der Hieb saß. Er hatte mich nie zuvor so genannt. Aber in diesem Moment hatte er mir auf eine allzu höfliche Art den Vorwurf gemacht, den er nicht aussprach. Ich trug die Verantwortung. Ich hatte ihm das angetan. Ich hatte ihn nicht vor Dracon beschützt. Ich hatte ihn im Stich gelassen, als er eben in die Nacht geboren war. Er verlangte mir – und das zu recht – die Verantwortung ab, ihn zu erlösen, wenn er nicht fähig war zu tun, wozu ich ihn mit der Wandlung verurteilt hatte.

Ich nickte kaum merklich. Aber deutlich genug, um ihm ein verschlagenes Siegerlächeln abzugewinnen, das die Schwärze in seinem Herzen deutlicher zeigte als mir lieb war. Er war mein dunkler Sohn, der mich liebte. Und doch trug er es mir nach. Er hatte die Menschlichkeit seiner Mutter und die Finsternis seines Vaters. Göttin, wie hätte er jemals die Chance haben können, so zu überleben? Das wurde mir jetzt überdeutlich klar, hinterließ ein Gefühl von Schuld, das stärker war als er es beabsichtigt haben mochte.

Der Moment ging vorbei. Und das böse Grinsen in Warrens Gesicht mit ihm.

„Dracon würde mir nicht helfen, das weiß ich. Er würde daneben stehen und mir lächelnd zusehen, wie ich qualvoll krepiere. Ich bin ihm egal. Seit ich bin wie er, hat er das Interesse verloren. Wie an einem Spielzeug, das nur so lange interessant ist, bis man es endlich hat."

Er klang bitter und ich konnte es verstehen.

„Verurteile ihn nicht, immerhin habe ich ihn fortgeschickt, nachdem er dir das angetan hat. Es ist nicht seine Schuld, dass er nicht für dich da ist."

Eine weitere Last auf meiner Schulter. Ob Dracon ihn besser darauf vorbereitet hätte, ihm ein angemessener Lehrer gewesen wäre?

Er seufzte. „Ich habe schon mit Steven gesprochen. Wenn du fort sein solltest, wird er es tun. Er ist mein Freund, der beste, den ich je hatte." Er erhob sich und als ich ebenfalls aufstand nahm er mich in die Arme und küsste mich. „Ich liebe dich. Das habe ich schon immer. Auch wenn du es nie erwidert hast. Ich wünsche dir eine gute Jagd, Mel, wenn der Anruf kommt."

Noch in derselben Nacht bat mich Sir Maxwell, ihm den Schlüssel zu bringen und ich verließ Gorlem Manor in dem Wissen, Warren seinem Schicksal zu überlassen und ihn vermutlich nicht lebend wiederzusehen. Sein Schmerz verfolgte mich den ganzen Weg, und auch wenn mir klar war, dass Sylions Tod gerecht und meine Aufgabe war, konnte das an den Schuldgefühlen gegenüber meinem dunklen Sohn nichts ändern.

Armand spürte nichts von einem Gift in sich, außer vielleicht dem Dämonenblut, doch das heilte zusehends seine Wunden, also kümmerte er sich nicht weiter um das eisige Brennen mit dem es durch seinen Körper jagte. Er hatte zwei frische Klingen aus den Flügeln des großen Dämons gerissen. Sie lagen wie schottische Claymore-Schwerter in seinen Händen. Damit gedachte er, jeden Feind in die Flucht zu schlagen, egal, was jetzt noch auf ihn zukam. Der Wahnsinn hatte ihn endgültig verlassen und er spürte, dass er der Freiheit näher kam. Diese Festung war dazu gedacht, jedes Wesen das hier landete zu brechen oder zu töten. Bei ihm war die Rechnung nicht aufgegangen, ganz im Gegenteil. Er fühlte sich durch die Prüfungen gestärkt, hatte über Dinge nachgedacht, die tief in ihm vergraben ruhten und Erkenntnisse gewonnen, die ihn seelisch wachsen ließen.

Als sich ein Torbogen in der Ferne abzeichnete, wusste er: Dies war der Weg nach draußen. Die letzten Meter rannte er, durchquerte die steinerne Wölbung und fand sich auf einer großen Plattform wieder, an deren Rand es tief nach unten in eine Grube voller Speere ging. Doch diesen Weg musste er nicht nehmen, auch wenn er sich inzwischen zutraute, ihn schwebend zu überqueren. Von der Plattform führte auch eine Treppe hinab, das Ende der Odyssee war endlich erreicht.

„Ich glaube kaum, was ich da sehe. Hast du es tatsächlich bis hierher geschafft? Aber nun ist Endstation!"

Armand fuhr herum und stand der Urmutter höchstpersönlich gegenüber.

Sofort spannten sich seine Muskeln an und er machte sich bereit, sich seinen Weg zu Mel freizukämpfen. Er hatte keine Angst vor ihr. Sie war auch nur ein Geschöpf aus Knochen, Fleisch und Blut. Und bluten würde sie, falls sie sich ihm entgegenstellte.

„Kaliste!“, zischte er und zeigte deutlich seinen Mangel an Respekt. „Deine Folterkammer hat nicht gereicht, um mich zu brechen.“

Kalistes Lachen hallte unheimlich von den Mauern des Torbogens wider. „Als Folterkammer dienen die Ebenen nicht, Armand. Sie sind erschaffen jene aufzuhalten, die so dumm sind, einen Fluchtversuch zu unternehmen. Doch Respekt, das muss ich dir lassen. Du hast alle Ebenen überstanden. Etwas, das noch keiner vor dir geschafft hat. Ich habe dich unterschätzt. Das passiert mir ärgerlicherweise häufiger in letzter Zeit. Doch damit ist jetzt Schluss.“

„Wo ist Mel? Was hast du mit ihr gemacht?“

Kaliste lächelte wölfisch. „Ja“, meinte sie gedehnt, „was ist wohl aus dem Täubchen geworden? Hat es sich vielleicht die Flügel gebrochen?“

Sie spielte mit dem Ring an ihrer Hand, das Licht der Fackeln sammelte sich darin und schimmerte grün. Grün? Sie trug Mels Ring!

Wut schoss gleich einer verzehrenden Flamme in Armand empor, und die Gier nach Rache erwachte. Beides war kein guter Ratgeber im Kampf gegen einen mächtigen Gegner wie die Vampirkönigin. Er tappte blind in ihre Falle, denn kaum machte er einen Satz auf sie zu, war sie schon nicht mehr dort, wo sie Sekundenbruchteile zuvor noch gestanden hatte. Dafür traf ihr Schlag ihn mit voller Wucht und brach seine Wirbelsäule entzwei. Er schlitterte über den Boden, blieb nur wenige Zentimeter vor dem Abgrund liegen, für endlos lange Augenblicke völlig gelähmt, ehe das Blut brennend zu den zerborstenen Knochen floss und sie heilte.

Kaliste legte den Kopf in den Nacken und lachte schallend.

„Oh Armand! Du musst noch viel lernen, wenn du mich besiegen willst. Viel zu emotional. Das ist deine Schwäche und auch die deiner süßen Melissa.“

Er biss die Zähne zusammen und sprang wieder auf die Füße, führte einen Schlag gegen Kaliste aus, der für sie so überraschend kam, dass sie kaum ausweichen konnte. Er streifte ihre Wange mit der scharfen Klinge und sah mit Genugtuung zu, wie ein dünnes Rinnsal von Blut über ihr Gesicht lief, ehe sich die Wunde wieder schloss. Ein ungleicher Kampf, denn seine Selbstheilungskräfte arbeiteten immer noch zu langsam. Besser, er blieb auf der Hut.

Ihre Augen schossen Blitze in seine Richtung, was ihn daran erinnerte, was Mel über die Ringe gesagt hatte. Wenn man sie nach innen drehte, schützten sie ihren Träger. Sein Blick huschte zu ihren Händen, beide Steine wiesen auf den Handrücken, hoffentlich blieb das auch so, sonst sanken seine Chancen gen Null. Schnell lugte er zur Treppe hinüber, aber auch das verwarf er wieder. Sie fing ihn sicher ab, lange bevor er die Stufen erreichte.

Wie eine Furie stürzte sich die Königin wieder auf ihn, ihre Finger mit den langen, scharfen Nägeln zu Krallen gekrümmt. Er versuchte auszuweichen, doch sie reagierte schnell und hieb ihm die Klauen tief ins Fleisch. Er stöhnte, ließ vor Schmerz das eine Schwert los, weil alle Kraft aus seiner linken Seite wich. Kaliste traf präzise die Stelle, aus der schon die Raubfische ein Stück herausgerissen hatten und die immer noch nicht wieder gänzlich hergestellt war. Er fühlte, wie sie in seinen Eingeweiden wühlte, das Gesicht eine sadistisch grinsende Maske. Ihre schwarzen Haare umgaben ihr Haupt wie einen Todesschleier, der sich über ihn legen wollte. Mit aller Kraft riss er sich los, schlug mit der Rechten nach ihr und traf sie an der Schulter. Diesmal heilte auch ihre Wunde nicht so schnell, aber seine Unnachgiebigkeit fachte ihren Zorn an.

„Schluss jetzt mit diesen Spielchen. Du kommst sowieso nicht mehr lebend in die Menschenwelt, also gib auf und füge dich deinem Tod, Armand.“

„Das haben deine Schlangen, Fische und Dämonen auch geglaubt, aber wie du siehst, stehe ich noch immer auf meinen Beinen. Ich habe andere Pläne. Ich gebe erst auf, wenn ich nicht mehr atme.“

Sie lachte hämisch auf. „Das kannst du haben!“

Ihr Angriff traf ihn mit voller Wucht in den Brustkorb, presste jeglichen Sauerstoff aus seinen Lungen und ließ die Alveolen zerplatzen wie Seifenblasen. Nicht lebensbedrohlich für einen Vampir, dafür überaus unangenehm, weil die Reflexe der Lungen blieben. Er japste, ruderte mit den Armen, auch die zweite Klinge entglitt seinen tauben Fingern, als der Schmerz seine Nerven lähmte. Armand spürte, wie er nach hinten taumelte, viel zu nah am Abgrund. Die Zeit stockte und floss zäh an ihm vorbei. Er sah Kalistes Hände, die vom harten Stoß noch immer nach ihm ausgestreckt waren, beide Ringe der Nacht glitzerten daran, einer an der linken, der andere an der rechten.

Es war mehr ein Reflex, kaum bewusst gesteuert, doch er packte blitzschnell zu.

Vielleicht in der instinktiven Absicht, sich an ihr festzuhalten, um nicht in die Tiefe zu stürzen, doch warum griff er dann nur nach den beiden Fingern mit den Ringen? Der Saphir entglitt ihm wieder, während sein Gewicht ihn über den Rand der Klippe zog, da packte er mit der anderen Hand fester zu. Er hörte Kaliste schreien, etwas knackte, es wurde warm in seiner Hand und glitschig. Dann verlor sein noch immer geschwächter Körper endgültig das Gleichgewicht und fiel in die bodenlose Tiefe. Über ihm auf der Klippe sah er Kalistes Schatten gleich einer Todesgöttin. Aber er hatte den

Ring, Melissas Verlobungsring, der ihr Bündnis für die Ewigkeit besiegeln sollte. Wo war sie jetzt? Lebte sie noch? Seine Gedanken wurden jäh unterbrochen, als ein scharfer Schmerz seine Schulter und sein Bein durchfuhr. Pfähle, die in der Grube am Grunde des Felsmassivs aus dem Boden ragten, hatten sein Fleisch durchbohrt und der in seinem Oberschenkel zerfetzte die Schlagader. Armand spürte, wie das Blut im steten, aber immer langsamer werdenden Takt seines Herzens aus ihm herausgepumpt wurde. Die Selbstheilungskräfte seines Körpers funktionierten noch immer nicht ausreichend. Ihm wurde bewusst, dass er hier sterben würde. Nachdem er alle Schrecken der Festung ohne Wiederkehr überstanden und Kaliste im Kampf sogar den Ring wieder abgenommen hatte, starb er nun gepfählt in dieser Grube ohne Melissa noch einmal wiederzusehen. Das waren seine letzten Gedanken, ehe alles um ihn herum in tiefes Schwarz sank und er nichts mehr fühlte.

Zögernd stand Warren vor Franklins Büro, haderte mit sich, ob er anklopfen sollte oder nicht. Seit seiner Wandlung hatte er keine Möglichkeit gehabt, mit Franklin allein zu sprechen und ihm brannte so vieles auf der Seele. Mit Mel wollte er darüber nicht noch einmal reden, sie ging so sicher mit ihrem Vampirsein um, schien nie Probleme gehabt zu haben. Steven gab ihm Ratschläge, aber auch er konnte nicht nachvollziehen was in ihm vorging. Diese Mischung aus Gier und Angst, Verlangen und Abscheu, die ständig in ihm kämpfte. Weder das eine noch das andere überwog. Er wollte es ja, sich einfinden in das, was er jetzt war. Doch es war so unendlich schwer. Das letzte Gespräch mit Mel schien Ewigkeiten her, manchmal glaubte er, es sei nur ein Traum gewesen. Er wollte leben, fürchtete es aber gleichzeitig. Wie sollte das ein anderer Vampir verstehen?

Franklin war keiner von ihnen, aber er kannte sich mit Vampiren aus. Von ihm erhoffte sich Warren eine objektive Meinung und Ratschläge, die dem Menschen in ihm helfen konnten, den Dämon zu verstehen. Steven sprach nur davon, ihn zu beherrschen, zu kontrollieren, doch dazu war er zu schwach. Falls er keinen anderen Weg fand, wusste er nicht, wie es weitergehen sollte.

Solange Steven an seiner Seite war, gelang es ihm einigermaßen auf der Jagd zu bestehen, doch er fürchtete sich davor, dass dieser wieder nach Miami ging. Mel hatte kaum Zeit. Wenn dieser Auftrag vorbei war, kam ein neuer. Oder sie blieb erst gar nicht hier. Und Dracon? Er war fort, kümmerte sich nicht um ihn. Wenn er ihn wirklich geliebt hätte, wäre er nicht einfach gegangen, nur weil Mel es verlangte. Jetzt war er sogar zurückgekommen, um dieses Zirkusmädchen herzubringen, aber ohne nach ihm zu fragen. Er fühlte sich allein. Verlassen von allen, die ihm etwas bedeuteten.

Seufzend überwand er sich endlich und klopfte an. Franklins Stimme klang gedämpft durch das schwere Holz und bat ihn herein. Schon mit dem Öffnen der Tür überfluteten unzählige Wahrnehmungen Warrens Sinne. Der herbe Duft, der von Franklin ausging, sein gleichmäßiger Herzschlag, das Ticken der Uhr, die Hitze des Feuers, die Schwingungen der okkulten Gegenstände im Raum. Er taumelte, stützte sich an der Wand ab. Franklin kam herbeigeeilt und fasste ihn bei der Schulter.

„Warren? Alles in Ordnung mit dir? Geht es dir nicht gut?"

Der Duft würde übermächtig, betäubend. Würziges Blut, das durch Franklins Adern pulsierte, leichter Moschusduft, vermischt mit dem vertrauten Aftershave, dessen Note den Ashera-Vater beständig umgab, doch nie war es ihm so verlockend erschienen. Er hob den Blick, verschleiert von Gier. Hatte Franklins Haut schon immer dieses Leuchten gehabt? Tanzten die goldenen

Funken in seinen Bernsteinaugen zum Takt seines Herzschlags?

Warren hob die Hand, streichelte Franklin über die Wange, der halb erstaunt, halb entsetzt die Augen aufriss und ihn anstarrte. Das plötzliche Misstrauen versetzte ihm einen Stich. Resigniert ließ er die Hand wieder sinken.

„Es ist nichts. Ich bin nur … mir ist … ein wenig schwindelig."

Er stieß sich von der Wand ab und ging ein paar Schritte in den Raum, der erfüllt war von Franklins Aura. Wie eine Schlange kroch die Präsenz Warren unter die Haut, lockte den Dämon hervor. Nein, das durfte nicht passieren. Nicht jetzt, nicht bei Franklin.

Aber er wusste von der Affäre mit Armand und erinnerte sich an Mels Andeutung, dass Franklin eine Schwäche für Männer hatte. Er konnte den Dämon kontrollieren, und vielleicht war die Idee gar nicht so schlecht. Franklin war dem Dunklen Nektar verfallen und Warren wusste seit der ersten Nacht mit Dracon, was das bedeutete. Er konnte ihm geben, wonach er sich sehnte und im Gegenzug …

Franklins Sorge war körperlich fühlbar, als er eine Hand auf seinen Rücken legte und ihm mit der anderen das feuchte Haar aus der Stirn strich. Erst jetzt wurde Warren bewusst, dass er schwitzte. Und nicht nur das, er zitterte auch wie im Fieberwahn.

Die Lippen des Ashera-Vaters bewegten sich, doch es drangen keine klaren Worte mehr zu ihm durch. Er sah nur diese weichen, rosigen Lippen, konnte sich nicht mehr zurückhalten und umfasste Franklins Gesicht, beugte sich vor und küsste ihn auf den Mund.

Die samtigen Lippen teilten sich, als er seine Zunge dazwischenschob und die verlockende Süße dahinter kostete. Franklins Herz schlug schneller, eine gleichmäßige Trommel, die bis in sein Innerstes klang. Er wollte nur noch eines: Diesen wundervollen Körper in Besitz nehmen und sich darin verlieren. Das Begehren verbrannte ihn fast. Suchend gingen seine Hände auf Wanderschaft, strichen über die muskulöse Brust, den festen Bauch. Es fühlte sich gut an, viel zu verlockend, um darauf zu verzichten.

„Warren, nicht!", drang eine Stimme durch den Nebel des Blutrausches.

Sekundenbruchteile später wurde er durch den Raum geschleudert und prallte schmerzhaft auf den Boden. Er rappelte sich hoch. Wieder auf den Beinen blickte er Steven entgegen, der sich zwischen ihn und Franklin stellte, dem der Schock im Gesicht stand. Er keuchte und starrte Warren fassungslos entgegen, in seinem Blick lag eine Angst, als stünde er dem Leibhaftigen persönlich gegenüber. Doch davon wollte er sich nicht abhalten lassen, trat entschlossen wieder einen Schritt auf sein Opfer zu.

„Tu das nicht", warnte Steven und hob die Hände. „Du musst den Dämon im Zaum halten, Warren. Du kannst es. Denk daran, was ich dir gesagt habe. Es ist nur eine biochemische Anomalie in deinem Blut."

Wütend fauchte er Steven an, der eigentlich sein Freund und Vertrauter war. Dachte daran, ihn beiseite zu stoßen und Franklin zu nehmen, weil das Feuer in ihm so heiß loderte, dass es ihn verzehrte. Doch dann brach für einen Atemzug seine menschliche Seele wieder durch, erkannte, was er im Begriff war zu tun.

Das Glas der Flügeltüren zitterte, als er sie aufstieß und in die Nacht stob. Er wusste, Steven würde versuchen, ihm zu folgen und hüllte sich daher in einen Schleier, um selbst für ihn unauffindbar zu sein.

Nur weit weg von hier. Fort von der Versuchung und der Scham über sein Verhalten. In der City konnte er untertauchen, bis sich sein Jagdtrieb wieder beruhigte, der im Augenblick nur ein einziges Ziel kannte und das wartete in den Mauern von Gorlem Manor.

Gott, er konnte unmöglich wieder zurückgehen. Wie sollte er Franklin jetzt noch unter die Augen treten? Warren hastete wie ein Tier auf der Flucht durch Londons Gassen, sah die Menschen nicht, die seinen Weg kreuzten, hörte keine Stimmen, nur ein monotones Summen aus allen Geräuschen der Stadt.

Plötzlich stoppte ihn etwas Vertrautes. Er erstarrte in der Bewegung, wusste im ersten Moment nicht, was es war, doch dann erkannte er die beiden jungen Menschen, die unweit den Gehweg entlang schlenderten. Menschen? Sie sahen aus wie Sterbliche, ein verliebtes Teenager-Pärchen. Die Pein, die er beim Anblick von Jenny und Arante empfand, war sengender als die Feuer der Hölle. Warum?, fragte er sich. Warum fiel es selbst diesem jungen Mädchen leicht, die Dunkle Natur anzunehmen, wo es ihn langsam aber sicher innerlich zerfraß? Er konnte es nicht begreifen, gönnte es Jenny von Herzen und wünschte sich, ebenso unbeschwert damit umzugehen zu können.

Die beiden bemerkten ihn nicht, allein blieb er zurück, ließ den Kopf hängen und wanderte mit müden Schritten wieder zurück Richtung Gorlem Manor. Wo sollte er auch sonst hin?

In diesem Moment sehnte er sich nach Dracon wie nie zuvor. Wenn doch nur er sein Dunkler Vater hier wäre, vielleicht hätte sein Blut ihm die Kraft verliehen, die er brauchte. Vor allem aber wäre er dann noch bei ihm, sein Geliebter. Die Erinnerung an ihre Nächte, die leidenschaftlichen Stunden, diese fremde Art von Geborgenheit in seinen Armen – verlockend und qualvoll zugleich. Nie mehr, es gab kein Zurück. Auch der Drache wollte ihn nicht mehr. Warum sonst kam er nicht zu ihm zurück, jetzt wo Mel fort war? Er wusste es doch, hatte extra darauf gewartet, ehe er Samara ins Mutterhaus brachte. Vermutlich hatte er längst kein Interesse mehr an ihm. Und welchen Sinn hatte das Leben, selbst das unsterbliche, wenn es niemanden gab, mit dem man es teilen konnte?

Steven fand ihn in den Londoner Randbezirken. Ob er auch allein wieder zum Mutterhaus zurückgegangen wäre, konnte Warren nicht sagen, doch er widersprach nicht, als der ältere Vampir ihn dorthin brachte. Steven machte ihm keine Vorwürfe, sprach beruhigend auf ihn ein, versuchte ihm zu erklären, wie es dazu gekommen sei und wie es künftig zu vermeiden war. Warren hörte nur mit halbem Ohr hin, innerlich fühlte er sich zerrissen und unvollständig. Wie ein Heimatloser, der nirgendwo hin gehörte. Kalt und tot, aber das war er ja nun wohl auch. Die Ironie ließ ihn auflachen.

„Lass mich bitte noch eine Weile allein, Steven“, bat er vor dem großen Eingangstor.

„Du wirst aber nicht wieder davonlaufen.“

Steven klang eindringlich und in seiner blauen Iris stand aufrichtiges Mitgefühl und die stumme Zusicherung, für ihn da zu sein. Fast trieb ihm das wieder Tränen in die Augen. Er legte Steven die Hand auf die Schulter und lächelte schwach.

„Nein, ich bleibe hier, versprochen. Doch ich kann jetzt nicht da rein gehen und Franklin gegenübertreten. Nicht nach dem, was ich getan habe.“

„Er wirft es dir nicht vor, das weißt du doch. Es hat ihn erschreckt, aber es ändert nichts zwischen euch.“

„Steven, als wir das letzte Mal miteinander geredet haben, war ich ein Mensch und sein Vertrauter. Er war wie ein Vater für mich. Jetzt trennen uns Welten. Also sag nicht, dass sich nichts geändert hat.“

Steven verstand, dass jedes Wort jetzt zu viel war, versetzte ihm daher nur einen kameradschaftlichen Klaps auf den Rücken und ließ ihn allein.

Warren rieb sich übers Gesicht, schob dann die Hände in die Taschen seiner Jeans und wanderte den Kiesweg entlang durch die Grünanlage des Mutterhauses. Stille lag über Gorlem Manor, selbst die Gefahr, die ihnen gerade drohte schien für den Moment weit weg.

Konnte er dem Orden überhaupt noch helfen, als das, was er jetzt war? Jenny dachte bereits darüber nach, Gorlem Manor zu verlassen, doch sie hatte Arante an ihrer Seite. Mel konnte jederzeit zu Lucien, oder jetzt sogar zu Steven gehen und hatte ihre Tätigkeit für die Ashera nur deshalb wieder aufgenommen, weil die Situation es erforderte. Wie es schien, standen die Sterne nicht gut, um als Bluttrinker in einem PSI-Orden zu arbeiten. Aber einen Gefährten, mit dem er außerhalb der Gemeinschaft neu anfangen konnte, gab es nicht. Und sich einen Gefährten suchen? Er schüttelte den Kopf. In seiner Unbeherrschtheit wäre jeder potentielle Gefährte schnell ein totes Opfer. Sinnlos, sich etwas vorzumachen und ihm fehlte die Kaltblütigkeit um so viel Schuld auf seine Seele zu laden, ohne daran zu zerbrechen. Er stand in einer Sackgasse und was noch schlimmer war, er hasste sich selbst, besaß kein Vertrauen mehr in sich. Verzweiflung und Scham zerstörten ihn innerlich, fraßen ein Loch in seinen Lebenswillen.

Mel hatte ihm vom Wahnsinn erzählt und wie er einen Unsterblichen zugrunde richten konnte, wenn er nicht stark genug war, seine tödliche Natur zu ertragen. Er konnte sie weder kontrollieren, noch mit ihr leben. Ihm war klar, dass dieser Wahnsinn ihn längst in den eisigen Klauen hielt, wie ein schleichendes Gift in jede Zelle seines Körpers kroch und ihm die Sinne vernebelte.

Was heute Nacht geschehen war, konnte sich jederzeit wiederholen. Mit einem Fremden in den Straßen oder gar mit Franklin oder einem anderen Ashera-Mitglied. Er musste handeln, ehe es zu spät war. Für seinen Seelenfrieden und die Sicherheit derer, die ihm am Herzen lagen.

Eine tiefe Ruhe überkam ihn bei diesen Gedanken, die

Verzweiflung fiel von ihm ab. Er lauschte seinem Herzschlag, dem Rhythmus des Blutes in seinen Adern. Den Tod hatte er nie gefürchtet, eher allein zu sein, wenn es soweit war, doch jetzt zog er die Einsamkeit sogar vor. Wollte auch Steven nicht bitten, das gegebene Versprechen einzulösen, zweifelte sogar, ob er es wirklich getan hätte.

Seine innere Uhr sagte ihm, dass Sonnenaufgang nicht mehr fern war, er wählte eine Stelle zwischen den Eichen, mit genug Abstand zu den umgebenden Bäumen, drehte das Gesicht nach Osten und schloss die Augen.

Ein leichter Wind zauste sein Haar, strich zärtlich über sein Gesicht. Er stellte sich vor, dass es Mels Hände waren, die ihn trösteten. Und dann Dracons Lippen, die ihn liebevoll küssten.

Mit dem ersten Streifen Licht am Horizont, der rot durch seine Lider schimmerte, fühlte er Wärme in seinem toten Herzen, die stetig zunahm. Es war gar nicht so schlimm. Kaum Schmerzen, eher ein angenehmes Prickeln. Warren atmete tief und gleichmäßig, ergab sich dem Frieden, der sich zusammen mit den Strahlen der Morgensonne seiner Seele bemächtigte und ihn erlöste.

So stehe denn in meiner Schuld

Lucien wanderte wie ein Tiger in seinem Gefängnis umher, schlug zornig gegen die Wände und brüllte den beiden Ghanagoul-Wächtern vor der Zelle Flüche entgegen, aber natürlich brachte das rein gar nichts. Er hatte sich einfangen lassen wie ein streunender Hund. Seine Wut über den eigenen Leichtsinn heizte den kleinen Raum mittlerweile auf. Was hatte Kaliste mit ihm vor? War sie ihm tatsächlich auf die Schliche gekommen? Nein, das sicher nicht, sonst wäre er längst nicht mehr am Leben. Aber irgendeinen Grund musste es haben, warum man ihn hierher gebracht hatte. Aus diesen hirnlosen Dämonen da draußen war kein Wort herauszubekommen, und die Königin ließ sich nicht blicken. Auch seine Sinne waren noch immer eingeschränkt, er konnte von hier aus zu keinem anderen Vampir Verbindung aufnehmen. Und die erste Erfahrung mit dem Geschmack der Würmer war das Widerlichste in seinem Leben gewesen, weshalb er sie kurzerhand aus der Zelle hinausbefördert hatte. Die Verätzungen, die ihr Sekret in seinem Mund und an seinen Händen verursacht hatte, waren inzwischen wieder abgeklungen, der Geschmack nach schimmeligem Käse und sauerer Milch jedoch nicht, also ging er dazu über, es zu ignorieren und sich mit wichtigeren Dingen zu beschäftigen.

Sicher hatte Kaliste bemerkt, wie Steven und Mel den angeblichen Fluch außer Kraft setzten, doch sie stellte deshalb doch keine Parallele zu ihm her. Er hatte sich eingemischt, aber auch nicht mehr als üblich. Und er hatte Melissa nicht extra darin bestärkt, dass Kaliste etwas mit Sylion und Darkworld zu tun hatte, auch wenn er es nicht abstritt. Reichte das, um ihn hier einsperren zu lassen? Ja, stellte er verbittert fest. Das reichte vollkommen. Wütend rüttelte er noch einmal am Gitter, stieß sich dann davon ab und warf sich auf das unbequeme Lager, das man ihm in der Zelle bereitet hatte. Er starrte zur Decke und dachte nach. Bislang war es ihm stets gelungen, einen Weg zu finden, um sich aus Schwierigkeiten herauszuwinden. Warum sollte das diesmal anders sein? Er musste nur Ruhe bewahren und seinen Verstand gebrauchen, statt sich in unsinnigen Zorn hineinzusteigern, der seinen Geist lähmte.

Falls Kaliste auftauchte, konnte er sie mit Worten umgarnen, aber dazu musste sie erst mal kommen. Wie schmeichelte man sich am besten ein, um schnell wieder freigelassen zu werden? Indem er sich demütig zeigte, reuevoll, ihr seine Dienste anbot, auch um Melissa besser zu kontrollieren. Zu ihm hatte sie Vertrauen, zu Kaliste keineswegs. Er konnte also ein Verbündeter für sie werden, zumindest so tun und sie in Sicherheit wiegen.

Der Haken bei der Sache war, dass der Plan mit Darkworld direkt bevorstand und egal, wie er es drehte und wendete, dabei würde er ihr keinesfalls helfen. Dieses Tor zu öffnen war so ziemlich das Letzte, was er wollte. Ganz im Gegenteil, er hoffte, es zu verhindern oder zumindest einen Anteil an der Vereitelung des Planes zu haben. Das stand seinem Vorhaben, bei Kaliste gut Wetter zu machen, deutlich entgegen.

Verdammte Zwickmühle. Wie kam er da nur raus, um dann seinem Gefängnis zu entkommen?

Draußen erklangen Stimmen, kurz darauf zwei dumpfe Schläge, ein Schatten tauchte an der gegenüberliegenden Wand auf, gefolgt von einem vertrauten Gesicht, das vor der Zellentür auftauchte.

„Dracon!“

Lucien wusste nicht, ob er geschockt oder erfreut sein sollte. Ihn hatte er als Letzten erwartet, aber mit ihm bot sich auch eine hervorragende Gelegenheit, seine eigenen Ideale nicht zu verraten und dennoch hier herauszukommen. Es sei denn … Er durfte nicht vergessen, dass sein Dunkler Sohn zu Kalistes Günstling mutiert war und man sich über seine Motive ebenso wenig sicher sein konnte, wie über seine eigenen. Darin war er wirklich sein Sohn. Misstrauen machte sich erst mal in ihm breit.

„Was machst du hier? Dich an meiner Gefangenschaft weiden?"

„Oh, das hätte durchaus seinen Reiz", gestand der Drache mit einem sardonischen Grinsen. „Aber eigentlich bin ich nur hier, um dich rauszuholen."

Er hob triumphierend den Schlüsselbund und machte sich daran, den richtigen für das Schloss zu finden.

„Woher wusstest du, wo ich bin?", wollte Lucien wissen.

„Ich hab gesehen, wie sie dich geschnappt haben. War rein zufällig im Garten von Gorlem Manor, weil ich Franklin etwas bringen wollte. Und da bist du den Bodyguards direkt in die Arme gelaufen."

„Du hast gesehen, wie sie mich entführt haben und nichts dagegen unternommen?" Wut kochte in Lucien hoch.

„Wir haben derzeit wohl nicht das beste Verhältnis. Ich hatte keine Lust, meinen Hals für dich zu riskieren. Außerdem wusste ich, wo sie dich hinbringen und wie ich dich hier raus bekomme."

„Dann hast du dir verdammt viel Zeit gelassen", zischte Lucien.

Dracon blieb ungerührt, probierte einen Schlüssel nach dem anderen, zog nur mittlerweile die Brauen zusammen, weil keiner passen wollte.

„Ich hatte vorher noch was Wichtiges zu erledigen. Ne gute Tat vollbringen. Versuche mich gerade als Pfadfinder, wie du siehst."

Er nahm es notgedrungen hin, dass sein Dunkler Sohn den Lässigen spielte und immun gegen die Vorwürfe blieb.

„Wie bist du an den Wächtern vorbeigekommen?“ Lucien traute ihm nicht. Gut möglich, dass er ihm eine Lüge auftischte, um sich wichtig zu machen. Aber woher wusste er dann von seiner Gefangenschaft und wieso war er von den Ghanagouls nicht niedergestreckt worden?

„Die Jungs kennen mich und sind viel zu dämlich, um Verdacht zu schöpfen. Hey, ich bin der Günstling der Königin, das kann echte Vorteile bringen, wie du siehst.“

Lucien schnaubte ob dieser Selbstgefälligkeit. „Günstling, ja? Ein Günstling, der sie jetzt verrät, aber im Verrat warst du ja schon immer gut.“

Dracons Miene erstarrte, langsam zog er den eben gefundenen Schlüssel wieder aus dem Schloss und trat einen Schritt zurück. Panik erwachte in Lucien, als er seinen Fehler erkannte. Es war nicht klug, den Retter zu verhöhnen, egal wie man über ihn denken mochte. Bei der Rettung sollte man nicht wählerisch sein. Wenn er ihn nun hier zurückließ? Er bereute seinen Fehler augenblicklich. Ob es ihm schmeckte oder nicht, im Augenblick sollte er seinen Stolz verdammt noch mal herunterschlucken, bis er wieder frei war.

„Willst du nun raus oder nicht? Wenn dir wichtiger ist, dass ich die Treue halte und nicht zum Verräter werde, musst du es nur zu sagen, Vater. Dann gehe ich und lasse dich hier. Kein Problem, Mann. Die Kerle da draußen wachen in ein paar Stunden wieder auf und leisten dir sicher gerne wieder Gesellschaft.“

Lucien knirschte mit den Zähnen, musste diesmal aber nachgeben. Er senkte den Blick und murmelte eine Entschuldigung. Das war Dracon nicht genug.

„Was? Ich kann dich nicht hören, Mylord. Du musst schon deutlicher reden.“

Hass kochte in ihm, als er dem spöttischen Blick seines einstigen Zöglings begegnete. Und die Tatsache, dass seine Schönheit noch immer dieselbe Wirkung auf ihn hatte wie damals, auch wenn sie heute längst nicht mehr so zerbrechlich war, ärgerte ihn zusätzlich. Er wollte hier raus. Und er wollte diesem Mann wieder nahe sein. Doch beides ließ sein Stolz nicht zu. Zumindest in einem Punkt musste er diesen jetzt überwinden, sonst waren seine Stunden gezählt.

„Es tut mir leid, ich wollte dich nicht beleidigen. Ich wäre dir … sehr dankbar, wenn du diese verdammte Tür aufschließen würdest."

Sein Dunkler Sohn musterte ihn von oben bis unten, allmählich verlor er die Geduld, dass er sich so viel Zeit ließ. Aber wenn er noch mehr drängte, tat er ihm den Gefallen vielleicht gar nicht mehr.

Bedächtig steckte Dracon endlich den Schlüssel wieder ins Schloss und drehte ihn. Das Knacken der Schließung kam einer Erlösung gleich, ebenso das Aufschwingen der Tür. Die Luft der Freiheit roch süß.

„Na los, geh schon", forderte Dracon ihn auf. „Geh zum Tor von Darkworld und spiel den Helden für deine Füchsin. Mich verachtet sie ohnehin, egal was ich tue."

Lucien packte seinen Sohn an der Kehle und presste ihn an die Wand. „Was sagst du da? Erklär mir das!"

Dracon zappelte, versuchte, seine Finger zu lösen, doch er bohrte sie noch fester in seinen Hals.

„Rede!"

„Der Anruf kam, sie ist zu Sylion gegangen. Allein. Ich weiß nicht, wie sie ihn aufhalten will, aber ich vermute, dass sie glaubt, ihn am Tor überlisten zu können, weil so viele Ashera-Leute da sind. Aber du und ich wissen, dass Kaliste auf so was vorbereitet sein wird, nicht wahr?"

Ja, das wussten sie in der Tat. Und Dracon dachte da wohl genau dasselbe wie Lucien. Sie hatte es irgendwie geschafft, Armand in ihre Gewalt zu bringen. Sein plötzliches Verschwinden hatte auch absolut nicht ins Bild gepasst, so wie er Melissa immer umschwärmte. Wie eine Motte das Licht. Er hätte sie nicht aufgegeben, es sei denn, jemand zwang ihn dazu.

Dracons Puls war verführerisch nah und er konnte sich noch immer nicht gegen Lucien wehren. So verlockend, ihm hier und jetzt das Leben auszusaugen, damit wenigstens *dieser* Alptraum ein Ende fand und er ihm nicht noch mal in die Quere kam mit seiner verfluchten, rührseligen Hingabe an Melissa. Er bleckte bereits die Zähne, doch dann sah er in Pascals Augen – voller Sanftmut, Scheu und stummer Verzweiflung. Die Erinnerung kehrte zurück – an ihre Liebe, das Vertrauen zwischen ihnen, die sehnsuchtsvollen Nächte. Ehe der sensible junge Mann sich in Dracon verwandelt hatte. Er fühlte Tränen in seiner Kehle aufsteigen, die ihm das Herz eng schnürten. Er konnte es nicht. Konnte nicht den Jungen töten, den er geliebt hatte, um den Dämon zu vernichten, den er selbst erschaffen hatte, egal wie viele Schwierigkeiten er ihm heute bereitete. Es verband sie zu viel, und diese Gefühle konnte selbst er nicht abstellen. Seine Schwachstelle, seine Achillesferse. Es war seine Schuld, dass Pascal zu Dracon wurde, nun musste er auch dafür büßen. Dieselbe Schwäche, die er Mel immer vorwarf, hatte auch ihn im Griff, auch wenn er das nie eingestanden hätte, nicht mal vor sich selbst.

Mit einem unwilligen Laut stieß er seinen Dunklen Sohn von sich, ignorierte dessen Aufatmen.

„Glaub nur nicht, dass sich Schuld so leicht reinwaschen lässt, Drache. Die Last, die du auf deine Seele geladen hast, wirst du in tausend Jahren nicht tilgen."

Er wandte sich zum Gehen, da wagte Dracon es tatsächlich, ihn festzuhalten. Er zischte unwillig, doch sein Sohn ließ sich nicht einschüchtern.

„Sagst du es ihr?"

Er glaubte nicht im Ernst, dass er vor Melissa eine solche Schwäche gestehen würde. Das wehmütige Lächeln bewies, dass er sich darüber im Klaren war.

„Dann trotzdem viel Glück!"

Die Wegbeschreibung von Sir Maxwell war vage, doch da wir durch Samara wussten, wo genau er Quartier bezogen hatte, fand ich es recht schnell. Von draußen ergründete ich erst einmal, ob Kaliste ebenfalls in der Hütte wartete, doch wie es aussah, war Sylion allein. Ich klopfte nicht an, sondern betrat das kleine Häuschen, schließlich wusste er, dass ich kam.

Er stand am Kamin, mit dem Rücken zu mir. Mein Blick fiel auf den Glaskasten, der auf einem kleinen Tisch stand. Der Körper der Elfe begann sich zu zersetzen, was unschön aussah, doch offenbar niemanden kümmerte. Auch Samaras Käfig befand sich an seinem Platz neben dem Feuer.

„Meine Hochachtung. Sir Maxwell", sprach ich ihn an. „Oder soll ich lieber gleich sagen: Sylion?"

Er zuckte nur für eine Sekunde zusammen. Dann drehte er sich um und trat einen Schritt auf mich zu. Das Licht der Tischlampe fiel auf sein Gesicht. Die Reptilienaugen waren fremd, doch der Rest des wunderschönen Antlitzes war mir bekannt und verblüffte mich. Der Kellner aus dem Restaurant in Miami.

„Du hast es wirklich weit gebracht, hast eine ganze Menge Artefakte zusammentragen lassen, aber jetzt ist das Spiel vorbei. Jennys Baby ist tot. Dein Plan somit gescheitert."

Er lachte. Ein grausames triumphierendes Lachen, das mir einen eisigen Schauer über den Rücken laufen ließ. Ich spürte, wie sich mein Magen verkrampfte. Warum wirkte er noch immer so siegessicher?

„Das Kind interessiert mich nicht. Ich war nur der Inkubus, der seinen Samen gab. Kaliste wollte das Balg, ihr wirst du bald erklären können, warum sie es nicht bekommt. Sie brauchte es als Pfand für jemanden in Darkworld, der ihr hier draußen etwas beschaffen soll. Ich denke mir, dass sie sicher nicht glücklich darüber ist, diese Möglichkeit verloren zu haben. Dafür wird sie es umso mehr genießen, dich zu Tode zu quälen, wenn wir dich nicht mehr brauchen."

„Mich brauchen? Wofür?"

Abermals amüsierte er sich köstlich über mein Unverständnis. „Oh Melissa, du hast noch viel zu lernen. Ich sehe, ich habe mir umsonst Sorgen gemacht wegen eurer Kopie der Schriftrolle. Ihr habt sie übersetzt und doch nichts verstanden."

Er legte den Kopf in den Nacken und stieß einen markerschütternden Siegesschrei aus. Dann fixierte er mich wieder, senkte seine Stimme zu einem Flüstern, um die Worte noch mehr zu unterstreichen.

„Es gehörte alles zum Plan. Alles, außer eurer Kopie. Dafür muss Lucien jetzt büßen."

Ich zuckte zusammen. Luciens Verschwinden … steckte Sylion dahinter? Wir hatten alle gedacht, er sei abgereist, aber so ganz passte das nicht zu ihm. Sylion las meine Gedanken und schüttelte belustigt den Kopf.

„Jeder, der nicht nach den Regeln spielt, bekommt seine Strafe. Für Lucien hat Kaliste gut vorgesorgt. Genauso wie für einiges andere."

Er machte eine Pause, als wartete er, ob ich von allein drauf kam, was er damit meinte.

„Ihr braucht diese ganzen Dinge, die ihr gestohlen habt, nicht. Oder sie dienten nur als Ersatzpläne, wenn etwas schief geht."

Sylion hob anerkennend eine Braue. „Ah, da hat jemand seine Hausaufgaben gemacht. Ja, es gibt viele Möglichkeiten, das zumindest werdet ihr aus der Schriftrolle entnommen haben. Aber das eigentliche Ziel war von Anfang an, dich zu beschäftigen, bis alle Vorbereitungen getroffen sind, damit du das Tor öffnest."

„Ich bin aber kein Feuerkind der Wende und nur die können das Tor öffnen."

Lauernd kam er näher, ich musste mich beherrschen, nicht zurückzuweichen, spannte aber alle Muskeln an, falls er mich angriff.

„Du bist ein Vampir. Deine Haut zeigt keine Male. Doch ein Feuerkind der Wende kannst du dennoch sein."

Schock und Unglauben lähmten mich für einen entsetzlich langen Moment. Sylion nutzte meine Fassungslosigkeit und packte mich grob im Nacken. Ich hörte die Wirbel knirschen, sein Gesicht mit den spitzen Zähnen war ganz nah und ließ Angst in mir aufsteigen. Ich versteifte mich wie eine Katze in seinem Griff.

„Du wirst jetzt genau das tun, was ich dir sage. Es steht mehr als nur dein Leben auf dem Spiel, wenn du nicht gehorchst."

Ich verstand nicht, was er von mir erwartete. Ich, ein Feuerkind der Wende? Ich hatte die Feuergabe seit ich eine Bluttrinkerin war, doch ich hatte es nie auf eine bereits bestehende Fähigkeit zurückgeführt, sondern auf die Kraft meines Blutdämons.

„Du hast doch den Schlüssel sicher bei dir, nicht wahr?" Ich nickte mechanisch. „Gut, denn mit deinem Ring kannst du den Schlüssel drehen."

Der Smaragdring, den er mit hatte stehlen lassen. Ich stöhnte innerlich. Deshalb brauchte er mich noch, weil Franklin mich erreicht hatte, ehe ich auch den Schlüssel an den falschen Armand ausgehändigt hatte. Sonst wäre ich vermutlich längst tot und sie hätten sich ein anderes Feuerkind geholt.

„Nein, Melissa, ich brauche dich in der Tat nicht nur, weil du den Schlüssel hast, sondern auch, weil du ihn drehen musst. Eine kleine, bedauerliche Änderung des Planes, wie wir feststellen mussten. Es ist egal, ob du ein Feuerkind bist oder nicht, aber der Althea-Schlüssel hat einen Haken. Das Tor wurde einst mit einem sehr viel mächtigeren Schlüssel verschlossen, doch den schmolz man ein, zusammen mit dem Kind der ersten Wende.“

Er sah mir meine Überraschung an und grinste breit. „Dein Vater hat dir wohl nicht alles erzählt, wie? Oder er weiß es selbst nicht. Mit dem Althea-Schlüssel kann man Darkworld nur öffnen, wenn man ihn mit dem grünen Ring der Nacht vereint und der hat dummerweise bisher nur zwei Herren anerkannt. Nicht mal Kaliste will er dienen. Und der andere, den er für würdig erachtet hat, zeigte sich leider noch weniger kooperativ als du. Aber immerhin wird er nun ein gutes Druckmittel abgeben, damit du tust, was wir wollen.“

Armand!

Er brauchte es gar nicht auszusprechen. Die neue Erkenntnis über Schlüssel und Ring rückte in den Hintergrund, meine Gedanken kreisten einzig und allein um meinen Geliebten und in welcher Gefahr er vielleicht gerade schwebte.

„Du verdammter Mistkerl, was hast du mit Armand gemacht?“

Sylion lachte hässlich und fletschte seine Zähne. „Ich gar nichts. Den Part hat Kaliste mit Freude übernommen. Ich glaube nicht, dass du Details wissen willst, aber so viel kann ich dir sagen: Es war nicht alles gelogen, was Cyron Gowl dir gesagt hat, damit du ihm den Ring gibst. Er ist zäh, dein Liebster. Kalistes Schergen mussten drastisch werden, um von ihm zu erfahren, was deine Königin wissen wollte. Über dich, den Orden und euren Lord Lucien.“

Mir wurde schwarz vor Augen, mein Magen stülpte sich um. Doch ehe ich mich übergab, riss Sylion so heftig an meinem Genick, dass ich aufschrie und mir Tränen in die Augen schossen. Dieser verfluchte Bastard. Was hatten sie Armand angetan und wo hielten sie ihn gefangen?

„Fahr zur Hölle! Da kommst du schließlich her. Yrioneth kann meinetwegen verrecken. Ich werde weder einen Schlüssel drehen, noch sonst irgendetwas tun, das die Menschen in Gefahr bringt."

„Du wirst, meine Liebe. Denn wenn du es nicht tust, wird dein kostbarer Armand Futter für den Kerberus."

Mir zog es den Boden unter den Füßen weg. Ich konnte Armand nicht opfern!

„Wir werden nicht einmal nahe genug an das Tor heran kommen", warf ich ein. „Der Weg dorthin ist von sieben Serpenias bewacht." Von denen ich zumindest eine weitab vom Tor in Shanghai getötet hatte, aber das musste er nicht unbedingt wissen.

Sylion lachte. „Ich war nicht untätig, während der Plan seinen Gang nahm. Die Serpenias sind tot oder fortgelockt und selbst wenn sie noch da wären, es gibt auch einen zweiten Weg, weitab der Wächter."

Der von unseren Leuten bewacht wurde, doch ich sparte mir den Hinweis, denn auch das hatte Sylion sicher bedacht. In meinem Kopf arbeitete es fieberhaft, wie ich das Unabwendbare noch aufhalten konnte. Das Tor durfte auf keinen Fall geöffnet werden, das musste ich, wenn nötig unter Einsatz meines Lebens, verhindern. Einzig Armand machte mir Sorgen, denn auch ihn verurteilte ich damit zum Tode.

Dieser Gedanke war so schrecklich, dass er mich schier zerriss und ich rettete mich in den Trost, dass wir dann im Tod wieder vereint wären. Es musste einfach sein, ich konnte nicht zusehen, wie Sylion und Kaliste das Tor öffneten und die Welt in eine Dämonenherrschaft stürzten. Doch was konnte ich tun, um das zu verhindern, nachdem keine Dämonenschlangen mehr vor Ort waren, um uns aufzuhalten? In Shanghai hätte ich mir noch nicht vorstellen können, dass ich mal eine Serpenia herbeiwünschte, doch im Augenblick zählte das zu meinen Gebeten an die Göttin.

Sie hörte mich nicht, oder fand keine Schlange, die gerade Zeit hatte.

Wir erreichten unbehelligt das Tor, wo wir auf Kaliste mit meinem Ring warteten. Ich musste trotz der Anspannung darüber lachen, dass sie mir das Juwel erst stahl, nur um es mir dann zwecks Schlüsseldienst zurückzugeben. Aber vielleicht hatte Kaliste ursprünglich gehofft, dass der Ring auch ihr diente und sie das Tor selbst öffnen konnte.

Das Tor, ein Gebilde aus Stein, durchzogen mit metallhaltigen Adern und versehen mit sieben Schlössern, sandte eine unheimliche Schwingung aus, wenn man sich ihm näherte. Als suchten die dahinter eingesperrten Dämonen beharrlich einen Weg nach draußen, indem sie zumindest ihre niederträchtige Gesinnung durch die Schlüssellöcher in unsere Welt sickern ließen. Mir lief ein Schauder über den Rücken und ich hielt einige Schritte Abstand, weil ich die Aura direkt vor dem Tor kaum ertragen konnte. Sylion schritt unruhig auf und ab, spielte dabei mit dem Bannkristall von Rugrewon. Offenbar wollte auch er auf Nummer sicher gehen, wenn sein Vater erst mal entfesselt wäre.

„Wie viele Schlüssel gibt es, die in der Lage sind, Darkworld zu öffnen?“, wollte ich von Sylion wissen. Es wäre einfacher gewesen, einen anderen Schlüssel zu stehlen, für den er den Ring nicht brauchte, also gab es womöglich einen Grund, warum er dennoch den Althea-Schlüssel auswählte.

„Es gab zwei, jetzt nur noch einen.“

Genau das hatte ich gehofft. Er war also der Meinung, dass ich ein Feuerkind war, dann wollten wir doch mal sehen, wie viel Grad ich schaffte.

Ich ging ein paar Schritte zurück, sofort reagierte er alarmiert, aber ich lächelte möglichst unschuldig und hob beschwichtigend die Hand, ob seines Zähnefletschens.

„Geht es … nicht auch ohne den Ring? Ich meine … wir könnten es doch versuchen.“ Hoffentlich ging er darauf ein.

„Ohne den Ring funktioniert dieser Schlüssel nicht."

„Ich habe ihn lange Zeit getragen und seine Kraft ist zu einem Teil von mir geworden." Das war nicht gelogen, aber hoch gepokert. „Die Kraft, die in mir ist, könnte ausreichen."

Sein Blick signalisierte, dass er anfing, darüber nachzudenken. Sonderlich begeistert war er von dieser Partnerschaft nicht, das war mir sehr schnell klar geworden. Aber er wusste seine Vorteile zu nutzen und die hatte Kaliste ihm geliefert. Doch wenn er jetzt das Tor tatsächlich ohne sie öffnen konnte, war ihm das bestimmt lieber.

„Wenn du mir den Schlüssel gibst, versuche ich es. Du hast nichts zu verlieren."

„Warum solltest du mir freiwillig helfen, das Tor zu öffnen?"

Eine berechtigte Frage. Ich dachte fieberhaft nach, mein Puls raste und pochte so laut in meinen Ohren, dass es mir schwer fiel, meine Gedanken zu sortieren. „Wenn du mir versprichst, mich laufen zu lassen", warf ich das Erstbeste in die Waagschale, das mir einfiel. Er sah mich nur verständnislos an. „Du hast gesagt, Kaliste will mich zu Tode quälen. Ich will leben. Also helfe ich dir, du bist nicht von ihr abhängig, kannst das Ding hier allein und nach deinen eigenen Vorstellungen durchziehen und lässt mich dafür laufen."

Er schnaubte. „Du glaubst nicht, dass ich dir das abnehme."

Das tat ich nicht, aber ich klammerte mich an die Hoffnung, dass er sich darauf einließ. „Ich will überleben, das will wohl jeder. Ist doch verständlich, oder?"

Er wog ab, welche Vorteile er hatte, welches Risiko es barg. „Und was mach ich, wenn Kaliste dahinterkommt?"

„Dann ist Darkworld offen, Yrioneth draußen und Kaliste dürfte kein Problem mehr für dich sein."

Ich hielt den Atem an, ob ihn das überzeugte. Fast hätte ich vor Erleichterung gestöhnt, als er tatsächlich den Schlüssel aus der Tasche zog und mir reichte. Meine Hand zitterte, während ich danach griff.

„Keine Tricks, klar?"

„Natürlich nicht."

Es fühlte sich wundervoll an, den Althea-Schlüssel wieder in der Hand zu halten. Ich umschloss ihn fest, konzentrierte mich, schritt dabei zum Tor hinüber, damit er keinen Verdacht schöpfte. Meine Hand wurde warm, immer wärmer. So heiß, dass es begann, unangenehm zu werden. Trotzdem machte ich weiter. Glut! Feuer! Ich konzentrierte mich auf Flammen, auf Hitze, darauf, wie das Metall in meiner Hand schmolz.

„Was machst du da, du Miststück?", rief Sylion plötzlich und im selben Moment entfuhr meiner Hand eine Stichflamme.

Ich schrie auf, fühlte, wie das flüssige Metall sich durch meine Haut fraß, zwischen meinen Fingern hindurchrann und sie bis auf die Knochen verbrannte. Sylions Handrücken traf mich hart im Gesicht, ich drehte mich einmal um die eigene Achse und schlug der Länge nach zu Boden. Keuchend hielt ich meine rechte Hand mit der linken umklammert, der Schmerz machte mich wahnsinnig, aber von dem Schüssel war nichts mehr übrig außer einer metallischen Substanz, die sich mit meiner Hand verbunden hatte. Es pochte darin, schien mit jedem Pulsschlag näher an mein Herz gesogen zu werden. Vielleicht tötete es mich sogar, denn ich konnte mir nicht vorstellen, wie ich das Zeug wieder aus meinem Körper loswerden sollte.

„Das war sehr dumm von dir, Vampirin!", schnappte der Sougvenier. „Du wirst hier nicht mehr lebend rauskommen und auch mir wird es ein Vergnügen sein, dich zu Tode zu quälen."

Die Schadenfreude darüber, dass er nun keine Möglichkeit mehr hatte, seinen Plan durchzuführen, ebenso wenig Kaliste, und dass jedes Opfer der letzten Wochen nicht umsonst gebracht worden war, beflügelten mich und ließen mich den Schmerz in meiner Hand fast vergessen, während ich mich wieder auf die Beine kämpfte und ihm mutig die Stirn bot.

„Immerhin wird Yrioneth auch nicht mehr herauskommen. Nie mehr."

Hitze traf meinen Brustkorb, als Sylion unvermittelt einen Feuerball nach mir warf. Keuchend ging ich in die Knie er war sofort über mir. Sein Brüllen erinnerte an einen Löwen, der seine Beute packt. Und genauso griffen seine Klauen zu, drückten mich auf den Boden, bis ich mich nicht mehr rühren konnte. Statt ihn zu töten, wie es meine Aufgabe gewesen wäre, würde ich nun sterben. Aber sein Plan war vereitelt. Zumindest einen kleinen Sieg konnte ich damit verbuchen, ehe ich das Zeitliche segnete. Ich dachte an Franklin und Armand. Hoffentlich überwand mein Vater den Verlust und hoffentlich musste Armand nun nicht für meine Tat büßen, indem sie ihn umso qualvoller sterben ließen.

Mit gebleckten spitzen Zähnen näherte sich Sylions Gesicht meiner Kehle.

Es würde nichts von mir übrigbleiben.

Die Sougven fraßen ihre Opfer ganz und gar. Göttin, lass es nur schnell vorüber sein, dachte ich, da zuckte Sylion zusammen. Seine Hände um meine Arme wurden zu Schraubstöcken. Starr und unnachgiebig. Ein merkwürdiger Glanz überzog seine Augen. Da fiel ein Tropfen Blut auf meine Lippen. Brennendes Dämonenblut, das sich zischend seinen Weg durch meine Haut in meinen Körper bahnte. Mein eigener Dämon gierte nach diesem besonderen Blut. Ein weiterer Tropfen fiel. Sylions Blick hing ungläubig an dem funkelnden Rot, das an meinem Mundwinkel entlang lief. Sein Mund stand offen, wie zu einem Schrei, doch es kam nur ein heiseres

Stöhnen heraus. Langsam hob er den Blick. Ich tat es ihm gleich. Ein pochendes Herz in einer schmalen, gepflegten Hand mit glitzernden Nägeln. Sein Dämonenherz. Wir blickten höher, an dem Herz vorbei, in Luciens kalt schimmernde Augen.

Ich sah ihn lächeln. Sah, wie Sylions Blick flehend, das Lächeln des Lords breiter wurde. Und dann zerplatzte das Herz in seinen Fingern in tausend Stücke und ein warmer Regen von dämonischem Blut ergoss sich auf mein Gesicht. Ich glaubte, Yrioneths Sohn schreien zu hören, doch es war mein eigener Schrei, als der Dämon auf mir in Flammen aufging und mein Fleisch in seinem Feuer versengte.

Eine Stunde später lag ich noch immer in Luciens Armen. Zweimal hatte er mich von seinem Blut trinken lassen. Jetzt waren die Spuren des Feuers verblichen, sogar das flüssige Metall des Schlüssels verschwunden, auch wenn die Hand noch immer kribbelte. Nur meine verbrannten Kleider zeugten noch davon, dass ich in Flammen gestanden hatte. Und mein Zittern, weil die Schmerzen noch nicht ganz vergangen waren. Das Fleisch mochte geheilt sein, aber die Nervenenden sprachen weiterhin von der tödlichen Hitze.

„Du schuldest mir dein Leben, *thalabi*. Ich hoffe, das vergisst du nie."

Unter die Dankbarkeit mischte sich eine bittere Note. Bei Lucien hatte alles seinen Preis.

„Wie bist du Kaliste entkommen?", fragte ich.

Um seine Lippen legte sich ein harter Zug. Ihm gefiel nicht, dass ich diese Frage stellte, noch weniger die Antwort.

„Mein Dunkler Sohn hat mich befreit."

Einen Augenblick fragte ich mich, woher Lemain das gewusst haben könnte und weshalb er für Lucien sein Leben riskierte, indem er sich mit der Königin und ihren

Ghanagouls anlegte. Doch dann wurde mir bewusst, warum es Lucien so sehr schmerzte. Nicht Lemain – Dracon! Ich konnte ein Auflachen nicht unterdrücken.

Der Letzte in dessen Schuld Lucien stehen wollte, doch nun tat er es zweifellos. Zwar stellte sich auch bei Dracon die Frage, woher er von Luciens Entführung erfahren hatte, aber der Drache hatte seine Augen und Ohren überall. Und er fürchtete weder Kaliste, noch ihre Wächter. Blieb also nur die Frage nach dem Warum.

„Er wollte deinen Standpunkt widerlegen, dass er nichts taugt", antwortete Lucien kühl auf meine Überlegungen.

„Und was ist mit Kaliste? Weshalb ist sie nicht hergekommen? Hat Dracon sie …?"

Lucien schüttelte den Kopf. Darauf wusste auch er keine Antwort. Wo man ihn gefangen gehalten hatte, gab es jedenfalls keine Spur von ihr. Es bestand durchaus noch die Möglichkeit, dass sie hier aufkreuzte und dann wollte ich lieber nicht mehr hier sein. Ohne Schlüssel konnte sie auch mit meinem Ring das Tor nicht öffnen. Sie würde eine ziemlich schlechte Laune bekommen, wenn sie davon erfuhr.

Ein Geräusch hinter uns ließ Lucien und mich gleichzeitig aufspringen, auch wenn ich im Vergleich zu ihm recht wackelig auf den Beinen stand. Eine große Hilfe wäre ich nicht, im Fall, dass Kaliste in ihrer Wut hereingeschneit käme.

Doch der Neuankömmling hatte keinerlei Ähnlichkeit mit unserer Königin, stattdessen zog mir sein Erscheinen fast wieder den Boden unter den Füßen weg und brachte mein Herz zum Stillstand.

„Armand!"

Mir stockte der Atem. War er es diesmal wirklich? Oder nur eine weitere Tücke von Kaliste? Aber nein, diesmal erschien mir seine Essenz kein bisschen fremd, sondern so vertraut wie eh und je. Er war es – in Fleisch und Blut. Letzteres sickerte aus etlichen Wunden in seinem Körper, die aussahen, als habe ihn jemand oder etwas aufgespießt. Seine Füße waren nackt, die Kleidung zerrissen, seine Haut grau und fahl mit dunklen Schatten um die Augen, die tief in ihren Höhlen lagen.

Dennoch strahlte er eine ungebrochene Kraft aus, stärker, als ich es je zuvor an ihm empfunden hatte. Da war eine Dunkelheit, die ihm vorher nicht innewohnte und die mich magisch anzog, mich regelrecht wie ein Sog erfasste. Das Grau seiner Augen glich kühlem Silber, auf seiner Haut lag ein überirdischer Schimmer und mit jedem Atemzug strömte die Essenz absoluter Unvergänglichkeit aus seinen Poren. Selbst Lucien wich instinktiv einen Schritt zurück. Was war mit meinem Liebsten geschehen, das ihn innerlich wie äußerlich so transformiert hatte? Er sah nicht anders aus als sonst, wenn man die Verletzungen beiseite ließ, und doch kam er mir völlig verändert vor. Von ihm ging etwas Unheilvolles aus, das sogar die Schwingungen des Tores nach Darkworld übertraf.

Ich sehnte mich so sehr danach ihn zu berühren, nachdem wir so lange getrennt waren, doch diese Finsternis hielt mich davon ab, weil ich sie nicht verstand.

Ich blinzelte ein paar Mal. Verdammt, es war Armand, mein Armand. Der Mann, den ich liebte, der mich liebte. Und egal, was man ihm angetan hatte oder was auch immer Teil von ihm geworden war, das jetzt so bedrohlich die Höhle durchflutete, es konnte nichts an dem ändern, was uns verband.

Ich stolperte auf ihn zu, streckte meine Hand nach ihm aus, wagte aber noch immer nicht ihn zu berühren, diesmal aus Sorge, ihm wehzutun.

„Ich hab … etwas für dich“, presste er mühsam hervor.

Ein kleines Rinnsal von Blut floss aus seinem Mundwinkel. Göttin, er musste höllische Schmerzen haben.

Dennoch stand er aufrecht und streckte mir seinen rechten Arm entgegen. Als er die Hand öffnete, lag darin mein Smaragdring, den mir der Gestaltwandler gestohlen hatte. Ich wollte ihn vorsichtig von seiner Handfläche nehmen, doch in dem Moment brach Armand zusammen.

Ich schrie auf, stürzte auf ihn zu, um ihn aufzufangen und fiel mit ihm zu Boden. Der Ring rollte klirrend an mir vorbei zu Lucien, dessen Hand ich wegschlug, als er sich zu uns beugte. Ich kannte nur einen Gedanken: Armand.

Zitternd drehte ich ihn auf den Rücken, riss mein Handgelenk auf und presste es an seine Lippen. Nie hatte es sich köstlicher angefühlt, als er zu saugen begann. Er würde leben, durch mein Blut würde er überleben. Alles wurde wieder gut.

Bedächtig hob Lucien den Ring auf und drehte ihn in seiner Hand. „So viel Aufsehen wegen eines Schmuckstückes. Ein ganz gewöhnlicher Ring, könnte man meinen."

Auf ihn hatte er keine Wirkung, was mich erleichterte, obwohl ich nicht sagen konnte, warum.

„Ich glaube jetzt brauchen wir uns keine Sorgen mehr zu machen, dass Kaliste hier aufkreuzen könnte. Sie weiß inzwischen mit Sicherheit, dass der Plan fehlgeschlagen ist."

Ich hoffte inständig, dass er recht behielt, aber im Moment wollte ich nicht darüber nachdenken. Nachdem Armand aufgehört hatte, an meinem Handgelenk zu saugen, bettete ich ihn in meinen Schoß und streichelte unablässig sein Gesicht, über das meine Tränen flossen, weil ich Angst hatte, dass er trotz des Blutes nicht mehr erwachte. Er fühlte sich ausgemergelt und schwach an.

„Es gibt wirklich nichts, was euch beide entzweien könnte", bemerkte Lucien mit beißendem Spott.

Ich blickte zu ihm hoch, verstand seinen Widerwillen

nicht, da er doch wusste, was Armand und mich verband.

„Da trennt man euch für Monate und kaum stolpert ihr euch wieder in die Arme ist es, als ob ihr nie auseinander wart.“ Er schüttelte den Kopf und betrachtete Armand skeptisch. „Es soll mir gleich sein, wenn du schon wieder zu ihm zurück gehst, obwohl dich so viel mehr erwartet, wenn du bei mir bleibst. Du erkennst dein Potential noch immer nicht, *thalabi*. Nicht mal jetzt, wo sogar Kaliste und dieser Sougvenier dir gezeigt haben, wie bedeutungsvoll du bist. Es steckt so viel mehr in dir, als du wahrhaben willst. Aber sei es drum, ich habe mein Ziel erreicht. Du bist an Tizians Blut jetzt ebenso gebunden, wie an das seiner Schwester. Also war Armand zumindest lange genug fort.“

„Was? Wovon zur Hölle sprichst du?“

Und wie konnte er sich gerade jetzt an diesem Ort solche Gedanken machen? Gab es nichts Wichtigeres, als die Frage, an wessen Blut ich gebunden war?

„Ich rede von dem Fluch, meine süße Füchsin. Wenn Armand nicht verschwunden wäre, hätte ich dich nie dazu gebracht. Eigentlich sollte ich Kaliste dankbar sein. Aber wie ich sehe, wirst du Steven wohl weniger die Treue halten, jetzt wo dein Dunkler Vater zurückgekehrt ist. Und er scheint ja auch einiges auf sich genommen zu haben, um dich wiederzusehen.“

Ich schüttelte den Kopf, weil mir das alles zu viel wurde.

„Soll das etwa heißen, du hast das mit mir und Steven schon länger geplant?“ Meine ungute Ahnung kehrte zurück.

Lucien lachte lauthals, ehe er mich wieder mit dunklen Augen anstarrte. „Bist du wirklich so naiv zu glauben, ich hätte das Risiko nicht genau kalkuliert? Bewusst forciert? Nichts, meine liebe Melissa, gar nichts, was ich tue, geschieht ohne Grund. Alles ist wohlüberlegt und von mir gewollt. Ich hatte schon lange vor, dich und Steven miteinander bekannt zu machen, damit ihr den Fluch des Geschwisterblutes brecht. Ich wusste von Stevens Selbstversuchen und du trägst schon immer das Blut beider Urvampire in dir. Aber Armand wich ja kaum von deiner Seite, nachdem du dich für ihn und gegen mich entschieden hast. Also musste ich warten und es kam mir gelegen, als du aus enttäuschter Liebe nach Miami gezogen bist."

„Aber du hast doch noch versucht, es zu verhindern. Hast Steven und mir die Hölle heiß gemacht, welches Risiko wir eingehen."

Er grinste sardonisch. „Ich spiele meine Rollen immer gut, *thalabi*. Hätte ich es wirklich verhindern wollen, hätte ich einen von euch beiden vernichtet. Ohne jede Reue. Aber ich wollte, dass du Tizians Blut ebenso verbunden bist, wie Kalistes. Steven war dafür perfekt. Mir war klar, dass er sofort auf dich anspringen würde, denn du bist der Typ Frau, der das Feuer in ihm entfacht. Als ich dann die Blicke sah, mit denen auch du ihn ansahst, bestand kein Zweifel, dass er auf dich dieselbe Faszination ausübt und dich mühelos in sein Bett bekommt. Ich musste dagegen sprechen, sonst wärst du misstrauisch geworden. Dafür bist du zu intelligent. Doch dass meine Worte dich nicht abhalten, weil du viel zu rebellisch bist, lag auf der Hand. Und Steven scherte sich ohnehin nicht darum, was ich sagte. Seine Forschungen hatten diesen Fluch längst widerlegt."

Ich schluckte, als die ganze Tragweise dessen, was er mir da gestand, in mein Bewusstsein sickerte und zu einer entscheidenden Frage führte.

„Hast du gewusst, wo Armand war? Dass er mich nicht verlassen hatte?"

Er schaute mich eine Weile an, doch dann schüttelte er den Kopf und verneinte. Ich glaubte ihm, nach dem Geständnis seiner Manipulation hätte es keine Rolle mehr gespielt, wie weit er dafür gegangen war. Göttin, kannte er mich tatsächlich so gut, dass er mich derart manipulieren konnte? Offenbar ja. Aber zu welchem Zweck? Was sollte das alles?

„Ich weiß mehr über dich, als du je ahnen könntest, Melissa. Und die Zeit wird kommen, dann denkst du hoffentlich daran, was du mir schuldest."

„Ich schulde dir gar nichts", begehrte ich auf, weil ich immer wütender auf ihn wurde und darauf, wie er mich benutzt hatte.

Lucien lachte kalt, beugte sich nah zu mir, sodass ich seinen Zorn körperlich fühlte. Er drang in mich ein und legte sich kalt um mein Herz. „Ich gab dir ein Heim, jedes Mal wenn du zu mir kamst. Gab dir mein Blut. Ich rettete dein Leben, mehr als einmal und wachte über dich. Zog mir sogar den Unbill Kalistes zu, damit dir nichts geschieht. Das reicht wohl, um jedes Recht auf dich zu haben, das ich will."

Armand kam zu sich und beendete die kleine Diskussion abrupt. In seiner Gegenwart wollte ich nicht über Steven sprechen. Noch nicht. Seine Lider flatterten, doch dann öffnete er die Augen und sah mich an.

„Mel."

Ich hätte in diesem Augenblick die Welt umarmen können. Lachen, weinen, jubeln, schreien, alles gleichzeitig. Stattdessen küsste ich ihn nur überschwänglich, bis er mich sanft aber bestimmt von sich schob, weil er aufstehen wollte.

„Ich bin so froh, dass du noch lebst", sagte er mit rauer Stimme und strich mir eine Strähne aus dem Gesicht. „Ich fürchtete, zu spät zu kommen."

„Was du ja auch bist", bemerkte Lucien überflüssigerweise.

Wäre auch ein Wunder gewesen, wenn er auf seine Lorbeeren verzichten würde, aber Armand reagierte völlig anders, als ich es erwartet hätte.

„Das stimmt. Ich danke dir, Lucien, dass du statt meiner da warst und sie gerettet hast."

Er streckte dem Lord die Hand entgegen und wies mit dem Kinn auf den Ring, den er noch immer hielt. Lucien zögerte nur eine Sekunde, ehe er ihn Armand gab.

„Der gehört dir. Immer noch."

Zärtlich schob er ihn über meinen Finger. Ich fühlte die vertraute Kraft durch meine Hand, meinen Arm und weiter durch meinen ganzen Körper strömen. Mein Ring der Nacht.

„Ich hab ihn Kaliste abgenommen, nachdem ich ihre Festung hinter mir gelassen habe. So wie sie sprach, war ich nicht sicher ob du noch lebst, aber deinen Ring wollte ich ihr auf keinen Fall lassen."

„Woher wusstest du, wo du mich findest?"

Auch Lucien spitzte die Ohren und lauschte interessiert, was Armand zu erzählen hatte.

„Von Tizian. Er rettete mich mit seinem Blut, sagte, dass du den Fluch aufgehoben hast. Viel mehr wollte er mir nicht verraten. Nur, wo ich dich finde."

Lucien warf mir einen selbstgefälligen Blick zu und eine Eiseskälte erfasste mich. Ja, wir hatten es seinem Plan zu verdanken, dass Tizian Armand hatte retten können. Sonst wäre er jetzt tot. Doch das machte die Intrige und die Manipulation nicht weniger schlimm.

Eine Bewegung am Eingang zur Haupthöhle erregte unsere Aufmerksamkeit und mit Erkennen des neuen Besuchers gefror mir das Blut in den Adern. Lucien hatte sich geirrt, Kaliste war sich nicht darüber im Klaren, dass der Plan gescheitert war, oder sie wollte es nicht wahrhaben.

Mit wutverzerrtem Gesicht baute sie sich vor uns auf, ihre türkisfarbenen Augen schossen Blitze. Das schwarze Haar bauschte sich wie elektrisiert um ihren Kopf und ihre sonst so schönen, aristokratischen Züge spiegelten nichts als Hass und Verachtung wider. Das Sinnbild einer zornigen Göttin, die Tod und Verwüstung über jene bringen will, die ihr den Gehorsam verweigert haben.

„Welch Eintracht!“, spie sie aus. „Verräter unter sich.“

Lucien versteifte sich augenblicklich, war auf der Hut. Armand spannte jeden Muskel an, sein Kampf gegen unsere Königin lag noch nicht lange zurück und er wusste wohl, wofür er sich wappnen musste. Die Luft vibrierte unter der Stimmung aus Zorn, Niedertracht und nackter Mordlust.

Kalistes Blick fiel auf mich, ich zuckte zusammen wie unter einem Schlag. Sie deutete auf meine Hand, wo der Smaragd tiefgrün schimmerte.

„Er ist mein. Er steht mir zu. Du hast kein Recht auf einen Ring der Nacht.“

Das Gefühl, etwas gestohlen oder zumindest unrechtmäßig an mich gebracht zu haben, war ebenso stark wie grotesk. Sie hatte diesen Ring nie besessen, außer für die kurze Zeit, in der sie ihn hatte stehlen lassen. Eigentlich war ich diejenige, um Anklage zu erheben, doch kein Wort kam über meine Lippen.

Sie tat einen Schritt auf mich zu und ich wich instinktiv zurück. Sowohl Armand als auch Lucien stellten sich schützend vor mich, wobei man meinem Liebsten ansah, welche Kraftanstrengung dazu nötig war. Sein Körper war weit über den Punkt hinaus, an dem er die erlittenen Strapazen noch verkraften konnte und schrie förmlich nach Ruhe und Erholung, doch sein Geist schien stärker als je zuvor und zwang die Knochen und Muskeln in Gehorsam. Einzig der dünne Schweißfilm auf seiner bleichen und geschundenen Haut sowie das Zittern seiner Glieder zeugte davon, wie schwer es ihm fiel, sich überhaupt aufrecht zu halten.

Kaliste nahm es in ihrer Raserei der Göttin sei Dank nicht wahr, doch Lucien fiel es ebenso auf wie mir. Darum übernahm er die erste Attacke und in aller Dankbarkeit, die ich dafür empfand, mischte sich der bittere Geschmack der Erkenntnis, dass ich damit nur umso tiefer in seine Schuld rutschte. Zum ersten Mal stellte er sich ganz offen gegen Kaliste, um für mich einzutreten. Ohne schöne Worte, mit denen er jeden für gewöhnlich umgarnte, sondern mit Taten, die ganz deutlich zeigten, wo er stand, und in mir die Erkenntnis auslösten, dass Kaliste und ich tatsächlich Gegner waren in einem Kampf, den ich noch immer nicht begriff.

Die Höhle war erfüllt von Donnergrollen, als Kaliste und Lucien wie zwei Raubtiere übereinander herfielen. Blutgeruch breitete sich wabernd aus, benebelte meine Sinne ebenso wie die vielen Dinge, die ich vor wenigen Minuten erfahren hatte. Armand war näher an mich herangetreten, schob mich hinter sich und schützte mich mit seinem Körper, während er abwartete, was Lucien ausrichten konnte. Aber ich wusste, sobald das Pendel zugunsten Kalistes auszuschlagen drohte, würde auch er in den Kampf eingreifen.

Das tat es nur wenige Herzschläge später. Ich sah Luciens Körper durch die Luft fliegen und hörte seine Knochen krachen, als er gegen das Tor schlug. Sein Blut färbte das Gestein rot. Es sah fast so aus, als fließe es aus den sieben Schlüssellöchern. Reglos blieb er am Boden liegen.

Armand stieß mich hinter einen Felsen und stürzte im nächsten Moment mit dem Brüllen eines Panthers auf unsere Königin zu. Nein, nicht er, Welodan stieß diesen Kampfruf aus. Er und Armand trennten sich, griffen Kaliste zu zweit an, was sie verwirrte. Sie wusste nichts von Totemtieren und hatte keine Ahnung, wo die riesige Katze plötzlich herkam. Beide, mein Liebster und sein Krafttier, bleckten ihre schneeweißen Fänge, die tödlich im Licht der Fackeln schimmerten. In ihren Augen stand der Tod, während sie Kaliste umkreisten. Jagdgefährten. Ich war sicher, dass sie nicht zum ersten Mal gemeinsam jagten und Beute schlugen. Was war wohl geschehen, wo hatten sie es schon einmal getan, um ihr Überleben zu sichern? Armand wirkte fremd und vertraut zugleich, aber ganz sicher nicht mehr der Mann, den ich vor Monaten in London zurückgelassen hatte, als ich nach Shanghai gereist war.

„Zur Hölle mit dir und diesem Vieh!“, schrie Kaliste ihm entgegen.

In ihren Augen stand Panik, etwas, das so gar nicht zu ihr passen wollte. Armand hingegen blieb die Ruhe selbst, als er ihr antwortete: „Da war ich schon, gefiel mir nicht.“

Seine Bewegungen waren lauernd, sämtliche Muskeln unter Anspannung. Ich bemerkte, wie sich seine Finger zu Klauen krümmten, mit denen er jederzeit auf unsere Urmutter losgehen konnte. Welodan strich in geduckter Haltung einem Schatten gleich an den Wänden der Höhle entlang, seine grünen Augen leuchteten gespenstisch.

Lucien stöhnte leise, kam wieder zu sich. Ich haderte, ob ich zu ihm eilen oder an meinem Platz verharren sollte. Schließlich entschied ich mich, wenigstens einen Teil meiner Schuld zu begleichen und ihn nicht im Stich zu lassen. Mit dem Verlassen des schützenden Felsens ging plötzlich alles ganz schnell.

Der Schrei einer Sirene zerriss mir fast das Trommelfell und warf mich zu Boden. Schmerz fuhr mir in die Glieder, Hitze, die mich von innen nach außen verzehrte. Das dumpfe Grollen war dagegen die reinste Wohltat, überlagerte die schrille Schärfe, die mir in die Knochen schnitt. Mein Blick war verschleiert, als ich meinen Kopf hob, doch ich sah zwei Schatten, die sich zeitgleich auf Kaliste stürzten. Diesmal war der Blutgeruch so übermächtig, dass er mich wie eine Woge fort riss. Kalistes Schmerzenlaute waren nicht mehr schrill, sondern vielmehr jammervoll, aber gleichzeitig auch voller Hass.

Ich musste mich zusammenreißen, immerhin ging es

um mich. Da durfte ich nicht andere ihr Leben für mich riskieren lassen, während ich wie ein Häufchen Elend am Boden lag. Meine Arme zitterten bei dem Versuch, mich wieder aufzurichten, abermals hörte ich Lucien qualvoll stöhnen, tastete nach ihm, bis sich unsere Hände fassten und ich mich zu ihm hinüberziehen konnte. Er brauchte Hilfe, doch meine Gedanken kreisten um Armand. Verzweifelt versuchte ich, die Laute zu sortieren, die an mein Ohr drangen, um zu ergründen, wie groß die Gefahr war, in der er schwebte, da wurde es mit einem Mal ganz still.

Mein Herzschlag durchschnitt die Stille, eine unheimliche Trommel. Mit jedem Schlag wich die Benommenheit weiter von mir, doch es dauerte lange, bis die Kraft in meine Glieder zurückkehrte und ich wieder klaren Blickes den Kopf heben konnte.

Armand kniete auf der anderen Seite von Lucien, sein Gesicht spiegelte keinerlei Emotionen wider, während er unseren Lord aus seinem Handgelenk trinken ließ. Als er meinen Blick auf sich spürte, hob er den Kopf und lächelte mich an.

„Bist du okay?"

Ich blinzelte ein paar Mal, verstand die Frage nicht, da ich ja nicht gegen Kaliste gekämpft hatte, bis mir klar wurde, dass sie mich dennoch angegriffen hatte. Mein Verstand hinkte erheblich hinterher und ich sehnte mich danach, an einem ruhigen Ort meine Gedanken zu sortieren, damit dieses Chaos aufhörte, das mir Kopfschmerzen bereitete.

„Ja, mir geht es gut", antwortete ich dennoch.

Auch Lucien kam gleich darauf wieder zu sich. Sein Gesichtsausdruck sprach Bände, was er von seiner Lage und der Tatsache, dass Armand ihn mit seinem Blut geheilt hatte, hielt. An den gemurmelten Dankesworten erstickte er fast.

„Was ist mit Kaliste?", fragte ich schließlich.

„Geflohen, als sie merkte, dass sie unterliegen würde."

In Armands Stimme lag kein Triumph. Überhaupt strahlte er eine Sachlichkeit aus, die schon an Kälte grenzte und mich frösteln ließ. „Vor der dürften wir eine Weile Ruhe haben."

Dieser Meinung schloss Lucien sich an, in mir blieb ein banges Gefühl zurück. Sie hatte uns schließlich schon mehrfach in Sicherheit gewogen, um dann aus dem Hinterhalt ihre Intrigen zu spinnen.

„Melissa?", fragte Armand besorgt, weil ich nicht antwortete.

Ich schüttelte stumm den Kopf, das war alles zu viel, mein Kopf überladen mit Gedanken und Worten, die keinen Sinn ergaben. Schließlich brachte ich nur leise hervor: „Bitte lass uns nach Hause gehen."

Lucien begleitete uns nicht, sondern kehrte nach Miami zurück. Auf dem Weg nach Hause überlegte ich, wie ich Armand von Steven erzählen sollte und wie Steven erklären, dass mein Geliebter zurück und unsere Affäre beendet war.

Als wir in Gorlem Manor eintrafen, brauchte es in einem Punkt keine Worte. Steven verstand sofort. Sein Lächeln fiel zwar etwas leidvoll aus, war aber dennoch aufrichtig gemeint, als er zu uns kam und Armand, der ihn mit einem Blick ansah, als wisse er nicht, wie er auf ihn reagieren sollte, auf die Schulter klopfte. Er meinte, er würde ihn um mich beneiden. Dann küsste er mich flüchtig auf den Mund und strich mir über die Wange. Er sah uns nachdenklich an.

„Wahre Liebe ist etwas Kostbares, Wildcat. Vor allem für unseresgleichen. Bewahrt sie euch gut." Die Trauer in seinem Blick deutete ich zunächst falsch, bis er dann hinzufügte: „Warren ist tot, Mel. Es tut mir leid."

Mir sackten die Knie weg und es war niemand da, der mich aufgefangen hätte. Weder körperlich noch seelisch.

Steven ging, was ich ihm nicht vorwerfen konnte. Ich hatte zwei Männer verraten. Ihn, weil ich seine Liebe mit Füßen trat und nur einen flüchtigen Trost in seinen Armen gesucht hatte. Und Warren, weil ich mich meiner Verantwortung nicht gestellt und ihn seinem Schicksal überlassen hatte. Mehr noch, ich hatte Steven die Last aufgebürdet, sich um Warren zu kümmern, was er aus Liebe zu mir tat, und ich gab ihm nichts zurück. Natürlich würde er das auch nicht erwarten, er war zu lange Vampir – lebte, dachte und handelte wie es uns gebührte und legte keinen Wert auf Treue oder Wiedergutmachung für irgendwas. Seine Liebe war die eines jeden Vampirs – Begehren, die Sucht nach dem Blut von unseresgleichen und der Macht, die ihm innewohnte. Aber weder Warrens Tod, noch Armands Rückkehr brachen ihm das Herz. Ich ertappte mich dabei, ihn darum zu beneiden.

Armand war nach dem neuerlichen Kampf mit Kaliste so geschwächt, dass er sich kaum auf den Beinen hielt. Ganz zu schweigen von dem, was hinter ihm lag. Über den Schmerz in seinem Inneren und die Fragen, die er sich stellte, wollte ich gar nicht nachdenken und ausgerechnet bei ihm jetzt Beistand zu suchen, erschien mir unrecht. Franklin half mir wieder hoch und nahm mich in die Arme, obwohl sein Schmerz ebenso groß sein musste, wie meiner.

„Wir fanden das hier im Garten."

Er hielt mir das Amulett mit meinem Blut an der Silberkette vors Gesicht, das ich Warren zum Schutz gegeben und das er auch als Unsterblicher immer noch getragen hatte.

„Er muss bei den Eichen gewartet haben, bis die Sonne aufging."

Heiße Tränen rannen über meine Wangen, als ich mir vorstellte, wie er sich der Sonne aussetzte, um der Dunkelheit seiner Seele zu entfliehen. Ganz allein. Ich hasste

Dracon mehr als je zuvor und mich selbst ebenso.

Viel kann unseresgleichen ertragen, kalt ist unsere Seele für gewöhnlich. Doch entweder war ich zu menschlich für ein Leben als Vampir, oder es war die Masse an Dingen, die in viel zu kurzer Zeit geschehen war. Ich fühlte mich taub und leer, wie aus Eis, wollte mit niemandem reden, auch nicht mit Armand, obwohl mir bewusst war, dass ich es ihm schuldete. Dennoch bat ich darum, dass mich alle allein ließen, dieser Schmerz gehörte nur mir.

Ich taumelte nach draußen, zu der Stelle, wo Warren den Freitod erwartet hatte, legte mich ins welke Gras, ein Symbol dessen, was hier geschehen war, und ließ meiner Trauer freien Lauf. Schuldgefühle und Verlust lasteten zentnerschwer auf mir und pressten mich immer tiefer in die Grasnarbe, die ich mit meinen Tränen tränkte. Ich weinte stundenlang um all das, was verloren war und den Stempel der Schuld auf meine Seele brannte.

Später nahm ich auf der kleinen Bank in der Nähe Platz und blickte gedankenverloren in die Ferne zum Horizont, wo sich irgendwann der erste Streifen Licht zeigen und den neuen Tag bringen würde. Zum ersten Mal seit meiner Wandlung spielte ich mit dem Gedanken, mich der Sonne preis zu geben und zu sterben, wie Warren es getan hatte.

Es waren so viele geopfert worden. Ein ungeborenes Kind, Arante – der Vampir ohne Arg, Jenny – nur weil sie liebte, Warren – weil Dracon … nein, korrigierte ich in Gedanken. Nicht Dracon. Ich hatte ihn verwandelt. Wegen mir war er nun tot. Sie alle lasteten schwer auf meiner Seele und lähmten mich. Ich hätte mich selbst dann nicht bewegen können, wenn ich gewollt hätte.

„Solltest du nicht langsam nach unten gehen?“, fragte Franklin hinter mir.

Ich blieb auf der weißen Steinbank sitzen und starrte auf den schmalen Streifen Licht am Horizont, der meine Haut prickeln ließ wie mit tausend Nadeln durchsetzt.

Mich fühlen ließ, was Warren gefühlt haben musste. Das war Gerechtigkeit. Mein Gesicht glühte und meine Augen brannten.

„Warren ist tot. Jennys Kind auch und sie ist eine Bluttrinkerin. Arante hat für immer seine Reinheit verloren. Und es ist alles meine Schuld", flüsterte ich und meine Stimme klang so rau, als hätte ich Rauch in meiner Kehle. „Ich habe Steven verraten und Armand sowieso."

Mein Vater wusste nichts darauf zu erwidern und legte mir die Hand auf die Schulter. Ich sah zu ihm auf, ein blutroter Schleier aus Tränen trübte meinen Blick. Der Lichtstrahl wurde breiter. Ein erster Hauch von Sonne schnitt mir ins Gesicht, doch ich rührte mich noch immer nicht vom Fleck, fühlte mich nur müde und merkte, wie mein Körper sich allmählich versteifte. Wie jeden Tag. Nur lag ich normalerweise dann sicher in meinem Versteck. Meine Glieder wurden bleischwer und ich konnte kaum noch die Augen aufhalten. Nur noch ein paar Augenblicke und die Starre war so weit fortgeschritten, mein Körper so gelähmt vom Tageslicht, dass ich nicht mehr fähig war, vor der Sonne zu fliehen und hilflos ihrem sengenden Feuer ausgesetzt bliebe, das mich töten würde, so es mir denn überhaupt vergönnt war zu sterben, mit all dem mächtigen Blut in meinen Adern.

Zweifel kamen auf. Es würde nur Schmerz bedeuten, nicht den Tod, wenn ich jetzt hier sitzen blieb. Und Schmerz hatte ich meiner Ansicht nach mehr als verdient. Doch meine selbstgewählte Folter wurde mir nicht gewährt. Franklin hob mich auf seine Arme und trug mich zum Haus.

„Warum lässt du mich nicht einfach hier draußen?", fragte ich schwach.

Ich lehnte meinen Kopf an seine Schulter, weil er zu schwer wurde, um ihn aufrecht zu halten.

„Weil Armand auf dich wartet. Und weil ich dich nicht auch noch verlieren will", antwortete er.

In seiner Stimme klangen Tränen mit. Er hatte zu viele in zu kurzer Zeit verloren.

Als wir die Kammer erreichten, hatte der Todesschlaf mich bereits übermannt. Franklin bettete meinen leblosen Körper in die seidenen Kissen und küsste mir die Stirn. Sekunden später war ich ganz allein. Mit mir und meinem traumlosen Schlaf, der mich vor den Schuldgefühlen in meinem Herzen bewahrte. Bis zur nächsten Abenddämmerung.

Auch die schwersten Wege muss man gehn

Mein Erwachen brachte mir als erstes die Erkenntnis, dass Armand und ich reden mussten. Wir hatten schon einmal geschwiegen, was beinah zum Ende unserer Liebe geworden war. Dieses Risiko war ich nicht bereit, erneut einzugehen. Schon in der letzten Nacht wäre es meine Pflicht gewesen, für ihn da zu sein, statt mich meinem Schmerz zu ergeben, doch ich war weit entfernt von rationalem Denken gewesen. Umso dringender musste ich jetzt zu ihm, damit nicht wieder eine Kluft zwischen uns entstand.

Armand hatte sich verändert, was nicht verwunderlich war. Sylion hatte angedeutet, dass sie ihn gefoltert hatten und dass einiges von dem, was Cyron Gowl mir gesagt hatte, der Wahrheit entsprach. Auch seine Verletzungen zeigten, dass er viel durchgemacht hatte. Er war nicht mehr derselbe, würde es nie wieder sein. Darüber hinaus floss nun auch in ihm Tizians Blut, was ihm das Leben gerettet hatte.

Und ich? Ich war auch nicht mehr die, der er den Verlobungsring an den Finger steckte. Da war Steven, Warrens Tod, meine neuerliche Bindung an Lucien, meine Angst um Franklin, meine Erfahrungen als ich mit Saphyro nach dem unschuldigen Vampir suchte. Mein Weltbild war verändert, da machte ich mir nichts vor. Es galt, die Karten auf den Tisch zu legen und zu sehen, ob uns immer noch genug aneinander band, um die Kerben zu schließen, die in den letzten Monaten geschlagen worden waren. Ich wusste nicht, was ich erwartete, als ich mich auf den Weg zu unserer Wohnung machte. Oder was er dachte, nachdem ich ihn gestern Abend gebeten hatte, allein nach London zu gehen, um mir einen Tag zu lassen, das Geschehene für mich zu sortieren. Etwas, das auch er tun sollte, ehe wir redeten.

Steven war abgereist, hatte mir eine Nachricht hinterlassen, dass er mich verstand und immer gern an unsere kurze gemeinsame Zeit denken würde. Falls ich ihn brauchte, wusste ich ja, wo ich ihn finden konnte.

Franklin sah besorgt aus, er wusste immer noch nicht, was am Tor geschehen war, nur dass Sylion tot war und Kaliste sich fürs Erste zurückgezogen hatte. Aber natürlich würden wir noch eine ganze Weile auf der Hut vor ihr sein, auch wenn das Thema Darkworld ein für allemal erledigt war. Ich hatte ihm den Bannkristall zurückgegeben. Weitere Erklärungen mussten warten und mein Vater sich gedulden, bis ich ausführlich Bericht erstattete. Armand ging vor, davon konnte mich nichts abbringen.

Mit zitternden Beinen stand ich nun vor unserer Londoner Wohnung und traute mich nicht einmal anzuklopfen. Ich hatte Angst, wie er reagierte, wenn ich von Steven erzählte, auch wenn ihm das, was ich getan hatte, letztlich das Leben rettete. Und noch mehr fürchtete ich mich vor der Wahrheit. Zu erfahren, was er in diesen Wochen und Monaten durchgemacht hatte. Doch beides musste sein.

Ich legte mir tausend Worte im Geist zurecht, in den wenigen Sekunden, die zwischen meinem Klopfen und dem Öffnen der Tür lagen, doch als er mir gegenüberstand, waren sie alle vergessen und ich sank mit einem Laut purer Verzweiflung in seine Arme, klammerte mich an ihm fest, als hinge mein Leben von ihm ab und im Grunde stimmte das auch.

Er war ein Teil von mir, wenn er fort war, fühlte ich mich unvollständig. Es fühlte sich so gut an, sich wieder an ihn lehnen zu können. Seine Kraft zu spüren. Tränen der Verzweiflung rannen unaufhaltsam über mein Gesicht. Er sprach beruhigend auf mich ein, streichelte meinen Rücken und küsste meinen Scheitel, ehe er seine Wange in mein Haar schmiegte. Sein Gefühlsaufruhr war spürbar, er durchlitt das Gleiche wie ich und die Sehnsucht nacheinander wurde übermächtig.

Seine Hände glitten tiefer, umfassten meinen Po und zogen mich enger in seine Umarmung. Ich fühlte sein Begehren nach der langen Trennung. Mit fragenden Augen hob ich meinen Kopf und sah ihn an. Er antwortete mit einem leidenschaftlichen Kuss, in dem ich die Qual schmecken konnte, die er durchlitten hatte, um zu mir zurück zu kommen.

Aber das zählte jetzt nicht. In diesem Augenblick war nur wichtig, dass wir wieder zusammen waren und unseren Hunger nacheinander stillen konnten.

Er hob mich auf seine Arme und flog förmlich die Treppen hinauf ins Schlafzimmer, wo er mich aufs kühle Laken bettete, beinah andächtig meine Kleider abstreifte und sich am Anblick meines nackten Körpers weidete. Ich ließ ihn gewähren, drängte ihn nicht, obwohl die Sehnsucht nach ihm schmerzlich in mir brannte.

Langsam zog er auch sich selbst aus. Sein ausgemergelter Körper erschreckte mich, ich fühlte einen Stich im Herzen. Doch gleichwohl war er noch immer schön. Die Haut, nur ein wenig blasser als sonst, spannte sich enger um die Muskeln, die jetzt klarer darunter abgezeichnet lagen. Man sah ihm an, dass die letzten Wochen und Monate alles andere als leicht gewesen waren.

Er glitt neben mich und ich schickte meine Hände auf Wanderschaft über die Hügel und Täler, verharrte an den vielen Malen, die noch nicht ganz verblasst waren. Am deutlichsten trat eine Narbe an seiner linken Seite hervor. Die Wunde musste groß gewesen sein. Er zuckte zusammen, als ich darüber strich. Ich hob fragend den Blick, seine rauchgrauen Augen lagen unter einem Schleier aus Tränen und seine Stimme klang heiser, als er flüsterte: „Haie."

„Haie?"

Er lächelte. „So was in der Art. Erzähle ich dir später."

Sein Blick war tief und warm. „Ich liebe dich“, sagte er.

Ich sank in seine Arme und küsste ihn mit einer Gier, als wolle ich ihn verschlingen. Er erwiderte es im gleichen Maße, presste mich nach hinten und glitt mit einem kraftvollen Stoß tief in mich hinein. Ich keuchte, fühlte Schmerz und Lust und konnte kaum sagen, ob es seine Emotionen waren oder meine eigenen. Unser Akt war durchtränkt von Verzweiflung und Liebe. Ich krallte mich so fest in seine Schultern, dass kleine Rinnsale von Blut über seine Brust liefen, die ich gierig aufleckte. Seine Finger zogen an meinen Haaren, bogen meinen Kopf nach hinten und legten meine Kehle frei für seinen Biss.

Ich umschlang seine Hüften mit meinen Beinen, zog ihn tiefer in mich hinein und drängte meinen Hals gegen seine saugende Lippen. Surreal, dass er wieder bei mir war, wo ich ihn längst verloren geglaubt hatte. Aber etwas war immer in mir geblieben. Was auch immer er durchmachen musste, hatte auch mir hin und wieder Kraft entzogen. Ich erinnerte mich der Schwächeanfälle, des Schwindels und Fiebers, der Übelkeit in den letzten Wochen, die ich mir nicht hatte erklären können. Ein inneres Band, das nie zerriss. Man konnte uns nicht trennen, vielleicht nicht mal durch den Tod.

Ich gab mich seinen rhythmischen Stößen hin, die härter wurden, je näher er dem Höhepunkt kam, fühlte mich, als würde ich schweben in luftleerem Raum, durchflutet von dem Gefühl eins mit Armand zu sein. Nicht existierte mehr, außer uns und unserer Liebe.

Am tiefsten Punkt der Nacht lagen wir eng umschlungen nebeneinander, lauschten unserem Atem, dem Schlagen unserer Herzen und suchten nach Worten, um über das zu reden, was in den letzten Wochen geschehen war. Armand fand zuerst die Sprache wieder.

„Er sieht gut aus, dieser Dr. Blenders“, begann er, und

seiner Stimme war nicht anzuhören, was er empfand.

Es fühlte sich merkwürdig an, nackt mit ihm im Bett zu liegen, der Raum noch erfüllt vom Duft unserer Lust und dann über seinen Nebenbuhler zu reden. Doch ich wollte das Thema nicht länger totschweigen. Was geschehen war, war geschehen, und ich gestand, dass ich es nicht bereute und für Steven etwas empfand.

„Ich dachte, du hättest mich verlassen. Als ich Steven kennen lernte …"

„Ich weiß", unterbrach er mich, ehe meine Worte nach Verteidigung geklungen hätten. „Er ist der aus Tizians Linie, nicht wahr? Ihr beide habt den Fluch außer Kraft gesetzt. Ich habe es gespürt und es hat mich fast in Stücke gerissen. Ich denke, ein Teil dieses Schmerzes rührte gar nicht mal von dem Fluch, sondern dem instinktiven Wissen, dass du einen anderen geliebt hast." Er seufzte und was er sagte schnürte mir die Kehle zu. „Kaliste muss darüber wohl ebenfalls wütend gewesen sein. Vielleicht ist sie deshalb so aggressiv gegen mich vorgegangen, nachdem ich ihre Festung überwunden hatte. Sie hat ihren Zorn auf dich an mir ausgelassen und fast wäre es mein Tod geworden. Ironie des Schicksals. Weil es keinen Fluch mehr gab, der das Schwesternblut vom Bruderblut trennt, konnte Tizian mich retten. Er wagte nicht, mir allzu viel von seinem Blut zu geben, aus Angst, dass es doch zerstörerisch wirkt. Doch er gab mir genug, um zu überleben und zu dir zu gelangen."

Tizian! Ich war mir immer sicherer, dass er mir den Tropfen seines Blutes damals mit gutem Grund gegeben hatte, weil er schon ahnte – oder sogar wusste – dass seine Schwester nichts Gutes im Schilde führte. Es war seine Lebensversicherung gewesen, mich auch an sich zu binden. Und seine Rechnung war aufgegangen.

„Du bist sehr gefasst", meinte ich. „Das … hatte ich nicht erwartet.

Er nickte und rang sich ein gequältes Lächeln ab. „Die

letzten Wochen haben mich verändert. Ich weiß nicht, ob noch irgendetwas an mir so ist, wie du es vielleicht erwartest."

Ich schluckte, weil ich nicht genau wusste, was er damit meinte, aber auch keine Ahnung hatte, wie ich ihn fragen sollte.

„Man hat verdammt viel Zeit zum Nachdenken in der Festung ohne Wiederkehr, wie sie das Ding genannt haben. Allein mit sich und immer neuen Gefahren, kommt man ins Grübeln und überdenkt einiges neu. Es tut weh, zu wissen, dass du mit einem anderen geschlafen hast. Aber während meinem Weg nach draußen ist mir unter anderem klar geworden, dass es dir auch weh getan hat, als ich noch auf die Jagd ging, ohne mich allein aufs Trinken zu beschränken. Oder als ich mich regelmäßig mit Franklin traf. Du konntest nicht einmal sicher sein, noch in einer Beziehung zu stecken und davon abgesehen konnte ich nur zu dir zurück kommen, weil du das gemacht hast. Man muss das ganze Bild betrachten, ehe man urteilt. Das habe ich gelernt. Keine voreiligen Schlüsse zu ziehen oder Urteile zu fällen."

„Oh Armand." Mir flossen Tränen über die Wangen, auch wegen dem, was ich ihm jetzt zu sagen hatte. Wo sollte ich nur anfangen? „Es ist so viel passiert, seit du … verschwunden warst."

Er nickte und ermunterte mich, einen Teil von dem zu erzählen, was mir auf der Seele brannte, denn dass auch ich es in diesen Wochen nicht immer leicht gehabt hatte, war ihm klar. Trotzdem fand ich nur schwer einen Anfang.

„Wir sind nicht für das geschaffen, was wir versucht haben, zu sein, Armand."

In seinen Augen funkelte es, doch er schwieg. Das machte mir Angst. Er war so verändert. Ich konnte nur ahnen, was ihm alles wiederfahren war, doch ich war sicher, dass er jetzt, nach all dem, nie mehr derselbe sein konnte und wusste nicht, ob ich ihn fürchten oder weiterhin rückhaltlos lieben sollte. Ich atmete tief durch, versuchte, in mir selbst Ruhe zu schaffen, doch mein Herz überschlug sich fast.

„Ich habe nach deinem Verschwinden, als ich nach Miami gezogen bin, gespürt, wie sehr ich es vermisst habe, ganz und gar Vampir zu sein. Wir sind nicht für menschliche Werte geschaffen, Armand. Und manchmal tun sie uns und denen, die wir lieben auch gar nicht gut."

Er blickte mich fragend, aber aufmerksam an. Widersprach nicht und versuchte auch nicht, meine Worte zu zerreden.

„Liebst du Franklin immer noch?"

Das überraschte ihn. Zwar wollte er verneinen, doch sein gesenkter Blick, für einen Herzschlag nur, sprach mehr als jedes Wort.

„Dann geh zu ihm zurück."

Er hob die Augenbrauen und sah entsetzt aus. „Das ist nicht dein Ernst. Gerade darunter hast du immer gelitten. Und sage mir nicht, es macht dir nichts mehr aus. Ich habe es für dich getan."

„Ich weiß", sagte ich mit einem Lächeln. „Aber das macht es nicht richtiger. Franklin braucht dich. Und ihr liebt euch noch immer. Es ist unnötig, das zu leugnen. Ich sage nicht, dass du die Beziehung wieder aufnehmen sollst wie sie war, obwohl ich auch das akzeptieren würde. Auch ich habe während unserer Trennung nachgedacht und sehe manches klarer. Mein Vater leidet, Armand. Du warst gestern noch sehr mitgenommen von dem, was dir widerfahren ist. Aber wenn du das nächste Mal nach Gorlem Manor gehst, wirst du es selbst sehen. Er altert rascher, weil er der Zeit so lange ein Schnippchen geschlagen hat. Er braucht das Dunkle Blut. Von mir nimmt er es nicht an. Doch die Entbehrung macht ihn zu einem leichten Opfer für Vampire wie Lucien oder Dracon. Ich brauche wohl nicht zu betonen, dass ich ihn lieber in deinen Armen sehe, als in deren."

Meine Worte verwunderten ihn. Das war ihm alles nicht klar gewesen und es machte ihn um Franklins Willen betroffen.

Er senkte traurig den Blick. „Ich kann dich verstehen, stimme dir sogar zu. Franklin bedeutet mir viel und ich will ihn ebenso wenig leiden sehen, wie du, aber … unsere Liebe wäre dann nichts Besonderes mehr."

Seine Worte hinterließen eine lang vermisste Wärme in mir. Ich nahm ihn in die Arme und er erwiderte die Umarmung so fest, als wolle er mich nie wieder loslassen. Sein schwarzes Haar legte sich wie ein tröstender Schleier über mein Gesicht und ich atmete den vertrauten Duft seiner Unsterblichkeit, den Menschen nicht wahrnehmen konnten.

„Sie ist und bleibt immer etwas Besonderes, Armand. Das kann uns niemand nehmen. Das andere ist nur Blut und Lust, hat mit unserer Liebe nichts zu tun."

Ich löste mich ein Stück von ihm, um in wieder anzusehen. Zärtlich strich ich ihm die schwarzen Strähnen zurück und küsste ihn auf den Mund.

„Ich sage nicht, dass wir Sodom und Gomorra in unser Leben holen sollen, aber wir sollten akzeptieren was wir sind. Alles andere würde über kurz oder lang uns, und damit auch unsere Liebe, zerstören."

„Seltsam, ich habe das am Anfang auch zu dir gesagt. Doch dann wollte ich dich für mich ganz allein, konnte den Gedanken einfach nicht ertragen, dich bei einem anderen zu wissen."

„Und du dachtest, wenn du mir das Recht verwehrst, dürftest du es dir selbst auch nicht nehmen. Das ehrt dich, für diese Rücksichtnahme liebe ich dich umso mehr. Ich weiß, dass du nur meinetwegen versucht hast, als Vampir ein menschliches Leben nach menschlichen Werten und Moral zu leben. Aber ich habe eingesehen, dass es ein Irrtum ist, so zu denken und es tut mir leid."

Er grinste mich schelmisch an und auch ich musste schmunzeln, weil wir uns beide dem anderen zuliebe eine Keuschheit auferlegt hatten, die genau genommen nie nötig gewesen wäre.

Sein Lächeln verschwand, als er fragte: „Hat einer von den anderen Franklin etwas angetan?"

Er gedachte doch sicher nicht, sich mit Dracon oder gar dem Lord anzulegen? Das grenzte an Selbstmord. Es lag eine Dunkelheit in seinen Augen, die ich noch nie gesehen hatte. Irritiert schüttelte ich den Kopf, um den Gedanken zu verscheuchen.

„Niemand hat Franklin etwas getan. Aber Lucien spielt gern mit Menschen und auch ihm ist aufgefallen, was mit Franklin los ist, wie es ihm zusetzt."

Jetzt lächelte er zaghaft, dann immer breiter und die Finsternis wich von ihm. Schließlich küssten wir uns innig.

„Keine Vorwürfe mehr, für nichts. Wir sind was wir sind, aber du bist und bleibst der Mittelpunkt meines Lebens. Nur der Gedanke an dich, hat mich diese Hölle überstehen lassen."

„Wirst du mir irgendwann davon erzählen?"

„Ja, irgendwann." Er streichelte mir durchs Haar. „Ich werde mit Franklin reden, sobald wir alle etwas Abstand haben und sehen, was ich für ihn tun kann. Auch wenn ich nicht weiß, ob es wieder so sein wird wie es einmal war." Darauf kam es auch nicht an, aber von Armand nahm er vielleicht eher an, was er sich von mir versagte. „Ich habe eine Bitte an dich, Mel", fuhr er fort.

„Ja? Was denn?"

Er war um Worte verlegen, was ihn besonders liebenswert machte. Weil er dadurch wieder verletzlich wurde und es einen Teil der Düsternis zerstreute.

„Ohne Welodan wäre ich niemals entkommen. Nicht aus der Zelle und schon gar nicht durch diese schrecklichen Prüfungen. Ich hätte aufgegeben, wenn seine Kraft und sein Antrieb nicht gewesen wären."

Ich nickte. Das verwunderte mich nicht, nach dem, was ich am Tor von Darkworld gesehen hatte.

„Aber unsere Verbindung ist noch immer unbeständig und nicht so stark wie sie sein könnte. Wirst du mir helfen, sie zu vertiefen, damit ich mit ihm reden kann wie du mit Osira?"

„Das kannst du nicht?"

„In der Festung hat es einmal funktioniert, doch es hielt nicht lang an. Ich würde das gern lernen, wenn es geht."

„Natürlich geht das. Wenn ich gewusst hätte, dass du damit ein Problem hast …"

Da war es wieder, wir kommunizierten nicht offen genug miteinander. Manche Dinge schwiegen wir immer noch tot, obwohl wir es inzwischen doch besser wissen sollten. Seufzend sagte ich mir, dass diese ganze schreckliche Sache und alles, was wir beide in den letzten Wochen getan und erlebt hatten, zumindest einen Zweck erfüllte. Dass wir endlich rückhaltlos offen zueinander wurden, unsere Schwächen gestanden und gegenseitig halfen, sie zu überwinden, wo es möglich war.

Armand war erleichtert. Hatte er geglaubt, ich würde mich über ihn lustig machen, weil er mit Welodan nicht automatisch dieselbe Verbindung erlebte, wie ich mit Osira? Das konnte man nicht vergleichen.

„Wirst du mich jetzt nach Thedford begleiten?", wechselte ich das Thema, denn das war eine Sache, die ich nun nicht länger aufschieben wollte. Es drängte mich, das Grab meiner Mutter zu finden und sie ein für allemal in die Familie zurückzuholen, damit sie Frieden fand.

„Du willst in Crests Haus zurückkehren?" Die Überraschung in seinen Augen ließ mich lachen und ich drückte beruhigend seine Hände.

„Nicht gleich dort einziehen, obwohl es ja mein Zuhause ist. Ich habe dort etwas zu erledigen. Margret ist nicht mehr dort und wird auch nie zurückkommen."

Er stellte die Frage stumm und ich nickte. Was mit ihrer Asche geschehen sollte, wusste ich noch nicht. Vielleicht der See vor dem Haus, oder Bylden Wood. Vielleicht aber auch …

Es war ein merkwürdiges Gefühl, wieder in das Haus außerhalb von Thedford zu gehen, aber Armand an meiner Seite gab mir Kraft und Ruhe. Erinnerungen waberten wie seelenlose Geister durch die Zimmer und den überwucherten Garten. Es war alles noch da, Margret hatte nichts mitgenommen. Meine Finger glitten über den alten Holzofen in der Küche. Sie hatte einen Elektroherd stets abgelehnt, wie so viele andere moderne Dinge ebenfalls. Das nostalgische Telefon funktionierte im Moment nicht, weil es abgemeldet war, doch wenn man einen neuen Anschluss beantragen würde …

In der Bibliothek fehlten nur wenige Bücher und auch in ihrem Ritual-Raum lag alles für eine baldige Rückkehr bereit. Nur die dicke Staubschicht und die weißen Laken über Sofa, Bett und Kommoden sprachen davon, dass hier lange niemand mehr wohnte. Ich musste lachen, waren mir die Überwürfe doch ein vertrautes Wohnambiente aus Miami.

Armand begleitete mich still, während ich alle Räume durchwanderte, meine Antennen ausstreckte, doch es war nichts von ihrem Wesen in diesem Haus zurückgeblieben. Es erschien friedlich und sanft wie zu meiner Kinderzeit, breitete einen Hauch von Melancholie in meinem Herzen aus, der auch Armand nicht verborgen blieb.

„Wenn du es dir anders überlegst und wieder hier einziehen möchtest, ich kann überall mit dir leben, solange du glücklich bist."

Mein dankbares Lächeln schmolz ein weiteres Stück von dem Eis, das die lange Trennung zwischen uns aufgebaut hatte.

„Ich bin noch nicht sicher. Vielleicht. Sie sagte, es gehört jetzt mir. Aber ich werde Serena fragen, ob sie hier einziehen möchte, immerhin ist sie Margrets Tochter.

Wenn sie es nicht will, dann überlege ich es mir."

Ich hatte Margret auch im Tode nicht erzählt, dass Serena noch lebte. Da galt meine Loyalität doch der Frau, die meiner Mutter eine Freundin gewesen war und sogar mit mir vor Margret hatte fliehen wollen. Das wurde ihr zum Verhängnis, denn selbst vor dem Mord an ihrer Tochter war die Hohepriesterin nicht zurückgeschreckt. Die Spuren des Brandes zeichneten Serena für den Rest ihres Lebens, konnten der Wärme ihres Wesens aber keinen Abbruch tun.

Der zweite Weg war noch schwerer und mit düsteren Erinnerungen behaftet. Der Boden rund um die Hütte im Wald, in der ich einst auf meinen Tod gewartet hatte, roch auch heute noch nach Feuer, Rauch und Asche. Meine Mutter war hier gestorben, Lilly ebenfalls und mich hatte Armand in letzter Sekunde davor bewahrt.

Das Dach war inzwischen eingefallen und durch die Fensterscheiben hatten Jugendliche Steine geworfen. Nachdem Bylden Wood nicht mehr von schwarzer Magie durchtränkt war, glich er einem Wald wie tausend anderen. Es hatte ihm seine Reinheit genommen, seine Einzigartigkeit, aber auch seine düster-bedrohliche Atmosphäre. Auf der Wiese vor der Hütte ästen ein paar Rehe und ich nahm den Frieden dieser Szene in mich auf, um die Schrecken zu bannen, die sonst an diesem Ort hingen.

Margret hatte mir gesagt, hinter welchem Brett sie die Urnen aufbewahrte. So nah war mir meine Mutter gewesen, als der Tod bereits mit kalten Fingern nach mir griff. Und ich hatte keine Ahnung gehabt. Mit zitternden Händen fuhr ich über das glatte Holz, zählte die Planken durch, bis ich die elfte erreichte. Tatsächlich war es leicht, sie ein Stück nach hinten zu drücken. Ich zog einmal, sie löste sich aus den Haken, mit denen sie aufgehangen war. Armand nahm mir das Brett ab und ich beugte mich in die Öffnung hinein. Da standen sie. Vier

Urnen. Wer in den anderen beiden ruhte, wusste ich nicht. Die Asche meiner Mutter hatte sie in eine blaue gefüllt und als ich meine Hand auf das Gefäß legte, hörte ich Joannas Falken rufen. Ja, Margret hatte nicht gelogen. Erleichtert hob ich das Gefäß aus seinem Versteck. Es war unbeschädigt. Auf dem Friedhof von Gorlem Manor würden nun auch die irdischen Überreste von Mama und Tante Lilly ihre letzte Ruhe finden. So, wie sie es verdient hatten. Lillys Urne war aus simplem gebranntem Ton. Die beiden anderen schwarz lasiert. Wir nahmen alle vier mit. So viele Jahren hatten sie gemeinsam verbracht, sie sollten auch jetzt nicht getrennt werden.

Franklin hatte Tränen in den Augen, als wir die Krüge vor ihm abstellten. Zärtlich strich er über die blaue Urne, seine Hand zitterte, aber in seinem Blick sah ich grenzenlose Erleichterung, dass sie nun wieder bei ihm war.

Armand betrachtete meinen Vater aufmerksam. Auch seine Iris schimmerte, weil er gewahr wurde, dass ich recht hatte. Franklin war gezeichnet von den Entbehrungen und dem fortschreitenden Alterungsprozess, der nun aufholte, was all die Jahre versäumt geblieben war. Ich wusste, er würde ihre Liebe erneuern und zwar von Herzen. Da ich beide Männer liebte, tat es mir nicht weh, sondern zauberte ein zufriedenes Lächeln auf mein Gesicht.

Ich verstand und respektierte Franklins Wunsch, eine Weile allein mit Joannas Überresten zu sein. Es mochte sentimental erscheinen, doch kaum einer konnte das Band zwischen den beiden besser einschätzen als ich. Im Laufe des kommenden Tages sollte Maurice ihr Grab auf dem Friedhof wieder ausheben lassen, damit wir sie in der folgenden Nacht beisetzen konnten.

„Würdest du bitte auch eins für Margret richten lassen?“, fragte ich. Im ersten Moment glaubte ich bei dem

Schrecken in Franklins Augen, er würde mein Anliegen ablehnen, doch dann nickte er.

„Du denkst, dass sie hier Frieden finden wird."

„Ich weiß es. Danke, Dad."

All die Jahre im Orden hatte ich den Friedhof mit dem leeren Grab meiner Mutter gemieden. Jetzt blieb es nicht länger leer und es erschien mir richtig, auch Margret hier zu bestatten. Lilly wurde zu Joanna gestellt und ihre Gravur auf dem Stein ergänzt. Die beiden namenlosen Urnen fanden ihre letzte Ruhestatt daneben und auch Warren erhielt seinen Platz in diesem Kreis, obwohl sein Grab leer blieb, bis auf das Amulett mit meinem Blut. Es war friedlich, als wir – Franklin, Armand, Jenny und ich – in der Dunkelheit auf dem Friedhof standen, die Grabstätte nur von ein paar Fackeln erhellt. Arante hielt sich im Hintergrund, aber nach der Beerdigung wollten er und Jenny zu Saphyro aufbrechen. Ich konnte sie verstehen, auch wenn mir ihr Fortgang weh tat.

Der Wind sang eine leise Trauermelodie und dünne Wolkenschwaden tanzten um einen vollen Mond. Der Augenblick besaß Erhabenheit, als ich die Krüge öffnete und die Asche der beiden Frauen, die mich auf einen Weg geführt hatten, den das Schicksal für mich bereit hielt, in die kleinen gläsernen Särge schüttete. Ich hatte es nicht über mich gebracht, sie in den Urnen zu belassen, die von Margret stammten und womöglich mit magischen Beschwörungsformeln belastet waren. Behutsam schloss ich den Deckel. „Ruht in Frieden. Und der Segen der Göttin sei mit euch."

Ein spitzer Schrei durchschnitt die Luft, gefolgt von einem heiseren Krächzen. Die beiden Vögel landeten auf dem weißem Grabstein meiner Großtante Camille, die hier im Orden meiner Lehrerin gewesen war. Der Falke meiner Mutter Joanna und Camilles Krähe mit der blauen Feder im Flügel.

„Jetzt sind sie vereint. Wie es sein sollte“, sagte ich.

Franklin kam an meine Seite. Er streckte die Hand nach den Tieren aus, kämpfte mit seinen Gefühlen, als der Falke ihn ansah und einen schrillen langgezogenen Schrei ausstieß. Eine Träne stahl sich über die Wange meines Vaters. Armand trat zwischen uns, legte uns beiden tröstend eine Hand auf die Schulter, symbolisierte damit eine Verbindung, die nie gebrochen war. Die Zeit stand für Sekunden still. Dann erhob sich der Falke und flog davon. Nur Camilles Krähe blieb noch auf dem Grabstein sitzen und nickte mir mit ihrem glänzenden schwarzen Köpfchen zu. Ich nahm die Schachtel mit Margrets Asche, meine Hände zitterten, aber die Krähe bestätigte mein Vorhaben mit einem auffordernden Laut.

Jenny hielt mir eine kleine Ashera-Urne hin. „Nur für alle Fälle“, sagte sie.

Ashera-Urnen waren geweiht, so war selbst die letzte Möglichkeit ausgeschlossen, dass Margrets Geist noch für Unruhe sorgen konnte.

Nachdem wir sie in ihrem Grab zur Ruhe gelegt hatten und alle Gräber wieder mit Erde bedeckt waren, beäugte die Krähe jedes einzelne noch einmal aufmerksam, verharrte lange auf Margrets Ruhestatt, bis plötzlich eine kleine Nachtigall angeflogen kam und sich neben sie setzte. Es wirkte demütig, wie der kleine Vogel dicht an die Krähe heranhüpfte, das zarte Köpfchen senkte und unter ihren Flügel streckte. Die Krähe legte ihren Schnabel darüber und schien die Nachtigall sozusagen zu umarmen. Wir waren alle gleichermaßen verblüfft.

„Ist das Margrets …“ Mein Vater schaffte es nicht, den Satz zu beenden.

„Ihr Totem, ja. So wie es aussieht. Sehr ungewöhnlich für jemanden mit ihrem Charakter.“

„Aber Totemtiere sind rein, oder nicht? Sie geben ihrem Träger ihre Kraft, aber sie formen nicht seinen Charakter“, warf Armand ein.

Schließlich erhob sich auch die Krähe in die Luft und sagte mit einem letzten lauten Krächzen Lebewohl. Die Nachtigall zögerte nicht, sondern folgte ihr umgehend.

„Es sieht fast so aus, als hätte Camilles Krähe darauf gewartet, Margrets Seele mitzunehmen, nicht wahr?", sagte ich.

Und ich glaubte, dass es so war. Man würde sie läutern. Auf der anderen Seite, in dieser trostlosen Totenstadt die ich gesehen hatte, als ich in Ägypten zwischen den Welten gewandelt war. Dafür trug Camilles Krähe Sorge. Ich wusste, ich würde sie nun ebenso wenig wiedersehen, wie den Falken meiner Mutter. Aber das Gefühl von Zufriedenheit in meinem Herzen sagte, dass das auch nicht mehr nötig war.

Glossar

Ashera	-	Semitische Fruchtbarkeitsgöttin, hier PSI-Orden
Crawler	-	Dunkle Vampire unter Fürst Raphael al Akaban, der den Rubinring der Nacht trägt
Darkwold	-	Einst Parallel-Dimension, nun ein Dämonen-Gefängnis
Daywalker	-	Mischling von Vampir und Vascazyr, in der Lage dem Sonnenlicht zu trotzen
djamila	-	arabisch für "meine Schöne"
elby	-	arabisch für "mein Herz"
Ghanagoul	-	Dämonenwächter, Garde der Vampirkönigin Kaliste
jamal	-	arabisch für "mein Schöner"
Luchsar	-	Gestaltwandler, die sich in luchsartige Wesen verwandeln können
Nightflyer	-	Vampire aus dem Blut der Urgeschwister
sadeki	-	arabisch für "mein Freund"
Serpenia	-	dämonische Riesenschlange
Sougven	-	Mächtiges Dämonenvolk
Sougvenier	-	Angehöriger des Sougvenvolkes
thalabi	-	arabisch für "meine Füchsin"
Zwillingsgnom	-	niedere Dämonenart, die mittels Spiegeln Menschen besetzen

Danksagung

Und wieder einmal ist es vollbracht. Der vierte Band der Serie „Ruf des Blutes“ ist fertig. Wie immer gebührt der Dank nicht mir allein, also möchte ich ihn gern an all diejenigen weitergeben, die mich unterstützt und den ein oder anderen Knoten für mich gelöst haben.

Ganz zu Anfang möchte ich diesmal ein besonders großes Dankeschön an meine Mutter geben. Sie hat zur Lösung einiger überaus wichtiger Fragen beigetragen.

Wie tötet man eine Elfe? Womit gehe ich in Abwasserkanälen gegen Serpenias vor? Wodurch setzt man die Alarmanlage einer Museumsvitrine außer Kraft?

Meine Mutter hat vor allem eins bewiesen: Sie hat definitiv kriminalistisches Potential. Wäre den Tätern immer eine Spur voraus. Danke, Mama! Vor allem auch dafür, dass du mir wochenlang alles vom Hals gehalten hast, damit ich die Rohfassung abschließen konnte.

Dann gebührt Alisha Bionda Dank, denn ich habe im vergangenen Jahr eine Menge von ihr gelernt. Außerdem hat sie mir mit ihren Anthologien und der Internetplattform LITERRA viele Möglichkeiten geboten, immer neue Gesichter beim Schreiben zu zeigen und mich kontinuierlich weiterzuentwickeln.

Meiner Freundin Melanie ist zu verdanken, dass eine Hundertschaft an Tippfehlern ins Nirwana befördert wurde und auch der (hoffentlich) letzte Logikbruch aufgedeckt werden konnte. Auch sie hat kriminalistisches Talent bewiesen und geht mit tödlicher Präzision gegen jedes überzählige geblümte Sofakissen vor. Außerdem weiß sie, wie man in Museen einbricht, um überhaupt erst in die Verlegenheit zu kommen, eine Alarmanlage am Glaskasten außer Kraft setzen zu müssen. Und an Armands Leidensweg ist sie auch nicht ganz schuldlos.

Des weiteren danke ich Anja, meiner besten Freundin, Schulter zum Ausheulen, Kumpel zum Pferdestehlen und Hüterin meiner eigenen, nicht gestohlenen Pferde. Ich weiß, meine Liebe, du hattest es im vergangenen Jahr nicht immer leicht mit mir. Aber wenn es drauf ankommt, halten wir eben zusammen wie Pech und Schwefel.

Danke auch an meine Freundinnen Linda, Uta, Nadine, Andrea und Daniela. Und natürlich an alle anderen von nah und fern, deren Weg sich hin und wieder auf Lesungen, Messen oder übers Internet mit meinem kreuzt und mit denen man sich wunderbar austauschen kann.

Und meiner Verlegerin möchte ich danke sagen, auch wenn sie es nicht gern hört. Denn ohne sie und ihre amüsanten Kommentare im Lektorat wäre „Ruf des Blutes" nicht das geworden, was es heute ist und darauf bin ich sehr stolz.

Dem Grafiker danke ich für ein fantastisches Cover und die perfekte Umsetzung meiner Vorstellungen.

Zu guter Letzt sage ich auch wieder all meinen Lesern und treuen Fans danke, dass ihr zu mir haltet, mich unterstützt, weiter mit Melissa und ihren Vampiren fiebert und so zahlreich auf meinen Lesungen vorbeischaut. Ich bin froh, dass es euch gibt.

Blessed Be

Tanya Carpenter

Die Autorin

Ich wurde im März 1975 in Mittelhessen geboren und verlebte meine Jugend in ländlichem Idyll. Schon mit vier Jahren begann ich, mich für Bücher zu begeistern und mir Geschichten auszudenken. Meine schier grenzenlose Fantasie brauchte ein Ventil. Die Liebe zum Schreiben blieb, wuchs und gedieh und heute kann ich mir ein Leben ohne sie nicht mehr vorstellen.

Im Frühjahr 2004 veröffentlichte ich im Amicus-Verlag den Lyrik-Band „Zwischen Licht und Schatten." Ihm folgte im Herbst 2007 mein erster Roman „Tochter der Dunkelheit" im Sieben-Verlag als Auftakt der Serie „Ruf des Blutes". 2008 erschien mit Engelstränen der zweite Band, 2009 Dämonenring und im Frühjahr 2010 Unschuldsblut. Seit Januar 2010 ist der erste Band der Serie auch als Taschenbuch-Lizenz beim Diana-Verlag von Random House erhältlich.

Neben der Vampir-Serie bin ich in diversen Anthologien vertreten und habe weitere Romane und Serienkonzepte in Vorbereitung. Unter anderem startete 2009 auf dem Literaturportal LITERRA die humorige Fantasy-Serie „Tot aber Feurig", die ich zusammen mit Melanie Stone und Alisha Bionda bestreite.

Vorschau auf Band 5 – Ruf des Blutes „Erbin der Nacht“

Als Armand und ich das Zimmer meines Vaters betraten, saß er auf dem Bett und war damit beschäftig, eine Pistole zu reinigen. Die Waffe mutete altertümlich an. Man hatte sie gut gepflegt in den vielen Jahren seit ihrer Entstehung. Und auch jetzt putzte, prüfte und ölte Franklin sie mit einer nahezu peniblen Gewissenhaftigkeit. Mein Vater als Liebhaber von Schusswaffen? Das war mir neu. Er schaffte es noch immer, mich zu überraschen.

„Wem willst du damit zuleibe rücken?“, fragte Armand schmunzelnd und nahm auf dem Stuhl gegenüber Platz.

„Eine reine Vorsichtsmaßnahme“, erklärte Franklin.

Ich zog die Brauen hoch. „Wo wir hingehen, wird dir so eine Waffe kaum etwas nützen. Auch nicht mit Silberkugeln als Munition.“

„Elektron“, korrigierte mein Vater und fuhr mit dem weichen Tuch an dem glänzenden Lauf entlang.

Seine Bewegungen waren so, als streichle er einen Geliebten. Ein Schauer lief mir über den Rücken und ich registrierte aus dem Augenwinkel, dass es Armand ähnlich ging.

„Und gegen wen helfen solche Kugeln? Wenn sie überhaupt helfen?“, hakte ich nach.

„Helfen ist zu viel gesagt“, gestand Franklin. „Aber sie verschaffen einem etwas Luft und Zeit, die Flucht nach hinten anzutreten.“

„Denkst du, wenn so was nötig werden sollte, haben wir ernsthaft noch die Möglichkeit zu fliehen?“

Mein Vater sah erst mich an, dann Armand, der weiterhin amüsiert grinste. Schließlich schob er sich die Brille wieder zurecht und verstaute die Waffe in einer kleinen Holzkiste.

„Es ist immer besser, vorzusorgen, nicht wahr?“

„Wenn es deine Nerven beruhigt, nimm sie mit.“ Armand warf einen Blick aus der Nähe auf die kleine Pistole. „Du könntest aber auch hier bleiben und uns allein gehen lassen.“

Franklin war vielleicht übervorsichtig, aber feige ganz sicher nicht. Er ging auf jeden Fall mit uns.

In der nächsten Nacht brachen wir auf. Der Eingang zur Unterwelt stellte kein Problem dar und wir kamen auch unter der Erde gut voran. Wegen Franklin hatten wir Taschenlampen mitgenommen, Armand und ich hätten auch in der Dunkelheit ausreichend gesehen. Als wir jedoch an das zweite Tor gelangten, wäre es mir lieber gewesen, nicht so gute Augen zu haben. Hier bewachten zwei Zerberus den Zugang, die uns unmissverständlich klar machten, dass wir unerwünscht waren. Laut kläffend und knurrend bedrohten uns gleich sechs mächtige Hundeköpfe. Ich blickte zu meinem Vater, der zwar nach der Pistole griff, sie dann aber stecken ließ. Gegen diese Hunde wirkten die Elektrum-Kugeln lächerlich.

Diese Biester sahen gemeingefährlich aus und genauso gebärdeten sie sich. Sie fletschten ihre Zähne, zerrten an den Ketten, mit denen sie an dem Fels fixiert waren. Dass an diesen Viechern niemand vorbeikam, um sich in die Unterwelt einzuschmuggeln, war uns klar.

Was nun? Wir mussten da rein, egal wie, denn ohne Magotars Hilfe standen unsere Chancen schlecht, gegen Kaliste vorzugehen. Aber zerfleischen lassen wollte ich mich nicht. Dann lieber das Risiko eingehen, auf eigene Faust ihre Schwachstellen im Kampf zu herauszufinden.

Franklins Angst brannte mir in der Nase. Armand ließ sich von den geifernden Hunden nicht beeindruckten, im Gegenteil. Er trat näher, musterte sie. Was zur Hölle hatte er vor? Ich wurde nervös, dass er so nah heranging, mir jagte schon einer dieser Kandidaten allein einen Heidenrespekt ein, ganz zu schweigen von der doppelten Ausführung mit scharfen Zähnen im Maul und langen Krallen an den Pfoten.

„Platz!", befahlt Armand mit dröhnender Stimme.

Mir lief ein Schauer über den Rücken und der finstere Ausdruck in seinen Augen machte mir Angst. Dennoch hob ich zweifelnd die Augenbraue. Ich konnte mir nicht vorstellen, dass diese Tiere so einen Befehl überhaupt kannten, geschweige denn ihn befolgen würden, doch Armand wirkte sehr zuversichtlich, zwinkerte mir sogar aufmunternd zu.

Die Hunde wurden tatsächlich ruhiger, knurrten aber weiterhin und schnappten halbherzig nach uns. Armand ging dichter an sie heran, befand sich jetzt innerhalb ihrer Reichweite. Ich hielt den Atem an.

„Armand, nicht, wir finden auch einen anderen Weg, bitte ..."

Er gebot mir mit einer Geste zu Schweigen, sein Blick wurde noch düsterer, zeigte keine Furcht. Erneut gab er ihnen den Befehl, diesmal noch unterstrichen von einem Handzeichen, mit dem er seinen Arm vor eines der Mäuler brachte. Zu meiner Überraschung und Erleichterung, folgten die Tiere seinem Befehl.

Er wartete, bis sie schwiegen, ihn hechelnd und mit gespitzten Ohren anschauten. Dann stellte er sich zwischen sie, ließ sie an seinen Händen schnüffeln, kraulte ihnen schließlich jeden der sechs Köpfe und sprach ruhig auf sie ein. Ich beobachtete das Ganze fassungslos. So was hätte ich nie für möglich gehalten, es selbst schon mal gar nicht gewagt.

„Es sind Hunde, nicht mehr und nicht weniger", sagte er an mich und Franklin gewandt. „Geht vorbei, ich komme nach."

Nybbas Träume

Schattendämonen 1

Jennifer Benkau

ISBN: 978-3-941547-02-5

Sie nennen ihn Nicholas, doch wer er wirklich ist, ahnt niemand. Sein Aussehen ist atemberaubend, sein Charme lässt allerdings zu wünschen übrig. Seine Berührungen sind so absolut unwiderstehlich, wie sein Schatten tödlich sein kann. Er ist ein Wesen, das nur einen Feind kennt: die Clerica, Dämonenjäger, die seine Art seit Jahrhunderten jagen, bannen und töten.

Nach einem herben Schicksalsschlag verfällt Joana mehr und mehr der Gleichgültigkeit, und merkt erst wie wertvoll ihr das Leben ist, als Nicholas es in ernsthafte Gefahr bringt. Denn im Körper des faszinierenden Mannes verbirgt sich der Nybbas. Ein Dämon, der sich von Emotionen ernährt und nichts so sehr liebt, wie das Spiel mit seinem Opfer.

Nach ihrer Begegnung gerät Joana zwischen die Fronten von Gut und Böse, und muss eine schwere Entscheidung treffen.

Im Bann des Wolfes
Söhne der Luna 1
Lara Wegner
ISBN: 978-3-940235-87-9

In Madame Chrysanthemes Haus werden die Wünsche und Sehnsüchte der Höflinge des Königs nach Laster und Sinnlichkeit mit höchster Professionalität erfüllt. Nicht zuletzt verdankt das exklusive Etablissement seinen hervorragenden Ruf der jungen Florine, die als rechte Hand der Chefin die Geschäfte führt.

Nachdem Florine jedoch versehentlich den Werwolf Cassian de Garou aus einer höchst prekären Situation befreit hat, gerät ihr Leben völlig aus den geregelten Bahnen. Der Clan der Werwölfe führt einen Jahrtausende alten Kampf gegen einen Gegner, der auch den Vampiren zu schaffen macht. Eine alte Fehde verhindert jedoch ein gemeinsames Vorgehen der Werwölfe und Vampire gegen den Feind.

Florine gerät in diesen Schmelztiegel aus Macht und Ehre, der sie fast zerreißt. Denn auch ihr Schicksal ist in die Ereignisse verwoben und sie muss sich Tatsachen stellen, die sie nie vermutet hätte.

Hinzu kommt, dass ein mächtiger Vampir Anspruch auf sie erhebt, ebenso wie der nicht minder gefährliche Cassian de Garou.

Götterfunkeln
Andrea Schacht
ISBN: 978-3-941547-01-8

2012 - Wieder einmal nähert sich der Zeitpunkt des Weltuntergangs, diesmal berechnet von den Mayas, und die Götter stimmen darüber ab, wie es mit der Erde weitergehen soll. Gleichzeitig haben sie ihre Paradiese renoviert. Um sie auf Publikumswirksamkeit zu testen, wird einigen Auserwählten die Möglichkeit geboten, diese vor dem erwarteten irdischen Endtermin zu besuchen. Durch einen verrückten Zufall befinden sich Helena und ihr Kater Dante in der Gruppe der Auserwählten. Helena trauert noch immer um ihren Mann, den sie vor zwei Jahren verloren hat, und macht sich Hoffnungen, ihn im Paradies wiederzufinden. Auf Erden aber macht sich Joe, der Mann, der Helena schon seit Jahren in unerwiderter Liebe zugetan ist, auf die Suche nach der Verschwundenen. Ein Rennen gegen die Zeit beginnt.

Blutsklavin
Lykandras Krieger 2

Kerstin Dirks
ISBN: 978-3-940235-84-8

Die Blutsklavin Theresa Straub ist der Vampirgesellschaft bedingungslos ausgeliefert. Als sie jedoch von den Plänen der Vampire erfährt, die Welt zu unterwerfen, weiß sie, dass sie das verhindern muss. Der charismatische Privatdetektiv und Werwolf Correy Blackdoom spürt in ihr seine Wolfsängerin und kommt ihr zur Hilfe. Correy muss erkennen, dass durch Theresas Verbindung zu den Vampiren weder eine Chance auf eine Verschmelzung mit dem Wolfsauge besteht, noch der Vampirbann gebrochen werden kann. Werden die beiden die Bedrohung abwenden können und wird Correys Liebe stark genug sein, seine Wolfsängerin zu erlösen?